U0134000

歌唱的种子

The Seeds of Singing

〔美〕凯伊·麦克格拉什 著

陈　超　赵伟佳 译

文化艺术出版社

图书在版编目（CIP）数据

歌唱的种子/（美）凯伊·麦克格拉什著；陈超，赵伟佳译．北京：文化艺术出版社，2009.1

ISBN 978 − 7 − 5039 − 3670 − 8

Ⅰ．歌…　Ⅱ.①麦…　②陈…　③赵…　Ⅲ.长篇小说—美国—现代　Ⅳ. I712.45

中国版本图书馆 CIP 数据核字（2008）第 203288 号

版权登记号：01 − 2008 − 6176

The Seeds of Singing

Published by

Dell Publishing Co., Inc.

Coryright Ⓒ 1983 by Kay Mc Grath

ISBN 0 − 440 − 19120 − 3

歌唱的种子

著　　者　凯伊·麦克格拉什
译　　者　陈超　赵伟佳
策　　划　李胜兵
责任编辑　文刚　明均
责任校对　方玉菊
封面设计　传世　刘玮
出版发行　文化艺术出版社
地　　址　北京市朝阳区惠新北里甲 1 号　　100029
网　　址　www. whyscbs. com
电子邮箱　whysbooks@ 263. net
电　　话　（010）64813345　64813346（总编室）
　　　　　（010）64813384　64813385（发行部）
经　　销　新华书店
印　　刷　北京楠萍印刷有限公司
版　　次　2009 年 2 月第 1 版
　　　　　2009 年 2 月第 1 次印刷
开　　本　710 × 1000mm　1/16
印　　张　33.75
字　　数　480 千字
印　　数　1 − 5000
书　　号　ISBN 978 − 7 − 5039 − 3670 − 8/I · 1652
定　　价　48.00 元

版权所有，侵权必究。印装错误，随时调换。

在荷属新几内亚的偏远高地，直至 20 世纪被发现为止，达尼人一直延续着人类远古石器时期的生活。**达尼人称人的灵魂为"歌唱的种子"，就在心脏附近安息。**种子必须精心保护，避免任何伤害。悲苦会使种子凋萎，一如利刃可以伤害肉体。种子是人与人联系的桥梁，一个成员的种子的死去，会伤害所有人的灵魂。

步入悠久的历史传统　踏进残酷的战争风云

　　查尔斯·斯坦福爵士：一位传奇家族的家长、饱负盛名的人类学家、风流倜傥的情场高手与激进的独立主义者。他将自己的私生子带入家中，并确立他为自己的继承人。

　　迈克尔·斯坦福：训练有素的人类学家、天生的冒险者，能从任何困境中逃生。出生于香港贫民窟的他，视尊严高于一切——直到他遇到了真爱。

　　凯瑟琳·摩根：年轻貌美、充满理想的人类学家。她对自己的美貌与内心的激情毫无察觉，直到她与迈克尔共同进行人类学探索，两人的生命从此难舍难分。

　　卡拉·斯坦福：荷兰殖民贵族娇生惯养的女儿。她从未预料战争会如此惨烈，也从未想象，自己将与另一个女人分享自己的丈夫。

　　朱里尼·斯坦福：她深深嫉妒凯瑟琳，希望占有自己的哥哥迈克尔，生活在疯狂的边缘，静静等待着疯狂的一天。

　　阿玛德·阿拉拉曼王子：波尼奥苏丹王子，年轻英俊，风度翩翩。他在权力与凯瑟琳之间的选择，影响了印度尼西亚的未来。

　　他们从未想到，自己的生命将会被"歌唱的种子"改变。

谨感谢本书编辑彼德·古萨迪（Peter Guzzardi），他纯熟的文字技巧和耐心的支持与鼓励，为本书的出版提供了非常可贵的帮助。

序 章

大峡谷，荷属新几内亚高地，1938 年

晨雾包围着山顶白雪皑皑的阿罗利克山，周边的山峦有如闪亮的蛛网，把长青的南洋杉树林圈在其中。德格沃泰，他的名字在达尼语中是"死亡之矛"的意思，站在 50 尺高的"卡来"——瞭望塔上瑟瑟发抖。瞭望塔搭建在一处草坡上，三足撑地。当晨雾散去后，他便能看到自家的菜园、邻居的菜园，还有把自己村落和敌人村落分隔开的无人地带。他笔直地站着，手臂盘住脖子，这是他们的独特姿势。他是达尼人，荷属新几内亚高地的农民和战士。德格沃泰赤裸着身体，只在头上绑着白色的鹭鸶羽毛和腰间一条窄窄的 18 英尺长的"荷林"保护他的男性象征。这些，和一身闪闪的猪油，便是他在寒风中的唯一保护。寒风并不能伤害他，但他冷得瑟瑟发抖。

村子里的炊烟袅袅升起，与晨雾纠缠不清，时聚时散，苍白的太阳也得以偶尔露出头。德格沃泰与其他战士散布在 40 里长的峡谷周边的瞭望塔上。对达尼人来说，现在是"胡本苏安"——晨早鸟语的时间。但今天草地和森林格外宁静，似乎疑惑于阳光的迟来，鸟儿们在观望等待，和德格沃泰一样，它们局促不安。

德格沃泰游目四顾，侧耳倾听，想从高高的热带草丛中寻找敌人的行动或响声，但什么异样都没有发觉。他自责神经过敏了，开始高歌放松情绪。但歌声很快被晨雾吞没，不安的情绪依然困扰着他，肯定会有事情发生。

他停止歌唱，现在他不仅能感觉到，而且能听到。声响像远方迅速奔来的响雷，整个山谷都为之震动。响声似乎没有变响，但又确实在变响。突然间，从晨雾中，一只巨大的灰鸟自头顶掠过，飞得那么低。德格沃泰倾伏在塔上，大鸟发出的声音震耳欲聋，德格沃泰被前所未有的恐惧攫住，惊呆了。但毕竟是久经训练的战士，他旋即抓起月桂枝做的弓，朝大鸟射出几箭。尽管还在颤抖，他感觉自信又回到身上，他似乎把入侵者吓跑了。

他并不知道真正的危险还在后面，大鸟会把已存在几千年的文明一举摧毁。很久以前，一个叫诺普的男人，召集了妇女、儿童，带着弓箭、竹刀、石斧与生活用品，来到巴利安峡谷居住。他的子孙建立了达尼部落，世代生活在他所带来的石器文化中，历经无数世纪而不变。他们被 16,000 英尺高的山峰、终年不散的密云和茂密的丛林所阻隔，在这个世界的第二大岛上生活，与世隔绝。

达尼人流传着一则传说：鸟和蛇曾经有过一场战争，决定人类是同鸟一样会死去，还是同蛇一样蜕皮永生。鸟赢了战争，所以决定了人类会死亡，而不是永生。当几个勇于冒险的达尼商人在 1909 年看到白人时，他们称其为"瓦罗"——一种能蜕皮永生的生物，根本不是人类。达尼商人回到村子后，总结认为，未来会有一场新的大战。谁将取胜？是必须死去的鸟，还是永生不死的蛇？

目 录

第 一 部

大地的早晨

世界仍然那么辽阔，

五湖四海浩瀚无涯，

多少民族在这里生活。

——路德亚·吉普林①《在新石器时代》（1895 年）

---

① 路德亚·吉普林（Rudyard Kipling）：英国短篇小说作家、诗人，1865 年 12 月 30 日生于印度的孟买，1907 年获得诺贝尔文学奖，代表作有《七海》、《消失的光芒》、《基姆》等。

第 *1* 章

加里曼丹，波尼奥①，1939 年

一架小型白色飞机在南中国海②上空低低飞翔，鸟瞰着波尼奥岛。岛上的热带雨林一直延伸到东南角，连绵不绝。飞机是斯坦福——哥伦比亚大学人类学探索行动小组征用的，正从新加坡飞往加里曼丹斯坦福家族庄园。加里曼丹位于波尼奥岛的南部，自公元 1600 年以来，一直是荷属东印度的一部分。机上有一位人类学副教授和两名研究生，提前过来帮助制订计划和做准备工作。两个月后，另外几位学术界的重要人物会加入他们的行列，一旦队伍准备好，就会飞往荷属新几内亚的阿斯玛特地区，那个地方在波尼奥岛的东边，距离 1，600 英里，得渡过马卡萨海峡和西里伯斯海③。

飞过海岸边的滩涂和灌木丛，飞机在茫茫树海上翱翔。树木长得很凌乱，从地面到高空，为了阳光展开无情竞争。胜利者通常是门格里斯树④，可以长到 250 英尺高。即使是真正的海洋，也没有像这片绿色树海一样给机上 4 名

---

① 加里曼丹，波尼奥：别名婆罗洲，印度尼西亚境内一大岛屿。加里曼丹和波尼奥是同一地点因不同历史原因形成的两个名字。
② 南中国海：中国三大边缘海之一，东南至菲律宾，南至加里曼丹，西南至越南和马来半岛。
③ 西里伯斯海：又称苏拉威西海，在菲律宾的苏禄群岛、棉兰老岛同印尼的加里曼丹岛之间，属太平洋，面积 43.5 平方千米。
④ 门格里斯树：中文别名甘巴豆树，生长于东南亚一带的树种之一。

乘客留下一种浩瀚无际的印象。在这片无法穿越的树海中生活着犀牛、大象、猎豹、麋鹿、食蚁兽、猩猩、猴子、熊、狐猴，有 600 种鸟类，数不清种类的爬虫和昆虫，还存在有剧毒的响尾蛇、致命的金环蛇、30 英尺长的巨蟒、6 尺长的蜥蜴、7 英寸长的蜈蚣等。这些令人惊叹的丰富的生物群自冰川纪繁衍至今，那时印度群岛还与亚洲大陆有陆地相连。

沿着在群山间蜿蜒的河流到海岸边，零星有一些空地，散布着几所长形房子，里面住着整个村落，有好几百人。这些草顶约 150 英尺长的住房由几根柱子支撑着，有如在河边饮水的肥大的蜈蚣。伊班部落，以野蛮的捕猎而闻名，就居住在这些偏远地区，和荷兰政府的前哨少有接触。

飞行员从群山的脉络中找到了巴列图河，沿着河流朝南向麦提亚开去。麦提亚是斯坦福家族在马辰①北面巴列图河岸边的橡胶和椰子庄园。飞了 7 个小时后，飞机终于在庄园的机场停下。唐纳德·席巴博士、朱里尼·斯坦福和凯瑟琳·摩根走下飞机，三个人都很疲倦，但兴高采烈。朱里尼是因为回到了家，席巴和凯瑟琳则是出于旅游者的兴奋。

朱里尼·斯坦福第一个下飞机，径直穿过机场，在跑道的尽头，她停住脚步，等待另外两个人。她 28 岁，小巧玲珑，如男孩一样瘦削，加上利落的短发，看上去还像个小孩。她穿着宽松的卡其布长裤和网球鞋。机场前面，一片草坪延伸到马路上，路边和草坪边，丛林正努力地逼近。

"爸爸在家里等我们呢。"朱里尼用清脆的英国口音对另一位女士说。同朱里尼一样，凯瑟琳穿着宽松长裤，黑色长发盘在长檐帽子下，帽子遮住了大半边脸。去年，这两位女士是室友，一同住在哥伦比亚大学的寄宿家庭里。

"我等不及想见他了。"凯瑟琳说。朱里尼的父亲——查尔斯爵士，是人类学界的泰斗。他在文化互动方面的精神分析理论和他在田野研究中精神测试的运用为整个学科带来了革命性的影响。

"不，我可不想。"朱里尼用一种略带遗憾的语气回答。身为名人的女儿往往都会有这种语气。她不喜欢与崇拜父亲的同事谈论他，也从不谈论自己

---

① 马辰：印尼加里曼丹岛上的一座商业城市。

的家庭成员。感到内心的妒忌，但她忍住了。

东边不远处，紫色的山巅上云雾缭绕，自雨林处高高耸起。南边是海边的平原，红色的土地上种植着一百多平方英里的橡胶树，是五十多年前斯坦福家族从亚马逊移植过来的。他们是第一批引种南美橡胶树到印度群岛的人。

"我总是讨厌离开这里，"朱里尼说，"每次我都担心回来时它会不在了，那片丛林会吞没它。"她自嘲地笑着，"当我还小的时候，刚好相反，我坚信麦提亚会一直存在，而我会消失。很傻，是吗？"

凯瑟琳没有回答，她在树丛间瞥见房子，来到路中间想看得清楚些。看到她的好奇，朱里尼笑了，"125 年前建造这所房子时，还引起过印度群岛的公愤呢，是一座当地风格的房子。"

仆人们赤着脚，穿着纯白色裤子和衬衣，缠着白色头巾，匆匆忙忙赶到机场，帮着卸机。凯瑟琳沿着仆人们的来向走去，没有等两个同伴，自顾自从另一个角度观察房子。房子几乎被遮天蔽日的树阴挡住，当走到拐角处，森林突兀地消失了。她停住脚步，屏住呼吸，面前伫立的正是印度群岛最著名的房子。

房子 125 英尺长，建成苏门答腊的土风造型。高耸的马鞍形屋顶足有 60 英尺高，两端高高突起。三座具体而微的小房子建在屋脊上，那是给家族神明居住的。房子两边用鹅卵石和木头筑成，精心雕刻着几何图案和花状纹饰。在房子周围是低矮的墙围成的露台，在房子的一头，草坪一直延伸到河边；在另一头，雨林如一堵黑墙，蔓延到精心修整的草坪边，被英国式的秩序和决心所阻隔。除了防御森林外，一个多世纪以来，房子经受了伊班猎人无数次的进攻。他们从山上顺河而下，要从英国人手中夺回土地。直到 15 年前，攻击才宣告停止。

正当凯瑟琳站在房子前面赞叹不已的时候，明亮的轮廓暗了下来，一朵天边的云挡住了太阳。但她对这所房子的印象无法磨灭，加里曼丹的首位白人君主在丛林中建起了这所房子，它的名字"麦提亚"①，是以佛教中弥勒佛的名字命名的，意即走出黑暗，直到光明之源。

---

① 麦提亚（Maitreya）：即弥勒佛的梵文音译，佛教大乘菩萨之一，佛经称药师佛、如来佛、弥勒佛分别代表了前世、今生与未来三世。本文为避免意义混乱，取"麦提亚"之音。

第 2 章

    凯瑟琳·摩根早早就换好衣服，赶在晚饭前独自享受夕阳和庄园的美景。尽管自新加坡一路飞来很累，但她从到达的当天下午起就一直兴奋不已。她穿着一件黑色露背晚礼服，随着移动在苗条的身躯上闪闪发亮。衣服上几朵硕大的玫瑰和木槿是她仅有的装饰。直直的黑发自背后垂泻而下，素面朝天，因为她根本不需要化妆。她皮肤比较黑，带着异国风情的美貌，美得无懈可击。

    25 岁了，凯瑟琳此前从未离开过美国，搭过船，住过郊外，自己住酒店，甚至独自呆一天。现在，她就要开始 6 个月的田野研究，为自己的人类学博士论文收集材料。她将在一个艰难甚至危险的环境下完成工作。她的同龄人或许会感到害怕，她可不会。相反，她在享受冒险，但她的家人却很难接受。凯瑟琳总是悲伤地沉思，如果她选择当一个土著巫医，而不是一个人类学者，他们也不会那么吃惊。宗教，至少是家人能理解的。

    凯瑟琳的父亲是一个联邦地区法官和法学家，以其审判的公平和量刑的无情而闻名。在成为法官前，一直是成功的庭审律师；母亲是芝加哥一个布料富商的女儿，她尽心尽职做好妻子的角色。她喜欢艺术。在她看来，古典音乐是年轻女子在婚前唯一合适的消遣，而住在丛林中，没有年长的妇女陪伴肯定是不合时宜。父亲尽管不认同母亲"女子无才便是德"的观点，但他也不赞同凯瑟琳的职业选择。"野人是传教士的事。"他这般告诫她。和母亲不同，他并不信教，但他一直认为原始社会的野人并不值得研究，只适合被改造。

整个下午，凯瑟琳听到其他飞机抵达的声音，在机场或河上着陆。今天将会为朱里尼和其他人类学家接风洗尘。因为河流区域太大，麦提亚的客人还要在这儿住上几天。

舍弃刚刚一路而来的小径，凯瑟琳走进丛林，太阳躲在门格里斯树后，似乎有人在指挥一样，蟋蟀与鸣蝉开始同台演奏，猴群在看不见的树枝处争吵不休，鸟儿也加入其中。当白天变为黑夜，大自然充满了希望和生机。

天际现在变为明亮的橘黄和粉红色。巨大的积雨云，尺寸比整个岛还大，如魔法城堡一样矗立在头顶的天空。周围潮湿闷热，透不过气来。在夜幕的咒语下，凯瑟琳伸展着手臂，拥抱着热带的夜晚。茉莉花与鸡蛋花的甜香和腐烂发酵的水果的辛辣气味交杂在一起，呛着她的鼻子。

凯瑟琳又向森林更深处走去，在这里树阴遮住了整片天空，地上几无其他植物。她看到在白天的森林中心，根本没有光线透进来，但森林用自己的方式照明：萤火虫飞舞着，在树丛间闪烁不停；发光的蠕虫在倒下的树干上留下光印；奇异的蘑菇在伞形帽冠下闪着黄黄绿绿的光。一种奇特的苔藓，闪烁着彩虹般的微光，散布生长在地面上，有如林中精灵踩过的足迹。这儿的空气更加沉重，到处都是腐烂的气息。

很不情愿地，凯瑟琳转身回庄园，没注意到有人正饶有兴味地看着她，她只一心看着前面的路。当走到 10 码处，才惊讶地抬头发现他正倚着墙，冷静的灰色眼眸一直盯着她。他看上去大约 30 岁，穿着长靴和卡其布工作服。他没有戴帽子，但额头上缠着一条鲜红的围巾，以吸收下午在阳光下劳作时洒落的汗水。阳光把他的头发晒成了亮红色，蓬蓬松松，透出一种无拘无束的美感。当走近的时候，她发现他还非常英俊。

她呆了一会儿，感到莫名的害羞，又带有一丝怨恨。她总对英俊的男子感到怨恨——似乎长得迷人也是犯罪。她忘记自己也属于那类人，总是会让人驻足欣赏。

他感觉到她的矜持，很迷惑。他注意到，在本该涂鲜艳口红、烫头发的年纪，她却丝毫不加修饰，似乎是在苦修忏悔，但她对外表的忽略更突出了她的美貌。看到她没有走上前，他离开墙边，朝凯瑟琳走去，开口说："您一定是凯瑟琳了，我是朱里尼的哥哥，迈克尔。"笑容的暖意融化了他灰色眸子里的冷静。

凯瑟琳发现他带有美国口音，一点儿也不像朱里尼。她笑着回礼，伸出手去，感觉自己的冷淡消失了。寒暄几句后，迈克尔回去换装准备参加晚宴。会面并没有什么特别，但凯瑟琳发现自己仍沉浸其中，不，是沉浸在他身上。独自一人站在花园里，她回忆朱里尼曾告诉自己的关于她哥哥的事情。她记得他结了婚，有两个女儿，她还知道他曾在哈佛读大学，并获得了牛津大学的博士学位。和斯坦福家族的先人一样，迈克尔在波尼奥、新几内亚、菲律宾、所罗门群岛进行了大量的人类学和建筑学研究。他将是新几内亚探索行动的向导。

凯瑟琳回到主楼，穿过书房。那里陈列着新几内亚和南方诸岛的艺术品：面具、雕刻、羽毛服饰。她驻足观看桌上放着的斯坦福家族的相册，找到一张迈克尔 8 岁时的相片，穿着西装，表情严肃。但直到十四五岁的时候，他才再次出现在家族的相片中。她很奇怪，唯一的解释是他曾经离开过家庭又回来了。但朱里尼从未提到过。凯瑟琳看了一会儿相片，转身加入客人的行列中，准备参加宴会。

第 *3* 章

国王的时代结束了，真正的国王，尊贵而大权在握。但即使马塔普拉的苏丹承认这一事实，他也不会表现出来。他还是用拥有者的轻蔑神态看世界，同600年前的祖先一样。他正襟危坐在查尔斯爵士身边，作为人民心中的神，他本不应和客人一起出现在鸡尾酒会上。当他大驾光临时，晚宴正式开始。因为是一场庆祝晚宴，传统的印尼美食也摆上来了。头盘是一大盘米饭，接着有辣肉球、禽肉、野猪肉、腌鱼腌虾、海龟蛋、面条、炸香蕉、拍黄瓜、辣竹笋、八大碗辣椒和咖喱。

数百支蜡烛在水晶、银器和陶瓷的餐具中摇曳生辉，一大束热带鲜花摆放在桌子中间，绽吐芬芳。但无论布置得多么精妙都及不上苏丹本人的出现。他大约五十来岁，相貌英俊，身材匀称，眼皮很厚，继承了古印度帝国阿拉拉曼家族的长相特征。他穿着一件短袖蜡染的外衣和一条金丝长裙，卷到大腿中央，下面是真丝马裤，蓝色的穆斯林头巾上镶着一朵花，花瓣是珍贵的宝石，而叶子则是镂金的。一颗硕大的名为"惊讶的微笑"的蓝宝石镶在食指的戒指上。他赤着脚，踩在一块金丝地毯上。苏丹旁边坐着拉图，他最爱的妻子和皇后。她是法国人，五十岁左右，依然风韵迷人。黑色的长发挽成一个髻，戴着由白色小花和钻石做成的皇冠，穿着绿色丝绸土风围裙，和她的眼睛、钻石、翡翠恰好相配。

每年，苏丹会乘坐皇家游艇沿河作两次为期几个月的巡游。他会视察下属，到古老的印度教神庙和丛林中的纪念碑废墟处献上祭礼。和大多数印度尼西亚人一样，苏丹信奉伊斯兰教，但这只是一层掺杂了印度神秘主义和早期神明信仰的宗教外衣。这一次的出访，苏丹精心设计得与朱里尼的归家不期而遇，以显示他对斯坦福家族的尊敬。苏丹比查尔斯爵士小 10 岁，和他们建立起深厚友谊的儿辈不同，他们俩的联系是建立在历史和传统，而非个人情谊之上。在 19 世纪时，詹姆斯·斯坦福爵士，带着自己的私人武装部队，帮助马塔普拉苏丹赶跑了沿岸的布吉尼斯海盗。作为回报，苏丹册封詹姆斯爵士为"拉杰"——地方的郡王。很快，那里便成为繁华的独立英属殖民地。椰子、蔗糖、茶叶种植商、马来西业的农民和手工业者、阿拉伯商人和掮客、中国的矿业主和土著迪雅克人在这块尚未被荷兰人控制（至少目前还没有）的印尼土地上奋斗发展。

荷兰人对印尼的征服源自 16 世纪晚期，一群荷兰海盗试图垄断香料的贸易权。到 1858 年，在巩固了对印尼其余各地的控制后，荷兰人把目光投向了南波尼奥。几次小规模战斗后，英国人被打败。查尔斯爵士的曾祖父和其他英国种植园主尽管得以保留土地，但"拉杰"的称号被移交给了荷兰政府，殖民地也成了荷属印尼的一部分。马塔普拉的苏丹与英国人并肩作战，也被收归荷兰人的管治之下，但他得以保留王国的一部分边远地区的半自治权。

今晚麦提亚晚宴上没有荷兰人在场，确实让苏丹松了口气，他一直认为荷兰人不可理喻，毫无教养。他当然不希望任何荷兰官员出现，查尔斯爵士正和他们吵得不可开交：查尔斯爵士的两个印尼朋友最近在巴塔维亚半夜被捕，并被遣送到新几内亚臭名昭著的波文·迪高监狱。没有经过审问，他们便被判刑，罪名是散布"印尼人民平等权利诉求"和"脱离荷属联邦，要求独立"的言论。由于世界经济萧条和欧洲战事的威胁，荷兰人对印尼境内挑战其统治威权的人群采取高压手段，甚至连"印尼人"一词也成为会引发叛乱的政治禁语。

查尔斯爵士在沃斯拉德——殖民顾问团中享有高位，他强烈抗议此次逮捕行动，但无济于事。尽管在沃斯拉德发言不至于获罪，但政府控制的媒体开始大肆攻击查尔斯爵士，影射他心怀叛国异志，要求免除他一切有政治影响的职务。这种歇斯底里或许在查尔斯爵士本人的品质问题上会平息无痕，但针对他本人支持印尼独立运动的立场来说，却蕴含着极大的危机。

除了美国来的人类学家和日本来的贸易团外，斯坦福家族的客人还有当地的英国种植园主和印尼的当地领袖。这些人苏丹都很熟悉。日本人的到场令苏丹有些不悦，尤其明明是军事派遣团，却穿着平民的服装。他们大概是过来在当地人中雇佣间谍的。苏丹很清楚在近来战争中日本军队对中国平民的暴行，他找不到相信日本人或把他们当成解放者的理由，但他的许多同胞却不以为然。

由于罗斯福总统向国会提议对日本实施禁运以抗议日本对中国的侵略，日本人开始加强在印尼群岛搜罗石油和原材料的力度。尽管英国首相张伯伦拒绝了罗斯福总统的提案，但查尔斯爵士和罗斯福总统一样相信如果对日本采取绥靖政策，最终将会把各方拖入战争的泥潭。因此，他制订了自己的禁运方案，最近刚刚拒绝和日本人续签供应橡胶的合同，还劝服巴列图河沿岸的种植园主和他联手抵制日本。为了保存日本人的颜面和避免冲突，拒签合同的对外理由归结为生产问题。今晚，查尔斯爵士看得出日本人还是挺尽兴的。尽管对拒签合同很恼火，他们对晚宴的优雅表示欣赏，宴会也得以和谐顺利地进行。

犬养上将，日本贸易团的领袖，端坐在拉图的对面。从这个角度，他能仔细端详马塔普拉的苏丹，他的王国覆盖了波尼奥最肥沃的土地。上将对天皇无限忠诚，打心眼里看不起亚洲其他国家和地区的君主，认为这些人都软弱可欺，骄奢无度，腐朽不堪，任由自己的人民被殖民者欺凌而毫无反抗的心思。将军本人也是艰难克服了童年的软弱娇惯，几经辛苦才爬上高位。尽管内心残酷无情，他的外表却彬彬有礼，大方得体，是一个老到的谈判高手。他在美国担任过多年的海军专使，操一口流利的英文，也深知美国的力量。和山本五十六将军一样，他强烈反对与美国在陆战中交锋，知道日本必败无疑。但他却热衷于日本在亚洲的圣战，据说是要解救亚洲于殖民主义和共产主义的水火之中。排开立场差异，将军本人很钦佩查尔斯爵士，因为爵士在日本自由主义界声望颇高，被认为是同情亚洲自由运动的无偏见的政治家。

将军视爵士为同道中人：身为贵族，却从心中赞同社会主义。趁这个机会，犬养侧身闪过坐在父亲身边的朱里尼，直接传达了自己的警告："作为朋友，我必须告诉你们，拒签合同除了蒙受经济损失和得罪日本政府外，毫无好处。如果我们不能从你们这里买到橡胶，你们马来西亚的同胞一样会供应给我们。"

查尔斯爵士被这种直白的表述吓了一跳，但他很快恢复了平静，不卑不亢地回答："如果贵国能同中国达成和平协议，撤出侵华军队，自然可以从我这里得到橡胶。否则，恐怕贵国还得另谋出路。你我都清楚，无论是质量还是数量，别处都无法和我这里的相比。"

凯瑟琳坐在桌子的另一端，对屋子里的紧张气氛浑然不觉。她对苏丹的出现很着迷，对身边的对话根本没有留意。苏丹带来了皇家木琴乐队，他们盘膝坐在屋子一角的地板上，用铜锣、鼖鼓和木琴，弹奏出和缓悦耳的乐章。斯坦福家族的仆人，也是苏丹的臣民，毕恭毕敬地匍匐在地板上，虔诚地服伺着苏丹。他们如灵活的螃蟹一样游走，没有人敢抬起身子，高过苏丹尊贵的头颅。

迈克尔·斯坦福赴宴迟到，因为眼里只看到苏丹，凯瑟琳都把他给忘了。当迈克尔经过她身边时，她惊讶地抬起头，看了看他，一时间心神不定，几乎把杯里的酒洒在地上。

她对自己的反应十分尴尬，赶快扶稳杯子，却发现别处一双比自己眼眸还黑的陌生眼睛正盯着自己。那是一个年纪和迈克尔差不多大的年轻人，和迈克尔一同进来，正坐在拉图的旁边。他眉清目秀，肤色很黑，不像是欧洲人，却穿着正统的欧式晚礼服，十分优雅与得体。他的眼睛仔细地端详了凯瑟琳一会儿后，突然撇下她，转向别处。凯瑟琳对竟然不是她中止这一眼神接触感到很恼火。但他的确是一个让别人很难转移兴趣的男人。

"他是谁?"她问旁边一个留时髦金色短鬈发的女性，她正坐在桌子主位的另一端，与查尔斯爵士相对。

"阿玛德·阿拉拉曼王子。"卡拉·斯坦福回答道："苏丹的继承人。"

卡拉是迈克尔的妻子，由于查尔斯爵士已丧偶14年，因此卡拉有朝一日将成为麦提亚的女主人。她热情、优雅，漂亮得过分精致，爵士把卡拉当成自己的女儿看待。今晚唯一没有出席宴会的斯坦福家庭的直系成员只有玛吉特，朱里尼的姐姐。她还在首都巴塔维亚。玛吉特的丈夫是一个野心勃勃的荷兰高官，在这种风头火势下，为了官场的位子，自然是明智地选择了缺席老丈人的宴席。玛吉特没有和他争吵，她同父亲一样，宁可维持没有幸福的婚姻，也不肯离婚。她向朱里尼表达了自己的遗憾，但没有解释什么，因为无须解释。

晚宴突然中断了：苏丹起身离开，其他客人纷纷送行。苏丹由贴身侍卫护送着，待卫个个都是彪形大汉，赤裸着精壮的上身，腰间系着条纹短裙。中间一个侍卫扛着具有皇族象征的金边阳伞，其他人都在宽大的腰带上系着一把锋利的曲边弯刀。他们戴着高高的金色锥形帽，帽底都扎着一条马尾辫。苏丹一行人在河边又与其他侍臣、村民和孩童会合。在这里，每一个苏丹的臣民都可以进出宫殿，享受食物，取暖休息，领略苏丹的荣耀。如果说宫殿是马塔普拉的文化中心，是剧目和艺术的保存地，那么苏丹本人就是马塔普拉人的精神领袖。

苏丹只乘坐轿子或舟船。马塔普拉有的是豪华轿车、飞机和游艇，但那些是苏丹的大臣们穷尽奢华购买的，他本人从没用过。年轻时，苏丹也曾周游世界。1917年，他参观了巴黎，顺便探访了凡尔登的战壕。自此以后，他回到波尼奥，他拒绝了现代文明。他认为文明是不能用技术进步来衡量的，而是看一个国家如何做到老有所养，少有所恤，敬奉神明，达到天人合一。

当苏丹到达河边时，臣民们纷纷顶礼膜拜，然后护卫部队登上王船，站立两边，保卫苏丹。日本人已经走了，乘飞机飞往马辰，然后再到巴塔维亚，希望能游说荷兰总督同意出售石油。苏丹的儿子也走了，去参加印尼社会主义党的秘密会议。苏丹并不认同儿子的政治主张，他心目中的乌托邦只存在于精神上，不过他认为马塔普拉已俨然是一个现实的天堂，但非常脆弱。他闭关锁国，为的就是杜绝外界影响，保存这片天堂乐土。荷兰人只要求能在这块富饶的土地上从事殖民活动，也乐得对苏丹不闻不问。

苏丹登上自己的王船，船的外观很不起眼，唯一华丽的装饰是一张作为王座的黄金坐凳。苏丹坐了下来，回首遥望麦提亚，在火把闪烁的光芒中，他只看到聚集在河堤边的那些欧洲人的面孔。无论今晚是多么愉悦，苏丹内心深知，今晚也只是过去无数夜晚中的一个，终将消逝无痕。在他来到麦提亚前，从犀鸟的飞行和森林的呜咽中，他感到今晚的异样。但即使他有预知未来的能力，他的警告也无法引起别人的关注。作为学习过古代史的人，苏丹清楚大限已经降临，所有人，包括他自己，都踏上了不归路。

他合上双眼，不去看那些面孔，示意起程离开。客人们也回到屋里，继续开怀畅饮。

第 4 章

　　哈利耶·丹斯顿·特拉蒙特伯爵夫人，晚宴后正坐在客厅里，悠闲地品着白兰地，研究着客人。伯爵夫人三十来岁，五官精致，棕黑色的头发在头上盘成一个发髻，皮肤雪白，脸上略带雀斑，但无碍她的美丽。她的母亲曾向她保证这些雀斑会消失得无影无踪，但可惜并没有成真。不过雀斑也给她平添了孩童般天真无邪的魅力。她正置身于热火朝天的关于欧战猜想的争论边缘，却根本不感兴趣。在聚会中打量别人才是她所热衷的消遣，现在她正沉迷其中。她的丈夫对妻子的这项才华很欣赏，约翰·丹斯顿·特拉蒙特伯爵是英国派驻日本的大使，英王的表亲。

　　多年前，哈利耶曾希望迈克尔·斯坦福会娶她为妻。她可是最合适的人选：聪慧、貌美，出身于加里曼丹的名门望族。年龄的差距（迈克尔比她小两岁）从来不是问题，因为迈克尔一直比同龄的伙伴显得成熟。但她的所有梦想最终还是落空，迈克尔从未钟情过她。起初，这一事实让她生气困惑，她感到蒙受了耻辱——因为她的爱意表达得那么露骨。她甚至一度怀疑迈克尔是同性恋者。她从不在自己身上找原因，因为她爱自己爱得那么深。她将自己放逐于伦敦的社交生活中，就算忘记却仍没有原谅迈克尔·斯坦福。当迈克尔在巴塔维亚和总督的侄女卡拉·冯·胡顿结婚时，她已经和约翰·丹斯顿结婚三年了。迈克尔和卡拉结婚的消息当时令她惊怒交加，她万万没料到迈克尔会娶一个荷兰妻子，还是与殖民地政府有千丝万缕联系的女人，因为迈克尔一直都反对荷兰的政策。自从第一次遇见卡拉后，哈利耶就再也没快活过。她发现卡拉不仅美貌动人，而且极具涵养——把家事打理得井井有条，对两个女儿关怀备至，正是哈利耶想象中迈克尔会娶的类型。即便现在，都过去五年了，她还对迈克尔的选择耿耿于怀。她唯一的结论是：迈克尔之所以娶卡拉完全是因为她对他的事情从不过问，让他可以随心所欲，而这正是他所期盼的。

今晚，哈利耶不得不承认卡拉很迷人，也看得出她很爱迈克尔，而迈克尔也很爱她。他总是对她那么周到体贴，充满爱意和关怀。哈利耶从未见过这样的迈克尔。

哈利耶从刚才起就一直在观察朱里尼，她正和哈利耶的弟弟菲利浦说话。自打上次哈利耶见朱里尼后，她变了很多，变得更外向、活跃，但在快乐的外表下还是能看出内心的沉重。朱里尼以前一向很害羞，只有迈克尔真正关注过她。可怜的小家伙，哈利耶心想，迈克尔一直都是他父亲最疼爱的孩子。

哈利耶的眼睛又滴溜溜地转到坐在她右手侧那位年轻貌美的美国人身上。她似乎正在参与一场关于希特勒的争论。但哈利耶发觉，她的注意力好像转移到别的地方去了。哈利耶的好奇心一下子被激发起来，随着美国人的视线，越过屋子，落到了迈克尔·斯坦福的身上，他正和旁边两个种植园主热烈地交谈着。找到了干扰源，哈利耶内心窃笑着，又回过头看那个女人偷窥迈克尔的神情。那个女的与哈利耶对视了一下，似乎吃了一惊，脸上微微一红，因为她的秘密已被洞穿——今晚的第二次。

哈利耶侧过身，用友好的口吻轻轻说道："别觉得不好意思，人的想法是无罪的，行为才会犯罪。"她边说边晃着空酒杯扫过整个房间，"否则，迈克尔所到之处，每个女人都得因不贞罪被送入监狱了。"她又回过头，脸上挂着令人放松、陶醉的微笑，"我们似乎还没见过面，我是哈利耶·丹斯顿。您是美国人吧?"

那个女的马上恢复了平静，眨着天真、坦率的大眼睛，落落大方地看着哈利耶，说道："我是凯瑟琳·摩根。"

"凯瑟琳……"哈利耶如品酒般念叨着，"能给你提点建议吗?"还没等凯瑟琳回答，又接着说道："可远观不可亵玩，知道吗？我自己还对他穷追不舍呢。"又大笑着说："连我这样一个有夫之妇都被他迷住了。"

凯瑟琳很气愤——气自己而不是气这位新朋友。她感觉哈利耶的建议伤害了她的自尊，但她必须承认这一观察很准确。她发现自己被迈克尔强烈地吸引，身为学者却无力抗拒，好像考试时走神一样。她勉强地笑了笑，说："他确实很迷人，但我得补充一句，我并不买他的账。几星期后，我的未婚夫大卫会过来和我会合。我们都会加入新几内亚的探索行动。"有了大卫，她感觉安全了许多。

哈利耶拿着空酒杯站了起来，说："我再去拿杯酒，咱们一块儿上天台聊天，好吗？这边挺没趣的，男人只会讨论未来的欧洲战争。"

凯瑟琳拿着没喝完的白兰地跟着哈利耶上了天台。天台上摆着几张藤椅，树蛙聒噪地鸣奏着小夜曲。哈利耶静静地品着酒，聆听着蛙乐。她披着一件白绸长袍，像印度妇女一样裹在身上，裸着半边肩膀，在月色下，白袍似乎变得很轻灵。哈利耶对面，凯瑟琳放下酒杯，只顾领略头顶的月色。发现哈利耶又在打量她，她感到很不自在。

哈利耶打破了沉默，说："我希望你不会介意我的话，他对遇到的女人都不理不睬，自从到这里之后，一向如此。"

"自从他到这里之后，"凯瑟琳抓住转移话题的机会，问："难道迈克尔不是在这里出生的吗？"

"不是，他是查尔斯·斯坦福的私生子。你不知道吗？"

"不，"凯瑟琳承认，"朱里尼只说过迈克尔是她哥哥。"

"半个哥哥，"哈利耶纠正道，"他14岁时才来到这里，那是他母亲死后的事了。不用说，事情还被传为丑闻，斯坦福夫人那时还在世。后来人们慢慢就淡忘了——但我想斯坦福夫人就很难说。"哈利耶呷了口酒，"他的母亲是查尔斯爵士无数学生中的一个。那时爵士在美国东海岸的大学参加了许多学术研讨会。当然，现在爵士还到处开讲座授课，他喜欢熏陶和培养学生。多年来，许多女学生疯狂地爱上了他。迈克尔的母亲也不例外，但她却成为了查尔斯的情妇。那时她18岁，他把她带到了马辰附近的一个小镇。后来她怀孕了，查尔斯不肯与发妻离婚。迈克尔的母亲出身于家风整饬的爱尔兰天主教家庭，由于她跟查尔斯私奔的事情，家里和她断绝了关系，所以她只能只身再次出走。后来查尔斯派人四处找寻，找了 8 年，最后终于在香港找到了她。"

"我对迈克尔来麦提亚前发生的事情所知不多。他本人也不肯对这一段经历多谈。我只知道查尔斯找到迈克尔母子后，把他们带到了三藩市，并在伯克利大学那儿给他们买了一座房子。查尔斯在那里朋友众多，当他不在的时候，可以代为看护迈克尔母子。她不肯回印度群岛这边来，所以爵士时常去探望他们。当迈克尔的母亲去世后，查尔斯不顾妻子的强烈反对，把他带回了麦提亚。查尔斯夫人可以忍受爵士无数的风流韵事而没有怨言，但把自己的野种带回家就太过分了。但查尔斯还是这么做了。"哈利耶停了停，回味一下刚刚那句评论，"迈克尔对爵士来说，一直很特别。有时我猜想迈克尔的母亲应该是查尔斯唯一真爱过的女人。"哈利耶斜坐在椅子上，点着一根香烟，突然陷入了沉默。

凯瑟琳问道："那为什么爵士不和自己的妻子离婚，和她结婚呢？"

"也许是爵士的父亲，老劳伦斯·斯坦福的缘故，他以不让查尔斯继承遗产相威胁。老头子毫不认同查尔斯的生活方式。但谁也不知道阻止爵士这么做的真正理由。英国法律不轻易判决离婚——历来如此——荷兰法律也不例外。"哈利耶的脸微微一红，抽了口香烟。"不管怎样，他给了迈克尔以前他无法给予迈克尔母亲的爱。查尔斯接受了迈克尔，而当爱德华，查尔斯的大儿子溺水而亡的时候，迈克尔自然成了查尔斯的继承人，头衔、土地、财产，所有的一切。"

哈利耶望着麦提亚充满异国风情的丛林，"我猜想斯坦福家族的男人都具有女人无法抵御的魅力。查尔斯爵士对女人来者不拒，而迈克尔却只接纳自己的妻子。他是一个顾家的男人，从未有过任何风流韵事方面的传闻。"她夸张地叹了口气，说："对我们来说，真是遗憾，是吧？我只是想减轻一下你发现迈克尔·斯坦福对女人不感兴趣的痛苦。他父亲也是一样，只是迈克尔更加真诚地承认了这一点。"

哈利耶望向客厅，卡拉刚刚站起身，走到迈克尔身边。他的臂弯轻柔而温情地搂着她的肩膀。"那种对女人的憎恶或许还包括自己的妻子，只是他不知道罢了。"她一口咽下剩余的白兰地，重重地把杯子放在桌上，说："哎，无知是福，至少看起来如此。"

凯瑟琳看不见哈利耶的表情，但她清楚哈利耶这次并非在开玩笑。她听得出哈利耶语气里的愤怒，她还爱着迈克尔。凯瑟琳吃惊地想着，为什么这一发现困扰着自己。

查尔斯爵士加入了她们的行列，俯下头给了哈利耶一个热烈的吻。

"查尔斯，"哈利耶娇嗔道："你给什么迷住心窍啦？竟然忍心花钱把这么一个娇滴滴的女孩子，还有迈克尔、朱里尼和其他一些人送到新几内亚去，还是在战争即将爆发的时候去。"

查尔斯爵士坐在哈利耶旁边的椅子扶手上，说："如果战争真的爆发，那么我们就更加有理由去那里。这或许是我们研究这些原始部落最后的机会了。在很多地方，传教士和西方文化在我们还没来得及记录这些原始社会前，已把它们糟蹋得千疮百孔。我们人类学界感到形势十分严峻，必须得做些事情，否则一切就来不及了。"查尔斯爵士停了停，点着根香烟，继续说道："当然，这一次我不会参加。我太老了。迈克尔会担任这次任务的向导，哥伦比亚大学的瑞德博士会处理研究方面的事务。"

三人又陷入了沉默，哈利耶伤心地说道："唉，凯瑟琳，看来令人沮丧的战争话题跟着我们上了天台。是我不好，刚刚我还提议大家不要谈论战争话题来着。"

天台上仆人放置的蚊香的气味弥漫在四周，哈利耶试图调节气氛，说："作为职业外交家的妻子，我得和人类学田野研究者一样艰苦朴素。"她笑道："你应该了解我和约翰 8 年前结婚时，他出使的那些地方。"

三人继续交谈着，尽量避免触及政治话题。但无论是闲适的热带之夜，抑或是从客厅不时传来的欢声笑语，都无法驱除战争带来的阴影。哈利耶打破了三人的秘密协议：

"我准备回家，查尔斯。我得把孩子带回英格兰，我不回东京了。"她无视查尔斯的惊讶，用她少有的急促语气继续说道："约翰会留在日本，但我认为菲利浦和他的家人得尽快离开波尼奥，查尔斯你也得离开。呆在这印度群岛的所有人都太不现实了，我赶来劝说我弟弟不要再呆在这里，但他却认为没什么大不了的，战争还得拖个五年七年才会打响。难道你们没听说日本军队在中国犯下的暴行？有人说在南京，他们杀了20万平民；而且在东京街头还有针对西方人的攻击，警察就在旁边，但对此不闻不问。我担心你们。"

哈利耶望着正和迈克尔交谈的弟弟，说："或许我们得继续供应日本人想要的东西。约翰也这么认为。如果罗斯福因为日军侵华而停止对日本的石油供应，那么他们肯定会使用武力手段抢夺印度群岛的橡胶和石油。"她耸耸肩膀，倾身摁灭烟头，说："或许没有人能阻止他们，他们为达目的，不择手段。"

温暖的夜晚中透过一阵寒意，自从离开美国后，凯瑟琳第一次感到恐惧。但她的抱负和意志马上把恐惧压制了下去，她要完成自己的学位论文，宁愿冒死亡的危险，也胜过铁定的失败。

当凯瑟琳重新走进客厅时，迈克尔·斯坦福已经离开了。她警觉地发现，少了迈克尔，整个晚宴变得索然无味，空荡荡的。她第二次下定决心，把他摒出脑海之外，不再去想他。

第 5 章

　　乌篷船在 12 名乘客的重压下，深深地吃进河水中。声嘶力竭的马达轰鸣打破了河流的静谧。这艘巡逻船缓慢而坚定地驶向威亚卡加村。船头威武地架着一挺机枪，船尾，荷兰地方长官沃尔荷夫正汗流浃背，不单单是因为天气热，每次巡逻他都会提心吊胆。

　　沃尔荷夫摘下草帽，用手帕擦了擦脸和脖子。他不喜欢流汗，汗水把人弄得又肮脏又邋遢，刚洗的卡其布衬衫一会儿就黑乎乎的，一坐下来，卡其布短裤就会汗淋淋、皱巴巴。所以，他现在站着，紧紧抓住船篷，任汗水涔涔地顺着长满白毛的大腿往下淌，浸湿了袜子的上端。

　　通常沃尔荷夫不用亲自巡逻，把任务交给船上的其他人即可：一位年轻的荷兰中尉军官、五名荷兰士兵和五名爪哇士兵，他们隶属于荷兰阿加特兹地区司令部驻军。尽管已在殖民地干了 20 年，沃尔荷夫还是对原始文化敬而远之。早年在阿加特兹，沃尔荷夫雷厉风行地推行镇压政策，对不肯遵守猎头禁令的村子全部付之一炬。荷属新几内亚首府荷兰迪亚的长官认为他太冒进，弄得荷兰殖民前哨与当地土著的关系太僵，处理不好会引起全面冲突。猎头是阿斯玛特地区宗教仪式中的一项关键内容，如果没有第一次猎头成功，男孩是无法行成人礼或结婚的。这种风俗需要时间改变，但沃尔荷夫却急于立威，想早日令当地民众屈服，尽快掠夺资源，取悦上峰，作为自己加官晋爵的资本。

21

　　从那时起，沃尔荷夫一直认为新几内亚是毫无价值的土地（包括了里面还没探明的地方），只有食人族、肮脏的丛林沼泽和世界上最大最令人毛骨悚然的昆虫。他把帽子摘下，眉头紧皱，开始觉得头疼。他提醒自己，这次巡逻的目的是为了那些人类学家的安全，那支美国探险队很快就会抵达阿斯玛特。沃尔荷夫低声咒骂着——还有天主教传教士那些麻烦事等着他处理。

　　一星期前，威亚卡加村刚发生了一场猎头袭击。随着探险队的迫近，沃尔荷夫决定自己亲自调查，多带 8 个士兵以显示武力。到目前为止，他在河流旁的村子里找到了两个可疑的骷髅头，太阳穴上赫然有一个大洞，表明大脑被挖空吃掉了。村民们声称这两个骷髅头是和散落在村落周围的其他人头一样的陈年旧物，但骷髅头怎么看都不像是有些年月的。沃尔荷夫并不能证明什么——除非能劝服威亚卡加村的村民指认凶手。大多数情况下，他们会自己寻求复仇，把事情弄得更糟。想到这儿，沃尔荷夫咬牙切齿。他回头瞥一眼身后的士兵，扯高嗓子，让声音盖过轰鸣的马达。

　　"还有多远，中尉？"

　　坐在他身后的年轻军官点点头，望着前边的半岛地带，说："拐过弯就到了。"

　　"很好，"沃尔荷夫回答道，语气坚定地说："这一次我得向那些野蛮人挑明，他们要是再敢去搞猎头以表明自己成年，我们就把他们的卵蛋统统摘掉。他们要么就用别的方式展示雄风，要么就干脆当雌儿算了。"

　　沃尔荷夫不止一次有这种想法了，他甚至想过把全部原住民统统清除。这些人毫无利用价值，没有人能驱使他们劳作，他们对物质不感兴趣，即使是想要什么东西也是去偷去抢，而不会想到去赚钱买。结果在阿加特兹的劳动力都是由荷兰政府从别处带来的爪哇人充当。

　　沃尔荷夫的眼睛紧张地搜寻着丛林，想找出其中的蛛丝马迹。刚刚 5 里路什么也没有——连艘船都看不见。这种情况可不正常，搞得沃尔荷夫好不紧张。一个老太太的出现让沃尔荷夫松了口气。她正俯身在河边抓螃蟹。老太太应该是聋子，直到乌篷船驶到跟前才蓦然发觉。她站起身子，傻傻地不知所措。沃尔荷夫看见她的鼻子、嘴唇和耳廓都被雅氏病侵蚀得溃烂不堪。

她惊恐地盯着船，沃尔荷夫也盯着她，对自己竟然没能看见这个藏在拐角处的小村落而恼火，如果不是中尉抓住自己的手臂提醒，真的就会错过。是不是自己老了呢？起初，沃尔荷夫没有察觉什么异样，村民们听到轮船声，都停下手头的活儿，等着船驶过来。尽管现代机器在当地还很罕见，但他们对这种船并不陌生。妇女们拿着竹钳，呆呆地从烤西米丸子和螃蟹的炊火中抬头观望，孩子们停止了玩耍，好奇地盯着河流。

但中尉抓住沃尔荷夫的手臂示警的原因可不是因为这一普通的乡村景象。村子空地远处的丛林阴影中，站着约莫 100 个战士——不是一般的小村落可以容纳的。他们冷冷地看着河流，岿然不动，如磐石般沉默。每个人眼圈边涂着白灰，更增添了野性气息。乌篷船减慢了速度，缓缓前行。

"上帝啊！"看到战士们身上的长矛和弓箭，沃尔荷夫喃喃自语道："肯定是一场袭击。"

"不，我想不是这样。"中尉回答道："但我们最好回避一下。"

船离岸边不足 100 尺了。

"我搞不明白，"沃尔荷夫说："为什么有这么多人。"

即使中尉知道答案，也没有机会开口。因为一个年轻战士呼啸着打破沉默，高举着长矛，冲向河边。

听到身后来复枪的上膛声，中尉马上试着安抚自己不安的下属："别开枪，他们只是在虚张声势，他们和你们一样害怕。"

当那个年轻战士冲到河边，高高跃起的时候，沃尔荷夫的心都吊到嗓子眼了。看起来似乎那个战士随时都会投矛攻击，但他松了手，后退了几步，仍做出攻击的姿势。船上的人刚松了口气，又马上紧张起来：别的战士已蜂拥袭来，如咆哮的棕色巨浪，似乎要冲进河流，把小船吞没。

"马上调头！撤退！士官们！"中尉命令道。

"不行！"沃尔荷夫声音颤抖着取消中尉的命令，"我是不会给敌人吓跑的。"

战士们在河边停下，团团围住遵从沃尔荷夫命令折返的小船。突然，几声枪响轰鸣，一个未经战阵的爪哇士兵盲目地举枪朝天射击。顷刻之间，漫天充斥着弓箭、长矛，神奇地扎在离船几尺处的地上，整齐地簇拥着——却有一根投矛，重重地打在沃尔荷夫的头上。一瞬间，他只感到彻底的恐惧。

"下令开火！"他朝中尉喊道。

"不行，长官！"中尉坚定地说，深知自己抗命的代价。

沃尔荷夫看着呆在一旁的机枪手下士，"开火，下士！不然我把你和你的指挥官一起送上军事法庭！"

"朝天射击，下士——朝头顶射击！"中尉命令道。

沃尔荷夫抓住枪管，不让下士把机枪抬起，"向前，向前开火！"

下士犹豫着，看看沃尔荷夫，又看看中尉，吞着口水，等候确切的命令。

这时，又一阵箭雨落在船的四周。这一次，还有几根扎到了篷顶。但此时此刻，下士怕的是沃尔荷夫而不是阿斯玛特战士。他合上眼睛，扣动扳机。长而断断续续的枪声响彻云霄。几秒钟内，村民逃进了丛林，四处重归静寂。巡逻船把引擎挂到空挡，随着河水荡漾。船上的人看着河堤，9具尸体躺在泥泞中。

中尉难以置信地摇着头，"不该发生的惨剧，我们奉荷兰迪亚的命令，本应尽力避免冲突的。"

"你错了，中尉。"沃尔荷夫平静地回答，连自己都很惊讶为何如此平静，"我们中了埋伏，但我们保卫了自己。"

中尉转过头来看着沃尔荷夫，说："我们得为这次在威亚卡加村的杀戮作出赔偿——每个罹难者的家庭赔一头猪。"

"胡扯！"沃尔荷夫嗤之以鼻，"那等于我们自招其罪——我们啥事都没犯，我们是自卫反击。"

"那他们呢？"中尉朝尸体示意，当中有些人只是受伤，还没死。

沃尔荷夫耸耸肩膀，坐了下来。他现在连汗都不流了，刚才的暴力驱散了心中的不安。"管他呢，村民会回来收拾的。这是个无足轻重的小荒村，没人会在意发生了什么事。至于你嘛，我听说你快调到巴塔维亚去了。"

"得几个月后。"

"或许会快一点。"沃尔荷夫笑着说："除非你向我请求在此服役延期或上军事法庭。"他走上前，去拍中尉的肩膀，年轻的军官退缩了一下。沃尔荷夫哈哈大笑，收回了手。"好了，中尉，我们回去吧。漂亮的巡逻，好好地教训了他们一下。我想，他们会规矩点了。"

第 6 章

麦 提 亚

丹尼尔·福尔曼和卡尔·盖勒，另外两名哥伦比亚大学的研究生准备加入探索行动小组。他们乘坐每周运送邮件的海空两用飞机来到麦提亚。福尔曼和盖勒准备帮助把物资运送到新几内亚阿加特兹的大本营。4 周后，还会有两位研究生加入，再加上大卫·卡特——凯瑟琳的未婚夫、瑞德教授、列温教授和维德教授。

凯瑟琳看到卡尔特别开心。当卡尔在码头上看到凯瑟琳时，一把紧紧把她抱住，喊着："凯瑟琳，我的宝贝。我就知道在这温暖的地方你会像鲜花一样怒放。我们一行男人会因你而神魂颠倒。我应该把你好好锁起——最好还得怀上孩子。"

她接受了他的戏谑。尽管他老爱开她的玩笑，但凯瑟琳知道卡尔是真心崇拜她，不单单因为外表。卡尔和凯瑟琳都来自美国中西部。他和他的高中女朋友珍尼，是哥伦比亚大学人类学研究生中唯一结婚的一对。但珍尼没有再求学，去教了书，两年前怀孕时辞职。自打他们的孪生儿出生后，她和卡尔一直靠着他微薄的研究和授课助学金维持生计，那份助学金只能养活一个人。

凯瑟琳觉察到，大多数研究生都带着饥饿的鲨鱼般的攻击性，总是喜欢竞争，和每一个人比级别、奖学金、教职、办公室、性交往、住房大小、桥牌技术，甚至连进咖啡厅的位置也争得不亦乐乎。但卡尔不同，他就像她一直没能拥有的兄弟。没有他的友谊，她或许无法坚持下来——卡尔也深有同感。

对于凯瑟琳，卡尔的到来多少驱散了一些麦提亚带给她的他乡陌生感。现在她感觉更能把精力集中到研究的准备工作上：查阅相关文献，参加研讨会，学习语言，听迈克尔关于如何克服野外不适和不便的讲座。即使很忙，她还是每天骑马游览庄园。有时，朱里尼会陪着她——或者是卡尔和丹尼尔——但一般是独自一人，享受孤独。她总是在骑装下穿着浴袍，骑完马后到庄园 1 里地外的小池塘里畅游一番。

现在凯瑟琳完全适应了麦提亚的生活，除了在纽约的伯纳德大学和哥伦比亚大学读书外，凯瑟琳一直住在家乡芝加哥。在波尼奥这个地方，她这个黑美人和环境很相称。她很喜欢岛上繁茂的绿意和无穷的生命力，甚至连酷热也吸引了她。她尤其喜欢麦提亚，狂野的热带植物被精心修剪得井井有条，却无碍它原有的风貌。马来人热情的黑色肌肤让凯瑟琳倍感亲切。凯瑟琳的家庭是红头发、白皮肤的爱尔兰族裔，她却生来是黑头发、黑眼睛、黑皮肤。在小的时候，她还曾幻想自己是领养的小孩，但被家人劝服根本就没这回事儿，后来她认定自己是一位印度公主的后裔。少女时期，她又想象自己的母亲被祖母家里的菲律宾电梯服务生或经常到家里吃饭的意大利歌剧明星勾引而生下了她。自从她长大懂事后，总对这些童年的幻想感到好笑。

关于自己的出身问题凯瑟琳一直无法找到满意的答案，但随着她的成长，更大的相貌差异逐渐显现出来。凯瑟琳的母亲很早结婚，她很漂亮，选择了当一个贤妻良母，梦想着生一个如童话故事般可爱的小孩。凯瑟琳是独生女，却肯定不是母亲希望要的类型。

凯瑟琳记得母亲老是想把她笔直的头发弄成波浪卷，这时母亲一向优雅的声音总会略略显得急躁粗鲁；母亲亮闪闪的红色鬈发下精致如洋娃娃般的俏脸总会对自己唯一的孩子皱眉叹气；母亲总会忧郁地看着凯瑟琳轻盈小巧的骨架，似乎它对自身的名节构成了威胁，"你怎么会这么瘦骨伶仃，凯瑟琳。好好吃你的饭，你都长成罗圈腿了，我想你肯定是有佝偻病。"又黑又瘦又丑，根本不是她母亲想要的孩子，还有什么比这更糟的呢？

事实却是，凯瑟琳一直都很漂亮，尽管瘦小、害羞了点；只是那时她自己不知道，到了现在也无法真正相信。镜中可爱的样子和内心深处的童年记忆对她都那么陌生、疏远。

虽然在高中时代有许多男生追求，但凯瑟琳那时并没有男朋友。上了大学，当她最终决定接纳男人进入生命时，她选择了别的女人都看不上眼的男生。那时她为自己找了很多理由，告诉自己，这种男人更有学识，更具创造力，只是大多数女人不懂得欣赏而已。她没有爱人，因为她的男友都只是她寻求安全、依靠和柏拉图式精神交往的伴侣。直到读本科的时候，伯纳德，大学一个心理学教授，本人也英俊倜傥，直白地告诉她应该有更好的男人陪伴时，她才醒悟过来：为什么没有真正的爱人，原因都在自己身上。教授本人原想取代某人的位置，尽管失败，但作为凯瑟琳尊敬的人，他的教诲，还是令她有所触动。

她开始接受成功的有魅力的男士。尽管追求者众多，但凯瑟琳在感情上一直无法完全献给任何男人。在遇到大卫前，她走马灯似的换着男朋友。但她似乎在这些恋爱关系中总有所保留，不单单肉体上，精神上也是，对大卫也不例外。她答应嫁给大卫，更多是出于考虑而不是感觉。对真正爱上一个人深感绝望后，凯瑟琳决定给自己找一个合适、安稳的归宿。大卫正是理想的选择：他英俊、睿智，和她有共同语言。所有的朋友都认为他们是天造地设的一对。看起来那么完美，结合后肯定也会美满，凯瑟琳是这么设想的。因此，她接受了大卫的求婚。大卫给她带来了安稳的感觉，直到三周前遇到了迈克尔·斯坦福。

今天还是阴雨绵绵，凯瑟琳独自一个人坐在屋里的桌子上，尽量不去想讨厌的潮湿。前面墙上高处，一只印尼家家户户常见的壁虎正扑向一只飞蛾，一起跌落到地板上，嗖地溜走了。天花板上嗡嗡作响的吊扇努力地搅动着几乎凝结的空气，但无济于事，汗水仍涔涔地顺着鼻子和下巴往下淌，滴落在笔记本上，打湿了本子上的字迹。凯瑟琳好不气恼，决定休息一下，去骑马溜达溜达，管它下不下雨。

走到马厩时，雨停了。她牵出"上将"——一匹高头快马，往池边骑去，决定痛痛快快地游个泳。在马厩远处，斯坦福家族和村子共同耕作的甘蔗田整齐地一直延绵到河边。工人们正忙着砍蔗收割，根本顾不上避雨。除了橡胶和牲口，斯坦福家族和村民一道分享麦提亚的收成：稻谷、椰子、水果。但单橡胶一项，他们已富甲一方。

骑程中，凯瑟琳看到迈克尔的灰骟马绑在一棵树上。她知道他肯定也在田里劳作。最近几个星期，她有机会近距离了解迈克尔。尽管她尽量避免和他有个人接触，但还是经常看见他，而且还渐渐被他打动。尽管表面看起来文静、严肃，迈克尔却是一个充满干劲、直爽、富于创造力的男人，对自己的信念充满了激情。他冷峻的外表下其实藏着一颗火热的心，汹涌澎湃的热情使他在年仅三十岁便作出了卓越的学术贡献。他又是一个理想主义者——浪漫地热爱着自己研究的原始部落人群，尊重他们的生活方式。她感觉到他渴望了解别的土地、别的文化。和她一样，迈克尔对麦提亚总是带着疏离和陌生感，似乎他不属于这里。

如果不是因为他的天生幽默，经常自我解嘲，迈克尔在每件事情上表现出的激情或许会让身边的人感觉吃不消。幽默充当了缓和剂，刚好调节了迈克尔可能过于强烈的竞争欲和热情。他很诚实，有时太诚实了，他无法忍受以牺牲他人为代价的社交游戏。凯瑟琳想起来还觉得好笑，在早前开研讨会时的一段插曲。唐纳德·席巴博士是哥伦比亚大学的教学管理团成员，大约和迈克尔同年。他曾邀请凯瑟琳做他的研究助理。（为了显示独立，凯瑟琳没有跟家里要钱读书，打算自己挣钱完成学业。）她得体而富有建设性地指出一些批评意见，认为自己理应这么做。无奈这位席巴博士从来无法好好接受别人的建议，即使是出于自己心仪的美人之口也不接受，他在学术上故步自封，死也不肯改正。凯瑟琳也意识到，自己得辞职身退，尽管自己很需要这笔薪水。席巴博士永远无法原谅凯瑟琳比自己更具学养，现在，他不放过任何一个机会贬低凯瑟琳，经常对她冷嘲热讽。这种嘲讽很难防范，因为它们总是以玩笑面目示人。在开计划研讨会时，席巴博士又开了这么一个玩笑，弄得大家哄堂大笑。甚至连深知席巴博士用心的卡尔也忍不住笑个不停。而迈克尔却正襟危坐，嘴角动也不动。

相反，他仔细打量了席巴博士一番，转而用平静而有力的声音吸引了众人的注意，说道："您是为了某件事在生凯瑟琳的气。自从您来之后，心中的芥蒂一直无法消除。我猜想这是否与凯瑟琳出色的学术能力有关。"边说他的眼睛边盯着席巴博士，声音依然温和："这并不公平。论资历您比她高，她无法还口，所以请您停止开这类玩笑。扪心自问，为什么您要这么做，我想答案您自己心里清楚。"

一群人陷入了沉默。席巴博士静静地和迈克尔对视了一会儿，避开挑战，转移了话题。但这件事把席巴博士和凯瑟琳的恩怨摆到了明处，从此席巴博士再也无法倚老卖老地冷嘲热讽。凯瑟琳很感激迈克尔，但他还是一直和她保持距离，不单单对她，对别人也一样。他并不是害羞，他总是彬彬有礼，友善对人，无话不说，却总是避免谈及自己。

凯瑟琳到了池塘，突然意识到自己整个路途中都在想着迈克尔。又要下雨了，她下了马，站在池塘边上，手里挽着缰绳。树丛中风声簌簌作响，弄得"上将"很不自在。她不想游泳了，没有阳光照耀的池子显得深不见底，阴森恐怖。

她挂念迈克尔，为什么会这样？云层下黑漆漆的池塘如眼睛般空洞地盯着她。她端详着自己水中的倒影，似乎池中的人影或鱼儿能帮她解决这个疑问。但她找不到答案。她轻轻地投下一枚石子，转身离去。石头击碎了倒影，平静的水面上泛起一阵涟漪。

她骑上马，动身回马厩。开始下雨了，很快她被瓢泼大雨淋得全身湿透，但她并未在意。她纵马疾奔，沿着归家的小径绝尘而去。孩提时代的凯瑟琳活泼而略显狂野，但长大成人后，她变得内敛保守。而现在，她却在一条泥泞的小道上骑快马，座下小巧的英式马鞍潮湿滑溜，一个不小心跌下马，她将再无法收集博士论文资料。但她仍一意孤行，鞭策着马儿跑得更快。她对自己和马儿很有信心，做女孩的时候，她喜欢和马一起玩，是一个老练的骑手，但直到三周前来到麦提亚时，她有好多个年头没骑过马了。

她母亲不喜欢马，是父亲每周带她到公园骑马。那时候每周一次的公园独处是孩提时最美好的时光。父亲是一个风度翩翩、机智幽默的美男子。举手投足都蕴藏着运动员般的矫健，衣着打扮也独具风格、优雅大方。出于本能的贵族风范，他对美好精致的事物充满热情：无论是艺术、马匹还是女人。凯瑟琳一直很爱父亲，但他并不爱她。在他看来，爱是父亲的责任，但他却无力承担。他把几乎所有的爱献给了凯瑟琳的母亲，似乎他也并不真心想要个小孩。

父亲总是把凯瑟琳当成大人看待——还是当成一个成年男子。和女人、孩子在一起他会很不自在。他自己失去了母爱和童年，出生没多久便成了孤儿，年纪轻轻便得自谋生计，靠着不懈努力和天赋过人的头脑，他取得了巨大的成就和丰厚的金钱回报。他对那些自甘堕落的无能之辈嗤之以鼻，保持着强烈的传统道德感。凯瑟琳猜想这可能是因为父亲从小生活在天主教孤儿院以及暧昧不清的出身问题所致，但父亲从来不谈及这些。

凯瑟琳年纪还小的时候便意识到父亲并不爱她，但父亲表现得无可挑剔，所以她把责任都归于自己。她想，如果自己表现完美，或许能让父亲喜欢自己。所以在父亲重视的学术界她一直孜孜以求，追求成功。直到她终于发现自己不可能像母亲那样拥有父亲的爱时，她的学术耕耘也有了丰硕成果。

来到5尺高的马厩围栏时，凯瑟琳打量了一番，决定不绕路从前门进去，而是打算直接翻过栅栏。她将坐骑对准栅栏的方向，策马扬鞭，朝前冲去。"上将"对凯瑟琳完全信赖，毫不犹豫地勇往直前，把自己托付给了缰绳上那双坚定的小手。凯瑟琳和马飞奔着，当"上将"跳离地面时，她的心一下提到了嗓子眼。马儿高高跳起，腾越了栅栏，一种久违的自由飞翔的快感充斥着凯瑟琳的胸膛。马和人稳稳当当地落在马厩平整的沙地上，她缓缓地骑着马来到门口，跳了下来，脸上还泛着兴奋的红晕，牵着"上将"进了马房。两个马童热烈地朝她鼓掌，迈克尔也站在门口，手里挽着马鞍，从头到脚都湿透了。他微笑地看着凯瑟琳，眼里充满钦佩。

"真是美妙的一跳。"他赞美道，没等凯瑟琳来得及回以微笑，便转身进了钉房。当她卸完鞍进钉房时，迈克尔已经走了。

回房间换衣服准备吃晚饭的路上，凯瑟琳在大厅遇到了朱里尼。

"我一直在找你哪！"朱里尼高兴地说，"明天我准备和卡拉一起去巴塔维亚，你跟我们一块去吧。我去见我姐姐玛吉特，然后再去采购一番。"

凯瑟琳脸上流露出不悦的神情，在这个充斥着大量准备工作的时候，朱里尼却准备和卡拉去巴塔维亚，未免太不负责任。"不，我想不去了。"

朱里尼继续说道："那你得帮我查认一下这些阿斯玛特的标志，好吗？"她递给凯瑟琳一叠相片，记录着长矛、工艺品、村落和村民。"席巴博士要求在两天内完成。"

凯瑟琳皱了皱眉头，"这些得你自己做吧？"

"现在就别计较啦，凯瑟琳。"朱里尼娇嗔道："你也知道，如果不是事态紧急我也不会贸然离开。而且你一向比我工作出色。"

不等凯瑟琳同意，朱里尼已走出了客厅，把照片留给了凯瑟琳。凯瑟琳气恼地进了房间，把照片扔在桌上。她已经不是第一次帮朱里尼分担任务了，如果不是因为朱里尼的父亲查尔斯爵士的关系，朱里尼老早就会因学业问题被逐出研究组。

凯瑟琳把头发挽起来，在浴缸中盛满冷水，整个人泡在水中，看着自己的膝盖，心情随着皮肤一起慢慢地起了褶。她气恼地看着浴室的门，洗衣女工把她的两条礼裙晾在了门上。除了第一天晚上穿的长黑礼裙外，这两件是她带来的仅有的裙子了。选择这两条裙子除了因为凉爽轻便外，还因为朱里尼特别叮嘱她在麦提亚参加晚餐的着装礼仪：男士西装加领带，女士穿礼裙。尽管这两条裙子合乎了礼仪，却不合她的心意。她穿腻了这两条裙子，和斯坦福夫人每晚的衣着相比，显得那么老土。卡拉的衣服肯定购自巴黎，而凯瑟琳却连唇膏都没带一支，因为她在家里很少用到，所以也没认为有什么大不了的。然而，现在外表对凯瑟琳却至为重要。她猛地从浴缸里站起来，擦干身体，披上浴巾，跑过凉爽的瓷砖地板，拿起一件印花礼裙——这件最近最顺手。匆匆忙忙穿上衣服后，她把头发打个髻，来不及往镜子里看一眼，跑上天台摘了两朵栀子花，胡乱戴在头上。

她走进书房，发现只有卡尔一个人，站在书桌边上，正在浏览查尔斯爵士的旧文章。卡尔的领带悬在脖子上晃悠着，衬衣袖子挽过手肘，肩膀上漫不经心地搭着西装上衣，又湿又皱。卡尔的单身汉习惯连最好的伦敦裁缝的手艺都会糟蹋成破烂的垃圾袋。他现在穿着的这件白衬衣是在新加坡后街小巷一个中国裁缝那儿花了几个小时赶制的，看起来邋邋遢遢，正如卡尔内心期盼的一样。他把衣服当成了他对财富和权力看法的声明，也包括了他对每晚着正装进餐的愤慨。

"以前我们着正装吃晚餐只是在星期天下午啊。"第一天到斯坦福庄园后，卡尔就开始抱怨。午饭的时候，多喝了几杯，他又宣布，他打算把白衬衣烧掉，悼念日薄西山的大英帝国。查尔斯爵士看惯了这种研究生的猥介之气，只是报以宽容的一笑。

"啊——我们的护花使者、万人迷在这里呢。"凯瑟琳边走进书房边说道。

卡尔抬头看了看，看见她头上的两朵栀子花，露出一丝微笑。

"我觉得像过节一样。"他不无讥讽地评价道。

他的目光落到了旁边桌子上的威士忌酒瓶和空杯子那里，她意识到卡尔已喝了不少，这并不像他的作风。感觉到凯瑟琳的不悦，卡尔朝酒瓶点了点头。

"如果身边总有这种上等好酒相伴，想不变成酒鬼也难。但我根本买不起，所以别担心，我们到新几内亚时，我会像法官一样清醒。"他说着合上刚才正在阅读的文本，盯着凯瑟琳看了一会儿，寻求那种姐姐对弟弟的愠怒。

"今晚一起逃课吧。"突然卡尔说道，手托着下巴，抚摸着刚刚剃光的胡须根。他站起身，以酒鬼的耐心，热切地看着凯瑟琳。

"我们得编个理由，然后我让小王给我们送些大厨正准备的美食过来，再偷一瓶法国美酒，一起到河边小酌一番，如何？"

凯瑟琳笑着说："好啊。"对自己能暂时离开斯坦福一家和其他人而庆幸。

卡尔离开书房，去游说麦提亚的广东大厨。当他找到凯瑟琳时，她正赤脚坐在河边码头，看着河里打着漩涡的河水。他停住脚步，看了她一会儿。凯瑟琳感觉到卡尔的到来，抬起头，嫣然一笑，倚着自己的手臂，晃荡着脚丫。

"小心食人鱼把你的脚趾头给吃掉。"卡尔呵责道。

"搞错了——那是亚马逊河。"她笑着回答。

"哦……"卡尔假装不知道,"那鳄鱼会咬你的,咬得还要厉害些。"

凯瑟琳不理会卡尔的戏弄,麦提亚这一带的河流一直有人精心看护,从没有人见过鳄鱼。卡尔摊开桌布,摆好两个酒杯、几块鸡肉和面包。

"很抱歉没什么吃的,小王几乎对我的计划并不热衷,但我还是弄到了好酒。"卡尔从上衣下掏出一瓶酒,斟满酒杯,与凯瑟琳一人一杯,以示庆祝。

"为我们的探险——干杯!"他神秘地微笑着:"所有的探险。"他一饮而尽,又补充道:"愿我们能保住脑袋,"——轻轻打了个嗝,继续说道:"好好地呆在肩膀上。"他又举起酒杯,几乎跌下码头,两人都意识到,他醉得实在很厉害。

"我想家。"他一边站稳身体,一边对着河喃喃自语,"我从来没离开过珍尼和两个儿子。"

"我知道。"凯瑟琳同情地碰了碰卡尔的膝盖。

卡尔不再害羞,大胆地看着凯瑟琳。她身上的印花裙子在眼中渐渐模糊,与森林融为一体,黝黑的肌肤和明亮的眼眸也迷失在河流的影子中。卡尔想到,凯瑟琳总是那么不谙世故,和麦提亚一样天真无邪。她属于这里,但他不是。这个想法困扰着卡尔。在他们身后,薄暮中,麦提亚庄园主楼的轮廓在天际若隐若现,山形墙直指天空,如巨船的桅杆;屋顶在山形墙间起伏,如波浪般汹涌。即使在丛林的包围中,这座庄园仍主宰了一切。卡尔轻轻耸了耸肩,在大衣中搜寻烟斗,但他忘了带在身上。他点了根香烟代替。

两人谈到学校,卡尔惟妙惟肖地模仿起威严的人类学家弗朗兹·波亚斯,哥伦比亚大学的名誉教授,逗得凯瑟琳捧腹大笑。卡尔的表演总能逗她开心,有了卡尔,她觉得很祥和。河风把身上的热气一扫而空,凯瑟琳惬意地抬起一只膝盖,把脸颊靠了上去。她注意到卡尔看别人时神情很专注,让别人因为受关注而感到愉快,这也是他魅力的一部分。她大大方方地接受了这份关注,很开心。

有一会儿,两人都选择了沉默,让河流静静的流水声笼罩着他们,忘情地望着天空最后一丝橘黄的晚霞。每个人都有人生最开心、最难忘的时刻，这一时刻现在属于卡尔，他细心地领略着周边的一切：夹竹桃的清香和天籁般的虫鸣蛙响。他还发现凯瑟琳比平时显得更加安静，更加遥远。即使两人四目交错，她也似乎在盯着远方。卡尔用心地逗着凯瑟琳，想把她从远方拉回来。

最后，他问道："你和大卫什么时候结婚？"

凯瑟琳惊讶了一会儿，似乎问题和她毫不相干，"我们还没决定呢。"她回答道。

她低下头看着河流，但卡尔注意到，她脸上带着些许慌乱。

"确实，没理由那么匆忙。"他安慰道，自己也奇怪为什么会提这么个问题。他知道这个问题会惹凯瑟琳气恼——一向如此。或许他为今天她的沉默而闷闷不乐吧。卡尔换了个话题。

"我在奇怪，斯坦福家族住在这里会不会开心。"他想了想，自己回答道："应该会吧。他们建立了自己的小天地，可以为所欲为。当然，除了可爱的斯坦福夫人。她不适合这里，真是为她难过。"

"你为每个人都感到难过。"凯瑟琳冷淡地回答道，忿忿地发现卡拉·斯坦福在自己的阵营中也拥有支持者。

卡尔撇开她的冷淡，知道自己会以言语打消凯瑟琳对他的不悦。他挺喜欢卡拉·斯坦福，或许她让他想起珍尼：总是在研究生聚会中扮演老大姐的角色，默默地支持自己从未能融入其中的谈话。他和凯瑟琳在许多事物上的看法不同，但在重要的事情上，两人却几乎完全一致。在凯瑟琳身上，卡尔找到了令男人困惑的秘密：最深挚的友情，存在于男女之间，而非男人之间。他并非为凯瑟琳的美貌动情，在她身上，他能看到艺术的光辉，使他愉悦不已。

话题又回到了学校。卡尔不由得黯然神伤，这趟实地研究工作完成后，大家会回到哥伦比亚大学一同完成论文，之后将天南地北，在全国各地担任教职。凯瑟琳和大卫大概会留在纽约，卡尔会回中西部地区，他答应珍尼会回去。从此大家只能在同学聚会上偶尔见见面。

"事情结束后，我会想你的，凯。"卡尔的声音严肃起来，凯瑟琳转过头，看着他。

"我也会想你的。"她轻声说道。

在卡尔酒意朦胧的眼中，凯瑟琳的身影再次消失在日暮中，与丛林、河流融为一体。他觉得很害怕，似乎他会永远失去凯瑟琳。

"我不喜欢待在这儿。"卡尔恨恨地说，似乎麦提亚是让他不开心的罪魁祸首。一阵酒嗝涌上他的喉咙，带出酸酸的酒气。他站起来，头昏眼花地伸出自己的手。凯瑟琳微笑着握着他的手，刚刚把她吞没的丛林，又把她还给了卡尔。他用力把酒瓶远远地投进河中。

"死亡！"他喊道，盯着河水，"或许很快就会打仗，或许我会上战场，为国捐躯。"

凯瑟琳担心卡尔的情绪，搀着他回到马路上。前面麦提亚庄园里依然灯火通明，晚宴还在继续。在庄园天坛的角落，摆放着一尊青铜麦提亚佛像。在他神秘的微笑中，隐藏着对美好未来的承诺和人们美好的梦想。斯坦福家族的一位先人不辞辛劳，把他从柬埔寨的一座寺庙里偷偷运来。佛像神情安详，四只手掌心朝天，上面落满了雨水、小虫和花瓣——大自然的恩赐。

"我喜欢这里。"凯瑟琳轻轻地叹气道。

"喜欢吗？"卡尔问。

"是的。"她回答道，又冒出一个念头，"印尼人相信，房子和人一样，是有灵魂的。"

在他们头顶，屋子的山形墙有如古代维京海盗船的船头一般，昂首朝天。凯瑟琳走到门口，朝停住脚步的卡尔问："进去吗？"

"我想再呆一会儿，抽根烟。我总担心如果在里面抽烟，会把这个大茅屋给烧了。"

他看到凯瑟琳笑了，走进屋里，消失在其中，剩下他独自一人，在时灭时燃的香烟根里寻求温暖的慰藉。

第 7 章

新几内亚，卡苏亚里纳海岸线

卡塞尔神父猛踩下小型摩托艇的油门，往河岸边驶去。在这个河口处，艾莲登河显得如此宽阔，对面河堤都远在视野之外。神父抬起头，眯着眼斜视令人目眩的骄阳。他忘了带手表，正在估算时间。他头戴一顶旧软帽，保护头顶不被晒晕，嘴里叼着一根尚未点燃的烟斗。帽子下，神父的头发剪成干脆利落的短发，恰好和他的胡须一般长短。短发和胡须环绕下，是一张古铜色但并不冷漠的脸庞，明亮的蓝眸和深深的红晕平添了几分温暖。卡塞尔神父个子不高，瘦小精干，精力充沛。当没有人和他说话时，喜欢叼一根烟管把玩，一向如此。他看起来不像个牧师，他自己也承认，选择当牧师，与其说是因为出于关心人灵魂的救赎，倒不如说是因为他对人的意识和心灵充满了好奇。这番告白，他只对上帝作出，从未向当地主教透露，反正说了他也不会明白。

神父 52 岁，过去 25 年艰苦的原始生活损害了他的健康，令他患上了好几种慢性病和寄生虫病，包括疟疾。上周他还因感染周期性蔓延的疟疾而卧床一星期。但早晨一个当地的助手告知了他一则消息，让他极为不安，所以不顾自己的病痛，动身出门。有报告说，一周前，在威亚卡加地区发生了针对荷兰巡逻船的攻击，神父决定亲自将此事调查清楚。

　　河岸边茂密的红树林沼泽封锁了阿拉弗拉海的整片海岸陆路交通。35 英尺长的巨型鳄鱼，在树干与树根的盘结中沉睡。有时，它们会静静地浮在泥塘中，有如巨大的原木，似乎历经数百万年一直如此；有时也会混杂在树干和树枝之间交配。树干和树枝也对涉河者构成了巨大的危险。卡塞尔神父仔细地扫视着河面，躲开这些障碍物，如果碰到，小小的摩托艇说不准就会沉下去，那时神父可得蒙上帝开恩，才能从这条凶险的河流和这些钢牙怪物中脱身。无论怎样小心，船只还是有时难免碰到一两根隐蔽在浑水中的树枝。

　　卡塞尔神父从艾莲登河口出发，沿一条支流，逆流而上 5 英里到阿斯玛特的威亚卡加去。当终于看到村子时，周围一片死寂，神父充满了困惑。威亚卡加是一个小村落，在这一带更是偏僻边远的荒村。按照传统，村里的战士会列队迎接客人，大喊大叫，挥舞长矛，以显示武力，让客人行为规矩，遵从礼仪。自从荷兰人镇压这一带后，这种虚张声势和展示武力的行为已经很少出现，直到一周之前出事。或许是因为巡逻队的规模吓到了村民，无论什么原因，当时肯定不止是惯常的威胁和欢迎。如果消息可靠，在巡逻队回去的时候，有 3 个战士被杀，另外 6 个受伤。

　　卡塞尔神父花了数月的心血，才获得这些前猎头者的些许认同。他们的社会信仰体系，建立于对个体不幸的谴责之上。对于阿斯玛特部落而言，死亡或病痛都并非意外或没有他人的恶意，它们是敌人或敌人的灵魂引起的，因此亲属必须为死去的亲人复仇。个人之间，村子之间，部落之间的战争通常都是为了报复和寻仇引起的，而不像西方国家，战争更多是为了获得土地和利益。

　　卡塞尔神父担心，这一次杀戮事件会引发"比兹"宗教仪式：整个部落作出共同的复仇誓言，接着针对较小的白人殖民地前哨展开报复性攻击，战争将会席卷整个地区。

　　收到枪击事件报告后，卡塞尔神父担心的不是自己的安危，也没有去想太多荷兰军队的事情。他对自己无可避免的死亡已看得很开，他也觉得身为士兵，就必须承担死亡的风险。他最担心的是几周内将抵达阿斯玛特的斯坦福——哥伦比亚人类学探险队。卡塞尔神父曾在一次新几内亚东北塞比克河人类学探索行动中结识了查尔斯爵士。当两人发现彼此都热衷于研究大洋神秘学时，结成了莫逆之交。神父热心地为这次探索行动提供协助，它将是新几内亚规模最大，耗费最昂贵的探索行动。神父也期盼着这支 11 人队伍能为他孤单冷清的生活带来些许热闹。一方面，他很担心他们的安危；另一方面，又盼望着他们的到来。矛盾的心情驱使他决定把情况调查个水落石出。他知道荷兰政府是无力做到这一点的。在当地的信任和接纳程度，政府不如神父。

神父关掉船尾的马达，把它升起来，让惯性把船送到岸边。他光着脚，爬出小艇，拉着它趟过齐踝的泥地。岸上曝晒着几艘独木舟，狰狞如木雕的鳄鱼，船首与船尾雕满了风格怪异的动物图案。在这些船只旁边，他的小艇显得卑怯而可怜。

清晨的炊火已快燃尽，飘渺的余烟弥漫在午时的空气中。最近村子显然还有人出没，但现在却一片死寂。无疑是小艇的声音把他们吓跑了，神父心想。他经常只身到这一带来，也结识了几位村民朋友。他喊着他们的名字，然后站在烈日下等待。蚊蝇在脸边嗡嗡作响，神父把它们扇开，又喊了一遍，但连一声回应的鸟叫也没有。寂静开始让神父不安，站了几分钟，竟然感觉像过了好几个小时。还是没有回答，连空气都似乎没有动静。

神父竭力抑制自己的不安，开始在村里搜寻线索，找出空旷无人的原因。房子里只有潜伏的爬虫和蜥蜴。突然，神父看见村子空地边上的长形房子那儿有鬼鬼祟祟的举动。

神父小心翼翼地走进昏暗的小屋的唯一入口。一个状如棕色螃蟹的形体四肢着地，仓皇地爬过地板，蜷缩在屋子的一角。是一个人，又老又病，跟不上别人撤退。卡塞尔神父认出了他，用当地语言与其交谈："别怕，奥通比，我是一个人来的。我不会伤害你，士兵也不会来。村子里其他人都到哪里去了?"

蜷缩的人没有做声。卡塞尔神父从口袋里掏出些烟草，卷了根烟，递给那个人："来，奥通比，给你的。"

一只无力的手伸了出来，拿走了礼物。一会儿后，瑟瑟发抖的身形随着点燃的香烟的气息，渐渐伸展开来。奥通比靠在墙上休息，卡塞尔神父坐在对面，耐心地等着，然后又开始了询问。

"关于上周的屠杀，奥通比，士兵们杀了哪些个村里的战士？"

老人静静地坐着，看着卡塞尔，嘴唇里只吐出香烟的雾气。牧师感到很沮丧，问题的答案至关重要，如果是显赫的战士或部落领袖被杀，那么复仇将无可避免。他改用了另一种方式。

"奥通比，如果你帮我解答了这些问题，我会再给你两根香烟。现在听好了，上周被杀的人在村子里很重要吗？"

老人否定地摇了摇头。

"他们与村子里的首领们是亲戚吗？"

老人又一次摇头否定，伸手要他的赏赐。卡塞尔神父松了口气，卷了两根香烟，递给老人。然后，他站起身子，离开了昏暗的小屋。走到河边时，他想到，奥通比或许比他还年轻，才五十出头。这里的人老得很快。

他站在河堤上，看着空荡荡的村子，心里估计着形势。如果单单考虑地理因素，探险行动应该没什么危险。威亚卡加离传教团有 5 里远，而离探索行动研究的地区起码有 25 里远。被杀的人并非重要人物，也没有特殊关系。照他看来，要求复仇的被杀战士的灵魂对村民来说，威胁远远不如白种人大。白人的武器和当地人误以为是超能力的想法或许会阻止他们寻仇，至少会等到风平浪静的时候。他决定通知整装待发的探险队这件事情，但不会建议取消计划。

神父把船推回水中，爬到船里。启动马达前，他迟疑了一下，让河水把小艇送到河中央，他自己盯着周边的红树林和西米椰林。他从未见过一场"比兹"复仇仪式，在他来到阿斯玛特前，政府下令禁止举行此项仪式。但他曾有一次在一棵巨大的红树树干上见过一个类似图腾的雕刻，在西米椰林中慢慢被腐蚀。树干被专人精心雕刻出狰狞的亡灵图像，然后放置在西米椰林中，其超自然能力将会保佑西米椰树的产量，保证食物的供给。

对那幅狰狞图案散发出的可怕威慑力记忆犹新，卡塞尔神父感到很不自在。他努力摆脱这一不快，他相信老人没有撒谎。引擎启动了，轰鸣驱散了阴影，他调转到回家的方向，没有意识到自己错信了奥通比。结果便是，他对危险的缘起和程度做出了错误的判断，而这将是一个致命的错误。

第 8 章

　　凯瑟琳至今还不明白事情是如何发生的，但回想一下，她肯定自己是有意这么做的。吃完午饭后，她紧接着去骑马和游泳，这些通常都是在傍晚时分才进行。她并非有心去找他，但她却选择了一个他肯定在场的时间出现，以前她总是有意避开这个时间。回想起来，她还是无法解释自己的行为。

　　骑马去池塘的那天下午，阳光温和而明亮地照着池子平静的水面。她没有掩饰自己的行踪，他的马嘶鸣了一声以示欢迎。但他本人却一动不动，裸着背躺在池子对面的岩石上，没有理会她的出现。从他均匀的古铜色肌肤可以想到，他应该总是以这种方式晒黑自己。她站了一会儿，看着他，等他对自己的出现有所反应。他的不理不睬让凯瑟琳想挑战一下他，让他不再保持这一冷漠态度。她可以听见自己的心跳，因为本来是打算傍晚才来游泳的，她没有穿泳衣在身上。她慢慢地解下自己的骑装，折叠好和马靴一起放在石头上，然后站在池边，内心很欢喜，却又出于对自己举动的担心害怕而瑟瑟发抖。她纵身跳进闪烁不定的水中。

　　他还是没有任何举动，表示注意到她，但他肯定听到了她的动静。他仍然躺在岩石上，一只手垫着头，另一只手护着眼睛不被阳光射到，一条腿蜷在一旁。她可以察觉到他匀称的呼吸，他的安静平息了她的紧张，她的好奇心和兴奋战胜了害羞，当她游近他身边时，心跳愈发激烈，她感觉不像是自己而是别人在指挥她行动。

　　她爬出水面，跪在他身旁的石头上。他把放在脸上的手移开，放在脑后，身子翻了过来，透过明亮的阳光偷偷眯着她。没有看他的脸也没有说话，她开始观察他的身体。之前她从未见过男性的躯体，父亲的身体总是小心地隐蔽着，而别的男人她根本没有兴趣。她好奇地看着他两腿中间红色乱发中的粉棕色的男性象征物。它看起来很不协调，在完美的躯体上表现着不完美。她感觉很有趣。她伸出手去触摸他古铜色的肌肤，连自己都惊讶自己的大胆。顺着肚脐，她的手指沿着红色的鬈发一路而下，一直来到突起的小山丘，毛发在那里纠结缠绕着。她好奇地看着粉棕色毫不起眼的小玩意在她的触摸下开始膨胀发硬。她可以感觉得到他的身体变得发僵，但仍一动不动。她知道他正在注视她，但她不去看他的脸。她觉得自己好像在进行解剖人体学实验，她沉迷于探索他的身体，没注意到自己的身体也发生了变化，一种从未体验过的高度兴奋。她触摸他的乳头，惊奇地发现它们和自己的一样也会膨胀发硬。她抚摩着他胸前的毛发，摸到了他的大腿。她的手指和眼睛一同饥渴地探索着他的两腿之间，以一种从未梦想过的自由满足自己的好奇。无论她的初衷是什么，气恼或希望打破他的疏远，此刻她的行为完全被欢愉和兴奋所支配。她抚摩着他的膝盖，轻轻地亲吻它，心想着他的腿是那么漂亮而强壮。

　　她感觉到他的腿绷得很紧，用力撑着石面。她转过头，第一次去看他的脸。他的双唇紧闭着，下巴挺了出来，反映出全身的紧张。他这样子给人以狰狞的感觉，但他的眼睛却充满了温柔的激情。她转了回去，亲吻他的身体，伸出舌头撩拨他的大腿和腹肌。他轻声呻吟着，把自己完全交到她手里。她又抬起身子，看着迈克尔，眼里尽是迷茫。他仔细地看着她，脸上的紧张消失了，取而代之的是愉悦和温情。她感到很羞愧，为自己刚才的行为而心慌意乱。她的身体还是很兴奋，她站了起来，选择了让冰冷的水带走兴奋，她还没做好发生其他事情的准备。他转过头，看着她游回对岸，迅速穿好衣服。

　　无拘无束的自由时刻结束了，她没有什么罪恶感，却感到另一种兴奋，与刚才池水带走的兴奋不同。她内心的另一个自我被唤醒，她还没来得及适应。她完全信赖迈克尔，把那个自我交给了他，而他，感受到那份信赖，没有背叛它。当她上了马，准备离开时，回头看了他一眼。他仍躺在池边，和刚才发现的时候保持着同样的姿势，一只手护着脸，挡住太阳。似乎没有事情发生，但一切都改变了。

直到那天晚饭时，凯瑟琳才又看见迈克尔。他看上去和平常一样冷淡而疏远，猜不出他对两人发生的事情怎么想。她不去看他，害怕看到他眼神中的抗拒，又害怕如果看着他，会暴露自己的感情。她几乎吃不下饭。晚饭后，大家簇拥着到书房观看查尔斯爵士收自理查德·亚奇伯德的关于新几内亚的图片。它们是航拍照片，离他们的目的地大约有 100 英里，粗略地勾勒出未经探索的原始地带的风貌。图片中是一片优美的峡谷，被云层、雪峰所阻隔，至今世界对其还是一无所知。所有的图片都只是森林、河流，只有一幅例外，那是飞机乘着云层散开，低飞进入峡谷拍摄到的。图片上是一个戴着白色羽毛头饰的战士，站在高高的瞭望塔上。他的箭囊已经射空，一根羽箭正追向飞机，永远地定格在图片中。

"希望你们会探访传说中的香格里拉。"拍摄相片的飞行员这么对查尔斯爵士写道。在地图上，荷兰测绘员给那一带起了个乏味的名字"巴列姆河大峡谷"。年轻的探险队成员纷纷拿起图片，以天文学家研究火星的热情开始仔细端详。当每个人的注意力都放在图片上时，凯瑟琳终于有机会去看迈克尔。他肯定觉察到她的视线，抬起头来，自下午以来，两人的眼睛第一次彼此凝视。她的心几乎跳了出来，但她没有转移目光。他的表情不再冷漠，而是充满了关切。她担心再看下去，便再也转不开头，于是和身边的丹尼尔·福尔曼搭话，偷偷瞄别人是否注意到刚才的情形。大家都在谈论相片，只有卡尔静静地打量着她和迈克尔，然后又把注意力转向了相片。

查尔斯爵士注意到儿子的精神似乎好了很多。晚饭的时候，迈克尔显得太安静了，精神很恍惚。他断言是因为卡拉的离开使得迈克尔精神紧张。卡拉在迈克尔即将出发探险的时候远赴巴塔维亚真不是时候。他没有跟迈克尔谈起这件事，但他知道分别对迈克尔和卡拉都很艰难。卡拉对人类学不感兴趣实在是一件遗憾，他自己的妻子也同样不感兴趣。

查尔斯爵士开始观察屋里唯一的女性，凯瑟琳。他注意到，她实在是一个精致的美人——但可惜太黑了一点。异国风情的女子一向不让他有好感，尽管他也不知道为什么。他一直因为这个原因而没有接受马来人做情妇。即使如此，凯瑟琳仍显得那么诱人，连他都开始幻想和她展开浪漫的篇章。但他遗憾地意识到，她那么年轻，对自己一个糟老头子不会有什么兴趣。20 年前，他可能会狂热地追求她，但现在只能把机会留给年轻人了。他看着儿子迈克尔，猜想他是否也觉得凯瑟琳很迷人。查尔斯爵士摇了摇头，他无法理解儿子对女人的冷漠，但他打赌，如果是迈克尔，凯瑟琳也无法抵御诱惑。查尔斯爵士想到，凯瑟琳和迈克尔的母亲一样，不是可以轻松打发的女人，他好不容易才学会区别这一类女人。

当他想到迈克尔的母亲时，心里感到一阵遗憾的刺痛，总是会这样。他的眼里噙满了泪水，手里的酒杯也开始摇晃。真是奇怪，他内疚地想着，自己妻子的亡故都没有引起如此深切的悲伤。他眨眨眼睛，拭去泪水，转身加入了屋里的对话和谈论。

第 *9* 章

第二天早上的计划研讨会照常进行，似乎两人之间没有发生任何事情。两人像同事一样一道工作，一如往常，没暴露任何蛛丝马迹。那天下午，凯瑟琳骑马后没去池塘游泳。她告诉自己是因为需要时间适应这种改变，但真正的原因却是她害怕他不在那儿，她还无法面对这一可能。当下午回到马厩的时候，她见到朱里尼，自巴塔维亚回来，和迈克尔、菲利浦·桑德及孩子们坐在天台上喝下午茶。一个小女孩靠在迈克尔的肩膀上，其他孩子和一只狗在他脚边玩球。尽管之前凯瑟琳已见过这一情景，但现在见到迈克尔与孩子们玩耍却让凯瑟琳觉得心里一阵刺痛。是忌妒还是罪恶感？或者两者兼而有之。迈克尔很喜爱自己的两个女儿，他喜欢父亲这个角色。她们也很喜欢迈克尔。凯瑟琳注意到，当孩子们在场时，迈克尔总是喜欢爱抚她们，似乎需要这种接触感受她们的存在——或许是感受自己的存在。

朱里尼在天台上招手，凯瑟琳也招手示意，但迈克尔并没有看过来。凯瑟琳慢悠悠地给"上将"卸鞍，她宁愿自己动手也不愿把马交给马夫，别人伺候她让她感觉很不自在。当她走进房间换衣服准备吃晚饭时，朱里尼也在那儿，躺在床上，胳膊肘撑着头，正在阅读凯瑟琳之前做的笔记。

"我想你的目标不单单是一篇博士论文哪，凯瑟琳，而是一本专著是吧？《关于猎头者生活的一切》，作者：凯瑟琳·摩根博士；又或者是一本烹饪书：《新几内亚食人族美味食谱》？"

凯瑟琳被逗乐了，笑着说："那样挺好。"她知道大她 3 岁的朱里尼对自己一根筋想完成博士论文的心思很不以为然。在过去一年的室友生活中，凯瑟琳有时能感受到朱里尼的敌意，挺奇怪，因为朱里尼对自己的学业很不在意。自从 4 年前成为哥伦比亚大学人类学博士生后，她的学业经历就时断时续。现在，和凯瑟琳一样，朱里尼进入了学业的最后阶段，完成了学习和考试，开始实地研究，以完成毕业论文。

凯瑟琳坐到最近的扶手椅上，说："我不知道你今天回来。"边说边脱下自己的马靴。

"我提早了几天，和菲利浦一道飞回来。他带哈利耶去巴塔维亚搭船。"

"哦？"凯瑟琳的语气和平常一样，但心却怦怦乱跳，问道："卡拉和你一块儿回来了吧？"

"不，她还得多呆几天。"

凯瑟琳掩饰好自己的情绪，走进更衣室脱下骑装，换上一件长袍。当门在她身后关上的时候，朱里尼自凯瑟琳进屋后强装的轻松笑容立刻冻结，变得冷若冰霜。

当凯瑟琳出来时，朱里尼的冷淡又马上不见了。她懒懒地打了个呵欠，眼睛却一直盯着凯瑟琳的脸，说："我不在的时候你都在做些什么事情啊？"

凯瑟琳的脸上泛起尴尬的红晕，躲躲闪闪地说："哦，和往常一样，工作、探索麦提亚庄园。"为了增加可信度，又添了一句："庄园真的很漂亮。"

朱里尼很开心，说："想探索完整个麦提亚得花几年的时间。我们这里丈量土地的方法与你们美国不同。麦提亚的面积超过三百平方英里，大部分是未开发的丛林。这庄园是一百多年前由苏门答腊奴隶建造的，献给詹姆斯爵士。本来这片土地是伊班部落的地盘，据说他们在营造自己传统的长形房屋时，会用一个女孩的身体作为祭品，埋在支撑房子的六根支柱下。有人说，现在那些女孩还埋在地基下。伊班部落挑选最漂亮的女孩作为牺牲，但假如，他们挑选的人长得像我而不是像你，那就不能当祭品了。"

朱里尼说着自己笑了起来，但声音中没有一丝欢愉。她躺了下去，手指比划着墙上和天花板上的影子，说："我们还小的时候，迈克尔和我经常在麦提亚找寻过去的遗迹。我们总会找到些骷髅、人骨，都是以前仪式或祭礼的残留物。"她边说边用手指比划着去戳头上的阴影。"本来是应该由我继承麦提亚——它属于我而不是别人。迈克尔会在爸爸死后，把麦提亚庄园拆掉的。"

凯瑟琳难以置信地看着朱里尼。谁都看得出，迈克尔热爱麦提亚。查尔斯爵士几乎把整个庄园运作的责任交给了他，总有一天，庄园会由他继承。当然，玛吉特和朱里尼会分享庄园的利益。

"是迈克尔告诉你的？"凯瑟琳问。

"自从爱德华死后，他总是这么说。他觉得应该把我们用不光彩手段得来的土地归还给当地的马来人和迪雅克人。大概他会保留这座房子和一小片土地。但他知道玛吉特和我会反对——卡拉也会反对。即使他继承了头衔，他也必须获得我们的同意才能处置庄园。"

凯瑟琳奇怪为什么迈克尔会想到把先人的土地这么处置，她对他几乎一无所知。

"我想，自从爱德华死后，迈克尔对自己成为继承人感到愧疚，他觉得自己不配继承庄园。"朱里尼继续说道："迈克尔过去吃了不少苦，他和别的衔着金钥匙出世的斯坦福家族成员不同，他没有那种财富和权力的自我认同。"朱里尼又用肘支好身体，突然说："本来你应该和我一起去巴塔维亚的。"

凯瑟琳知道朱里尼不想再谈论迈克尔，她意识到，朱里尼过去有意隐瞒迈克尔的出生背景，一部分原因是为了保护父亲的声誉，但更有可能是为了自己在血缘关系上与迈克尔更亲密，她强烈地想占有他。

朱里尼说到了巴塔维亚，"我参加了许多舞会。总督出席了其中的两场，他妻子是美国人，你知道吗？我还从未跳过这么多舞，放眼望去全是英国和荷兰的海军军官。"

最近，朱里尼比凯瑟琳所认识的以前的她更加活跃。麦提亚似乎把她从自我封闭中带了出来。但凯瑟琳还是想象不出朱里尼轻松自如，穿梭于巴塔维亚大小舞会的情形。朱里尼在过去的两年中可没有表现出对男人如此浓厚的兴趣。

"荷兰人挺英俊的，你认为呢？但连迈克尔的一半也赶不上。"她继续品评着巴塔维亚的男性群体，但声音却平淡而机械，似乎心思跑到别的地方去了。

凯瑟琳开始感觉不大对劲，但她不能肯定为什么不安。她感觉像是站在悬崖边上，随时可能会掉下去。她能感觉朱里尼的谈话正引向一个她不愿面对的方向。凯瑟琳换了个话题，指着朱里尼旁边桌子上的一堆书，说：

"我还是决定不带这些书了。我想能不能把它们留在这里，然后你帮忙把它们和你的东西一块儿运回美国。"

"好啊，我很乐意帮忙。但探险完成后我可能不回哥伦比亚了。"

凯瑟琳很惊讶，问："怎么了？"

朱里尼耸了耸肩，"没什么必要，我可以在麦提亚完成我的论文。"

凯瑟琳很困惑，远程论文写作得花很长时间完成，更多情况是无疾而终。"计划变了吗？"

"也不是。"朱里尼没再说什么。

凯瑟琳仔细地看着朱里尼，想从她的眉里眼间找出答案，"你会完成论文的，对吧？"

"那是当然。但如果没完成，也没什么大不了的。"她看着床上凯瑟琳的笔记，又加了一句："如果你没能完成，也没什么要紧的。"

不安的感觉又出现了，这一次绝对错不了，一种潜伏在话里的敌意。凯瑟琳无法理解，到底什么情况搞得如此紧张？刚刚朱里尼还亲切坦诚地在谈论巴塔维亚，但似乎太坦诚了一些。凯瑟琳觉得自己走进了一场猫捉老鼠的游戏。

"你认为我哥哥怎么样？"问题没头没脑地提出来，凯瑟琳惊讶得不知所措。

她感觉到，这个问题被一直精心安排着，之前的所有谈话都是为了放松她的警惕。或者，一切都只是她的想象。凯瑟琳的脸红了，但仍装出漫不经心的神情掩饰自己的反应。朱里尼在注视自己，观察自己的反应吗？有一会儿，凯瑟琳惭愧地想着朱里尼可能已经知道昨天她和迈克尔在池边发生的事情。那当然是不可能的，当时朱里尼还没有回来，而迈克尔也不可能告诉她这件事。她猜想如果朱里尼得悉这件事会有什么反应，但很难想象。朱里尼和卡拉的关系并不很亲密，所以对发生在嫂子身上的不忠事件大概不会很生气，但凯瑟琳觉得朱里尼不会赞同自己和迈克尔在一起。

凯瑟琳尽量表现得很轻松，她平静地看着朱里尼说："我还没机会好好了解他呢。"

显然她的回答没有被怀疑，因为朱里尼看上去也很平静。凯瑟琳又补充了一句以保证主动："他很迷人，这倒可以肯定。"她知道朱里尼定然希望自己这么评价，如果不说反而可能会引起怀疑。

朱里尼满足地微笑着："他确实很迷人。他长得很像爸爸，这么多子女中，只有他一个人长得像。"朱里尼打着呵欠，伸了个懒腰，自巴塔维亚飞了500英里回来，她很疲倦。"我想我得老实承认，我庆幸你没能出席巴塔维亚的那些舞会。上个月在麦提亚，我看到男人都为你而神魂颠倒。"

"你哥哥就不会啊。"凯瑟琳真诚地说，微笑着。

"那倒不会。"朱里尼从床上坐起来。她的外表可能会让别人联想起楚楚可怜的小鸟，但她的动作却很优雅简洁——蕴藏着随时释放的能量。凯瑟琳从梳妆台上拿了把梳子，给自己梳理头发。她从镜子里看到朱里尼走过来站在她身后。朱里尼看着镜中的凯瑟琳，然后接过她手中的梳子，帮凯瑟琳梳理她长而柔滑如丝绸的头发。

看到朱里尼在微笑，凯瑟琳猜不出她在想什么。其实朱里尼正在欣赏凯瑟琳的漂亮面孔和身材。在薄薄的衣服下，是小巧玲珑的胸脯和曲线毕现的腰肢和身体。她想把手滑进衣服里，触摸她的身体，亲吻她的双唇。她想象着凯瑟琳的反应，笑个不停，敌意也消失了。她看到凯瑟琳的眼里尽是小心谨慎时，突然大声地笑了出来，把梳子还给了凯瑟琳。

"别担心，凯瑟琳。如果男人选中了你而不是我，我也不会生你的气……只有一个男人除外。"

"哦?"凯瑟琳小心翼翼地问："是哪一个呢?"

朱里尼继续笑着，眼睛盯着镜里凯瑟琳的双眸，说："你猜猜看。"

　　凯瑟琳掩饰好自己的不安，说："我现在的兴趣不在男人身上——包括大卫。我只想尽快完成研究和论文。"她的眼睛垂了下来，看着镜中的自己。上帝啊，她心想，这番话两天前是千真万确，但现在她可不敢肯定了。

　　朱里尼轻轻碰了碰凯瑟琳的肩膀，说："我得去换衣服准备吃晚饭了。"

　　"好的，待会儿见。"凯瑟琳轻松地问候了一声，直到听见身后房门关上的声音后整个人才放松下来。朱里尼关于男人的讨论让她很吃惊，之前朱里尼没有表露任何兴趣，当然在许多场合，作为查尔斯爵士的女儿，她在博士研究生群体中一直是个名人。

　　外面天坛里，菲利浦·桑德喝完了自己的威士忌。他和迈克尔准备出发去机场，打算天黑前离开。两人正不停地谈论着欧洲的新闻，过去两周，形势急剧恶化。德国人正抓紧了对波兰的战争宣传，随时威胁进攻，而英国和法国则口头上支持会保卫波兰。菲利浦劝自己的姐姐哈利耶留在波尼奥，等候事态的和平解决。但她一心想回到英格兰，无论冲突如何紧张。"在这里我会给闷死的，还不如在皮卡德利给炸弹炸死。"她这么跟他开玩笑说。

　　两个人到达了机场，听见一阵尖笑，卡罗琳娜，迈克尔的大女儿，扑进他们的怀抱。

　　"我没亲你前你可不许走，菲利浦舅舅。"她难过地哭着，菲利浦弯下腰伸出手紧紧地抱着她。

　　"我好开心你还记得。"菲利浦笑着对她说："那我多给你一个吻，帮我带回去给蕾切尔。"

　　"我会留给我自己，不给她。"卡罗琳娜说。

　　菲利浦亲了亲她，把她放下来，卡罗琳娜拉住迈克尔的手。小女孩的夏装因为玩耍又皱又脏，头上的发结也快掉下来，在金黄鬈发丛中摇摇欲坠。

　　迈克尔向菲利浦伸出另一只手，菲利浦用力地握着，不肯放开。他知道这一次分别，将不知何时才会重逢。"祝你好运，迈克尔。你离开时，我会帮忙照看一切的。"

　　他松开迈克尔的手，摸了摸卡罗琳娜的鬈发，说："再见，卡罗琳娜。下周我会回来看你和蕾切尔，然后我们去河边野餐。"那个时候，迈克尔已经动身出发了。

她用力地点点头，抬头望着菲利浦，离别刺痛了卡罗琳娜的心。她对自己的父亲说了许多次"再见"，这一次送别，提醒她很快又得跟父亲告别。她紧紧抓住迈克尔的手，把另一只手的大拇指放在嘴里，不肯拿开。她的头靠在迈克尔的手臂上，目光呆呆地看着两人。迈克尔感到深深的愧疚，每次离开都会这样。卡罗琳娜会紧紧拉住他，而蕾切尔则会独自伤心难过。除了离别，他还为别的事充满了愧疚，他疲惫地想着，抓住卡罗琳娜的手，安慰自己的女儿。

他们看着菲利浦启动飞机。蕾切尔赶上了他们，两岁半的胖嘟嘟的小腿辛苦地跑过马路，刚好飞机滑过了跑道。她站在父亲和卡罗琳娜身边，气自己刚好错过了送别。手指攒成了小小的拳头，她生气地朝飞机挥舞着。迈克尔微笑着看着她——可爱的蕾切尔，总是那么严肃认真地做每一个动作，说每一句话。他俯下身，把两个女儿抱了起来，给她们每人一个热吻。两个女儿也紧紧搂住他的脖子，不肯让对方多占有共同的父亲。

飞机抵达了跑道的尽头，又折返回来，提升滑行速度，刚好在三人面前，飞机升上了天空。菲利浦只来得及看一眼，看见那三个人的头紧紧地靠在一起，然后就飞走了。

第 *10* 章

当马儿跑到丛林小路最后的斜坡，引向池塘的时候，她的心开始剧烈地跳动。小路长满了植物，巨大的藤蔓有如渔网悬在空中，等候鲁莽的鱼儿到来。这一次没有马儿的嘶鸣欢迎，穿过丛林茂密的屏障时，她不知觉得是找到他好还是找不到他好，然后，池塘出现在面前。

他趴在池塘对面的岩石边上，背部朝天晒着太阳，脸庞埋在手臂中间。她停住脚步，看着他。阳光照耀着池子平静的水面，灼痛了她的眼睛。她屏开自己的疑惑，下了马，脱下骑装，轻轻地走进水中，不想打破池边懒洋洋的静谧。宁静的景色并没有舒缓她的紧张，当她游近他趴着的地方时，可以听见内心躁动的恐惧，这种恐惧会把她渴望的事物带走，和以往一样。

触到了岩石的边缘，她轻轻地爬出水面，跪在他身边。他的脸藏在手臂中，和刚才看到的一样，动也不动。她身上凉爽的水珠滴落在他被太阳晒得暖洋洋的身上———定很刺激，但他还是若无其事地趴着。她欣赏着他肌肉饱满的宽阔背部和上面淡淡的晒斑，惊讶地发现了三个文身，她认出是伊班部落的标记，波尼奥凶残的猎头战士的标记。较大的一个是一朵花形图案，标志着部落成员的资格，位于他左肩胛骨的位置；另一个，看起来像是某种动物，位于颈椎部位；第三个，她认不出是什么东西，就在第二个旁边。她充满了好奇，但此刻却只能放在一边。

她犹豫地伸出颤抖的手，顺着他坚挺的臀部，滑向脊背，滑到颈部金色的发端。他的肌肉在她的触摸下开始收紧，他没有抬头，摸到她的手，抓住她的手腕，从他的背部拿开，然后慢慢地翻转过身子，还是紧紧地抓住她的手，眼睛直盯着她的眼睛。他的脸上除了好奇，没有暴露任何表情，而她的脸却涨得通红。他慢慢地把她平放在岩石上，自己一只肘撑着躺在她身边。她好奇地睁大眼睛，不知所措。他的嘴角咧出一丝微笑，眼睛微微眯着，继续看她的脸，似乎要找出某些问题的答案。他用力地把她的手腕压在身下光滑的岩石上，俯下自己的身体，用轻柔而坚定的吻封住她的嘴唇，只剩下她的感觉在发旋。然后他移开身子，开始观察她的身体，和刚才观察她的脸一样仔细，从头顶到脚尖。她的脸又一阵通红，感到很羞愧，以前可是她在观察他的身体。当他浏览完毕，又看着她的脸时，表情充满了渴求和期盼。第一次的时候，他让她掌握了控制权；但这一次，他把权力留给了自己。这一次，轮到她的身体，成为了探索的对象。

水珠从她发亮的肌肤上滑落，落到身下的岩石上。他松开她的手腕，悠然地用一根手指顺着向上爱抚她。她的身体变得僵硬，呼吸开始急促起来。他用手指在她的肚脐处慢慢地画着圈，然后又转向她的胸脯，轻轻地拨弄她的乳头，直至它变成玫瑰红而坚挺。他轻轻地亲吻着她的胸，直至她被快感充斥而轻轻地痉挛。他的手又顺着她的身体滑到大腿处，轻柔地爱抚着，摸到她大腿中间温暖的凹陷处。他坐在她旁边，抬起她的膝盖，亲吻着，慢慢地把膝盖分开。然后将手滑向她身体的秘密入口，用手指和眼神，探索着她从未看到、从未触摸的神秘之处。她的身体感觉到无限欣喜，像快燃烧一样。

当她开始适应他轻柔而舒缓的爱抚时，她的膝盖分得更开，邀请他的触摸。他的手指充满诱惑地顺从邀请，探索着她美妙身躯的秘密入口。最后，他双手放在她膝盖上，把它们推起来，俯下头亲吻着那神秘的凹陷部位。她欢愉地轻声低喊着，意识只能勉强集中在悸动的身体上，等候着放松和宣泄。她紧紧地搂着他的头，用力地摁在自己身体上。他又亲吻着她的嘴，几乎使她窒息，然后抬起身子看着她。在激情的冲击下，他灰色的眼眸变成了深黑色，和她一样，他的气息沉重而短促。他又躺了下去，支撑着半边身子，入神地看着她的眼睛。他的手颤抖着伸出去，抚弄她两腿之间粉红色的小顶峰。

她被如电殛般的快感攫住，只能紧闭双眼，任由他的爱抚满足她。他微笑着，嘴唇再次封住她的双唇，然后在其间缠绵流连。手指在她长而乌黑的头发间穿梭着，然后握住她的双乳，把脸埋在她芬芳的气息中，接着又是一阵温柔的拥吻，不断地撩拨她心中的热火。当两人再次对视时，他的眼中充满奇特的光芒。突然，他站了起来，他未释放的激情仍坚挺在两腿之间。他纵身跳入池中，只留下她满足地躺在太阳底下。有一阵，她对他的突然离去感到很奇怪，她感觉到他知道，她对两人进一步的行动还没做好准备。她突然很害怕，睁开眼睛，寻找他的身影，但他已穿好衣服离开了。难道他带着未满足的欲求去找卡拉吗？这一想法令她十分气恼，即使她很快想到卡拉仍在巴塔维亚也无济于事。先前的满足和快乐已烟消云散，她不能再在阳光下自怨自艾，享受回忆和混乱而美妙的新感觉。即使在酷热下，她仍打着冷战，游回对岸，穿上衣服，匆忙地回到了庄园。她的心怦怦乱跳，她觉得自己被一个男人在感情上占有了，她却无力占有他。

迈克尔知道凯瑟琳对自己的不辞而别会感到奇怪。他不想告诉她，他不想解释任何事情。或许还不是时候，或许永远无需解释。穿好衣服后，他仔细地搜查了池塘一带，他确信自己听到了一些动静，虽然很微弱，但他肯定那不是来自丛林的声音。在那儿，新的马蹄足印，不是自己的马，也不是凯瑟琳的马留下的，一直延伸到池边。停留过，停留了多久？足够久。骑手没有下马，他的感觉是对的。但现在他什么也做不了，他停住脚步，看着仍然躺在岩石上的凯瑟琳，心里柔情万种。不行，现在不能告诉她，让她继续休息。他心里清楚谁是闯入者，他静静地牵着马，在凯瑟琳惊醒前，向着麦提亚飞驰而去。

朱里尼坐在自己的房间里，看着洁净的四壁。几分钟前，她悬挂在堕落深渊上的细丝又向下滑了几寸，她可以感觉得到，而且似乎可以亲耳听到，丝线在压力下吱吱作响，随着她的疯狂举动而摇摇欲坠，似乎随时都会断开，但还没断开。她叹了口气，毫无疑问，丝线上的重量正在慢慢增加，她刚才目睹的情景就重重地往上面加了分量：迈克尔与凯瑟琳，凯瑟琳与迈克尔。

她恨凯瑟琳，她恨他们两个。迈克尔知道她恨他，而凯瑟琳还茫然不知。

怎么对付他们俩？毒药或许是个不错的选择。她对这个想法付之一笑，得要更痛苦的，更缓慢的死亡，让他们品尝自己所受的痛苦，堕入无尽的深渊。深渊一直在那儿，她从其中出生，打从母亲腹中出来就堕入其中。只有一根丝线吊着她，在上面摇荡着，哭喊着，恐惧着。

　　只有迈克尔真正了解她，但即使是迈克尔也不会想到她有能力杀人。她微笑着猜想如果迈克尔知道是她杀了他们的哥哥爱德华，会有什么反应。间接杀人，她只是袖手旁观，没去救他。爱德华知道了她与迈克尔的事情，威胁说要告诉父亲。其实也不是他自己发现的，而是有一天她对爱德华忍无可忍，想摧毁他的道貌岸然和冷静而亲口告诉了他。她当然做到了，她看到他气得连头发都竖了起来，怒气冲冲，像一只狂怒的野狗。她在小船中告诉了他所有的肉欲细节，他无法躲开，只能倾听这一切。他站了起来，似乎要揍她，却跌出船外。当他挣扎着游到水面上时，水流已将他带离了小船一段距离。她可以伸手救他，但她没有这么做。相反，她微笑着看着他像一个木头塞子似的在水中沉沉浮浮。他挣扎了五次，而不是三次，最后再也没能浮上来。她把船驶到岸边，离了船，又把船推回河中。没人知道那天她和他曾一道在河中，他的浮尸一周后才在下流被找到。

　　她猜想迈克尔是否曾怀疑过这件事。她希望他会，因为这样会使他难过。亲爱的完美的迈克尔，无助的迈克尔。她开始回忆那天迈克尔第一次来到麦提亚，改变了一切的情形。他很惊恐，被所有人遗弃，只有父亲接纳了他。他那时14岁，一头金发，美得令人目眩。在此之前，毫无疑问她是父亲的最爱，比爱德华、玛吉特更受宠。父亲好像一直把她当儿子看待，她和父亲一道骑马，一道探索，一道分享兴趣，直到迈克尔的出现。他是父亲的金发复制品。

　　为了了解自己的敌人，她是当时除了父亲外，唯一欢迎他，对他友好的人。他们成了形影不离的伙伴，这样既能取悦父亲，也让她很开心。一天晚上，她怀着坏心思和往常一样去房间里看望他。他正躺在床上看书，她的脸一下子红了。"朱里尼，有什么事吗？"她的手掩住他的嘴，脱下自己的睡袍，里面不着寸缕。她亲吻着他，急急忙忙地解开他的纽扣，脱下他的衣服。他吓坏了，拼命抗拒着。她软硬兼施，又是亲吻又是威胁，终于引诱了他。

摧毁像迈克尔这样完美的人实在是令人愉快。不再完美的迈克尔太可怜了。权力，才是事物的真理。有了权力，你才有了安全的保证。性欲的权力、金钱的权力、政治的权力、胁迫的权力、一切的权力。她拥有支配他的权力，作为回报，她屈尊纤贵爱着他，生命中最爱的就是他。她恨他，妒忌他，但她把这一切都埋在了心里。当然，最后他还是知道了。在别人看来，她老是跟在他后面，像一只可怜的宠物狗，只有他们俩才知道，她才是掌握锁链的主人。

最终，当他想了结这一切时，她威胁说要去告诉父亲，告诉他一切。他不在乎，他甚至自己跑去，坦白了全部事情。一切都结束了，他终于摆脱了她。那是在爱德华出事之后，迈克尔终于知道，惹她生气会得到怎样的结果，但太晚了。迈克尔终于知道，他才是掌握权力的人。爸爸爱他，会原谅他做的任何事情。自从爱德华死后，迈克尔再没碰过朱里尼，但他对现实无能为力，只能接受。他没有对付她，他成为了她的好哥哥：体贴、周到、慈爱，但不是她想要的方式。她仰面躺着，看着天花板，头顶盘旋着令人目眩的画面：迈克尔，那次初夜和其他夜晚。她的手伸入了衣服下，伸入神秘的小山丘，两唇微张。"朱里尼，你不能这么做，别碰那儿！你这个淘气的小丫头，到底在做什么？"我受不了了，妈妈，魔鬼在燃烧，总是在燃烧，无法抑制，无法扑灭。只有这样子才能暂时平息一下，像迈克尔抑制心中魔鬼的燃烧一样。妈妈，只有迈克尔才能抑制魔鬼的燃烧。

第 *11* 章

迈克尔坐在父亲对面。傍晚时分，查尔斯爵士习惯在卧室旁边的书房里单独喝下午茶，同时做一些工作：写计划、文章、论著等。在查尔斯爵士邀请下，今天迈克尔过来陪他。但此刻，迈克尔实在是无法集中精神和父亲对话。刚刚经历下午与凯瑟琳在池边的激情偶遇后，他现在不想和其他人在一起，尤其是自己的家人。当他想到那一幕时，太阳穴便会隐隐作痛，又想到他们的行为被别人所窥视，他被一种莫名的情绪深深困扰着。

仆人上茶点时，查尔斯爵士正有一句没一句地和迈克尔闲聊，他注意到迈克尔的神情很恍惚——这几天不是第一次了。当剩下他们两人的时候，查尔斯爵士开门见山，直接说出他的忧虑："我恐怕有些坏消息要告诉你。消息来自巴塔维亚，一小时前，我从伯纳德那儿用广播通讯收到的。日本人占领了海南岛。"

、他的话马上引起了迈克尔的关注。"那日本人便拥有了一个基地，可以对马来西亚和波尼奥随时发起进攻了。"

"我担心确实如此。"

两人沉默着，最后迈克尔开了口："或许我不应该在这个时候离开麦提亚。"

"恰恰相反，"查尔斯爵士马上回答道："更应该现在就去。你们才去6个月，应该没什么事发生，我们在麦提亚会平安无事的。柏希华向我保证新加坡是牢不可破的防线，伯纳德也相信，集荷兰和英国海军的力量，应该可以抵御日军对印尼群岛或马来西亚的进攻。"

当听到自己姐夫名字的时候，迈克尔心里泛起一阵反感。"大家都知道，伯纳德老是喜欢夸夸其谈，"他不无讥讽地说，"尤其是保卫他亲爱的老丈人一家的时候。"

查尔斯爵士笑了，"但我们也知道，如果事关玛吉特财产的安全，伯纳德会是最小心谨慎的一个。"他的表情又迅速严肃起来："我希望你去，迈克尔。战争的威胁不应该阻止你的脚步，如果你想停止行动，应该有别的理由。"

迈克尔惊讶地看着父亲，心中充满了罪恶感。上帝啊，他知道了吗？

"我收到了卡塞尔神父的电报。"

迈克尔的心稍稍安稳了些。

"是伯纳德自巴塔维亚续传过来的。似乎在阿斯玛特地区的一个小村落出了些麻烦事，村子距离探险地点 25 英里。据说村民和荷兰军方起了冲突。你最好自己读一下电报和报道。"他把收自卡塞尔神父的电报和报道递给了迈克尔，"似乎荷兰人惹出了人命关天的大事，我们可能得被迫取消行动。"

"你怎么看这件事？"迈克尔读完报道后，爵士问道："没有人比你更了解那一带。"

迈克尔沉重地耸了耸肩，"我们在这里没办法估计形势，我们只能相信这些报道。你知道，我不大相信这些，太容易被误导而犯错误。"

"卡塞尔神父认为探险队暂时不会因报复性举动而遇到危险。"

迈克尔咕哝着应了一下，表示他并不很满意。他尊重牧师，这位家族的老朋友，但他不信任荷兰官员。"或许可以让我一个人先出发，那样我可以先探清形势。"

"不行，没有时间了。瑞德现在到了巴塔维亚，他大概明天早上到达这里。韦德和其他人跟他一起来。"

韦德博士是科涅克里耶克皇家热带博物馆原始艺术馆的馆长。此次加入探险行动是为了收集阿斯玛特人的木雕艺术品，它被公认为是大洋文化中的精品和瑰宝。

"哦"——迈克尔耸了耸肩——"那么我们只能到那儿后事事小心了。"他起身准备离开。

查尔斯关爱地看着儿子，为什么这一次离别比往常更加伤心艰难？小儿女心态！他摇摇头摆脱了自己的多愁善感，心想，自己终究还是老了。

迈克尔走了过来，搭着父亲的肩膀，和他告别。查尔斯又感到一种难以言状的忧虑。或许，他告诉自己，在这个时候，忧虑是正常的。他突然开朗了起来，因为他把好消息留到了最后。

"还有另外一件事，"他笑着说："卡拉明天会和瑞德一起回来。她托伯纳德带了消息回来，比她预计的早了一些时候。"

"很好。"迈克尔喃喃地说道。他的表情混杂着轻松和遗憾，查尔斯爵士感到很奇怪。

到底怎么了？查尔斯爵士心想，为什么他不感到开心？事实上，儿子过去几天的反常举动一直是个谜：安静、恍惚，还郁郁不乐，一点儿都不像迈克尔沉着老练的作风。

带着没有解释的疑团，两人分开了。

迈克尔回到自己的房间，换衣服吃晚饭还早了一点儿，但他需要时间自己独处。他脱下靴子，把卡其布衬衣从腰里抽出来，解开纽扣，这样子让他稍稍凉快了一些，但还是很热。

他听见身后屋里传来什么声音，是有人礼貌地清清嗓子提醒自己。来人是达玛尔，马来人管家。迈克尔转过身，用巴哈沙语问候他。达玛尔处理着大小家事，由卡拉指挥，并担任查尔斯爵士的贴身侍从。迈克尔没有私人奴仆，他自己不想要一个。但当卡拉不在时，达玛尔把照顾迈克尔当成了自己的责任。他精心伺候着迈克尔：浴缸总是放好水，衣服叠得整整齐齐，靴子擦得一尘不染。这种伺候令迈克尔既开心又气恼。因为卡拉从来不为他做这些事情（他也不会允许）。他总是不明白为什么达玛尔在卡拉离开时要做这些事情。

他从未向达玛尔提及这件事，他知道达玛尔不会明白他的反对，只会感到受伤害。达玛尔一家世代伺候着斯坦福家族，结果，达玛尔甚至比查尔斯爵士继承了更多大英帝国的传统和礼仪。他对斯坦福家族忠心耿耿,特别是对斯坦福的老爷们。他自打迈克尔第一次来到庄园时,便承认了迈克尔作为查尔斯爵士儿子的身份,对他特别关心和照顾。他教迈克尔说巴哈沙语,还灌输给迈克尔关于波尼奥当地的风土人情,满足和培养了他的好奇心。现在迈克尔接受了达玛尔的好意作为回报,即使这令他不是很愉快。

"卡拉走后,这里显得空荡荡的。"达玛尔的声音很轻柔,操一口无可挑剔的英国口音。他们两人总是出现这种情况:迈克尔讲巴哈沙语、马来语,而达玛尔讲英语。

"是——是的。"迈克尔心不在焉地回答道。

达玛尔走进浴室,几分钟后,又闪了出来,告诉主人水已调好可以沐浴了,迈克尔叹了口气。

"晚饭前您还有什么吩咐吗?"

"没有了,谢谢你,达玛尔。"

管家离开了房间,迈克尔回到他的沉思中。他还是无法理解这几天发生在他身上的事情——自从那天在池边凯瑟琳走近他身旁开始。事实上,是从那天傍晚他看见她自丛林中走出开始的。她黑色长裙下曼妙的身影,头顶上鲜艳的热带鲜花和直垂到肩膀的乌黑直发,这一切都让自己在第一次见到她时手足无措,像在梦境之中,又像中了魔法咒语。她的美貌勾魂夺魄,但真正打动他的不单单是她的外表,而是那种一见钟情的悸动——似乎他多年来一直在等待她走出丛林,改变他的命运。这也是他一直避开她的原因,他决心忘记她带给他的那份莫名的感情。如果不是那天她在池塘的出现,他几乎做到了。但现在他怎么也割舍不下她。

沐浴后,他穿着白色礼服和白色衬衣准备去吃晚饭。他还准备找朱里尼谈一谈,没有理由让事情就这么过去。

他在图书室找到了她,她正蜷在一张大椅子上读书。他坐在她面前的桌子对面,双手紧抓着桌子边沿。

"你下午去了池塘那边。"

她抬起头看着他，眼神冰冷。她的外表看起来比她的实际年龄 28 岁年轻很多，即使她安静地坐在椅子上，仍能感受到她的活力。

"你到底在说什么？"

"你骑着席瓦，去了池塘那边。"他平静地回答。

她眨着眼睛，"我不知道你在说些什么。我今天是骑着席瓦，但我没去池塘那儿，我们去了河边。不信去问达玛尔，他见过我。"

他紧咬着牙关，下巴的肌肉收缩着。

"我没有必要去问达玛尔，"他平静地回答："席瓦的蹄印就在那儿，今天下午才出现的。"

她合上书本，脸上泛起冷冷的微笑，她的眼睛故意挑衅地盯着他。

"或许你应该告诉我，迈克尔，到底今天下午在池塘边发生了什么事情，让你如此关心我的行踪。"

"你知道发生了什么事。"他控制住自己的怒气。

她站起身，慢慢踱到他面前，眼里带着仇恨的怒火，盯着迈克尔，说道："你心里明白，我多么希望是自己在那里，在阳光下和你一块儿躺在岩石上，享受你的爱抚。"她轻轻抚摩着迈克尔的脸庞。

"但你不会猜到我还喜欢别的，迈克尔。"她仔细地观察着他的反应，"我也很希望是你，抚摩、把玩她的身体，亲吻那可爱的胸膛。"如其所愿，她看到他很吃惊。

"我吓到你了吗？我亲爱的哥哥，我还以为你是唯一不会被我吓到的人呢。我对你好失望，我还以为你能理解我。"

她站在他面前，眼睛无辜地眨着。他比谁都了解她，她的性取向并没有让他很惊讶，而是她缺乏作为一个女人，作为一个人的自我认同让他痛心。他看着她的双眸，透过其中审视着她的灵魂，却只看见一块块零星的碎片，无法拼合成完整的人格。他无话可说。

她还是微笑着盯着他的脸，"是的，我想和她做爱，很渴望，但更渴望和你做爱。"

她的手顺着他的双腿一路摸索，他看也不看，一把抓住她的手，推在一边。她大声地笑起来，

"别那么自私，迈克尔。不要装作我们之间什么也没发生。"

他不做声，她也没再去碰他，而是把书夹在胳膊下，往门口走去。在出门的时候，她回过头，说："别担心，迈克尔。尽管你的小秘密在我这儿不是很安全，但你可以放心，我暂时不会告诉任何人。别担心那么多。"

朱里尼离开了，他感到一阵寒意，他知道，她什么事都干得出来。

第 *12* 章

　　凯瑟琳醒着躺在床上。夜晚的空气中满载着潮湿，无力再带走凯瑟琳身上的水气。她的长袍紧贴在身上，蚊帐的笼罩也让热力感觉更具压迫性，似乎无路可逃。尽管自己一直在责备天气，但凯瑟琳知道，真正的折磨来自她自己的身体。火焰刚把她燃烧殆尽，她正穿行于灰烬之中，尝试着找到零星的残余。她和大卫的婚约？她不可能嫁给大卫了，她要的不单单是徒有其表的婚姻和利益。她的自尊？早就烧没了。她再也无法集中精力工作，迈克尔的出现主宰了她的心情。由于身边总是围绕着同事、家人、仆人，两人只能用最平淡的口吻互相沟通。不能触摸他，不能用自己喜欢的方式和他交谈，她发现自己变得沉默寡言。他的出现会使她心烦意乱，但他的离去，更让她感到难言的失落。

　　她伸出手，拿起一本书。书本总是比男人更能满足她，给她以意义；而成就、学位一直都是她最重视的事情。她一直决心把握自己的命运，创造自己的价值，而不是通过恋爱和婚姻去达到。现在，她的思考和情感却被另一个人占据，她感到很害怕，因为一直支撑着她的个人价值不再牢不可破。但她的生命力还没有枯竭，作为一个女人的感觉仍在废墟和灰烬中闪耀。激情，以一种前所未有的方式冲击着她，在她的脑海中，她把他拉到身边，感受他的身体压迫着她自己的身体；她能清楚地看到他的脸，灰色的眼眸，总是那么严肃，即使在他微笑的时候也是如此。

　　她尝试着摆脱他，时间不多了。明天，探险队的其他成员将会抵达，卡拉也会从爪哇回来。明天，大卫会在这里。她回想起第一天，迈克尔独自一人站在天坛处，当她从丛林里走出来时，好奇地看着她。在麦提亚的这个月中，他们仅独处过三次，而其中两次他们在互相爱抚，一句话也没有说。两个语言高手却都选择了身体为自己代言。这种感情是那么奇怪，又那么自然。如果那天在池边，她和他说话，又会是什么情形？肯定是一些琐碎的闲谈，她永远不会说出"迈克尔，我要和你做爱"一类的话。不会是自己，尽管她总是在其他场合：班级讨论、学术研讨和论文答辩中，骄傲地直言自己的想法。

　　现在她正努力给自己对迈克尔的感觉寻找合适的字眼。喜欢、倾慕、占有、爱恋。是爱恋吗？她不知道。她只知道自己尽是想着他。她的感官围绕着对迈克尔的回忆，开始不安地躁动。她渴望着他的眼神、手臂、嘴唇、身体满足自己，幻想只能令她更加空虚。她试着把想象转移到大卫身上，但没有用，在大卫那儿她无法得到只属于某个人的感觉，那种只来自于迈克尔的感觉。

　　凯瑟琳外袍也没有披，拖鞋也没有穿，匆匆忙忙地跑出天坛。小小的萤火虫在树丛间穿行，有如闪烁的钻石，一闪一灭，一闪一灭，格外地和谐。夜晚佩带着萤火虫宝石，洒着芳香浓郁的茉莉花香水，在她身边起舞。她沿着天坛来到房子的另一边，脚下感觉到石板地冰冷而光滑。

　　迈克尔的房门开着，她在外面的黑暗中站了一会儿，给自己鼓足勇气。他床边的灯亮着，微弱的橘黄色灯光仅仅能照亮房内的四壁。他正在阅读，书就放在他赤裸的胸膛上。他没有放蚊帐，身上盖着一张薄薄的被单。墙上挂着武器、面具和其他大洋文化风格的仪式和祭祀用品。这一原始能量的展示被一幅女人的肖像所中止，画中的女人五官精致，一头金色鬈发，面带忧伤，在昏暗中仍看得出她就是卡拉，但她的衣着却是另一个较早年代的款式。凯瑟琳觉得很奇怪，看着桌上堆放的杂志和论文，他应该没有和别人分享这一个房间，屋里也没有属于卡拉的任何痕迹，但凯瑟琳知道卡拉就睡在这里。

　　从屋外的黑暗中走进房间里灯光的阴影下，凯瑟琳一直战战兢兢。和往常一样，她没有出声。他抬头看着她，慢慢合上书，放在身旁的桌子上。他的眼睛清澈宁静，又充满了疑问，一直盯着她的眼睛。但他的眼神中还带着别的情感，某种她也怀着的情感。她颤抖得愈发厉害，她没有试图掩饰，慢慢地走进灯光中，跪在他的床边。"迈克尔……"她在喉咙中喊着他的名字，声音和她伸出去触摸他胸膛的手一样颤个不停。他深深地吸了口气，好一会儿才徐徐吐出，半是呻吟，半是叹息。

当他的手指碰到她的面颊时，他的手也颤抖着，然后，双手合住她的脸，他把她拉到身边。他的嘴温柔地用热吻封住她的嘴，她也热烈地回应着。他停了停，把被单拿开，脱下她的长袍，把她拉到床上，让她压着自己的身体，然后继续亲吻她的头发、脖颈、脸庞，最后是她的双唇。他火热的身体挤压她的身体，带给她一阵阵痉挛的快感。他慢慢地爱抚着，缠绵着，探索着她的身体。

她享受着他的爱抚，敏感地体验着两人每一寸肌肤的接触。她轻柔地用身体摩擦他的身体，迈克尔也热情地回应她。他似乎毫无保留，却迟迟未肯进入她的身体。她靠在他的臂弯上，望着他的脸，上面充斥着激情。

"迈克尔，"她轻声央求他，"我想要你进入我的身体。"

他没有回答，握着她的手，轻轻掩住她的嘴。他用膝盖分开她的双腿，她温暖的小丘正好覆在他坚强的下体之上。她吸了口气，慢慢地，他挪动着，她只感到自己意乱情迷，不由自主地扭动着。"不要这样。"在一阵爆发的快感和放松后，她只听见自己轻声地抗议着。同一时刻，他的身体射出男性的精华，温暖而黏稠地喷在两人身体中间。

他紧紧地抱着她，她把头埋在他的胸上，享受他在眼睛、脖颈和肩膀的亲吻。当他抬起头寻找她的脸时，她正静静地躺在他手臂上，闭着眼睛。他放松地靠着枕头，凝视着天花板，一会儿后，也合上双眼进入梦乡。

她静静地躺在他身上，听着他规律的呼吸。她的激情过去了，但仍有些烦恼，让她无法入睡。但身体最后战胜了思想，她也沉沉睡去，满足地抱着他的臂膀。灯光还是亮着，柔和的光照着他们纠缠的身体，在夜色下闪着潮湿的光芒。

　　不知过了多久，迈克尔突然醒来。房间、夜色还和刚才一样，凯瑟琳也还在他怀里熟睡，但有些东西令他很不安。凯瑟琳来到他的房间时，肯定经过了朱里尼的房间，是否朱里尼看见了呢？在凯瑟琳刚出现在房间的时候，他就开始担心，但他的热切和欲望掩盖了一切。现在他无法不担心，他轻轻地离开她，尽量不惊醒她。很庆幸，她被扰到了，但没有醒来。

　　他起身穿过房间，向天坛走去。桌子上的相框里哥哥爱德华的照片吸引了他的视线。相框是那天下午和凯瑟琳在池边第二次相遇后在晚上突然出现的，他不禁有点儿毛骨悚然。他站在相片旁边，心里知道是朱里尼摆在那儿作为对他的警告。他不能肯定是不是朱里尼杀了爱德华，或许她只是故意引导他这么想，以折磨他。他更怀疑前者。他知道朱里尼不会伤害他，警告是针对凯瑟琳的。它意味着如果迈克尔继续和凯瑟琳在一起，那么曾经发生在爱德华身上的悲剧，将会在凯瑟琳身上重演。他拿起相片，端详着爱德华的笑容，然后轻轻把相片面朝下摆回桌上，小心翼翼地走到天坛。他心里又感到一阵熟悉的罪恶感，如果不是他和朱里尼的暧昧关系，爱德华就不会出事。

　　他静静地站在黑暗中，仔细观察着夜色，全身心关注着，想找出任何人在场的痕迹。多年的探索经历和危险情形让他对外部事物的感觉十分敏锐，连身后柔软土地上一只蜥蜴的爬行都注意到了。感觉不到什么异样，他走到朱里尼的房间，门是半掩着的，他闪了进去。朱里尼脸朝下躺在床上，头顶的风扇声音盖过了丛林的声音。他小心地走到床边，站在她身旁。她的呼吸悠长而规律，他放心地注意到床边桌子上打开着的安眠药药瓶。她应该是在早些时候服药的，那意味着她应该没有看到或听到凯瑟琳经过房间。

　　迈克尔现在肯定他们俩没有被监视，离开了朱里尼的房间，回到自己房里。凯瑟琳还在熟睡，他走进浴室，泡在浴缸中。水凉爽清冽，取自那口池塘的泉眼。沐浴后他拿着湿毛巾回到房内，犹豫了一下，抬起凯瑟琳苗条的身体，擦拭去刚才做爱的痕迹。冰凉的水刺激到她的肌肤，她醒了过来，惊讶地看着周围，看见头上迈克尔的笑脸。她安心地微笑着，合上双眼，让迈克尔帮自己擦干净身体。擦完之后，他给她的身体搽润身油，从脸和脖子开始，慢慢地到手臂、手掌和手指，然后是她的胸膛、小腹、大腿、小腿和双脚，直到全身闪闪发亮为止。她黑色的长发披散在枕头上，很像高更笔下的异国美女。她睁开眼睛，注视着迈克尔，感觉十分满足，也想回报一下迈克尔。触摸到她的身体激发了他的热情，当他擦完放下瓶子的时候，灰色的眼眸再次燃烧起火光。但他没有再去碰她，而是起身去到天坛，回来时手里捏着一朵白兰花，插在她的发间。然后他躺在她身边，手臂交叉在脑后，望着天花板。

她摘下白兰花，放在胸前。白色的花瓣中夹杂着红色的花脉，很精致，很漂亮。她转头看着他，伴她入睡的烦恼又回来了。他还是盯着天花板，她迟疑着，很害羞，但又想知道答案，于是忸怩地问道："迈克尔，你和我做了爱。但你并没有进入我的身体，为什么？难道你不想吗？"

他稍稍转过头看着她，声音低得几乎分辨不清："我很想，这几个星期走近你都令我无法忍受，很多个晚上我都梦想和你做爱温存。"他的脸又转向天花板。

她转过身体，用肘支撑着，好看清他的脸，问道："那为什么你没有，迈克尔？到现在你还在回避我，我会疯掉的。我没法想别的事情，难道你不知道这也是我的渴望吗？"她伸出手，放在他棕色的腹肌上，肌肉在她的爱抚下坚硬起来。

"我知道你的渴望。你是对的，我一直在回避你。"他继续盯着天花板，"我尝试过完全拒绝你——但我做不到。每一次我们越是疏远，我就会越难受。"他从床上起身，没有去看她，径直走到房间门口处。

她看着他完美的躯体和自信挺拔的身形，不由自主地哭起来。"为什么你要避开我？"她好不容易哭喊出来，恐惧紧紧地抓住了她。

他斜靠着门板，看着她，脸上带着痛苦的神情："因为我们无路可走，只会对彼此造成伤害。"

"但我没有任何要求，迈克尔。"

"我知道，凯瑟琳。但你不是那种能把爱情看得很轻的人。我不想伤害你，之前你没有做过爱，对吗？"

凯瑟琳感到很气恼，感觉自己受到了质问和侮辱，她怒气冲冲地喊道：

"可怜的凯瑟琳，什么也不知道的可怜虫。迈克尔在保护你的贞操，他做什么事都是为了你好，多么高尚啊。为什么你不肯诚实点，迈克尔？我并不是你要保护的人。"

他恢复了平静的眼神，"我知道，我是在保护自己。我不想让任何人，任何事情扰乱我美好、安稳的生活。"

"所以你只愿意走到这一步，不再向前，用这种方式和我做爱。什么是'扰乱'你的生活，迈克尔？"凯瑟琳更加怒不可遏："彼此的爱抚和温存不是扰乱你的生活，但性交就是吗？"

"有了孩子就是！"迈克尔生气地回答，感觉受到了攻击，必须保护自己。"我不想和父亲一样到处留下野种，不想伤害像你这样的女人，凯瑟琳！我父亲把他一己的快乐建立在我妈妈的生命废墟之上，完全无视他人的需要或感受：我妈妈的感受，他妻子的感受，我的感受！"迈克尔气得浑身发抖，凯瑟琳被他吓到了，但她没去理会。

"别激动，迈克尔。肯定有别的女人扰乱过你的生活吧。"

"自从我结婚后，没有。"他说道，冷静了一些，转过身看着夜色，肩膀倚着门。他想告诉她有关朱里尼的事情，但决定还是不提为好。现在还没有必要，并非他低估了危险。他知道，朱里尼断不能接受自己与凯瑟琳的关系，她一直嫉妒凯瑟琳的美貌和学业。他也知道，在目前这种情形下，朱里尼会想方设法对付凯瑟琳。但如果现在他中止与凯瑟琳的关系，她将不会再有危险。如果凯瑟琳一直不知道他与朱里尼的关系，那么她们两人的友谊还能维持下去，为了即将开始的探险，这样子对大家都好。

"那在你结婚之前呢？"

他沉迷在自己的思虑中，直到她又重复了一遍才听见。他没有回答，相反，他转过脸看着凯瑟琳，问道："为什么你没和大卫做爱呢？"

问题提出来了，她无法回避，感觉无路可逃。他温柔地说道："我没有责怪你，凯瑟琳。"

当然不能责怪，她一直对自己的行为有交有待。"我从来没有这个念头，"她说道："在遇到你之前，别的男人我一概都不想和他们做爱。"

他一动也不动，两人沉默无语。最后，她说道：

"你中止了我们的关系。"简单直白，说出了事实。

"我不能伤害她们，凯瑟琳。我的家人，卡拉和两个孩子。"他叹息道："我还能说什么？我不想我们再继续下去，我不想失去卡拉，我爱她。我们一起生活得很美满，但即使不那么美满，我也不会抛下她和两个孩子。"内心深处，他很绝望害怕，他想让她明白，但又不能让她明白，否则她会跟他走得更近。他比意料的已经更加亲密地和她走到了一起——精神上，肉体上。

他看着她，她什么也没说。他最后的话让她受到打击。她很生气，气自己这么爱他却不能拥有他。

"而你却忍心伤害我，迈克尔，是吧？好像很轻松，很容易。"

"你很坚强，凯瑟琳。你很快就会没事的。"

"我不知道，迈克尔。"她难过地说。她想要什么？她想要他怎么做？肯定无非就是这样，难道这个结局无法避免？

难道这就是战争的感觉？无助地被卷入其中，身不由己地一直向前，心里不停地追问自己为什么会在那里。战争的目的是什么？骄傲、荣誉、权力、领土？领土？是的。这正是战争的目的。她侵入了他的领土，现在他在指责她的侵略。但这不是真的，她只是在走自己的路——但引向何处？引向大卫吗？迈克尔是对的，在她的旅途的短暂休息中，她开始觊觎他的一切：他的躯体、他的感情、他的思想。她开始想要停歇，并把他占为己有。

"你是对的，"她最后说道，"我要的不止这些。我想拥有你的一切，而不只是一夜的欢情。"

他叹了口气，然后平静地说："你可以和任何男人在一起——但不包括我。我想你知道我从没像这样子迷恋过别人——除了你。"他的声音停了停。"我从未像这般渴望得到一个女人，而且现在仍渴望着你。这样子让我很难受，我想你也许更加难受。有时我想，或许我的感情比你更加深厚，凯瑟琳。你满足了卡拉永远无法满足我的欲求。"他沮丧地说："我不能肯定，或许你的魅力来自于我们永远无法在一起的事实，在我们开始前，你也肯定知道会是这个结局。"

　　凯瑟琳没有回答，她不能肯定自己对他的感觉到底是什么，除了一种无力抗拒的激情，一种除了他别的男人无法满足的欲求。那现在呢？回头？退却？现在战争的目的，不再是她的激情，而变成了捍卫她的骄傲和自尊。对于她来说，骄傲并非可以淡忘的小事。受了伤，就要寻求报复。她躺回枕头上，盯着站在房间对面的他。此刻她恨着他，但仇恨依然无法摈除憧憬。她要伤害他，因为他伤害了她；羞辱他，一如他羞辱了她，就为了摆脱这种无助的，无力的，让她惊惶失措的可恶的感觉。

　　她起身下床，走到他身边。他刚刚赋予了她性爱的权力，那么，如果这是她仅有的武器，就用它来对付他。她双手缠绕着他的脖子，嘴唇吻上他的嘴唇。他没有抗拒，但他的双臂还是垂着，也没有回应她的亲吻。她更加气恼，更用力地亲吻他。她察觉到他的身体开始慢慢兴奋，体味到一种胜利的感觉。尽管在意识上拼命抗拒，他终究还是自己身体的奴隶。

　　他试着把她推开，嘴里低声耳语着："别这样，凯瑟琳。求求你。"她没理他，继续亲吻他，咬着他的嘴唇，用舌头探求着，身体紧紧地贴着他。她的手在两人身体中间摸索着他兴奋的制高点。他知道她正想把他引向兴奋的高潮，而不是爱的高潮，但他无力阻止这一切的发生。现在，他充满了性爱的欲望，无法再用冷漠掩盖自己的感情。现在，他必须和她一样战斗，他轻轻地拉开她缠绕在脖子上的手，抓住她的另一只手，说："请尊重我的感受，凯瑟琳，别这样对我。"

　　她跪了下去，紧紧抱着他，吞没了他。

　　"停下来！我——"他嘶声低吼着，怎么也说不出话。前额和上唇密密麻麻地渗出汗珠，眼里尽是痛苦。矛盾正折磨着他，几乎把他撕成两半。他粗暴地把她拉起来，紧紧地抓住她的肩，他的眼里闪着怒火，"我说，停下来！"他想摇醒她，但仍紧紧抓住她的肩膀，直到他看到她眼睛里含满了泪水，看到她表情中的反抗。

　　"不行，除非你把我扔出去。"他知道她的意思。

　　他几乎投降了，他想拥有她，无法再抵抗欲望。他对自己的退让感到很恼火，而把她当成了出气筒。有一刻，他看起来似乎要揍她，但他还是紧紧抓着她的肩膀，用力抓着，直到她疼得喊出声来。她开始担心，自己启动了无法控制的事情。

他把她的一只手扭到身后，粗暴地把她拉到身边，亲吻着她的脖子和肩膀。他一只手拉着她的头发，慢慢地把头拉后上仰，暴露出她的胸膛。他用力地吻着，直到她喊疼为止。

"停住，迈克尔，你弄疼我了。"她叫道。她用一只手推着迈克尔的胸膛，想挣扎出去。他抓得更紧了。

"总是你有理，是吗？凯瑟琳。"他讥讽地说着，半推半抱地把凯瑟琳弄到床边，她继续挣扎着。

"你本来应该用语言和我战斗的，凯瑟琳。在身体上我比你强壮太多了。"

"别这样，迈克尔，求求你。"

"你在玩一场危险的游戏，凯瑟琳。"他生气地在她耳边说，"我想，你要我伤害你，这样你可以恨我。那好，我乐意奉陪。"他的眼睛坚定而幽深，她从来没见过他这个样子。"我不想这么做，但如果只有这样，我们才能互相仇恨，最终分开，那么就让它来吧。"

他把她推上床，用自己的身体压住她，使她无法再挣扎。他用力按着她的头，亲吻她，用膝盖分开她的双腿，然后粗暴地进入她体内。她感到一阵剧痛，几乎哭了出来，却被他的嘴唇封住。他开始用力地挤压她，深深地进入她，她只感到痛苦万分。他的高潮很快到来，然后迅速离开她的身体。

他的手枕在脑后，自顾自看着天花板。她翻身背对他，低声抽泣着，摸到自己的长袍，艰难地穿上去。她的肩膀被扭伤，身上散布着淤青和伤痕。她站起身，离开房间，没有看他一眼。他没去理睬她的离开，继续看着天花板。过了许久，才低头看着床单上的一摊殷红。明天，他会吩咐达玛尔把床单烧掉。他的身体颤抖着，几乎哭了出来。他走进浴室，泡在浴池里。毫无疑问，现在他亲手终结了一切。发泄完怒气后，他只感到强烈的失落和悲伤。

第 *13* 章

迈克尔从梦中惊醒，像一个淹溺的人，挣扎着，喘息着，索求着空气，浑身上下被汗水湿透，害怕得浑身颤抖。他又做梦了，苦恼的回忆化成了可怕的梦魇。

他伸手打开电灯，下了床，开始在房间里走动。有多少次他被自己的噩梦惊醒，然后悄悄在屋里踱步，不去打扰卡拉的睡梦？他不可能永远逃避，总有一天他得转身面对，但不是现在，不是今晚，他今晚已经失去了太多。

他的母亲年轻貌美，却总是惊恐抑郁。她还没准备好做一名母亲，尤其是单身母亲，便生下了他。被自己的家人所拒绝，被自己的爱人所抛弃，她只身逃到新加坡，又逃到香港，一心想着毁灭自己和她视为爱人的延伸的自己的儿子。迈克尔长得很像父亲，这种相像却为他招来了不幸。母亲时而慈爱得让他窒息，时而抛下他，独自消失许多天，剩下他一个人冻馁交加，惊慌无助。从 4 岁起，他开始在香港街头乞讨谋生，度过母亲失踪的日子。母亲回来时，日子也不好过，她靠出卖自己为生，在街头和酒吧勾搭男人。无数的男人在她生命中进进出出，他甚至都不知道他们的名字，他们也当他不存在一样，连他在房间里的时候也当面做着苟且之事。很多时候，他学会了视而不见，但在夜晚，回忆总会变成梦魇。

今晚的梦，他之前也做过，这个梦并非虚幻。那时他刚刚 7 岁，母亲又离家出走了，只剩下他独自在家。一个醉醺醺的男人过来找母亲，这是经常的事。他用力地闯了进来，迈克尔马上意识到事情不妙，那双眼睛闪烁着凶残和邪恶，比任何人的眼睛都残暴无情。他用刀子威胁他，把他的衣服扒下，摸索着他虚弱惊恐的童体。求求你，别这样。他在那个男人的手里缩成一团，又羞又怕，但天真的稚嫩只能满足屋里怪物的饕餮。他感到彻底的无助，亲爱的上帝，保佑他不会再让自己如此被困，如此无助。他要变强，永远掌握权力。那种酸臭的廉价酒的气味，那个男人沉重的喘息声，它们经过23年的遥远时光，再次回到身边，清晰可辨，似乎才刚刚发生。

他还困在那里，站在麦提亚的黑暗的天坛中，无力跑开，眼里尽是那一幕幕情景，无力转移视线。那个男人坐了下来，解开自己的腰带，或许他要鞭打他。他却脱下了自己的裤子。不！他不能让那个男的这么做。他强迫迈克尔跪下来，抓住他的头发，把他的头往那儿靠了上去，把那话儿贴在他的脸上，强迫他进行……不要！他紧闭着嘴，咳嗽着，喘息着。最后他剧烈地呕吐，仅有的一点食物都吐了出来。他不甘心屈服，用小小的拳头用力捶打着那个男人。那个男人跳了起来，狂怒之下，开始殴打他，踢他。他缩成一团，用手护着自己的头，无力反抗。他看着回忆来到结局部分，没有快乐的结尾，没有人获得拯救。他的肋骨被踢断，他的头火辣辣地作疼，最后，黑暗慈爱地降临。

他昏迷了几乎一整天，浑身都是淤青和血迹，肋骨也断了。他挣扎着爬起来，给自己包扎伤口。他失声痛哭，或许是人生的最后一次哭泣。当母亲两天后回来时，她烂醉如泥，病快快的，没有注意到他肿胀的脸、身上的伤痕和眼里的痛苦。他恨她，但又不敢恨她。她是他唯一拥有的亲人。她倒在床上，由他精心地照料，和往常一样。在他最需要她的时候，身体上或心灵上，她总是远远躲开。但这一次，他不肯再像过去那样原谅她。

站在天坛中间，他长长地吸了口气，似乎放开了某些东西，转身回自己的房间。他知道在回忆中还有更痛苦的经历，但无法通过意识唤醒，无法直接企及。但在梦境中，他曾见过它们，扭曲变形，漂浮不定。他从来没有和任何人讲起，即使自己的父亲也不知道在找到他们母子俩前他的遭遇。但迈克尔猜想父亲可能通过那个私家侦探了解到了一些。

　　他开着灯，在床上伸展开身体，回忆自己与父亲第一次见面的情形。母亲匆匆忙忙地帮他擦洗，她从来没这么做过，也没告诉他为什么，就把他拽到门口，见一位身材高大，衣着考究的男人。那个人盯着他看了好久好久，眼里噙满了泪水，然后快步上前，跪着把他抱起来，紧紧地搂在怀里，几乎把他夹扁了。那时迈克尔想着，如果这样死去倒也不错。没有人告诉他，但他本能地知道这个人就是他的父亲。迈克尔的眼睛睁得老大，然后安心地合了起来，让自己沉浸在这个男人温暖、干净、气味芳香的怀抱中。他知道自己会很安全，他让自己相信，会有一个快乐的结局。

　　在三个月的相处中，迈克尔与父亲建立了亲密的父子关系。父亲送母亲到疗养院戒除毒瘾，自己陪伴儿子。查尔斯爵士对迈克尔格外温柔，似乎曾经失去迈克尔让他此时对儿子更加珍惜。他被迈克尔深深地打动，用自己不曾对其他孩子有过的爱心接纳了迈克尔，直至今日依然如此。那些了解查尔斯但不知内情的人以为，查尔斯对私生子的偏爱无非是因为迈克尔与他出奇地相像，是查尔斯自我迷恋的表现；只有了解内情的人才知道，他们的关系建立于那几个月间，是两人互相需要，互相满足的爱与认同的结晶。

　　母亲不愿意呆在印尼群岛，因此父亲在三藩市附近的伯克利给他们买了一幢漂亮的房子。这一次，母产没有与父亲讨论让他离婚的事情，她曾为之抗争而惨遭失败，现在只安于能得到的东西：安全、舒适、一所属于自己和迈克尔的房子。查尔斯为她提供了可观的收入和日本仆人。她重返校园，考取了艺术系学位。每年，父亲最少会探望他们两次，每次会呆几个星期。他带迈克尔去参观加州大学伯克利分校的朋友。有了父亲，迈克尔终于有机会一展自己的天赋：天生的幽默、过人的聪颖以及对生命和冒险的热爱。

　　在那些日子里，母亲也变得很好相处，对自己鞭策有加，又幽默风趣，但更像是姐姐而不像母亲。偶尔也会有黑色的时刻，母亲朋友不多，在他身上寻求太多感情上的依靠。有时她会变得绝望害怕，然后会紧紧抱着他："不要离开我，迈克尔。答应我，不要像你父亲那样离开我。"他会热切地答应她，每当此时他就会对父亲充满怨怼，气他把照顾母亲的责任留给了自己。尽管母亲像个孩子一样，但她很有天分、才华和魅力。她成功地把两个男人拉进她的生活，分享她的生命。在查尔斯爵士的妻子亡故后，她的肖像画和相片永远地占据了他的房间。

在迈克尔的房间里也摆放着一幅母亲的肖像画。那是他的最爱，一幅严肃的女子自画像。画中的女子披着金色鬈发，嘴角略略露出一丝知性的微笑，而眼睛却带着悲伤。当迈克尔看着她可爱的脸庞时，心中会泛起无限柔情。可怜的母亲，他讨厌她的不安全感，恨她的自私无情，但他仍深爱着她，直到如今。

在她33岁，他14岁时，母亲离开了人世。在她开始在艺术界崭露头角，走向成功的时候，一场肺炎带走了她。事情那么突然，他打电报给查尔斯爵士，而他也立刻赶来，但她还是在他抵达时死去。

迈克尔感觉很麻木、困惑，无法相信这一切。父亲表现得十分悲痛，令迈克尔很吃惊。他一直无法真正理解父亲和母亲之间的关系，直到那时才有所体会。父亲悉心照料着母亲的一切后事和葬礼事宜。只有他们俩出席了葬礼，父亲难过地痛哭着，但迈克尔没有哭。他的情感夹杂着悲伤和轻松，也感到气愤。她一直要他答应不会离开她，而如今她却先行离开人世，抛下了他，和以往一样。但你怎能对一个死去的人生气？

迈克尔一直有种深深的罪恶感，对每个人都怀着内疚：卡拉、母亲、父亲，甚至朱里尼。他一直努力向母亲弥补父亲的过失，挽回她的自我尊严；向父亲弥补母亲和爱德华去世的损失。为了减轻罪恶感，他成了完美的好儿子、好哥哥、好丈夫。自我压抑和自我否定成了迈克尔根深蒂固的性格特征，他一直用这种方式应对自己的婚姻，直到遇上了凯瑟琳。

他把思绪转向了妻子卡拉。她也是金发碧眼，一颦一笑都酷似母亲。他初次见到她就感觉她俩很像。他娶了她，精心地照顾呵护她，似乎需要这样才显得重要。卡拉是母亲所有优点的集合体：慈爱、动人、活泼、天真。她让他完全拥有独立和自由，从来不要求过分亲密的关系或更深入的接触。事实上她可能还不了解什么是真正的亲密。他几乎很少和她交流感情和思想，只讨论日常的琐事和肤浅的扯淡。他知道或许他低估了她的理解力，但他宁愿保持这种状态，这样比较安全，不会受到伤害。她不是爱人，而是朋友、伙伴、伴侣的混合体，她不能，也永远不可能成为——凯瑟琳。

轻型飞机绕着在机场等候的人群低飞盘旋，开始着陆。从早上开始的倾盆大雨到了中午这会儿才减弱转为细雨。卡拉第一个下飞机，她紧紧地抱着迈克尔。他很开心见到她，因为她象征着安全和熟悉。他心里感到很轻松，将头埋在她的金色鬈发中。其他乘客也陆续下机：瑞德教授、列温教授和韦德教授。迈克尔与他们热情地握手问候，大卫·卡特，凯瑟琳的未婚夫也在其中。

只有当凯瑟琳在大卫身边，被大卫搂在怀里的时候，迈克尔才允许自己看她。她穿着海军蓝的宽松长裤和一件简洁的白色上衣。几个星期下来晒得更黑的肌肤在白色衣领的映衬下闪动着健康的光芒。她的眼睛周围微微地肿起来，除了迈克尔，别人都以为是她睡得过多的缘故，因为她迟到了，刚刚赶到机场。

迈克尔也仔细地观察着大卫，他是一个英俊青年，约莫 24 岁，高大结实，一头棕色鬈发，棕色眼睛。他的微笑很迷人、友善，或许太友善了而显得有点儿讨好人的感觉。停住！迈克尔告诫自己，大卫配不配得上凯瑟琳轮不到自己品头论足，他应该置身事外。他注意到凯瑟琳对自己似乎视而不见，那样也好。

他不知道自己是否能把她摈除在生命之外，自我抑制是他的好习惯，他告诉自己，排除自己的杂念，这样便可以自然地接近凯瑟琳而不会想要占有她。但当他走上前，伸出手时，他痛苦地意识到那个自然的时候还没到来。他牵着卡拉的手，匆匆离开，暗暗发誓一定要让自己能平常地面对她。

巨大的双引擎联合 28 型海空两用飞机停靠在巴列图河的码头上，轻轻地摇晃着，像一只远古时期的翼龙正在清晨的和风细雨中打盹。巨大的机翼伸出码头，越过河堤，一直延伸到空地上。像那种已绝种的生物一样，机身在地面上显得丑陋而尴尬，只有在翱翔天际时，才显得雍容而优雅。在它旁边，迈克尔独自探险时用的小型飞机有如侏儒一般，自惭形秽。

麦提亚庄园的迪雅克码头工人刚刚把探险队成员的行李搬上飞机，机组的三个成员正在进行飞行前的最后检查。探险队一行人站在码头甲板上，准备登机。查尔斯爵士正在为每个人饯行。他站在机舱门口，其他人鱼贯而入，和他一一握手道别。

当凯瑟琳走近他时，查尔斯爵士双手拉着她，"我希望能在麦提亚再见到你，过去几周里，你点燃了我的生命。"

凯瑟琳微笑着，表示了自己的谢意。她很让他着迷，又让他迷惑不已。当他弯下身子，与她吻别时，他发现自己还是无法分清她到底是一个美丽女性，还是一个职业同事。他盼望着她回来，让自己继续尝试解答这个问题。

他继续和别人告别，直到剩下朱里尼和迈克尔。查尔斯爵士搂着朱里尼，亲吻着她的脸颊。

"我在你手提箱里放了本书，帮我交给卡塞尔神父，是一本关于美国西北部印第安部落神话传说的著作。他会喜欢的，他正在收集阿斯玛特的神话传说。"

正事说完后，他看着她，第一次意识到他对她的了解很陌生。为什么会这样？他抛开了这一不愉快的想法。

"第一次啊，小茱利，我不能陪你去探险了。"他紧紧抓住她的手，"要经常给我写信。我知道你哥哥会第一个冲进丛林，没有时间理会我的。别忘了好好努力，给我一份漂亮的论文。"

他真的这么想？难说。朱里尼心里抱怨着。"我不会令你失望的，爸爸。"她想要他说些什么？说他一直以她为荣，不论她的成就大小？说他一直最喜欢她？说他爱她，尽管她不如凯瑟琳漂亮？她转向嫂子，卡拉正轻轻靠在迈克尔的肩上，搂着他的腰。

"再见，卡拉。我知道你会照顾好爸爸的。"三人一同报以微笑，她转身进了飞机。

查尔斯爵士慈爱地看着儿子，伸出自己的手，"再见，儿子。"

"再见，爸爸。到达后我会用无线电和你联系。"

查尔斯爵士慢慢走开，让迈克尔有机会单独和卡拉告别。当两人拥抱结束后，他踱了回来，抱着儿子，拍拍他的肩膀。迈克尔上了飞机，最后看了卡拉一眼。

　　机门关上，引擎开始启动，响起巨大的轰鸣，吹起强劲的气流。查尔斯爵士解开缆绳，飞机开始顺着河流漂移，离开了岸边。推动器产生的强风吹拂着码头的两个身影，飞机开始沿河流加速。查尔斯爵士搂着卡拉，两人目送飞机远去。卡拉的眼中满是泪水，查尔斯爵士心中充满了挂念。以前他和儿女分开过无数次，但这一次不同。昨天，短波通讯传来新闻：希特勒入侵了波兰。根据条约，英国和法国应该已经对德国宣战。德国还可能进攻荷兰、比利时乃至法国，英国也可能无法幸免。如果欧洲沦陷，那么印尼群岛便无力抵抗日军，会成为下一个目标。

　　飞机顺流而下，不断加速，然后冲上云霄。机舱内，乘客们正热烈地交谈，为自己踏上征程而兴奋。只有坐在驾驶舱内飞行员身边的迈克尔和乘客舱内蜷在窗口处的凯瑟琳，回望着麦提亚和码头上两个细小的身影，直至消失。

　　他爱卡拉，此刻凯瑟琳也明白了这一点。她不禁想问，他对她是什么感觉——是否他同一时刻能爱上两个女人？她自己连爱一个男人都如此艰难，实在无法想象爱上两个人。

第 *11* 章

荷属新几内亚，阿斯玛特地区，1939 年 9 月

在历史上，新几内亚一直是个孤立的小岛。东部地区目前由澳大利亚人控制，先前由德国和英国人控制；西部地区自 1828 年便被荷兰人占领；两片地区大部分地方还没有探明和开发。白种人主要居住在沿岸的若干前哨点。自南边的卡苏亚里纳海岸向内陆进发 200 英里，雪峰把荷兰人的地盘从岛上切开，形状好似一只蜥蜴的脊椎。雪峰顶端的卡斯腾兹冰川，海拔 16,500 英尺，高耸入云，为雪山长年披上冰帽和云纱。威赫米那大山，海拔 15,585 英尺，自东南边斜插入卡斯腾兹大山。河流从山上高原奔流直下，如血脉般遍布绿色的原始丛林。这些河流携带着淤泥和沙石，把它们填入阿拉弗拉海，将这些肥沃的土地奉送给海神，生命之土便这样不断地流失。

在阿斯玛特海岸附近，河流被分成无数条支流。红树林在盐碱滩上生长繁衍，有如海滨浴客在探测水深。纠缠盘结的树根使得整个海岸线无法靠步行穿越，河流成了唯一的通行大道。

草顶篷船满载着物资，深深地压进水面。两个引擎放肆地叫嚣着，搅动着河水。船由德荣队长掌舵，他是阿加特兹荷兰小分队的指挥官，还有他的爪哇助手。在他们身边，迈克尔正坐着倾听四位研究生的高谈阔论。他带着他们溯河而上，赶去布置探险营地。他们正开着玩笑，大声嬉戏，但他知道

在他们的戏谑中，隐藏着兴奋和紧张。迈克尔斜靠着一根草篷柱子，双手枕在脑后，伸出双脚，看上去很放松悠闲，但内心却气愤忧虑，仍在回想刚才与地区长官让·沃尔荷夫不愉快的会晤。那个傲慢的杂种一口回绝了迈克尔参观威亚卡加的请求，迈克尔想独立调查几周前在该地区发生的攻击荷兰巡逻队的事情。自从几天前到达阿加特兹后，他开始怀疑荷兰人正在隐瞒情况，而真相可能比他原先估计的对探险队更加不利。

卡塞尔神父和他的两个阿斯玛特助手坐在迈克尔对面。牧师刚刚在阿加特兹拜访完改宗者，正赶去塞普杰拜访另一些人。迈克尔对传教工作并不感兴趣，他总觉得传教士太计较当地人的衣着暴露等问题，而对他们所改变的当地文化又太无知。但卡塞尔神父是一个特例，他接受过人类学的学术培训，自从5年前他们在澳属新几内亚塞比克河相遇后，迈克尔和卡塞尔神父结下了深厚友谊。船上的十个人中，只有牧师知道迈克尔见沃尔荷夫的遭遇，和他一样忧心忡忡。

大卫·卡特坐在迈克尔的右边，迈克尔并不喜欢他，他或许不会喜欢有可能和凯瑟琳结婚的任何男性，但这并不是唯一的理由。大卫很会取悦别人，迈克尔也觉得大多数情况下，他是一个不错的同伴。但迈克尔感觉大卫尽管在表面上很喜欢凯瑟琳，但他在内心深处似乎对她怀有敌意和嫉妒，但凯瑟琳似乎一无所知。迈克尔怀疑大卫是那种把学校当成避难所，逃避成人责任的研究生。当迈克尔对大卫产生了这样的想法后，他试着不去挂怀，毕竟，大卫的个性怎样并不关他的事。

不单单只有迈克尔无法集中精神与别人交谈，凯瑟琳坐在船首卡尔和福尔曼中间，她的脸正向着河流，没有理会别人。她从眼角偷偷瞄着船尾的迈克尔。为了防汗和不让头发遮住眼睛，他在额头扎了一条红色头带，和第一次两人相遇时一样。每当她看着他，就会有一种羞辱感，只能拼命以假装冷漠来掩饰。她的思绪转回到河流上，把那些想法扔进河水中。橘黄色的蝴蝶群不时从树丛中蜂拥飞出，河上不断漂过亮红色的绚丽花瓣。不时地，他们会经过一些村落，村里有那种独特的40英尺长的竹楼，支柱有10英尺高，以防止潮水的漫灌。房子建这么高还为了应付另一种危险——猎头战士的袭击。

"你吃过人吗，基奥?"福尔曼问卡塞尔神父年长的助手。

"吃过一次，"基奥点了点头，"是一个老女人，味道不好，肉太硬了。"他咧嘴笑了起来。

迈克尔的注意力终于被这个谎言吸引了过来，他知道基奥是一个皈依基督的阿斯玛特战士，曾猎过 100 个人头。"别开玩笑了，基奥。说真话，告诉他们到底是怎么一回事。"

基奥不安地瞄着卡塞尔神父，看到他没反对，便微笑着讲述起来："我们先抓住敌人，然后在坐船回家的途中把他们的头砍下来。女人们会载歌载舞、弯弓射箭欢迎我们。我们这样子切开身体，"他举起大拇指，沿贲门向上到腋窝，再横过脖子顺着另一边向下。"卸下胳膊和大腿后和上身一块煮，之后就可以吃了。剩下下半身，"他指着下边，"用西米搅拌后在仪式祭典的时候吃。"他的声音像在唱歌一般，似乎正在指导男孩们行成年礼，"头颅得慢慢地烘烤——高高地架在火堆上——烤一整个晚上。到第二天剥下头皮，摘下鼻子和颌，用锋利的贝壳沿鼻子到脖子划开，剥下表皮。在太阳穴上凿个洞，把脑浆放在西米椰碗中，就可以吃了。"他耸耸肩，"留下骷髅，万事大吉。"

"那你们怎么处置骷髅呢，基奥?"凯瑟琳问他。

"那得看情况，"他慢悠悠地说着，眼睛开始发亮，"那得看情况。"在他说话时，文明似乎远离了他恍如梦幻的眼睛，他随时可能脱下身上穿着的卡其布长裤。凯瑟琳几乎可以看到，一根执行仪式的权杖蘸着石灰，在基奥的脸上、胸上、肚脐上画着白色圆圈，保佑基奥作战。

"当我准备成为一个男人时，"基奥继续说道，"我参加了第一次袭击，抓住一个敌人，杀死了他。我坐在屋后，父亲把那个男人的骷髅绑在我的腰间。"基奥把双手放在大腿间，堆成杯状，"敌人的力量通过骷髅传进我的体内，并让我的小鸡鸡长大，成为真正的男子汉。我得把骷髅一直绑在腰间，一连几天我不能动，也不能吃东西，变得很虚弱，昏死过去。"他神情恍惚，"他们把我放在一艘船上，和骷髅放在一起，顺着河流漂去，当船漂到岸边时，我就获得了重生，成为一个男人。"

迈克尔等基奥说完，微笑着看着卡塞尔神父，"那现在请神父告诉我们，你是怎样把像基奥这样一个口味重的嗜血战士转化成为吃饼干、喝葡萄汁的素食者？他们要吃的是基督的血与肉啊。"

"只是象征，"牧师温和地说，"他们明白的。"

"现在我吃的是上帝，"基奥骄傲地插话说，"每天吃上帝比每个月吃一次人更加让我充满力量。"

迈克尔觉得很好笑，"不过没那么有营养，是吧，神父？"

卡塞尔神父慈祥地笑起来，"我忍受了你多年的玩笑和不敬，迈克尔，没有点幽默感是受不了的。你真是一个无可救药的无神论者，比那些人还糟糕。"他朝河岸那边点了点头，"很久以前，我已经放弃了拯救你灵魂的念头。你上天堂的唯一机会是上帝除了那些虔诚的信徒外，也愿意接纳好人。我想，他会宽宏大量的。"

"谁说上帝一定是'他'？"凯瑟琳抗议道。

卡塞尔神父笑了，"问得好，凯瑟琳。如果上帝是一个女性，那么迈克尔上天堂是再肯定不过了。"

大家哄堂大笑起来，除了凯瑟琳。她转过脸看着河流，免得别人看到她脸红。她很生气，在别人看来，她只是迈克尔魅力的征服者中的一员。

没一会儿，他们抵达了塞普杰。德荣挂上了引擎，开始靠岸停泊。在这里探险队准备留下三个人，其余的队员继续溯流而上。

另一艘船，一艘独木舟，在河面漂荡。一个女人在船上钓鱼，篮子吊在水中，棕色的身体在阳光下闪闪发亮，成为一道亮丽的风景。

"简直像从《国家地理杂志》里跳出来的一样。"卡尔赞美道，观察着她，"那是我的性启蒙杂志，我总是在里面找寻每一双乳房，长的、扁的、圆的、方的我都喜欢。我的父母很保守，整个镇里的人都很保守，所以我经常跑到图书馆去看《国家地理杂志》。我还保存了一篇文章《两性之间》，保存了21年。"他开玩笑道："我以为只有棕色和黑色女性才有乳房，而白人女性是把花边和吊带绑在胸前。"

他在阳光下瞄着那个女人，"不管怎样，那是我最早对人类学产生了兴趣的时候。当我上了大学，对性的憧憬转变成了对原始文化的研究。当我看到那个女人时，我会思考她是属于母系社会还是父系社会。那便是智力开发的结果，所有的对美的渴望都变成了学术上的狗屁。"

他夸张地叹了口气，凑上去给了凯瑟琳一个轻轻的吻。

"现在我只能把这位美人看成朋友和同事，多么令人伤心的事情啊！"

凯瑟琳莞尔一笑，把头靠在卡尔的肩膀上，闭上眼睛。自从认识卡尔以来，他一直是她感情风暴的港湾。

"你是怎么对人类学产生兴趣的，凯瑟琳？"福尔曼问道。

"就想着离芝加哥越远越好。"她想也没想便回答说。

海风开始平息，夕阳把河流变成了金黄色的薄片。一行人留下了卡尔和福尔曼在奥马德塞。还有5英里的路程就到福斯，大卫和凯瑟琳会呆在那儿。河水变成了粉红和橘黄色，树丛和河堤有如剪影。船上剩余的乘客默不做声，都沉浸在变幻不定的天空的戏法中。

当船驶进靠近福斯的河湾时，他们遇到了难得一见的奇观。一列满载着战士的船队正缓缓驶来，戴着堂皇羽毛头饰的战士们冒出火一般的热情。每艘长而窄的独木舟上都站着10到15名战士，小舟间隔10英尺，呈队列前进。这些小舟又浅又窄，没有经验的西方人坐上去都会翻船，更不用说站着。战士们身上涂着白垩图案，吟唱着战歌，鼓吹着竹号角，在每一句战歌的最后，会一起高声吼叫。他们头上的羽毛装饰是由鸽子羽毛和孔雀翎毛绣成，头巾则由珍贵的袋猴毛皮织成；鼻孔上穿着贝壳和骨雕，耳朵上穿着树叶编织的饰物，颈上戴着竹雕和贝壳以显示地位与财富，每一根竹棒代表了猎头的数字。有一些战士在眼圈上涂着炭灰，身上涂着条纹，白色的灰粉和西米淀粉更形成了鲜明的对比。在腰间，则悬挂着贝壳和种子的长链，许多人在脖子上吊着骷髅头，外表光滑，应该是被经常触摸，有些甚至是被用来充当枕头的。当他们驶近乌篷船时，独木舟掉转船头，相伴着走完最后半英里到福斯的路程。凯瑟琳对这些涂满颜料、插满羽毛、赤身裸体的战士感到半是害怕，半是兴奋。令她稍稍安心的是，她看到战士们都没有带武器，只是在手臂的草环里佩带着小巧的骨刀。

"真是不可思议，他们竟然能把船撑得那么快。"大卫说。他们现在可以看到在村子里等候的女人、老人和小孩。尽管有若干女人身上也涂抹着条纹，颈上也佩带着贝壳项链，但她们没有男人打扮得那么鲜艳夺目。大多数女人穿着草制短裙，而男人和孩子则一丝不挂。

土人们从未见过异邦女子，纷纷围上来触摸她，拉扯她。看到身边这么热闹非凡，凯瑟琳觉得自己有点眩晕。迈克尔牵着她的手，拖着她穿过了人群。

最后，一行人总算来到 10 英尺高的客房入口处。一根略有锯齿的原木柱子充当了楼梯，迈克尔轻巧地攀登而上，凯瑟琳心惊胆战地跟着上去。

"我可以预测到，报纸的头条会这么写：'女人类学家不幸坠楼，伤势过重而亡。'他们不会提竹楼距离地面有 10 英尺高，所有的记者都痛恨女性。"

迈克尔笑了起来，但并没有拉她一把，他知道这样比较好。自从抵达阿加特兹以来，每次和凯瑟琳在一起，她总是会因一些小事和他吵架——步骤、物资，甚至天气。敏锐的观察者如卡尔，明显看出他们的关系不似一般的熟人，而像是亲密的爱人。她不肯接受迈克尔的任何东西——包括意见，更别说协助。争吵让迈克尔很沮丧，虽然他明白为什么。他知道她需要找他出气，她必须恨他而保持自己对他的爱。为了保护自己，他也变得烦躁和自我封闭，尽可能地回避她。

凯瑟琳站在客房的门口，看着外面的河流和村落，倾听着丛林傍晚的声音。迈克尔将尾随而至的村民拦在门口，一行人才得以安心在屋里走动参观。她把头靠在门柱上，他静静地看着她。天空仅有最后一丝粉红的光亮，但即使在漆黑中，他仍可以觉察出她的态度变得温和，放下了戒心。

"噢，迈克尔，太漂亮了。我梦见过这里——一直想象着。真不敢相信我就在这儿。"她开心地大笑着。

他也被她的愉快所感染，她一向很漂亮，但从未像此刻这么动人。

"离芝加哥够远了吗？"他轻声问道。

"芝加哥？"她笑着问道。

德荣和大卫带着行李和物资也抵达了客房，由村民抬上来。当天晚上，探险队的 4 名成员和村民们共同分享了由贝壳和西米淀粉组成的盛宴。面包烤得很硬，填得饱肚子，但没什么营养，这就是新几内亚海岸地区的主要食品。

晚饭后，大家去了祭祀用的"幽屋"，凯瑟琳和大卫将开始深入了解该村落。这表示村民们接纳了探险队成员，以前是从未有过的待遇。自从对白人的仇恨情绪激化后，村民们断绝了与荷兰人的接触。

房中的四壁挂着无数骷髅头，一百英尺长的屋梁上也挂着不少。在房子中间，只孤零零地点着一支火把，周围一片漆黑。夜晚的闷热和周围看不见的人群的压迫令凯瑟琳感到头晕目眩。支撑着屋子的柱子上刻满了花纹，没有陶器、石器，只有一把与内部地区交易得来的石斧。木头是阿斯玛特部落的主要材料，做屋子、交通工具、日用品和武器。

现在，伴随着蛇皮鼓的节拍，裸体的战士们在地板上起舞。他们的脚略微分开，迈着小碎步从屋子的一端跳到另一端。随着指挥者歌声的逐渐提高，兴奋的舞者嘶吼出充满韵律的节拍。脚步开始变得狂乱而痉挛。男性器官在节奏中上下舞动，彼此摩擦，性欲亢奋。舞者们互相用手擦去对方臀部和大腿的汗水，抹在自己身上，似乎当成一种魔法药膏。

在兴奋的高潮中，一个老妇人，村长的一个妻子，拉着凯瑟琳的手，把她领到人群中间。那里有 10 名战士仰面躺在地上，肚皮朝天，距离不到 1 尺。一个女人站在他们中间，弯腰向前，双腿分开，似乎正要生孩子。在老女人的指引下，凯瑟琳弯下腰，爬过地上的肉体。那个女人呻吟着，喘息着，痛苦地临产。和男人的肌肤接触起初有点恶心，但慢慢变成性感而原始的经历。爬过最后一双大腿时，象征着她从那个棕色子宫中重生，成为了村子里的新成员。凯瑟琳满脸通红，又是兴奋，又是尴尬。

当她站起身，一个满脸皱纹的老女人递给她自己一只干瘪的乳房，表示给新生儿哺乳。她挺着凹陷的乳头，示意凯瑟琳接受。旁边，另一个年轻些的女人也在这么做，凯瑟琳合上双眼，摇了摇头，实在无法完成仪式，对自己的失败感到懊恼。

另一声吼叫响起，她的失败很快被淡忘。大卫也微笑着完成了出子宫的仪式，眼神因兴奋而发亮。在他身边，一个年轻女子放下手里的婴儿，害羞地走上前，给大卫哺乳。显然她的孩子胃口不好，因为她的乳房鼓得快涨出来。大卫握着一只坚挺的乳房，弯下腰，吮吸起来。那女子满足地微笑着，合上眼睛，用手按着大卫的头，压在自己的胸膛上。在他们周围，男人们吼叫着，大喊着，舞蹈仍在继续。大卫如饥似渴地吮吸着，直到男人最终把他拉开，那个女人的乳头因奶汁和唾液而闪闪发亮。

她笑着伸出另一个乳房，另一个女人催促大卫上前，大家都在叹服大卫的好胃口。"让它像第一个那么开心。"他们指着大卫刚刚松开的第一个乳房，叫喊着。

大卫笑了起来，善意地表示拒绝，摸着自己的肚子，表示已经饱了。当他望向凯瑟琳，她厌恶地转过头，他似乎没有留意，因为另一个人把一个干西米丸子和一片蟹肉塞进了他口中。

凯瑟琳突然觉得恶心厌烦，不单单因为闷热，还因为刚才大卫故意为之的对她的羞辱。舞者们在四周压迫着她，直到她无法移动，也无法呼吸。她开始觉得害怕，怕自己会丧失意识。如果那样，她会滑倒在地板上，被众人踩死。她努力摆脱晕眩，寻找出口，但她根本无力打开通道，即使自己能找到出口。她不安地看着大卫，寻求救助，但他没有看见她的恐慌，甚至看不见她的存在。

突然，一只有力的手抓住她的前臂，她抬头看到迈克尔的灰色眼眸在混乱中闪烁，然后她被带出了人群。他一直把她拉到门口处才放开她，她靠着门框，大口大口呼吸着新鲜空气，抑制住自己的晕眩。他没说一句话，脸上也看不出一丝表情。

凯瑟琳还在生气，为什么是他救了自己，而自己偏偏需要帮助？她恨大卫的羞辱，更恨迈克尔看到了这一幕。她意识到自己可能对大卫太苛刻，可能他只是想让她妒忌一下；又或许，他根本没什么意图，只是逢场作戏而已。他只是照着当地人的意图去做，只是太热心投入了一点；或许真正的原因是她失败了而他没有。

当她恢复后找寻迈克尔时，他已经走了。他只停留了一阵观察凯瑟琳是否没事。经过上几周的相处后，这一次两人将会小别一段时间。第二天她起得很早，但迈克尔和德荣已经出发，她告诉自己她会很轻松，不会太当回事。但轻松只维持了一会儿，她就开始深切地思念着他。

第 *15* 章

汗水从凯瑟琳的额头滚落，顺着面颊、鼻子，密密麻麻地堆在她的嘴唇上。她焦躁地舔着汗水的咸味，衣服上下全被闷热潮湿而产生的汗水浸湿，现在还只是上午。她的力气随着汗水的流出而慢慢流失，只剩下冷漠和愤怒。她看见大卫穿过空地，走进男宾小屋。在身边嗡嗡作响的名叫"阿加兹"的小飞虫更增添了她的不快。她气恼为什么大卫还在工作，而自己却怎么也提不起劲来。

事实上，自从一个月前抵达阿斯玛特后她就一直在跟大卫怄气。起初大卫很迷惑，然后他屈服于凯瑟琳的暴怒之下，却怎么也想不明白是怎么一回事。尽管他一再尝试讲和，但似乎没什么成效，她对他的一切行动就是感到不满。他放弃了原先以为通过 6 个月的工作相处可以和她更亲密的想法。事实上，他还幻想与她同眠共枕，幻想着这是一趟浪漫的旅程，但现在似乎变成，两个人不但远离了熟悉的世界，也彼此越走越远。

他们划分好了研究项目，大卫负责研究男人而凯瑟琳则陪着女人研究她们的日常琐事。每天他们之间几乎没有交流，各自回自己的小屋，各自吃饭。对大卫来说，实在是孤单凄凉，因为事实与想象实在是相差太远。

昨晚，大卫辗转难眠。起初他是被热醒的，后来他一直想着凯瑟琳与自己的紧张关系。他决定再努力一次，打破两人间的戒备状态。他不知道凯瑟琳到底出了什么事。在学校时凯瑟琳一向很轻松愉快，易于相处。在黑暗中，他决心探个究竟。他要面对她，让她坦白所发生的一切。决心下定以后，他不再感觉无助与不快。他意识到不单单他不了解她，她也似乎害怕他，最后他安心地进入梦乡。

一早醒来，昨晚的决心依然相随，更加坚定。和往常一样，他先去探访村里的男宾房，然后带着自己的口粮来到女客房，想和凯瑟琳一道吃早餐。已经是上午的后半段时分了，他发现凯瑟琳还没穿好衣服。她接受了邀请，虽并不很热情，但彬彬有礼，在近来实属罕见。他心里一热，开始烧火，煮咖啡，开罐头，煮西米饭。他想做一餐火腿三明治给两人享用。

当他做完饭，回到屋里时，看见她坐在草席上，睡衣外披着长袍，她接过早餐，带着若有若无的微笑，开始喝咖啡。她仔细地看着他，但没有说话。他总觉得自己的出现对她是可有可无，她接受了他的出现，但如果他不在，也同样可以接受。他如果知道凯瑟琳对自己的漠不关心也很惊讶，不知会作何感想。她并不想这样，但她无力改变，她就是一直对他吹毛求疵，但心里并没有如此的念头。她曾告诉自己，需要一些时间。而如今她看着大卫，意识到自己的感觉不仅没有任何改变，反而还在责备他使自己如此冷漠。为什么他不能让她有所感动，撩动她，让她想占有他？

在凯瑟琳的冷漠注视下，大卫的心摇摆不定，他的勇气正在消失。他看着她，正盘腿赤足而坐，乌黑的长发凌乱地披在肩膀上。他知道在这种天气下，头发会很闷热——但她不舍得剪。如果问她最在乎什么，答案肯定是她的头发。他喝完自己的咖啡，正踌躇着如何开始，昨晚深夜的预先演练到了大白天的早上就显得笨拙不堪，他准备了各种她可能会提的问题的答案，偏偏就漏了怎么去打破她的沉默。

正当他准备开口时，外面传来一阵骚动。阿斯玛特的欢迎仪式打破了宁静，伴随着人群的喧闹和狗群的吠叫。大卫走出门外，迈克尔、卡塞尔神父和卡尔·盖勒正朝他们走来。凯瑟琳也走了出来，很吃惊看到他们，离供应物资还有一个星期的时间。

当走近跟前时，卡塞尔神父似乎有些尴尬，而卡尔则显得很开心。凯瑟琳起初有点奇怪他们的反应，很快意识到牧师肯定是有所误解，看到自己披着长袍和大卫一同在屋子中出现，手里端着杯子和盘子，看起来像是一家人。她奇怪是否迈克尔也有同感，但什么也看不出来，灰色的眼眸没有流露出一丝痕迹。

迈克尔用手背拭去额头的汗水，坐在阴凉处，心不在焉地用手指梳理着头发，把它们拢到一边。

"我想喝杯咖啡。"他说道。他的眼睛带着黑眼圈，他靠在柱子上，疲惫地合上双眼。看到他如此倦怠，凯瑟琳很吃惊，她的心里激起千般柔情，但当那双冰冷的灰眸再次张开时，柔情顿时烟消云散。

她递给他一杯咖啡，并递给卡塞尔神父和卡尔每人一杯。神父摇了摇头，"不用了，谢谢，凯瑟琳。不喝咖啡，天气太热了。"他打开水壶，向众人说："茶，"他微笑着拍拍水壶，"不像你们美国人喜欢冰镇，但同样提神醒脑。"

自从来到阿加特兹，凯瑟琳就很喜欢这位和善的老人。他总是面带微笑，愿意承担任务和责任，最关键的是，他一向尊重和欣赏他人的习惯和生活方式。

大卫蹲坐在地上，给自己倒了第二杯咖啡。凯瑟琳则坐在卡尔身边，屈起自己的膝盖，双手环抱着，让自己舒服一些。

"奥马德塞那边的事情怎样了，卡尔？"大卫吹着咖啡的热气，问道。

卡尔微笑着，"和想象的一样好，我想。作为河流流域最大最强的村落，他们非常自大，而且对荷兰人非常仇恨，就是不肯让我和福尔曼进去，连参观的机会都不给。我们不得不接受这样的结果。"

"他们是这一带最好战的人。"卡塞尔神父补充道："这个毫无疑问，我无法使那儿的人皈依上帝。他们是最后一个放弃猎头的村子，有传闻说他们还在进行猎头，这一点我非常相信。或许，这就是他们不让卡尔和福尔曼进去的原因。"

"那为什么大家都在这儿？"大卫突然问道："不会是一次聚会吧？或者你们是中途休息一下，还要去别处？"

"确实是一次聚会和中途休息。"卡塞尔神父说，并没有因为大卫岔开话题而生气，"还有另一个目的，事实上，是主要的目的。"他换了个舒服点的位置，继续讲道："迈克尔一直在秘密调查威亚卡加地区的事件，沃尔荷夫几次威胁要逮捕他。"

"然后呢？"大卫不耐烦地问。

"然后，"迈克尔插话道，他一直显得对周围的事情很漠然，"我查不到任何东西——这个本身便告诉了我一些东西。那个村子里的人认识我，信任我，但他们害怕某些东西，不敢说出来。我认为他们不是在害怕荷兰人。"

"那么是什么呢？"凯瑟琳问道，感到有点警惕。

"我不清楚，但我想可能会有些麻烦。"

"那跟我们有什么相干？"大卫问道，呷着热咖啡，"据我们所知，当地人从未杀过一个白人，他们只会互相残杀。"

"那是因为我们以前没有杀过当地人，他们没有理由复仇。"

"但那是荷兰人和他们的事，与我们无关。"大卫抗议道。

"我担心，他们可不会分得那么清楚。在他们眼中，白人都是一个样。"迈克尔说道："我已经建议瑞德他们立刻全体撤离。"

"那他怎么说？"大卫问。

"他不同意，他接受了沃尔荷夫的再三保证，但根本不了解事实。当然，我无法命令他——也无法命令你们。我只能说，我认为我们必须撤离，走不走则由你们决定。"

"那其他人的意见呢？"

迈克尔靠了回去，看着天空，上面总是乌云密布，但只有此刻令他颓唐，"他们都决定留下来。"他平静地说。

"包括朱里尼？"凯瑟琳问。

迈克尔盯着她，"包括朱里尼。"他答道，再没说什么。连最了解他的朱里尼都没有采纳他的意见，但留下来是不明智的行为，他对所有人都感到气愤。

"那如果只有一些人走呢？"凯瑟琳问道。

"我会尽快安排想离开的人去库克港，他们可以赶第一趟船撤离。"

"那你会留下来吗？"她问道。

他点了点头。

那是当然，她心想。现在他别无选择。

"那你呢，卡尔？"她问坐在身旁的卡尔。

"留下来。"他严肃地看着她，补充道："但我想你应该离开，凯瑟琳。这是我来的目的——劝服你离开。"

凯瑟琳不安地站起来，走了几步，眺望着河流，给自己时间考虑。她正处于两难的境地，一边是自己的恐惧，一边是自己的野心。留下来会冒生命危险，她没有怀疑迈克尔的判断，但离开则会冒着失去过去 4 年的研究成果的危险，还有她的毕业论文。

"那么，你怎么看？"迈克尔问大卫。

大卫静静地坐着，正在理清零乱的头绪。他不愿意为自己并不真心喜欢的职业而冒生命危险，但他不甘心表现得像个懦夫。

"大卫，"卡尔说道，他了解大卫，"没有人会认为你没有男子汉气概，如果你选择离开。""事实上，"迈克尔加了进来，"我会认为你是一个明智的人，相信我"——灰色的眼眸紧盯着大卫——"如果我是你，我会离开。"

大卫仍摇摆不定，"我不会离开凯瑟琳，由她决定吧。"他转头看着凯瑟琳。

凯瑟琳的心里越来越不安，她回头望着屋里的小组成员。

"战争爆发后，这里将不会再有人类学探索了。"她说道。

"但那不是你冒生命危险的理由。"迈克尔说："你可以在美洲的印第安人部落作研究——安全而方便。"

"但我不想研究美洲印第安文化！"她反驳道，"他们被西方文化改变了太多，已经不能为我的理论提供素材。而且，已经有太多人研究过，我要研究别人还没研究过的文化。"

"如果命都没了，又谈何研究呢？"

"那便是孰先孰后的问题了。"卡尔斡旋道，他发现迈克尔的反对正促使凯瑟琳更加下定决心。"你的生命是第一位的，但那并不表示你必须放弃职业。迈克尔是对的，你可以研究美洲印第安文化。"

"但研究一个不同的文化群体需要多年的准备。我自开始博士生研究后所有的准备工作都是围绕着新几内亚文化展开的。离开意味着从头再来。"

"生命第一，凯瑟琳，知道吗？"卡尔劝道："你得从头再来，那确实很令人恼火，但你能做到的。"

"但你自己不会那么做，卡尔。"

"对我而言，更加艰难，凯瑟琳。我对家庭负有责任，珍尼为了我的学业牺牲了太多，经济上我无力从头再来，但你可以。"他劝说道。

"珍尼和孩子才是你必须回家的理由。"凯瑟琳大声说道。

"哪条路对我来说，风险都是一样。但你不同，留在这里风险更大一些。我只是尽力做我必须完成的事情。"他难过地说。

凯瑟琳坐在他身边，握着他的手，"我也必须留在这儿承担我的风险，卡尔。我无法忍受等待或从头再来之类的想法，已经太久了。"她亲了亲他的前额，两人眼中闪烁着泪花。

"好了，大卫，"卡塞尔神父叹气道，"现在只有你还没做决定了。"

大卫艰难地与自己作着斗争，该死的凯瑟琳，他心想。他想离开，但如果她留下来，他又怎能离开？那样会让他看起来比她还缺乏勇气和志气。

"别考虑我，大卫。我真的会没事的。"凯瑟琳说。

大卫知道她不可能单独留在这里，她要么离开此地，要么迈克尔·斯坦福会留下来，想到这里，他就觉得不爽。他咽了一下口水，作出了自己的决定。

"我也留下来。"他说道。

迈克尔叹了口气，告诉自己，他已尽力而为。荷兰政府掩饰了太多事情，而他对此也无能为力。

"我希望你们了解现在我们的处境如同风中残烛，随时可能熄灭。"他说道，从卡其布衬衫口袋里拿出一张纸。

"大家每人准备一个紧急背包，装上三个星期的食物、衣服和药品。这里是你们的物资清单，还得准备好一条船，可以随时离开，想徒步穿过沼泽是不可能的。我制作了一份地图，在上面标明了沿岸的安全藏匿点。如果你们的沿河逃生路线被切断，可以躲在那里，我在那儿贮存了另外的物资。如果能逃到海岸边，荷兰的海防巡逻队会在那儿待命，把你们接到艾莲登河和阿加特兹间的海口。当有麻烦事时，他们会不时巡逻那一带的，但不会沿河到这里来。即使来了也救不了你们，他们本身就会成为目标。有机枪保护都无济于事，尤其是在河道变窄的地方。如果需要撤离，尽量选择在晚上，河流晚上是危险些，但白天里部落的攻击更加危险。"他说话很快很有效率，也不带任何感情色彩。最后他补充道："还有别的问题吗？"

没有人开口。凯瑟琳害怕地想到，她接受的全部教育中，还没学过如何保护自己或如何在迈克尔描述的情况下顺利逃生。阿斯玛特人都是食人族——或曾经是，尽管她不知道什么使她不安。一旦她死了，自己的尸体怎么被处置应该是无关紧要了。

凯瑟琳没有透露她的担心，她注意到迈克尔正关切地看着她。她决心不能让他看到自己的害怕，她知道这样做很没有必要，但害怕意味着她需要他。他那么强壮，那么自信满满，那么自鸣得意，她气恼地想着。

大家都沉浸在自己的思绪中，默不做声。最后，迈克尔站了起来，"既然目前大家没有问题，那我还得去上游看看情况，一会儿我会回来。"

凯瑟琳也站起身，走进客房换衣服。当她走出来时，迈克尔已经离开。卡塞尔神父告退去小憩片刻，只剩下大卫和卡尔。

"好了，"大卫强作欢笑说："我认为这里会平安无事的。我想我们和福斯的村民还是建立起一定的尊敬和信任的。"

"那你便是傻瓜了。"凯瑟琳轻蔑地说，跨过他的腿，走向河边，腋下夹着笔记本，脖子上吊着相机。

卡尔静静地坐着，观察着两人。过了一会儿他起身跟着凯瑟琳，赶上了她。他温和地说："你刚才对大卫那样说有点过分了。"

"我知道，我很抱歉。都怪这鬼天气。"她怒气冲冲地说，用袖子拭去额头上的汗水，"还有刚才谈话带来的压力。"

"你肯定吗，凯瑟琳？"他从口袋中掏出烟斗，边走边装上烟草。他扬起眉毛，问她："在我看来，似乎从我们离开波尼奥前便开始这样子了。"

"当然是那样，难道你认为是别的原因?"她反问道。

"没什么，如果你不想说，我就不问。"他点上烟斗，猛吸了几口，让它开始燃烧，"但如果你想找个人谈心或搭个肩膀痛哭，我随时都会奉陪。"他等着她的回答。

她正忙着拍一些玩耍的小孩的相片，他意识到她是有意回避他，于是转移了话题。

"迈克尔昨天猎杀了一头大鳄鱼，35 英尺的大家伙，过去 3 年吃了 14 个人。我们在河堤上逮到了它，那家伙正在晒太阳。200 码开外一枪打在它的双眼之间，就那么一枪。"

"哦。"凯瑟琳哼了一声，继续埋头工作，很显然，她不想介入任何有关迈克尔的谈话，他再次转移了话题。

"昨天收到珍尼的来信，从迪尼用汽船运来的。她向你问好。这个秋天，她会开始教书，她还带孩子去开普柯德见了她妈妈。她说汤姆被调到阿纳波利斯海军学院教书，为期两年，从秋天开始。他已经离开了珍珠港。"

汤姆是珍尼的孪生兄弟，在海军服役，中尉头衔，阿纳波利斯毕业。当汤姆在弗吉尼亚州的诺福克港驻扎时，凯瑟琳与他相识，那是两年前他被调到珍珠港之前的事了。汤姆开始服役时，凯瑟琳与卡尔刚刚开始读博士，汤姆经常到卡尔家做客，他与凯瑟琳互生情愫，但并没有开始恋爱，一段情无疾而终。

"那对珍尼还好些，你不在身边，但汤姆回去了。"她很庆幸话题转移了，开始与卡尔有说有笑。

整个上午，卡尔帮着凯瑟琳拍照，做笔记。他不再谈及令她烦恼的事情，不想给她压力。以前她总是会找他倾诉，他知道当她准备好的时候还会这么做。

当天晚上，凯瑟琳与大卫为大家准备了晚饭。但迈克尔没有回来吃饭，卡尔安慰道："迈克尔会没事的，他比我们当中任何一个人在这种环境下都应付得好。"

"你会留在这里吗，神父？"凯瑟琳问，"我是说，如果战火波及到欧洲，你会怎么办？"

"那除了留下来我还能干吗？"他答道，然后叹了口气，"如果欧战全面蔓延，最终会波及这里。没有地方会平安大吉——包括阿斯玛特。"他拿出烟斗，点上烟，"如果世界发疯，我会留下来。我宁愿陪着猎头者也不愿意面对纳粹分子。我正在阅读有关希特勒的报道。"他嘬着烟管，谈论着波兰、菲律宾、澳属新几内亚地区。

天色开始变暗，凯瑟琳起身走开，剩下三个男人在屋子里。她向河边走去，青蛙和蟾蜍开始了歌唱，她心怀悲伤，明天她会一心从事研究，忘记别的任何事情。以前这一方法很奏效，它应该能帮助她忘记悲伤。

第 *16* 章

　　卡塞尔神父坐在他的小屋前面，抽着烟斗，正在欣赏河流的美景。在阿斯杰这里，艾莲登河流进阿拉弗拉海，入海口近 1 英里宽。现在是一天中他最喜欢的时候，天空在下午时分格外晴朗，留下温暖的橙红色的夕阳美景任由他在门廊处欣赏。在河流远处，小舟上站着一名渔夫，如雕塑般映衬着渐暗的红色天际，白天正早早地逝去。

　　卡塞尔神父经常为又一天的结束而暗自悲伤。或许，这也标志着他在慢慢变老，时日无多。今天是一个特别美好的日子，早上他在一个村子里作了洗礼，并享用了丰盛的一餐；下午刚刚在巴瓦和唐纳德·席巴与朱里尼一同吃完饭，现在则惬意地独自静坐，看着一天的终结。他站起来，伸了个懒腰，开始整理床铺，他根本没有意识到今天是他人生的最后一天，没有人意识到。

　　卡尔·盖勒是第一个感觉不对劲的人，但为时已晚，来不及通知大家。他和丹尼尔·福尔曼住在奥马德塞村子收集资料，在黄昏时分出去散步。当他散步回来时，猛然看到，在远处竖着一根高达 35 英尺开外的柱子，耸入天际，上面刻着 3 个 10 尺来高的战士的身形，叠加在一起，有如图腾一般。每个战士的双腿间都吊着一块精心雕刻的小木板，如同挺立的男性器官。这种木板是在"幽房"用原始工具——石斧、野猪獠牙凿子和牡蛎壳刮刀——雕刻而成的。在夕阳最后一丝光亮的照射下，柱子显现出狰狞而野性的原始力量。整个村子宁静而空旷，丛林也静寂无声，只有"比兹柱"似乎是活着的事物。

卡尔·盖勒并不迷信，但看到这一情景却不由得让他心中升起超现实的恐惧。那些刻在"比兹柱"上的脸庞犹如中世纪的魔物，它们是邪恶世界的强力的象征，似人非人，无法理解，无法控制。卡尔曾在荷兰的阿姆斯特丹的博物馆见识过"比兹柱"，有好一会儿，他不敢相信自己的眼睛。但没有时间细想了，丹尼尔不在奥马德塞，当天早上，他去了阿加特兹。卡尔知道，他必须马上离开，尽管天已经黑了。

他转身朝河流方向跑去，丢下笔记本、物资和别的东西。他深知，必须保住生命才能有机会挽回其他。他跑到河边，用力把最近的一艘小船推进河中。恐慌使他的大脑高度紧张，手也抖个不停，没能把船推下去。正当船开始挪动时，一个战士抓住了他。他意识到，他们正在戏弄自己，等待着自己的恐惧到达顶点再处置他。

战士们大声叫嚷着，挥舞着长矛，把卡尔拖回"幽房"旁边的空地，就在愤怒的柱子下面。火已经生了起来，他被钉在地上，衣服被扒了下来，周围的人正哄笑着，试着穿上他的衣服，裤子穿到了头顶，衬衣反过来披在身上，对他们来说，这是一场欢乐的庆典。真是滑稽，人类学家喃喃自语着，体味着自己与他们截然不同的感觉。

卡尔自知必死无疑，对周围的一切浑然不放在心上。他看到斧头正架在自己头顶，暗自庆幸能死得快些。当斧头砍下来时，他只有那么一瞬间感到困惑为什么最后想到的是凯瑟琳，而不是珍尼？他永远也想不出答案了。

死亡迅速而仁慈地在卡塞尔神父睡着时降临，而沃尔荷夫则没那么好运。他工作到很晚，从办公室的窗口他看到阿斯杰方向天空的火焰。他冲了出去，跑向无线电发射台，高声喊着信号兵的名字，但他一个也没找到。他坐了下来，给最近的荷兰军船发送了一则信息。船在海岸线 30 英里之外，沃尔荷夫要求船只随时待命，准备救援行动。

还没来得及发完信息，门被轰开了。愤怒的战士团团围住他，叫骂着，挥舞着长矛。沃尔荷夫几乎无法相信这是事实，只能大张着嘴巴，无言以对。他站了起来，摘下耳机，尽量用威严的声音命令这些战士，却发现自己连几句土话也没学会说。那个该死的德荣或士官长到哪儿去了？他愤愤地想着，这些野人会被自己的自信吓走，怎么也得装出来。

战士们只踌躇了一小会儿，便把他抓住，五花大绑，架到夜色之中。过去几年里，他们受够了羞辱和讥讽，现在是用原始古老的暴力方式发泄心中怒火的时候了，即使这种形式在他们的文化中也显得极端而残暴。沃尔荷夫是压迫他们的象征，必须用强力的巫法毁灭他所代表的邪恶，他即将成为最惨烈而具毁灭性的仪式的祭品。

在附近的一个村子里，战士们扒下沃尔荷夫的衣服，将他手指和脚趾的指（趾）甲一一拔出来，接着砍下用来拉弓和持矛的三根手指，这象征着保护他们免遭报复；他的头皮被剥开，露出光秃的头顶，上面摆放着滚烫的石头和热灰；女人们用棍子抽打他。当最后打累时，大头领，威亚卡加死难者中一名战士的兄弟，走上前来，手里拿着刚刚从兵营厨房里缴获的小刀。他盯着沃尔荷夫的双眼和满是血污的脸庞，另外两名战士架着沃尔荷夫，不许他挣扎。首领将小刀插入沃尔荷夫的腹腔中间，向右边开了个口子，沃尔荷夫痛苦而惊恐地呻吟着，首领拉出沃尔荷夫的肝脏和肠子，放在旁边的篝火上煎烤。

他们放开了沃尔荷夫，他颓然倒在地上，还没有死去，半醒着。周围的战士围着他载歌载舞。一小时后，沃尔荷夫还活着，被架到篝火上烘烤。他直到那时，还相信海军会过来营救他。

当迈克尔把船停向奥马德塞附近的河堤时，已经接近 10 点钟了。马达嘈杂地低鸣着，声音和振动都令他很担心。今天，迈克尔和韦德教授一道去收集艺术品，由德荣队长和三名荷兰士兵陪伴。漆黑的夜色影响了他们的行进速度，本来准备在奥马德塞与卡尔一同吃晚饭的。迈克尔对迟到感到很恼火，韦德教授总是拖拖拉拉，一片片仔细地查看能找到的木雕。

由于已经很晚，迈克尔没有把船拉上岸，而是绑在另一艘船上，让它自由漂荡。村民们不会在晚上用船，明天一早再赶在船夫抱怨前把船解开。几分钟前，在岸上他借着手电筒的光亮，看到一些以前并不存在的东西，可能是一片纸，又或者是挂在树枝上的衣服。别人都下了船往村子里走去，他决定去调查一下。踩着泥泞的河堤回去途中，他又借着光亮看到那个东西，就在50码开外。当他再走近时，那东西看起来好像一件衣服，但村民们是不穿衣服的。它像是挂在什么东西上面，或许是一根树枝。他突然想到他把步枪留在了船上，正考虑着要不要回去拿时，他的脚步已走近了挂衣服的地方。

他拨开挡住视线的植物和杂草，惊恐地倒吸了一口凉气：一根"比兹柱"正屹立在西米椰林丛中。刚才看见的白色衣服是一件血迹斑斑的马装夹克，悬挂在"比兹柱"上雕刻的人形男性器官上。他举起手电筒，往上照去，他看见另一件卡其布衬衫也挂在上面，再往上看，情形让他瞠目结舌：在柱子最上方的一个人形的口中赫然塞着一根男人的生殖器官。

他马上关掉手电筒，仔细聆听着周围的动静。周围一片寂静，村子里也没传来声音。他折回了船上找出步枪，朝村子里走去。耳朵里不断地轰鸣着，有如警钟在响。这时，他听到了吼叫和悲鸣，埋伏在那里的野人开始进攻了。跑到现场时，到处一片零乱，尸体四处散落，开膛破肚，德荣队长的头被吊在柱子上，在空中飘摇。

太晚了，来不及救他们，他被面前的惨状惊呆了。"上帝啊，上帝！"他一遍遍地喃喃自语着。在愤怒和恐惧中，他的意志开始清醒，谨慎地退入黑暗中，朝河边走去。当地人没有看见他，只注意到其他人。他跳进船中，解开绳索，悄悄将船推入河中，发动引擎。正当他调转船头时，他朝河岸的两边方向看了一眼，天空是粉红色的，似乎还闪耀着太阳最后的余晖，但已是太阳下山两小时后了。他意识到光亮来自阿加特兹，是火光在燃烧。现在不能去海岸边，他看见了其他的火光，来自卡塞尔神父布道的村子，整个地区都叛乱了。

他心里迅速地思索着，几周以来的疑虑终于解开：荷兰人枪杀的战士是最具势力的奥马德塞人，而不是威亚卡加的村民。他们当时可能是去参加交易或探访亲戚，但这并不重要。重要的是，他们是奥马德塞人，用武力恐吓住了其他村子保持沉默，好暗中筹划而没有引起怀疑。到了明天早上，不会再有外国人活着。没有时间帮助其他人了，他只希望能及时赶到凯瑟琳和大卫身边。

朱里尼在独木舟中站起身，在海洋的波浪中努力保持平衡。自从来到海边的比瓦村以来，她一直在学习如何驾驭这种危险的小船。对她来说并不是很难，因为童年时她也玩过波尼奥迪雅克人的小舟。最近，朱里尼每天会在夕阳下山时到海边畅泳，她经常荡桨到海洋深处，避开那些当地人的小渔船。今天，出乎意料，一艘也看不到。

朱里尼脱下衣服，一头扎进温暖、深邃、波光粼粼的海水中。她是个游泳好手，但她不会远离船只。这一带没有鲨鱼，迈克尔猎杀了唯一的食人鳄鱼，但洋流在河口处还是汹涌莫测。

她深深潜入水中，在黑暗中摸索着石头和沙子。当她浮出水面时，她看见西北方向，靠近阿斯杰的天空一片粉红，逐渐变亮。起初她很不解，但很快知道这意味着什么。几分钟后，在东边更远处也亮起了火光，又一阵火光，最后在北方阿加特兹，火光也熊熊燃起。

朱里尼慢慢地游回船上，看着远处的火光，夕阳正投射下最后的光芒。她思忖着自己现在该做些什么。迈克尔曾提过，如果出事，这一带将会有荷兰军舰巡逻。如果有人能发出无线电报，巡逻船很快就会抵达，她知道自己在这里等船会比较安全。

她幻想着自己被热切的年轻荷兰军官脱光衣服的情形，情不自禁地舔着嘴唇。她拿起自己的衣服，一件件扔进海中，微笑着靠在独木舟船舷上，看着衣服慢慢漂走。

她躺了下来，看着头顶赤红的天空，想着村里同事临死的惨状。她还活着，翻滚着，讪笑着，她的乳头开始发硬，轻轻地呻吟着，双腿间开始潮湿，渴求着发泄。上帝！她受不了了。她一次又一次地扭动着，一直到海水的拍打给她带来了放松和发泄，才露出微笑。

多年以前，当她与迈克尔还是爱人的时候，经常一起裸泳，在水里、船上、沙地上、床上做爱。有一次她甚至拉着他跑到父亲的床上做——她最喜欢在危险时刻进行——有几次几乎被人逮到。当他们做爱时，她会幻想被别人观赏：母亲、父亲、爱德华，全都被吓呆的样子。有几次她故意想被抓到，但迈克尔都成功躲过了。

她翻过身，又看着岸边。更多的火光在燃烧，比瓦也在其中。英俊的迈克尔，他可能也葬身火海了，她想象着他的悲号，他的死状。惊慌不期然地涌来，喉咙一阵哽咽，尽管她恨他，但却无法想象没有他的世界会是怎样。

凯瑟琳坐在地上，蜷成一团，靠在房子的柱子上。她疲惫地合上眼睛，把头靠在膝盖上——但怎么也睡不着。月亮悄悄地躲在云层后面。太黑了，看不清手表，现在大概是午夜，大卫离开了大概有15分钟，但似乎离开了好多个小时。

在黑暗中，她竖起耳朵，倾听着丛林的声音，想找出不寻常的声响，尽量分辨危险和安全，拯救和毁灭。大卫在干什么呢？她不知道，只记得晚饭后她去散步，发现整个村子都空了。几个小时以前，她在房间里寻找大卫，他去调查情况，回来时一句话也没有说。独木舟都跑光了，不可思议的是，连那只他们精心隐藏在草丛里的船也不见了，现在想逃也逃不了。

随着时间的流逝，他们开始焦虑不安。最后决定，得想办法离开，即使似乎没什么迹象表明他们有危险。他们决定往河的下游进发，涉水游泳，与鳄鱼赌赌运气。大卫回去拿背包和笔记，他现在应该已经回来了。凯瑟琳正想着去找大卫，突然听到身边的一声动静，身体一下子吓僵了。月亮又露出脸来，她睁大眼睛在黑暗中搜寻，但什么也没看到，接着又听到另一声异响从别的方向传来，心都快吓跑了。她正想大叫出来，却被一只手搂住腰，另一只手捂住嘴。她惊慌地拼命挣扎，却听到迈克尔熟悉的声音在耳边轻声说道：

"没事的，我不想吓你，但我担心在认出我之前你会喊出来。这里被监视了，我刚刚打昏了一个人。"

凯瑟琳感觉到步枪的枪托正压着她，他放开了手，坐了下来。

"我们得离开这里——现在。"他轻声说。

"发生什么事了？"

"没时间解释。月亮一会儿会被云遮住，那时我们冲向河边。跟在我后面，我们沿着房子的阴影走，在河边我绑了一艘船。"

"但大卫——"

"我已经找到大卫了，他会在船那边等我们。"

"为什么他们不捉住大卫或收拾我？"

"他们知道没有船你们是跑不了的，正在享受你们的惊慌失措带给他们的快乐。"

最后一丝月色消失了。

"走！我们得赶快行动。"

两人小心翼翼地朝河流方向走去，凯瑟琳一步一步地向前走，这样总比刚才盲目的等待要好受些。村子的轮廓依稀可辨，似乎没什么改变，但透过心里的恐惧和不安，在凯瑟琳眼中，村子不再熟悉和亲切。他们来到河边，往下游进发。沿着小路前进，直到无路可循的时候就蹚水前进，留心着河里可能出没的鳄鱼。

当到达小船时，大卫没有在那儿。迈克尔叹气道："看来他把笔记本看得比生命还重要。"他边爬上小船，边生气地说："他最好能快些，我们不能等太久。"

凯瑟琳爬上船舷，船是用一根大原木砍伐而成，比当地的独木舟宽不了多少。船猛烈地摇晃着，但还好没有翻过来。迈克尔缠上发动机的牵引绳，准备开动马达，开始了不信神者的祈祷，可能是他的第一次，也是最后一次祈祷。

他们紧张地坐在寂静中，时间一分钟一分钟地流逝。突然，从上游传来水花飞溅的声音，可能是大卫，也可能是福斯村的村民。迈克尔没有等候，一把拉下牵引绳，马达突突突地启动了，小船摇摇摆摆地晃动着。发动机的声音淹没了上游水花飞溅的声音，他们看见大卫正朝他们跑来，后面追着几名战士。

凯瑟琳伸出手，帮着把大卫拉上船。迈克尔把船头方向调整好，朝着下游方向，准备逃脱追捕。一些东西掠过凯瑟琳的耳朵，是战士们在射箭。大卫挣扎着爬上船时，一支箭射中了他的大腿。三人驶入河中，岸上出现了更多的战士，扛着长矛，举着火把。

"对不起，"大卫喘息着致歉，"我在空地上遇到了他们。我猜他们最后决定来猎捕我们了，或许他们注意到了你们的离开。"

他躺在船舱里，把箭从大腿中拔了出来，很幸运，伤口不是很深。

"船上有应急药品，"迈克尔喊道，"我们停下来时，再把伤口包扎好。"

他驾着船，向河对岸驶去。开了大概半英里，又掉转船头，逆流而上，经过福斯村，驶出了一段安全的距离。

"为什么你往上游走呢？"凯瑟琳喊道。

"下面不安全，等到天亮时，我们在上游停靠休息。"他现在不忍心告诉他们已经回不去了。

一小时后，他把船停在岸边，把船系好。月亮又从云中出现，迈克尔看得清楚了些，打开急救箱，开始给大卫清洗伤口。

"到底发生了什么事？"大卫问道。

"整个地区都叛乱了，显然，威亚卡加死的人是这儿的人。他们谋划了好几个星期展开复仇。"

凯瑟琳的喉咙感到发紧，"那别人呢？他们没事吧？"

迈克尔摇了摇头，回答说："我不清楚。"他希望她能就此罢休，但他知道她不会这么做。

"那我们必须回去，"凯瑟琳喊道："卡尔、朱里尼——或许我们能救他们。"

"我们谁也救不了，我们唯一的机会是逆流而上，翻过大山，到对面海岸的荷兰迪亚。"

"那不可能！"凯瑟琳抗议道："而且，军队可能几天内就会到达，最多一个星期。"

"那是在看美国电影，凯瑟琳。"迈克尔边包扎大卫的腿边回答，"这一次没有人会来救我们。"

凯瑟琳坚持道："但可能卡尔、朱里尼和其他人需要我们。我们不能抛下他们不管。"凯瑟琳气得发抖，还夹杂着她不愿承认的情绪。

"我们不会回去的，凯瑟琳。"迈克尔生气地说，眼睛盯着她。他还在为刚才看到的情形而感到震惊，无法想象发生的一切。他心力交瘁，忐忑不安，不想再和她进行无谓的争吵。

"男人是不会放弃朋友的，是吗，迈克尔?"话没说完她就后悔了，看到了他脸上的愤怒。

"卡尔死了，凯瑟琳。"他轻声说，"可能大家都死了。或许我们是唯一的幸存者。我得向你们坦白，以后的路会很艰苦。100 英里未知的河流和200 英里以上的未知丛林和山路。我对那里的了解仅仅是亚奇伯德草拟给父亲的那张地图的零星记忆。我带了几支桨，汽油只能在紧急情况下使用，到了山区就得步行。"

"但如果我们躲起来，避避风头，再试着往南边走，沿别的河流到海岸边呢?"大卫问道，不肯接受即将面对的艰巨挑战。

"作为白人，我们在卡苏亚里纳海岸一带会遭遇无数危险。荷兰人得很久以后才会重新进入这里，我们唯一的机会是翻过大山。"

大卫默不做声，无法争辩。当初迈克尔是对的，但没有人听从，如今只能承受苦果。凯瑟琳还沉浸在悲痛之中，没听见两人的争吵。

迈克尔回到船头，留下大卫靠在背包上休息，凯瑟琳在船舷。

"现在我们休息几个小时。"迈克尔说。

天快亮了，凯瑟琳终于睡着，但时而被噩梦惊醒。她几乎要尖叫出来，不得不艰难地闭着嘴，合上眼睛。天空下起了毛毛细雨，河上泛起了薄雾，飘到船上，把他们一个个裹在其中。

第 *17* 章

　　大卫坐在船舷处顶着烈日划桨，心里气愤懊恼，但自我感觉比昨晚经历的恐惧好了很多。他不信赖迈克尔，并不是怀疑他的知识和技能，而是因为别的原因。他也看得出，凯瑟琳不喜欢迈克尔，能够感觉到当迈克尔出现时两人间的紧张气氛。由于对此前两人之间发生的事情一无所知，他觉得很奇怪，最后总结为，她应该和他的想法一致：对男性的厌恶。

　　跟喜欢掌握权力的男人相处令大卫很不自在。他们让他想起了父亲，一个侵略成性，成功在握的铁路发展商。大卫总觉得自己无法向父亲看齐，连凯瑟琳有时都让大卫生畏，但他说服自己去爱她。她对成功的渴求使她在学业上远远抛下了他，但她获得的赞赏却让他暗自欣喜：这个成功的女人将成为他的妻子，他孩子的母亲。

　　正当他胡思乱想的时候，船底似乎刮到什么东西，整个人向前扑去，几乎把桨都掉了。他听到迈克尔咒骂着，船底继续传来刮擦的声音，原来是沉在河底的树枝缠住了船，无法挣脱。大卫倒吸了一口凉气，他好怕船会断开。

　　"该死的！把船尾甩开！"迈克尔大喊着，使劲推着船舷，船尾的摇摆使船底更紧地卡进树枝中。大卫与凯瑟琳赶快用桨把船尾重新归位。

　　"用篙子试一下。"迈克尔喊道。

　　竹篙伸进泥底大约三尺多深才触到地面，大卫和凯瑟琳慢慢地撑着船挣脱了树枝。

船似乎没有什么大的损伤，凯瑟琳时不时瞥迈克尔一眼，他正专注地观察着河流和河岸两边。他已习惯了危险，面对危机能理性而迅速地作出决断。下午的触礁小事故让凯瑟琳意识到，没有迈克尔，大卫和自己很难生存下去，他们的希望维系在他的知识和技能之上。眼泪涌上眼眶，她也不知道为什么，但接着便意识到原来它提醒了自己所失去的东西。她仰起脸，让雨水与泪水夹杂在一起，她不单单为了迈克尔而难过，还有卡尔、朋友和其他同事。她低头看着河流，心想着很快就会抵达大屠杀的现场。

雨越下越大，迈克尔让大卫把小船驶近河岸，用砍刀割下棕榈树叶子，做了几顶雨帽。和往常一样，雨水并没能带走炎热，反倒是河水涨得更高，水流更加湍急，逆流而上更加艰难。慢慢地，随着航程的行进，河道也在逐渐收窄。

迈克尔知道长时间划船的辛劳，决定找个地方过夜。他决定还是呆在船中，岸上找不到安全而河水漫不到的地方。留在船上的话，四周都是沼泽和丛生的藤蔓，敌人进不来。

把船绑在岸上的一棵树上后，迈克尔放下钓鱼线。凯瑟琳独自悲伤地坐着，戴着棕榈树草帽，任凭大雨滴落，衣服紧贴在身上。最后，她摘下帽子，松开头发，让雨水冲洗。如果不是有人在，她还想把衣服脱下来。河水又脏又臭，不堪饮用。三人拿出了容器，接雨水喝。雨停之后，迈克尔拿出日渐稀少的木棒发号施令，在船的后面生起火，做了些米饭，烤了些鱼。再过几天，他们就得再寻找些燃料了。正当饭做到一半时，迈克尔下了船，带回来一些鲜嫩的棕榈树芯，加在米饭里面。再没有什么比这一餐更好吃了，尤其是烤鱼，树叶给鱼增添了特别的清香和风味。三人用小竹棍扒拉着米饭，享受了一顿中国式美餐。三人很少说话，每个人都想着以后的事情和死难的好友和同事。他们需要发泄自己的情绪，但三人的微妙格局却使他们无法帮助和安慰对方。

当天晚上，水位下降了。当凯瑟琳醒来时，船绑在了另一棵树上。迈克尔设下了钓鱼线，这一次运气不太好，一条鱼也没钓到。为了节约干粮，他们把剩下的米饭和烤鱼当成了早饭。

河流宽阔而浅，三人篙桨并用，行程迅速，只在河水太急或三人太累的情况下开引擎。第一天后，他们再没经过村落。七天后他们到达卡塔里纳河与艾莲登河的河岔口，三人选择了左边的卡塔里纳河，却发现它比艾莲登河窄而急，但所幸河岸边还生长着棕榈树、西米椰和其他植物。

鱼还是能捕到，因此营养上能提供应付旅程的体力。湍急的河流和上涨的河水每天都威胁着他们，一不小心，便会被淹没。时不时，从河上会漂来树枝或树根，必须时刻关注才能不被击中，晚上的休息更加显得必要。

循着脑海中对亚奇伯德绘制的地图的记忆，迈克尔决定在与巴列姆河合流前，离开卡塔里纳河，走支流索姆纳河到巴列姆河，这样能节省15英里的路程，但这也意味着早点弃船步行。前面便是山区，不可穿越的屏障，直达未知的新几内亚心脏。凯瑟琳敬畏地看着远方紫色的山峦和白色的冰雪山巅，只有喜玛拉雅山和安第斯山比它高，她无法相信三人即将要尝试翻越它。

索姆纳河自山上奔流而下，到了平原地区温顺地流动，分成四条支流，汇进卡塔里纳河。迈克尔选了一个干净的沙滩作为进入支流的第一晚栖息地。他们花了两周时间才走完索姆纳河，开始准备弃船步行。三人忐忑不安地收拾物资，整理行囊，装备好砍刀和斧头。

似乎是为了庆祝他们完成了第一段旅途，太阳也露面了，带出一抹夕阳。索姆纳河的水质比卡塔里纳河的水清澈，三人决定沐浴一番。凯瑟琳拿了毛巾和防虫皂，到上游去，避开男人。河堤可能并不适合躲开鳄鱼，但她可以用尖叫吓跑它们。温柔的水流按摩着她酸痛的肌肉，冲刷干净她零乱的头发，好一会儿她才不情愿地站起身，换上干净的内衣、裤子和衬衫，梳理好头发，套上靴子，戴好草帽，慢慢踱回营地，感觉比两周前好了很多。她发现两个男人也已洗漱干净，刮了胡子，迈克尔设下了钓鱼线。

"一起祈祷今晚能钓到鱼吧。"他说道，"到了前面可能就没鱼了。"

"没鱼？"大卫问道，"我以为我们会一直沿着河边走。"

"确实如此，"迈克尔回答："但山区地势陡峭，鱼儿可能游不到那么高的地方。从现在开始，我们要限量供应食物，一路上能找到什么就吃什么。"

凯瑟琳望着迈克尔，他正蹲在火堆边，没有抬头，她知道他正在给他们通气——但尽量不吓到他们。

"你是说我们会有食物危机，得忍饥挨饿是吗?"她简单直截地说道。

他的灰色眼眸望着她，"可能会那样，我想说的就是这个。"

凯瑟琳摘下帽子，用手指梳理着头发，即使天气这么热，头发也没有干透。两个男的看着她，没有说话。相处两周来，她第一回感觉到自己作为女人的魅力。她望着大卫，他正艰难地咽着口水，赶忙躲开她的目光。她知道他在想什么，脸上微微一红，坐到沙地上，看着迈克尔。他没有躲开，脸上没有暴露什么表情，这一次是凯瑟琳马上把目光转向地面。她屈起膝盖，把脸埋在中间，避开两个男人。直到听见迈克尔站起身，走进丛林时，她才抬起头，发现两个男人都不在了。

她松了口气，走到河边，坐在石头上。她对刚刚挑起的情欲，大卫的情欲，感到迷惑和一丝恐惧。但奇怪的是此前她从未盼望或意识到这种情欲。毫无疑问，大卫在过去几周的相处中，会自然而然地产生这种欲望，但直到现在她才察觉。她觉得自己在利用大卫满足自己：他爱她，那么她便是值得爱的；他渴求她，那她便是值得渴求的。这些被认可的需求满足后，她才能去追求事业和学术上的成就，不用去担心自己的女性魅力。

他曾向她求婚，她答应了。她接受求婚仅仅是因为这样能安慰她，使他留下。以前好几次她也曾忽略了他，自顾自追寻个人的目标，但他总是会等她回来。而到最后，她也会回到他身边。今天，她第一次为自己的自私感到羞愧，她应该为他的无私和奉献而感动，但她没有，而是因此而轻视他。他让自己被利用，或许，他认为她会以身相许，即使不是出于爱情，也会出于感激。

她怀疑自己还会不会嫁给大卫，如果没有遇到迈克尔，她可能会和大卫结为连理。但现在，尽管她恨迈克尔，但她已经无法和别的男人在一起。她不知道迈克尔是否已发现她与大卫的真正关系，她知道他会因为她利用大卫而看不起她，正如她因为大卫的轻易满足而轻视他一样。

她听见身后石头的松动声，回头望去，大卫坐在身旁的石头上，望着河水和夕阳。宽阔和缓的河水正奔流向前，把他们抛在身后。大卫难过地说：

"似乎到了和我们已知的世界告别的时候了，我不想离开。"

"是啊，似乎是最后关头，再也没有退路了。"

在渐渐昏暗的夕阳下，凯瑟琳端详着大卫，卷曲的棕发披散在头上，一路的风吹日晒使他的肤色变黑了，大而有神的眼睛嵌在深而长的眉毛下。她愉快地想着，我们两人看上去一定很像兄妹。而这正是她对他的感觉：兄妹而不是爱人。她喜欢那种感觉，至少很温馨，不像过去几周她感到的冷漠和焦躁。她知道现在还不能告诉大卫她不能嫁给他。他们可能无法顺利逃出这里，伤痛、疾病、饥饿、敌人——周围有太多威胁，现在不能告诉他。如果不能幸免于难，那又何苦伤害他。

看到凯瑟琳对自己报以温暖的微笑，大卫又惊又喜，自从到达福斯，这是第一次她对他微笑，心中不由得又燃起希望。体型硕大的环纹鸟，在头顶盘旋，准备栖息，凯瑟琳观察着它们。

"或许可以打一只当晚餐呢。"

大卫笑着摇了摇头，"太韧了，连当地人都不吃的。"

他现在想接近凯瑟琳，把两人的关系拉近一些，但最后还是放弃了这个念头。还是等气氛继续和缓一些再开口吧，他告诉自己。他看着凯瑟琳，这个他生命中遇到的最美丽的女人，乌黑柔顺的长发下，闪闪发亮的黝黑肌肤，带来一种他无力抵挡的浪漫的异国风情。高傲、冷漠、若即若离——她就像周围的丛林一样，丰饶却无法满足自己。

凯瑟琳对自己的美丽的若无其事总是令他很惊讶。她从不像许多别的女人，用自己的美貌去操纵男人，这也是他爱慕她的原因之一。但此刻看到她的容颜，她的倩影，他再也无法抑制自己的冲动，卡其布长裤下也开始不安分起来。冲动又转化为愤怒，过去 6 个星期她对他那么冷漠疏远。他终究是一个英俊偶傥、才华卓越的学者。不时地，他心里总会暗自猜疑凯瑟琳是否比自己更加优秀，但他总是安慰自己，她只是比自己更加努力，用这一解释掩饰自己的猜疑，但她仍让他心生敬畏，他从不让她知道这些。

他们谈笑风生，回忆着美好的时光，迈克尔加入到他们的谈话中。

"可以吃饭了。"

　　刚才迈克尔一直在勘测河滩边的树干，有些已经腐朽不堪，摇摇欲坠。第一次，他们吊上了绳床，凯瑟琳一直睡不着，仰望着灰色的薄暮，粉红的几抹微云掠过明净的天空。她感觉到丛林的气息，正在面颊边吐气，几乎可以听见它的呼吸。夜色从栖息地爬出来，弥漫过河流，向四周蔓延。凯瑟琳看到几只狐蝠出来觅食，围着高高的树枝兴奋地飞翔俯冲。

　　置身于丛林中，一切事物似乎都遥不可及：鸟儿、兽群、果子、星星、迈克尔。她断然停止了胡思乱想。合上眼睛前，她看了看旁边的吊床，他正仰面躺着，手枕着头。她只看见他还睁着眼睛，和自己刚才一样，在仰望苍穹。

　　她放下蚊帐，合上双眼。尽管天空此刻还很明亮，但今晚无疑又会下雨。她把帆布雨衣塞在吊床的脚边，一会儿下雨时就把它拉上来，至少身子底下可以不被淋湿。以前在船里睡觉时总会被淋醒，有时积雨太深，还得半夜里把水舀出去，能睡上吊床已经是一大改善了。终于，在摇曳中她安然入睡。

　　在细雨迷离的清晨，三人醒来，早餐是昨晚剩下的饭菜。迈克尔分配好物资后，三人背上背囊。凯瑟琳没有作任何抗议，接受了最轻的一个。迈克尔扛着步枪，带着两人朝迷雾中的群山进发。早晨的中间时分，三人离开了平原地区，来到山脚下。到处是金色的石灰石，植物生长得很茂密，时不时地，他们得用砍刀披荆斩棘，开辟道路。凯瑟琳的手不一会儿就长满了水泡，迈克尔为她包扎了一下，在这种细菌丛生的气候和环境下，即使是细微的皮外伤也不能马虎。不久，大卫也跟她一样，只有迈克尔，长年累月在野外冒险，锻炼出强硬的肌肤，免遭侵袭。

　　当天下午4点钟，大约爬了300英尺山，三人停下来在一处窄窄的岩石上扎营，下面是湍急的索姆纳河。当天晚上，他们第一次打开罐头。三人无语，但大家都知道一个人的份额如何能支撑三个人的食量。没有地方生火和拉吊床，三人躺在石头上睡了一宿。

　　幸运的是，至少没有下雨。第二天早上，阳光明媚，身后是翠绿的海岸平原和浩瀚的海洋，凯瑟琳回过身，抛下那熟悉而艰辛的景色，再一次向山上进发。

艰难的山谷穿越进程中，不时可以看见瀑布自几百米处倾泻而下，消失在乱石之间。当天，三人前进了不到1英里，爬了大约400英尺山。

第三天下午，下起了瓢泼大雨，但没多久又是阳光普照。连续第三个晚上，三人动用了储备的食物，用篝火煮了些米饭和罐头肉。迈克尔砍倒了一棵棕榈树，挖出嫩芯，用水煮了将就着吃。他还找来些蕨菜，但凯瑟琳实在是难以下咽，太苦了。

第四天，他们发现了一群蓝色的鸟，但距离太远，难以命中。当他们穿过灌木丛，想走近前时，脚步声却把它们吓跑了。似乎要凑热闹，林中的其他鸟儿也大声地叫嚷着。幸运的是，叫声也吓跑了蛇群，但凯瑟琳还是发现了一条三尺长的金环蛇悬在她头顶的一根树枝上。不时地，他们看见火红的拉吉鸟从视线中掠过。

第四天晚上，迈克尔捕到了一只蜥蜴，他用砍刀把它的头砍了下来，用火烤着当晚餐。在下雨的天气里，迈克尔总有办法生起火来。

三人来到到处是粉灰的坑坑洼洼的新地形。丛林依然无处不在，即使是看来没有土壤的岩石也不放过。西米椰林长到了15尺，似乎随着海拔的升高植物也跟着长高。有时，三人前进的道路会被一堵高高的石灰岩堵死，只得另行绕道而走；有时还得回到中途，重新找寻道路。他们还可以看见或听见索姆纳河，靠它指引方向。当不得不暂时绕开河流时，就用指南针指示方向。太阳被遮天蔽日的丛林掩盖，实在是帮不上什么忙。长袖衬衫多多少少挡住了树枝的尖刺，即使在光秃秃的岩石上，稍不留神，衣服也会被石剐一下，手上和身上划出血痕。

大卫不经意间在扎营处找到一个火鸡的巢窝，里面摆着三个火鸡蛋。迈克尔没有机会提醒大卫在巢中还潜伏着疟虫，热带人类最危险的敌人之一。它们体形细小，人眼几乎看不见，它们会钻进皮肤，产生炎症，痛痒难当；皮肤表面会长出水泡，然后破开，留下难以愈合的伤口，寄生虫和细菌便乘隙而入。除了划伤、抓伤和腿上的箭伤，大卫又染上了新的疾患，但煮熟的火鸡蛋确实美味，似乎受点伤也值得，但再迟些，情况就不妙了。

三人之间很少说话，又饥又累，伤痕累累，精神都行将崩溃。大卫是最严重的一员，他的意志最为薄弱，而伤病最为严重。每天晚上，三人精疲力竭，连挂个吊床都没有力气，只能席地而睡，不管它下不下雨。幸好，多孔的石灰石地面不会积水，淹到他们。

三人每天不断地攀登，第七天，到达了海拔 1,300 英尺的高度。一路上，迈克尔总是及时地在凯瑟琳疲惫不堪或道路艰难时伸出援手。每次她接受帮助，看到他灰色的眼眸时，内心都会隐隐作痛，一旦情况好转，便赶紧松手。今天，迈克尔又微笑着伸出援手，她不禁心烦意乱，不知他是否已猜出每次她那么快缩手的真正原因。

但她并没有担心太久，她更担心大卫。一周前，他还精神抖擞地踏上旅程，但现在他显得阴沉郁闷。凯瑟琳猜疑不单单是因为他的伤，而是他与迈克尔的不经意的暗中竞争。由于两人对野外的无知与懵懂，迈克尔掌握了指挥权，凯瑟琳能感受到随着迈克尔的发号施令，大卫日益萌生的沮丧和受挫感，迈克尔的知识和技能是无与伦比的。她不知道迈克尔是否了解这一点，但从他每次和大卫打交道时脸上的犹豫可以看出，他也觉察出不对劲。

迈克尔一直耐心地对待两人，一路上传授给他们野外谋生的技能。察觉到大卫的问题后，他尽量让自己的指导与传授更加温和与谦恭，但大卫并不领情。有一次，大卫不顾迈克尔的几番警告，踩上一块石头去观看一处瀑布，却没有先试探石头是否能支撑自己的重量，结果脚下一滑，石头掉了下去。当时凯瑟琳正在下面，被石头打中，往山下滚落，如果不是迈克尔及时拉住她，可能就会酿成大祸。这一次，迈克尔终于失去了耐性，大声呵责大卫：

"该死的！卡特，看看你干了些什么！你几乎杀了她，我告诉过你不要靠近那里！"

凯瑟琳摔得不轻，但她与迈克尔都没有发现大卫的内心受到更大的伤害。

第八天早上，三人沿着河岸出发，走了没多远，一处断崖封住了道路。迈克尔去找一棵足够高的树，砍下来横在河上，充当桥梁过河。大卫则去找路，看能不能绕过断崖过去。刚刚下过暴雨，尽管已经天晴，迈克尔神情依然紧张。这样一场暴雨，可能会引发 20 尺高的山洪，把三人卷入河中，冲到山下。从一路上的乱石和树干可以看出，这一带山洪并不罕见。

113

迈克尔在真正的危险到来前选定了逃生路线，然后，危险终于降临。起初是河堤的颤抖，紧接着传来似乎是火车头冲刺的声音，迈克尔朝视线外上面的大卫喊了一声，一把抓住正靠在石头上休息的凯瑟琳的背包，向断崖跑去。凯瑟琳还没来得及考虑发生了什么事，洪水便席卷而来，冲刷着巨石和树木，把它们像牙签一样轻而易举地冲走。她惊慌地紧紧抓住迈克尔，他正一手拉着长在断崖的灌木丛，另一只手紧拉着凯瑟琳，努力与水流抗争。

水漫卷而来，上升到腰际，脚下的土地也岌岌可危，随时会被冲走。凯瑟琳惊慌地发现自己抱着迈克尔腰的手在冲刷下正渐渐松开，但他抓紧了握住她的手，拉着她的背。终于，水流降低了速度，水位也开始回落。看到水流的力量开始减弱，迈克尔贴着崖面，慢慢往上爬，一只手扶着崖面，另一只手拉着凯瑟琳，两人慢慢地爬上一块小平台，离水面三尺高。他抛下自己的背包，靠着断崖，疲惫地休息，还在为刚才的恐惧和冒险而颤抖。她想挣扎出他的怀抱，但他的双臂仍紧紧地抱着她，把她拉得更近。她停止了挣扎，把头靠在他的胸膛上，他敞开的衬衣露出的胸毛撩动着她的鼻子，脖子和喉咙上尽是汗水，她轻轻伸出舌头，品味着他男性的气息。

她亲吻着他的喉咙，突然间醒悟过来，拼命扭动着身体，才发现是自己的双手紧抱着他的腰，他的双手早就松开了，垂在一边。他正看着头顶，左方的断崖上空。她的视线顺着一路上去，看到了他松开怀抱的原因，大卫正叉着腰，站在崖顶，恨恨地盯着两人。

可怜的大卫，她内疚地想着，现在他的妒忌公开暴露了。对他来说，迈克尔已夺去了他的尊严和骄傲，而如今他还要夺走凯瑟琳。她必须向他坦白地说清楚，她心里想着。

迈克尔慢慢地朝崖顶爬去，搀扶着凯瑟琳。到达崖顶后，两人都没去看大卫，也互相回避。迈克尔借口去找些木柴，留下大卫和凯瑟琳独处、交谈。她脱下靴子，放在身旁，让风吹干。她听见大卫在背包里搜寻着什么，显然仍怒气冲冲。凯瑟琳不禁警惕起来，猜疑他在找步枪，想干蠢事，但她记得迈克尔带着枪，松了口气。

"事情和你想的不一样，大卫。"她尽力安慰他，"迈克尔只是帮着把我拉出水面。"

"你知道我在想什么吗？刚才你们站在一起时，你的表情我都看见了。"

"那是几个月前的事情了，一切都结束了。"

"刚才你告诉我啥事都没有，现在你又告诉我一切都结束了。"大卫提高了声调，责问她。

凯瑟琳竭力保持平静，"我只是想告诉你，你所看到的，不过是几个月前结束的事情的余波——在你抵达这里之前。"

她马上为自己的话懊悔不已。他脸上的神情告诉她自己犯了一个天大的错误，她亲口承认了他一直以来的猜疑。他不再是一个猜想中的傻瓜，而是已经成为事实。

三人间的紧张气氛在随后几天达到了令人发狂的地步。在文明的环境里，大卫也许能接受这一打击；但置身于丛林野外，伤口感染的痛痒和身上伤痕的痛楚令他变成了一枚定时炸弹，随时可能爆发，但凯瑟琳却无力摆脱他。

他们赶了 8 天路，走完了 6.7 英里路程。攀登过程中，河流又回到身边，但河堤又窄又陡，当水位下降，对岸的路又比较好走时，迈克尔会砍下一棵树充当桥梁；有时得攀爬 200 英尺高的石灰岩峭壁，爬到上面，已是浑身泥泞。现在树上爬满了水蛭，每天得找个远离它们的营地，时不时还得走回头路，重新开路前进。

营地实在令人痛苦，由于树上长满了水蛭，不能吊绳床，只得用木头和树枝在泥泞的地面较干燥处搭个平台。尽管一再小心，但水蛭总是从这里或那里的缝隙钻进去。清晨的时候，成群的水蛭困在蚊帐外，背包也得清除干净才能背上肩。疲惫不堪的三人赶紧收拾早餐，不愿在那里久呆。

白天也不好过，水蛭在树枝上从天而降，努力顺着靴子和裤子往上爬，根本无力抵御其进攻。凯瑟琳惊恐地发现它们甚至能通过鞋带系口往里钻。它们最爱的地方是耳朵，把它们抓开会弄得血肉模糊，很快就发炎溃烂。

三人被身体的病痛折磨着，一路上山溪时不时汇成小瀑布，从长满青苔的石头缝隙喷溅而下，化成漫天水雾；泥泞的山路像恼人的水蛭，无时无刻不折磨着他们；雨水不停地下，一直到第十一天晚上露营时还没停。

迈克尔宣布，不得再动用迅速减少的食物供应，如今只能将就着在丛林中觅食。那一天，在雨中，平安无事，尽管已疲惫不堪，三人还是很晚才停下来扎营。三人寻找着干净的地方，但最终一无所获，只得在河边的一处小空地休息。迈克尔去寻找食物，大卫和凯瑟琳在泥泞中挖了个洞，找来木头生了个火。两人砍了些棕榈树叶子充当保护伞，雨没有停的迹象，食物都潮湿发霉，吃了肚子会疼。此外，三人都患上了甲状腺肿大，凯瑟琳几乎无法转动脖子，两个男人则睾丸发肿膨胀。

凯瑟琳麻木地坐在石头上，看着自己的靴子，陷进了泥浆有两寸深。喉咙吞咽一下都很疼，动一下身子更痛苦，尽管供应日渐减少，背包却似乎越来越重。她知道自己再也无法在泥泞中呆上一夜了。

"我去看看河那边有没有干净的地方。"她告诉大卫。他没有抬头，自顾自砍着棕椰树叶子。三天来，他没有跟她或迈克尔说过一句话。那好，她心想，即使找不到干净的地方睡觉，不用在大卫身边也会舒服点。

她沿着满是泥泞和石头的道路，来到一处地方。河水冲走了石头，形成一个小瀑布。找不到合适的营地，她脱下靴子和袜子，就着河水洗干净。尽管河堤一片泥泞，水质还是很清澈，河床底是干净的石头和沙砾。

她没有听见他走过来，水流声掩盖了脚步声。但她仍然能预感到这一刻的到来。"我一直在等着你。"她心里这么祈祷着，突然，眼前出现的男人如怒火般热情激昂，双眼通红，直勾勾地望着她。

"上帝啊!"她尖叫了一声。

她转过身，翻过石头，他拉住她的脚，把她拉了回来。她的皮肤被划破，眼角也撞得生疼。当她面对他的时候，她忘记了疼痛。他狞笑着，他肯定看到我害怕了，她想着，努力掩饰着。他抓住她的肩膀，手指深深地陷了进去。她抓他，打他，他一把抓住她的手臂，把她摁倒在地，她拼命挣扎着。

"给我滚开，畜生。"她喘息着。

他伸出一只手，拉住她的前襟，一把扯开，用自己的身体把她压在石头上。然后把手绕到她颈后，解开她的胸罩，把带子从她的肩膀上拉下来，享受着她的无助和呼吸中的恐惧。将带子褪到她的手肘处后，他撑起身体，让带子掉下来，露出她的胸膛。他粗暴地扯开衬衣和胸罩，气愤和恐惧给了她新的力量。她用力把他推开，然后屈起膝盖，用力踹向他的下体。他痛得大叫起来，蜷着身体，放开了她。她正想跑开时，他奋力一下打中她的脑袋，把她击昏了过去。

当她过了一会儿醒来时，发现自己全身赤裸地躺在地面，双手被绑在一棵树干上，裤子和内衣被扔在一旁。他正用藤蔓把她的另一只脚捆在他插在泥地中的一根木桩上，绑成大字形，没注意到她已经恢复了意识。她拼命用另一只脚踢他，他跟跄了几步，跪下，转身过来，气恼地掴了她几记耳光。她的血溅到了他的衬衣上，疼痛万分。她从来没有被这样殴打过，她不知道自己在保卫什么，肯定不是为了自己的处女清白。那为什么自己还在挣扎？在别的时间，别的地点，或许她会和他成其好事。不要再挣扎了，内心的另一个自我如是说：活下去，不要反抗。但另一个声音在吼叫，压倒了一切理由。她绝不能屈服，因为她并没有选择把自己的身体给他，他的暴力行为是最卑劣的行径。

他开始绑她的另一只脚，热得满头大汗，手指颤抖着，咒骂着自己的迟缓。突然，她大声呼喊着："迈克尔，迈克尔！"

他慌慌张张地捡起她的内裤，塞进她的口中，不让她叫出声来。然后跪在她的双腿间，褪下自己的裤子。有一会儿，他就那么跪在地上，她不敢去看他耸立的器官，但她看到了他的仇恨，一辈子令她恐惧的仇恨。他的眼睛慢慢在她的身体上游索，伸出一只手，握住她的胸。她痉挛着，干呕着，口中的布条也掉到了地上。恼羞成怒之下，他再一次殴打她，捏住她的脸。

"看我怎么收拾你，臭婊子！"他嘶吼着，"等干完之后，我再把这根长棍子"——他举起一根一头削尖的棍子——"把它插进这里"——停了停，抚弄着她的下体——"一直捅到嘴里出来，看你还怎么和别的男人胡来！"

正在这时，步枪的后托重重地击中他的后背，他直扑向前，撞到凯瑟琳，把她又撞昏了过去。迈克尔抓住大卫的衣领，把他从凯瑟琳身上拎起来，扔到泥沼中，然后解开步枪的保险栓，瞄准大卫的头，声音因愤怒而微微发抖。

"狗杂碎！再敢碰她一下，我会一片片把你的肉割下来。"

117

迈克尔跪了下来，为凯瑟琳解开绳子，枪管仍瞄着大卫，一只手把她扶起来。她仍然神志不清，他解开自己的衣服，披在她身上，然后拾起地上她的衣服，慢慢地拉她起身，一步一步往后退。当退到安全的距离之外，迈克尔才转身扶着凯瑟琳回到营地，剩下大卫呆在泥泞中，愤恨地盯着两人。

凯瑟琳几乎快疯了，从头到脚都颤抖不停，跪在地上大口大口地呕吐着。她的嘴仍在流血，脸上流着冷汗，头发和身体沾满了泥巴。迈克尔对她非常温柔，她像个小孩般由他牵领着。他带她来到河边，走到水中，帮她清洗身体和衣服，再用防虫皂清洗伤口，并细心地洗干净她的头发，用衬衣弄干，再帮她穿上干净的衣服。最后，他站在她面前，拿出梳子，梳理着她的头发。她神情呆滞，退缩到麻木的精神状态，逃避肉体和精神的伤害。她什么也没注意到，连雨停了也没有发觉。

他担心她会胡思乱想，做出傻事，于是和她开始聊天：谈丛林、河流、鸟类和昆虫。但她没有回应，他更加担心，放下梳子，单脚跪下来，看着她的眼睛。

"告诉我，你在想些什么，凯瑟琳。别闷在心里，你会没事的，凯瑟琳。"迈克尔安慰道："走出来，别困在那里。"

他想用力把她摇醒，但看到那张可怜憔悴的脸庞，他知道那样只会让她更加难受，她还没能从惊吓中醒来。

"你必须自己挺过来，我帮不了你。我并不是那么强悍，我也很累，很怕。凯瑟琳，求求你，醒过来，帮帮我。"他的声音透出无限的绝望和伤心。

他的真情打动了她的内心，她的眼睛不再空洞，开始看着周围，对身边的情况很困惑。几乎是同时，她开始伤心地抽泣，嘶声痛哭。迈克尔松了口气，把她揽进怀里，安慰她，直到她哭累了入睡为止。

迈克尔在泥地上搭了个木头平台，用棕榈叶子搭了个简陋的帐篷，防备一会儿可能下雨。他不敢独自留下凯瑟琳，于是用罐头做了些晚饭，凯瑟琳心疼地看到他只吃了一丁点，她不安地看着他在营地徘徊，尽管她没有说话，但他知道她好了很多。吃完晚饭后，她突然放下手中的食物。

"都是我不好，迈克尔。我误导了他——期望着我不能给他的东西。"

迈克尔坐到她身边，抱着她的肩膀。

"不要再说了。"他那么严厉，吓到了她。"不要责怪自己，凯瑟琳。大卫疯了，我们知道的。他现在很危险，需要帮助。我们得把他带到荷兰迪亚，那是我们欠他的。但并不能原谅他的所作所为，要说原因，我和你一样都有责任。"

她安心地入睡了，但不时被噩梦惊醒，把头靠在他的肩膀上。迈克尔一夜未眠，大卫没有回到营地。

第二天早上，凯瑟琳醒来，迈克尔不在身边。一周多来，阳光明媚地照耀着丛林。她的衣服整齐地挂在树丛上，迈克尔洗干净后放上去的。他从河边回来时，她正坐在平台上，晒着太阳。他停住了脚步，看着她。她清楚地看穿了他灰色眼眸中的顾虑。

"不用担心，迈克尔。"她平静地说，"不用担心我会误解什么。"

两人彼此凝视着对方，崖上掠过什么东西，但两人没有发觉。凯瑟琳打破了沉闷，转过身系上脚上的鞋带。

"我到处都找不到大卫。"他说道。

"他不见了又有什么要紧！"她恨恨地说。

"他疯了，凯瑟琳。作为一个同伴——这一次探险的向导——我对他负有责任。我们不能把他留下来，他一个人走不到荷兰迪亚。现在我们得互相帮助。"

那可不是。凯瑟琳想着。是我们需要你，大卫和我，但你并不需要我们。

"我去找大卫。"迈克尔说，"或许在河边能找到他的踪迹。"

他拿起步枪，准备离开，又转回去，走到她身边。

"如果我不在，你能照顾好自己吗？"

她点了点头。

"我不会走太远的，如果需要我，给我信号。"他把步枪递给了她。

她又点点头，恐惧再次涌上心头，如果他遇到危险怎么办？没有步枪他怎么面对险情？她告诉自己，承认吧，凯瑟琳。你不想离开他安全的怀抱，只要和他在一起，什么艰难困苦都能挨过去。

"不——等一等。"她叫住他，"我想跟你一起去。"

她走上前，把步枪还给他，他耸了耸肩膀。

"随便你。"他清楚带着她会影响自己的速度，但他更不愿留下她一个人。

"我们还得带上这些东西。"他指着地上的背包。他得扛上凯瑟琳的分量，因为她的情况实在不妙，并开始把大卫包里的东西往自己的背包里塞，却发现大卫帮大家保管的罐头都不见了。迈克尔无奈地叹了口气，看来大卫是背着他俩偷偷吃掉的。他决定保密，不想让凯瑟琳知道他们的紧急备用粮已消耗殆尽，却还有漫长而疲惫的路程在等着两人。

似乎在配合他的心情，天空又是乌云密布。就在刚刚出发时，下起了雨。他们回到瀑布处，沿着快被雨水冲刷掉的踪迹寻找大卫。一整天，他们紧跟着大卫的足迹，不停攀爬。雨一直在下，凯瑟琳分不清到底是雨水还是水蛭从帽檐下掉下来。她的脚血迹斑斑，都是水蛭咬出的伤口，不时得停下脚步，把它们从脚上硬生生扯开。她的肋骨开始发疼，眼泪止不住流出来，但她咬紧牙关，一句话也没说。迈克尔后来察觉到，马上停下来，用大卫的衣服包扎了一下她的肋部。疼痛是止住了，但呼吸也变得困难。

天黑时分，两人到达一处石墙，决定休息过夜。迈克尔赶了一天路，想赶在大卫的踪迹消失前找到他。干粮没有了，只有迈克尔在棕榈树下挖出的甲壳虫虫蛹。凯瑟琳注意到大卫的背包分量特别轻，意识到他们的食物肯定是不见了。可恶的大卫，她愤恨地在心里咒骂着，事实似乎证明了此前她对大卫的每一次负面印象。迈克尔将虫蛹烤成了阿斯玛特风味。

"把它们当成花生吃。"他笑着递给凯瑟琳。她艰难地吞咽下去，差点没吐出来。

"刚才我给你弄的可是新几内亚的风味名菜，你却嫌难吃，真是没有品味。在阿加特兹，你可是花重金也吃不到的。"

她勉强地笑了一下，迈克尔又是逗她，又是哄她，让她多少吃下去一些东西。

到了清晨，大卫的踪迹不见了，但猜测他的去向并不是很难。前面只有两条路：石墙和河流，向上或向下。显然大卫不会选择后者，于是他们决定向上爬。到了五点钟，俩人来到离上次宿营 160 英尺高的一处岩架，周围一棵树也不长。在这个高度，大约 4,000 英尺，他们仍可以望见平原，但似乎已遥不可及，消失在阿拉弗拉海中。凯瑟琳发现自己对这一景色已无动于衷。

他们准备宿营，雨云在更高的山峰处麇集。迈克尔看见凯瑟琳也拿起砍刀，加入砍伐棕榈树叶充当保护伞的行列，欣慰地露出微笑。俩人幸运地在河里的石头缝隙中找到些石虾，和着野菜一起煮，味道十分鲜美。

"比那些蛆虫好吃多了。"凯瑟琳笑着说。

"是甲壳虫虫蛹。"他纠正道。她厌恶地皱紧眉头。

第二天晚上，俩人在 200 英尺高的地方宿营。绿油油尽是泡沫的河流在石头下流淌着。再往前走，会遇到另一处瀑布。凯瑟琳自离开沼泽地后，第一次拿出笔记本，记下丛林的情况。在求生的途中，她只注意到砍刀能砍及的范围，现在看着四周，她发现丛林其实十分美丽：鹦鹉、知更鸟，其他十几种不同的鸟类在丛林中和唱，地上长满了青苔和蕨类植物，白兰花遍地盛开。

迈克尔又捕杀了一只蜥蜴，并摘了一种红色的果子，加入菜单。凯瑟琳不喜欢这种果子煮熟的味道，但迈克尔告诉她，它们营养丰富，一定要吃。俩人坐在地上，挖了个洞，生起火，烘烤着晚餐。"有趣的是，"迈克尔说，"我现在好想吃一顿鲍鱼，我以前吃过了几次，但并不觉得怎么好吃。"

"我想吃牛油烤龙虾。"凯瑟琳幻想着说道。

俩人大笑着用最喜欢的美食画饼充饥，直到再也想不出菜名。

"巧克力浆煎蛋。"迈克尔最后提议。

"哦！"

"好了，就这么停止讨论吧。用'哦'，而不是'恩'，这样会好过些。"

凯瑟琳心想，或许得这样子终止俩人的关系。想到这里，她的心情顷刻转变，一瞬间，她身上的伤痛又回到感觉中。她的嘴还在疼，被大卫击中的头时不时会晕眩迷糊，肋骨处一团淤青，老是抽痛。她站起身，走到岩架边，望着脚下的河流。

她看见了什么东西，是河里乱石堆中一片衣服，光线很暗，她几乎分辨不清。

"迈克尔，那是什么？"

他站起身，走了过去，顺着她的指示，看到那片破布衣服。

"看到了吗？好像是衣服，肯定是大卫的。"她说道。

迈克尔静静地站着，端详着衣服。太阳没有照射进底下，很难辨别清楚。最后他说道，"好像不是衣服，凯瑟琳，是一具尸体。"

凯瑟琳失声惊叫起来。

"还有大约30分钟太阳才下山，我到下面一趟，我得带上手电筒。"

"噢，迈克尔，别去。看了又有什么用！他肯定是死了，从这里掉下去的。别去冒险，至少等到早上再说。"她哀求道。

"我们不知道他是不是掉下去的，或许他是沿着河岸上来，可能只是受了伤，还没死。如果今晚下雨，河水会涨起来，把他冲走。我不能等到明天早上。"

"那我陪你去。"她担忧地说。

"你在这儿等，我一个人快一些。"

他拿了手电筒和绳子，慢慢向下面爬去。直到他走后，凯瑟琳才想到晚饭还没煮好，从早上到现在他粒米未进。天黑了，他还没到达下面。起初，她还能看见手电筒的光亮在跳动，但后来突出的石壁挡住了视线，看不见他了。而且河水的响声那么大，她也听不见他的叫声。

凯瑟琳再次来到岩架边，寻找着手电筒的光线，担心着迈克尔的安危。他的离去令她很害怕，旅程中，她一直依赖着他，身体上，精神上。她不喜欢这种无助的感觉，她能感觉到，她的生命活力，正被旅途慢慢消磨殆尽，伤痛、水蛭、荆棘、大卫。她的眼睑在作疼，肯定是感染了。

晚饭做好了，但没有迈克尔劝她吃饭，于是她一口也没吃。她想了结自己，想到大卫无声无息地躺在下面，觉得他挺幸运。她也想效仿他，但她连起身走到岩架都没有力气，最后倒在石头上睡着了。

晨曦时分，她醒了过来——孤单一人。一直下着雨，浑身湿透了。她爬到岩架边，河水涨了起来，她找不到那片衣服的踪影，要么是迈克尔找到了它，要么是河水冲走了。

她无法再等，背上了背包，决定也爬下去。爬到一半时，迈克尔截住了她，背过背包，扶着她下了滑溜陡峭的石壁。她发现他眼中尽是疲惫，心里知道自己对他实在是一个负担，或许自己会拖累迈克尔的。想到大卫的死，她内心也开始放弃了求生。

她没有问，他也没有说大卫的事。她知道他死了，她不知道自己是什么感觉。当前，她什么都顾不上，只能惊恐地紧紧抓住湿滑的山墙表面。

两人来到了下面，大卫在那儿，躺在山墙跟前。迈克尔把尸体拉到了河水淹不到的高地上。她看着尸体，认不出面前浮肿膨胀的人形，他不是大卫，大卫年轻、英俊、苗条，面前的躯体怪异而恐怖。

"几乎身上的每根骨头都断了。"迈克尔说，"他肯定是从上面摔下来的。"

"或许是跳下来的。"凯瑟琳若有所思地说。

"或许吧。"迈克尔很平静，"大面积头部与内脏损伤，他是当场死亡的。"

"那他比我们幸运一些。"

迈克尔看着尸体，没有回答。凯瑟琳尽力想感觉出遗憾，但却已经完全麻木。面前的男人是她4年的亲密爱人，还曾经无话不谈，一起计划过人生道路。

最后，一种感觉可怕地掠上心头。

"我很庆幸他死了。"她喃喃自语，泪水终于滚落下来。为了大卫，也为了她自己。爱上她的这个男人死了，她很庆幸。

"上帝啊，多么可怕。"她哭泣道，"我根本不爱他，我从没爱上任何人，"她伤心地说，"或许我不配爱人。"

"别那样责备自己。"迈克尔轻声说道，"别为了你不爱他这件事去责怪任何人。你们俩都没有责任。"

两人手里没有工具，地面又太硬，只能草草用石头把他埋起来。埋完之后，两人默默在坟前志哀。迈克尔拉着凯瑟琳的手臂，带着她离开。她走到她的背包那里。

"你行吗？"迈克尔问道。

"行的。"她回答，知道他已经精疲力竭。

她拾起背包，迈克尔看得出她的内心已然绝望。他又是安慰，又是命令，又是强迫，又是威胁，拉着她跋涉在河边的泥泞上。她没有力气再挥舞砍刀，只是麻木地跟在一路披荆斩棘的迈克尔后头。自从昨天开始，俩人还没吃过东西。在下午，俩人停了下来。迈克尔知道得找些可口的食物，凯瑟琳才能下咽。他杀了只蜥蜴，用柴火慢慢烘烤，凯瑟琳喜欢这样的味道。他哄她吃饭，但到了出发的时候，她不愿起身。

"你自己走吧，别管我。迈克尔——求求你。我不想再走下去了，留下我一个人。"

"该死的，凯瑟琳！给我起来！"

"不，我走不动了，也不想再走下去了。"

"在这里你会死的。你得走下去。"他又气又恼。

"我想死在这。不要理我，你自己走吧。"

他用力摇着她，"该死的，给我起来！继续走！我一路拉你过来不是让你自暴自弃。我需要你，没有你，我怎么办？你老是以为我很强悍，这样子你会舒服一点，是吧？你大可以躺在这，你知道我不会抛下你不管的。"

她望着他，似乎那么遥远，但她仍能看到他脸上的痛苦。一句话也没说，她慢慢挣扎起身，沿着河岸进发。他松了口气，紧跟着她。

俩人来到另一处 30 英尺宽的瀑布下。岩架有 250 英尺高，水深而清冽。迈克尔决定在这里扎营几天，让凯瑟琳好好养伤。这里风光明媚，白兰花随处可见，争相怒放。他绕了营地一圈，摸清周围的环境，然后爬上一棵橡树，砍了够几天用的柴火，他还发现水潭里有石虾。凯瑟琳在一旁熟睡。

忙完后，迈克尔坐在凯瑟琳身边。自从离开麦提亚之后，他还没有机会这么靠近看过她。她的头发失去了原先的光泽，脸还是略微有点浮肿，嘴角也肿着，眼睛周围是一圈黑眼圈。但她还是很漂亮，每次看到都能触动他的心弦。在他认识的女人中，她是那么特别。她步入了他的生命，搅乱了他的生活。他曾恨过她，似乎她必须为他的感觉负责，而且最后他选择了回绝她。自从那一晚在麦提亚之后，他以为两人从此会分道扬镳，但她并没有离开。他无法忘记她的存在，而他紧闭的心门也并非坚不可摧，她的出现一再敲打着它，推搡着它。

如今，她又在他身边，他能想象着她的手放在自己身上，爱抚自己，和从前一样，轻柔、慈爱而甜蜜。他移开视线，巡了营地一圈，直到内心平静为止，然后躺在地上，进入梦乡。当他醒来时，他跑过去看望睡在帆布里的凯瑟琳。她睡得不安宁，苍白的脸变得通红。他不安地意识到，她病得不轻。他给她喂下身上带的药，连续三天，他不眠不休地看护着她，帮她降温，用溪水帮她擦身。他捕来青蛙和石虾，熬成汤喂她喝下去。但她仍半昏半醒，发着高热。第三天时，他发现自己也成了病人。

他没有吃药，担心两个人不够用。到了晚上，浑身像被火烧一样烫，脸上直冒冷汗，衣服都湿透了。他昏乎乎地跑进河里降温，只看到丛林在盘旋，他挣扎着爬起来，踉跄着没走几步，一头栽在地上，不省人事。

接下来三天，他只能微微意识到身边的事物。大部分时间，脑海一片模糊。当终于恢复意识时，他发现自己正躺在一片水池里，头枕在凯瑟琳的大腿上。她看到他醒来，嫣然一笑，他看到她眼里闪烁着泪光。他什么也没说，只是回以一笑，伸出手，握着她的手，又跌回梦乡。当他再次醒来时，他躺在帆布里，凯瑟琳坐在身边，递给他一碗汤。

"是食火鸡汤，"她自豪地说，"早上在林子里射到的。"

"是鸡汤啊。"他笑了，"我很快会痊愈的。"内心又是感动又是欣喜。

"我还在一处废弃的园子里找到些莴苣和番薯，加在了汤里。"

他还很虚弱，手里的汤勺一直在颤抖。她接了过去，给他喂汤，他顺从地躺在她怀里。她把头发挽了起来，用树枝和草绳结了个发髻，衣服也洗得干干净净，气色看起来恢复得不错。但他注意到她还有很浓的黑眼圈，人也消瘦了不少。他摸了摸自己的脸，发现胡子碴长成了络腮胡。他从没留过胡子，除了不方便之外，他认为是一种邋遢的标志，在野外，不检点可能会随时送命。

125

她看到他的心思，说道："明天我就给你刮胡子。"她站起身，去河边洗碗和勺子。

"你没事了吧?"他问道。

她点了点头。

"如果在那个园子里还有别的东西，我们可以再呆几天。"

"那好。"她愉快地说，"园子里还有一些食物，没有别人的踪迹，也没有房屋的痕迹，猜不出他们是什么人，或发生了什么事。"

"再往前不远，我们会开始遇到村落。"他说道，俩人静静地思索着在相遇时可能会发生的事情。

"以前有没有探险队来到这么远?"

"有过一次。新西兰的登山队两年前曾爬过卡斯腾兹峰。"

"他们怎么样了?"

"没人知道。"他观察着她的反应，看到她的不安，补充道："他们太不小心，没有带上了解新几内亚的向导。"

他又感到很疲劳，在结束对话前，说道："往好的方面想，发现新的部落，肯定能写出好的博士论文来。"

他开始进入梦乡，心里想着，真是有趣。真正的危险才刚刚开始，将要面对未知的文化，两人却很轻松。在相互依赖中，两人开始互相接受和理解对方，他很庆幸，诚挚的友谊取代了两人原先的敌意。

第 *18* 章

4 天后，俩人再度出发上路，充满了力量和斗志。凯瑟琳发现的小路引向了死路，废弃太久了，在茂密的丛林里消失得无影无踪。俩人开始向山顶攀登。头上不远处，云雾在岩架间缭绕。第二天，他们来到高耸的云杉树林，地面很空旷，只有覆盖着苔藓的树根盘根错节，时不时得辟开一条道路。空气变得阴冷湿润，树叶上、石头上有雾水凝结。在迷雾中，他们偶尔能瞥见下面的大峡谷。小溪在石头间潺潺涓流，在 9,000 英尺的海拔，俩人发现了一条羊肠小径，直通往清朗的上空。

当晚，俩人在新几内亚的屋脊宿营。空气清新、干燥而凉爽，天空中闪烁着点点繁星。俩人生了堆火取暖，不知不觉在灿烂的阳光中醒来。黛绿色与紫色的山峦仍在面前盘旋，俩人开始往下坡走。一路上，树木又长得茂盛高大，鸟儿在林中鸣唱。几乎是突兀之间，俩人从树海中闯进了齐腰高的草原。森林与草原现在交错掺杂。俩人经过了第二个废弃的村子，发现了一条长满野草，但还能辨认的小路。

小路最后把他们引向了河流，一座年久失修的藤桥跨过了湍急的流水。迈克尔试着走了上去，一根藤索绷断了，几乎滑到嶙峋的石头上面。过不了桥，迈克尔掏出绳子，绑在树上，步行着走过漫腰深的河流，边走边扶着藤桥支撑平衡。他到了对岸，把绳子另一头绑在树干上，放下背包，回头带凯瑟琳。当看到迈克尔在河里滑了一跤，没进水里的时候，她的魂都快吓没了，但他很快爬了起来，继续往前走。

"我拉你一把。"他在河里吼道。

她摇了摇头，心里害怕极了，但又决心不成为迈克尔的负担。他背上她的背包，让她牢牢抓住绳子。水流又急又冷，彻骨冰寒，在她的脚边打着旋，努力把她的身体抬起。有几次，她脚下打滑，摔进水里，拼命抓住绳子，不让河水把她带走。迈克尔总是及时抓住她，把她扶出水面。她的脸和鼻子灌满了沙子，眼睛也刺得发疼。她一步步地向前挪，手臂开始发酸。她不禁担心自己还能不能抓牢，但她死也不肯放手。实在是又累又怕，她在内心已经接受了葬身于此的可能。奇怪的是，这个念头却让她的内心恢复了平静，重新把精力集中到求生行动上来。终于，她挨到了对岸，一头栽在岸边，不停地喘气。那种奇特的平静还留在内心。

河这边的小路还在使用，没长什么野草。在河边泥地和小路边，两人发现了人的踪迹。但前面的村子和菜园还是荒芜的，有些小屋子里的家具还完好无损，似乎主人是匆忙间离开的。周围找不出一丝发生了什么事情的线索，迈克尔拾起园子里一根锋利的木棒。

"发生了什么事?"凯瑟琳问。

他端详着木棒锋利的一头，"我不清楚，袭击、战争，但这么多……我真的不明白。"

小路里还能看见人的踪迹，为了预防万一，迈克尔拿出步枪，把肩带系上，随时准备开火。在小路的拐角处，俩人第一次走进了有人居住的村子。只是一个围着林中空地而建，有几间茅屋的小小村落，看不见有守卫的战士。看到两个奇异的白种陌生人，当地人显得出奇的无动于衷。即使没走近，也能一眼看出，村民都患了某种疾病。女人们穿着用野兰花纤维织成的宽大的上衣，背着大大的网袋，重要的财产如小孩、小猪，全装在了里面，兜着满村子里跑。男人们穿着长而窄的护裆布，保护着男性器官，迟疑地走近陌生人身边，喊着"哇—哇—哇"，并开始拉扯他们感兴趣的东西。迈克尔递给他们几个贝壳，在新几内亚可是很宝贝的东西，被视为财富的象征。村民们欢天喜地，带着迈克尔和凯瑟琳来到村子边上，园子里庄稼长得很差，没长什么粮食。看来交易是做不成了，迈克尔和凯瑟琳只得继续赶路。前面不远的村落情况也差不多，村民们面黄肌瘦，园子里一无所有。现在迈克尔和凯瑟琳不再走近村子，尽量不引起注意。很显然，神秘的灾难降临了这些村庄，毁灭了一半以上的人口，幸存的人也又弱又病，很难挺下去了。他们的语言连迈克尔也无法理解，问不了问题。

在新旅途的第五天，迈克尔和凯瑟琳走近了巴列姆河。亚奇伯德的地图显示它就蜿蜒在他们穿行的草原上，在大峡谷的东北方向。迈克尔转头对凯瑟琳说道：“我们15分钟前被跟踪了，别离我太远。”

凯瑟琳不安地四周张望，齐腰高的草原在风中摇摆，但除此之外，她再也看不见什么东西。俩人又走了半小时，仍然没有人出现。

“他们还在吗？”

他点了点头。

“那为什么他们不露面呢？他们怕了我们吗？”

很快她就知道了答案。快到草原边上，重新回到森林里时，20个手持木弓竹箭的战士出现在面前的小路上。从长相和举止看，和路上遇到的村民不是一族人。他们高大些，健壮些，带着自信而骄傲的神情。他们静静地站着，没打算接近，但堵住了通行之路。

突然，一个高大的身影出现在战士之中。战士们纷纷毕恭毕敬地让开，来人走上前，站在迈克尔和凯瑟琳面前。他大约有6英尺高，在头顶还戴着两尺高的头饰，是用白鹦鹉的羽毛加上袋猴的绒毛和火烈鸟的翎毛编织而成；身后是用野草编织而成的尾巴，象征着鸟尾。他穿着精心织成的草质上衣，一直垂到膝上8英寸左右，脖子上戴着两条项链，一条由贝壳编成，一条由竹棍编成，鼻子上还穿着一根人骨。最引人注目的是他的身体用黄、赭、白、黑4色颜料涂着条状花纹，眼睛也画着黑色的眼圈，用白垩勾勒着轮廓。

“我想我们的穿着不是很得体哦。”迈克尔开着玩笑，“怪不得他们跟了我们45分钟没有露面——是为了让他和别人有时间好好打扮打扮，来展现并恐吓我们。”

“奇怪啊，”迈克尔边听着他们的对话，边补充说：“我能听懂他们的话，他们说的是'库苦库苦'语，是澳属新几内亚的方言，离这里有几百英里。"

凯瑟琳心里充满恐惧，库苦库苦人是新几内亚最凶残的部落，经常在巴斯特河一带以西发动猎头袭击。她注视着迈克尔和那个高大男人的交谈，显然，他是那群战士的领袖，她听不懂他们说的话，但尽量抓住话里包含的情感和情绪。当没听到敌意的信息时，才松了口气。最后，那个头人转过身，朝身后的战士吼了几句，迈克尔拉着她的手，两人被护送去了村庄，当成了贵宾款待。

"你肯定我们不会被抬上饭桌吗?"她强作微笑问迈克尔。

"他们是食人族没错，"迈克尔回答道，"他自称名字为'诺曼德'，我在怀疑是不是得自于英语里对游牧民族的称呼。"

"或许是得自于诺曼德河。"凯瑟琳补充道。

"德普·约翰·诺曼德。那是他的全名。他说他带领着库苦库苦人到大峡谷处的村落交易石斧，然后他们喜欢上那里，没有再回去。肯定是在说谎。"

更多战士加入了队伍，身披羽毛服饰的他们在草丛中看上去好像盛开的异域鲜花，长长的木矛有如保护伞的尖刺，直指天空。走近丛林边的村子时，女人和小孩出来迎接他们。村里面大多数是库苦库苦人，证实了迈克尔的推测，这并非一个贸易团。村里大约有 100 多间有多进房子的茅屋，意味着至少居住着上千人口。一个浑身涂着炭灰的男人从女人、孩子和老人中间走出来。他的腿上涂着赭色的条纹，抬着 4 尺高的黑色蛇皮鼓，开始慢慢地打着节拍，人群里也开始轻轻地和唱。

一行人坐到了宴席之前，有烤猪肉、芋头糕、黄瓜、野莴苣和番薯。诺曼德和迈克尔开始谈判，诺曼德买的是一把钢斧，珠子和贝壳；迈克尔买的是食物，但心里知道，他买的是一张通行证。当交易最终完成后，迈克尔对凯瑟琳说："他还想买你，"——然后微笑着说——"但我告诉他，他已经有了两百名老婆，而我只有你一个，他怎么可能让我和你分开。"

凯瑟琳吓了一跳，"那他怎么说?"

"他出了个条件：他用一个老婆和两头猪和你交换，我拒绝了。但你应该为他的条件感到自豪，两头猪可是一个好价钱。"

他开心地看着她，而她却动怒了。

"你倒开心得起来，如果他打算不经你同意把我弄到手呢？"

"他不会的。"

"你怎么这么肯定？"

"因为他们还不知道，我们会在太阳下山时出发。"

诺曼德用手指了指凯瑟琳，用傲慢的口气跟迈克尔开始谈话。

"他现在怎么说？"凯瑟琳不安地问道。

"他似乎还没接受我的拒绝。他说当你成为他妻子时，他不会让你有小孩。"

"哦？"凯瑟琳笑着问，"我得是一个处女新娘吗？"

"不，"迈克尔回答道，"他是说他会把你怀的小孩扔进河里，那样他不用遵守4年内不得与年轻母亲发生性关系的古老禁忌。"诺曼德抚弄着自己的性器官，拍打着肚皮。迈克尔继续说道："他说他会一直让你怀孕，河下游的鳄鱼从此免遭饥荒。"

凯瑟琳忍不住想打冷战，但她强自忍住，知道不能让诺曼德看到她害怕。

一会儿后，两人被带到了客房。迈克尔坚持说东西得马上准备好，不能等到第二天早上。几个下人通报后带回了两篮子食物。夕阳开始下山，天空被镀上了一层金黄。

"天一黑我们马上离开。我们有枪，他们不敢怎么样。而且在晚上他们不会跟着我们，他们很迷信鬼神。到天亮时我们已经出了他们的地盘。"

出奇的安静，凯瑟琳坐在门槛上，看着村子。她不安地注意到村子里空荡荡的，本来放在屋外的武器也不见了。

"好了，现在我们知道到底周围的村子发生什么事了。"迈克尔说道："库苦库苦人是猎人，而不是农民，他们从村子里掠夺食物、牲口，杀了那些村民，或者不给他们东西吃，还掠夺了他们的女人。那就是诺曼德有那么多妻子的原因。"

"那如果不是为了贸易，他来这里做什么？"

"我想约翰可能是他杀害的一个白人的名字——可能是一个莽撞的传教士

的名字。"

"你怎么会想到他杀了一个传教士呢?"

"他戴着一枚圣克里斯朵夫徽章,不像是去教堂买的。或许他是因为逃避澳大利亚警方的追捕而跑到这里来,而且他脖子上的竹项链还穿着子弹壳,可能是杀了几个澳大利亚警察得来的。"

"那个竹项链,按照阿斯玛特的风俗,是表示他们杀人数目的饰物,对吗?"迈克尔点了点头,"看上去他杀了好几百人。"

从宴席那里飘来的香味仍然在缭绕,炊烟懒洋洋地盘旋在空中。迈克尔装完背包,走过来跪在她身旁。他把手搭在她肩上,马上感觉到她在发抖,紧紧地抱住她。

"我好怕,迈克尔。"

"我也是,但并不陌生。在这种情形下谁都会害怕——我遇到了十几次险情,每次都会害怕,如果这样说会让你好受点。我想我们会没事的。"他松开了她的肩膀。

"他们呢?"她问道。

"在那边,"他朝村子边上的丛林点了点头,"在决定怎么处置我们,但没有想到我们晚上会走。也许他们想趁我们睡着的时候再动手。"

太阳下山了,迈克尔站了起来。

"出发。"边说边背上背包,在口袋里摸出子弹,装上了步枪枪膛,走出了小屋。凯瑟琳在后面紧紧跟着他,俩人义无反顾地朝着空地的小路走去。

离开村子时,一切似乎很平静。小 H 路很多人走过,在迈克尔的手电筒照射下很好辨认。几小时后,俩人离开了丛林,走进了一片光滑无草的石灰石高原地。小路消失了,现在俩人可以靠星辰引路。没有月光,但石头微微地泛着灰色的光亮,方便了俩人的穿行。当月亮最后升起来时,俩人终于有机会休息一会儿。借助月光,他们能看到是否有追踪者尾随而来。

俩人一路上几乎没有说话,除了因为体力疲累,更因为夜晚本身营造了沉默的气氛。没有丛林,没有声音,完全的,压倒性的寂静。凯瑟琳静静地坐在石头上,不知不觉中睡着了,像个婴孩一样。身边没有木柴生火取暖,即使能找到，两人也不敢那么做。

到黎明凯瑟琳醒来时，身上披着一片帆布，迈克尔蹲在旁边，看着太阳冉冉升起。她感到很不好意思，他昨晚肯定一夜没睡在守夜，而自己却安然入睡。他看上去仍精神抖擞，他是用当地土著的方式在蹲坐休息，他能保持同一姿势好几小时而不觉疲累。

阳光灿烂，风开始刮起来，吹拂着无遮无拦的高原。

"上帝啊，我多想能喝上一杯热咖啡。"看到她醒来，迈克尔说道。

她深有同感地点点头，坐起身，望着他刚才看着的方向。在太阳方向的北边，可以遥遥望见一座大瀑布，直挂在 600 英尺高的悬崖。距离还太远，听不见声音，天地间只有它在活动。

"太美了。"她轻声说。

"那是巴列姆河。"他回答。

她又充满了活力和热情，准备出发。在瀑布和群山后就是大峡谷，他们的下一个目标是穿越大峡谷，找到艾莲登河，再顺流而下，到达荷兰迪亚，荷属新几内亚的首府。俩人吃完得自库苦库苦人的食物，向瀑布进发，不到一个小时就到了。

当走进瀑布下的乱石堆时，他们看到了一个孤独的棕色身影。他的身上没有条纹也没有羽毛装饰，但戴在脖子上的木项链表明他是库苦库苦人。当俩人走近时，那人一脸犹豫，不知是要留下还是逃跑。他手里握着一根长矛，一端插在地上。当他们走近时，并没打算拔起来。迈克尔和他谈了几分钟，那库苦库苦人朝瀑布示意了几回。谈话结束了，迈克尔和凯瑟琳继续向前走，留下那人在那里。

"他离开村子几天了，所以对我们一无所知。他似乎在寻找他的老婆，跑掉了。他在乱石间寻觅，据他说，女人经常跑到这里自杀，从瀑布上跳下去，和自己的小孩一起。他没有找到她。"他对凯瑟琳解释。

她不禁感慨万千，对那个未谋面的女子充满了同情，置身于一个没有申诉渠道的文化，是那么渺小无力。

似乎看到她的心思，迈克尔说："我希望你不会像我们的某些同仁，对原始文化充满了不现实的幻想，以为是田园牧歌式的生活。他们的野蛮和不人道和我们的世界一般无二——只是更直接地表现出来。我比较喜欢这种直接。"

凯瑟琳被他愤世嫉俗的言语吓了一跳，猜想这可能是出于她不了解的个人惨痛经历。

俩人爬到了瀑布顶端，站在最高的石灰石峰顶，眺望着 40 英里处的巴列姆河和大峡谷。在谷底是整齐的一块块梯田和一间间小茅屋。巴列姆河蜿蜒盘旋，河岸两侧开凿着许多小沟渠，纵横交错，灌溉着精心照料的菜园。

"好漂亮。"凯瑟琳赞叹道："香格里拉，就像亚奇伯德说的一样。"

"伊甸园，"迈克尔也颔首说："但园子里肯定也有蛇的存在。"他指着在园边如油井塔架般高高耸立的 40 英尺的瞭望塔。

"那些是战争的标志。"迈克尔说道："看来那个香格里拉和新几内亚别的地方没什么区别。"他笑着说："我们也得远远地躲着他们。"

他们顺着山势而下，穿过丛林和长满青苔的石堆和蕨类草丛，在下午时分来到一个无人的小湖边，准备宿营。湖水清澈见底，还不到腰那么深。野兰花和野杜鹃花开满了整个湖边，凯瑟琳走到湖的对面偏僻处，洗澡，洗衣，洗头。在等衣服晾干的时候，她在草丛里打了个盹，像睡在摇篮里一样，只看见头顶蔚蓝的天空。

当她穿好衣服，回到营地的时候，发现迈克尔也洗漱一新，还刮了胡子。他穿着卡其布裤子，卡其布衬衫晾在杜鹃花丛上，正在劈木头准备生火。他背对着她，没有看见她走到后面的石头上，坐下来看他干活。她又看到他那三个奇异的文身，斧头劈砍木头的声音有节奏地打破了寂静。

她看着他结实的背肌随着斧头的挥舞而一上一下的抖动，似乎感受到斧头正把她的矜持劈开，让精心隐藏的情感喷涌出来。在几周的相处中，她更了解迈克尔：他的温柔、体贴、善良和勇敢；他从不退缩，或许也会绝望失落，但总会重新振作起来。在几周的患难相处中，她钦佩他的勇气，她需要他，心灵上，身体上。她能感受到那种折磨着她的需求，她爱过他，仍然爱他，一直爱他。

　　眼泪涌入她的眼眶，她马上擦拭掉，胸口感到一阵发紧。这时，似乎感受到她的存在，他停下手中的活，回过身望着她，静静地观察着，似乎在阅读她的思想。她看到他眼中的戒备，但并不惊讶，她知道他会是这样的。

　　"让我来，你休息一下。"她笑着说，但眼睛里却尽是哀求。如果他不许她爱他，至少让她帮助他。他没有放下斧头，她抓过斧头，但他没有放手。她看到他的手指紧紧地握着，又看到他的眼里充斥着斗争。

　　"不用了——谢谢。"他低声说，似乎她要拿的不是那把斧头。她无法抑制住自己，踮起脚尖，亲吻他的喉咙，他合上双眼。

　　"我不会停止的，迈克尔。"她轻声说："除非你把我赶走。"

　　她轻轻地抚摩着他的胸膛，他缩了一下。她看到他脸上的痛苦，他睁开眼睛，凝视着她，温柔而迟疑地亲吻她，内心深处知道已经太迟了，无法再回头。斧头从两人手中滑落，两人的衣服也跟着滑了下来。

　　两人紧紧抱在一起，跪在地上，忘记了身边的一切。激情已经被点燃，在几个星期的漫长压抑后，更加疯狂。他躺在温暖的草丛里，她躺在他身上，身体彼此摩擦着，产生了无限的快感。她伸开自己的双腿，抬起身体，他温柔地抚着她的背，让她潮湿柔软的欲望压住他坚强挺立的身体，她呻吟着，打开了自己，准备接受他。

　　"现在，"她激烈地喘息着，"求求你。"她亲吻着他。

　　他俯低身体，开始慢慢进入她。她抬起身望着他，灰色眼眸里是温暖和爱意。当他充满她的身体时，他静静地躺着，没再深入，让她适应被占有的感觉，用自己的嘴唇摩擦她的双唇。她的身体适应了，接受了他，开始慢慢地扭动，让他更加深入。他慢慢地回应着她，让她带领着节奏。

　　他停止了亲吻，轻轻地呻吟着："凯瑟琳——哦——凯瑟琳。"

　　他战栗着，似乎正在释放自己的激情，还有他过去的束缚，对未来的约束。

　　障碍消失了，她感觉自己正跌进他的眼睛里，似乎没有什么能阻止自己的坠落。同一个身体，同一种感觉，灵与肉的合一。接着是无比强烈的幸福和释放的冲动，把两人紧紧绑在一起，那么疲累，那么满足。

她安静地躺在他身上，头枕着他的胸，乌黑的秀发披散着。她完全沉浸在快乐中，体味着他的气息，感受着他汗淋淋的身体，他的激情仍留在她的体内。俩人在午后的阳光中睡着了，只有蜻蜓在湖边觅食，嗡嗡嗡地飞来飞去。

迈克尔醒来了，她的头发拂弄着他的脸庞、鼻子和嘴唇。他感受到她的脸贴在自己的胸膛上，温柔地吐着气息。令人沉醉的美好激情，他充满了愉悦，直到家庭掠过了脑海，困扰着他的心灵。她还在熟睡，他抱着她，不想吵醒她，似乎抱着她能帮助驱走心中的烦恼。他从来没感觉和谁这么接近，似乎俩人已一起度过了一生。在遇到她之前的过去似乎根本没有存在，但仍真实地困扰着他。

她的身体又让他兴奋起来，慢慢地在她身体里膨胀。尽管他想让她继续睡，但却无法控制自己的欲望。很快她醒来了，在朦胧中发出愉快的微笑，感觉到身体内的激情又整装待发。她亲吻着他的喉咙、鼻梁、眼睑、咬着他的耳朵，舔着他的脖子，挑逗着他。然后，她捧着他的脸，幸福地看着他：

"我爱你。"

他表情严肃，甚至是很伤心。她温柔地亲吻他，他没有抗拒，但当她再次看着他的眼眸时，发现他依然冷漠，她开始害怕。

"我也爱你。"他说道，但眼神冷漠，冰冷。

"那为什么你那么生气？"她迷惑地问道。

"因为我生命中的好时光总是来得那么迟。"他的痛苦令她很吃惊。

"太迟？为什么太迟？迈克尔。"

"太迟了，不再轻松而自然，不再简单。"

她充满了恐惧，上帝！难道她又会再次失去他？她不敢再去想。

"我们以后会怎么样，迈克尔？"

他没有回答，伸出手放在她的头后，按在自己头上。他用力地亲吻她，似乎是为了摆脱自己的懊恼和气愤。他的另一只手搂着她的腰，翻过身体，把她压在身下。他气喘吁吁，吻着她的脖子和胸膛。她的身体弓得紧紧地，他再次深深地进入了她的身体，直到再次释放出激情。两人紧紧相拥，身体完全平息下来，又沉沉睡去。

凯瑟琳醒来时，轻轻挣脱他的怀抱，坐起身。在高高的野草上，她望到艾莲登河那边的山峰，看起来和月亮一样遥远。似乎他们永远也无法到达。在山谷外的世界似乎已经从生命中消失，芝加哥、论文、甚至麦提亚，都消失了。她知道留住他的代价，但她不在乎。除了迈克尔，此刻其他一切都不重要。

她向湖边走去，惊奇地发现自己的体内充满了他的体液。上帝肯定忘了设计排水沟，她暗自偷笑。她喜欢那种液体顺着她的大腿内侧滑落的感觉，想把它们留住。那是他的一部分，他的精华，多么奇妙。下一次，我要怀上他的孩子，她想着。

在接下来的三天里，俩人不停地做爱，似乎为了未来某一天的荒凉寂寞的夜晚储备爱意和回忆。这一想法吓到了她，但她没有告诉迈克尔。她渴求未来能有更多回忆，在心里希望他也是这么想的。

第 *19* 章

太阳出来了，但晨雾仍在树丛间缠绕，像灰色的百衲衣上洗不去的污渍。图库姆很不情愿地从他的床——一堆干草中爬起来，床就在母亲的"伊拜"——女人的房间——的阁楼上。他朝正在煮饭的小屋信步走去。里面正准备着一日的两餐，三堆火上烤着番薯。屋顶和墙壁经过精心设计，能让烟迅速驱散。

图库姆的妈妈正跪在火边，额头上系着网袋的带子，背上的袋里空空如也，垂了下来。一会儿她去园子里时就会把一边的袋子里兜上小猪，另一边袋子里兜上图库姆的妹妹；而等到晚上回来时，第三个袋子里还会装着食物。现在他的妹妹正坐在老祖母的大腿上玩得很开心。事实上，她是他的半个妹妹。图库姆的生父是个"卡普"——无用的男人，在战斗中表现懦弱的男人会被称为"卡普"，而女人对男人不忠也会成为"卡普"。被称为"卡普"的男人虽然不会被逐出村子，但他不能再娶老婆或积聚财产，别的男人会把他抢掠一空。既然是懦夫，也就可以肆意欺凌。图库姆的母亲，年轻而貌美，被尊贵的"卡恩"，德格沃泰，从父亲身边抢了过来。那时图库姆还是一个婴孩，他的生父后来搬到北边的村子去，图库姆再也没见过他。

只有 8 岁，还未成年，图库姆住在德格沃泰的"席里"，达尼人的房子中，每天放牧猪群。村子里的孩子都得养猪，但图库姆的责任更重一些，因为只有一个年幼的妹妹，没有人分担工作。尽管德格沃泰还有两名妻室，但都没有小孩。

只有 8 岁，却得承担太多活，图库姆恨透了猪。他每天艳羡地看着别的孩子玩游戏，他们最喜欢玩用小竹矛进行的打仗游戏。几年来，有好几个小孩因为这一成年战士的准备活动而瞎了眼睛。图库姆只能看着自己的猪群，自己一个人练习，时不时拿可恶的猪出气，用他的小竹矛捅它们坚韧的猪皮。图库姆和他的牧民们彼此都充满了敌意。现在他听到在厨房那边 4 只猪在猪栏里不耐烦的打呼声和刨地声，心里泛起反胃的难受。但反感马上消失了，母亲用树叶护着他的手，给了他一个热气腾腾的番薯。他开始吃饭，把脸埋在热气中，忘记了猪的存在。

德格沃泰，他的继父，从他第三个妻子柯拉萝（意为：离开了男人的女人）的"伊拜"里走了出来。图库姆的母亲阿库是他的第二个妻子，苏普是大老婆。柯拉萝的前夫、三年前在一次战斗中伤得很严重，她还没等到丈夫最后断气，乘他躺在床上的时候，跑到德格沃泰的"席里"居住。这可是一件大事，村民改了她的名字，以纪念这次丑闻，但她根本不在乎。自从 5 年前德格沃泰来到荷马泰普村居住后，她便芳心暗许。德格沃泰来自北方的部落，神秘而阴沉，以残暴著称。

在他 30 岁的生命中，德格沃泰一直过着悲惨的生活。他的父亲在德格沃泰出生前的一场战斗中丧命，母亲在一次敌人的袭击中死去，那时他只有 3 岁。孩提时代他没有自己的家，在不同的亲戚家中过着寄人篱下的颠沛生活。他成长为一个野心勃勃，战技出众的高傲深沉的战士，建立了自己的财产和家庭。他的前妻很迷人，性情外向，笑容甜美，德格沃泰一直在内心充满莫名的妒忌。当妻子告诉他有一晚她在房间里被一个陌生男人强奸了时，德格沃泰并不相信她，责骂她与男人私通。她离开了家里，等到他冲动过去后，想带她回家时，她已经跑过了河边，进入了敌人的领地——自杀的行为。他赶到河边，刚好看到敌人蜂拥冲向妻子，他无助地看着长矛上上下下地挥舞，那一刻有如永恒般持久，每一下都刺入他的心房。那时他万念俱灰，扔下长矛，等待着敌人了结他的性命。但他们只是大笑着离开了，手舞足蹈，留下他妻子暴尸荒野。

　　然后德格沃泰做了一件骇人听闻的事情，使他背上负心人的恶名。他没有去取回妻子的尸体，也没有焚毁草丛里她的血迹，让她的灵魂不至于在死难地徘徊。相反，他回到他的"席里"，毁掉他为她建起的园子和"伊拜"，没有等葬礼举行，他离开了童年的村子，不再回去。13 年后，他还不能忘怀她的死去，责怪自己的冲动，像身上战斗的旧伤，一直隐隐作痛。

　　到了新村子荷马泰普，他被视为"胡努帕林"——残暴而勇敢的男人，村民们都对他敬而远之。他作战英勇，武艺超群，成为南部地区传奇的"卡恩"。为了纪念他的战功，村民们重新为他取了名字，叫"德格沃泰"，意为死亡之矛。他娶了新妻子，苏普，村里的一个寡妇。当他更富裕更有地位时，娶了第二个妻子，阿库，图库姆的母亲。柯拉萝嫉妒地看着两位新娘过门，身为一个年轻战士的妻子，她似乎永远得不到德格沃泰。他从不跟她说话，但两个人的眉目传情却给了她希望。她或许能得到自由，他会接纳她。当时机真的来了，他没有让她失望——毫不顾虑丑闻的影响，一意孤行，接受了她。

　　图库姆看着柯拉萝在屋子另一头的炊火处走来走去。在达尼女人里，她的个子很高，几乎有5英尺5英寸，德格沃泰身长6尺，比平均的达尼男人高了6英寸。柯拉萝的皮肤是浅棕色的，眼眶深陷，目光锐利，似乎什么东西都逃脱不了她的眼神。她很少微笑，只有在德格沃泰身边，她才会放松绷紧的脸，用少见的温柔代替一贯的傲慢。

　　图库姆很害怕她，她对孩子漠不关心。图库姆的母亲说过，柯拉萝曾经堕过胎，一种村里谴责的行为，只因为她不想养育小孩。整个村子的女人都在议论，柯拉萝忍受不了怀孕的女人和新生孩子的母亲不得进行性行为的禁忌，她不能忍受那么长的时间不能和德格沃泰交欢，更不能忍受别的女人和他在一起。无论真相是怎么一回事，她没有小孩，而德格沃泰也很少和别的妻子同床。图库姆的母亲，有了一个小女孩，正是在禁忌期间；苏普的小孩都在出生时夭折了，德格沃泰再也没碰过她。

　　由于柯拉萝在多妻家庭中事实上的一妻地位，德格沃泰的家庭充满了火药味，动不动就会争吵，尤其是柯拉萝和苏普之间，吵得尤其厉害。最后德格沃泰把苏普打发到山区里一个人住，养着几头猪，他给她建了一间小屋，命令她呆在那里。图库姆很担心自己的母亲也会被赶走，如果那样，他就没有机会和别的孩子一起玩了。

最近，气氛似乎好转了些。由于有了苏普的前车之鉴，图库姆的母亲谨言慎行，尽量不引起柯拉萝的不满，这样德格沃泰就不会把她赶出家门。德格沃泰格外宠爱柯拉萝，百依百顺，连图库姆都知道这一点。

德格沃泰走近柯拉萝，低声和她说话，烤着早餐。在两人间有一种别的达尼婚姻找不到的柔情蜜意。很多达尼夫妇在公共场合从不表现亲密，甚至私下里也很冷漠，但这两人却情投意合——彼此四目相投，轻声细语，会心大笑——表达了和最激烈的行动一样的深厚感情。图库姆每天观察着，研究着，觉得美极了。

尽管图库姆每天在德格沃泰的"席里"男子的"佩莱"（卧室）或母亲的"伊拜"生活睡觉，但德格沃泰和他几乎没有任何接触。达尼文化里没有"继父"的概念，事实上，即便是亲生父亲也不会关心儿子的成长，但他们都很溺爱女儿。除了亲生父亲，男孩子们还有"教父"，通常是由父亲的兄弟担任，但也很少尽养育责任。男孩的真正看护来自他的"纳米"或"养父"，通常是由娘舅担任。由于图库姆的母亲来自另一个村子，图库姆没有"纳米"，但他跟德格沃泰和另两个寄宿在德格沃泰"佩莱"的年轻战士相处还可以。那两个战士尚未娶妻，财力也未雄厚到能营造自己的家园，就居住在村子中欢迎他们的"佩莱"里。

除了对每天与猪群为伍不满外，图库姆对生活很满意。但他似乎没什么希望成为一名伟大的战士，尽管他将继承德格沃泰的财富和荣誉，在他内心最深处，当真正的战斗考验来临时，他害怕会和父亲一样成为"卡普"。这一想法给图库姆的生活蒙上了阴影。随时随地他都会带着竹弓竹矛进行练习，那么专心致志，猪群四散乱跑，害得母亲得帮他找猪，大声呵责他，扇他耳光。

那天早上，他跟着战士、女人出了防护墙，带着猪群，走过香蕉林，来到种着番薯、黄瓜、菠菜和芋头的菜园里。战士们带着武器，登上瞭望塔，守卫村庄，防止敌人的进攻。

女人们拿着木锄，晃晃荡荡地背着小猪和婴孩，分散料理菜园。图库姆还在大嚼着早餐，带着自己的猪群向山里进发。猪会破坏菜园，得带到靠近敌人地盘的无人地带。他准备去一个只有自己知道的地方，一个有墨野鸭（杀它们是禁忌）的湖边，那里长着高高的芦苇和野草。

图库姆扛着棍子，走在狭窄而荒废的小道上。天空依然是灰色的，太阳还不能穿透云层。一小块一小块的雾散布在四处。他感到很冷，鼻子开始流鼻涕。由于长年湿冷空气的影响，达尼人大多有鼻炎。撸鼻涕是不礼貌的举动，那两条黏液过一会就会被凉风吹干，看不见的。

图库姆是个典型的达尼男孩，四肢瘦小，肚子突出。等长大后，伶仃的个头会长成肩膀宽阔，双腿强壮的男子，不知疲倦地在群山间奔跑。他会很瘦，达尼人只有小婴孩才会胖。湿雾打湿了他黑色卷曲的头发，卷得更厉害。

当爬到高处时，太阳开始打破了天空。图库姆的精神随着雾的散去而开始振奋。他有一星期没去湖那边了，今天他打算去溪里摸石蟹，再用芦苇做矛练习投射。如果投得不准，也没有别的男孩会嘲笑他。湖距离村子有一个小时路程，其他孩子不会走那么远。

走到湖边的橡树林时，雾全散走了，天空一片蔚蓝。草地上的鸟儿在鸣唱，捕虫，鸟儿的数目很多，这表明，直到不久之前，这里还曾是森林。

图库姆让猪在湖边放任自由，自己走到芦苇滩边准备练习投矛。在弯腰用身上的小石斧砍芦苇枝时，他注意到有间用树干和茅草建成的小茅屋。图库姆不明白，为什么会有人远离村庄的保护，跑到这湖边居住。

图库姆脖子后面的毛发竖了起来，在这一片战争绵延不断的土地上，一点点风吹草动都可能有危险发生。他趴在芦苇丛中，等待着，观察着。他先是听到了什么动静，然后看到一个女人，开怀大笑。声音在阳光明媚的空气中飘荡，那么自由而欢乐，如同歌曲般优美。村子里的女人是不会那样大笑的，但图库姆能肯定是笑声。接着他看到她从湖中走出，向他走来。她的秀发有如天上飞翔的夜鹰羽毛，披在背后。她的皮肤很苍白，如同裹着晨曦的薄雾。图库姆难以置信地揉着眼睛，她肯定是精灵或幽灵，他好害怕。

女人回转身，和水面说着话。图库姆注意到有个男的游在她身后，也走出了水面。他很高，皮肤白皙，但头发是像太阳一般金黄色的，略带红色的光泽。当他们走近图库姆的藏身之处时，他看见那男人的眼睛是一种奇怪的灰色，像高山顶峰终年不散的灰色积云，眼眸锐利而清澈，又像天空盘旋俯瞰的苍鹰。图库姆肯定这一对高个子是从山谷远方的白色山巅下来的幽灵。他们皮肤那么白，不可能是地上的凡人，看起来像人类，但肯定不是人类。

那个男的追上那个女的，牵着她的手。图库姆只见过妈妈牵小孩子。然后他们又做了一件不可思议的事情：俩人面对面，身体贴在一起，手臂紧紧地抱着对方。那个男的俯下头亲吻女人的嘴，似乎给了什么东西，又似乎接受了什么东西。图库姆搞不清楚他们交换了什么东西，但看起来交流开始迫切起来。图库姆继续观察着，睁大了双眼。交流继续进行，那个男人不再咬那个女人的嘴，开始慢慢用口接触女人的身体，最后来到女人的双腿中间，似乎在那里流连。那个女人呻吟着，但并不痛苦。图库姆感觉得出来，似乎那个男人正在取悦那个女人。

过了好久，图库姆的腿都蹲麻了，那个男人抬起身体，压在女人的身上，开始了图库姆早已熟悉的动作和声音。当德格沃泰去他母亲的"伊拜"时，图库姆会被叫到"佩莱"睡觉。有时他和别的男孩会在森林中，撞见村子里的男女在那里野合。孩子们会偷偷观察，直到按捺不住的偷笑打断了情人的幽会。

图库姆心里放松了些，或许他们不是幽灵，幽灵肯定不会进行这种行为。他看到那个女人紧紧缠住那个男的，身体和面孔绷得好紧张。他们似乎很不舒服，被欲望束缚住，幽灵应该彼此没有这种需要。突然，那女的发出一声叹息，男的轻吼了一下，身体一阵颤抖，停住不动。女人的手臂从他身上滑下来，过了一刻，那男人重新慢慢地扭动身体，亲吻着女人的胸膛和脖子。那女人也亲吻着男人，图库姆对这一神秘的交流充满了好奇和感动。

图库姆害怕自己再看下去会被发现，偷偷地回到猪群那里，兴奋地发抖，一半是因为身上湿透了，一半是因为刚才的情形。他不情愿地沿着山间小径回到村子里，一路上边走边唱着歌。他决定暂时不告诉家里人和村里人，他要等到时机成熟才说出来。那两个奇怪的人会不会神秘消失呢？他有点担心，但依然兴奋。

"图库姆，"当晚，他的母亲这么评价他，"你看起来好像逮到了耗子的猫一样。"

图库姆微笑着，跑上自己的阁楼。他躺在干草堆上，竭力回忆着他们的音容笑貌，却发现重要的细节都忘记了或没看清。第二天早上，他焦急地准备出发，他还有问题要去弄清楚，得再去观察一回。他的母亲惊奇地发现他只拿了一个烤番薯就冲出去，来不及拿第二个，带着猪群出发了。

来到湖边时，由于走得太急，又兴奋过度，他气喘吁吁，但还是静悄悄地走近湖边，不让自己被发现。看到小屋时，他松了口气，摇了摇头，总算这一切并非自己的想象，他们还没有消失。那一男一女没有穿戴男人的护甲或女人的粗布衣，坐在火边，煮着早餐。

在那一天里，图库姆看到神秘的接触经常发生，并不每次都伴随他熟悉的动作，但总会有抚摸和亲吻。有时他们会分开一阵，但再见面时，总会爱抚对方。然后那男人的一处器官会膨胀起来，进入女人的身体，和大多数动物一样，互相满足对方。图库姆开始相信，他们不是幽灵，而是"阿库尼"（人类），和自己一样。或许，和那个可怕的"诺曼德"一样，他们从南方遥远的土地过来。他不再害怕他们，心里决定有一天要和他们会面。这一心思让他的膝盖紧张得发抖，但他已经决定了，只是得再想一想时机而已。

第 *20* 章

他爱她——毫无保留地爱她。这一想法强烈地冲击着他，让他的眼里充满泪水，内心汹涌澎湃。她的外表很迷人，他无力抵挡或回避，但还有另一种感觉，席卷而来，在第一天她走到湖边时把他淹没，重新定义了他的生命。尽管他还心存犹豫，但再也无法否定他爱她。

迈克尔仰天躺着，陷入了思索中，静静地望着天空，对几天来的激情感到惊奇和惶恐。他回忆起在麦提亚庄园那个池子，她游到自己身边——脸上带着惊恐和羞涩；当她触摸自己的时候，他被她的勇气深深打动，她需要多大的决心才能征服自己的恐惧啊。

他看着她从湖里走出来，跪在自己身边。

"我爱你。"他轻声说，心里想着这真是一个奇迹。过去几天里，他跟她说了一百遍，但每次说出来，都会有新的感觉。

他们从来不仅仅是简单的同事关系。从第一次相遇，那天傍晚在花园里见到她那时起，便充满了奇妙的感觉。她不单单是他的爱人，也是他的伴侣。生命中第一次，他找到了可以完全倾诉的对象。他告诉她童年的经历，他所遭遇的事情，这些他都从未告诉别人。他告诉了她朱里尼的事情，一切来龙去脉。当他说完之后，感到无比的轻松。她听完了全部事情，依然爱着他，让他获得了解放。

凯瑟琳坐在他身旁，轻轻用手指挠着他身体的痒痒，弄得迈克尔坐立不安。她喜欢看他的身体——那么结实强壮——她喜欢看他行动，特别是他轻盈迅速的跑姿，似乎足不沾地，却能横穿草原，毫不疲累。

他的身子蜷了起来，凯瑟琳对文身又产生了好奇。

"这些文身是怎么来的？"

"它们是伊班部落的标志。在我上大学前那个夏天文上的——在去马哈坎河的途中。我经常和我的朋友阿玛德去那里，但那个夏天，我是一个人去的。途中遇到了急流，船沉了，我也受了伤。在我扎好新的木筏前，伊班人抓住了我。老柯，他们的头人，是波尼奥最著名的猎头战士。他是我父亲的老对手，住在麦提亚庄园附近巴列图河的上游，依然在从事杀人放火的勾当。但父亲不想逮捕他，他和苏丹商量后，把老柯和他的族人流放到内陆山区的马哈坎河流域。他在那里抓住了我，要求一大笔赎金，但没对我怎么样，还把我当成了村里的一员，那就是文身的由来。"

"那这个是什么？"她摸着那幅风格独特的动物图案。

"一头豹子，我杀了它，他们认为值得用文身来纪念。"

"真是方便，可以一眼看到彼此的历史。那这个呢？"她指着最小的第三个文身。

"我的婚姻状况。"他转过身，看着她。

"哦。"她感觉到他的身体开始紧张，"我猜是单身？"

"已婚的标志。"

她很迷惑，"但你那时还没和卡拉结婚呢。"

"是和明娥，老柯最小的女儿。"他停了停，让她有机会从惊讶中恢复平静，"我毫无选择的余地，但也不能说我是真心反对。一天晚上，我逃了出来，把明娥留在了村子里。"

"她知道你要走么？"

"不知道。这是我一直感到羞耻的事情，我想过——很想——带她一起走。但我知道那是不可能的，所以我一走了之，离开她让我很难过。"

他最后的话让凯瑟琳心中一阵痛楚，她尽力忘了它，"那她后来呢？"

"我也知道得不多，我听阿玛德说，事后不久，她改嫁给了邻村个丧偶的头人。那并不奇怪，伊班女人不会单身很久——明娥又非常漂亮。"

"那她的床上功夫呢？"她半是认真，半是开玩笑地问。

"怎么评价呢？"他问道，眼睛开心地眯了起来。

她对自己尴尬的脸红感到很气恼。他翻过身，把她拉到身上，亲吻着她的嘴。然后仰起头，眼神严肃，手抚着她的脸，"如果你硬要和每一个和我上过床的女人作比较，那么你会多一些无谓的痛苦，忘了吧。"他温柔地说，"我爱你，胜过爱任何人。你要知道，那是不能比较的。"

他气恼地看着她的脸，"凯瑟琳，凯瑟琳。"他责怪道，"看到你总是怀疑自己让我很难过，这样会毁灭我们的。"

她知道他说的是真话。每次他提到别的女人，妒忌会像一把火热的剑，深深地刺痛她。但明娥这个名字并没有让她觉得受到威胁，而是另一个她不敢提及的名字让她最为担心——卡拉。卡拉怎么办？自从那晚在麦提亚迈克尔终结了彼此的关系后，两人再也没提过卡拉的名字。凯瑟琳可以和迈克尔分享她最隐秘的秘密和最黑暗的恐惧——但这一个除外。她害怕提起卡拉，害怕会失去他。突如其来的恐惧穿过她的身体，她颤抖着。看到她还害怕，他搂着她，给她以安慰，用爱情保护她，直到地老天荒。

第二天，迈克尔在湖边发现了一行足迹，是小孩子的足迹。再仔细看，找到了更多的痕迹，有新有旧，都是同一个小孩的。

"看来最近我们这里来了一个不速之客。"回来时他对凯瑟琳说道。

她惊叫了一声，转身拿起卡其布长裤和衬衫。

"何必要那么做呢？"他问道，"无论是谁看到你穿着衣服都会比看到你不穿衣服更加惊奇。而且，他——或者她——已经看过我们光溜溜的样子了，还有我们每天做的事情。"

"哦！"凯瑟琳又惊叫了一声，匆匆忙忙穿好衣服，将迈克尔的裤子扔给他，"我不是为任何人而穿衣服的，只是让自己感觉好一些。该死的偷窥贼，叫他去死吧。"

"谁说是'他'？难道说你对男人有成见吗？"他说着，取笑着她。

"敢跟我打赌那不是个男孩吗？"她揶揄道，"男人都不是好东西。"

"只有长到 14 岁，到那时我们才变得更直接。"看到她的反应，他大声笑道："我倒不会对这个问题担心太多。他大概只有八九岁。"他伸出手，解开她衬衣的纽扣，摸进她温暖的胸脯，她合上衣襟，他又笑了。

"天堂到此结束。"他遗憾地说道，"我们又回到了人间。"

第二天早上，迈克尔在芦苇丛中逮住了图库姆。为了不让他太害怕，迈克尔蹲在他面前，面带微笑，拍拍他的头，把眼睛睁得贼大的图库姆扛在肩上，回到凯瑟琳身边。图库姆看起来惶恐不安，眼睛里流露出深深的恐惧，看起来可怜巴巴的。由于长期营养不良，他的肚子鼓得老高，四肢却瘦得像麻秆。长长的护裆布的绳结松开了，滑到身体一旁，在难堪的时候，它总会这样，让他更难为情。鼻涕开始因为寒冷而流下来，看到凯瑟琳怜惜的表情，图库姆禁不住笑出了声。他是个惹人怜爱的小孩，凯瑟琳被他感动得一塌糊涂。很快，两人就弄明白，图库姆想让他们跟他回村子里去。现在他被逮到了，他渴望拥有家带给他的安全感。这可是一个不能错过的人类学研究的好机会，但两人都不愿离开这个秘密小天地。迈克尔看到她脸上的遗憾。

"我们得去，"他对她说，"他们已经发现了我们在这里，别的观光客会如潮水般涌来。"

两人收拾了行装，跟着图库姆和猪群，下山来到山脚旁的村庄里。走到村子附近时，图库姆指着小路旁边被野草掩盖的地方，伸出右手的食指，放在左手的中指和无名指间，开始用力快速地摩擦，生动地向两人表明这里是村里男女幽会的场所。他朝迈克尔和凯瑟琳重复着动作，哈哈大笑。凯瑟琳想到肯定被他看在眼里的一幕，面红耳赤。迈克尔笑着说：

"别担心，毕竟，他接受的教育要比你开放得多。"

她只希望图库姆在向村民讲述时不会说出太难堪的细节。村民开始聚集，有图库姆在场，他们受到了欢迎。如果没有他，得花上几天乃至几周的时间建立信任，战士们或许会因为过于警惕而做出危险的举动。

陌生人到来的兴奋平息后，迈克尔和凯瑟琳住进了德格沃泰家隔壁闲置的"席里"。图库姆认迈克尔做了自己的"纳米"，他不明白，为什么他们不肯让自己搬进去一块儿住。毕竟，他们还有什么好藏着掖着不给他看的？他一整天闷闷不乐，但原谅了他们。每天早上去放猪前，他都会去看望他们俩。下午回来时，又会过去一趟。迈克尔和凯瑟琳很快学会了达尼语，凯瑟琳记录下了语言的结构和词汇的语音。铅笔和纸张现在是最宝贵的财产，必须用最简洁精确的书写好好加以利用，所以记录得密密麻麻，但还能辨认出来。她的相机不见了，无法用拍摄的方式记录达尼人的日常生活，于是迈克尔用素描帮她记录——简单而生动地勾勒出达尼人生活的情形。这不单单是记录，而是生动的艺术。

达尼男人，而不是女人，更加注重外表，每天会花上很多时间打扮，互相抓虱子，用木枝做成的小镊子拔干净身上和脸上的毛发，只留下一小撮胡子，只有老男人对外表不在乎。食物是通过劳作耕种得到的，捕猎主要是为了锻炼队伍，因为大多数猎物都被捕杀殆尽，剩下的都逃进了深山，捕猎比较危险。但时不时的，男人们还是能捕到蜥蜴、禽鸟及大大小小的动物，他们很喜欢吃，连昆虫也不放过。

达尼人的生活围绕着战争而展开，主要由男人进行。山谷里的50,000名达尼人分散居住，形成了十二个部落——彼此都是敌人。通常，一个部落每次只与另一个部落开战，但有时也会临时联合起来，进行大规模战斗。瓦里达尼，图库姆的村子所属的联盟，与南方接壤的威塔亚达尼部落联盟是世仇，代代作战。

4个月来，图库姆每天早晨看着迈克尔刮胡子。他喜欢从迈克尔的小镜子里看自己。他惊叹镜中的形象与迈克尔为他画的素描出奇地相像。达尼人除了在仪式进行时在岩石上作画和在弓箭上作雕刻外，没有什么艺术概念。图库姆发现迈克尔的绘画是两个陌生人能做的事情中最神奇最不可思议的。迈克尔给图库姆一根铅笔和一张珍贵的白纸。图库姆为铅笔能画出的东西而兴奋不已。他给迈克尔画了张像，迈克尔庄严地宣布画得很像。

图库姆不单单对刮胡子和画画感兴趣。达尼人从不洗澡，图库姆发现迈克尔和凯瑟琳天天都会去清澈冰冷的泉水沐浴洗衣，觉得是不可思议的危险举动。他们用猪油和木灰过滤的树碱做成肥皂，在皮肤和衣服上涂涂抹抹。图库姆偷偷地试了一回，发现自己身上的一些黑色东西掉进水里，十分惊恐。

他总结认为正是使用了肥皂，他们才那么白，他们洗干净了身上的颜色。图库姆发誓要避开水源。害怕自己不能成为一个真正的"阿库尼"人。

凯瑟琳和迈克尔几个月来种着自己的小菜园，养着从德格沃泰那里要来的两头仔猪。凯瑟琳经常和迈克尔一道去打猎。但有时，迈克尔会去深山，那里野鸭、鸽子比较多，由于路程比较远，得在野外过夜，这时凯瑟琳就得留在家里，因为山区夜晚很冷，她的身体顶不住。迈克尔对她那么重要，以至于他不在的时候，她感觉非常孤单。这也提醒她，尽管两人一直没说，相聚的日子终究不能长久。最终，他们会分开。然后呢？在他不在的漫漫长夜里她很担心害怕，平时她却很开心，比以往任何时候都开心。

早上，迈克尔又出发去打猎。图库姆和平时一样，带着热气腾腾的烤番薯和凯瑟琳一起吃。达尼人没有陶具也没有器皿，只有骨刀和竹刀。他们用手进食，用叶作盘，并拿椰壳充当水杯和容器。

图库姆喜欢告诉凯瑟琳村里居民的历史和故事，但他的话并不可靠，因为遇到不清楚的环节他喜欢随口胡诌。他天生是一个讲故事的好手，可惜生活的文化空间里没多少神话故事和历史传奇，埋没了他的天才。

"我给你带了些东西。"进屋时他告诉凯瑟琳，并同她一起烤火。

"是什么，图库姆？"她微笑着问道。

"因为你不是'阿库尼'，因此也没有'伊代'，也就是没有让你真正快乐的歌唱的种子，所以我带了这些给你。"他摊开手掌，里面有几颗细小的种子。

"这些是什么？"

"山谷里白花的种子，因为你没有自己的种子，可以用这些代替。"他仔细地把种子放进精心编织的叶子袋中，再绕上一根兰花纤维绳子，挂在她脖子上，然后站开几步，仔细端详着自己的劳动成果。袋子就吊在她的胸腔处。

"得再短点——挂在这里。"他指着自己的心脏——"所有的'伊代'都在这里生长。"凯瑟琳摸到脖子后面，把带子缩短了几公分，直到小小的包裹吊在心口附近。

"好了。"他满意地说道："现在你是'阿库尼'了。"他的声音带着轻松和解脱的意味。

"谢谢你，图库姆。"她说道，跪下去抱着他。

他缩了一下，难为情地四周张望，看看有没有人在外面看到。他喜欢被她爱抚，但想到别人可能会看见并嘲笑他，就觉得很难为情。

凯瑟琳笑了："没有人看见的，我已经周围看过了，但如果你不想我就不会再抱你。"他没有回答，笑着拉住她的手。他怎么告诉她，他最担心的事情是她和新的"纳米"会离开？他不敢提起这件事，担心会一语成真。现在他让她变成了"阿库尼"，或许她会留下来。如果她留下来，"纳米"也会留下来。图库姆坚信，女人是事情的关键。

袭击"瓦里"达尼部落联盟的敌人数目从上几周开始增加，所以凯瑟琳和图库姆等着瞭望塔上的战士点燃信号火炬，显示一切安全，才去园地耕种。今天早上，凯瑟琳会帮图库姆看猪，让他和其他两个孩子去玩。尽管看猪不是凯瑟琳喜欢的消遣，但总算能有个借口无所事事地坐在石头上晒太阳。

现在她已经轻车熟路，轻巧地在遍布短木的沟渠间穿梭自如，身后跟着哼哼唧唧的猪群，它们涉过浅水，爬上一处较平坦的河堤。她让它们在荒弃的菜园里任意游荡，翻找树根草根。早晨万里无云，不远处她可以看到三个小孩在丛林里玩耍，把一个草环扔到空中，再试着用竹矛瞄准射穿它。附近是一个半毁的瞭望塔，两周前在一次袭击中被毁坏，还没修好。

今天也修不好了，不执行瞭望任务的战士正在准备圣石仪式的宴席。圣石是达尼代代相传的最神圣的物品。每年一次或两次，男人会把部落流传的古老石头从摆放的"佩莱"里请出来，用祭祀的猪油擦干净，再用新鲜叶子包起来，重新摆回原来的位置。这种清洁行为能重新积聚神圣石头的力量，让拥有石头的战士获得保护。随着邻近的"威塔亚"部落的进攻愈加频繁，"瓦里"部落认为必须进行仪式。

凯瑟琳没晒多久太阳，就看到迈克尔从山间小径上走来。他肯定是从黎明时就不停地赶路，才那么早回来。他脱下了自己的衬衫，绑在腰上。手里晃晃悠悠地甩着步枪，肩上的帆布包里装着猎物。她目不转睛地看着他走近，心神荡漾，充满憧憬。他走到她身边，微笑着俯下身亲吻她的鼻梁。她还不满意，搂住他的脖子，热烈地吻着他。

"我想你。""我知道，"他伸直身子，手轻轻搭在她的肩上，朝附近正在玩耍的孩子们点了点头，"帮图库姆看猪?"

她点点头，"他的技术好了很多，不再被嘲笑了。"

"很好。"迈克尔满意地说道。他指点过图库姆投矛的技巧，并训练他细小的胳膊和手腕，让他更有力量。

迈克尔饶有兴味地看着孩子们，图库姆瞄着飞行的草环，但扔偏了。迈克尔耸耸肩，笑了起来。图库姆跑到树丛里拣回竹矛，一只知更鸟飞落到石头上，梳理着自己的羽毛，盯着围绕草丛飞舞的嗡嗡做声的蚊蝇；一群野鸭从林子那边的浅池里爬上岸。突然间，迈克尔僵住了。他搭在她肩膀上的手用力抓住她，全神贯注地盯着河流那边。凯瑟琳环视四周，但什么也没看出来。野鸭飞走了，只剩下孩子们在欢笑，喊着图库姆。一切都很平静，但迈克尔还是紧紧抓着她的肩。

迈克尔猛然给孩子们发出警报，端起步枪。10 名"威塔亚"战士从河边的丛林里冲出来，手里举着长矛。尽管默不做声，他们狰狞的外表似乎在朝周围咆哮。他们眼圈周围涂着白灰，看起来更加狂野凶暴；鼻子上穿着獠牙，张开嘴巴，露出尖利的牙齿。凯瑟琳从未见过如此可怕的情形。孩子们呆了一会儿，惊叫着四散跑开——除了图库姆，他还没出来。箭和矛纷纷投向孩子们，迈克尔朝战士射击，第二枪打中了一个威塔亚人，倒在地上。其他人停止了进攻，被枪声和同伴的倒地吓住了，迷惑地把枪声和他的死联系在一起。他们看到同伴在流血，但看不见箭或矛。

凯瑟琳看到他们的注意力转向了迈克尔。迈克尔的脸上只有愤怒，等着他们的反应，希望他们会就此罢休。他不想杀他们，但他不能袖手旁观，听任图库姆和别的孩子被杀。此刻他不再是一个与村子的生活保持距离的科学工作者，他将为这一身份的转变付出高昂的代价。威塔亚战士们开始朝迈克尔走近，口里大声叫喊着。他再次开火，击中最近的两人。战士们转身逃跑了，留下死去的同伴和武器不管。

迈克尔跑向刚才最后见到图库姆的树丛里。德格沃泰和其他战士也赶到了现场，看到了最后的对决情形。他们从未见过步枪开火，尽管迈克尔是他们的新朋友，他们仍被这一新奇而致命的魔法吓呆了。

德格沃泰找到了图库姆，他的身体被钉在树干上，身上带着 20 个矛伤，但他还活着。德格沃泰把图库姆抬回"席里"他的"佩莱"里面，别的战士跟随着他。凯瑟琳不理会禁忌，也跟了进去，似乎没有人注意到她。光从一个入口透进，十分昏暗，在里面，"佩莱"被烟熏得很黑，屋梁上到处悬挂着草捆、用不着的武器和羽毛头饰等东西，还有祭祀用的生肉，挂在那里，滴着鲜血；肉味、血腥味和猪油味弥漫着整个屋子。但凯瑟琳几乎没有注意到这些，她眼里只有那个受伤的小男孩。

图库姆胸口和腹部的伤口裂开着，双腿蜷了起来，手臂捆在身体旁边，似乎这样能捆住他的生命，但除此之外，聚集在"佩莱"的男人束手无策。圣石仪式的准备照常进行，谈话渐渐平息，他们继续工作，因为实在不知该做些什么好。图库姆的母亲推开人群，挤进了"佩莱"，站在儿子面前，一句话也说不出。过了好一会儿，她转身离开，什么也没说，再也没回来。她拿着木锄，去了园子里种番薯。她用力一下一下刨着地，似乎那是敌人的一具尸体。男人的死亡，即使是她的儿子，是男人的事情，她只有哭泣、悲伤的权利。

"佩莱"里年长的战士开了个会，认为得把图库姆搬出去，因为不能让这种不幸的事情影响仪式的进行。德格沃泰把儿子搂在怀里，图库姆艰难地说："可我还没有死。"他气若游丝，以为自己会被送去葬礼。

"哈可拉昆。"德格沃泰坚定地回答，命令图库姆的歌唱的种子留在原位，"你不会死的。"

看到图库姆那么痛苦，凯瑟琳开始抗议不能把他抬出去，但迈克尔拉住她的手，阻止了她。

"别做声，"他说，"让他们做该做的事情。"

图库姆的眼睛睁开着，但没有看任何人，而是盯着远方。德格沃泰走向大门时，人们开始叹息悲泣，但没有人跟着他。整个下午，图库姆躺在德格沃泰的大腿上，鲜血随着天色慢慢变成黑色。时不时，他因为疼痛而呻吟，但他仍顽强地与伤痛作着斗争。德格沃泰一直轻轻地喊着："哈可拉昆。"

一个老巫师走了过来，趴在图库姆身边，朝他的耳朵吹气，想把他的"伊代"诱回原来的地方。图库姆的神志开始昏迷，但时不时会突然醒来，挣扎着，斗争着，德格沃泰和巫师得用力按着他。他盯着天空，惊恐地喊着："奈祖！（我好害怕。）"

凯瑟琳蹲在地上，麻木地看着图库姆，眼泪早已流干了，眼睛发疼，喉咙嘶哑。尽管双腿蹲得又酸又麻，她也不肯起来，不想把眼睛移开图库姆身上可怕的伤口——像一道道愤怒的口子，露出血肉和内脏。一个战士从"佩莱"里出来，拿着湿淋淋的树叶，轻轻地覆在伤口上，不让血继续流出来。尽管于事无补，并不是任何有效的治疗，凯瑟琳还是充满了感激。迈克尔静静地站在旁边。"佩莱"里的战士有时走出来看看图库姆，但一点办法也想不出来，只能是打扰他。

"哈可拉昆。"德格沃泰一直吟唱着，但图库姆的眼神越来越迷离。他没注意到，在袭击前一起玩耍的孩子们围了过来，但不敢走得太近，只是站在一边。他们都默不做声，神情悲伤。

附近水渠上忙着捕捉猎物的蜻蜓飞了过来，好奇地围着垂死的图库姆飞翔。像一只只小小蓝色的直升飞机，上下俯冲一番后，离开了现场，飞到了菜园里，只留下被血腥味引诱而来的蚊蝇四处飞舞。风带来了清凉的气息，凯瑟琳开始发抖，巫师显得很不安，他什么也做不到，再留下来会影响他的威名。他不再往图库姆的耳朵吹气，阴沉地蹲在地上，想离开又想不出一个理由。

开始下雨了，和图库姆的生命一样，盖在他伤口上的树叶被雨水冲走。他大口大口地喘气，恢复了神志，对旁边看着他死去的人们没有抱怨，也没有要求。看见凯瑟琳和迈克尔呆在原地整整一个下午，他微笑着想说些什么，但眼睛再也无力睁开，"莱克，莱克。"他叫着，不，不。之后他再也说不出话，只有起伏不停的胸膛表明，他还在努力紧攥着不断流逝的生命。

"你会和我们在一起的。"德格沃泰说道，但这一次更像是哀求而不是命令。小小的胸膛最终停止了跳动，图库姆一动也不动。他的"荷林"松开，掉到了地上，和生前一样，在生命的最后一刻又羞辱了他一回。凯瑟琳拉着图库姆的小手，刚才如果拉住他，他可能会害羞，但此刻，他的眼睛半睁半闭，了无生机，再也看不见什么了。她的头深深地埋进膝盖里，大声地哭泣。迈克尔拍着她的肩，她拉着他的手，放在自己面颊上。

自从凯瑟琳与迈克尔来到村子几个月来，举行了不少的葬礼，但图库姆的葬礼是最隆重的。200个来自荷马泰普和附近村里的图库姆的亲戚，第二天在德格沃泰的"席里"参加了仪式。在一个战死的战士才能享受的最尊荣的待遇中，图库姆的葬礼用的猪的数目是最多的。因为一个小孩的残酷被害，葬礼特别的悲伤，即使是习惯了惨痛死亡的大人也难以忍受。毕竟，是成年人的疏忽导致了他的死亡，他们没能保护他。那座失修的瞭望塔的主人尤其感到悲愤，只在葬礼上呆了一会儿就匆匆离开了。

猪群被屠宰后用滚烫的石头放在地洞里煮。作为图库姆的"纳米"，迈克尔也捐了一头猪。他和德格沃泰做的高椅摆放在"席里"中央，这是达尼人至今做的唯一的家具，只会在葬礼上使用。德格沃泰抱着儿子的尸体从"席里"走出来，放在椅子上。女人们低声抽泣，蹲在一边。图库姆的腿被并着绑在一根横木上，身体绑在椅背上，下巴用草绳拉着仰起来。战士们用猪油涂抹他的身体。第一次，他的身体接受了男人的油膏。仪式用的绳带捆在他身上和椅子上，女人们还用网袋带来了祭品，仪式结束后会发给参加葬礼的宾客。图库姆的面容平静安详，略带悲伤，似乎死不安息。

当猪肉正在烘烤时，悲伤的哭声此起彼伏。被屋里的热气和香味吸引，蚊蝇越来越多。一个老妇人用棕榈叶扇子把它们赶离尸体。她的手指尖端很多被砍掉，表示对逝去的亲人的哀悼。许多在场的妇女都因为这样的原因被截掉手指。

到了下午，仪式结束了，许多远道而来的亲人开始准备离开。仪式用的带子和网袋从尸体上撤走。德格沃泰，作为尊贵的"卡恩"，将它们分发给有身份的客人。木堆点燃了，女人们又是一阵哀痛。图库姆的尸体从椅子上解了下来，准备火葬。德格沃泰拿着一捆干草，举了起来，迈克尔作为图库姆的"纳米"，射出一支箭到草捆中，象征着解放图库姆的灵魂。德格沃泰最后一次抱着图库姆的尸体，灵魂飞走了，歌唱的种子自由了。他把图库姆放在木堆上，覆上更多的木头，盖满了图库姆，火焰吞噬了他。

仪式结束后，凯瑟琳很害怕。威塔亚人为了帮死去的同伴复仇，随时会再次进攻，直到杀死迈克尔为止。她和他不能离开村子，住在危险重重的森林。如果两人离开这片土地，她担心——她会永远失去他。

第二天早晨，迈克尔杀死的三名威塔亚战士的尸体被送回边界让他们取回。如果让他们的尸体留在"瓦里"领域，会招来不友好的鬼魂。尸体的小腹部位挖了一个小孔，连同直肠、子弹伤口一起塞进据说有神力的茅草。当检查那些伤口时，威塔亚人发出了达尼方式的惊叹，用手指甲扣打着"荷林"，喊着"哇哇哇"。他们很惊奇，迈克尔手中的矛能杀敌于百步之外。整个村子都听说了这件事，迈克尔有了一个新名字，"莫卡德格"（幽灵之矛）。

第 *21* 章

　　图库姆死去几天后，凯瑟琳和柯拉萝结伴去盐池采盐。盐池离村子有两个小时的路程，在深山里面。柯拉萝那天不想呆在"席里"，德格沃泰还在为图库姆伤心难过。他很喜爱图库姆，尽管有三个妻子，却只有这么一个儿子。现在图库姆死了，没有人传宗接代，小女儿又太小，只会吃吃睡睡，啥事都不会做。柯拉萝一无所出，德格沃泰突然因为这个原因开始抱怨她——还因为她一直对图库姆不闻不问，有时还恶言相向。她一直把图库姆当成了争夺德格沃泰的宠爱的潜在对手，但她现在却希望他还活着。

　　去盐池的路上，柯拉萝一直阴沉着脸，也不和凯瑟琳搭话，两人一直沉默地走着。小路被世世代代的脚印踩得只剩下岩石，整个山谷的人都到这里去采盐。大多数人素不相识，根据传统，这里是中立地带，因为盐是达尼人生活的一个重要物品，争吵、战争也不能阻止采盐。不管是中立地带与否，人们不会久留，匆匆而来，匆匆而去，无暇谈话。盐池边大约有 50 个妇人，凯瑟琳和柯拉萝把香蕉梗浸在盐水中，让纤维尽可能地吸收水分，然后捆成几束挑回去。回到"席里"时，叶子会先风干，再拿去烧，灰烬中的细小盐晶会被收集起来，作为调味品，在宴席中使用，或用来交易。迈克尔卖了盐会去买做投矛的硬木。凯瑟琳喜欢去盐池，未经开发的橡树林、山毛榉林和栗子树林漂亮极了。一条清澈的山溪奔流着，和小路一道做伴；阳光穿过林子，在地面上变幻着莫测的图案；茉莉花、兰花、海棠花和凤仙花争相绽放。

在下山的途中，凯瑟琳和柯拉萝遇见了远方另一个瓦里村子的妇女，被村子里的男人带到了林子边上。男人们很少到盐池这边来，因为这是女人的工作。其中一个妇女到过图库姆的葬礼，但柯拉萝经过她身旁，一句话也没有说。凯瑟琳从林子中眺望着远处的草原，遗憾地想到一会儿两人就得在下午的烈日下赶路。在前面不远处，她看见一支瓦里战士护卫队正蹲在地上休息，用长长细细的烟管抽着烟草，棕色的身体融入了森林中，笑声和谈话声打破了森林的静谧。凯瑟琳几乎可以听见他们每句话之间的磨牙声，那是达尼男人独特的习惯。当凯瑟琳和柯拉萝走近时，他们变得害羞腼腆，但还是带着微笑。柯拉萝的高傲姿态吓到了他们，凯瑟琳想，或许由此还会有点儿不悦。

突然，走在小路前面的柯拉萝一把扔下肩上的香蕉梗茎，惊叫一声，跑进森林中。凯瑟琳愣了一愣，马上省悟过来，这些看来漫不经心的陌生人既不是瓦里人，也不是威塔亚人，但肯定是敌人。一切都太晚了。两名战士站起身，追上柯拉萝，把她摁倒在路边的草丛里，第三个人追了过去，扯下自己的"荷林"，压在柯拉萝不停挣扎的身上，那两个人死死按着她。其余的人迅速包围了凯瑟琳，切断了她的退路。森林深处，又有人加入了他们的队伍。凯瑟琳又惊又怒地看着他们，旁边柯拉萝的挣扎声和呜咽声不断传入耳中，三个男人轮流凌辱着她。达尼妇女被奸污是常有的事，和别处的强奸相类似，与性没有太大相干。对达尼男人而言，是男人间争斗和吵架的自然延续。如果条件允许，他们互相杀戮，而另外的乐事，则是互相偷盗和互相强奸对方的女人。

凯瑟琳的心沉了下去，这一次袭击并非偶然。这些人肯定是从山谷南方来的威塔亚部落的盟友，或许是巴列姆河那边的部落，冒着极大的风险，打破了这里恪守中立的古老规定。他们是为她而来——在哪抓到她都可以，管它是不是禁地。威塔亚和盟友是为了向迈克尔复仇，但又惧怕他的火枪的威力，于是先从她下手。她知道自己会被绑架，或许会被奸污、杀害——自己却无能为力。

敌人的首领走了上前，和别人一样，身上只穿着"荷林"，但实在很难形容他长得像人。他的脸和上身厚厚地涂着白灰，只剩下眼睛闪烁着异样的光芒，几乎要从眼白里跳出来。巨大的半月形贝壳穿在他鼻子上，如同面具般遮住了他下半边脸；白鹭羽毛的达尼头饰不急不慢地随着他的脚步摆动着，掩饰了主人的狂暴。那个人很高大，头饰让他更显挺拔。

他伸出手去解凯瑟琳衣服的扣子，却实在不知道该怎么解，不耐烦地扯开脱了下来，又粗暴地脱下凯瑟琳的裤子和靴子，掉到足踝上。当脱完她的衣服，扔到草丛上后，他目不转睛地看着凯瑟琳，把她的手绑在身前，在她脖子上套了个绳结，拉紧了，几乎让她窒息过去，然后把绳子交给一名手下。

首领又把目光转向柯拉萝，她现在平静了许多，变得逆来顺受。他跪在她身旁，一只手用力地抓着她的胸，他的"荷林"由于高度兴奋，被顶了起来。但当他看来似乎准备要进入她时，他转过身，拿了一支长矛，放在柯拉萝的大腿上，看着她。慢慢地，他的手由她的胸膛往下滑，来到她两腿之间，用拇指和食指把两边撑开，慢慢地把长矛的木头一端塞了进去，很仔细很轻柔，直到完全进到尽头为止。他停了下来，狞笑着，柯拉萝的眼里只有绝望和恐惧，他开始慢慢地抽动长矛，逐渐加快，用力，越来越深入。柯拉萝惨叫着，一个手下捂着她的嘴。凯瑟琳只感觉一阵晕眩，眼前一片漆黑，不省人事。

等到她醒来时，发现自己的脚也被套上了绳结。她仔细观察着周围的情况，那个首领已经不见了。靠着森林的掩护，他们呈单列向南行进，直到走出了瓦里的土地。几个小时内，凯瑟琳在迈克尔能拯救她的憧憬中和迈克尔救不了她的绝望中一直徘徊。

要到晚上迈克尔才会知道她失踪了，而得等到第二天白天他才能搜索小路找出她和柯拉萝的踪迹。到那个时候，她和那队人已经走远了。但想到迈克尔是追踪专家，她还是抱着一丝希望。她尽量放慢脚步，希望能拖慢敌人的行程，她成功了，但代价是一路上被绳子猛拉猛扯，受了许多耳光、鞭打。

迈克尔早早离开了在老塞巴"席里"举行的圣石仪式。午后的热力比往常更加凶猛，无遮无挡的草原上闪烁微微的光，远方的山峦变成了模糊的蓝色，看不清轮廓。他只在仪式中呆了几个小时，进去的目的是为了帮凯瑟琳记笔记，因为她是女人，不能参加这一仪式。但一会儿，他实在是了无趣味，意兴阑珊。

走到自己的"席里"时，太阳开始西沉，天空飘浮着几朵微云。他又渴又累，取了一瓢水，坐在旁边的草丛里喝。凯瑟琳还没回家，他知道没到时候。他有点失望，又不知道为什么，有种感觉让他心神不宁——和图库姆死的那天他举枪瞄准威塔亚战士时的感觉很像。

他拿出素描纸，开始完成在塞巴的"席里"描绘的草图，但又放在一边。呆在"席里"很不安，他决定去路上迎接凯瑟琳。在到山里的森林半途中，他爬上一座小山等她，那里可以鸟瞰周围的山谷。他瞄着太阳，似乎要撞到山墙上。很奇怪，他没看见她走在小路上。一切看起来都很正常，他能看见瞭望塔上的战士，即将在天空留下印记的炊烟，但不安的情绪仍在滋长。

地面散发着白天积蓄的热气，于是他决定向上走，到林子里的荫凉处等她。到了林子的时候，他看到在地上有一片姜根，用姜叶包着，似乎是达尼人吃的，丢在小路上。他好奇地多看了两眼，姜是达尼人喜欢的东西，很少有人会这么漫不经心没吃完就扔在一边。在旁边，一支烟卷映入他的眼帘，在石头中间，被折断了，里面还剩有没抽完的烟草。迈克尔更加好奇地细细搜寻，在路边有一摊黑色的东西，他蹲在旁边，用手指碰了碰，是血！他警惕起来，顺着血迹一路走去，在岩石后找到了源头。分开草丛，他看到了5具尸体，是达尼战士。他一个也认不出来，或许他们来自边远的瓦里部落，但他不明白为什么盐道禁地的古老戒条会被打破。一具尸体旁边的草丛里有什么东西闪烁着，他走过去拾了起来。看着手里的小金牌，几天来一直困扰着他的问题豁然清晰了。他见过这面牌两次：一次是在图库姆死的那天在步枪视线中闪了一下；一次是在几个月前，在诺曼德的耳朵上晃动。

恐惧的念头掠过他的脑海，手颤个不停，圣克里斯朵夫徽章也掉了下来。是诺曼德闯进了盐道，绑架了凯瑟琳，迈克尔肯定这一点。小路边的5具达尼战士尸体只是无辜的受害者，为了不干扰他的行动而被杀害了。对达尼人来说，盐道是中立区域，但诺曼德不是达尼人，捣乱这一禁地对他而言根本不算什么。到目前为止，诺曼德的势力还在大峡谷外，只满足于他对东边土地的统治，但他的名字在整个山谷已是人尽皆知。如今诺曼德跟着迈克尔进了山谷，与瓦里部落的世仇，威塔亚部落结成了同盟。

迈克尔开始搜寻前面道路两旁的草丛，找到了凯瑟琳的衬衣。以前当自己的生命遇到危险时，他也害怕过，但从来没有像此刻这么害怕。他艰难地逼着自己向前走，摸着草丛，全不顾芒刺割伤了他的手和脚。他找到了她的裤子、内裤和皮靴。恐惧好像一只野兽，躲在每一处草丛下，静静地等着他，打击他。他找到了柯拉萝的尸体，她的死状让他的心都凉了，有尊严的战士决不会这么杀人。

当再次进行搜寻时，恐惧的心情几乎击垮了他。他强迫自己冷静下来，把注意力放到线索上。足印中有三个人曾离开过大部队，他决定暂时放在一旁，研究其他人的足迹，大部队可能有 10 个人。天色开始暗下来，很难看清东西，泪水涌入眼眶，模糊了视线，他生气地一把抹开。

林子更深处，足印开始变浅，而光线更加黯淡。他找到了凯瑟琳的第一双清晰的足印。他靠在一棵树上，合上眼睛休息了一小会儿，然后紧紧把她的衣服抓在胸前，再次出发。当最后找出诺曼德一行人前进的方向和速度后，他回头往村子里走去。天黑了，但他熟知道路，他们比自己快了 5 个小时，等拿到枪，再叫上其他达尼战士同行时，他们会有 6 个小时的距离。绑架凯瑟琳的人得走一天半才能出峡谷的东边，他或许能弥补 3 个小时。他艰难地抹去绝望，不让自己沉浸在那剩下的 3 个小时里那些人可能会做出的事情的想象中。毫无疑问，在东边的威塔亚村子里，凯瑟琳会被当作战利品。尽管他不愿想到那些人是因为害怕自己才找上凯瑟琳复仇，但这一想法也蕴含了希望，或许他能利用他们的恐惧解救她。

凯瑟琳在一个威塔亚部落村子的"伊拜"里度过了第一个晚上，被捆得像头猪，脊背靠着坚硬的地板，手和脚则被绑在一根横木上。到了清晨，由于又冷又累，一宿没睡好，走一步都全身酸痛。尽管自己很想保存精力，她怎么也吃不下东西。

第二天的路程漫长而酷热。尽管身边的绑架者一瓢一瓢地喝水，凯瑟琳却一滴也喝不上。两只脚到处是淤青和割伤。当天傍晚休息时，他们来到周围尽是香蕉树的一个美丽的威塔亚村子，巴列姆河从旁边流过。女人们做出恐吓的动作，小孩子们往她身上乱扔竹矛竹箭。战士们把她带到一间"伊拜"里。

这一次她没有被五花大绑，还给了她一些水喝，然后让她侧身躺在地板上，只绑住了双手。正当她暗自庆幸一个人被留下来时，很快村子里的男人来到了"伊拜"里，好奇地参观这个属于那个可怕的神鬼战士的女人长什么样。老老少少围在她身边，盯着她看，让她难堪地想到自己不着寸缕。一个老男人，瘦得皮包骨一样，解下自己的"荷林"，犹豫着用松软无力的尖端摩擦她的大腿。那东西竟然有了生机，膨胀起来。似乎受到鼓舞，他的动作没那么忸怩了。她担心他是否会强奸她，但老人看来只满足于触摸自己。很快，他的器官软了下去，停止了动作。他的行动鼓舞了别的男子，加入了他的行列，连几个未成年的小毛孩也参与其中。她侧身躺在地板上，他们摩擦着她的背部、臀部、腹部，甚至探索着她夹得紧紧的大腿中间。她紧闭双眼，痛苦地忍受着。没有人强迫她再进一步发生关系，但有些人在她身上宣泄着欲望，液体射在她的大腿和胸膛上，她的肌肤因为这些秽物而起了鸡皮疙瘩。她只希望自己能合上耳朵，听不到那些急促的喘息声和满足的呻吟声。她的拳头和牙关紧紧合着，准备着自己的双腿会被掰开，但并没有发生。她开始意识到他们不敢进入自己，她不是一个"阿库尼"，那么做会很危险，或许会永远丧失性能力或受伤。那几个之前被杀的威塔亚战士是被看不见的矛杀死的，他们仍心存畏惧。

突然，"伊拜"里安静下来，摩擦也停止了。她睁开眼睛，在火把的光亮中看到一个老男人跪在自己旁边，手里拿着一根驱邪的羽毛，在她身上挥舞着。他是一个"威生"——掌握魔力的男人。他合上眼睛，聚精会神，嘴里吟唱着她听不懂的字词。"伊拜"里的男人们热切地观望着。他拿出一个树叶和野草编成的小包，上面浸着血和刺鼻的油膏，气味极其难闻。当她明白他的动作的意图时，她挣扎着想起来，男人们已紧紧压住她。"威生"抓住她的足踝，把它们分开，男人们把她的臀部托了起来，如同一头仪式的祭品。那老人将那个肮脏的小包塞进她体内，继续吟唱着。一会儿后，他抽出包包，离开了房间。男人们的手不再托着她的臀部，放回了地面。"伊拜"再一次陷入寂静，没有人继续触摸她。她只觉得害怕和厌恶，心里一阵阵恶心。汗味、精液味、烟草味和那个污秽的东西的气味掺杂在一起，她晕晕乎乎地合上了双眼，一会儿再张开眼睛时，诺曼德赫然站在她的双腿中间，身上没带长矛，但腰身上那支已经蠢蠢欲动。如果说她曾经以为她的白皮肤能保护她免受强暴，这个幻想被他无情地打破了。他跪了下来，把她的大腿分开，一只手伸到她的臀下，打开她的神秘入口，把臀部拉到他的大腿上，眼睛贪婪地浏览她最后的隐私。

尽管她的手腕被绑住了，她的手还能动，她没头没脑地打他，试图解救自己。她的指甲刮到了他的脸，诺曼德生气地吼了一声，坐了起来，动手殴打她，一拳把她击倒在地上，然后俯身压了上去，将自己的器官塞进她的身体，粗暴地抽送着，摩擦着，似乎要把她切成两半。

"迈克尔！"她疼痛地哭喊着，但这一次，他没能赶到。

她在昏迷与清醒间漂浮着，每一次张开眼睛，都会看到诺曼德狰狞的脸，感受到他的重压和无情的穿刺，似乎没有尽头，没有终止。她甚至不清楚上面那张脸到底是诺曼德还是别的其他人。一切都不要紧了，因为她很快会被杀死。一支长矛——或者许多支长矛——会刺穿她的身体，和图库姆一样，又或者会塞进她身体内，像柯拉萝一样。很快一切会结束的，她会获得安息。她不再幻想被拯救或能活下去，她干呕着，吐出肚子里能吐的东西，又昏迷了过去。

醒来时，"伊拜"里闪耀着一抹晨曦的光芒。屋里只有她一个人，她的手还是被绑着，脸又肿又疼，眨眼或动动嘴巴都疼得厉害。气温很低，但她没有感觉，她呆呆地盯着打开着的门，可以看见旁边房子传来的炊烟，村民开始四处走动。她一动不动，黎明来了，她还没有死，但她多么希望自己已经死了。她实在无法面对自己刚刚遭受的事情。

门口出现了一个人影，凯瑟琳被他拉着站了起来，拖出了小屋。她的嘴角边结着血痂，身上沾满了尘土，凌乱的头发钻进眼睛里，几乎看不见东西，明亮的晨光让她睁不开眼睛。精液和血水顺着大腿滑落下来，每走一步都是莫大的羞辱。拉着绳子的战士开始对她的迟缓不耐烦，拉紧了绳索，把她生拉硬拽，牵到村子的中央。

眼里尽是汗水和沙土，她只能模糊地看见迈克尔站在"席里"的中央，身旁是德格沃泰和三名瓦里达尼战士。她几乎不敢相信自己的眼睛，他不可能这么快就追上自己。她举起被绑住的双手，揉了揉眼睛，拨开头发，他的身影还在那里，更加清晰。他只穿着"荷林"，身上涂满了油脂，手里握着步枪。他向她瞥了一眼，面无表情，似乎她只是一个陌生人，他的精神都贯注在村子里的"卡恩"身上。

在别的时候，看到他只穿着"荷林"的伟岸身躯会让她无限欣喜，但现在，想到刚刚几个小时前的遭遇，她不敢看他，只觉得晕眩、恶心。地面似乎开始动摇，她蹒跚了几步，摔倒在地上。没有人过来扶她，甚至似乎视而不见。迈克尔只顾着高声和"卡恩"谈判着，看都不看这边。他过来的目的是谈判，和别的达尼人一样，猪匹或老婆被别人偷了，过来讨价还价。威塔亚人没料到他敢为了她闯入敌人的领域，还跟他们谈判，和对待同族人一样。他是在清晨时分闯进来的，那时瞭望塔还没有驻扎人手。威塔亚人又惊又怒，许多人加入了争吵，并拿起了武器。

威塔亚人还没同意归还凯瑟琳，迈克尔要求他们赔两头猪。因为在偷妻纠纷中，这是受害者按照传统应得的补偿。迈克尔知道现在不能表现得软弱或轻易满足，也不能让别人知道他的目的只是为了她。如果让他们得悉她对他是那么重要，对她的安全会更加不利。所以他固执地要求赔猪，争吵越来越大声。

诺曼德没有出现在人群中，他和他的手下已经回到自己的领地，命令威塔亚人等凯瑟琳身体恢复后就给他送去。很幸运，因为诺曼德绝不会同意归还凯瑟琳。猪群在"席里"周围哼哼唧唧地乱跑。它们清晨时从猪栏里被放了出来，准备去野外觅食，但陌生人来了之后便被丢在一旁。看到争吵没有任何结果，还可能引发危险的情绪，迈克尔走开几步，端起步枪，瞄准一头半大的母猪，他绝对不能射失，那样会毁了他作为鬼神射手的美名，但他必须马上行动。他开了火，那头母猪低哼了一声，倒下去，死了。

步枪的巨响让热烈的争吵告一段落，威塔亚人小心翼翼地走近母猪，检视着它的伤口。很显然，那武器并没有离开陌生人的手，却杀了那头猪。争吵一下子平息下来，他们对武器的威力议论纷纷。迈克尔再次命令他们赔偿两头猪，为了强调他的要求，他又瞄准了"卡恩"的一头猪，这次是一头身怀六甲的大母猪。威胁奏效了，"卡恩"走到步枪与受威胁的母猪中间，说迈克尔可以得到两头小猪，并带他的女人回去，并保证别的战士不会找迈克尔他们的麻烦。

有几个在场的威塔亚战士怀疑魔力来自于那支长矛，而不是迈克尔，如果他们能拿到那东西，就没什么可害怕的了，但他们也不敢贸然尝试。两只小猪被套上绳索，交给了瓦里战士。迈克尔走到凯瑟琳身边，抓住绑在她手上的绳子，把她拉起来。她摇摇晃晃，但总算能跟在他身后，德格沃泰和别的战士护在她身边，一行人离开了村落。

他们走在河边的林中小路上，凯瑟琳尽量跟着队伍，他们不敢停下来。凯瑟琳的手还是被绑着，她望着走在前面的迈克尔，后背只系着一条"荷林"的带子，露出肌肉饱满的线条。他自信而轻盈地走在路上，她懊恼地比较着他的活力与自己糟糕的状况，只觉得自己由里到外十分丑陋。她怀疑他会否嫌弃自己，不再爱她，泪水模糊了她的视线，脚步也变得踉踉跄跄。

直到走出村子有好一段距离，迈克尔才让大家休息，第一次转过脸看她。他用小刀割开绳索，她吃惊地看到他泪流满面，夹杂着无法言说的表情，她看得出之前他一直是在硬撑着与村民周旋。最后，他伸出手，把她搂进怀里，越抱越紧。她看不见他的脸，但能感受到眼泪刷刷地滴落在她面颊上。

两人紧紧拥抱着，沉浸在两人的世界里。达尼战士开始交头接耳，这里还是敌人的领域，他们希望能尽快离开。迈克尔不情愿地松开凯瑟琳，带领大家穿过草原，进入安全的森林中，再往北前进。

一行人在一条山间小溪处歇息。溪边有一座瀑布，凯瑟琳走到瀑布下面，让水流冲走身上的污秽。当她碰到自己的身体时，全身不由地摇晃着，牙齿打着战，不敢看自己的身体。突然，一双手温柔地抚摩着她，帮她沐浴。她睁开眼睛，看到迈克尔正跪在水中，用手捧着水，洗去她身上的泥尘、精斑和血痂。她的身体颤抖着，迈克尔的手很温柔，但她在他的抚摸下身体打着冷战。他抬头望着她，眼里充满痛苦和忧虑。

"愿意向我倾诉吗？"他问道。

她艰难地吞咽着，转过头，泪水涌上眼睛，"我做不到。"她回答。

他没有再问她，当到达荷马泰普后，迈克尔把两只猪给了德格沃泰，不想保留这可能会勾起对威塔亚部落的回忆的东西。

当天下午，德格沃泰举行了柯拉萝的葬礼。由于她是女人，她的死没有图库姆的死那么重要，既没有隆重的仪式，也没有摆席。她的尸身被德格沃泰和图库姆的母亲火化，骨灰撒在大地上，骨头摆放在灵房里。

凯瑟琳精疲力竭地睡着了，到第二天才醒来。浑身火烫，体内的伤口感染发炎了。一周后，身体才恢复过来。她变得孤僻冷漠，对自己的工作全无兴趣，对迈克尔也非常冷淡。到了晚上，她蜷缩成一个球，睡觉时总是哭闹。迈克尔尽力服侍她，但他被自己的感情所困扰，对她的冷漠感到生气伤心，但又为自己的生气觉得内疚。他责怪自己为凯瑟琳带来了不幸，不知道是否她也因此而责备他。

对他来说，更难接受的是他感受到的耻辱。想到自己心爱的女人遭受的不幸，他会一阵阵恶心，有时甚至连看到她也会恶心，他厌恶自己的这种感觉。凯瑟琳看到他一星期没刮胡子了，眼睛格外炯炯有神。

"怎么了，迈克尔？"最后，她打破了两人间的沉默。

他坐在门口边，她看不清他的轮廓，但心里能看得很清楚。"我一直被那件事情折磨着，我不停地想象着你发生的事情，在我的脑海里不断变幻着发生的方式，我责怪自己——和你——但事情终究发生了。"

"那你希望我告诉你吗，迈克尔？"她机械地说道，"你想知道到底他们对我干了些什么吗？你不用再自己胡思乱想了，你会知道的。"

"好，不！不，我不想知道。我只想接受发生的事实，让它成为过去，我……"他艰难地吞咽着，轻声说："我看到你那时的样子，或许我无法理解。"

"如果我说我晕了过去，记不得了，不知道发生了什么事，你会不会觉得好受点？"

"我不知道。"

她转过脸，看着墙壁粗糙的表面，"到底是什么事困扰着你呢？"她的声音干涩而辛酸。

"你的无助，你的耻辱，这一切都似乎是发生在我身上——我无法接受，我很抱歉。"他把脸埋在自己手中。

"确实是发生在你身上，他们要伤害和羞辱的人是你，而不是我。"

他知道她说的是真的。

"听我说，迈克尔。我要告诉你一切，发生在我身上的事情。然后，不管怎样，我们得接受事实。"

她没有避开细节，用干涩酸楚的声音告诉了他一切的经过。当讲完后，她呆呆看着他，幽幽地哭着。迈克尔把她揽进怀中，失声痛哭。两人自她被绑架后，第一次睡在了一起。但当他亲吻她的脖子时，她全身僵硬，抽身离开他身边。他知道事情还没有结束，不是简单的坦白和宽恕就可以治愈创伤。他问过自己，他知道唯一可以让自己平静的办法只有一个：复仇。他不再生活在文明世界，有法庭、陪审团为自己讨回公道。在丛林世界里，只有原始的复仇欲望能实现正义。

"我准备杀了他。"有一天，他告诉了凯瑟琳。她陷入了沉默，凝视着他。

"为什么？"

"如果诺曼德还活着，我们就无法安心呆在山谷里。他不单单是为我们而来，还试图统治瓦里达尼部落。"

"但如果我们离开，他或许就不会骚扰山谷里的人，在此之前他没有这么做啊。"

"不，必须杀了他。如今我们被卷入了达尼人的生活之中——不再只是观察他们。我们得面对现实，凯瑟琳。我们不再是一支人类学家探险队，我们只是两个在这片土地上挣扎求生的常人。规则不再是我们的规则，但却是我们必须接受的规则。如果我不想被看成是'卡普'，那我就必须挑战并打败我的敌人。"

"你要杀了他吗？"

他没有回答，沉默表明了他的决心。

"求求你，迈克尔，不要。我们可以离开新几内亚，回到以前的世界，结婚生子。娶我，迈克尔。"她轻声哀求着，眼泪流了出来。

他绝望的神情告诉了她答案。

"不要把婚姻当作我对你的爱情的考验，请你明白。"他哀求道："你并没有失去什么，但我身边的亲人却会失去很多，值得这么做吗？"

她悲愤地哭喊着，"我知道你爱我！但你怎么能问值得这么做吗？"

"我的罪恶感会把一切毁灭的，我觉得这样子好一些：他们以为我死了，而不是我离开了他们。"

"迈克尔，他们得面对事实，你也得面对事实。"

"我有责任，我不能自私地抛弃他们。"

"如果你做不到，那由我来做吧。上帝，迈克尔，为什么你总是这样，你会毁了一切的。"

"改变还太早了。"他哀求道，"和我在一起——留在这。好好爱我，相信我，回去那个世界我们会被拆散的。"

"那我愿意当你的情妇，我不在乎，只要能离开这。"

"不行！"他愤怒而苦恼地回答，但很快恢复了平静，轻声说："不行。我不能那么做，我和母亲受够了那种生活，我爱你。我不能那么做。"

她没有争辩，她知道他说得对，谁愿意和另一个女人分享爱人，现在不行，永远不行。

"所以我得牺牲一切，是吗，迈克尔？放弃我的学业，放弃我的前途，呆在这里。"

"那些东西会让你快乐吗？它们曾经让你快乐吗？"他盯着她的眼睛，"我有过那些东西，还有点名气。"他的眼神专注而严肃，"但那些从未令我快乐，没有什么东西，直到我遇见了你。"他伸出手，温柔地按着她的肩膀："你在这里开心吗，凯瑟琳？"

"是的。"她轻声回答，"但那不可能长久。"

"我没有要求天长地久，只要一阵子——直到他们习惯了没有我的生活，找到别人取代我的位置。"

她看着他，心里知道卡拉永远找不到别人取代他的位置。有那么一会儿，她同情卡拉，但她马上不让自己想下去，现在不是同情情敌的时候。

迈克尔慢慢站起身，走到门口。身后的天空灰暗阴沉，犹如一块铅板。

"你真的要杀他吗？"她问道。

"是的。"他问她："你打算怎么让我埋葬我们之间的这件事？你要我怎么做？诚实地回答我，凯瑟琳！"他高声命令她。

她说不出话，看着他的背影，"杀了他！"她喃喃自语，"上帝啊，我要你杀了他。"她哭喊着，"我希望能亲手杀了他。"

迈克尔离开了"伊拜"。

"如果是他杀了你呢？"她嘶声喊着。

他没有回答，拿起长矛，向前走去。瓦里的战士正在开会，议论是否第二天早上发动进攻，他要让大伙都同意。

第 22 章

　　迈克尔站在小山丘上，看着身下的战场。达尼战士正分成两列，以整齐的阵势向下冲锋，身前挡着盾牌，高举着长矛，以无可抵御之势杀向敌营，后备军喊着口号，彼此仇视地盯着对方。诺曼德不在敌阵中，所以迈克尔只是观望着。

　　由于在中立的盐道地区所发生的事情，两族世仇结下了更多恩怨。双方都从各自友好的达尼部落借来援兵。在第一天的中午，两边各召集了 1,500 人左右的队伍，山谷最两端的达尼战士很快也会赶到。这场战斗不会在一天内结束，所以迈克尔并不因为诺曼德缺阵而着急。他观察着战斗，然后离开了战场。他相信到第二天能手刃仇敌。当天，瓦里达尼杀了 20 名威塔亚战士，自己也付出了一定代价。

　　当第二天出谷两边的 4,000 名战士列队布阵完毕后，诺曼德出现了。迈克尔几乎不用看便感觉到他的存在，他站在敌军阵前，迈克尔只觉得一种莫名的兴奋和解脱。诺曼德高大的身形和夸张的服饰与别的威塔亚战士和库苦库苦战士形成了鲜明的对比。他戴着华丽的黑食火鸡羽毛头饰，嵌着白鹭羽毛，用青绿色的毒蛇皮做底座头带；鼻子上穿着野猪獠牙，胸前戴着无数贝壳，小腿和足踝上缠着鲜艳的鹦鹉羽毛编成的带子，皮肤涂满了黑灰和猪油。他狂暴而凶残的外表曾令敌人闻风丧胆，为作战胜利起了不小的助力。诺曼德身上带着两支长矛。

　　诺曼德冷冷地看着迈克尔，他只穿着简单的"荷林"，身上只带着一支短矛，没有别的武器。他发出可怕的嚎叫，向迈克尔示威。第一队瓦里战士排成一排，也吼叫着回敬敌军的叫阵。一队威塔亚战士向前冲锋，战斗进入了白刃战。诺曼德留在山上，看着山下的战斗。战斗持续了20分钟，双方死伤累累，瓦里人击退了威塔亚人的进攻，欢欣鼓舞地叫嚷着。

　　在漫天黄沙中，迈克尔看到诺曼德突然露出狞笑，举起长矛，快步跑下小山，嘴里嚎叫着"哎——呀——"他的参战扭转了战局，正在往后退的200名威塔亚战士又精神抖擞向前进攻，几百名后备军也加入了战局。看到诺曼德加入了战斗，迈克尔也操起短矛，他的矛比达尼人的长矛短一些，更容易挥舞。诺曼德跑到了战场的一边，冲锋陷阵，迈克尔紧追不舍。

　　诺曼德惯使两把长矛，两支都是投掷用的。他会先投出一支，看清对方的回避方向，再补上一支，屡试不爽。迈克尔知道他的手段，为了战胜他，必须要比诺曼德想象的移动更快更灵活。

　　两人距离只有30英尺了，诺曼德顺着自己的冲势投出第一支长矛。迈克尔竭尽全力，向右闪开，眼角瞥见诺曼德投出了第二支长矛。第一支长矛只射中了土地，但第二支却射中了迈克尔的左边身体。他感觉到肌肉被撕裂，骨头被挫伤，长矛深深地刺入了身体中。当时并不怎么疼，但很快强烈的疼痛传遍整个身体，他扔下手中的短矛，跪在地上。双手扶着长矛的木杆。长矛扎得很深，但幸好没有刺中内脏。他大滴大滴地淌着汗，用尽全身力气把长矛拔了出来。诺曼德弯腰拾起第一支长矛，朝他身后走来。

　　汗水模糊了迈克尔的双眼，他喘息着摸到自己的短矛，挣扎着站了起来，眼里只看到左边身体涌流的鲜血。他想向前走，身体却不听指挥，转过身刚好看到诺曼德举着长矛，准备杀过来。迈克尔握紧手中的短矛，猛吸一口气，扔向诺曼德，由于冲力，身体向前扑倒，刚好躲过迎面而来的诺曼德的长矛，射进那滩鲜血里。迈克尔的短矛命中了目标，矛头向上斜插着，射中了"歌唱的种子"部位的大动脉，并穿入诺曼德的心脏。诺曼德蹒跚着走了几步，双手抓着短矛，似乎要把它拔出来。突然，他松开双手，仰头撕心裂肺地惨嚎着，盖过了周围战士的叫声，一头栽在地上，一动不动，死了。

　　威塔亚的阵线在战斗中冲过了他们身边，现在迈克尔陷入了敌人的包围中。在诺曼德死去的那一刻，迈克尔身边的战斗戛然而止，随着消息的传开，一种奇妙的寂静笼罩着战场。高举过顶的长矛突然间停在了空中，张开的大嘴也停止了吼叫，只有无数头饰上的羽毛在风中不停摇摆。

　　迈克尔挣扎着站了起来，手按着身上的伤口，不让血流出来。他踉跄着走过诺曼德的尸体。那支短矛折成了两截，但已经不要紧了，他不再需要用它。他环视着周围沉默的威塔亚战士，友军瓦里战士占据的小山看起来那么的遥远。他向前走了几步，汗水大滴大滴地从额头上流下来，刺痛了他的眼睛。威塔亚战士让出道给他通过，他步履艰难地走过沉默的敌军阵营，几乎连站都站不稳，紧咬着牙关，不让自己叫出来。大地在视线中一片模糊，好像一条狭窄扭曲的隧道，随时会消失。没有人过来，但他可以感受到周围战士们的紧张和犹豫。

　　他继续艰难前行，当走到一处无人的地方时，瓦里战士开始窃窃私语；他继续向前走，低语声开始变得响亮起来，当最后他走近瓦里战士的阵营时，周围爆发出雷鸣般的欢呼。德格沃泰跑了出来，搀扶着他，迈克尔无力地靠着他身上。另外两名瓦里战士跑了过来，一左一右搀扶着迈克尔，将他带到安全的地方。无数双手伸过来触摸他，他被扛了起来，在众人的肩膀上穿行。疼痛依然很剧烈，但胜利的狂喜几乎让他忘记了伤痛。他飘荡在欢乐笑脸的海洋中，周围是无数长矛的森林。当他来到小山的顶峰时，他发现周围的世界开始模糊，如果他失去意识，他就无法给自己做紧急救护，那严重的伤势肯定会要了他的命。

　　女人不许走近战场，但凯瑟琳偷偷地爬上一座小山，观察着战斗。她的心狂乱地跳动着，和别的达尼妇女感受到同样的喜悦和骄傲：他是一个伟大的战士，他是属于她的。她不安地看着他几乎被杀死，看着他慢慢地走回阵营，看着他最后的胜利时刻，被涌动的黑潮抛向空中。没有人会在那天继续战死——或许包括接下来的一段日子里。威塔亚战士和库苦库苦战士彻底丧失了斗志，勉强拼凑的联盟土崩瓦解。新的联盟最终还会形成，但需要时间，在此之前，山谷会保持和平。她明白他为什么要战斗，他的冒险是为了她，不单单是为了她或他复仇，而是为了留住她；他奋力作战，为的是两人可以留在新几内亚，在这里没有什么可以将他们分开——除了死亡。

恐惧给了凯瑟琳力量，她奋力挤进战士中间，迈克尔被四名战士扛着，身上的伤口盖上了叶子。她忍住泪水，检视着伤口。他醒了过来，牵着她的手。

"没事的，"他轻声安慰她："不是什么致命伤，只是伤到了肌肉和肋骨。"

她点了点头，但看到那被遮住的伤口，仍觉得很不安。他已经开始发烧，在这炎热的山区气候下，会很快感染，迅速发作。到了"席里"后，她让所有的达尼人都离开，怕他们会帮倒忙。她烧了开水，清洗了伤口，但不知道接下来该怎么做，迈克尔痛苦地沉睡着。

附近的小山上，正在举行一场"伊代"庆典。战士们身穿华丽的服饰，又唱又跳，庆贺胜利。女人们也穿上自己最好的服装，载歌载舞。凯瑟琳让图库姆的老祖母薇科照料睡着的迈克尔，她出去参加庆典。她戴上战士的头饰，在脸上和手臂上涂上灰，加入了男人中间。如果迈克尔不能去，那她就代他出席。她感受到周围舞动的身体的能量，她合上眼睛，忘记了周围的一切，只有音乐和身体的节奏。

她感受到自己正体验着迈克尔经历的事情，不再只是观察，而是亲身参与了原始生活。她意识到自己已融入了达尼人的生活。

回到"伊拜"，点上火时，迈克尔的眼睛还是紧闭着。照看迈克尔的老妇人从角落里爬了出来，如同一只蜘蛛，吓了凯瑟琳一跳。她一句话也没说，离开了小屋。凯瑟琳到屋外的小溪清洗身体，洗去汗水与灰烬。回到屋里时，她冷得瑟瑟发抖，赶紧披上长袍，坐在火边取暖。迈克尔的眼睛睁开了，达尼人的歌唱声和鼓点声在依稀的晨光中仍能听见。

"我去和他们跳舞了。"凯瑟琳说道，望着门外，"在你睡着的时候。"

"我知道。"

她惊奇地看着他。

"我看见你了，薇科搀着我到屋外看了一下。"

她紧张地看着他，"你不应该起床，伤口会流血的。"

"没事。"

她安静地坐了一会儿，倾听着歌唱。"我们不会离开这里。"最后她说道。

"如果你要走，我们就走。"

"不，"她回答，"我不想走，至少不是现在走，也许永远不会走，我不想和你分开。"

她在他眼里是那么妩媚动人，满脸绯红，眼睛闪烁着光亮，乌黑的长发披在长袍上，一只手拉住袍子的领口。

"凯瑟琳，我——"他说不下去。

"不，不要说。"她站起身，向他走来，"你不用解释什么，也不用给我承诺。"

他伸出手，牵着她，带到自己身边。另一只手把她的长袍扯到地板上，只剩下火光在她光洁的肌肤上跳动。他引导着她坐在他的膝盖上，自从那一次绑架以来，两人还没有亲热过，她一直没想过那么做。曾经那么轻松自然的事情如今却变得困难，充满了挫折和厌恶感。此刻，俩人彼此接近，犹豫着，觉得很尴尬。

当她的身体接触到他时，他颤缩了一下，伤口被牵动了，痛苦地喊了一声。她关切地伏起身，但他拉着她的手腕，让她坐下来。"不要走。"他那么大声地抗议着，吓到了她。

她撑着身体，让双臂承担大部分体重，以免压到他受伤的身体。他额头上冒出豆大的汗珠，拉着她靠在自己的胸膛上。她惊叫起来，怕自己压痛了他。他用力把她拉回来，吻着她的嘴唇，手指陷入她的肌肉中，似乎想把一部分痛苦转移到她身上。

"迈克尔，求求你。"她在他饥渴的嘴边喃喃说着："求求你，我不想伤到你。"泪水从她的脸颊滑落下来，打湿了他的双唇。她感受得到他沉重的喘息声，知道自己的身体压在他的腹部，带来很大的痛苦。但他的腰紧紧地贴着她的身体，溪谷热情地邀请他进入。他继续亲吻她，她的激情战胜了一切关心，一切记忆。她要他，想得到他。她热烈地回应着他的吻，回应着他抚摩全身的手指。她的手在他的身上游走，沉迷于肉体接触的欢娱中。

忍受住痛苦，迈克尔挺起身子，将欲望的尖端刺入她温暖潮湿的体内。他再也无力移动，腹部受伤的肌肉痛得受不了。她用手引导着他更加深入，直到最深邃的地方。折磨结束了，他睁开眼睛，看着她的脸。

"凯瑟琳……"在那名字中她听到了所有的爱意。

她把手放在他胸口上，俯身亲吻着他，享受着这甜蜜的平静。她屏住呼吸，似乎如过山车到了最高点，准备向下滑去。他看到她的表情，感受到她身体的转变，开始剧烈地摇摆。他拉着她的手，不顾身上伤口的剧痛，让自己只沉浸在与她身体的亲密接触中，他感觉自己的种子正被她慢慢吸去。他们紧紧搂抱着，享受着彼此传达给对方的高度的愉悦。

"迈克尔，我爱你。"她颤抖着耳语着。

收缩在快乐的顶峰变成了痉挛，轻柔地，贪婪地吸收着他温暖的琼浆，沉重的呼吸声弥漫着整个房间。

当一切结束后，她滑下他的身子，担心做爱让他的伤口更加严重。他气喘吁吁，痛苦地呻吟着，头用力靠着枕头。伤口又开始冒血，露出血肉模糊的缝隙。这一次鲜血是渗出来，而不是涌出来。他忍受了一会儿，开口说话时，眼睛都快要睁不开了。

"你得帮我消毒，凯瑟琳。"

"那你得告诉我怎么做。"她紧张得声音也在发颤。

她烧了火，把刀子架在上面，按照他的指示，将烧红的刀片横过张开的伤口。他惨叫一声，握紧拳头，脸上没有一丝血色。凯瑟琳的手哆嗦了一下，但仍握紧小刀，靠在他的伤口上，把嘴唇都咬破了，炙肉的声音和气味让她几乎昏了过去。当她把刀子移开时，伤口不见了，只剩下一道狰狞的血痕。迈克尔昏迷了过去，她扔开小刀，一头栽在地上，晕倒在黑暗中。

生活慢慢恢复正常，两人没再做爱，迈克尔仍在康复中。发烧了整整一周后，他开始能到园子里帮凯瑟琳干点活了，其实也帮不了什么，但有他在她就很满足。当她锄完草，收割完蔬菜，她拉着迈克尔坐在一块久远地壳巨变时从山壁上掉下来的大石上。巨大的雷雨云正在山谷东边聚合，朝他们而来，空气中充满湿气，闪电照亮了周围的黑暗。

她看着阴沉的天空，"当我看到这样的天空时，会想到大卫和卡尔、朱里尼以及别的死难者，我会觉得自己充满罪孽，因为我的快乐建立在他们的死亡之上。"

他拉着她的手，她转过头，感激地微笑着。

"你想过他们吗？"她问道。

他点点头。

"你的家人呢，迈克尔？"她的微笑消失了，仔细地看着他的眼睛，"你想念他们吗？"

他抓住她的手，又松了开来，似乎不知怎样回答。

"是的，我想念孩子们，我的父亲。他很需要我，我觉得自己像个逃兵，让他很失望。我也担心卡拉，她从来没自己独立过。"

来复枪很奇怪，凯瑟琳感觉到，当迈克尔谈到查尔斯爵士时，她总是感到威胁，比卡拉更甚，她也不知道为什么。从一开始，无论她对那个老男人多么着迷，她总是本能地把他当成潜在的敌人。

"你父亲对你有什么期望呢？"

"经营麦提亚，"他微笑着说，"获取利润，学术上获得尊敬，还有，最重要的，进入英国的贵族圈子。"

凯瑟琳很惊讶。

"噢，是的。"迈克尔解释说："尽管他热爱印尼，他毕竟是一个英国人。他对殖民主义的反对，加上声名狼藉的风流韵事，让严谨的乔治英王不肯册封他为伯爵。"查尔斯爵士杰出的学术成就与作为人道主义者的品行理应获得这个爵位，但老国王一直想平息爱德华七世，维多利亚的儿子与继承人留下的皇室丑闻。

"现在的乔治英王呢？"

"在他兄弟闹得沸沸扬扬的退位风波后更不会册封我父亲。"迈克尔拾起一块小石头，远远地扔开。"所以英格兰永远不会给予父亲应有的头衔，该死的王室。但我知道他很受打击，比他承认的还要重。"

"那他是要你得到他所不能得到的东西吗?"

"我猜是的,尽管他从未谈及这件事。"

"那你想要什么呢?为了你自己。"凯瑟琳问道。

"我最终才知道,我只想归隐山林,自在逍遥。我想父亲还不知道,更别说接受。"他看着她,眼神很疑惑,"我不知道你能否接受。"

"你已经是知名的人类学家,对你来说,谈论归隐山林自然比我们容易。"她生他的气——也气自己的野心。

"我知道我让你放弃了很多,那也深深地伤害了我,但不会太久的,你会得到那些名声与荣耀。至于我,我只想经营麦提亚,我想继续开拓,但不想再著书立说。名誉与金钱,它们给父亲带来了什么?"

"你的母亲,至少开头是这样。"

"或许吧,"他笑道,"但我想他更多是靠个人的魅力。"

"只是一部分,我肯定。名誉与头衔总能打动少女的心。"

"我想卡拉也是其中之一,尽管她不会承认,我想斯坦福家族的家世是使她接受我而不是接受她父母安排的重要原因。"

凯瑟琳看到他的脸变得严肃起来。

"如果我放弃了一切:头衔、麦提亚,一切东西,你会介意吗?"他问道。

她惊奇地看着他,"这是一场考验吗?我们中哪一个真心爱着真正的迈克尔吗?即使没有财富,没有前途?"

他心里一痛,因为她没有认真地回答他的问题,"那是因为我担心我会不能满足你,有一天你会离开我。"

"噢,迈克尔,"她怜惜地说,"对不起,我不是有意伤害你。"她搂住他,"我永远不会离开你。"

他母亲的话回响在耳旁,他挣脱她的手臂,站起身,拉着她的手。

"不要承诺任何诺言,"他粗暴地说道,"没有人可以承诺,从来就不知道以后会发生什么,会让你背叛诺言。"他的眼睛温和下来,"你现在爱我,那就够了。"

她衬衣上的纽扣都不见了,迈克尔的手指顺着大大的 V 字开口滑了进去。

"我们得开始找些树叶，"他说道，"这些破布撑不了多久。"

"那要紧吗?"

"到了我们要去的地方就要紧了。"

她惊奇地问："去哪? 我们?"

"我们不能和达尼人呆在一起，现在不行。诺曼德一死，库苦库苦人会回到东边，到澳属巴布亚那里去。但我在这里的出现会破坏这里的和平，即使没有了库苦库苦人，德格沃泰告诉我，每一个追求荣誉的战士都会找瓦里达尼的麻烦，挑战我，杀了我。达尼人不会叫我们离开，但为了他们，为了我们，我想我们得离开这里。"

"去哪儿呢?"

迈克尔朝身后的山峦点了点头，"北方，往卡斯腾兹峰那边。那里有森林、湖泊，没有人会过去，是禁忌之地。"

"为什么?"

"太冷吧，我猜的。"

凯瑟琳看着身上褴褛的衣服，"但爱情可不能当衣服穿。"她撇着嘴抗议着。

"别担心，我一直在那边打猎，晚上和早上是很冷，但阳光出来后还是挺暖和的。那里猎物更多，我们可以做毛皮大衣和靴子。"

"不会被冻僵吗?"

他哈哈大笑起来，抱着她，慢慢走回席里。

"我会先去那里，找一个地方，建一间小屋。"

"什么时候?"

"得尽快，今天下午。"

"但迈克尔，"她抗议道，"你的伤还没好呢。"

"我必须去，没事的，我会小心，不做任何危险的事情。"

"那你要去多久?"

"一周，或者十天。"

"那我和你一起去。"

"不行，我得一个人去。我不知道怎么说，但我想你去的时候，屋子已经建好，里面一应俱全。"

"为什么，迈克尔？"她笑着问，"那是你的筑巢本能吗？"

"或许吧。"他微笑着。

第一声惊雷在两人头上响起，俩人在一座小丘上停下，观察着即将而至的风暴。身边是整齐的菜园，如迷宫一般的灌溉沟渠边站着弯腰劳动的女人。即使在和平时刻，男人们仍守护着瞭望塔，不敢大意，但态度还是比平时放松了许多。迈克尔再一次看着这原始石器时代生活的一幕，似乎要把每个细节牢牢记住，将来可以回忆。

"世界的起源，"他大声说着："他们仍生活在地球的早期，"他紧紧抱住凯瑟琳，"被那么多未知的东西所惊吓。"他看着劳作的妇女，"或许原始男人最害怕的事物是和他生活的女人，害怕她吸走自己的力量，通过交配，吸取自己给予她的东西……害怕她以后使用巫术用这一力量伤害自己，……但尽管如此，他还是需要她，他的身体需要她。所以他不断地给予她宝贵的精华，尽管那样让他害怕，生气。他感到是她用魔法迫使他那么做，在最高潮的时候，他最无防备的时候……利用了他的弱点。在性交往中，没有爱情可言，只有忧虑，多么令人感伤的家庭生活。"

正说话间，雨势来到了菜园，还没离去的村民四散跑开，寻找避雨的树阴。

"难道我们真的在文明上比他们先进了一万年吗？"迈克尔自言自语："或许我们也有同样的恐惧，你带走了我的种子——用巫术伤害我？"

他看着迅速接近的风暴，尽管她一开始只是笑着他的话，但她看到他脸上的表情是真实而严肃的。风正开始刮起，灰色的云墙锁住了整个山谷，天气骤然变冷。一束闪电击中了河边的一棵树冠，击毁了它。雨越下越大，越下越冷，俩人冒雨回到家中。迈克尔整理好来复枪与行囊，雨停后他动身出发，追逐着云的痕迹，进入群山中。

三周后他回来了，站在门口对她咧嘴一笑，吓到了她。他胡子拉碴，头发凌乱，对自己的外表深感歉意："我一直赶路回来，所以根本没时间打扮。"

　　他去洗澡刮脸，凯瑟琳则收拾东西：小刀、砍刀、水瓢、毛毡等等。俩人带了种子，把猪留给了德格沃泰，在那里不需要养猪，因为湖边有许多石鱼，可以随时捕猎。俩人同村民告别，德格沃泰和几个村民一直送他们到盐池边。走到当初被绑架的地方时，凯瑟琳还是忍不住瑟瑟发抖，迈克尔紧紧搂着她的肩膀，安慰她。她终于走了过去。

　　俩人告别了村民，走向达尼人从未去过的地方，离开了山谷。树木变了个样子，长得更粗壮高大，森林的小鸟代替了草原的小鸟。然后，树木又开始瘦小，最后仅有低矮的灌木丛长在岩石的表面上。积雪覆盖了一切，使攀登的路变得陡峭而湿滑。俩人艰难地朝着如同把守着达尼山谷的两扇石灰岩峭壁前进。在下面，山路突然间中断了，似乎标志着地球的尽头。但当俩人到达峭壁之间的时候，一切只是开始，并非结束。大约 1,000 英尺下是一个黑色的湖泊，又长又深，由冰川的融雪汇成小溪再积蓄而成。在遥远的另一端，黑水被高高的茅草和粉红的杜鹃花隔断，草地被一片茂密的针叶松和橡树林包围着，一直沿着山坡蔓延到积雪皑皑的山顶。在最远的一端，湖泊收窄，几乎落入世界的边缘，融雪、雨水源源不断地漫过去，形成一座巨大的瀑布飞落到下面的河流中。

　　阳光下一间坚固的小木屋伫立在森林与湖泊之间。在石灰岩山架上，紫色的群山层峦叠嶂，冰川缭绕的卡斯腾兹峰耸立在最高处，威严、神秘而堂皇，俯瞰着新几内亚。凯瑟琳一句话也说不出来，目瞪口呆地看着那未经玷污的壮丽奇景。迈克尔看到她的反应，得意地笑起来，对自己和自己的努力成果非常满意。

　　"太美了……"

　　"走吧，"他说道。拉着她的手，引领她顺着碎石小道，往湖边走去。

　　到了小屋，放置好行李后，太阳正开始下山，消失在湖边的瀑布之后，给万物抹上了一层金黄的光辉。俩人坐在草地上，望着夕阳，披着毛毯，抵御渐生的寒意。

　　"如果能有几只小鸡，湖边养几条鱼，那一切就完美了。"迈克尔微笑着。

　　"再种上一棵柠檬树给鱼调味。"凯瑟琳补充说。

"如果不是把猪给了人，那我们还可以吃上烤肉加煎蛋呢。"

"别忘了种葡萄酿酒。"

"如果种了柠檬，我们就得种上茶。"

"那就是一个世外桃源了哦。"

"如果能再每年看一次皇家芭蕾巡回演出……"

"还有杜布克乐团，他们到处表演。"

"还有'上将'，"迈克尔补充道："它会爱上这里，没有东西会停住它的脚步，我们可以骑着它自由驰骋。"

俩人停住了，"真有趣，"凯瑟琳说："我并不怀念多少东西。"

迈克尔的手合上她的手，巨大的橘黄色的落日降到了西边的尽头。凯瑟琳瞅着黑漆漆的湖泊正慢慢把太阳吞没。

"我们给湖命名为'哈梭'湖，以埃及的天空女神为名。她每晚吞没太阳，到第二天早上又给予它新生。"她说道。

迈克尔没再看着天空，拉开盖在俩人身上的毛毯，钻了进去。他侧着身，亲吻着凯瑟琳的双唇，又亲吻她的眼睑。她闭着眼睛，恐惧地在自己的反应中搜寻着疑惑——或犹豫，很幸运，那些感觉已不见了。她的手缠着他的脖子，紧紧地吻着他的嘴，身体热切地弓着，迎合他的身体。她吻着他的脸，他的胸，既气恼，又兴奋，衣服阻隔了俩人的接触。

她不耐烦地往下摸，想解开他的短裤，让他温柔地拉下自己的裤子。她颤抖着手指拉着拉链，怎么拉也拉不开，最后终于解开了。她感觉到他的身体获得自由，触碰着自己的身体。她那么热烈地盼望着他，似乎自己的激情流入了地面，流入了湖泊，流入了天空。还没进入身体，她已到达了高潮。

他用力抱紧她，埋在她丝绸般的长发中，嘴唇下光滑的肌肤，火热的身体和湿润的谷地告诉着他她是多么需要他。他知道这会是他美妙的天堂，心里却泛起一阵无以名状的忧伤，他的激情进入了她的身体。太阳下山了，准备在黑色的湖泊里安息，第二天再升起。

俩人在星夜下缠绵，直到天亮。除了德格沃泰有时会来探访，没有人打扰他们。德格沃泰以前一直过着流浪生涯，禁地对他没有什么可怕的含义。

现在他的家庭小了很多，"席里"空空荡荡，他正打算再娶一门媳妇。波卡特，他姐姐的儿子，从远方的村子过来和他住。德格沃泰过继了他，波卡特将继承他的圣石。有时，小男孩会同他一起来探访凯瑟琳和迈克尔。他才 10 岁，是个安静的孩子，看到迈克尔的金发灰眸，俩人总会惊奇地睁大眼睛。

时间对俩人失去了意义。一切，包括四季，似乎没有改变。那是 1940 年 11 月，俩人都没有意识到，这一时间对世界的其他地方意味着什么。

第 *23* 章

大峡谷，1940 年 11 月

起初那就像蚊虫的嗡嗡声，在她的意识周围打转，慢慢地声音有如湖边草丛里盘旋的蜜蜂。以后，她一直责问自己为什么当时只是站在那里，不肯相信自己的耳朵；为什么自己没有跑开，跑去找那天早晨去打猎的迈克尔；为什么自己不躲进山里的森林中？但当时她没有跑开，而是呆呆地站在那儿，看着飞机在山间低飞，挥舞着机翼，绕着湖的远端降落。机身碰到湖的表面，激起高高的水花，遮住了飞机的轮廓，令她疑心是否湖水吞没了它；但飞机又出现了，朝她驶来。

文明降临了雪山，经过了一年多，他们就要被带出天堂。飞机在近岸浅水边抛锚，放下一艘救生筏。4 个人影从机身中走出，挤进了小筏，飞机的引擎推动的波浪摇晃着小筏。凯瑟琳认出远处一个苗条的年轻女性的人影，金发飘飘。卡拉，凯瑟琳肯定是她。小船驶近，她认出了查尔斯爵士，另外两人她没有认出来。其中一个向她招手喊着什么，但她什么也没听见，也没有回应。再靠近岸边，芦苇丛使他们不得不爬出小筏，涉水上岸。

迈克尔从树林中出现，他看见了飞机飞近，但他没有看小船和乘客一眼。专注地看着不远处的凯瑟琳，她永远不会忘记他脸上的表情，痛苦地谴责她那么轻易地让俩人被发现。

　　救生队欢天喜地地围着他们，拍着迈克尔的背，拥抱着他，触摸着他，庆祝他还真的活着。很明显，他们来的目的是为了迈克尔，并没有想到会找到凯瑟琳，因此，没人知道该怎么跟她打招呼，在欢乐中一时忘了她的存在。迈克尔回答着他们的问题，但眼睛一直看着凯瑟琳。她孤独地站在一边，当俩人的目光相遇时，她喃喃地念着他的名字，眼神里尽是哀求，他的表情却是愤怒而痛苦。两人根本没有机会单独相处，或者说几句话，就被簇拥着进了飞机。迈克尔和他父亲进了驾驶舱，另一个陌生人，从莫尔兹比港来的澳大利亚军官，凯瑟琳、卡拉和另一个荷兰迪亚的官员坐在舱内。几句客套的寒暄之后，凯瑟琳再没和别人搭话。

　　飞机起飞，凯瑟琳出神地盯着窗外，看着下面的湖泊变成池塘，木屋成了玩具屋。半小时内，她最快乐的世界成为了回忆，两人却没有抗议。她听着卡拉和那荷兰人交流着欧战的最新消息：欧洲、非洲、中国，整个世界陷入疯狂。从对话中她震惊地得悉朱里尼也逃脱了奥马德赛暴动的屠杀，活了下来；她没有随救生队飞来，留在麦提亚。凯瑟琳与迈克尔一直以为他们是探险队仅有的幸存者，凯瑟琳无法想象自己仍要和朱里尼见面。现在的朱里尼不再是凯瑟琳以前熟悉的朱里尼，在新几内亚，迈克尔的告白让她了解了朱里尼的真面目。

　　在飞往澳属新几内亚的途中，凯瑟琳感到卡拉正盯着自己，眼神冰冷而好奇。但当凯瑟琳转过头时，卡拉避开了她的眼睛，看着分开了她与迈克尔的驾驶舱门。

　　他们的目的地是莫尔咖啡种植园，在莫尔兹比港西边，是澳属巴布亚的领地。莫尔家族是查尔斯爵士的朋友，凯瑟琳知道，在这种情形下，即使和他们只呆一晚上也会很尴尬。于是，当那个荷兰人提到她肯定很挂念家人，问她是否愿意和他与那位澳大利亚官员到莫尔兹比港去，向家人致电报平安时，她接受了建议。

　　傍晚时飞机到达莫尔咖啡庄园，巴布亚当地的仆人前来迎接他们，根本没有机会在拥挤的甲板上和迈克尔单独说话。飞机再加油后会马上起飞，卡拉站在迈克尔身边，在暮色中，凯瑟琳看不清他的脸，只是告诉他她准备去莫尔兹比港。他没有拒绝，但回答时声音很压抑低沉。

"我知道你想尽快和家人联系，我会到莫尔兹比港见你。"

剩下的路程只有一个半小时的飞行，凯瑟琳很惊讶查尔斯爵士已通知了美国领事馆。副领事到码头迎接她，他是一个年轻人，大学刚毕业，穿着一套白西装。他解释说领事由于公务繁忙走不开，"一场外事盛宴正在举行"。凯瑟琳并不想和他交谈，没有回应。副领事没有汽车，两人步行到酒店。他为她敬烟，她摇了摇头。

"这种盛事很少有，"他遗憾地补充了一句，挂念着他不想离开的宴席，"事实上，这里没什么大事发生，只有防务会议，这些天来就谈这个。"

酒店是简单的两层楼建筑，周围是一圈阳台。副领事带着凯瑟琳来到预定的房间，告诉她明早大使馆会派人帮她联系归家事宜。

"我可以想象你迫切想离开这里的心情。"副领事同情地说。

当他走后，凯瑟琳总算能从好奇的眼睛中摆脱出来，不再需要假装疲劳、害怕。她靠在床头冷冷的金属花边上，看着天花板上的灯泡。一年来，只有炊火的余烬给夜晚照明，灯泡的光太明亮、太刺眼了。

"迈克尔，"她低语着，合上眼睛，"我们会有怎样的命运呢？"

查尔斯爵士的手搭在儿子的肩膀上，带着他走下大厅，到莫尔家的书房。一个白衣巴布亚男童准备着服侍两人独自进餐。壁炉的火焰驱走了夜晚的寒意。

"我刚才给巴塔维亚发了电报，"查尔斯爵士说道："告诉玛吉特和伯纳德你的平安。玛吉特向你致意，伯纳德明天会飞去莫尔兹比港。"查尔斯看到迈克尔脸上的不悦："我知道你不喜欢伯纳德，但他对如何应付传媒很有一套。由于凯瑟琳和卡拉的缘故，我想不能向报纸透露太多。搜寻的消息已经公开，当明天到达莫尔兹比港的时候，会有许多记者采访，凯瑟琳不应该在那里。"

查尔斯爵士坐在桌边，几乎没怎么吃盘中的食物，只是看着以为死了一年的好儿子。

两人沉默地对视着，火光映衬着唯一的灯光，房间里别的角落都隐藏在黑影中。迈克尔等着，但父亲一直保持沉默，最后，迈克尔开了口：

"我想你带我到这是为了说点家事，不能等到明天再说的家事吧。"

查尔斯爵士轻轻微笑着，"那好，迈克尔，我们都很累，准备睡觉，那我就提了，"他顿了一顿，"似乎是一个挺傻的问题，但我不知道该怎么问，你是否跟凯瑟琳·摩根小姐在一起？"

迈克尔的灰色眼眸突然变得迷离恍惚："如果那是你的问题，我爱她。"他不再说什么，等着父亲继续说下去。

"那你打算怎么办？"

迈克尔长叹了一口气，靠在椅背上，推开面前摆放碗碟的小桌子。

"我想和她在一起，"他停了停，喝了口酒，继续说道："我要和她结婚。"他看到父亲的脸绷了起来。

"你知道，那意味着放弃你的孩子，或许再也见不到他们。"

"卡拉不会那么做。"

"起初可能不会，但离婚后她会回巴塔维亚和家人一块住。范·胡斯顿是固执的加尔文教徒——坚决反对离婚。他们会让你和你的女儿断绝关系，不许你探望她们。是荷兰人，而不是英国人，统治着这片土地。法庭会同情范·胡斯顿，英国法庭帮不上你的忙。"

迈克尔慢慢抿着酒杯里的酒，又放回杯子。他知道查尔斯爵士所言非虚，卡拉不会接受离婚，除了她的家庭会施加的压力外，卡拉自己最后也会因痛苦而不让他见孩子。他心烦意乱，盯着炉火，这不是一个新的想法，从一开始，他就知道自己要付出的代价，更令他痛苦的是女儿和卡拉要付出的代价。他合上眼睛，痛苦地思索着，又睁开眼睛。

"我不能没有凯瑟琳。"他固执地说。

查尔斯爵士站起身，拍拍儿子的肩膀。

"别匆匆忙忙做任何决定，迈克尔。好好考虑如何解决问题，毕竟，你离开了卡拉——这个世界一年了。"

迈克尔依然盯着火光，没有回头，说道："那并非在新几内亚开始的，父亲。自从在麦提亚见面开始，我已爱上了凯瑟琳。我试过放弃，但做不到。我不需要时间了解我的感情。"

"那花点时间想想怎么解决事情吧。"

迈克尔合上眼睛，正如他预料的，父亲反对离婚。许多年前，面临同样的情形，查尔斯选择了责任和忠诚，他也希望迈克尔这么做。

查尔斯爵士继续说道："我认为除非你认认真真把事情想清楚，否则对卡拉或凯瑟琳都不公平。你欠我们的，迈克尔，"查尔斯爵士严肃地说："尤其是卡拉。"

"那我又欠凯瑟琳什么？"迈克尔问道。

"你不能随便对她许下任何承诺。如果你不出现，凯瑟琳会回美国完成学业，她会在人类学有一番作为。"查尔斯爵士的脑海中冒出另一个念头：或许自己让儿子放弃了太多。他回绝了这一念头，他正为迈克尔的幸福而努力，"让她走，迈克尔，至少是现在。"

迈克尔没有回答。

"我想我们最好睡一觉。"查尔斯爵士温和地说道。对两人而言，这确实是痛苦的交谈。

迈克尔没有起身，他喝完杯中的酒，又倒了一杯。他知道父亲的反对不单单是因为刚才提及的原因。英国的教会强烈反对离婚，尽管父亲没有说，离婚可能会让迈克尔失去皇室的支持，他的英国表亲可以拿迈克尔品行的不忠为借口，抢走他的继承权。那对他要紧吗？不，但会让父亲伤心。他的喉咙一阵哽咽，酒精也无法麻醉。他想逃脱爱着他的人对他的期望，但那样会深深地伤害他们。

查尔斯爵士看到儿子脸上的表情，同情地搂着他的肩膀："对不起，迈克尔，"他平静地说："或许你希望我们从未找到你。"

眼泪一下子涌入迈克尔的眼睛，他不在乎父亲是否看见。他想到了湖泊，很难想象早上他还在那里，自由而快乐。他没有意识到父亲正安慰着自己。

看到迈克尔的神情，查尔斯爵士收回了手。直到现在他才准备提解决问题的办法，找一个情妇。他甚至告诉自己，一个独立、坚强如凯瑟琳的女性，会更喜欢自由而没有约束的关系。卡拉如果知道，也许也会接受。

"没有人要求你完全放弃凯瑟琳，迈克尔。"查尔斯爵士最后说："只要你不和她结婚——"

"不行！"迈克尔大声打断了他的话，举起手示意父亲不要再说下去。

查尔斯不再说话，两个男人互相看着对方，沉默无言。最后，迈克尔放下了酒杯。

"我要去参军，"他回头对查尔斯爵士说："这是我的决定。我知道战争正在进行，我很快会报名服役。谁也无法预料会发生什么事情。"没等父亲回答，他离开了房间，查尔斯爵士第一次伤心地意识到，父子俩开始渐渐疏远。

第 *24* 章

　　凯瑟琳独自坐在莫尔兹比港酒店的房间里，等着伯纳德，没吃完的午餐正慢慢变冷。她的眼睛由于两晚没睡好，眼圈周围是浓浓的黑影。房间里一无长物，除了两天前在匆忙中带走的笔记本外再没有她的东西。笔记用一个棕黄色的纸袋草草包裹着，身上的衣服是借来的，几件简单的行装也是。她感觉每个人都在强调她在这里一无所有的事实，特别是不能拥有迈克尔，他也只是暂借的。

　　除了去了两趟美国大使馆和昨晚在楼下吃晚餐外，她一直独自呆在莫尔兹比港酒店。她觉得自己像个叛国的罪犯，等着午饭后由家庭成员伯纳德宣布判决。她不清楚自己的判决会是什么，但大致可以从昨晚与伯纳德的短暂见面中猜测出来。斯坦福家族正感觉受到了攻击，把自己想象成一个可怕的敌人。凯瑟琳挤出一丝微笑，她现在什么也感觉不到，除了……上帝啊，她爱着他。

　　与此同时，伯纳德，正顺着狭窄的走廊朝凯瑟琳的房间走来。他穿着无可挑剔的白西装、白皮靴，被楼梯弄得气喘吁吁，大汗淋漓，在心里想着麻烦的探访的事情。当玛吉特嫁给他的时候，伯纳德还挺英俊倜傥。尽管昔日的样子还依稀可辨，如今他已肥胖臃肿，天生苍白的脸上泛着不健康的血红色红晕，像死尸一样浮肿，喝了太多的杜松子酒的恶果正开始慢慢显现出来。

　　伯纳德娶玛吉特时，他一心只想着和财富、地位联姻（他是一个充满野

189

心和欲望的年轻殖民地官员），他又怎么能知道会遇到一个政治上非常激进的小舅子？那时迈克尔还在上学读书。想到玛吉特的兄弟，伯纳德厌恶地皱了皱鼻子，除了迈克尔，谁会和一个漂亮的美国女人流浪于新几内亚荒原？伯纳德的眉心渗着汗水，新闻传媒如果得知这件事，那他们就有的乐了。想到一个杂志记者差点就要跟救援队一同前去新几内亚，到最后出发前才临时取消行程，伯纳德暗暗感谢上帝。

想到自己的尴尬处境，伯纳德不禁对凯瑟琳大为恼火。似乎她一心逃出阿斯玛特大屠杀，目的就是为了给他制造麻烦。他如此自我陶醉，以至于他还以为大自然也是故意和自己作对。他来到凯瑟琳的房间，停在门口外，抹了抹眉毛，整理了一下衣服，才敲了敲门。在昨晚的短暂会面中，他发现凯瑟琳是一个自大、傲慢、自命不凡的小女子。凯瑟琳打开房门，打断了他的思绪。什么也没说，她让开了道，让他进了房间。他注意到她眼睛下的黑圈，又迅速瞥了一眼布置简单的房间。

"我希望你睡得还好。"他略带讥诮地说道，没有等她回答，走到窗口边，转过身面对着房里。

"查尔斯爵士为你买好了机票，从新加坡飞到三藩市。飞机会在马尼拉加油，你会赶上的。明天早上会有飞机从莫尔兹比港到马尼拉。"

她深深地吸了口气，"是不是太仓促了？而且，等美国大使馆安排好行程，我自己会付钱搭机的。"

"得尽快行事，如果新闻媒体知道了这件事，对大家都会造成麻烦，包括你。"

"但查尔斯爵士说迈克尔会过来召开记者招待会。"

"计划已经有变，我安排了荷兰领事宣布救生的结果，并会公布若干细节，但不会谈到你。迈克尔的缺席可以推说他很累，需要医疗观察。不用说，我们不想和丑闻扯上任何关系。"

凯瑟琳从床边站起来，慢慢走到伯纳德面前，"我不会马上走，我要见迈克尔！我要知道他想怎么办！"

"迈克尔马上会去参军服兵役。"

　　凯瑟琳难以置信地看着伯纳德，她知道英国正在打仗，但她怎么也没想到迈克尔会卷入战争。直到现在，战争还是那么虚幻。

　　"你肯定不会想到这些，摩根小姐。欧洲陷入了纳粹的掌握，英国正在努力求存，而你们美国人却袖手旁观。"他停了停，端详着她，"我不喜欢美国人，摩根小姐。引用你们的梅尔维尔的名言，我认为你们'贪得无厌、毫无原则、残酷无情，徒有文明的外表，内心却野蛮冷漠'。告诉我，摩根小姐，在你身上能找到那些特征吗？"早前他发现凯瑟琳很蔑视自己，如今，他找到了机会报复一番。

　　"什么兵役……在哪服役？"她问道。

　　"肯定不会是荷兰军队，应该是英国海军。斯坦福家族自从尼尔逊将军时代起，就在海军服役。查尔斯爵士本人接受了皇家海军的任命，在一战时服役作为海军军官作战。迈克尔应该也会选择海军服役。"

　　凯瑟琳平静了下来，"那不要紧，迈克尔和我有事情商量，我会等他来和他说。"

　　"事实上，他下午会到莫尔兹比港的酒店来。他让我告诉你他在你走之前有话跟你说。"

　　"他知道我要走？"

　　伯纳德点了点头。

　　肯定的回答给了凯瑟琳闷头一棍，"我自己都不知道，他怎么会知道呢？"她气恼地责问，眼光里闪着怨恨的火花，"斯坦福家族会怎样回报我，伯纳德？不说出整件事，我能得到什么好处？"

　　他不急不慢，颇为得意地说："让这件事保密对你和我们都有好处，你能保证自己的名誉清白。"

　　"那也就是说，我还能称自己为'处女'？你们设想得倒挺周到啊。"

　　"你的童贞与我毫不相干，摩根小姐。"

　　"但伯纳德你了解我们女人，我们总是不那么理性。如果我认为复仇比我的名誉更重要呢？"

　　"你并不是那种女人。"他冷冷地说。

他拿出机票和出境签证，放在梳妆台上，穿过房间。

"除非见到迈克尔，我是不会走的。"她喊道，"除非我亲耳听到他让我离开，我不在乎你或查尔斯爵士或别的其他人的话！"

他打开房门，转过身，"那么，我亲爱的小姐，你会得偿所愿，那会是你将听到的。"他关上了房门。

"该死的！"刚才强忍的眼泪涌入她的眼眶，"该死！"

她盯着房门，心里痛苦地想着，判决终于下来了。惩罚就是放逐。但不会这么结束，不能这么结束，不能这么轻易就结束。他怎么能让她离开呢？他爱她。

伯纳德在酒店大堂里买了份报纸，拿出烟斗，仔细地装入最喜欢的日本烟草，然后离开酒店，走进在入口处等候他的轿车。他坐进自己的位置，打开报纸，满足地吞云吐雾。醒目的战争消息占据了几乎整个头版，突然，烟斗从嘴里滑落下来，嘴里嘟囔着，在头版的小小通讯位置，是一段标题："著名人类学家查尔斯·斯坦福爵士爱子于新几内亚获救。"

"上帝啊！"伯纳德喃喃自语着，迅速瞄着文章，"……失踪了一年之久，传闻已死于阿斯玛特叛乱……同时获救的还有另一位探险队成员，凯瑟琳·摩根，哥伦比亚大学博士研究生，哥大也赞助了此次行动。"

他的手开始颤得厉害，事情传开了。记者招待会不用召开了。谁会泄露消息？或许是巴塔维亚英国领事馆的一个当地秘书，给点钱什么都会说——所有人都这样。新闻通讯接下来会对故事大肆渲染，斯坦福家族只能取消所有访问，希望一切能早日平息。现在，得赶快把那个摩根送走。

他拿出手帕，擦拭着眉头，"上帝，真是糟透了。"他感激战争，那些消息还会继续占据头条。

稍后，凯瑟琳也看到了同样的报道，心里刺痛着，她和伯纳德一样不希望消息传到报纸那。她刚到莫尔兹比港，就打了电报给父母，为了不让他们知道自己和一个已婚男人在外流浪了一年，她没有提到迈克尔。她的父母回了封电报，表达了自己的喜悦，又命令她马上回芝加哥，过平静优容的生活。当然，那意味着和合适的男人如大卫结婚。

现在却冒出这么一则难堪的新闻，对她之前的处境进行了描述。文章出现在一个小框里，同时还有 1940 年 10 月英国受德国轰炸平民死伤的人数：6334 人被杀，8695 人受伤。在新闻旁边是罗斯福总统在第三任总统竞选时的发言："我曾经说过，并在此再次重申，美国将不会介入任何外国的战争中。"

凯瑟琳没有在酒店等斯坦福家族的人来，她去了莫尔兹比港空旷的海滩散步，穿着宽松齐踝的毛里长裙。酒店老板的太太去新西兰度假买来的，它是这位胖胖的太太唯一能给她的衣服。她没有穿鞋，但在巴布亚轻松的气氛里，没什么要紧。她走了好几个小时，直到夕阳西下，自己的怒气消失。在酒店的大厅里，没有消息给她。但服务员告诉她三位斯坦福家族的人 3 小时前登记入住。

她在自己的房间门口停住脚步，门没有锁。她没有什么东西可偷，她只希望他在里面，在打开门时，他正等着她。但他并没有在里面。她略感到失望，但并不惊讶。他不会过来，在卡拉也在酒店的情况下这么做，但她相信他不会在酒店里和卡拉过夜。她回到前台，服务员告诉她，"年轻的斯坦福少爷"在酒店大堂的尽头订了一个房间。她来到二楼，在房门下边透出一丝光亮。她把手放在门把上，犹豫着，不知道自己会不会撞见卡拉和他在一起。她又产生了新的疑惑，即使他是一个人，他或许不想见她。在她的脑海中，这些天来，他成了陌生人，她无法再预测到他的思想和行动。她深深地吸了口气，打开房门。他躺在床上，只穿着一条裤子，手枕在脑后。看到她走进房间，站在床前，他一句话也没说，但眼神里充满了痛苦。她知道他的家庭胜利了，他伸出手，从头上脱下她的长裙，把她拉到身边，用身体压住她，嘴对着嘴。

在旁边的房间，卡拉躺在床上，但没睡着。她早早上了床，没别的事可做。至少她和迈克尔共有着一堵墙，卡拉悲哀地想着。她听到他的房门打开，停了一停，又轻轻地关上。他说过不会去找凯瑟琳，她相信他。为什么她没想到凯瑟琳会过去？因为她自己不能过去？在这种情形下她真的认为他会拒绝凯瑟琳？是的，她以为。

她听到隔壁的床因为承受了两人的重压发出的轻微抗议声。卡拉的心怦怦直跳，不！她根本不能想象这种事会发生。她的身体在颤抖，只想远远逃开，但她动不了。听到墙那边的声响，她的气息开始短促激烈。那边的声音由轻柔变得急促，变得更有韵律。

卡拉睁大着眼睛，盯着天花板，陷入了噩梦之中。为什么自己不冲进去制止他们？去表明一个被背叛的妻子的立场？轻柔的摇晃声突然终止了，代之的是两人的喘息声和肉体的摩擦声，那么露骨。卡拉苍白的脸泛起了红晕，声音最后平息下来。她能想象出两人的身体纠缠的情形，她想哭，却哭不出声，一夜未眠。

到莫尔兹比港机场的路程几乎难以忍受。美国大使馆给凯瑟琳派了辆车，一辆老旧笨重的轿车和司机。迈克尔和她在一起，她没想到他会来。他只是在酒店大厅匆匆露了一面，那时她正准备动身离开。她穿着一条简洁的洋裙，美国领事的夫人给她买的。天气很闷热，她把头发在头上胡乱扎了一下，虽不整洁，却别有一番风情。看到她一个人在大厅，迈克尔注意到她头发流露出的主人的心情，既无助，又饱具攻击性。一句话也没说，他拉着她的手，带她走到等候的汽车里，坐在她身边，留下可怜的伯纳德，还在外面像个保镖般等候，得自己找交通工具。

"我想告诉你，我准备加入美国海军，昨晚没有告诉你。"

她只是看着前方，没有回答。

他继续说道："我会被派到西海岸接受士官训练，然后于圣体节参加教会仪式。"像他这样的老练的飞行驾驶员军队会十分重视，通常会有特别任务安排，接受过简单的飞行训练后就可以加入某支飞行中队。他从上衣口袋里掏出一张纸，"这是我的地址。"

她打开来，阅读了一遍，又折好，一句话也没说。上面是海军舰队的地址，先寄到中央邮政，再由那儿分类送到海军将士手中。她悲愤地想着，这就是两人亲密程度的象征，多么方便的躲避债主和旧女友的方式。

似乎看出了她的心思，他抱歉地说道："我无法注明详细的地址，我不知道到底我在哪驻扎。即使我知道，为了安全的原因，所有的军队邮件都是这么处置。"

她还是不说话，也没看他。他很担心她的反应，又不知道如何开口，只是静静地看着窗外，盯着车辆穿梭的街道，却什么也看不进。司机的在场令交谈显得很困难，凯瑟琳瞥了一眼迈克尔，他似乎沉浸在街景中。他穿着白色棉布裤子，崭新的帆布鞋，没穿袜子，身上是一件海军蓝衬衣。早晨他理了发，头发比以前短了一些，看上去健康、整洁而英挺。突然，他看起来像个陌生人，她不知道他为什么要来。似乎为了证明他真的在那里，她伸出手，放在他大腿上，手指顺着裤子的褶缝往上摸。突然间，他坐得笔直，她放平了自己的手掌，摸着他的大腿。他的肌肉绷得紧紧的，但没有看她。在她的动作中没有爱意，只有愤怒，他心里清楚。

他没有拿开她的手，她知道只要她高兴，他不会阻止她。但他的眼睛转了过来，哀求她不要再继续下去。她移开手，转过头看着车外的风景。

"我希望你没有来。"她猛地说了一句，仍看着窗外。

"我现在知道我不该来，对不起。"他的声音快快不乐。

她想大声哭出来，她还没有哭，她不能这么做，尤其是现在，在迈克尔面前。她松了口气，看到他们已经到了机场。汽车驶进了尘土飞扬的道路，往一间单房的小屋驶去，那里就是临时的机场了。美国领事和夫人前来送行，他们看到迈克尔在酒店外，于是安排了另一辆车。伯纳德不久也到了，钻出的士时，不安地左右张望，看是否有记者在场。除了乘客和送行者，似乎没有其他人在场。

伯纳德松了口气，但仍不敢大意，他跑进机场，呈出凯瑟琳的机票，在名单上检查她的名字。他不相信任何人，自己亲自安排了一切。检完票后，他走出门口，看到迈克尔和凯瑟琳正与美国领事和夫人交谈。他暗自诅咒迈克尔为什么要来送行。助理机师从飞机处走来，通知乘客可以开始登机。伯纳德警惕地看到迈克尔把凯瑟琳拉到一边。

凯瑟琳注视着迈克尔，知道自己也许再也见不到他。她怎么能放弃他？以后没有他的日子又该如何度过？但很快她平静了下来，她从前也曾失去过他。那么她应该可以再次承受他的离去。他拉着她的手，想告诉她什么，猛然间，他把头埋进她的长发里。

"我爱你。"他低声说,"胜过世间一切。我会一直爱你,没有别人,不论发生什么事情。不要忘记我。"

她抽回身子,凝视着他的眼睛,和自己的一样,眼眶里充满了泪水。他张开双唇,凑下来吻她。嘴唇的接触动人心旌,她的手紧紧缠着迈克尔的脖子,周围的世界天旋地转,只剩下了他们俩个人。模糊中她看到伯纳德赶过来拯救家族的荣誉,却被迈克尔推到了一边。他的嘴仍贴着她,两人的吻愈发激烈,直到最后绝望地抱在一起,想把整个世界排除在外,直到永远。

突然,迈克尔离开了她身边,或者,是被拉开了她身边。她不知道怎么回事,站也站不稳。飞机的推动器开始运转,只有几个送行人和当地人留在了机场,别的乘客都上了飞机。门还是开着,等着她上来。她只想舱门马上关上,飞机没有等她就起飞。似乎在做一场噩梦,她看到自己朝飞机和舱门走去,登上舷梯,进入机舱,在窗口处找到自己的座位。每走一步,她都希望迈克尔能赶上来,但机师跟在她身后,砰的一声关上了舱门。

飞机开始驶上跑道,她看到迈克尔和美国领事及夫人站在机场上,神情悲切。她好想跑到门口,打开舱门,跳下飞机。她希望一切并没有发生,等她一觉睡醒,还是在雪山下的湖泊边。飞机开始加速,猛地一震,离开了地面,收起了小轮。她伸出手,紧紧握着图库姆挂在她脖子上的歌唱的种子。

迈克尔望着飞机飞出了视野,喉咙一阵哽咽,但眼睛已欲哭无泪。他孤独地站在那儿,望着天空,旁人都已不在。她没有接受他的条件,他也无法接受她的条件。爱着对方,却又不能相爱,一切在那伤心的纸条上画上了句号。

第 二 部

失去的希望　注定的失败

又一天侥幸地躲开，

免受饥饿、创伤与酷热的侵害；

我们筋疲力尽，悄悄撤退，

因为战争毫无希望，只有失败。

——菲律宾师团驻巴丹美国陆军
亨利·G·李中尉，1942 年

第 *25* 章

康涅蒂格，1941 年 6 月

凯瑟琳感觉身上一阵阵痛楚，她翻来覆去，尽力控制着疼痛，但痛楚似乎更加剧烈，带着她绝望地前行。在她感觉无法再忍受的那一瞬间，疼痛突然消退了。她全身都被汗水湿透。

"把孩子生下来！"

在汗水模糊中，她看到汤姆，珍尼的孪生兄弟，俯在自己头顶。他红色的头发略显凌乱，令人愉快的长满雀斑的笑容充满了关切。他的一只手放在她赤裸肿胀的肚子上，冰冷而温柔，另一只手举了起来，在计算她子宫收缩的时间。

"又准备开始了，你得专心致志，控制好呼吸。"

他的手感觉到子宫的肌肉开始收紧，凯瑟琳还没来得及感觉到疼痛。

"收缩开始了。"

于是她凝神吐气，大口呼吸，然后快速喘息，用这种方式控制痛楚。凯瑟琳被训练用这种方式临产，但她却怀疑它的效果，也许那个是让她从痛楚中被吸引开去，让头脑有点事情可做，不至于感到无助。但不管怎样，方法似乎有效——至少在前 10 个艰难的小时中如此。

"来吧，凯瑟琳，吐气。"

她越来越累，汤姆掌握了指挥权，提醒她，哄着她，最后命令她作出反应。她在半清醒的状态间漂浮，徜徉在一阵阵的痛楚中，身体无意识地遵从着他的命令。那是比任何人想象更艰难的辛劳，现在她只想爬到一处角落里，死了算了，只要能不再疼下去。但汤姆威严的声音一再将她拉回来，他的意志取代了她的心灵。

汗水密密麻麻地渗出了他的额头，那是他内心焦虑唯一的证明。随着她注意力的减退，他感到她的意识开始模糊，他愈发警惕，内心暗暗诅咒他的孤立无援，怪她不肯请医生来接生。

晚上11点，已经过去14个小时了。珍尼究竟在哪里？他气恼地想着。他那孪生姐姐应该在几小时前就从纽约回来了，她肯定是错过了早班火车。孩子本来应该是两周后才出世的，所以珍尼带着两个孩子去了纽约购物。汤姆和往常一样在康涅蒂格的农场过周末，自从凯瑟琳从新几内亚回来后，他经常来。今年是他在安纳波利斯海军军校教书的最后一年，这个夏天他会回海军服役。

他感觉到手指下的肌肉正在放松，"没事了。"他告诉她，"收缩结束了。"

肌肉在全收缩时的坚硬状态令他很惊奇，他那工程师的头脑计算着肌肉收缩产生的力量的磅数。他惊叹她的身体能如此长时间释放出那种力量，但开始担心是不是出问题了。他无法了解子宫肌肉收缩的确切情况，所以也无法判断是否一切正常。他只知道临产的时间太久了。他坐在她身边，等候着下一轮的收缩开始。他看到，而不是感觉到，握着手表的手在微微地颤抖。

没有电话，没有途径去叫医生来。他不敢留下凯瑟琳。他的希望来自于她的羊水几小时前已经破了，宫缩尽管还很接近，但已变得很不规律。他不能再靠手表预测，只能集中精神感受其到来。凯瑟琳有气无力地遵照着他的命令，但每一次都几乎向痛楚屈服。他控制着自己的感情，意识到两人都快到忍耐的极限了。

在宫缩之时，凯瑟琳漂浮在半梦半醒中。她搬过来在康涅蒂格的农场和珍尼一起住已有5个月的时间。她在哥伦比亚大学呆了一段时间，向学位委员会递交论文初稿，然后离开校园去康涅蒂格。在这段期间，她完成了博士论文，寄给了她的评委会，开始准备出版的工作。

当凯瑟琳挺着肚子站在门口时，珍尼难以置信地惊叫起来："你肯定不会是第一个在田野研究时搞大肚子的人类学家，但，上帝啊，凯瑟琳怀孕了？没有流产？你没事吧？"

当凯瑟琳宣布她想保住孩子，而且自己临产——不叫医生，只让珍尼帮忙时，珍尼吓得魂都没了。经过激烈的讨论，珍尼最后屈服了。汤姆也加入学习了一些辅助技巧，以便到时他能帮得上忙。一切过得挺好，这个周六早晨，在珍尼和孩子去纽约之后，他陪凯瑟琳去老桥那散步，正是在那时宫缩突然开始的。

汤姆感觉手掌下的变化，宫缩愈发激烈了，开始恢复了正常的规律。他感觉时候到了。凯瑟琳几乎没意识到他用枕头把她垫高，抬到半坐的位置。他弯起她的膝盖，分开她的双腿，告诉她使劲用力推。她用尽全身气力往外推，直到他示意宫缩结束为止。

正在昏昏沉沉之间，这时，汤姆的声音打断了她的迷糊："用力，凯瑟琳！"

一阵剧痛让她喘不过气来。

"用力……推，推……快生了！我看见小孩的头了，用力推！"他的声音充满了喜悦。凯瑟琳的精神全部集中在目前的任务上，她使出了吃奶的力气，太阳穴上的血管似乎都快涨破了。

"出来了！凯瑟琳，头出来了！"

她几乎感觉不到宫缩，用力往外推，直到婴儿顺利地滑到等候的被单上。

"是个男孩，凯瑟琳！"

她合上眼睛，靠在枕头上，宫缩还在继续，但缓和了许多。汤姆用力按着她的肚子，帮助精疲力竭的子宫把胎盘送到等候的产盆里。

"结束了，凯瑟琳。"他不安地看着她，她的面容很苍白，黑色眼眸却格外明亮。汤姆给孩子的脐带打了个结，放在她身边。孩子粉嫩嫩的，但根本没有啼哭，不过呼吸看上去很正常。

"他没事吧？"她低声问。

"好着哪！"汤姆微笑着回答，亲了亲她的额头，"长得像母亲。"她没有听见，疲倦地睡着了。

凯瑟琳给孩子起名叫迈克尔·查尔斯，以他的父亲和祖父命名。

第二个周末，汤姆过来帮凯瑟琳带孩子，珍尼去了高中教历史。孩子睡着了，凯瑟琳和汤姆到走廊透口气。汤姆坐在秋千上，透过啤酒杯望着凯瑟琳。她坐在秋千旁边的石头上，穿着一件鲜艳印花的睡袍和拖鞋。生完孩子后，她看上去气色不错，脸色健康红润。

"嘿，凯瑟琳，"汤姆开口道，"难道你不想告诉迈克尔关于孩子的事情？你连怀孕都不告诉他，这不公平。"

"不！"她断然回答，她的平静消失了。她离开了石头，踱到走廊的栏杆边，看着长满橡树和枫树的林子。"我不想再谈论这件事，迈克尔作出了选择。我不想因为孩子的事影响他的决定。没有他我一样能活下去，我的孩子也可以。"

汤姆叹了口气，他觉得她既固执又愚蠢，但他已尽了力。他不认识迈克尔·斯坦福，但他了解凯瑟琳，知道迈克尔和她爱迈克尔一样爱着她。多么不幸……他换了个话题，"那你打算怎么办，凯瑟琳？"

"两周后我会回纽约哥伦比亚大学教人类学入门课程。你能帮我搬家吗？"

"没问题。"

"我希望你和珍尼能过来庆祝我最后的论文答辩，只是走个过场，我会被授予博士学位。"

"我们会去的，准备好香槟，在酒店订好位置。"

她微笑道："你真是太小资情调了。"

"你能从一个年轻海军军官——未来的海军上将那期待什么？像摩根博士那样的布尔什维克吗？"

她大笑起来，几年前遇到汤姆时，他政治上的盲从曾令她很恼火，但现在不会了。

小迈克尔在隔壁房间开始啼哭。

"我去抱他，"汤姆说，起身进了房间。他抱着孩子出来，看了他一会儿，递给了凯瑟琳。他回到秋千上，小迈克尔又开始哭闹。

"他饿了。"凯瑟琳说着，走向卧室。

"你去哪？"

她吃惊地望着他，"给孩子喂奶。"

他笑着，"你认为那有必要吗，凯瑟琳？我们一同经历了那么多事情，该看的我都看见了。"

她的脸微微一红，"那不一样。"但她没有离开，坐在秋千上他的身边，掀开衣襟，把小迈克尔抱在胸前，享受着他小嘴贪婪的吮吸。

汤姆看着她们母子，他知道凯瑟琳喜欢他，当他是好朋友一样爱着他。但她对他的感情不止如此，4 年前他们相遇时，他已意识到两人都还没准备好结婚。但在孩子出生前，他告诉她，"如果你决定为孩子找个父亲，我愿意承担。"他当时似乎在开玩笑，但两人都知道他是认真的，那是他最直接的表白。但她仍爱着迈克尔，他知道不能再多说什么。

他把手搭在她的肩上，手指轻轻拂着她的面颊，她亲吻着他的手指，靠在他的手上，陷入了沉思。

"卡尔去世一年多了，珍尼应该见见别的男人，在这个农场她太孤单了。"

"或许没有我和你与她做伴，事情会有所改变。"

"你？"她迷惑地看着他。

"军校的春季学期快结束了，两天前军部下达了给我的命令，我被调派到重型巡洋舰休斯顿号。"

"在哪？"

"亚洲舰队，菲律宾。"

她用面颊碰碰他的手，"我会想你的。"

他点点头，没有回答，看着小孩。自从孩子出世后，凯瑟琳的乳房涨满了奶水，上面浅蓝色的血管清晰可辨。他呆呆地把手从肩上放下来，抚摩着一根血管的脉络。这并不是一个挑逗性的动作，他也无意挑逗她，但当他抽回他的手时，小迈克尔终于吃饱了，松开嘴，露出了乳头，又湿又涨，性感地引诱着他。

汤姆的喉咙一阵发紧，转过头看着树林。正值六月上旬，快到夏天了，树叶一片新绿。过去两年的教书生涯，他一直盼望能再回海上服役，但他的心情改变了。

"我也会想你的。"他轻声说道，喉咙的感觉传到了小腹，他没有去看她。

邮差骑着老旧的单车，把信塞进路旁的邮箱里。汤姆过去拿信，凯瑟琳抱着孩子进屋午睡，然后回到秋千那里。她母亲寄了封信来。凯瑟琳心惊胆颤地打开，知道里面肯定写满了母亲的抱怨和受伤的情感。自从她回美国后，凯瑟琳一再拒绝父母让她回家的恳求，借口得马上进行论文撰写的工作。从他们的言语中，她知道他们无法接受她与迈克尔关系的真相，只能瞒着他们。在她闪烁其辞的回答中，他们找到了自己需要的保证：迈克尔和女儿之间没有事情发生。谎言通过电话自然要比面谈更容易维持，她就没有回家。然后，她发现自己怀孕了，更加无法面对他们。而到如今，她愈发无法回避，她再没有勇气去见他们。

"上帝啊！"匆匆看完信中内容后，她说道，心里很内疚又很恼火，"我希望回来时告诉他们一切就好了。"她把信交给了汤姆。

他静静地看完信后，交还给了她，"为什么不现在告诉他们呢？"他轻声建议，"让他们知道真相总比让他们以为你拒绝他们好。"

她折起信，看着花园，"我希望那是真的，"她伤心地说："但那不是真的。"

第 *26* 章

纽约，1941 年 11 月

凯瑟琳从来不去读《时代》杂志的社会版块，但那天早上，她举着咖啡杯踌躇不定，不情愿进行她的著作最后的校对工作。晌午的日头让她精神萎顿，或许是苍白的 11 月的太阳让她想起了一年前同迈克尔分手的情形。那时她已怀孕一个月了，但直到回到美国才意识到自己的情况。

她浏览着杂志上的图片，军装与各式鸡尾酒会一起出现在如今已是屡见不鲜。她没有去仔细观察，但一行字映入眼帘："查尔斯·斯坦福爵士受驻纽约英国大使馆之邀访美，受到隆重欢迎。爵士将访问华盛顿，协助协调太平洋英美联军事宜。"

她不假思索地拿起电话，致电英国大使馆。电话那边告诉她，查尔斯爵士在纽约，但现在很忙，不能听电话，可以代劳通知爵士让他回电。她留下自己的号码，一整天在屋里焦急地踱着步，等着电话铃响，但又怕电话铃响。电话响了几次，但都不是查尔斯爵士打来的，直至 3 点钟。

"凯瑟琳吗?"熟悉的英国口音热烈地询问着，"多么令人愉快的惊喜，收到你的消息。你的著作完成了吗?"

"是的，两个月前完成了。"

"恭喜你。能给我送一份拜读吗?"

"一家纽约出版商打算将它出版，到时我会送过去。"

"太棒了！"

对话陷入了难堪的中断，凯瑟琳努力鼓起勇气，说道："我希望您今天能到我的公寓来，我想让您见一个人。"她的声音格外平静，"这件事很重要。"

查尔斯爵士很迷惑，他想问到底是什么事，但决定还是不问下去。他感觉到她声音中隐匿的压抑，知道她随时会逃跑，他试着安抚她。

"我当然会去，我有几个约会，但可以取消。4 点钟可以吗？"

"可以。"

"或许我们可以到外面共进晚餐。"

"不，我想邀请您到我家吃晚饭。"

"如果不是太麻烦你的话。"

"不麻烦。"她告诉了他地址，当放下话筒时，她的手抖个不停。

"好了，小迈克尔。"她对在地板上玩耍的小家伙说："你很快就可以看到祖父了。"

查尔斯爵士 4 点钟准时到达，凯瑟琳开门时，他脱下自己的金边海军帽，进了屋里。他身着蓝色海军制服，格外英挺。他微笑着，把帽子摆放在桌上，双手握住她的手。

"你还是那么漂亮，凯瑟琳，见到你我真高兴。但我必须承认，我很奇怪，你在电话里说得那么神秘。"

他环顾屋内，看到了小迈克尔，一手一块积木正坐在地上玩。他淡金色的头发已很浓密，乱蓬蓬的，灰色的眼眸充满好奇，又挺严肃。他正注视着这个衣服上挂满了各式金色徽章和彩色缎带的客人。

查尔斯爵士的脸色为之一变，他的眼睛无法从小家伙身上移开。在他身上，毫无保留地刻着他儿子的音容笑貌。查尔斯爵士不用问凯瑟琳就知道他是谁，他走过去，蹲在孩子身旁，声音沙哑地说：

"多乖的孩子，"他伸出手，抚摩着小迈克尔的头，"我是你爷爷，你知道的。"

眼泪涌入凯瑟琳的眼睛，她让泪水顺着面颊痛快地流下来。

"他叫什么名字?"查尔斯爵士问,眼睛一直凝视着自己的孙子。

"迈克尔·查尔斯·摩根。"凯瑟琳回答。

查尔斯爵士不禁老泪纵横,他拭去泪水,张开双臂。

"过来,小家伙,到爷爷这儿来。"

小迈克尔扔下积木,伸出胖嘟嘟的小手,准备回应这位有好感的陌生人。查尔斯爵士抱起他,朝凯瑟琳张开另一只手,紧紧抱着她们母子俩。凯瑟琳合上眼睛,拥抱着他,小迈克尔笑个不停。如果她刚才还心存疑虑,如今一切已烟消云散。

过了一会儿,查尔斯爵士开口道:"好了,好了。这真是一个惊喜,凯瑟琳。或许我该抗议这么迟才知道这件事,但我不会在这个快乐的时刻提起。"

他坐在沙发上,拉着凯瑟琳坐到他身边。两人陪着小迈克尔一块玩耍,直到他玩累了。查尔斯爵士帮凯瑟琳把孩子抱上床,她走到厨房,给他倒了杯水,准备做饭。查尔斯爵士也走了进来,看着她在厨房忙这忙那。

"为什么你不告诉迈克尔,凯瑟琳?"

她耸了耸肩,没有看他,"我认为他已经做出了选择,我不想影响他。"

"你肯定吗?又或者你还在生他的气?"

她严肃地盯着他,"我的动机现在已无关紧要。"

他叹了口气,"原谅我,凯瑟琳。你伤得那么深我也有责任。"

她平静地看着他,"我没有恨您,迈克尔已经是成年人,对自己的选择必须负责任,没有人能强迫他。"

"也许吧……至少没有直接强迫他。"

他静静地站了一会儿,看着她做饭,"你必须告诉迈克尔,凯瑟琳。我坚持我的想法。"

"那好!"她喊道,转过脸来,眼里噙着泪花,"但用我的方式,我自己找个时间告诉他。"

"他是我的儿子,凯瑟琳。如果你不告诉他,我会。他应该知道这件事。你得为孩子着想,也给迈克尔一个机会。"

她转过身,背对着他,继续在水槽里忙自己的事。查尔斯爵士走上前,手搭着她的肩膀，"你不是孩子唯一的亲人。不管迈克尔怎么想，孩子属于我们，是斯坦福家族的一分子。如果你的家庭无法接受你和孩子，你更需要我们。他们不能接受事实，是吗，凯瑟琳?"他感觉到她的肩膀发僵，知道了答案。

"那不要紧，我可以照顾好我们母子俩，过得挺好。我不需要你们任何东西。"

"不要说气话，凯瑟琳。我从来没怀疑过你能照顾好自己。"他松开她的肩，站了开来，"我想让你回印尼度假，当然不是去麦提亚，是去巴塔维亚。你可以和迈克尔的姐姐玛吉特住。迈克尔会在圣诞节前离开菲律宾，我会让他去和你见面，你们俩到时候可以讨论商量。"

"不!"凯瑟琳回答："没那个必要。我们可以用信件联络。"

"迈克尔想见他的儿子。"

"那他可以到这儿来!"她争辩道。

"他离开驻菲律宾军队回美国得是两年后的事情——那时可能战争已经爆发，可能没有第二次机会了。"

"我这边有工作必须处理，我不能离开纽约。第二学期我得开始教书。"她抗议道。

"只需要一个圣诞假期，1月份你就可以回来。"

"我得校对我的手稿，"她说："11月中旬就得交稿给出版商。"

"用两周时间安排一下并完成你的著作，我会推迟两周回去，留在这儿协助你。我可以以处理军务为名留下来。"

她犹豫了。

"答应我，凯瑟琳。你没有理由了，除非因为那个真实的原因——你不想见迈克尔，是吗?"

她没有回答，他催着她："你到底在害怕什么?"

她不知道，她只知道自己感到无能为力，无法面对迈克尔。她受爱尔兰天主教熏陶的灵魂依然认为自己是勾引迈克尔的坏女人，如今得付出独自承受罪恶的代价。

　　"如果你不愿意，到了那儿你也可以不见迈克尔。我会安排他独自见他的儿子，我会料理好一切。你只需要当成是一次旅行。"他的微笑突然消失了，"但迈克尔必须见他的儿子，凯瑟琳。当我想到他小的时候孤苦伶仃，而我甚至不知道他的存在——我不想迈克尔和我一样抱憾终生。"

　　"或许我不再在乎迈克尔的遗憾，"凯瑟琳回答，叹了口气，"好吧，我去。但我没答应见迈克尔。"

　　查尔斯爵士说到做到，他搬进了凯瑟琳的公寓，接手了大小家务，让凯瑟琳得以完成著作和准备行程。他给小迈克尔喂奶、洗澡、换尿布、推着婴儿车带他散步，他还买菜、做饭、打扫屋子。凯瑟琳觉得他更像一个好父亲，当她把这话告诉他时，他也承认那正是他的愿望。他还是一个好伴侣，用无穷无尽的幽默故事逗她开心，为她打气。

　　凯瑟琳想用迈克尔给达尼人画的画做著作的插图，但却不能及时联系到他，赶不上出版时间。查尔斯爵士说："用吧，"然后眨了眨眼睛，"如果他敢反对，我就不让他当继承人。"

　　迈克尔得到了感谢信和一笔酬金，查尔斯爵士代表他拿了出版商的支票。凯瑟琳将书献给了达尼人：图库姆、德格沃泰和别的人。她把书命名为《天堂里的战争和死亡：新几内亚达尼文化的战争仪式》。最后，她用德格沃泰在图库姆葬礼上自作自唱的诗作为书的序言：

> 灵魂尚未安息，
> 回来困扰着我们的安宁，
> 直到我们为你复仇之日，
> 才能永登极乐，
> 在那遥远的世界。
> 我们献上祭品，
> 使你免遭饥馁；

我们献上爱意，

使心灵不再彷徨。

请离我们远去，

开始你的旅程；

但请不要忘记爱人，

你必须独自前行。

新几内亚　达尼部落

德格沃泰

1940 年 2 月 25 日

11 月 25 日的晚上，她准备第二天和查尔斯爵士到三藩市搭军方飞机去印尼群岛。她坐了下来，给迈克尔写信，直到第三封她才比较满意：用简洁而冷淡的语气写成，里面附了一张照片和关于她们母子与查尔斯爵士接触的消息，并提到她会去爪哇。信中她否认自己有意对他施压，让他承认儿子；也不希望他为了她专程去巴塔维亚一趟。她用了如此长的篇幅，只为了告诉他，没有他，她一样过得挺好。她从华盛顿给他寄了信，寄到他的驻地。她为自己实现了对查尔斯爵士的承诺而感到满意。

第 27 章

日本，千叶群岛，1941 年 11 月 26 日

就在凯瑟琳写信的同一时刻，在世界的另一边，由 23 艘战舰组成的日本航母舰队正在东京 1,000 英里以北的军事集合点整装待发。舰队自千叶群岛的濑户深水港湾出发，呈单列破浪前进。甲板上弥漫着兴奋的热情，直冲往辽阔的海域。天空万里无云，被认为是个好兆头。驱逐舰与巡洋舰离开港湾时试着射击开火，激起无数浪花。枪炮的怒吼和雪花、浪花的飞溅构成了出行的壮景。

舰队的行动没有留下任何痕迹，雷达上的晶体震荡器被摘了下来，保持宁静；垃圾被贮藏在一边而没有扔掉；空油罐先被压扁，再放到甲板上。千叶群岛的邮件服务被中止，濑户港的渔民都被召集，扣留在湾内。潜水艇先在前方侦察情况，防止中立国的商船误入舰队所在的航道。如果发现有这种情况，军方马上派队登船并捕获船只。如果万一舰队与美军的太平洋舰队不期而遇，按海军少将山口多闻，普林斯顿大学毕业生的话："我们开炮致敬，高唱'沙由那拉'，然后就打道回府。"

当时整个军事指挥室的军官都哄堂大笑，但玩笑并非胡闹。除此之外他们能干什么？日美还未开战，只能寄希望于十天内舰队能不被发现，顺利到达目的地。

211

第 *28* 章

荷属东印度群岛，1941 年 11 月 30 日

　　查尔斯爵士在达尔文港上岸，满载着英国海军人员的飞机在这里加油，准备飞往澳大利亚和新加坡。爵士临时奉命在新几内亚和所罗门群岛加强军事哨站的建设。他让凯瑟琳和小迈克尔先行到巴塔维亚。到 12 月 15 日，他再去跟她们会合。

　　飞机在爪哇群岛的巴塔维亚汤荣普里欧港着陆，迈克尔的姐姐玛吉特去迎接凯瑟琳。她穿着时髦的印花裙子，与码头上的军事人员和军事装备显得很不协调。凯瑟琳左顾右盼，看到印花长裙一路向她走来，凯瑟琳现在能仔细一睹印花长裙主人的芳容。玛吉特按照通俗的眼光并不算漂亮，却另有动人心魄的魅力。即便是初次见到她，也会发现有一种很奇怪的矛盾。她的妆化得美轮美奂，头发卷成迷人的波浪卷，风格独特的长裙在海风吹拂下左右摇曳，像一朵绽放的异域奇葩。但她还穿着土气的白衬衣，似乎是为了减弱她的美丽，做一些傻事。她手里拿着一顶大草帽，和在田地里干活的村姑同一款式，她满不在乎自己的外表。好像花蝴蝶一样，玛吉特穿梭于人群间，走到凯瑟琳身前，伸出一只戴着白手套的手，角度超过了 95°。凯瑟琳惊叹这只玉手既不多汗，又坚定有力。相比之下，她不禁自惭形秽。

　　"凯瑟琳吗？我是玛吉特，迈克尔的姐姐。"她蓝色的眼睛盯着凯瑟琳的

眼睛，眼神很友好，但脸上没有微笑。凯瑟琳后来才知道，玛吉特很少对什么事物微笑。自荷兰裔母亲身上她继承了坚定实际的人生态度，又带有一种非常老到的英式幽默味道。她亲了亲小迈克尔的面颊。

"你真是美极了，我的金发小宝贝，长得真像你父亲。"她边说边把小迈克尔抱进怀里，"你们肯定很累了。"这句是对凯瑟琳说的。没等她回答，玛吉特揽过了所有事情，包括对话。凯瑟琳愉快地接受了。

玛吉特指挥着一个年轻军官将凯瑟琳的行李搬上一辆白色敞篷汽车，她脱下手套，坐到了驾驶位置。

"比起让司机开，我更喜欢自己驾驶。有什么事我都能自己应付，这样我行动才可以方便些。我一直想有外遇，或许永远不会有那么一天，但心里总是会那么想。"她看看身边的凯瑟琳，"别以为我在说你，凯瑟琳。我不反对你和迈克尔之间发生的事情。在那种情况下，我想事情是不可避免的。"在她秩序井然的世界里，她不会让那种事发生，但她也选择了不用自己的标准去评价世界。

"爸爸告诉我他会迟些到。我希望他能在假期到这儿来，关于战争的话题真让人心烦。现在那些美国公司：固特异、标准石油和通用汽车，都把他们的雇员和家人送回了美国——或在近期转移。但巴塔维亚不太一样，他们把漂亮的白色房子涂成褐绿色，在小山上装上机枪大炮，但没有人真正为战争担心。"

她们经过一辆军用小车，满载着妇女志愿者，正在演练紧急医护治疗，车上画着一个大大的红十字架。玛吉特朝那群人点点头，"伯纳德让我加入一个妇女后勤团，搭战时厨房。我讨厌做饭，所以我去开卡车。你应该听一听，他们有多么爱国。有一个从美国来的女记者最近要写一些战时宣传资料，于是我们得踊跃配合。伯纳德还让一些土著女人加入，表示当地人并不憎恨我们——但事实却正好相反。真相是丑陋的，荷兰当局一直在钳制民族主义者反对政府的言论。有时我会想，整场战时紧张状态只是政府铲除异见分子的一个借口，当然，伯纳德矢口否认这一点。"

离开港口后，她们很快进入古老的巴塔维亚。据玛吉特说，这座城市建于1619年，由荷兰东印度公司兴建，一个叫让·皮克森·科恩的人，第四任印度群岛的总督主建。这里曾是古老的爪哇要塞，雅加达的所在地。荷兰人摧毁了城池，在上面兴建荷兰的样本，开凿了运河和建造荷兰样式的房子，根本不适合这里的热带气候。蚊子在运河的死水中繁殖，疟疾的爆发几乎夺去了所有早期欧洲移民的生命。在疟疾被理解之前，一个旅行者阔别6个月后再到巴塔维亚时，发现认识的人都得病死去的事屡见不鲜。荷兰人最后放弃了这座死亡之城，搬进了周围的山区，兴建了新的建筑以适应当地的气候。总督也搬到了巴塔维亚40英里外的布滕佐格，建了一座宫殿，成为世界上最著名的植物园。

"你知道吗？他的妻子是美国人，"说到现任总督时，玛吉特说道，"是传教士的女儿。这周我们会见面喝茶，到时可以会一会。"

她们开过拥挤的运河地区，贫穷的亚洲居民在那里洗澡、洗衣服、做饭。快到下午下班的时间，市区的商业地带人山人海，当地的交通工具多卡——马拉大车上挤满了人。牛车满载着庄稼，三轮车满载乘客，悠哉悠哉地穿梭于街道上。

咖喱饭的辣味飘过敞篷车，到处都在卖食物，从路边的椰奶摊到店面的餐厅琳琅满目。巴哈沙印尼语，当地的方言，伴随着辛辣的气味和热气在车内回荡。人群的衣着五彩斑斓，特别是妇女，穿着"卡恩斯"，蜡染的齐踝长裙，摇曳生姿。男人中也有穿"卡恩斯"的，但大部分穿短裤或半长的裤子，头上扎着鲜艳的头巾。当地的米酒——图瓦克，随处都有卖的。人们嚼着槟榔，鲜红的浆汁染红了嘴唇，最后熏黑了他们的牙齿。

"野蛮麻醉品，"玛吉特谈到槟榔，"伯纳德认为那是他们都如此可悲和不务正业的原因。我却认为那是因为他们被荷兰人压迫，意志消沉的结果。在这一点上伯纳德总是说有其父必有其女。"她又补充说："他认为那是冒犯了他。"

离开当地人的社区后，她们开进了半山威尔特里登欧洲人郊区。到处是宽敞的林荫道、豪华的欧式建筑、开阔的草坪和精心照料的花园。

没有了城市的喧闹，凯瑟琳对玛吉特说道："真是感谢你的款待——尤其在这种情形下。"

玛吉特坦率地看着她，"我很喜欢卡拉，但并不因此而讨厌你，凯瑟琳。我说过，那是不可避免的事。我必须承认，我很好奇，想见见你。我弟弟不会随便和一个女人发生关系。"

在谈到迈克尔时，凯瑟琳的脸微微一红。

"我到这里来是因为查尔斯爵士的坚持，没有别的原因。迈克尔和我之间已经结束了，自从离开新几内亚之后，我们再没有联系。""你肯定事情结束了吗，凯瑟琳？"玛吉特看着前方，车驶进了一所大院，玛吉特的家。

"我弟弟很讨女人喜欢，但据我所知，你是他婚后第一个情妇。"她转过头再次打量着凯瑟琳，"你肯定很特别。"

听到"情妇"二字，凯瑟琳耳根子都红了，但她知道玛吉特没有冒犯的意思。"没什么特别，"她回答道："正如你所说，是情形使然。""可不能那么说，"玛吉特平静地看着凯瑟琳，"尽管只是初次见面，但我已经知道个中原因了。"车驶进了回旋的车道，来到房子前面。"你会如何向朋友解释我的到访？"凯瑟琳问道。

"你是指那些温文尔雅却喋喋不休的巴塔维亚上流社会？"玛吉特笑着说："我会称呼你为摩根博士，那就能很好地掩饰你的婚姻状况，不是吗？多方便！""是啊。"凯瑟琳苦笑着说："那正是我获得高等学历的动机之一，你认为呢？""其实你当时可以堕胎的。"凯瑟琳很惊讶，"不行，我做不到。我连想都没想过。"玛吉特同情地拉着她的手，"但你又说不再在乎，事情结束了。"汽车在碎石车道中停住了。

"别担心这里的人们会怎么想，他们会好奇，但没有人有勇气提问。伯纳德会告诉他们你有个丈夫在菲律宾，但那也无济于事。斯坦福家族在巴塔维亚一向是绯闻的中心。"

一个白衣的爪哇男仆走出来开车门，把行李袋从后备箱搬出来。凯瑟琳跟着玛吉特进了房子，她边走边打量着房里一件模特服装，斯坦福老夫人曾送女儿上过礼仪学校。

"圣诞节他会到这儿来，你知道吗？"玛吉特对凯瑟琳说道，把小迈克尔交给另一个仆人，扔下自己的手套。"我是说迈克尔，在他去麦提亚之前。那会是自两年前他去探险后第一次到这儿来。他知道你在这里吗？"

"我给他写了信，查尔斯爵士也写了。"凯瑟琳从客厅巨大的法式大门远远眺望着热带花园，"我不想见到他。"

"那很傻，不是吗？"玛吉特以她务实的态度回答："毕竟，孩子是迈克尔的骨肉，也是你的骨肉。你得为孩子的未来着想，不管是嫡子还是庶出，我们斯坦福家族总会为孩子提供丰衣足食。"她弯下腰，给了正在仆人怀里熟睡的小迈克尔轻轻一个吻。

她转过头看着凯瑟琳，轻描淡写地说："我丈夫有两个私生子：半棕色的。自然，是和他的印尼情妇所生。"第一次，她的声音透出一丝苦涩，"她很漂亮，他以为我不知道，但我什么都知道。从8年前开始的时候就知道了，他真不是东西。"她又补充了一句："但男人都是这样。"

她指着屋里大大小小的房间说："伯纳德可置办不起这么一座房子，但我父亲可以。因此伯纳德不会为世间的任何美女而离开我——除非她更有钱有势。你自便，我一会儿回来。"

她匆匆走出房间，屋里仍能感受到这位高贵的女主人的气息。玛吉特很快回来了，带着她的两个儿子和他们的荷兰女家庭教师。

"我想让你们见见凯瑟琳阿姨和你们的表弟，迈克尔。"

男孩们对小婴儿很感兴趣，端详着他小小的手指和脚趾。

"如果他是我们的表弟，那为什么我们不叫她凯瑟琳姨妈呢？"一个男孩问，好奇地望着凯瑟琳。

"先别管这个，以后再跟你解释，现在你不会明白的。"

"你老是这么说。"小男孩气恼地回答。

玛吉特笑着说："去给迈克尔宝宝倒些柠檬汁来。"

孩子们唧唧喳喳跑进厨房，脚步声回响在大理石走廊里。玛吉特带着凯瑟琳去了花园，里面的空气潮湿而刺鼻。

"这里长不出郁金香，也长不出英国玫瑰。在这种条件下，我似乎也枯萎了。这里的一切都太极端：太热、太潮湿，只有那些热带植物才长得好，但它们的花瓣太大，颜色太浓，气味太烈。我们欧洲人不适合在这里，正如迈克尔所说：应该回到祖国去。"她注意到凯瑟琳的面色绯红，"你似乎不太适应这里的气候。"

"不，我喜欢热带。麦提亚是我见过的最美的地方，这里也很漂亮。"

"那可不能比较，麦提亚太大了，又野性难驯，我觉得很不自在。"

玛吉特伸出手，触摸缠绕着一棵印尼榕树的野兰花，"这里的每一样东西都是寄生虫，像这棵榕树，它先在别的树上生长，然后伸下气须根缠在宿主的树干上，最后把它绞杀了。迈克尔经常说欧洲人像榕树，但对当地人来说，这种树是神圣之树。"

"真是太滑稽了，"她最后笑道："我深深爱着爸爸，但每次都跟母亲一起反对他。我痛恨他有别的女人，自己却和母亲一样嫁给了一个花花公子。我们可算是同病相怜了，是吧?"

玛吉特陷入思绪中，沉默不语。她把凯瑟琳当成了倾吐的对象，而不是陌生人，她也不知道为什么，或许因为她的朋友不多。她继续说道："当爸爸第一次带迈克尔回家时，我没有接受他，这不奇怪。但他以对别的事物一贯的幽默和机智接受了我们对他的拒绝。当然，最后我开始喜欢他。他是我们中最棒的，比傲慢自私的爱德华优秀得多。爱德华和迈克尔一向合不来，一直看迈克尔不顺眼——经常在爸爸面前挑拨离间。"她叹了口气，"老实说，爱德华的死或许是斯坦福家族的一件幸事。"

凯瑟琳心里涌起几许对这位迈克尔姐姐的温情，"我想你很爱他，以他为荣。"

玛吉特吃惊地看着凯瑟琳，露出一丝微笑，"谢谢，上天怜见，我得学会好好活下去，嫁给了伯纳德这么一个人。"她转向房子，"我想下人们把你的东西安顿好了，你上去休息一下吗?"

"好的，那我去休息一下。"

凯瑟琳在大厅中一幅肖像前停住脚步。她先前就注意到，那幅画十分古旧，画中是一个非常英俊的男子，目光笔直地看着她。他穿着黑西装，系着一条17世纪荷兰样式的白丝巾。那是一张傲慢的面孔，带着无情的残忍——

主人和画家都无意掩饰。

"他是谁?"

"著名的让·皮特森·科恩,巴塔维亚的创建者,印尼群岛的首任总督。他无情地虐杀英国人、当地人和一切妨碍他的敌人,因残酷无情而平步青云。他是伯纳德的祖先,伯纳德一直引以为自豪。"她站在凯瑟琳身边,脸上不由自主地露出钦羡的神情,叹气道:"我们刚结婚时,伯纳德也是那副模样。那时他真是英气逼人,而我一心想许配给最英俊的男人,因为我自己是一只丑小鸭。"

她又叹了口气,开始引凯瑟琳上楼梯,"爸爸那时对我的婚事很不满,他正和荷兰人为敌,而我却一心想嫁个荷兰人和爸爸作对。但事实是我感觉自己更像荷兰人,而不是英国人。我只去过荷兰三次,但我喜欢那里。伯纳德答应我到那里居住,却一直未能成行。现在我怀疑他根本无意兑现诺言,他娶我是为了我的百万嫁妆。他一直梦想着当上印尼群岛的总督,和他的祖先一样,用同样的手段。"

一个漂亮的女孩,穿着一条土裙和一件长袖印花上衣,在楼梯的顶端迎接她们,打开了凯瑟琳的房门。

"谢谢,苏吉。"玛吉特说:"告诉大厨送些柠檬茶到房间里来,我快渴死了。"

她看着苏吉像跳芭蕾舞般轻快地走开,"苏吉快走了,我会想念她。她是混血荷兰人,但她的荷兰父亲不肯承认她,所以去年她到这里打工,攒钱给某位退休荷兰军官,让他过继她。到那时她不再是当地土人,可以从事文职工作。坦白说,我自己宁愿到乡下种田,但对她而言,能获得荷兰人身份意味着一切,印尼人有时比荷兰人更势利。悲哀的是他们两边都不被承认,当地人或白人。但他们对荷兰人忠心耿耿。"她又补充说:"我想她走了也好,伯纳德一直想勾引她上床。可怜的孩子,难怪她要离开。"

玛吉特站在镶着玻璃的雕花门口,她没有进去。凯瑟琳走过房门时,玛吉特拉住了她,在她面颊上轻轻吻了一下。

"欢迎到巴塔维亚,看到英国斯坦福家族的另一面,荷兰风格,郁郁寡欢。"她带着凄凉的微笑，离开了凯瑟琳，留下淡淡的熏衣草的香气，但在凯瑟琳脑海中却留下了英国玫瑰的深刻印象。

由于伯纳德当晚另有事情，玛吉特安排了清淡的印尼式晚餐供两人享用：辣味的鸡汤，用藏红花配色并加入椰丝的米饭，再加上用棕榈树芯做的沙拉。伯纳德不喜欢印尼食物，喜欢更油腻的北欧烹调。

"食物是我在印尼唯一喜欢的东西。"玛吉特评价着晚餐，"几小时后仍那么辣，提醒你刚刚吃了东西，我喜欢那样。"

晚饭后回到房间，凯瑟琳看到了朱里尼的来信，自班加玛辛寄来，放在桌上的台灯旁。

亲爱的凯瑟琳：

父亲告诉我你会到巴塔维亚度假，让我过去陪陪你，但我找了个借口，因为我实在不想见到你和他的小崽子。我想你能理解，亲爱的凯瑟琳。你肯定已经知道了一切，所以我会留下来陪他的傻老婆。她还以为他会回到她身边，我也是这么想。圣诞快乐，恭喜你完成了学业。

朱里尼

第 *29* 章

　　马球场上众马奔腾，荷兰队队长击中球，球直飞入球门，追平了比分。他转过马身，骑着马慢慢走到边线，周围的观众响起热烈的掌声。现在是周日上午，巴塔维亚城外的马球场人山人海。队长下了马，荷兰队和英国队的其他球员离开了球场。马球比赛是俱乐部每周固定的活动，这场比赛是在两个老对手之间进行的，当地的荷兰马球队对阵驻新加坡的英军马球队。

　　一个等候在旁边的马童上前牵过队长那匹汗淋淋的坐骑，递给他一杯饮品，牵着马到旁边刷洗。队长的身体似乎很疲惫，脚步蹒跚。他解开带子，摘下白色头盔，塞在古铜色的臂膀下。那些不熟悉荷兰队的看客看到头盔下竟然是棕色皮肤的面孔，惊诧不已。荷兰队的队长根本不是荷兰人，而是欧亚混血人，一半法国血统，一半印尼马来血统。他并非是寻常的欧亚人，否则光凭出色的运动天赋也不可能加入马球队。他是阿玛德·阿拉拉曼，马塔普拉未来的王储，迈克尔·斯坦福最亲近的朋友。两年前在麦提亚，凯瑟琳曾见过他一面，那是她第一天到达庄园的时候。这一次，多亏了玛吉特介绍，她才认出他是谁。

　　王子拿了条毛巾，拭去脸上和卷曲棕色头发上的汗水，和别的欧亚人一样，他长得很英俊，似乎两种血统的最佳特质都融合在了他身上。他比一般的印尼人长得更高大，和他的印尼马来祖先一样精干结实，筋骨强健，身材匀称。他的外表很硬朗——脸庞、躯干、作风——除了笑声，他的笑声温暖而柔和。

他的英语十分流利，略微带有点儿法国口音，那是被法国家庭教师影响的。他的母亲是一个富有的种植园主的女儿，个性倔强独立。她不顾家庭反对，嫁给了马塔普拉年轻的苏丹。在她的熏陶下，王子成了第一个接受西方教育的印尼王族。尽管阿玛德王子似乎在完全对立的西方社会和当地社会都游刃有余，能够轻松应对，实际上他陷入深深的矛盾之中。和思想单纯、热情待人的波尼奥丛林居民相处是王子最惬意的时刻。他自小接受马塔普拉君主必须完成的斯巴达式的训练，与父亲身边最忠心、最出色的侍卫同吃同睡，一直长到16岁，从他们身上学会了古老的武术、空手道、搏击术和各种武器的使用：弯刀、匕首、砍刀。直到14岁他才第一次开枪，那时他已经成长为出色的阿拉拉曼战士，传统的训练让他认为枪不是堂堂正正的武器。

阿玛德·阿拉拉曼王子把毛巾扔到一边，喝了第二杯饮品，在剩余的时间里，他没有与别的队员交流，而是站在一边，等着比赛重新开始。他没有去注意围观的女性观众给他的钦慕眼光和媚眼，但冷漠更加引起了她们的兴趣。他很怕西方妇女，特别是荷兰殖民地贵族的妻子和女儿。在偏见与激情的双重刺激下，她们在公开场合对他不屑一顾，私下里却暗送秋波。她们用正经的爪哇女孩绝不会用的方式接近他，在公开场合趁没人注意用手摸摸他的大腿，触碰他的小腹，在他的衣服口袋里留下纸条。更有甚者，由信使或仆人将情书送到他的宾馆。

一些女人鉴于阿玛德的财富与头衔，愿意抛弃一己之偏见，他对她们也没有兴趣。但他仍是女人们炎热无聊的下午春梦里的主角。他是女性梦想中完美的白马王子：英俊潇洒、黝黑神秘，却又带着熟悉的欧洲特征，不至于使仰慕者太疏离。她们经常议论他，但他却我行我素，生命中还没有一个女人。因为同族的女孩要么文化程度太低，要么太封闭落后，无法成为他心目中的伴侣。在他应当选择的印尼公主中，情况更是如此。她们深居宫中，娇生惯养。如果他更传统一些，他会听从家庭的安排，在无数嫔妃中找到性的满足，享受男性伙伴的友谊。但他一直未婚，这让他的父亲极为不悦。按照传统，他在很小的时候便和另一个稍稍比他大一点的公主订婚，但在结婚前，公主不幸去世了。那时候他已长大成人，有了自己的主见，在某些问题上连父亲也无法强迫他，因此再也没有订下任何婚约。

太阳躲到了乌云之后，气温骤然下降，风暴正在形成。一小时后，将会有倾盆大雨，但到那时，比赛已经结束了。阿玛德转头第一次观察周围的观众，看到玛吉特正坐在白色敞篷车的后座上。她微笑着朝他招手，阿玛德走了过去，认出了她身边的女人。那是在两年前见过一面的凯瑟琳，迈克尔的情人，或者，是以前的情人，搞不清他们之间是什么关系。他对凯瑟琳的了解并非来自迈克尔，是玛吉特告诉了他新几内亚的救援行动，最近又告诉了他关于孩子的事情。阿玛德知道凯瑟琳付出了极大的勇气生下了小孩，他最欣赏的正是勇气。

玛吉特伸出双手，拥抱阿玛德，他给了她一个热烈的吻。

"亲爱的阿玛德，刚才真是精彩的表演。我想你以前见过摩根博士。"

"是的，很久前见过，但还没忘记。"他微笑着说："你好吗，摩根博士？"

凯瑟琳伸出手，"挺好，叫我凯瑟琳就行了。"

"你到爪哇来只是为了参加比赛吗？"玛吉特问他。

他点点头，"还有点儿家里的事情。"

玛吉特皱着鼻子，眼里闪烁着光芒，说道："你知道我支持英国队，我的荷兰母亲得原谅我。我们斯坦福家族的人总为英国呐喊助威，而你，阿玛德——还有别的一些人——却在为荷兰人争取荣誉。你应该为刚才那个进球感到羞愧。"

阿玛德笑道："我自认为是一个危险的革命分子，但有时能和他们在同一阵营也挺不错。伯纳德呢？"

"在家里——昨晚和总督及斯坦福石油公司的主管参加宴会，现在正呼呼大睡呢。他肯定不会来的，单是看到晨练的情形都会让他难受，只会任凭岁月侵蚀他的身体。阿玛德，周三你可得过来和我们吃晚饭，伯纳德那天会工作到很晚。"她漫不经心地提到日期，似乎没什么要紧，但两人都知道，伯纳德如果在家，阿玛德是不会去做客的。

"我明天就离开，去波尼奥。"

玛吉特很失望，"那你回来后得找个时间一起吃饭。"

"好的。"

哨声响起，比赛继续进行，玛吉特的两个男孩欢呼着跑过来，阿玛德一把搂住他们。

"阿玛德叔叔，你太棒了！你能教我们打马球吗？迈克尔舅舅答应给我们上课，但他去参军了。"

"当然可以，这个夏天你们到马塔普拉和我住上几个星期，我教你们。现在我得回球场上去。"他看看玛吉特和凯瑟琳，"或许，比赛后再见。"

"比赛结束前我们就走了，"玛吉特说："但我们今晚会在俱乐部吃饭。"

"那或许到时候能再见到你们。再见，凯瑟琳，能再见到你很高兴。"

他回到边线，骑上马，男孩们追在他后面。玛吉特沉默了一会儿，看着阿玛德走入场中，陷入了沉思。

"他是个出色的演说家，充满了热情和愤慨。两年前在一次非法的社会主义青年集会中，伯纳德听了他的演讲，当时连他都忍不住赞同印尼独立。当然，很快他从狂热中清醒过来，试图逮捕阿玛德。他运气不好，阿玛德的父亲，马塔普拉的苏丹，很受民众拥戴——在政治上举足轻重。"她叹了口气，突然尖叫道："看哪！阿玛德又得分了！"

她滑下座位，打开车门，"今天的运动到此为止，我也看够年轻的帅小伙子了。再多看一眼那些紧身马裤下结实的大腿，我会受不了的。我得回家陪伯纳德，我去把孩子们带过来。"

凯瑟琳开心地看着玛吉特意志坚定地走开，精美的阔边草帽随着她的步子一摇一摆。

第 *30* 章

马尼拉，1941 年 12 月 7 日，星期天

拥挤的房间里，觥筹交错，人声鼎沸。迈克尔没有理会旁人，独自站在一旁，凝视着巨大的海景窗户外的景色。他正身处著名而古老的马尼拉酒店的一间接待室。海湾西边日落方向 12 英里处，是巴丹半岛，他能隐约看到商船和英国舰队停泊在港口。明亮的橘黄色天空下，无数烟囱和旗杆耸立在漆黑、宁静的海面上。

巨型的蒸汽邮轮"日本皇后号"停泊在 7 号码头。那是世界上最长的码头，纯白色外表现在改涂成了单调的灰色，制空机枪装在船舷与船尾处。两年前它被重新改装，那时是为了应对战争。尽管战争一直没有打响，但正逐渐靠近。它的外观虽然改变，但它依然是白人殖民者特权的象征。前往上海、新加坡、香港、东京或苏拉巴亚的美国和欧洲乘客夜夜笙歌，纸醉金迷，从一个城市到另一个城市。他们在当地劳工护送下，安全地穿过亚洲的贫民区，来到国际租界。那里绿意盎然，环境清幽，干净的公共花园挂着标志牌，上面写着"当地人与狗不得入内"。

马尼拉是个贫富悬殊巨大的城市，迈克尔在日本领事区租了房子，房东是一个老渔民，他是迈克尔童年时代在三藩市的管家的远房亲戚。房子是迈克尔每个周末逃离加维特海军基地军官寝室的避难所。他喜欢它的朴素简单。

有时他整个周末都在那儿，穿着和服盘膝坐在屋里专心阅读、写作。老渔民的小个子、灰头发、面带和蔼微笑的妻子为他送饭。他经常和他们一起喝茶，在那种时候，老渔民会用一个祖传的宝贝茶杯喝茶。杯子通常是被小心翼翼地珍藏在尊贵的位置。尽管在马尼拉生活了将近五十年，夫妇俩却只会说日语。所以迈克尔用日语和他们交流，为自己日语水平的进步感到欣喜。那是许多年前他在三藩市学到的。

今天傍晚，他从日本领事区步行到马尼拉酒店，在一大堆棕色人群中，他一袭洁白无瑕的军装显得格外不协调。这附近没有的士，因为住在马尼拉贫民区的人们很少外出。相反，是世界向他们走来，寻求毒品、黑市物品、性交易。这里什么东西都明码标价，可以出卖。成群的孩子和残疾的乞丐以高明的手法拥过来偷东西。但肿胀的肚皮和瘦小的四肢表明他们并不是那么成功。迈克尔看到连四处乱飞的苍蝇也显得很瘦小，勉强可以吃的东西都被人捡走吃掉了。

"嘿，美国人，想找乐子吗?"一个媚笑的女童扭动着 12 岁左右的身体，挑逗着他。鲜红的双唇间叼着一根香烟，眼影抹得很浓，"你很英俊，我算你便宜点。"

他怀疑，在这条街上饥渴比欲望更加真实。有一刻，他自己在香港流落街头的绝望经历又回到脑海中，眼里充满了泪水。他在加尔各答和上海的街头，见过比这更贫穷的景象，但他从来没有感到麻木，仍对这些感到愤慨不已。

到了豪华的接待处时，他准备参加布拉雷顿将军的欢迎会，他是新上任的远东空军指挥官。迈克尔今晚的心情不好，尽管他不喜欢这种社交场合，他还是答应了去见见朋友、吃吃晚饭，因此他强迫自己待在那里。接待室在酒店的最顶层，他把军帽寄放在门口，拿了一杯威士忌，在房里寻找能改变心情的美景。

他四处打量拥挤的房间，没看到朋友在场，又将视线转到窗外。已是日暮时分，停泊的船只朝岸上一明一暗地打着信号灯。他看着一艘灯火通明的大商船缓缓驶出港口，很快经过守护马尼拉湾入口的科里吉达要塞，驶入自由的公海。他羡慕它，两周后他也会离开这里——飞回家度圣诞假期。想到这儿，他下巴的肌肉一紧，自从 6 个月前向卡拉提出离婚后她一直音信全无。这个假期，两人的事情必须做一个了断，但她这些时间来的沉默表明她不同意离婚——至少没那么容易。

他与父亲的关系也遇到了麻烦，他们在莫尔兹比港凯瑟琳离开后进行了一番激烈的争吵，从此两人的通信口气礼貌而疏远。事情的起因是查尔斯爵士强烈反对迈克尔的计划：到纽约与凯瑟琳团聚。

"先让她完成学业。"查尔斯爵士规劝他。

迈克尔生气地回答："尽管你爱着我的母亲，你还是没有娶她。现在你又想剥夺我同样的权利，你尊贵的牺牲给大家带来了什么？你保存了自己的名誉，但你毁了我们一家人。"

所有以前积压在胸中的怒气在那天他都宣泄出来了，把查尔斯爵士吓得一语不发。迈克尔自己也惊诧莫名，他的青春期叛逆，他后来的悔恨，都特别地姗姗来迟。在此之前他只允许自己对父亲满怀感激和爱的感情，苦涩与憎恨被精心掩盖了起来，避开了真实的灵魂。

他声音颤抖着补充道："妈妈那时才 18 岁，她什么都不懂，但你不同。"

"难道你不知道从那之后我一直抱憾终生吗？"父亲抗议道："我的天——我爱她，胜过任何事物、任何人！"

迈克尔不为所动，"那你应该和她结婚，但相反，你让我们受尽苦难！"

"我也很痛苦！"

"那并不是理由，到现在你还用你的痛苦拒绝接受事实。你既不忠于家族荣誉，又不忠于你的妻儿。你害怕和我妈妈结婚，害怕将自己完全交给某个人。"

在迈克尔的目光下，查尔斯爵士似乎开始畏缩，"很好，"他说道，声音低沉，"或许你是对的。如果你执意坚持，和她结婚吧。我不会阻止你的。"

但迈克尔自己阻止了自己。他的罪恶感、他的困惑阻止了他。如今他回到了文明世界，丛林中的生活变得像梦幻般遥远。他开始怀疑一切，甚至包括他对凯瑟琳的爱。他以日益迫近的战争为借口，一再拖延，不作出决定。

如果他和凯瑟琳最终得分开，又何必匆忙离婚？他劝自己结束同凯瑟琳的关系——至少暂时停止。当他完成三个月的飞行训练后，被调到菲律宾时，他给凯瑟琳写了信，告诉她等他离了婚两人就正式结婚。回忆让他长长地呷了口酒，又喝了一口，苦恼地望着停泊在码头的快艇。巨大的船身随着潮汐微微升起，它是今天才到达的，带来了邮件。

有一段时间，他盼望着它的每一次到达。他的胃和别的男人一样抽搐不安。但已经过去一年了，他一次也没收到凯瑟琳的来信。他的信都被退回，印着"地址不详"的字样。最后，他不再写信，但他没有改变离婚的决定。无论他与凯瑟琳的关系如何，从他与凯瑟琳在瓦里达尼被发现的那天起，他的婚姻不再和以前一样了。他现在意识到他不能再与卡拉在一起，维持同床异梦的婚姻。

他喝完杯中的酒，完全不知道什么滋味。他搜索着房间，想找些东西转移注意力，忘记那些痛苦的想法。身边的谈话都是有关军事的，人们谈论着设备落后、供应不足的事情。运送到菲律宾的补给堆满了三藩市的码头，但船只都忙着供应英国本土，无暇他顾。此外，华盛顿和日本正在进行外交谈判，没有人预料到会有战争，至少不会那么快开战。

迈克尔看到他的副驾驶员，英塞·道格拉斯·斯图尔特，1940 年安纳波利斯军事学院毕业生，刚刚走进房间。和他一起的有伯德·拉尔森，驱逐舰"佩里号"的通讯官，和他的妻子卡萝尔。菲律宾的随军家属已在 2 月份被命令回国。年轻军官们的妻子纷纷反对，希望能与丈夫留在一起。有些下定决心的妻子，如卡萝尔，以离婚的极端方式，避开军方的规定，留在了马尼拉。

"连我的父母都规劝不了我，"她满不在乎地摇晃着齐肩金色短发，解释道："如果我听山姆大叔的话，那可真是该死了。"

道格拉斯·斯图尔特的新娘，却截然不同。出身于传统军人家庭，又是虔诚的天主教徒，她无法违抗军方或教会的命令。卡萝尔留在了马尼拉，享受着所有年轻军官的目光。迈克尔和卡萝尔、伯德并不是很熟，但他们是道格拉斯的好朋友，所以他时不时和他们见见面，对别人他可不会这么友善。他朝三人走去，他们刚刚问候完一位将军。

"为什么来到接待室，又自己站在一边？"道格拉斯问道。

"没什么，"迈克尔不耐烦地回答："咱们出去吃饭吧，我得离开这里。"

"好的，迈克尔，好的。"道格拉斯轻松地回答："请别那么着急，我们就出发。"

酒店外，刚刚下过阵雨，人行道湿滑而泥泞。

"走路去吗？"道格拉斯问。

"搭计程车去吧。"迈克尔回答，不想再让街道影响他的心情。

马尼拉看起来不像是一个快要打仗的城市。到处灯火通明，俱乐部、饭店里熙熙攘攘，没有防空洞或防空演习扰乱视听。防空洞确实有，但只是存在于马尼拉美军司令部办公室三英寸厚的报告里。司令本人树立了榜样：面对战争最好的方法，是不去想它；民众也欢呼着追随其后。

他们在杰·阿莱俱乐部吃饭，那是一个欧洲人、美国人和富有的菲律宾人的好去处。管弦乐队演奏着科尔·波特和乔治·杰士温的音乐。香槟酒塞爆开的声音此起彼伏，像是在庆祝新年，而不是一个普通的周日夜晚。在这种麻醉人心的歌舞升平下，迈克尔更加不自在。道格拉斯和伯德轮流和卡萝尔跳舞，然后，两人走开了，留下迈克尔独自陪着她。

"你不跳舞吗，迈克尔？"卡萝尔抹着鲜红的唇膏，金色齐肩短发上套着白色的钩针编织发网，雪绸纺织成的裙子长可及地，好一个娇滴滴的小姐，迈克尔心想。

"我没有心情。"他回答。

"没心情——还是，我不够迷人？"

她挑衅地望着他的眼睛。胡闹，他心想，为什么远东的每个人都想挑起战争？她专注地盯着他，看到那双冰冷的灰色眼眸正平视着自己。

"我知道你和道格拉斯上床，或许和加维特的大部分军官都睡过，但那是你的事。伯德并不知情，我不想出现在你情人的黑名单上。"

她看起来并不气恼，只是略微为自己辩护道："伯德出海时我给自己找些乐子并无不妥，男人都这副德性。你无权过问我的私事。"

"我并没有过问，卡萝尔。我不在乎你那么做是因为你喜欢性爱，或是憎恨男人，或是出于寂寞，或是想报复伯德。我不在乎伯德不在时你用什么自慰——但请别烦我。"

突然，她一阵大笑，两人间积累的紧张情绪被笑声驱散，两人轻松地保持了一会儿沉默，迈克尔说道：

"你应该离开马尼拉，卡萝尔，回家去。"

"我知道，但我做不到。当有事发生时，我必须在这儿。信不信由你，我爱伯德。"她大大的眼睛流露出恐惧。

"我相信你。"迈克尔轻声说道，伸出手握着她的手。

她抽泣着，在泪光中微笑着说："如果你不能成为我的情人，至少把我当成朋友吧？"

"当然，"他微笑道："你最忠诚的小狗。"

两人同时大笑起来。

拉尔森夫妇离开杰·阿莱俱乐部回家去，迈克尔不情愿地陪着道格拉斯去他最喜欢的地方，日本领事区的一个艺伎馆。拉尔森夫妇不在身旁，迈克尔感觉自在了些。走进馆内，原来里面不单单是艺伎馆，还是一处高档酒吧。清一色富有的外国人和军官，不大舒服地坐在榻榻米上，焦急地等待着漂亮的穿和服的日本女人服侍他们。迈克尔观察着客人，猜想这间酒吧肯定与日本的间谍活动有关联。

不管经营者的动机是什么，娱乐挺精彩，节目主要是古典日本歌舞，根据西方人的品味作了些许改动。坐下来后，迈克尔的注意力被坐在一张长桌尽头穿和服的可爱的女歌手所吸引。她的面孔和精致的正在弹奏古三弦琴的小手令他想起了凯瑟琳。他毫无顾忌地盯着她，道格拉斯此前从未见过迈克尔对任何女人表现出兴趣，感觉很惊奇。

"那是美纪小姐，她可碰不得。"他靠近过去，神秘地说："某个大人物包了她。"

"她长得挺可爱。"迈克尔说道，把注意力转移到别处。

道格拉斯有点失望，因为迈克尔对谁是那个大人物不感兴趣，不禁对自己大为不满。他总在想办法讨好迈克尔，迈克尔的疏远让道格拉斯很迷惑，他自己是爱交际，开放的人。他喜欢迈克尔，或许用"仰慕"一词更加贴切。但他怎么也摸不透迈克尔的脾气，对迈克尔的个人生活一无所知，只知道他已婚，母亲是美国人，父亲是英国爵士，住在波尼奥。道格拉斯和迈克尔是室友，自从8个月前被派遣到菲律宾后就一起住在加维特海军基地的军官宿舍里。而现在他对迈克尔的了解比之前多不了多少。

尽管如此，两个男人还是结下了友谊。业余时间，道格拉斯总是和他以前安纳波利斯的校友在一起厮混。

"你永远都只有19岁。"迈克尔总是这么说他，开他玩笑："如果你不和那些狐朋狗友去喝啤酒会死啊？"

道格拉斯反过来会追问迈克尔每个周末的去处，自己异想天开地作出种种假设。迈克尔愉快地倾听着，但从不透露真相。

迈克尔请美纪小姐唱一首古老的艺伎歌谣。这首歌很少有客人点唱，因为日本风格太强烈，西方人很难接受。美纪小姐愉快地接受了请求，和他们聊了一会儿。迈克尔用日语与美纪小姐交谈，道格拉斯佩服得五体投地。

"天哪，"美纪小姐被唤走后道格拉斯惊奇地叹道："你在哪儿学会说日本话的？"

"跟一个管家。"迈克尔简单地回答。

道格拉斯不相信地摇摇头，"你肯定没有告诉海军部门，否则你会飞到檀香山做文案工作，而不是当一名飞行员。"

"那正是我不告诉他们的原因，我受不了每天埋在需要破译密码的军事文件里。"他微笑着说。两人静静地走在外面，雨时下时停，路灯在街边一明一灭。两人来到一条狭窄街道的角落，整条街都挂满了日式灯笼，灯火通明。各种颜色的灯笼在风中摇摆，无惧风雨。这条街上都是妓院，没有艺伎屋那么多规矩和安排，又比马尼拉贫民窟的窑子要干净漂亮些。

道格拉斯在入口处停住脚步，清了清嗓子，"我想进去一会儿，一起来吗？"

迈克尔摇了摇头。

"不是吧？你到底是什么人，迈克尔？装扮成军官的僧侣？"

"不是，但也差不多。"迈克尔微笑着说："凡蒂冈派我到此过苦行生活，让你们这些天主教的孩子们感到自己罪孽深重。"

"天，我想你做到了。"道格拉斯嘟囔着。

迈克尔的微笑消失了，"嘿，道格拉斯，我并非什么圣人，远远不是，如果你知道真相的话。去吧——玩得开心点儿，以上帝的名义，没必要担心。"

"那……好……"道格拉斯犹豫着，然后快乐地说道："明天早上见。"

"晚安，道格拉斯。"迈克尔走了几步，转过身说："我不希望到明天只有我不打瞌睡。"

"别担心，队长。我的眼睛尖着哪，一艘救生艇也别想逃过我的视线。"

迈克尔笑着回答："我只希望明天一艘船也看不到。"

迈克尔没有回基地，而是走到他租的小屋。他蹑手蹑脚地推开门走进去，免得吵醒老夫妇俩。他细心地叠好白色制服，穿上一件丝绸长袍，躺在地板的榻榻米上，很快进入梦乡，又很快被一个记不清的噩梦惊醒。

除了房间外的风铃声，屋子里很安静。海风从港湾那边吹来，拂动着铃铛，叮当作响。白天的喧嚣平息了下去，沉浸在脑海深处的回忆随着铃声悄悄地涌上来。与凯瑟琳在新几内亚的回忆，如今看起来是那么的不真实，但它们在心中留下了创伤，和肉体的伤害一样那么痛。他的小腹开始悸动，涨紧。他合上眼，咬紧下巴，把回忆赶出了脑海。

已经结束了，他生气地告诉自己，忘记它。但朦胧中，她的身影随着风铃声潜入了房中。他想象着她就在身边，她的脸那么的近，她的手臂搂着他，黑色眼睛眨动着，双唇微张，甜美的气息包围着他。他们眩晕地拥吻着，他想象着自己抚摩着她的大腿，她的胸膛抵着他的胸膛。但他就是无法再靠近，让两人获得解放。

他站起身，气恼地推开房门，风铃谱出一小段乐章，迎接着他。雨停了，天空一片晴朗，月色皎洁，铜制的风铃表面泛着微光。他伸手扯下风铃，刺耳的铃声似乎是在责备他。眼泪猛然流淌下来，他被她的回忆深深地刺伤了。他的信件一封封被退回时，他感到无比绝望。他致电哥伦比亚大学人类学系，但他们不肯告诉他她的地址。他试过找卡尔的遗孀，珍妮，但她搬走了。他最后接受了痛苦的现实，她已经离开了他，不会再回来。

他眨着眼睛，拭去泪水，回到房间里，迅速穿上衣服。走出街道时，他发现自己朝艺伎屋走去。现在已是凌晨一点钟，艺伎屋关门了。到了那儿，他敲了敲后墙狭窄的木门，但没有人应他。他固执地用力敲着门，直到门上的一扇小窗从里面打开，一双眼睛瞪着他，一个男人音粗声粗气地用日语喊道："回去！我们还没开门呢！"

迈克尔用日语回答说他是专程来见美纪小姐的，那男的气愤地回答：

"没人可以见美纪小姐，你给我走开！"

争吵并没有持续多久，门的另一边一个女声插入了对话。门后小声地交流着，迈克尔听不清内容。整件事现在在他看来如此荒唐滑稽，他也不知道自己为什么会到这儿来，但他必须找个地方。一双长着长长睫毛的眼睛出现在窗后。

"斯坦福中尉！"那女的惊奇地认出了他。

他听到开门的声音，小门打开了，是那个今晚曾服侍过他们的女店员。

"您有事吗，中尉？"

迈克尔透过木门看着里面，那是一座由许多木建筑构成的庭院，树上也挂着红灯笼。

"我想见美纪小姐。"

她回头望着一间独立的房子，里面还亮着灯。

"我想那可不行。"

"求求你。"他的声音恳切而坚定，连他自己都吃了一惊。

她也很吃惊，仔细地打量着他，想了一会儿，让开道，示意他进来。

"跟我来。"她用英语说。

他的脸上露出轻松的微笑，走了进去。他打量着那间独自伫立在树丛中的小屋，心想下一道阻碍是否也能这么顺利地通过。

那女的带着他来到一间像公寓房的小屋，应该是她的房间。她给迈克尔倒了茶，匆匆忙忙离开。他有机会四下参观一下，屋里塞满了东西：香水瓶、塑料花、美国影星的照片，都堆在了两张矮几上。西式的衣服和精美的丝绸和服挂在一起，屋里的装饰是日本样式的，主人显然生活在文化的夹缝中。

他听到身后的房门打开，转身见到美纪小姐进来，关上房门。她靠在门上，端详着他。她穿着长长的及地黄色丝袍，乌黑的长发披散在肩上。他静静地欣赏着她的美貌。

"你不应该来的。"她最后说道。

"有人已经告诉我了。"他略带后悔地回答。

两人沉默地望着对方，然后她慢慢走过房间，站在他面前。

她解开长袍的带子，里面一丝不挂。他晕眩地凝视着她苗条的身躯，她开始帮他解开白色军装上的金色纽扣。他没有抗拒，但还是迷惑为什么自己会到这儿来。她解开他的腰带，跪在地上，把脸靠在他的小腹上，感受到那柔软的小玩意在面颊下开始膨胀。上帝啊！他想着，自上一次凯瑟琳也如此触摸他，到现在有多久了……上一次两人的缠绵。

"你想怎么做，中尉？"她轻声曼语地问，眼睛魅惑地盯着他，"你想让美纪怎么服侍你？"

"只要……"他困难地吞咽着——"能忘记一切就好。"他闭上眼睛，她有着一样的身材，一样的乌黑长发，或许他想要的，是把她当成凯瑟琳。他的指尖轻轻抚弄着她的发梢。

她站起身，手臂缠绕着他，长袍打开着。她的身躯挤压着他，四唇相交，但就在这时，幻觉被打破了。没有人能像凯瑟琳那样挑起他心中的情欲，他遗憾地轻轻将她的手臂从脖子上拿开，小腹的坚挺开始消退。

她的脸充满悲伤，"你不喜欢美纪吗？我不能让你开心吗？"

"不，这不是你的错，真的。"他轻声用日语说道："你很美。"他伸出手，托着她的脸，尴尬地知道她把他的不举误会为对她的拒绝了。

她转过身，一言不发地离开了房间，留下他一个人。他系上腰带，扣好衣服，心存愧疚地留下身上所有的钱。他不该把她当成另一个女人，他生气地告诉自己。

正当他走出大门时，一辆轿车停在门口处。一个军装齐整的大兵从司机位置走出，靠着防护栏，点燃一根香烟，看样子他要等他的乘客很久。迈克尔认出了是谁的车子。

"好啊，好啊，美纪小姐。"他自言自语："你交际的圈子真是高尚。"他有点后悔把钱都留在了桌上，意识到自己得走回基地。妈的！他边走边骂自己。

回到基地已是午夜两点，道格拉斯不在房里。他打开门，脱下自己的帽子和上衣，脱鞋时他注意到桌子上有信件。或许是给道格拉斯的，他心想，拎着一只鞋，走到桌边。

有一封信是道格拉斯的，寄信人是他的妻子。他放在一旁，呼吸突然停住了。在信件下面，是一封给他的信，他认出了上面的笔迹。信是由纽约寄来的，1941 年 11 月 26 日。他麻木地站在那儿，看着信，然后坐到床边，手里拿着信，不敢打开。过了这么长时间，他猜想会不会有什么他不想听到的消息，会不会是她宣布已和某人结婚。

他的心怦怦乱跳，最后他鼓起勇气，打开信封，拿出信纸。他的手一直在发抖，连信都掉到了地上。一张相片，夹在信纸中，掉落出来。他看着面前这张 4 英寸见方的白色框框，面是朝下的。猛然间，他似乎能看穿相片的背面，知道了信的内容。

他拾起相片，翻转过来。尽管心中已有了期盼，但看到相片中微笑的小男孩，心中仍深深地被震撼。看到孩子灰色的眼睛和金色的鬈发，迈克尔的胸口起伏不定，身体战栗着。那是他的儿子，两人如此相像，让他又惊又喜。他举起手，拭去夺眶而出的眼泪，心情既轻松，又气恼，又柔情无限。他坐到床上，手肘抵着膝盖，放声大哭，直到泪水都流尽了。

哭完后，他久久地看着照片，最后才放下来，打开信纸。字里行间的冷漠令他深感震惊，但当他一遍又一遍地读完信后，他开始体味到字句后面的痛苦和恐惧。他坐到桌旁，写了一封回信。完成后，他封好信件，放在桌上，脱下自己的长裤，躺在床上。凯瑟琳和儿子现在到了爪哇，很快他就能和她们团聚。没有别的男人介入两人之间，除了 6 个月大的宝宝之外。尽管语气很冷淡，但他现在了解，她还爱着他。感谢上帝，他很快就可以见到她们。他合上眼睛，庆幸今晚，在那么久以来，第一次能睡个好觉。

在这个时候，巴塔维亚刚好是午夜，霍蒙尼俱乐部的餐厅仍挤满了不愿结束周末聚会的客人。一张餐桌上，五个食客告退离开了饭桌，让剩下的两位客人能肆无忌惮地盯着另一名刚刚来到的男人。她们的眼神像看着汤里面挣扎的苍蝇，伯纳德挑衅地回应着她们，大大咧咧地坐在桌边，大声喝令侍者给他拿餐具。

"你没告诉我你今晚会出来，亲爱的。"他对玛吉特说道，完全忽视凯瑟琳的存在。"我没想到你会回家。所以就没告诉你。"玛吉特冷淡地回答，"我没想到会有幸遇见你。"伯纳德不理会她的讥讽，叫侍者上酒。

"你已经喝多了。"玛吉特平静地看着他。

伯纳德的拳头砸在桌上，上面的银器猛地跳了起来，"我喝多少才不关你的鸟事！"他一口喝干杯中的酒，挑衅般重重地把杯子扣在桌上，脸上的愁容变得极为狰狞。

玛吉特看着伯纳德，瘫在椅子上，好一会儿，她错愕不已，又不愿屈服。她突然站起来，"我回家了。"她宣布道。

凯瑟琳默默地看着这一幕，站起身跟着玛吉特出去了。伯纳德仍沉浸在胜利之中，稍稍补偿了刚才和印尼情人争吵的失利。他跟在她们身后，钻进了玛吉特的敞篷车的后座。

"婊子，"伯纳德自言自语道。他的情妇又跟他要钱，他一口拒绝，她就关上门，把他锁在了外面。他怎么能告诉她那是玛吉特的钱，不是他的？他不敢再向玛吉特要钱，怕引起怀疑。所以他站在情妇家的门外，心中充满了屈辱与绝望，感觉身边都是他需要而无法控制的强势女人。在那个时候，他第一次感觉到他对玛吉特的金钱的需要让他付出了比所得到的更大的代价。这一意识让他如此绝望，他马上开车去见玛吉特，不是为了寻求安慰，而是寻求对抗。她总是那么冷漠傲慢地对他，每次争吵后他原本的悔恨和罪恶感都会化为乌有。而且，他知道她从来无法抵挡他的眼泪和表白，他靠这点伎俩维持着两人的关系。

他们把车从港口开到山上，一路无言。到家时玛吉特走出车子，看都不看伯纳德一眼，径直踏入房子里，上楼梯回自己的房间。凯瑟琳庆幸终于可以摆脱他们夫妇俩，跟在后面。伯纳德尾随其后，停下来给自己倒了杯酒，他从俱乐部带回来的。他望着凯瑟琳的背影，嘲弄地举了举杯。

"你不用骗我，"走到楼梯口的时候他朝凯瑟琳眨眨眼，"你来的目的只是为了哄老头子开心，给迈克尔的小崽子留笔百万遗产罢了。""去死吧，伯纳德。"凯瑟琳干脆地回答，她没有停步，跟着玛吉特上了楼梯。

伯纳德突然又怡然自得，手里拿着酒杯，来到小小的书房里。他坐在一张松软的印花棉布椅子上，如同一只蟾蜍蹲在花瓣中。他告诉自己，一会儿再跟玛吉特亲热，算两相扯平。他的手指一软，空酒杯从手里滑落，在大理石地板上摔得粉碎。他微笑着聆听着那清脆的声音，房子又回归平静。突然，玛吉特在房中尖叫一声：

"上帝啊！不！"

凯瑟琳站在楼梯上，伯纳德清醒过来，走出书房，望着二楼。玛吉特出现在楼梯顶端，脸色苍白，一如身上的白色长袍，直愣愣地望着凯瑟琳。

凯瑟琳也开始害怕，"怎么了，玛吉特？"

"是广播，我刚刚打开。他们说日本人轰炸了珍珠港！"

凯瑟琳倚着楼梯，似乎脚下的楼梯不复存在。她意识到，迈克尔不会回来了。第一次，她发现自己多么想再见他一面。

凌晨 3 点 30 分，马尼拉。迈克尔在噩梦中被道格拉斯摇醒，他朝着自己不知道在吼些什么。当迈克尔清醒过来，才发现并非自己在做噩梦，而是全世界的噩梦。

菲律宾时间凌晨两点，珍珠港遭受袭击，道格拉斯告诉他，痛苦清晰地刻在他的脸上。突然间，迈克尔的所有希望都被一扫而空。

第 *31* 章

日本成功打击了美国的太平洋舰队后，刚过了 6 个小时，又展开了攻击。这一次，新近建立的菲律宾克拉克机场远东空军部队几乎全军覆没。日军战机在明媚的天空中飞抵上方，尼尔森机场空军司令部收到敌机来袭的报告，却无法让克拉克机场的广播员播报。商业电台第二频道广播了日军飞机接近的新闻，但克拉克机场乱糟糟的大厅只传来听众的一阵嘘声和大笑。和珍珠港的战舰一样，轰炸机和战斗机整齐地阵列成行——正是轰炸的好目标。军事意义上，它的灾难性后果不亚于珍珠港被袭。

随着日军进攻的报告纷至沓来，迈克尔的精神负担一分分加重，几乎快要崩溃。他不是担心自己，而是担心凯瑟琳和孩子，担心玛吉特和卡拉，担心麦提亚和那里的亲人，那些他深爱的人们。当战争爆发时，他的第一个冲动，是跑到印尼群岛那里，保护身边的亲人，用自己的能力抵挡可能发生的一切。但理性战胜了冲动，他只希望有奇迹发生，能让他尽快赶到印尼群岛，而不用上军事法庭。

他最担心的是凯瑟琳，她不知道他已收到信件，知道自己有了孩子，她甚至不知道他准备和卡拉离婚。他心里明白，如今每一次的飞行任务都可能是最后的任务。天空中布满了更轻巧、更具机动性的日本零式飞机。迈克尔可以接受死亡，但他不能接受的是，如果他死了，凯瑟琳将永远不会知道他有多么爱她和他们的儿子。除非她了解了内情，否则他永远不会心安，死也不会瞑目。

　　珍珠港事件之后到圣诞节假期的两周内，战事愈发不利。但伴随着每一次灾难，迈克尔的信心却开始增加，加维特海军基地几乎全被毁了，因此，亚洲舰队被命令南移到爪哇加入由荷兰、英国、澳大利亚海军组成的盟军军事力量。迈克尔相信飞行中队很快也会过去。当"休斯顿号"离开班乃岛，前往爪哇时，珍妮的孪生弟弟汤姆，正在船上服役。他还没见过迈克尔，迈克尔也不知道他被指派到"休斯顿号"，如果一早知道，他或许会通过汤姆给凯瑟琳寄信。他听说伯德·拉尔森的船"佩斯号"，很快会出发到爪哇去，他与凯瑟琳取得联系的希望在心中点燃。珍珠港被炸当晚他把凯瑟琳的信和别的东西匆匆忙忙打了包，从加维特的军官宿舍转移到日本老夫妇的家里，没有机会寄出去。飞行中队被命令撤离，由于无法离开营地，迈克尔找了一张纸，给凯瑟琳写了张便条，告诉她信已收到，他爱着她，并尽快会去与她会合。他找遍了整个营房，却找不到一个信封，只能用急救药品箱里的绷带包扎好，交给运输物资的卡车司机，让他转交伯德，随函又附上一张字条，请求伯德到了爪哇时亲自把便条交给凯瑟琳。或许凯瑟琳已经离开了印尼群岛，迈克尔知道玛吉特也许会有所行动。他在珍珠港事件后的第二天试过给玛吉特发电报，却被告知只有军方高层的信息才能发送。他给电报员留了内容，希望以后或许能发出去。

　　电报员耸了耸肩："那是你的钱，如果你想糟蹋，那就来吧。反正再过一个月就是废纸了。"

　　马尼拉成了东方的狂野之城，防空警备官佩带着步枪，可能是喝多了，动不动就喝令房子和酒店房间关灯熄火，也不管究竟有没有空袭。夜总会里人满为患，居民们带着吃的喝的，坐在马尼拉酒店的天坛里，观看马尼拉湾的空中大战。有几位精疲力竭的飞行员回来后和下面的看客打了架，因为后者抱怨上面的表演不够精彩。

　　当战争变成了文明人的一场盛宴时，吕宋岛的军事形势却变得极为不利。12 月 22 日，日军大规模登陆。麦克·阿瑟错误地高估了自己的军队防御整个岛屿的能力，新招募的士兵根本无力抵挡训练有素的日本军队。没有了空中支援，形势根本没有希望好转。麦克·阿瑟只得下令撤退到巴丹半岛，准备坚守阵地，不让日本人打通马尼拉湾这条通道，直到海军支援到达为止。撤退井然有序，但由于物资已分发到岛上各处，巴丹只有供应 80,000 名士兵一个月的粮食储备。马尼拉被宣布成为开放城市，麦克·阿瑟把司令部撤到了要塞岛屿科里吉达，守住马尼拉湾的入口，离巴丹半岛只有几英里远。

在撤退的匆忙和混乱中，迈克尔的希望有了答案。道格拉斯乘坐着沾满泥巴的供应卡车从马尼拉过来，朝窗外招着手。

"嗨，迈克尔。如果我答应不调戏你的妻子和你的姐姐，你会不会答应邀请我在圣诞节到你家做客？"

迈克尔看到道格拉斯手中挥舞的白纸，心中一块大石落地。"你可以回家了，幸运的家伙。"道格拉斯边爬出卡车边喊道："带上我们这群孤儿吧。"他开心地捶着迈克尔的背，"我们把将军和他的手下也拉上——圣诞节——飞到爪哇。这份圣诞节礼物如何？"

别的飞机已经离开，在前一天被调去保卫印尼群岛那边的锡兰岛，只有迈克尔的中队还在，他看着其他队友们一一飞走，心里既是惆怅，又带着一丝希望，不知道自己的中队会有什么任务，他被命令原地待命。

为了庆祝平安夜，队员们喝光了道格拉斯最后珍藏的威士忌，但酒太少了。第二天，队员们早早起床，收拾营帐，准备离开。到了营地已有两周时间，迈克尔第一次发现风景是那么美，如果不是飞行任务的压力，他早就应该发现这是一处人间天堂。浅浅的海滩上，是错落有致的棕榈树；沙滩是温暖明亮的金黄色，海水泛着妩媚的蓝光。当天早晨队员们在附近的泉眼冲凉，修理飞机，直到飞机恢复了数周来的最佳状态，然后去打牌，消磨时间，等待出发。迈克尔穿上长裤，赤着脚，伸手去拿衬衣，一个队员喊道：

"嘿，凯利，别吵。"

机修工从铁板上站起来，手里拿着扳手。别的人也停住了手中的活儿，剃刀停在了满是泡沫的脸上，咖啡杯呆在了空中，每一双耳朵都听到了一阵阵沉闷的震动声，越来越响。所有的眼睛都盯着地平线，希望看到一两架美国飞机飞来。

"他们来了。"一个队员喊道，指着内陆的树丛那边。

五架战斗机从树顶的高度突然出现，声音被几乎触到的树冠掩盖了。他们如此坚定地低飞，表明早已经知道目标的所在。机枪从飞机上向下扫射，子弹溅在沙滩上，队员们纷纷散开，在周边的树林中寻找掩护。迈克尔迅速跳入水中，拼命游向飞机。战斗机打了个旋儿，又飞了回来。子弹击起了无数水花，迈克尔不得不深深潜入水中，避开攻击。爬上飞机时，他发现贝乔，机械师的副手，躺在舱门前，胸口和头部都中了枪。迈克尔赶紧拿起旁边的急救包，给贝乔包扎止血，然后操起中央甲板的机枪。几架零式飞机又回来了。

海空两用飞机上传来的反击让正在攻击的敌机吃了一惊。机枪射中了一架平平飞来的零式机，它突然歪向一边，冒着青烟，刚刚擦过飞机。迈克尔瞥见那架飞机上的飞行员挣扎着想打开舱门，飞机坠入水中，引发了爆炸。冲击波摇晃着停锚的"卡特琳娜号"，巨大的波浪把迈克尔冲上机身。另一架敌机射出的子弹击中了飞机的侧面，射入了飞机内舱，引起了两股小火。

飞机晃了几晃，迈克尔爬到机头的机关枪那里，朝飞走的敌机射击。他的注意力放到了两股小火上，用灭火器扑灭火苗后，他再爬回中央甲板的机枪处。几架敌机暂时消失了，重新集结，准备下一轮攻击。迈克尔利用这一时间检查贝乔的伤势，他陷入了昏迷，又回到机枪处，专注地等候着。

他听到了敌机的声音，远远地发出嗡嗡声，如同愤怒的蚊子，又从树丛上面出现，呈单列阵势。这一次他们的火力集中到了飞机身上，不去理会沙滩上的零星火力。队员们看到刚才的殊死搏斗，纷纷从树林中跑出来，帮迈克尔作无望而英勇的抵抗。

迈克尔看着敌机飞近，抓紧手中的机枪，祈祷海面能风平浪静。正当他准备开始朝第一架飞机开火时，"卡特琳娜号"被涌动的海浪摇晃了一下，他失去平衡，无法瞄准接近的飞机。当他重新瞄准开火的时候，第一架零式机也已经开火了。迈克尔击中了目标，敌机的机舱开始冒烟，但仍朝他飞来，掠过头顶时，机枪闪着蓝光，敌人仍绝望地射击着，子弹刷刷刷地射入丛林。敌机再也无法恢复高度，消失在树丛后面，冒着浓烟。几秒钟后，传来剧烈的爆炸声，宣告了它的命运。

与此同时，迈克尔被剩下的三架敌机盯上了。三架飞机完成攻击，飞过去时，"卡特琳娜号"已是千疮百孔，但迈克尔和贝乔都奇迹般没有被打中。机上的弹药着了火，好像有几十支机枪同时在开火。从油箱中漏出的汽油也着了火，整架飞机都冒着青烟。迈克尔无法再瞄准射击，火势已无法抢救，机上的炸弹随时可能爆炸，再也挽救不了"卡特琳娜号"了，三架零式机会折回来解决奄奄一息的它。

迈克尔拉着贝乔冲到舱门，给他套上一件救生衣，推下海面，自己也跳了下去。海水很温暖，天空万里无云，是飞行的好天气。"卡特琳娜号"冒出的浓烟呛到了迈克尔，他用一只手夹着贝乔，向50码外的岸边游去。后面越来越近的轰鸣声告诉他零式飞机正再次袭来。贝乔醒来了，拼命挣扎想摆脱迈克尔，力气大得惊人。他还没有完全恢复意识，像疯子一样殴打着水面和迈克尔。迈克尔不能松手，否则贝乔会淹死在海里。但控制住他的发狂却让他无法继续向岸边游去。他绝望地望着天空和渐渐靠近的飞机，只剩下两架，另一架应该伤得很严重，或者坠毁或者放弃飞行了。没什么值得庆幸，两架飞机足够解决他们。

正当他准备挨子弹时，"卡特琳娜号"爆炸了，上面的炸弹也被引爆，金属外壳碎片呼啸着飞入天空。有什么东西击中了迈克尔的肩膀，他痛得喘不过气，幸好贝乔又昏迷过去，迈克尔的左臂无法再用力，他改用右臂夹着贝乔，继续游向岸边，但仍无法摆脱敌机。他听到岸上的队员跳入水中，过来帮助两人。他朝他们吼叫着，让他们回去，担心他们的安危。

突然，一阵风吹过，"卡特琳娜号"冒出的浓烟被风吹拂着，掠过水面，把两人裹在里面。迈克尔被烟呛到，肺都快炸开了。岸上等候着他们的队员拉住他，把两人拖出水面，拉上沙滩。两架敌机看到目标"卡特琳娜号"已被摧毁，敌人又上岸找了掩护，于是撤退了。

迈克尔精疲力竭，一屁股坐在沙地上，鲜血汩汩地从左肩的伤口流到背上。他呆呆地看着燃烧的飞机正慢慢地沉没。

道格拉斯·斯图尔特坐在他身边，泪流满面。

"我很难过，迈克尔。不单单为了飞机，我知道你很想飞到爪哇去。"

迈克尔静静地看着翻滚的青烟。

道格拉斯继续说道："你可能得自己想办法过去了。"

迈克尔转头望着海岸线，又看着海面，竭力控制自己的感情。他看着道格拉斯，又看看身边沮丧失落的队员。还会发生什么事？没有了飞机的飞行员。他知道自己不能离开，他下定了决心。他如今也卷入了战争，无论如何，他都要战斗下去。不是为了国家、荣誉，而是为了同他一起并肩作战的人们。他们需要他，他不能让他们失望。

他让队员们拦住一辆经过的卡车，把贝乔抬了上去，一个队员跟车送他上医院。迈克尔手搭着膝盖，头靠在上面，看着脚下的沙子。道格拉斯的手搭着他没受伤的肩膀，安慰他。

两天后，迈克尔到马尼拉马斯顿大厦的海军司令部报到。美国海军只剩下一个军官、一个海员和堆满房间的文件。重要的物资已经转移到科里吉达，其余的人随将军于圣诞节乘潜水艇离开了。空中力量已经不复存在，这里留下的东西将被焚毁。

那位少校军官盯着迈克尔吊着绷带的手臂，"我感到很难过。"他说道。

迈克尔耸耸肩，"没什么要紧的。"他的感觉出奇地麻木，或许是由于麻醉剂的效用，或者是由于他内心极度的失望。在军官的凝视下，他不自在地动了动。

"我想你是来请求命令的。"少校最后说道。

迈克尔一言不发，不想费口舌证实这一明显的请求。

"我也希望能有另一架飞机给像你这么优秀的飞行员驾驶，但就是没有。"他朝百叶窗口点点头，"这里唯一能飞的只有小鸟，很快，当食物吃完了，连鸟儿也会消失的。"

"日本人，"迈克尔轻声回答："日本人还在飞。"他的声音听不出起伏。

"是的，确实如此。"少校看着迈克尔，"你没事吧？"他疑惑地问道。

"是的，"迈克尔开始不耐烦，"我伤刚刚好，我是来请求命令的。"

少校微微点点头，似乎有点儿不悦。这些日子来，每个人的脾气都很差。

他在桌上找了一会儿，递给迈克尔一份文件。

迈克尔接过文件，"老人星号！"他喊道："我是飞行员，不是水手！"

"老人星号"是一艘破旧的潜艇护卫舰，加维特基地被轰炸后转移到马里维尔，它的 400 名船员戏称它为"老妇人"。它本来是一战的运输舰，后来在海军的要求下改装为潜艇护卫舰，军方不想浪费任何能漂浮的船只。

"是的，"少校略带歉意地回答："留在菲律宾的所有海军人员都调到马里维尔了，在巴丹那边。你和你的队员新年那天报到。"他补充了一句，"这只是临时的安排。"

迈克尔忧虑地看着他，"这里的任何事情都是临时的，少校。如果日军决意强攻，一切都会不复存在。"

"不，我的意思是所有的潜艇都将被调出菲律宾，当然，护卫舰也会同它们一起。"

迈克尔心中燃起了希望，但又怕希望越大，失望越大，"会去哪里？"

"苏拉巴亚，爪哇。"

迈克尔觉得奇迹就在眼前。

"到了那儿你会转回空军中队，如果运气好的话，新的飞机会在你到达前由澳大利亚运到爪哇。"他瞄了一眼，看见迈克尔放松的表情，"当然，路上会很危险。日本人控制了从这里到爪哇的大部分海域……"

迈克尔没再听下去，他干脆利落地向少校敬了个礼，离开了军部。在门外，他一只手折好调令，塞进口袋里。手一直抖个不停，他得救了。

"嘿，中尉。"少校走到门口，叫住他，"我还没恭喜你呢，离开前将军推举你受勋海军十字勋章。"

迈克尔没有回答，他的行为或动机没有任何英雄主义色彩。他击落那些敌机，是因为他需要自己的飞机飞到爪哇，只是那么简单。

新年伊始，迈克尔在去马里维尔前，来到圣·路易斯武装部跟卡萝儿告别。日军已到达马尼拉外围，几天内就会进城。自从伯德在圣诞节离开她回到船上开始，她再没回去上班，一直喝得醉醺醺的。

"与其让日本人进城把酒拿走，不如我现在就把酒喝个精光，这也算是爱国行动。来两杯吧?"

迈克尔摇摇头,"你没事吧?"他关切地问。

"对于一个即将被黄皮肤猴子强暴杀害的女人而言,能想些什么呢?"

迈克尔心中一凉,这种说法并不奇怪。这类传闻已是老生常谈,在新加坡、巴塔维亚、悉尼和别的地方,早在战前就纷纷传开。最流行的说法是,很久很久以前,一艘船在日本的一座无人岛触礁搁浅。由于岛上没有女人,男人和猴子交配,诞生了日本民族。这种拙劣的玩笑只是那些外强中干的心虚者安慰自己的麻醉剂。她走到窗口,掀开窗帘,看着下面格外平静的街道。

"你什么时候去马里维尔?"她问道。

"今天。"

她沉默了一会儿。

"在南京,"她轻声说道:"他们大约屠杀了 30 万平民,强暴、杀害了两万多妇女。你认为是实有其事还是子虚乌有?"

"不过是传闻罢了。"他违心地撒了个谎,但想到自己家里的女人,不禁揪心地担忧。他不知道卡拉在哪里,玛吉特在巴塔维亚,朱里尼在麦提亚,凯瑟琳在……或许凯瑟琳已经回到家里,但他内心又肯定她没有走。这一肯定让他内心充满了恐惧。

卡萝尔摆出一个迷人的姿势,"我想这副身材对只有五尺高的小虾米来说肯定不会太有吸引力吧。"

她伸展着长腿翘臀,五尺九英寸的身躯曲线毕至,脸上带着冷淡的微笑。凯瑟琳苗条的身影浮现在迈克尔的脑海中。

"你是来找我吗,迈克尔?"她渴求地看着他,"我正在奇怪为什么你会到这儿来?"

"只是过来看看你,道个别。"

"哦?没人和我道别。当然,伯德例外。他不想离开这里。"

"我知道。"

"婊子养的!"她气恼地说道:"他走了,我却留在这里。"·

"我想这不奇怪。你早就知道会发生这样的事情。"他停了一下,现在指责她又有什么用，已经太迟了。

"我……"她的声音哽咽住了，做了个手势，继续说道："我从来没想过事情真的会发生。而且伯德可以逃跑的，反正当不当逃兵没什么不同，但他却只想着他的海军前程。"她打量着迈克尔，"我想如果是你，为了妻子，应该已经逃走了，我还不知道你结婚了没有呢。"

他没有回答。她喝完酒，起身又去拿一瓶。她的衬衣下端在腰部打了个结，金发在头顶盘了个髻，几根发梢零乱地散在头边。

"你认为这里会像南京一样吗？"她的声音变得像小女孩一样胆怯。

"不，不会的。"他尽量轻松地撒着谎，他自己根本不清楚到底会发生什么事。

"为什么你要来，迈克尔？说真的。"她追问道。

"我说过了，看看你怎么样。告诉你，在山区里有一个小村庄，是游击队活动的中心，我可以安排你去那里。"

"噢，上帝，不。"她笑道："我是城里的女孩，我能和游击队员和猪在那里干吗？"

他叹了口气，"我想我尽力了。"

她也严肃起来，"我很感谢你为我着想，当你说和我做朋友时，你是真心的，是吧？"

他微笑着，心里很不是滋味。她看起来那么孤独，他却无能为力，不能帮她做点儿什么。

中午刚过，迈克尔和道格拉斯登上一艘海军快艇到巴丹半岛的马里维尔港口。他们是马尼拉最后撤退的军事人员，日军正在重新集结，准备入侵马尼拉。道格拉斯把它看成是一个好兆头，理论上，休息充足的军队更有纪律，伤害平民的事会少一些。想到卡萝儿孤身在公寓中，迈克尔只能希望他是对的。

为了不让贝乔乘卡车一路颠簸到马里维尔的战地医院，迈克尔和道格拉斯把贝乔用担架抬上船。他在飞机上受的伤很严重，但不是致命伤。海湾上空荡荡的，只有几艘渔船。曾经挤满海湾的商船和军舰或是逃走，或被击沉。

贝乔很高兴能离开医院，和船上的每个人开着玩笑，直到引擎发动，然后又高声说笑，不理会身上的伤势让他的体力消耗得所剩无几。

一个海员拿着望远镜观察着天空，平安无事，水面上也没有异样。贝乔躺在船头，望着天空，第一个看到敌人——自克拉克机场方向的天空闪出几道亮光。他不顾胸口的伤痛，支撑起身体，指着天空：

"日本人，10架飞机！"

这些飞机是第一次在科里吉达上空飞行。其中一架飞机脱离机群，追着快艇，用机枪扫射着。子弹落在船尾的水面上，但轻快的小艇躲过攻击，那架飞机也放弃了追击，寻找更大更容易击中的目标。刚穿过海湾的一半时，从马里维尔方向升起一股浓烟，迈克尔的心沉了下去。到达码头时，他看到"老人星号"的船员正在救火，抢救物资。他爬出快艇，站到码头上，看着他们慌乱的行动。指挥官迎上前，伸出手：

"斯坦福中尉？"

迈克尔点点头。

"我是比尔·奥利弗。"他望着船，浓烟中几乎看不出轮廓。"我本该欢迎你们上船的，但我不知道是不是还会有船剩下。"

弹药舱在抢救下总算没有引爆。几小时后，火被扑灭了，船舱里又挤满了人。船的正面被日本人的穿甲炮弹击中，主推动器严重损坏。"老人星号"的行动速度会大打折扣，在危险重重的海域无法再航行。又一次，迈克尔到爪哇的希望被日本人摧毁了。

日军的进攻拉开了狂轰滥炸的序幕。为了逃难，"老人星号"的船员转移到了山上的军事贮存洞穴，将船伪装成废弃的钢铁。到了晚上，他们用一切工具修理船只。迈克尔受命组建一支海军陆战队，驻守巴丹半岛的西岸，阻止日军登陆。军队由海军、空军的残兵剩将组成，都是失去了飞机或舰船的队员，还有由加维特海军基地撤退过来的将士。

日军猛烈打击重新集结的巴丹防线，但这一次，美军和菲律宾军队予以还击。尽管在艰苦的战斗后，队伍被迫撤到第二重防线，但在食物紧张、供应减半的情况下士气依然高涨。麦克·阿瑟定时从科里吉达向巴丹进行广播：

"美国正在派遣救援人员和物资，几千艘舰船、几百架飞机已经被调了过来……我们无须再撤退……我们的物资供应绰绰有余。坚定防御，我们能打退敌人的进攻！"

和其他人听着广播时，迈克尔心想，或许将军自己本人也是半信半疑，心里没底。

第 *32* 章

爪哇，巴塔维亚，1942 年 1 月 1 日

日军轰炸珍珠港后，巴塔维亚并没有引发恐慌。居民们没有撤退，因为他们不清楚应该往哪儿逃。大西洋波涛汹涌，对于那些非军事船只来说实在太危险了；通往美国的太平洋通道被日军封锁，谣言满天飞，说美国的西海岸很快也会被攻击；南方到澳大利亚是唯一的逃生之路，由于日军入侵的是马来亚和菲律宾，对这条生命线没有太大的威胁，大多数民众决定留守家园——至少不那么快放弃。

一开始的震惊过去后，巴塔维亚的生活一如往常。普里约克游艇俱乐部每周日还是有赛马活动，欧洲人仍在印尼酒店和霍蒙尼俱乐部吃饭跳舞。12月是一个等待、观望的月份。许多人认为新加坡牢不可摧，菲律宾也守得住。如果事情不妙，荷兰、美国、澳大利亚、英国的联合舰队也肯定能阻止日军对印尼的进攻。

乐观主义占了上风，但却如空中楼阁般虚无缥缈。珍珠港事件两天后，英国主力舰"威尔士王子号"，曾经在大西洋协助击沉了德国军舰"俾斯麦号"，与英国的另一艘巡洋舰"反击号"出发到马来亚阻止谣传的日军入侵。谣言自然是假的，但两艘船过于冒进，失去了空中掩护，不幸被日军的空中火力击沉。事件第一次打碎了英国舰队不可战胜的神话，也大大削弱了盟军

在西南太平洋的海上力量。

盟军一直认为日军只能在同一时间发动一波进攻，但现在日军几乎同时在菲律宾、香港、马来半岛、关岛展开行动。12 月 10 日，关岛投降；圣诞节，香港沦陷；马尼拉不久后也宣告失守。在马来亚，英军、澳军和印度军队从半岛向新加坡撤退。本来固若金汤的要塞大炮徒劳地指向海洋，但敌人却从后面的丛林包抄袭击——一次军事上被认为不可能的行动。

新年那天，凯瑟琳接到一个电话。

"凯瑟琳?"声音在恶劣的通话质量下十分沙哑，时断时续，凯瑟琳听不出是谁打来的。"我几天来一直在找你，但该死的电话……我怎么打都打不通。"

她终于听出是汤姆的声音。

"我们从菲律宾调了出来，我不能说太久。你能到苏拉巴亚来吗?"声音又中断了，一片沙沙声。

"什么?"

"我说，你能到苏拉巴亚来吗?"

"好的，当然……我尽快过去。"

"太好了!"

"汤姆……"

"怎么了?"

"听到你的声音真好!"

"我也是，尽快过来吧。"

凯瑟琳把小迈克尔交给玛吉特，搭火车去了苏拉巴亚。汤姆到火车站接她，一把将她搂住。他紧紧地抱着她，久久才松开手。她面带微笑，但他仍很担心她。

"你怎么还留在这里，凯瑟琳? 当珍尼写信告诉我你来了这里时——那是在珍珠港事件之前——我以为你疯了，但我没想到你还在这里。"

"当初我没办法回美国，后来我决定留在这里，看看到底会发生什么事。"

"上帝啊，凯瑟琳。"

她用手捂住他的嘴，"别怪我，2 月 12 日，我会到澳大利亚，乘荷兰的船过去。"

"还有一个多月的时间！"他抗议道。

"我能做的就是这样。"她撒了谎。

汤姆穿着白色的海军军装，看上去英气勃勃。凯瑟琳微笑着挽着他的手臂，拉着他走向出站口。"来吧，"她甜甜地说："战争也许会很漫长，我们更要一起好好玩一玩。"

他温和地笑着说："船上的人永远不会相信的，战争爆发时，你居然远道而来，和我一同走进军事指挥室。"

汤姆通过军方为她征用了一间旅店客房。和巴塔维亚一样，苏拉巴亚挤满了由香港、马尼拉和别处来的欧洲难民。汤姆在苏拉巴亚乡村俱乐部订了晚餐。俱乐部里绿草茵茵，喷泉成行，风景明媚。里面都是盟军的军事人员，大部分是海军军官，因为苏拉巴亚现在是新建立的联合舰队的基地。凯瑟琳和汤姆坐在天坛上层的桌旁。

"你没有问我，但我还是得说，我没有机会联系到迈克尔。我们在班乃岛，他在吕宋岛，但我收到了你可能会感兴趣的消息。"

"哦。"

"你想听吗？"

"说吧。"她轻轻皱了皱眉头，呷了一口酒。

"潜艇'鲨鱼'号上的一个军官告诉我，所有的空军中队都被调到印尼群岛，所以，或许你有机会见到他。"

"你能确切地查一下吗？"

他点点头，"如果你真的有兴趣的话。"

她的脸微微一红，"不是你想的那样。"

肯·布兰敦打断了他们的对话，他是汤姆的室友，炮兵军官。

"我想您是摩根博士，"他微笑着坐了下来，"我听了很多关于你的事，但汤姆可没说你这么漂亮。"他朝一个荷兰海军军官招招手。

"你听说最新的消息了吗？"布兰敦问道。

"什么事?"汤姆问,他对这位好交际的室友有点不耐烦,意识到来俱乐部是一个错误的决定。

"一个名叫多曼的荷兰将军将担任指挥官。天哪,你能想象会是怎样的情形吗?我们没人会说荷兰语,战斗时得有翻译他才能传达命令。除了语言障碍,我们的海军有三种不同的战斗章程和规矩掺和在一起。"

W·A·格拉斯弗德副将,美军西南太平洋的指挥官,一个修饰整洁、相貌堂堂的男人,走过来寒暄一番,向凯瑟琳致意。

"明晚你和摩根博士到'休斯敦号'上我的房间一同吃饭吗?"他问汤姆。

汤姆打心眼里的不情愿,但只能勉强答应。一下子,他似乎和整个美国海军在分享凯瑟琳——或许看来如此。

"走吧,我们出去。"他开口说道。

两人开着军用汽车在城市里兜了一圈,观光、交谈。汤姆知道凯瑟琳还爱着迈克尔,尽管连她自己都没有意识到。他有半年没见过她了,他还以为事情会有转机。回到宾馆时,她在房门口轻轻地吻了他一下。

"谢谢你。"

他神情困惑。

"你没有乘机占我便宜。"她微笑着说。

他笑了,"给我时间,只是一天,我反应比较迟钝。"

但没有时间了,第二天,他接到了任务。当晚上他接她到"休斯敦号"上去时,心情很沉重。

"命令下来了,我们有护航任务,护送由澳大利亚达尔文港到新加坡的物资。"

"什么时候走?"

"明天。"

她一脸的失望。

"对不起,凯瑟琳。我原本以为能有多些时间陪你。"

"我也是。"她的眼里泛着泪光,"至少,我们一起度过了一天。什么时候回来？"

"不知道，但你肯定已经走了。"

"是的，但可能你会很快回来。"

"或许吧。"他轻声说："如果我们在这里失守，整个印尼将会沦陷。"

"我不是那个意思。"

"我知道。"

她走到他身边，他紧紧抱住她，"有时候，我好害怕。"她耳语道。

"我也是。"

第二天早晨，他送她上火车。

走到候车室时，他停住脚步，转过身，拉着她的手。

"凯瑟琳，我昨天查了迈克尔的消息。他不能去爪哇——或达尔文港，和我一样。"他看到她眼里的恐惧，"别那么快就死心。他的飞机在圣诞节被击毁了，但伤亡名单上没有他的名字，我核对过了。他应该是在菲律宾。"他望着她的眼睛，"你没事吧？"

她点点头，上车的哨声吹响了，他带着她穿过人群上了一节车厢，把行李箱交给她。

"再见，凯瑟琳。"

"多保重。"她眼泪汪汪地叮嘱他。

他笑着说："照顾好自己和孩子。"

她在窗口找了个位置，火车开动时，他还站在月台上。她朝他挥手，但他并没有回应。

凯瑟琳回到巴塔维亚一天后，格拉斯弗德给她致电。他告诉她如果战况不妙，可以帮她安排军事撤离，但同时他又保证不会出现那种情况。她挂上电话时，小迈克尔正爬进屋里，嘴里叼着橡胶玩具，他正在长牙。凯瑟琳抱起他，他伸直了四肢，安详地入睡了。有时候，她会觉得生下他是一个错误，自己无力独自抚养他成人。但此时此刻，她很需要他。他是她拥有迈克尔的一切，她可能拥有的一切。

第 33 章

巴丹，1942 年 1 月 23 日

　　贝乔并不介意到普洛克山上执行瞭望任务。任务很轻松，对他正在痊愈的身体要求不高。他刚刚出院一周，希望能有人做伴说说话，但海防部门人手很紧缺，派不出第二个人。他的位置离西边重要的公路不远，是沟通马里维尔港到巴丹防线西端怀恩赖特将军的军队补给运输线的要口。丛林挡住了看到公路的视线，但他可以看到普可河、马里维尔港口和西边的南中国海水域。周围一切正常，没什么可担心的。已是晚上 9 点钟，一片漆黑。他几小时前吃了东西，又饿了。这些日子来，供应减少了一半，他一直很饿。但"老人星号"上的队员比巴丹的大多数士兵情况要好一些，至少不用每天指望卡车运送物资。由于战斗激烈，卡车经常不能到达前线。

　　贝乔没有结婚，也没有女友。如果有了需要，他总是找当地的女孩上床解决，在马里维尔也不例外。今晚在普洛克山上守夜，不方便解决，他想，或许别的水手正与他的女孩成其好事呢。

　　他老想着这件事，几乎忘了注意周围的情况。但山下西面山坡有动静，他抓起望远镜，心里怦怦乱跳，调节着望远镜的焦距，把那片区域调入视野中。起初他什么都没看见，突然，一根树枝动了一下，再往下，一根藤蔓在摇晃，或许是一只逃脱饥饿士兵刀叉的迷路的小鹿吧？突然整个丛林都在动，

253

到处都在喧闹。贝乔抓起战地电话，手里仍握着望远镜，打电话到船上。

"有情况，"他的声音十分激动，"还不清楚是什么，但可能是登陆部队。"

动静越来越大，一瞬间，数百名日军士兵跳了出来，沿着山坡向贝乔所在的位置涌来。

"哦，糟糕！"他喊道："他们来了，我得跑了！"

他带上电话和步枪，沿着两周前刚刚开辟的小道仓皇地跑下山。到达山下时，日本人已占据了巴丹的西南制高点，准备切断西边的公路。

"老人星号"上，桑德船长转向迈克尔，贝乔气喘吁吁地正报告着情况，日军野心勃勃地从战线后方迂回包抄，想重施在马来西亚成功的伎俩。

"好，中尉，看你的了。"

"谢谢，"迈克尔坚定地回答，手下未经战阵的海军陆战队员如今是日军和西巴丹之间的唯一屏障。

迈克尔感觉羞愧万分，他躲在战壕里，在敌人炮火的猛烈轰击下，他的性欲竟然开始蠢动，已经几周没有冲动了。他知道自己需要的不是性，而是爱。他想要凯瑟琳的手臂搂着他，他想把自己的脸埋在她的胸膛间，告诉她他的心里好害怕好害怕。在战争前，他经历了无数危险的场面，但从来没有像现在这样无助地躲在沟渠里害怕过。他觉得恐惧本身已经可以将他杀死，当轰炸开始时，他的心就狂跳不已，但一直还没有死。

又一颗炮弹呼啸而过，在他身旁炸开。他蹲下身去，手捂着头盔，进攻暂时停止了，他抬起头，道格拉斯看着他，问："你怎么能这么镇定？"

迈克尔开始大笑，笑得眼泪都流出来了，道格拉斯一片茫然。

自从贝乔跑下山，报告日本人登陆已经三天了。迈克尔的杂牌海军陆战队在第二天晚上成功地将日本人赶下普洛克山，赶回海滩边。但日本人的进攻非常顽强，固守在滩涂边，他们仍对西边的公路构成了威胁。更糟糕的是，日本人又在北方几英里处的昆南登陆了。

在茂密的丛林中，迈克尔与他的队友每前进一步都需奋力作战。很多时候是近距离格斗，根本没机会开枪，又没有装备刺刀，只能用砍刀和小刀肉搏。迈克尔请求炮兵支援，但被拒绝，因为他们要掩护巴丹的前沿阵地，无暇他顾。迈克尔的队伍只好孤军作战，由于根本不熟悉步兵战术，他们一路杀来死伤累累，连日军也称呼他们为"精英自杀部队"。

美国大兵通常5点钟停止作战，在原地挖战壕。日军则在夜晚发动反击，从丛林中呼啸而出，疯狂进攻。有时他们会虚张声势，弄出声响骚扰美军，不让他们睡个好觉，迈克尔的部下报以同样的愤怒与决心，把坑挖得更深。迈克尔天生是领袖之才，在炮火下指挥若定。无数次，他出生入死，拯救受伤的队员，用肩挑，用背扛，救出了不少部下。他的努力赢得了队员发自内心的忠诚。

炮轰停止了，日军试探着是否刚才找准了美军的位置。道格拉斯坐了起来，轻轻吹着口哨。"上帝啊，让他们停止吧。"他嘴里嘟囔着，摘下头盔，又重新戴在头上。在他周围，十几条战壕里，数百名将士静静地蹲坐着，不知道轰炸是否会再次开始。道格拉斯深深地吸了口气。

"你认为他们发现我们了？"他问道，没想着会有回答。

"很快会知道的。"迈克尔回答道。

道格拉斯躺在一旁，仰望着天空，想放松一下。已经很晚了，他不想再去挖战壕工事，只想睡一觉。

"还记得马尼拉艺伎屋里的那个女孩吗？唱歌那个。"

"是的，我还记得。"迈克尔回答。

"他们杀了她，"道格拉斯仍望着天空，"情报局干的。日军轰炸珍珠港后，他们逮捕了她，枪毙了她。一个空军军官告诉我的，说她是日本人的间谍。"

迈克尔的肝都快气炸了，但声音依然平静，"他们怎么会这么认为？"

"不知道，他们说她从酒吧的军官身上窃取加维特海军基地和克拉克机场的情报。"

迈克尔靠着战壕，合上眼睛，脑海中浮现出一个身披黄色丝绸和服的情影。他试着回忆美纪小姐的面容，却总是看到凯瑟琳的笑脸。

道格拉斯没有注意到迈克尔的异样，继续说道："我听说他们折磨她，但从她口中套不出任何情报，于是一个军官击毙了她。"他停了停，问道："她问过你什么问题吗?"

迈克尔紧闭的眼睛里涌出愤怒的泪水，"她只问过我在哪学会说日本话的。"他轻声回答。

"她很漂亮，"道格拉斯遗憾地说："你认为她是间谍吗?"

"可能是吧，"迈克尔难过地说。他没有说他知道她并非因间谍罪被杀，而是因为得罪了某位大人物，惹来杀身之祸。他只觉得十分厌恶。

头上又掠过一阵呼啸，一颗炮弹在附近爆炸，迈克尔和道格拉斯被冲击波轰得连滚带爬。迈克尔的头盔带子也给轰断了，掉了下来。他用手捂住头部，把脸埋在泥土中。轰炸又开始了，这一次距离比刚才更接近他们的位置。

"他们发现我们了，"道格拉斯喊道："我们得离开这里。"

轰炸突然间停止，士兵们疑惑地抬起头，隐约听到低沉的轰鸣声。在沙滩那边，能看到浓烟正在升腾，科里吉达的第一次远程炮击开始了。最后一架 P - 38 侦察机发现了日军的位置，报告至总部。整整 15 分钟，大炮轰出的 670 磅重的炮弹如雨点般落在日军阵地上，几乎夷为平地。炮击结束后，迈克尔一跃而出，发出冲锋的命令。

道格拉斯跟在后面，一只手搭在他的肩膀上，是一个菲律宾侦察兵的笑脸，"没事了，宝贝。"那张脸说道："我们赢了。"

他们确实赢了，但却是在浴血奋战 4 天之后。日军据守着悬崖高地，美军和菲律宾军每前进一步都艰难万分。最后一天，海军陆战队付出了惨重代价，2 死 10 伤，2 人失踪。一名水手递给迈克尔最终的战斗伤亡报告。

"很抱歉，长官。"他说道，"斯图尔特和贝乔水手去巡逻之后一直没有回来。"

迈克尔的心一沉，上一次见道格拉斯是在 6 小时之前。他搭上一辆经过的吉普车，到达昆南。中校正在指挥最后的清理行动，日军已被逼到悬崖边，无路可退。

突然，所有的美国士兵都呆住了，被围困的日军将武器扔下悬崖，脱下衣服，并没有投降，而是跳下悬崖下面的汪洋中，另一些人则试着爬崖壁的石头逃到海滩上。迈克尔赶到悬崖上时，刚好一名菲律宾士兵架好机枪，开始扫射手无寸铁的 400 名日军。他边开火边笑个不停，几乎拿不稳手中的机枪。鲜血染红了四周，成了一片血海。

"我的天哪！"迈克尔喊道："阻止他！"他朝周围的士兵喊道："快阻止他！"

迈克尔身旁一辆坦克上的美国士兵奇怪地看着他，"你是什么人？你没看到那些家伙在丛林中，还有别的地方，都干了些什么吗？别嚷嚷了，让他杀掉那些该死的日本人吧，反正我们也养不活战俘，你把你的食物给他们吃吗？"

迈克尔的嘴抿成一条线，已经来不及了，水里全是尸体，随着潮水被涌上沙滩，和上面的尸体叠在一起。400 名日军，大约剩下 30 个。

"斯坦福中尉。"

迈克尔转过身，一个炮兵团的下士走过来，神情严肃而略带歉意。

"上尉说，或许你得看一下。"下士朝路边的树丛里点了点头。

迈克尔看着下士指示的方向，没什么不寻常的，只有遮天蔽日的树阴延伸到被部下戏称为"死亡陷阱走廊"的小路边。一切都很平静，零碎的阳光洒在厚厚的落叶上。迈克尔好奇地走到路边，下士跟在身后。他犹豫了一下，拨开树叶。不对劲，他没有看见，但已经感觉得出来。他的眼睛适应了微弱的光线，眼前的情形让他张大了嘴，想喊却喊不出，身体颤抖着，喘不过气来。

是贝乔，被五花大绑，捆着的大拇指将整个身体吊在树上。如果他还有脚的话，可以碰到地面，但脚踝处只有两团残肢，仍流着鲜血。他的命根子被割掉了，口里塞着一团破布，不让他叫出声。在他身边的地上躺着两具赤裸的尸体，都是菲律宾士兵。一个的头和四肢都被砍掉了，另一个手绑在背后，成了练习刺杀的靶子。迈克尔的手垂了下来，树枝弹了回去，隐去这一毛骨悚然的情景。

"对不起，长官，"下士结结巴巴地说："但上尉说可能是你的一名队员。"

"是的。"迈克尔好不容易才从哽咽的喉咙里挤出两个字，"是的。"

他盯着眼前平静的绿墙，树影婆娑，阳光明媚，但他都没有看到，脑海里尽是那一幕血腥的情景，怎么也无法接受。他已经见惯了流血的场面，但今天的残忍血腥却第一次让他绝望。

"中尉，你还想阻止那家伙杀光那些浑蛋吗？"下士的问题微弱地传了过来。

他转身离开，心里知道贝乔的样子会一直伴随着他。军部因为自己拯救了贝乔的命而授予他勋章，下一次救人的时候，他告诉自己，人家避过了一颗子弹，但可能会死得更惨。

作为一名飞行员，道格拉斯·斯图尔特习惯于杀人于百步之外，死亡并没有成为个人经验。巴丹的战斗血腥残酷，面对面的交战带给了他新的体验。他并没有作好准备：海军学院的训练，飞行学校的训练，世界大战的电影都无法提供类似的刺激。真正的巴丹，他觉得，好像是一座电影院，没有人愿意买票观看这场真正的战争。天哪，当初他选择军旅生涯是怎么想的？罗伯特·泰勒演的《飞行任务》？加利·库珀演的《长天飞翼》？

他在尸横遍野的战场蹒跚而行。如果这是胜利，他猜想，那么失败又会是怎样？他和贝乔已经失散了几个小时，他们遭到一支日军小分队的伏击，分头跑开。道格拉斯准备赶上大部队，他们正朝下一场战斗进发，离公路那儿有几英里。气味臭得不行，不单单是尸体发臭，伤口也在发臭。坏疽会迅速蔓延，截肢成了唯一的选择。他走过更多的尸体，血肉模糊，白骨鳞鳞，到处的景象让他对人类感到羞愧绝望。没有任何一部书或电影能描绘出战争的恐惧，没有什么事物能表达出死亡的毫无尊严。

道格拉斯总算赶上了在西边公路安营休息的部队。

"嘿，斯图尔特先生，回来了？出什么事了？"

"我遇到一个漂亮小妞，请我吃烤鸡，又一起亲热了一下。"他开玩笑道，看到众人脸上的表情，又看了看周围，"有人看到贝乔了吗？"他不安地问。

他们看着他，身上血迹斑斑，眼睛已累得不行，快要崩溃了。他们知道最好别告诉他，于是摇摇头，看着别处。他们并没有撒谎，谁都没亲眼看到贝乔，但谁都知道他是怎么死的。

一辆医疗车停在了路中。

"怎么了？"道格拉斯问坐在一辆吉普车车轮上的水手。

"一个坦克队员回来了。"水手回答，庆幸话题转移了，"一颗日本炸弹爆炸，尽管没打中，但坦克上的铆钉都被轰了出来，像子弹一样，伤到了他们。"他恨恨地摇摇头，"该死的装备，比日本人还危险。我扔出去的手榴弹很多是臭弹，如果扔出去，那是告诉日本人你的位置，好让他们用小口径子弹收拾你。"

这种抱怨已是屡见不鲜，道格拉斯几乎没听下去，他已精疲力竭，坐在地上，靠着吉普车的轮胎，摸出一根精心保存的烟屁股，点上和开吉普车的司机一起分享。公路看上去很平静，他开始打盹，合上眼睛。上帝，好累，但总算回到队伍里了。他觉得格外舒服，道格拉斯爱上了这帮战友，一个月的战争洗礼让他体验了胜利的狂喜和死亡的绝望。他不喜欢战争，但他喜欢这种感觉，他甚至希望战争不要停止。很奇怪，很可怕。

到了 2 月 9 日，巴丹的西边解除了威胁，日军的登陆部队被消灭，巴丹的战斗暂时平息。尽管对手已被严重削弱，但由于伤亡惨重，日军无力再发起进攻。日军没有预料到在巴丹会遇到如此顽强的抵抗，东京严斥指挥作战的将军战斗不力，两次拒绝了增派援军的要求，因为在新加坡和印尼群岛，更需要支援。

"老人星号"的队伍胜利了，在四面无援的情况下打了一场胜仗。队员们靠在树下休息，明天，他们将回到马里维尔，回到菲律宾女孩身边，回到美国护士身边。他们仍身处飓风的中心，等着第二场风暴的袭击，日本人并没有结束战争的念头。

第 *34* 章

"夫人，快来，快来。"一个园丁跑过来找玛吉特。她正站在大厅里，摆弄着一盆鲜花，和凯瑟琳聊天。他拉着玛吉特的手，催促她走快点儿。他的眼睛睁得大大的，充满了恐惧。"快点儿，夫人。"凯瑟琳匆匆放下杯子，跟着他们来到草坪上。

在山脚下，港湾炸开了锅，空中弥漫着白色的烟雾，隐约传来模糊的轰炸声。空袭警报宣告着轰炸巴塔维亚正式开始。起初，在山上观望的人并不怎么当回事，小小的飞机四处穿梭，有如臭虫一般，轰炸机也不过像小孩的玩具，看起来那么不真切。直到港口和停泊的船只冒起了浓烟，几只"臭虫"从天空中坠落，摔个粉碎，他们才意识到事情不妙。

玛吉特的伙食供应卡车并没有被征用，平民区的伤亡不是太大。现在是 2 月 9 日，离凯瑟琳动身去澳大利亚还有三天。汤荣普里欧港港口挤满了船只，都是从东边的港口过来避难的。凯瑟琳的船也在沉船之列。她安排了尽可能早的航班，改乘澳大利亚的一艘渡轮，从新加坡出发，在 2 月 17 号离开巴塔维亚。玛吉特仍不肯走，荷兰当局认为联军舰队能抵御日军的入侵，玛吉特在担心害怕与相信当局中摇摆不定，但最后决定留下来。

日军正迅速合围爪哇群岛，到 1 月底，他们控制了英国和荷兰的波尼奥岛，将麦提亚纳入势力范围。到了 2 月份上旬，他们掌握了西里伯斯岛，巴塔维亚和苏拉巴亚进入了轰炸范围。随着日军的步步进逼，盟军的海上力量像救火队员一样从一个地方赶到另一个地方救援，但没有了空军的信息支援，他们赶到时总是太迟，有时甚至走错了地方，即使赶到了也总被日军的飞机轰回去。一周后，对巴塔维亚的轰炸开始了。另一个消息传来，整个印尼群岛的欧洲人的信心都被击碎：新加坡，英军牢不可破的要塞，宣告投降。日本人取得了历史上最大的胜利，英国人则接受了最屈辱的失败。玛吉特决定把两个孩子送到远在澳大利亚的查尔斯爵士那里，凯瑟琳放弃了下一趟客轮，帮忙把孩子和家庭教师送过去。她很担心，但仍寄希望于格拉斯弗德将军能恪守诺言，尽早送她出境。

新加坡投降 4 天后，坏消息接踵而至：日军的空军摧毁了澳大利亚的港口城市达尔文，击沉了从菲律宾撤退的许多美国军舰和 10 天前逃离巴塔维亚轰炸的商船队；在北方，苏门答腊岛和岛上的油田落入了日本人手中；在南边，据说巴厘岛也沦陷了。英军决定撤出爪哇群岛，只留下象征性的几艘船。他们不愿意看到宝贵的海上力量被无情的战争摧毁。荷兰人收到消息，气急败坏，认为英军的行为是严重的背信弃义。

"该死的英国人。"伯纳德听到消息，气冲冲地骂着玛吉特："总有一天我要加入德国人的行列。"

美军留了下来，他们向荷兰人作出承诺，准备履行诺言，直到荷兰人同意他们撤出为止。想到汤姆的安危，凯瑟琳焦急地盼望着命令能早日下达，不要等到无可挽回的时候。新加坡和达尔文都沦陷了，汤姆的船被勒令尽快加入爪哇的盟军舰队。

盟军海上舰队将与军事力量占绝对优势的敌人对垒。日军前往爪哇的海军由 7 艘航空母舰、13 艘重型巡洋舰、6 艘轻型巡洋舰、53 艘驱逐舰和 97 艘运输舰组成，呈三支小分队前进。盟军的海上力量只有 2 艘重型巡洋舰、3 艘轻型巡洋舰和 11 艘驱逐舰，实力十分悬殊。

"休斯敦号"向苏拉巴亚进发，与其他盟军舰队的船只会合。汤姆和肯·布兰敦坐在船尾，看着"休斯敦号"在爪哇海上航行时划过的痕迹。两个人都精疲力竭，但由于太紧张，无法入睡。他们谈话小心翼翼，避开即将发生的战争这一话题。过去两个月，两人出生入死，经历了不少危险，但此刻，两人仍像新兵一样紧张惶恐。战争这场赌博的筹码加大了，两个人都知道舰队失败的命运无可避免，头顶上，瞭望兵的眼睛满布血丝，仍不安地望着天空，搜寻敌机的踪影。没有敌机出现。

爪哇岛的轮廓出现了，在海平线上露出一列紫色的山峦，很快苏拉巴亚港口进入了视线，里面停泊着几艘军舰，正在加油准备出海。

"我得到舰桥报告一下，"布兰敦说："从 12 点到 4 点是我值班。"他爬上舷梯，停了停，朝下面喊道："嘿，汤姆，那个来爪哇的女人……凯瑟琳，她还在这里吗？"

"希望没有。"汤姆回答，但问题引起了他的顾虑，他不想再失去任何东西，"她应该已经去澳大利亚了。"

现在是 2 月 25 日，他和珍尼的生日。今天是第一次，两人没有团聚。去年，他、凯瑟琳、珍尼和孩子们一起在康涅蒂格的小农场庆祝。这一次，他却连一张卡片、一封信都没办法寄给她。

他听到午饭的铃声，军舰会在港口停泊加油，补充弹药，之后要等老长一段时间，才能吃上一顿热饭。他离开晒得发烫的甲板，回到军官休息室。

爪哇海战结束了，舰队被消灭了，但他活了下来，连他自己也没有预料到。汤姆摘下头盔，疲惫地靠着栏杆，看着吞没了整支舰队的黑漆漆的海面。现场还弥漫着刺鼻的硝烟，满月一眨不眨地看着下面人间发生的事情。战斗的残骸，船只与士兵的残肢内脏，随着波浪上下翻腾。旗舰，荷兰巡洋舰"德·鲁伊特号"的桅杆，还隐约浮在水平面上。只有"休斯敦号"和澳大利亚巡洋舰"佩斯号"在爪哇海战中幸存，多曼将军战斗中命令这两艘船离开战场。英国的"埃克塞特号"，战斗伊始就被击中，随后被击沉，护航的驱逐舰也一并被歼灭。

炮火的轰鸣声早已平息，汤姆的耳朵被震得嗡嗡乱响，但仍听得见"休斯敦号"的引擎运转和船头破浪的声音。甲板上的人没有说话，敌人的焰火信号弹仍划破天际，日军的飞机还在追踪"休斯敦号"。其实没有必要了，盟军舰队已经被打败，无力再战。悲伤写在汤姆身边每一张阴沉的脸上。疲劳让他们的身体瘫倒在发热的炮管上，头深深埋在臂弯里。

262

　　这是自"一战"的日德兰海战后第一次大规模的海上战斗，持续了7个小时。军事专家本来预测只需几十分钟就可以结束战斗。战斗基本没有空军参与，是新时代最后一场真正的海战。未来的舰队，配备了航空母舰与飞机，甚至连对手都没看见就结束战斗了。

　　没有侦察机，盟军舰队一直无法掌握敌人的动向，最后撞上了敌人的4艘重型巡洋舰护卫队。见到日军舰队时，汤姆内心又是轻松又是兴奋，"休斯敦号"升起战斗的旗号，全速前进，把护卫的驱逐舰抛在身后。等待结束了，第一次的遭遇战持续了一个小时，炮火映红了漆黑的天空，有如狂野的风暴，美丽而惊悚。紫铜色的海平线上枪炮声雷鸣般响个不停，未击中目标的炮弹击起巨大的水花。指挥作战的多曼将军没有及时命令合围，利用刚才英勇挺进的优势。当英军的巡洋舰"埃克塞特号"被击中无法行动时，局部的优势不复存在。寡不敌众的情形下，盟军英勇奋战，追击着一艘敌舰，但突然间，海平线上又出现了日军舰队，并迅速形成合围之势，在海面上布满鱼雷，几声巨响后，战斗结束了。

　　凌晨1点钟，"休斯敦号"抵达巴塔维亚的汤荣普里欧港口，"佩斯号"也随后抵达。爪哇的盟军海军不复存在，只有数千名荷兰和澳大利亚军队的士兵在坚守。

　　凯瑟琳听到"休斯敦号"的消息，把小迈克尔交给玛吉特，跑到汤荣普里欧港码头。那里一片混乱，"休斯敦号"伤痕累累，8英寸炮管的轰击震动震裂了大部分船舱，设备与衣服掉得遍地都是，海图、镜子、破碎的收音机、时钟凌乱地堆在甲板上，没有人清理，还有更严重的损坏等着抢修。

　　"休斯敦号"的船身与甲板由于炮弹擦击损坏严重，舰桥上的玻璃都被震碎，通道的消防水管和船舱都在漏水，而且军舰已经弹尽粮绝，在巴塔维亚很难找到补给。

　　凯瑟琳看到了汤姆，无助地站在上千名水兵当中，正指挥士兵装卸物资。她远远地就能感觉到他身体的疲惫。

　　看到凯瑟琳，汤姆十分吃惊，朝人群交代了一声，说他15分钟内赶回来。凯瑟琳退到码头的尽头，等着汤姆。10分钟后，他出现在她面前，刮了胡子，换了套干净的制服，戴着黑色的宽边帽，整洁而挺拔，其实他已快累垮了。

他面带微笑，几分钟前的狼狈样子一扫而空。他吻了吻她的前额，紧紧地把她搂在怀里。"见到你我真的很开心，凯瑟琳。但我告诉过你，得马上离开这儿。你和小迈克尔现在应该在澳大利亚。"

"昨晚，我听说你的船会到巴塔维亚，我得见到你之后才会走。"

他长叹一声，松开怀抱，靠着木箱，拉她到身边，紧紧搂住她的肩膀，朝面前忙乱的装卸活动点点头。

"我们要走了，凯瑟琳。整支舰队——剩下的船和人——都要撤退。'休斯敦号'会回加利福尼亚维修休息，'佩斯号'会回澳大利亚。"

凯瑟琳的心里轻松了一些。

"你也得离开这里，凯瑟琳。明晚和后天会有外交和军事人员的撤退行动，答应我，和他们一块走。"

她微笑道："我答应你。你知道吗？你平安无事，我有多开心。你离开苏拉巴亚时，我心里好担心。"

他笑着说："我也是。"

肯·布兰敦走上前，摇着头。

"你怎么做到的，小姐？在他需要你的时候出现。你们俩还不赶快离开？我一个人应付得了，反正事情做不完，多干一点少干一点没什么要紧。"

"你不介意吗？"汤姆问道。

布兰敦笑着说："当然介意。我也希望有你一样的好运。但既然我是没有机会的了，你可以离开。你去问问主管让不让你走。"

15 分钟后，汤姆回来了，戴着黑领带，穿着白衬衣，面带笑容。

"快走吧，不然他们会后悔的。"

"乘我的车去。"凯瑟琳指着码头尽头的一辆黄色敞篷跑车。看到他的惊奇，她解释道："昨天一个英国记者给我的。他要离开这里，把车让给了我。不过他要我答应，离开时得毁掉，他无法忍受让日本人开着它。"

汤姆跳进右边的乘客座位，"走吧，去接我的教子。"

离开城区时，两人听到了爆炸声，荷兰人开始销毁一切有价值的东西，不留给日本人。两人开车到玛吉特家，接上小迈克尔，离开半山区，到城外吃饭。饭店里花木繁茂，远离尘嚣。饭后喝汤时，汤姆抚摩着坐在高椅子上的小迈克尔，孩子眼皮重得睁不开，快睡着了。

"嘿，小家伙。"他说道，温柔地逗着他，"别忘了我，知道吗？你可能是我唯一的孩子哦。"他转向凯瑟琳，轻声说："嫁给我，他也长着金发，我们可以跟他说他是我亲生的。"他面带微笑，但她知道他是认真的，转移了话题。

"打仗可怕吗？"她问道，他是第一次上战场。

他阴郁地点点头，喝了一口酒。

"我一直在想，如果是由格拉斯弗德指挥舰队，或许会是另一种结局。多曼是个小心谨慎的荷兰人，我们没有空中掩护，近距离作战还在炮火上占些优势——只有近身作战才有意义。"他难过地说："我们浪费了大好机会。但又有什么用，即使我们摧毁了护卫队，也不可能阻止侵略，只能拖延一些时间，又能怎样？支援？援军？没有，永远也没有，得等个若干年吧。"他盯着蔚蓝的天空，心不在焉地敲着酒杯。

"我的一个同僚说得对，我们是一群乌合之众，连战前训练都没做好就去迎战一支军事劲旅。没有计划，没有组织，连旗语所表示的信号都不一致。该死！连起码的沟通都没有。"他叹了口气，一口喝下杯里的酒。

"我们处处挨打，注定会一败涂地。你知道当炮灰是什么滋味吗？"他阴沉地一笑，"我告诉你吧，真他妈不是滋味。"

"那为什么你还要继续战斗？"她平静地问。

"为了活下去，为了彼此，为了战舰。可能很好笑，它开始变得很真切，不是一台机器，而是一头生物，会呼吸的野兽——温和而凶残，不可捉摸，但却是活着的生命。"

"而且，"凯瑟琳补充道："我想你们不想让我们失望，像法国的维希政权那样，没打一仗就弃甲投降。"

"是的，"他说道："舰队有许多可歌可泣的英雄事迹，令人骄傲敬佩。"

她伸出手，拉着他的手，"你很累了，睡一觉吧。"

"你怪我吗？"他惭愧地说："我们输了。"他朝小迈克尔点点头，"看上去他也想睡觉了。"

两人走向跑车，汤姆说："我们很快就要出发，我没时间给珍尼写信，你能帮我问候她吗？"

"当然，"她回答："但很快你就能到加利福尼亚，可以问候她了。"

"是啊，是啊，"他微笑着说："但可能你比我先到那儿。"

"我会尽快跟她联系，告诉她你一切安好。"

他把小迈克尔递给她，说："我得和基地联系一下。"

几分钟后，他面带笑容回来，"得晚上 9 点才起锚，我们还有很多时间。"

回到巴塔维亚时，两人看到两艘巡洋舰占据了整个港口。阳光照耀在铁灰色的军舰身上，明蓝色的海面上波光粼粼。

"真壮观。"凯瑟琳赞叹道，停下车，观赏着两艘巨轮。

"很可惜连日军西部海上力量的十分之一都不到。侦察机两天前在北方的苏门答腊侦察到了日军的动向。据报告，是日军自珍珠港袭击以来最大规模的军事集结。"

"有多少兵力？"

他转过头，看着她，"56 艘运输船和货船。目的地是爪哇，没错，还有……"他转过头，看着海面，沉默了一会儿，轻声说道："一艘航空母舰，4艘重型巡洋舰，两艘轻型巡洋舰，25 艘驱逐舰加上许多鱼雷艇护航。现在你明白为什么你得马上离开这里，不能浪费时间了吧？"

凯瑟琳心里一寒，"你们打算向南走，绕过苏拉巴亚吗？"

"不，向北走，穿过爪哇和苏门答腊之间的桑达海峡，直接朝日军的航空母舰队伍方向而去。"他看着她，看到她眼中的恐惧。

"只能走这条路，凯瑟琳。我们的驱逐舰准备向南经巴厘海峡，但那里的水域太浅了，巡洋舰无法通过。"

"你们和'佩斯号'一起走吗？"

他点点头，"到达印度洋时，'佩斯号'朝南沿爪哇西岸去澳大利亚，我们会去合恩角，经巴拿马运河回美国。"他苦笑着说，"绕好大一个圈回家，是吧？"

轻松的气氛不见了，两人心情很沉重。

"对不起，凯瑟琳。我不想打扰你的心情的。"

她握着他的手，挤出一丝微笑，"我们不会让战争破坏心情的。走吧，找一家像样的宾馆，有缎席和凉风的房间，你可以睡一觉。"

他们找到了一家在半山的宾馆，订了一间套房，有一间小起居室、一间卧室和洗手间。经营宾馆的中国老板娘开心地替小迈克尔张罗了婴儿船。

汤姆打开面朝大海的百叶窗，一阵清爽的海风吹进房间。

"没有缎席，但肯定比我房间里的睡舱要好得多。"

他走到起居室，凯瑟琳正放下熟睡的小迈克尔。

"我想去洗个澡，不是海军那种，是洗得干净的那种。下一次洗澡得到圣·迭哥的时候了。"

"好的，你慢慢洗，但这里只能淋浴。"她做了个水从头上淋下的手势，说道："我出去买瓶白兰地。"

过去一个月间，进口货十分稀缺，但她还是买到了一瓶法国白兰地，瓶上沾满了灰，躺在一家杂货店的货架上慢慢陈年变醇。她顺手买了两件白色丝绸袍子，香港沦陷前到货的。回到宾馆时，她听到水流的哗哗声，汤姆正引吭高歌。她微笑着找出两个杯子，倒上白兰地酒，脱下裙子和上衣，换上新买的长袍。她呷了一口酒，走到浴室门口，准备递给他另一件长袍。她的手摸到把手时，歌声停止了。她停了一下，旋开把手，走进里面。

汤姆正要去拿毛巾，看到她站在面前，愣了一下，慢慢拿起毛巾擦干头发。

"很奇怪你会进来。"他故作轻松地说。

"我帮你买来了这个。"她把长袍放在衣架上。

"谢谢，我会穿的。"他看着她，心里忐忑不安，手垂在身旁。

她看着他，心怦怦乱跳，有一股感觉正怂恿着她。见到他她很开心，庆幸他还活着，平安无事。但她又开始为他的安危担心。

她走向他，搂着他的腰，亲吻着他的脖子，感受到他湿淋淋的身体浸湿了她的衣服，他紧紧地抱着她。

"嘿，到底是怎么了？"他嘶哑地问道，托起她的下巴，搜寻着她的眼睛，但只看到和自己一样的混乱和迷茫。他俯下身子，亲吻她。起初是轻柔的，身体渐渐有了反应，变得激烈热情。他抬起身子，眼里充满了烈火和一丝幽默的灵光。

"这算什么呢？你的爱国责任？为将死的人最后的服务？因为迈克尔在海军里，所以你对每一个海军水手充满了柔情？亲爱的凯瑟琳，我太了解你了。"他大笑着亲了亲她的鼻子，"但你没必要这么做，我一直爱着你，你也很清楚，所以，为什么是现在呢？"

"因为我爱你。"她回答。

"是啊，像兄弟一样。凯瑟琳，我心里清楚，怀孕的女人总是爱上她们的医生。我接生了小迈克尔，然后你患上产后神经衰弱症，爱上了我。"

他望着她的眼睛，身体仍紧紧靠着她的身体，"我知道你因为担心我，爱护我，想安慰我。相信我，凯瑟琳，我渴望着占有你，但如果我接受了你，当你醒来时，意识清醒后我可能会完全失去你。我并非故作清高——只是务实。"

"你的话太多了。"她微笑着用手捂住他的嘴，把他拉得更近一些。

"凯瑟琳，"他喃喃自语，嘴唇触到了她的嘴唇，用力搂着她，忘记了一切。

突然，客厅里传来响亮的哭声，是小迈克尔，哭声的响亮表示他不会轻易罢休。汤姆不情愿地松开凯瑟琳，说："聪明的小家伙，他知道的，正在保护父亲的利益。"

她把头靠在他的胸膛上，让自己镇定下来，然后抬起头，抚摩着他的脸庞。

"我很快回来。"

她跑到客厅，照看小迈克尔，直到他又乖乖睡着。几分钟后，她回到卧室，汤姆正躺在床上。

"一切都平安无事，我肯定是做了一场噩梦。"

她走到床边，汤姆很快睡着了。她亲吻着他的肩膀，但他并没有反应。她笑着，知道他不希望自己为他牺牲。她躺下来，端详着他。淡红的头发还是湿的，散在晒红的长着雀斑的脸上。沉睡中的他看起来更加年轻，她搂着他的手臂，也睡着了。

她被刺耳的电话铃声吵醒，房间里很阴暗，但时钟显示只有 6 点 10 分。接线员让布兰敦中尉说话，他的声音略带尴尬。

"打扰你们了，很抱歉。我有事找汤姆。"

"他在这儿，等一下。"

她放下电话，吻了吻他，但他只动了一下。她摇醒他，"是布兰敦的电话。"

他接过话筒，"什么事，肯？"

布兰敦的声音传出了话筒，"时间提前了，我们不等'埃弗斯顿号'，晚上 7 点起锚。"

汤姆看了看手表，"糟了，只剩 45 分钟。"

"是的，我知道。"布兰敦的声音带着歉意，"我不知道怎么找到你们，只能一家宾馆一家宾馆地找。"

"抱歉，我应该通知你的，但我睡着了。"

布兰敦笑着说："我明白。"

"不，你误会了，但没什么。"

"你最好马上赶过来。"

"好咧。"汤姆挂上电话，抱歉地朝凯瑟琳笑了一笑，"可能我毁了你的名节，却什么事也没做。抱歉，我睡着了，头脑还是清醒的，但身体实在累得不行。"

他躺了下去，拉着她的手，亲吻着她。

"只有时间亲亲你，但回到美国我会跟你讨回今天你欠我的。"

"那只是对你执行危险任务的奖赏。"

"那我有很多机会，这场仗会很漫长。"

两人让宾馆的老板娘帮忙照看小迈克尔，10 分钟后，来到汤荣普里欧港口。到达那里时，已是人山人海，凯瑟琳只得把车停在码头外 1/4 英里处，步行过去。盟军在爪哇海的失利引起了恐慌，人们纷纷撤离。逃过空袭的商船、水手和潮水般的欧洲难民都想着离开爪哇。两艘军舰堵在港口，几乎陷入了瘫痪。

汤姆带着凯瑟琳来到荷兰海军作战室，给格拉斯弗德将军打了个电话，请他安排凯瑟琳和小迈克尔离开。

"好了，事情说定了。"走出门口时，他告诉她，"有两架飞机明天从澳大利亚飞来，明晚离开。将军帮你在上面留了位置。"

他拉着她的手，"答应我，你会离开，凯瑟琳。除非你答应我，否则我不能安心。你不想让我上军事法庭，放弃前程似锦的海军生涯吧?"

她笑着说："我答应你。"

两人继续朝码头走去。她的心开始发慌，意识到他又要走了，事情总是发生得那么快。两人走到舷梯时，一句话也没说。是道别的时候，不能再回避了。汤姆转过身，她看到他腮帮子的肌肉正抽搐着，竭力压抑自己的感情。她却无法控制自己，泪水刷刷刷地流下来。他紧紧搂着她，面颊贴着她的长发。

"我一直没有告诉你，"他轻声说："过去两个月，你在这里，对我来说有多重要。"

"我也是。"

"我爱你，凯瑟琳。"他给了她一个长长的吻。"再见，凯瑟琳。"

还没等她回答，汤姆快步登上舷梯，随着脚步梯子叮叮当当地响着。

走到舷梯的顶端，他转过身，看到她仍站在那里，看起来那么瘦小孤单，眼泪不禁涌入了眼眶。他擦去泪水，朝她挥手，然后走进房间，换上戎装。军舰很快会出发，从 8 点到午夜，轮到他放哨值班。

汤姆上船 10 分钟后，军舰开始启锚出发。凯瑟琳看着最后的准备工作在进行：舷梯升起，缆绳解开，巨大的船身开始移动。起初几乎毫无动静，慢慢地，船向后退去。她沿着码头跟着船走，水手们拥到栏杆边，最后看一眼港口。尽管都是陌生人，但彼此来自同一个国度，她觉得很亲切。泪水在她眼睛里打转，走到码头尽头时，军舰转过方向，她目送"休斯敦号"驶出港口，加速前进，带走了她在爪哇的最后的美国亲人。她扬手道别，船上的水手们也挥手跟她告别。

"一路顺风，休斯敦。"她低声祝福着。

第 *35* 章

汤姆值班时一切还算平静，晚上 10 点 30 分，舰长比平时提前 15 分钟到舰桥，刚好在转变航向之前。他们准备向西驶往桑德海峡，月色皎洁，增加了被发现的危险。舰桥一片漆黑，在这里，引擎的声音几乎听不到，军官和士兵们停止了惯常的戏谑，望着海平线，每个人都陷入了沉思。

海面风平浪静，似乎正帮助两艘船加紧离开。汤姆注视着海面，他一直热爱海洋，那是从圣路易斯的密西西比河开始的。他的祖父曾是船长，认识马克·吐温。5 岁时，汤姆第一次顺河而下，到了新奥尔良。他见识了河流的壮观，但当他看到那一片浩瀚无际的入海口时，他只想一直航行下去，直到天涯海角。那是他第一次体验到大海，浪漫的感觉一直持续到现在。大海是善变的情人，她接受了他，也接受了他的敌人。

10 点 45 分，"休斯敦号"领着"佩斯号"，经过了爪哇北方的蓬东，现在正穿过万丹海湾的海口，只有一小段距离，很快可以到达尼古拉斯端，向西进入桑德海峡。岸上吹拂的微风将茉莉花的香味带到"休斯敦号"上，掩盖了甲板上残留的战斗气息。突然，一个哨兵报告有日军在万丹海湾出现，一串超过 50 艘船的灰色珠串整齐地列在海岸边，正在装卸准备入侵爪哇的部队和装备。

"妈的……"一位瞭望的少尉咬牙切齿地说："我们花了两天，损失了 5 艘船，找不到一艘敌船，而现在就撞个正着，整支日军护卫舰队。"

"毫无疑问，那是日军的西太平洋主力军。"舰长冷冷地补充道。

转换航道的命令下达后，"佩斯号"和"休斯敦号"掉头向南进入万丹海湾的中心，铃声、哨声唤醒了整艘军舰，水手们从床铺上爬起来，他们训练有素，脚上还套着鞋子，没完全醒来就登上舷梯。几秒钟后，电话线和开火线路逐一打开，各战斗岗位报告人手到齐，准备就绪。

指挥系统噼啪作响地开始运作，"全部炮火，准备发射，敌军船只，距离10,000。"

水手们守在大炮旁边，耳朵里不停能听到脉搏跳动的声音，手指紧张地放在开火的按钮上，眼睛盯着十字准星。

"全部炮火，开炮!"

主炮轰鸣着开火，制空火炮瞄准地面目标，5英寸口径火炮尖利的炮声和8英寸口径火炮沉闷的炮声交织在一起。冲击波震掉了汤姆的头盔，军舰被后座力震退了几英寸。炽热的照明弹划破夜空，炮弹从高空直坠到运输船上，怪诞的红白光芒照亮了海面。

"休斯敦号"和"佩斯号"沿着海湾的海岸线全速前进，边走边开火。当快要逃出战场时，附近一艘日军的驱逐舰追上了他们，射出鱼雷，却错过了目标，击中自己的运输舰，加重了伤亡。终于逃出敌军范围的"休斯敦号"上的船员欢呼雀跃，湾面上尽是日军的尸体和装备，都是从沉没的运输船上掉下来的。

两艘盟军军舰穿过潘扬岛与尼古拉斯端之间的万丹海湾，经过了几周的失败和打击，这一次的胜利极大地鼓舞了士气。汤姆看到前面的海洋通道明亮而宁静，放松了身体。到达那里就自由了，只要进入印度洋，到加利福尼亚的路上就只有汪洋大海了。在日光下，汤姆能看见"佩斯号"正安全地通过海峡。

正当"休斯敦号"绕着尼古拉斯端转向时，汤姆把望远镜移向北方，"佩斯号"上也同时传来信号。

"前方，敌军船只。"他喊道："火力距离之内，正迅速接近。"

他们被10艘驱逐舰、1艘轻型巡洋舰和两艘重型巡洋舰包围，航空母舰应该在后面不远。几乎是同时，敌军的飞机飞到军舰上空，投下炸弹和鱼雷，机枪猛烈地朝盟军船只扫射。船尾的瞭望兵向舰桥报告：日军的鱼雷舰和巡逻舰正尾随在后面，腹背受敌。

舰长的声音依然沉着，"我们得尽力向前跑了，引擎全部开动，全速前进。"

船只猛然加速，汤姆的心怦怦地乱跳了一阵，慢慢恢复平静。他很庆幸自己是在舰桥，尽管得面对机枪和炮火，但比在引擎室中要好受一些。在下面只能对战斗的进程胡乱猜测，憋气得很。

突然间，四枚鱼雷击中了"佩斯号"，船只动弹不得，日军的炮弹立刻找到了目标。12 点 05 分，"佩斯号"沉没了，只剩下"休斯敦号"继续前进，仍然继续开火，但船身已开始严重向右舷倾斜。照明弹呼啸着从炮管射出，像愤怒的大黄蜂准备攻击一头巨象。解决完"佩斯号"，所有的日军炮火集中到了"休斯敦号"身上。一枚炮弹击中了后引擎舱，引起爆炸，蒸汽管爆裂，舱中的船员全部被烫死。舰船如同受伤的野兽，一瘸一拐地前进着，深深地吃入水中，颤抖着，摇晃着，蒸汽从裂缝和缺口中喷出，火炮组的船员不得不暂时离开。

炮弹还摧毁了 5 寸口径大炮的排气系统，很快，炮口弥漫着炽热呛人的浓烟，尽管不停地咳嗽作呕，水手们仍坚持开炮。当一个水手晕过去时，他马上被抬上甲板，另一个水手立刻顶替。滚烫的大炮还引燃了没有燃烧的汽油，变成一道道危险的火苗。当 52 号炮位的一个火药桶裂开时，爆炸产生的火焰顷刻吞噬了附近整群炮手。在混乱危险的军舰上，负责开炮的水手们仍镇定地作战，似乎当成了一次训练。

一枚鱼雷击中了前部，击碎了主炮区。炮手踉跄着还没逃出来，就被另一枚鱼雷击中。炮楼失去了控制，2 号炮楼刚装好火药，就被一枚炮弹打中，引起了大火。受伤报告纷纷送到舰桥，通讯电路严重超负荷运转，许多线路中断，维修员根本来不及抢修。

舰长转身对汤姆说："下去看看，本森，让他们扑灭弹药仓的火势。"又转向他身边的一个水手。

"通知引擎室右转舵20°，如果船最后要沉，我们就跟他们同归于尽，我不会让那群畜生从船上得到一罐豆子。"

汤姆下去时，一个手持消防水管的水手喊道："本森先生，如果火继续烧下去，我们得弃船逃生啊。"

"该死，"他身后的水手喊道："船不会沉的，老头子不会让船沉的。"

汤姆闪过救火的船员，火势已经蔓延开来。

"往弹药仓喷水！"他朝指挥灭火的军官喊道。

"但是，长官，如果那么做，炮楼将没有火力补给，只剩下升降机里有弹药。"

"照做吧，领班，是舰长的命令。"

这时又一枚炮弹击中了一门40毫米口径机枪的仓位，引爆开来，水手们被轰上甲板，其中一个吓得魂飞魄散，汤姆伸出手，拉着他站起来。那水手的手已被严重烧焦了，"对不起，长官。"水手喃喃自语着，走向医务室。

甲板上充斥着刺鼻的汽油、火药和血肉的味道。到处死伤累累，堵在通道和舷梯上。机器扭曲歪斜，根本认不出是什么，残肢断臂的水手躺在上面，汤姆看到一个水手拾起一条人腿，漫不经心地扔到一边，似乎扔的是一片机器残骸或垃圾。

混乱和损坏似乎已无可收拾，但"休斯敦号"仍坚持开火攻击。

"快点儿上膛……弹药补给……快点儿。"炮手的脾气和炮管一样变得滚烫，但仍没有放弃。

被烧伤和炸伤的水手不断被抬上甲板，一个水手和汤姆撞个满怀，他拉着汤姆，想说些什么，但只冒出几句分辨不清的嘟囔。他的鼻子和嘴巴被炸伤了，曾经是脸庞的撕裂的血肉塞住了他的呼吸道。汤姆让军医上来，但他的剪刀在轰炸中不见了。汤姆找了一把小刀，和军医清除了水手脸上的伤口，让他能正常呼吸。

"抬他到旁边休息。"汤姆命令道，无脸的丑怪消失了。那个水手被抬走时，汤姆才想起那个人的眼睛那么熟悉，他是布兰敦。

三枚鱼雷击中了右舷，军舰塌了一块，颤颤巍巍。海水涌进船身，军舰倾斜得更厉害了。船只已是奄奄一息，日军的驱逐舰游弋过来，用机枪扫射。汤姆身旁的 21 毫米口径机枪手被击中，汤姆顶了上去，自己操作开火，还击日军。

12 点 22 分，舰长命令弃船，自己离开了舰桥，回到自己的房间。刚走到门口时，一枚榴弹爆炸，舰长和身边的水手壮烈牺牲。布达，舰长的厨师，伤心地坐在门口哭泣，"舰长死了，'休斯敦'死了，布达也不活了。"他决定留在船上。

伤员被抬上救生艇，安全弃船已根本来不及，副舰长现在指挥大局，取消了命令。船慢慢地下沉，但船员们仍镇静地工作着，战斗着。炮手们一直开火到最后一颗炮弹为止，然后点起火把，作为反击的象征。甲板上的伤员和士兵成为了日军机枪扫射的靶子。

12 点 33 分罗伯兹指挥官再次命令弃船，信号发出后，船员们纷纷奔向救生艇，伤员先上了船，汤姆留在船上照看伤员。

爆炸将船尾炸开，汤姆被冲击波轰到右舷，船开始侧翻，汤姆恢复了清醒，马上游开。船沉时会形成一股旋涡，把周围的事物吸进去。他的救生衣让他游不快，他能望见"休斯敦号"上的星条旗在风中飘扬，然后无可奈何地慢慢地沉下去。

他听到身后一声巨响。旋涡的声音越来越大，他开始被吸回去。接着传来轰隆巨响，他被猛抛到空中。他往下望去，海洋中似乎开了个缺口，有一个水做的大峡谷。军舰消失在最底端。他掉落到海水中，本能地蜷成球状，等到身体不再下沉时，他几乎快没气了。他抬头张望，在远处有一圈暗淡的光环，他再也憋不了气，另一声巨响传来，他被旋涡搅拌着向上，吐回海面。

他筋疲力尽，神情恍惚，睁开眼睛环顾四周，海面上到处是"休斯敦号"的幸存者。1,000 多名船员中，只剩下不到 400 个人，日军驱逐舰的照明灯光照射着海面，机枪和大炮毫不留情地朝幸存者射去，海浪拍打着无助的船员。

汤姆身边又射来一枚炮弹，他感觉到它掠过自己的身体，将他抛向天空。在灯光中，他看到海水都被染红了，他往下摸自己的脚，被炮弹严重炸伤，他撕下衬衣的后摆，包扎住伤口止血。刚刚包扎完他就昏迷了过去，绝望地紧紧抓住一片漂浮的舱盖。

　　汤姆醒来时，他已漂出了搜寻区。驱逐舰已经离开了，但巡逻艇和鱼雷艇的灯光还照射着海面。这一次，他们正打捞船员，而没有朝他们射击。月亮不见了，战场的硝烟也已散去，天空中繁星点点，又可以闻到甜美的茉莉花香。在温暖的海水中，他的脚伤不再发痛，但他知道，伤势很严重，没有治疗撑不了多久。巡逻艇就在呼叫范围，但他下了决心，他知道脚是保不住的了，没有了双脚，他不能再出海，活下去还有什么意思。

　　由于失血过多，汤姆一直半昏半醒。当再次醒来时，东边的海平线上升起了一抹红光。身边只有他一个人，看不到一艘船的影子。海洋温柔地承载着他，他的心里很平静。他不再害怕，脱下救生衣，让它顺水漂走。然后他松开舱盖，看着它慢慢漂开。他自由自在地游了一会儿，天边的红光越来越高，越来越亮。他转过身，仰面躺在水上，伸开手臂，望着天空，感觉温暖的海水漫过头顶。他合上眼睛，神情安详，让大海吞没了他。

第 *36* 章

凯瑟琳回到宾馆时，已是晚上 11 点。她打发走照看小迈克尔的老妇人，宝宝还在呼呼大睡。她给万隆总部打电话，格拉斯弗德将军的一个侍从接了电话。她给了他宾馆的电话号码，请将军如果有"休斯敦号"的消息马上通知她。

"我们会通知你的，摩根博士。天亮时应该会收到报告。"

她知道自己得尽快赶到提拉塔普，但已经很晚了，身体很疲劳，路上又挤满了难民，如果要赶上格拉斯弗德将军安排的飞机，她必须清早出发。她决定先打电话跟玛吉特道别。

"你好。"

"玛吉特，我是凯瑟琳。我不回去拿东西了，明天一早我就去提拉塔普，你打算跟我一起走吗？"

"不，我想留下来。"她已经下定了决心，不想再说什么。

"我想跟你说声'谢谢'。"

"那是我的荣幸。"两人陷入了沉默。

"到澳大利亚时帮我向我父亲问好。"

"我会的，好好保重，玛吉特。"

"我会的，你也一样。"

玛吉特挂断了电话，凯瑟琳也挂上了电话。上帝啊，为什么她不早点离开这里?

　　几英里外,玛吉特仍站在电话边,后悔自己刚才与凯瑟琳说话时的语气那么紧张。隔壁房间的广播里还在播放着新闻,声音陪她守着空荡荡的房子,但她已听厌了那些乐观的报道和爱国的新闻。她想打电话给凯瑟琳,但她刚才忘了问她的地址和电话。她气恼地盘上头发,让自己冷静一下,转身回到自己房间睡觉。正上楼梯时,她注意到一个印尼男人正静静地站在门口,手里拿着一支步枪。她忍住不喊出来,怕惊动了他。听到海军失利的消息后,仆人们都作鸟兽散。伯纳德自前天就没有回来。

　　"什么事?"她用巴哈沙语问,努力掩饰声音中的胆怯。

　　"有您的信,夫人。"他温和地笑着,似乎在安抚她的情绪。他从口袋里拿出一张折叠的白纸,递给了她。她还不能确定他的用意,小心翼翼地走近那个男人,接过纸张,又退回桌子那边。万一那个男人图谋不轨,也好有东西挡一下。她打开白纸,是给凯瑟琳的信。字迹很工整,尽管觉得自己的行为不太妥当,但她安慰自己现在情况紧急,得先帮凯瑟琳阅读信件:

摩根博士:

　　本人曾答应一位同僚当抵达爪哇时亲手将这封信交到你手中,但由于军舰即将出发至达尔文,实在无法实现承诺。本人现将信交托另一位同僚,由他转交阁下。

　　　　　　　　　　　伯德·拉尔森　中尉　美国海军

便条中是另一个封了口的信封,没有注明地址和收信人。

　　"你是从哪儿拿到的?"玛吉特问道。

　　印尼男人从短裤口袋中掏出一张皱巴巴的名片,上面的字迹被删去了,写上了玛吉特的地址,在背面写着:

威廉·S·阿姆斯特朗　中尉　美国海军"休斯敦号"

　　"我是码头的保安,一直坚持到所有的船都走了。"印尼男人骄傲地说:"那艘最大的军舰的长官让我带这封信到这里。"他神气地指着身上穿着的深蓝色的海军军服，"他说非常重要。"

玛吉特皱了皱眉头，现在她该怎么处置这封信？可能只是凯瑟琳的一个美国朋友捎来的便信。看到那个印尼男人还在一边等着，玛吉特走到桌边抽屉，摸了些零钱给他。这时才意识到，荷兰货币已经不再通行。她脱下脖子上的结婚金项链，拿给了他，安慰自己反正日本人进来时也会被抢走。那印尼男人目瞪口呆，忙不迭道谢，然后赶忙在玛吉特改变主意之前溜出了大门。

玛吉特从桌上的酒瓶中倒了一杯雪莉酒，已经是第三杯了。她一饮而尽。在酒精和形势的怂恿下，她生起了看看信件的好奇心，但她将信扔进抽屉，关上它，然后拿着酒瓶和酒杯朝楼上走去。广播还在继续，播音员正敦促欧洲人马上撤离，转移到万隆。那里地处内陆，比较容易防守。午夜过后，她终于睡着了。

天亮时，凯瑟琳被一阵电话声吵醒。

"摩根博士吗？"电话那边问道。

"我是。"

"我是林西中尉，昨晚和你通过话。"

"是的。"凯瑟琳回答，听出了他的声音，头脑清醒了一些。

"将军想和您说几句话。"

过了一会儿，一个威严的男人的声音从话筒那边传来，"凯瑟琳？"

"是的，将军阁下。"

"日本人正在 50 英里外桑德海峡的班腾湾登陆，原本并不知道他们在那边，可'休斯敦号'和'佩斯号'驶进了该水域。"

将军的声音顿了顿，凯瑟琳的心剧烈地跳着。

"'休斯敦号'被击沉了，'佩斯号'也一样。很抱歉，凯瑟琳。我们昨晚收到驱逐舰'埃弗斯顿号'的报告，它正赶去和它们会合，听到传来骇人的战斗声。但我们一直到天亮时才能派出一架飞机前往侦察——最后一架飞机。报告中说日本人仍在打捞幸存的船员，他们会成为战俘，所以要等到日本人向国际红十字会提交名单后，我们才能知道有谁被俘。"

将军焦急地对凯瑟琳说："你得马上离开巴塔维亚，日军随时可能调派军队到这儿来。他们已经打通了到巴塔维亚的通道，海湾离这里只有 50 英里。美国海军调了两架两栖飞机自澳大利亚到提拉塔普撤离军事人员和平民。除了那两架飞机，再没有什么东西能飞了。所以请你务必搭乘飞机离开，我也会搭乘其中一架走。飞机黄昏起飞，那样敌人不容易侦察，需要我派车接你吗？"

凯瑟琳竭力稳定情绪，"不用了，没那个必要。我有车——和汽油，我会马上走。"

"那好，别迟到，我们不清楚道路情况，晚上见。"

将军顿了顿，"还有，凯瑟琳，关于汤姆的事我很难过。根据报告，他们英勇奋战，直到最后一刻。他们是我军的骄傲。今晚见。"将军匆匆挂了电话。

凯瑟琳掀起蚊帐，走到天台上。天台向东，俯瞰着港湾。现在是周日早晨，已经很闷热。她想到了家，那边是星期六的下午或傍晚。芝加哥可能还有早春的残雪，她想到家人和朋友，他们现在想的也是战争吧？但今天，战争似乎很遥远，如同几星期前看起来那么远。

落在巴塔维亚的炸弹很可怕，但根本无法和现在她感到的恐惧相比。炸弹可能会结束她的生命，但即将进城的日军却会带走更多。

她的身体一阵发冷，身体开始战栗。东边的天空很明亮，太阳跃出了地平线，似乎停在那儿，鲜红地燃烧着，在蔚蓝的天空中似乎在释放着地狱的怒火。

凯瑟琳到达提拉塔普时刚刚过了午夜，路上塞满了难民，许多人漫无目的，只是堵在路中间，大部分是印尼欧洲混血人和欧洲人。当地人一边忙着向难民兜售椰奶，一边等候着心目中的日本解放者。荷兰人一如既往地否定现实，海军失利了，他们现在相信陆军能击退日军。

到了这么晚，城里的街道仍水泄不通。凯瑟琳把汽车停好，抱起熟睡中的小迈克尔。码头周围更加拥挤，笨重的商船和战船拼命想早点儿撤离。看到港口另一端一架巨大的海空飞机的轮廓，她松了口气，拼命向前挤。快走近时，她能认出机翼上的美国海军标志。但一位坐在吉普车里的荷枪实弹的荷兰军官却不准她进入码头。

"我找格拉斯弗德将军，能告诉我哪儿可以找到他吗？"

军官还没来得及回答，凯瑟琳听到有人喊她的名字，转身看到一个英俊的荷兰军官站在身后。

"摩根博士吗？海弗里希将军让我来接应你。"

她迷惑地看着他，"格拉斯弗德将军呢？"

"他一小时前乘另一架飞机离开了，他让你乘这一架飞机。"

刚听到将军离开的消息时，她大吃一惊，等听完后半句，心情才镇定下来。

"那好……"

他打断了她，"我恐怕得告诉你一些不好的消息。将军不知道第二架飞机的引擎出了问题。"看到她脸上惊愕的表情，他犹豫了半晌，接着说道："恐怕飞机是飞不动了。"

她的心里只剩下恐惧，看着周围正准备离开的商船，问道：

"那些呢？"

"我们接到报告，下午日军的第二批海上舰队将进入印度洋南边的水域，阻止任何船只进入澳大利亚。你看到的这里的所有商船都很难幸免，我认为乘船离开不可能，而且舱位都已经满了。"

"那你呢，中尉？你怎么办？"

"我会陪海弗里希将军乘飞机去锡兰，如果能把位置让给你，我愿意那么做。"他的声音很柔和，接着说道："我的妻子和两个孩子还在这里，他们和你一样留在这里，我会不惜性命保护你们，相信我。"

她同情而理解地看着他，"我相信你，中尉。不用担心我们，好好战斗，让这场战争早点儿结束。我们会没事的。"

她不得不离开这里，离开无助的飞机，离开自己的无能为力，如果可能的话。

"请留步，"他在身后喊道，她转过身："总部有人找你，我刚才没来得及告诉你，我带你去。"

周围的建筑开始爆炸，荷兰人开始摧毁昨天从澳大利亚运来的美国军事装备，来得太晚了。去军部途中，凯瑟琳向荷兰中尉问起"休斯敦号"的事情，但他也不清楚情况。他在一栋小楼前停下吉普，扶着她下了车。"谢谢你，中尉。祝你好运。"

"我希望你有好消息。"他开着吉普车离开了。

军事总部外面，一个军官正焚烧着文件，小楼里灯火通明，几乎睁不开眼睛。房间中间，一个愁眉苦脸的荷兰军官坐在桌旁，正整理着文件，他没有抬头看凯瑟琳一眼。她站在他面前，他仍不抬头。她开口说道：

"我是凯瑟琳·摩根。我想你有事找我。"

他看了她一眼，又回头看文件。

"不是我，"他态度粗暴地说道："不是我有事找你。"

她的心里充满了绝望。

"是他有事找你，"她惊愕了一下，军官的头仍埋在文件里，手中的铅笔指着隔壁的房间，门上面用荷兰文写着"司令室"。

门是开着的，她走到门口，往里面瞄了瞄，桌子后面的椅子上没有人。一盏小小的曲颈灯在凌乱的桌面上投射出橘黄色的灯光，房间的其他地方一片漆黑。她认出了站在窗边的人影，他背对着她，身影非常熟悉。

"阿玛德？"

他转过身，看见她站在门口，脸上露出轻松的神情。

"凯瑟琳！感谢上帝，终于找到你了。"他走过来，抱过小迈克尔，让她坐在长椅上休息一下。

"见到你真好。"她轻松地说道，然后手捧着脸，痛哭流涕。

阿玛德抱着小迈克尔，坐在她身边，但没有安慰她，让她哭个痛快后再伸出手，拉着她的手。

"你得去麦提亚。"他轻声说。

"麦提亚，"凯瑟琳透不过气来，"我不可能去麦提亚，卡拉还在那儿。"

"离开波尼奥前，我见过卡拉，她不反对。"

"那她真是比我大度。"

"或许吧。"他不置可否地说道。

"你怎么知道我在这里?"

"玛吉特告诉我的,我和英国领事到这儿来,想确保你能乘飞机离开,却发现飞机根本飞不了。"

她把头靠在墙上,合上眼睛。

"在苏拉巴亚我有船,可以到马塔普拉。得出发了,我不知道道路还能开放多久。"

同巴塔维亚到提拉塔普的道路刚好相反,到苏拉巴亚的道路空无一人。车灯的橘黄光亮照射着空旷的黑暗,随着一路的飞驰,温暖湿润的海风渐渐变成了干燥凉爽的山风。

阿玛德一直没有说话,关注着路面的情况。凌晨一点钟凯瑟琳睡着了。等到她沉沉睡去的时候,阿玛德打开广播。万隆的荷兰电台正报道日军大规模登陆爪哇,在万隆和巴塔维亚正在激烈交火。尽管遭到顽强抵抗,日军前进之势无可阻挡,节节逼近的不利消息充斥着接下来两小时的报道。

凌晨 3 点 30 分,荷兰播音员宣布电台关闭,不再有广播。他的声音哽咽着:"再见,祝大家好运。女王万岁!"

电台的声音中断了,只有电波的沙沙声。阿玛德搜索着别的频道,但一个也没找到。他关上广播,至少他已知道到苏拉巴亚的哪条路是安全的。

第二天,他们遇到了第一个战争的标志:由荷兰和澳大利亚军队布防的路障。凯瑟琳同情地看着他们紧张不安的脸庞。阿玛德用荷兰语同负责盘查的年轻军官交涉,他们得以通行,但军官忠告他们日本人已在苏拉巴亚西边 70 英里的海岸登陆,但尚未占领城市。如果把车开快一些,应该可以赶上搭船。

第 *37* 章

金底的丝绸三角旗上绣着一头蹲伏的黑豹，在海洋的强风中猎猎飘扬。它下面的白色泛着微光的快艇是苏拉巴亚港口唯一像样的船只，旁边都是又小又短的破渔船，正准备出海捕鱼。除了当地的男人在爪哇海蔚蓝的海水中捕蚝外，晨曦中的海岸边很空旷宁静。

快艇上的迪雅克船员穿着精干的白色棉裤和金色夹克，头上松松垮垮地戴着白色的穆斯林头巾，等三位乘客上了甲板就准备开船。

"我差点儿忘了，"凯瑟琳转身对阿玛德说道："那辆车，我得毁了它。我答应过它的主人。"

阿玛德用迪雅克语吩咐一个船员，他马上走开，找来一桶汽油浇在汽车表面，点了一根火柴扔上去。跑车猛烈地燃烧着，火焰一会儿蔓延到油箱，引爆了整辆车，炸了个粉碎。阿玛德又给出命令，快艇的柴油引擎咆哮着启动了。缆绳解开，最后一个水手跳上甲板，船迅速驶离岸边。凯瑟琳扶着栏杆，看着渐熄的火焰中黑乎乎的车体慢慢远去。她情不自禁地觉得悲伤和恐惧。

"我们会不会遇到海上封锁？"她担心地问阿玛德。

"我也不清楚，但那个东西会保护我们。"他朝绣着马塔普拉苏丹标志的飘扬的三角旗点了点头，"日本人还不敢怠慢我们，至少目前如此。"

一整天，船上的电台都是日语广播，但一路上看不到日本船只。看着波光粼粼的海面很难想象战争正在进行。阿玛德坐在船尾的软椅上，怀里抱着小迈克尔，他正饶有兴味地看着自己的手指和脚趾。凯瑟琳想给他换衣服，给自己也换一下，身上的棉布裙子皱巴巴的。她赤着脚，凉鞋刚上了船就甩在一边。阿玛德看上去英姿飒爽，他还穿着在军部见凯瑟琳时的那套海军衬衫，白色宽松的裤子。在他优雅的穿着下是强壮的体魄，似乎他的生命是用火和热情铸成的。她完全信赖他，但又有点儿怕他。她儿子却不害怕他，两人相处得非常融洽，似乎她已经被两人遗忘了，但她很开心，很愉快。

不时地，阿玛德看着凯瑟琳，但他的表情没有使她感觉尴尬。他只是看着她，她想起第一次在麦提亚庄园见到他的情形，知道他是个别人很难在他面前掩饰什么的人。她希望他欣赏自己的美貌，又害怕这一想法，烦恼地合上眼睛，靠在舒适的安乐椅上。第二天天亮时，他们到达马塔普拉的海岸边，窄窄的沙滩上，透过迷雾和云层，绿色的群山依稀可见。马塔普拉曾经是一个孤岛，被不断蔓延的红树林渐渐地蚕食，并入波尼奥的土地，如今是巴列图河入海港湾的一部分。沿河而上不远处是荷兰城镇马辰，再往上是英国人的种植园和麦提亚庄园。在港湾的左边，马塔普拉的最高处，有一座火山，上面坐落着皇宫。它曾是古代的要塞，城墙阻挡了外国势力长达600年。现代文明尚未沾染要塞本身，它被阻隔于宫门之外。精心雕刻的柚木柱子金碧辉煌，支撑着高耸的亭台楼阁，宁静而冷漠地俯瞰着港湾。宫殿看上去不像是大地的一部分，而是与宇宙融为一体，超越了人世与时间。

他们驶进港口时，响起海螺钟的钟声，那是皇室的信号声。钟声从宫殿巨大的原木大门那边传来，宣告他们的抵达。声音单调而萦绕心头，充满了神秘气息。钟声停止时，寂静在凝重的空气中盘旋，留下不祥的恶兆。凯瑟琳第一次看到敌人，日军运输船与快艇上满载机枪大炮，阳光在磨光的金属表面闪烁着刺目的光芒。她的身体不停地颤抖着，阿玛德拉着她的手安慰她。

"过了河就看不到他们了，他们不会对我们怎么样。日军还需要人手修筑印度支那的铁路，需要年轻的妇女充当慰安妇，我的父亲表示了拒绝，但他们仍然希望他能同意，表面上他们还是装扮出亚洲救世主的样子。"

他们在巴列图河的河口隐秘处停泊，换成一艘小艇，这样在河里航行不至于引人注目。河口附近的迪雅克村民如潮水般涌上来迎接他们，露出友好的微笑，善意而好奇地拉扯着凯瑟琳的裙子、头发和身体，他们很少看到外邦女子。

阿玛德同情地笑着说："需要我让他们停止吗？"

她摇摇头，对他们的友善不以为忤。

村子里的村长，欧荣·卡亚，正在河滩上等候他们的到来。他腰间围着一块布，汗淋淋的脖子上披着一大块兽皮，垂到背上，好像一件斗篷。在该地区，荷兰人几年前禁止了猎头行为，这里的迪雅克人友好而和平。他们拿流传进来的西方文明的小物品作各种装饰，一根黄色铅笔头穿在村长右耳耳垂的洞上，一片白纸像羽毛一般在他的头发间飘摇。

村民们纷纷动手准备庆典迎接尊贵的客人。图瓦克，当地的米酒，大坛大坛地抬到长屋旁边的走廊上。每个村民都跑到那里，男人们穿着护裆布，女人们穿着鲜艳的短裙。他们的耳边都戴着许多沉重的金耳环，一直垂到了肩膀上。欧荣致欢迎辞，阿玛德也应酬了几句，接下来喝酒、唱歌、跳舞等节目开始了，用铜锣和皮鼓进行伴奏。欧荣又朝凯瑟琳致了一番欢迎辞，凯瑟琳只能用英语回答了几句，尽管没人听得明白，但他们还是热烈地鼓掌欢呼。

一个戴着犀鸟羽毛头饰的男人跳了出来，手持一个骷髅，开始跳一段舞蹈讲述猎头的传说，凯瑟琳知道他身上的文身表明他曾参与过猎头行动。他跳累之后几个年轻的女子跳起舒缓而柔和的舞蹈，地板震动得没那么厉害。凯瑟琳合上眼睛，现实又困扰着她，铜锣开始让她头疼，米酒开始发挥作用了。

突然，女人们停止了舞蹈，坐了下来。人群沉默着，似乎在等待着什么。凯瑟琳很惊讶地四周环顾，但没什么改变。从一间屋子里走出一个不足 15 岁的少女，美得出奇，精致而野性。她长长的秀发从白兰花环中倾泻下来，足踝上戴着金脚环，是身上仅有的首饰，引起人们对其瘦小而柔软的脚丫的关注。她穿着长可及膝的短裙，和其他女人一样，赤裸着上身。

看到她的出现，观众们欢呼着，屋子里人们的心情改变了。她是希娅，

　　欧荣最小的女儿，生来拥有特殊的舞蹈天赋，以能通灵而闻名。通过舞蹈，她神奇地演绎出了迪雅克宗教的精义：万物，即使是石头也拥有灵魂，大地本身也是生命，群山即是众生。而死亡并不是终结，在丛林的神明的庇佑下，所有曾经存在的生命会一直活下去。希娅站在房间中央，摆出一个姿势，一动不动。杏色的眼眸严肃地盯着地面，她的下唇轻微地颤动，清秀挺直的鼻子翕张着，表明她和观众一样内心兴奋。她的手臂一支指天，一支指地，手指张开，如同闪电的分叉。她慢慢地仰起头，抬到一个骄傲的角度，眼睛燃烧着火焰，不再严肃。

　　她静静地站着，连眼睛都不眨一下，直到全场寂静下来。突然间，房间里一片漆黑，观众发出一声惊叹，又陷入了沉默，适应着房间里的幽暗。希娅仍一动不动，保持着同样的姿势，但眼睛似乎在眺望着远方。沉闷的惊雷隆隆地传来，一道闪电照亮了房间。希娅的手指开始移动，起初几乎无法察觉，然后逐渐加快。随着她的指示，皮鼓和铜锣开始伴奏，声音很轻，似乎是从远方传来。希娅改变了姿势，身体随着音乐的节拍优美地扭动着，那么流畅自如，似乎已和音乐融为一体。

　　天空变得更加阴暗，闪电不断在窗外互相追逐着。一个人点燃了火把，希娅开始围着火把起舞，挑逗着火焰。随着音乐节拍的加快，她开始跳跃，旋转，触摸火焰，奇迹般地根本不为火焰所伤。村民惊叹着，希娅似乎变成了来自天空的灵火。

　　一阵风骤然吹进房间，火把熄灭了，音乐戛然而止。当火把再次点燃时，希娅正跪在阿玛德面前，头触着地，张开双臂进行祈愿。他温和地用迪雅克语和她交谈，希娅抬起她的脸，露出谜一般的微笑，眼睛大胆地盯着他，站起身，退了下去，低着头，手掌放在身前。

　　开始下雨了，天空明亮了一些，闪电和雷鸣也停止了，只听到雨水滴落在棕榈叶屋顶的声音。希娅骄傲地站在一旁，观众默默地给予她最后的喝彩。

　　阿玛德对坐在身边的欧荣说道："真是没想到，她比两年前我看见时出落得更标致了。我想问，她结婚了没有？"

　　"两年来她拒绝了所有有所表示的男人，"欧荣回答。在迪雅克人的风俗里，追求者会在夜深人静的时候走进女孩的闺房，送给她一颗槟榔。如果女孩接受了槟榔，那就表示她接受了他，一切顺利的话，婚礼随后进行；而如果女孩没有接受槟榔，而是让他去干活，那就表示她拒绝了他。

"我正考虑把她送给您的父亲，以示敬意。"

阿玛德不做声，他并不同意这种做法，但已是几百年的风俗，他根本无力反对或改变。

欧荣注意到他的神情，试探着问道：

"您认为陛下可能会不高兴？"

"我想，父亲，或任何男人，能有这样的礼物高兴都来不及。但是——"他顿了顿，"或许她不愿意离开亲人吧？"

欧荣根本不理会最后那句话，"太好了，陛下开心就好。"他认为这件事就此敲定，又继续谈论别的事情。并不是每个迪雅克人都有机会取悦皇亲贵族，他决定好好抓住这次机会。歌舞继续进行，大坛大坛的米酒源源不断地呈上来。

下午凯瑟琳与阿玛德离开了村子，好几个村民已喝得烂醉，其余的村民还在放纵地畅饮，直至加入他们的行列。凯瑟琳抱着小迈克尔，跟着阿玛德走在通往巴列图河的小路上。

"你父亲会接受希娅吗？如果村长献给他的话？"她问道。

"当然，"阿玛德回答："而且，他可能永远不知道她在宫里，许多嫔妃他都没注意到。"

凯瑟琳心里很不悦，"你说得倒轻松，那你母亲和希娅的感受呢？"

阿玛德笑着说："我父亲喜欢女人注意他，他永远需要得到肯定和爱慕。母亲理解并接受了这一点。"

"我可不会！"凯瑟琳朝他的背影不服气地反驳着。他转过身，面对着她，那么突然，她几乎撞到他身上。

"我没有怪你，"他的眼神很严肃，但嘴角边却挂着微笑。她分不清他到底是赞同她还是嘲笑她。阿玛德又断然转过身，留下她站在那里，他的每一个动作都透出威严和气度，她心里有点害怕他。

阿玛德一路上都沉浸在自己的思绪中，凯瑟琳关于宫中女眷的话勾起了他内心早有的反感。他并不赞成希娅成为父亲的妃子。小时候他经常到村子里玩耍——打猎，捞鱼，自由自在地远离令人烦闷的皇宫。这里的人不害怕他，也不把他当神一样看待。从小，希娅就趴在他背上，一起洑水。她小小的手紧紧拉着他的手，胖胖的小腿夹着他的脖子。他看着她长大，心里还当她是一个孩子，希望她能自由自在地生活，不用被锁在侯门深似海的宫殿中。那里只有苏丹能自由进出，女人只能等待年华逝去，终老此生。他不知道希娅能不能应付妻妾嫔妃的争风吃醋与阴谋诡计，里面大部分的女人出身宫廷贵族，她们只会嘲笑像希娅这样的迪雅克女孩，把她当成赤裸裸的野人。

在上千个嫔妃中，只有少数几个能得到苏丹的宠幸。阿玛德不知道他为什么心烦：是怕希娅被冷落？如果她渴望爱情，只能在别的妃子身上寻找满足；还是怕希娅被父亲看上，生下许多子女？

凯瑟琳和阿玛德到达小船时，希娅和她的表姐明顿正等着他们，她们是抄小路到这儿来的。两个女孩子拿着一个花环，走近凯瑟琳的身边，戴在她的脖子上。明顿跪在阿玛德面前，额头碰着他的膝盖，表示顺从，然后站在一边，低着头。希娅没有这么做，凯瑟琳惊讶地看到，希娅走到阿玛德面前，抚摩着他的胸膛，慢慢地跪下去，摸到他的大腿，仰着脸看着他，眼神明亮而狂野。

她红唇微张，喃喃自语着。

阿玛德抓住她的肩膀，把她拉起来，用迪雅克语高声和她说着什么。尽管他脸上不悦的神情吓到了希娅，她仍用平等的口气跟他争辩。他的脸色开始缓和，松开了她。她露出一丝微笑，交谈结束了。阿玛德目送两个女孩回村子，一路上唧唧喳喳，有说有笑。

"出什么事了？"

"她想让我告诉她的父亲将她许配给我。我告诉她，她的父亲不会把这么漂亮的女儿浪费在一个王子身上。但我很感动，因为她愿意嫁给我。似乎她对我的回答挺满意。"

他轻轻走进小船，接过小迈克尔，伸出手拉凯瑟琳上船。马达开动的响声打破了河流的宁静，惊走了丛林阴影处的鸟儿。

　　为了不被日本人看到，凯瑟琳卧倒在船上，刚好被两边的船舷挡住，宝宝躺在她怀中。到马辰附近时，阿玛德脱下衬衫，让自己看起来更像一个船夫。衣服给了凯瑟琳当枕头，上面只有淡淡的香皂味，王子似乎是没有汗腺的特殊动物，凯瑟琳早已是汗流浃背。

　　"阿拉——阿巴。——万能的真主。"祈祷的声音从马辰飘到河上，在船的一边凯瑟琳看到佛教寺庙和清真寺，华裔和马来裔的信徒进进出出。女人们穿着紧身的蜡染上装与鲜艳的裙子，在河流里跋涉，肩上背着鱼篓。这些女人比城里的女人保守一些，头上戴着纱巾，见到陌生人就蒙上脸，不肯以真面目示人。

　　河岸远处，是荷兰人的行政建筑，如今已被日本人占领。荷兰官员们被软禁在自己的府邸里，为日本人办事，直到日本人找到合适的当地人取代他们为止。尽管苏丹并不同意，但许多当地人还是愿意和日本人合作。

　　船经过行政区时，凯瑟琳回过头看着那些房子，许多已经屡遭劫掠，一无所有了。

　　"日本人应该会把荷兰人遣送出境吧——至少女人和孩子？一旦有船只的话。"凯瑟琳问道。

　　看到她的神情，阿玛德只能附和她，不愿说出真相。尽管他的父亲一向与荷兰人不睦，但苏丹也建议日本人遣送荷兰平民。但波尼奥日本军方的答复是：所有的外国人都会被视为战俘处理。

　　船只驶过时，一群燕鸥被惊飞起来，河流收得很窄，树枝横过了河面，黄色的小花点缀其中，花香甜蜜而醒神。猴群在头顶吵吵闹闹地叫嚷着，在河边沙滩上热情地交配。河水轻轻摇晃着小船，凯瑟琳平静地进入梦乡。

　　当天晚上，正当希娅在闺房里熟睡时，附近一个部落头人的儿子溜进了房中，捧着槟榔果子。他轻轻唤醒希娅，拿出自己的礼物。在昏暗的灯光中，她带着梦幻般的微笑，他的心狂喜地跳动着。

　　"能生个炉火吗？"她喃喃道。

　　他一下子萎了下去，拿起槟榔果子，溜出了房间。希娅又回到梦乡中与高大英俊的王子相会——自从孩提时一直朝思暮想的白马王子。

第 *38* 章

巴丹，1942 年 3 月

在马里维尔的一个山洞里，从三藩市传来的 10 点钟固定新闻报道沙沙沙地从"老人星号"破旧的广播传出：爪哇岛投降了。尽管信号很差，但消息还是能听得很真切：日军占领了巴塔维亚。迈克尔焦急地等着爪哇海战的消息，和一群"老人星号"的水手急切地听着广播。他的希望破灭了，走出广播室，没有人说一句话。

"很抱歉，斯坦福先生。"走到门口时，值班的广播员冒出一句。

迈克尔停住脚步，但没有回头，"谢谢，菲利浦。"他的眼睛因为疲劳而布满血丝。难道他再也见不到她了？难道没有机会告诉她他有多么爱她了吗？

"有报告说一批从美国调遣的援军已经抵达澳大利亚，很快会向马尼拉出发。"后勤领班柯贝特宣布了这个消息。

迈克尔回过身，看看柯贝特，又看看其他人。

"那我们很快会把日本人赶出印尼群岛的。"菲利浦充满希望地说。

迈克尔微笑着，似乎也看到了希望，又看看柯贝特，两人都知道其实只是美丽的谎言。"我出去透透气。"他转身快步走出了舱门，尽量控制着自己的情绪，勉强向卫兵回了个军礼。

眼前又是一个明媚的早晨。很难想象，在宁静的海湾那边，日本人已占领了马尼拉。战事的暂时平息并没有让众人麻痹，大家都知道日军又调派了增援部队，而军队和物资在马尼拉和新加坡的战役中几乎毫发无伤。战火很快会再次点燃，美国兵只能绝望地等着不会到来的援军。

他把手伸进口袋里，拿出一张纸条，是从科里吉达送来的。两周前美国一艘护送澳大利亚物资的潜艇顺道捎了过来，他已经读了不下十遍。

亲爱的迈克尔：

　　我与汤米·哈特刚刚谈了话，他即将卸任司令官一职，从爪哇回华盛顿。他告诉我你的飞机被炸毁了，所以你被调派到"老人星号"。他也告诉了我你作战多么英勇，我十分为你自豪。确实，当初你决定加入美军是对的（但我仍希望你穿的是英国军服）。

　　至于家里的情况，我可能只有坏消息告诉你。凯瑟琳和小迈克尔仍留在爪哇，我已尽力安排，但仍无济于事。我怪自己为什么会把他们带来。我和卡拉、朱里尼失去了联系，玛吉特也杳无音信。我希望能尽快和阿玛德取得联系。

　　我很快会去莫尔兹比港，完成海岸布防工作。我想可能以后无法进行通信了。我很幸运，能在澳大利亚见到汤米，并写信给你。日子还会很艰苦、很漫长。

　　　　　　　　　　　　　　　　　　　想你、爱你的父亲

信里证实了他最担心的事，凯瑟琳、孩子们和卡拉仍困在印尼群岛。他曾经在心里责备凯瑟琳，如果她那时肯告诉他怀孕的事情，如今情况或许就会不同。他心里很不痛快，如果她肯保持联系，让他多了解情况就好了。但当初都只能怪自己，以为有充足的时间考虑决定……他不能怪她，当初他不应该让她离开。

他想到了儿子，心里涌起温暖的爱意，胸膛一阵阵隐痛。几天前，迈克尔获悉，他寄给凯瑟琳的信没能抵达爪哇。伯德·拉尔森的船——"佩斯号"在达尔文港被击沉，伯德未能幸免于难。尽管还没跟阿玛德取得联系，但迈克尔相信阿玛德应该已见到了凯瑟琳母子。他现在所有的希望都寄托在阿玛德身上，但愿他能顺利护送凯瑟琳母子去波尼奥，安全地躲一阵，直到他过去与他们会合。

比尔斯基，值班的水手，决定和迈克尔搭搭话。

"鱼雷艇上的水手告诉我，日本人加紧了海湾外的巡逻，"他说道："我猜他们是想着可能会有海上疏散——至少那些高层会离开。"

迈克尔同意他的看法，他收到秘密情报，麦克阿瑟与其家人准备下周离开科里吉达。菲律宾总统奎松与家眷已于数周前乘潜艇离开了。离开之前，奎松正患着病，大骂美国不仁不义，先是无法及时支援前线，现在又不肯同意菲律宾独立，让其成为中立国。

比尔斯基抬起望远镜，扫视着海面，突然喊道："有船正开过来，斯坦福先生。"

迈克尔举起自己的望远镜，朝科里吉达方向望去。如果说宁静的港湾还能给他和平的幻觉，科里吉达的情景则恰恰相反，岛上遭受了狂轰滥炸，每棵树、每栋房子都已被夷平。要塞上有垛口和大炮，码头那边隐约可以看到一只小船的轮廓。他望着天空，很幸运，没有敌机飞来。他又放下望远镜，船已驶得近了些，可以认出船上的人影。其中一个戴着墨镜，挂着文明杖，滑稽的压得扁扁的帽子下，是长长的头发。

"该死！"迈克尔嘟囔着告诉比尔斯基："通知船长，他得到码头去一趟。"

凯瑟琳正赶往麦提亚。

卡拉关上房门，靠在门上。想起当年飞机在新几内亚大峡谷降落时在湖边看到的情景，她又感觉到恶心难受。没有迈克尔，只有凯瑟琳。她的心沉了下去，那时凯瑟琳独自站在空地上，卡拉永远无法忘记她脸上的表情。还有迈克尔的表情！他从林中走了出来，表情冷漠，双唇紧闭，她想那正是她自己的表情的倒影。还有比他们两人更不愿被拯救的遇难者吗？

阿加特兹大屠杀事件 10 个月后，荷兰迪亚有传闻说一个金发白人居住在西面的高地，消息是由原始居民与外界交易的渠道散布出来的。卡拉坚信那个男人是迈克尔，她从不相信他会死于大屠杀，她信赖他的求生能力。由于传闻没有提及女人，她和家人都以为他是孤身一人。如今再想想，她知道为什么当时会有这样的传闻了。在新几内亚，女人是财产，而不是独立的人。正如传闻不会说那个男人有多少头猪一样，也不会说他有多少女人。

到莫尔兹比港的途中，她一直安慰自己迈克尔与凯瑟琳的关系只是形势所迫，回到麦提亚，回到她和孩子们的身边，事情总会过去，她需要耐心和理解。每一次迈克尔离开时，她都准备着失去他——但这一次不同，是另一个女人的出现。迈克尔过去一向对所爱的人十分忠诚。

查尔斯爵士表示先让他和迈克尔谈一谈，于是她独自在漆黑的房间中等待。那是生命中最漫长的一小时，突然间，房中的灯亮了，迈克尔站在门口，手按着开关，紧绷着脸。她一直盼望着两人的团聚，但在她脑海中，从未设想过情形会如此紧张。

她站在房间中，全身僵硬，下意识地保护着自己。

最后他说道："对不起，我伤害了你，卡拉。"

"我也是。"她轻声说。

"我一直无心伤害你。"

她相信他，他一直无微不至地照顾着她。或许，太关切了。

"我不会回麦提亚，至少目前不回去。"

她松了口气，他继续说道：

"几天后我会去美国———一个人。我需要单独静一静，想一想。"

她想走上前，抱住他，哀求他留下来。但她做不到，也不能那么做。那将是最糟糕不过的事情。她一直给予他自由，毫无要求，毫无索取，尽管她痛恨这个角色。他从不知道她的感受。她之所以忍受着，是因为她知道：他需要自由，只有让他自由，她才能留住他。直到现在，她一直坚信他总会回来；但此刻，她的信心没有了。

"然后呢？"她问道。

"我不知道。"他的神情很疲惫，眼里充满痛苦。

孩子们怎么办？她想问。她想用一切手段绑住他，因为他的心已不属于她。或许从未属于过她。他是被婚姻、孩子和承诺所束缚，但不是为了她。泪水涌进她的眼眶里。

"噢，迈克尔。"她只能哭喊着。

他快步走上前，把她抱在怀里，把头埋进她的鬓发中。

"我爱你，卡拉。"他低声说，然后拉着她，看着她的眼睛，"我希望你明白这一点。"

她点点头，"我一直都知道，迈克尔。我也爱你，全身心地爱着你。"

他靠着她，眼里泪水晶莹。他亲了亲她的额头，松开她，向门口走去。

"我不想让你走！"她大喊着，她抛开了自尊，"至少今晚留下来，求求你！"

他转过身，脸上痛苦的表情正是给她的答案，"我不能留下来，我不喜欢这样，我真的不行。"

他又转过身，离开了房间。几天后，他加入了美国海军。他说过他爱她，她一直相信那句话。尽管他外表冷漠，但对身边的亲人关怀备至，温情脉脉。在他的感情中，她一直排在查尔斯爵士和阿玛德之后。凯瑟琳呢？她可以觉察得出，凯瑟琳已占据了他心目中最重要的位置。尽管她知道他心里爱着凯瑟琳，但他仍会回到她身边。她还能接受他吗？尽管很痛苦，但她知道答案。是的，只要他能回来，她愿意接受任何条件。

9个月前，卡拉收到他一张潦草的便条，那是他被调派到菲律宾之后。信中说到他要求离婚，无论他能否活到战争结束，他都不会回到她身边。她接受了无情的事实，心中涌起一股奇怪的力量。查尔斯爵士和迈克尔都走了，她独力挑起了经营麦提亚的重担，并且处理得井井有条。而且她很惬意，无法忍受放弃这一角色的念头。不能让给迈克尔，甚至查尔斯爵士也不行，更别提那个女人——凯瑟琳。

现在凯瑟琳正要来麦提亚。她为什么会同意让她来？她走进更衣室，看着里面的镜子。闷热的天气让她的头发微微发亮，她出神地盯着自己。明天凯瑟琳会带着迈克尔的儿子来到麦提亚。身为麦提亚的女主人，卡拉接纳了她们。她微微抬起头，打量着自己。她仍是麦提亚的女主人，她会不惜一切捍卫这个位置。无论是凯瑟琳，或者是日本人。她看到镜中的人影露出了微笑。

码头上的两个女人相映成趣：朱里尼穿着卡其布衬衫、长统马靴，刚骑完马回来，还汗水淋漓；卡拉穿着淡绿色长裙，文静而冷漠。她们肩并肩望着船只驶来，彼此间没有说话。这很正常，自从 8 年前卡拉第一天过门，两人就很少交谈。那时卡拉和迈克尔从欧洲度完蜜月回到麦提亚，朱里尼和卡拉单独在房间里，正谈着在巴黎的旅程。

"我不想听巴黎的事。"朱里尼冷不防地冒出一句。卡拉惊奇地看着小姑，朱里尼一只手肘撑着身体，躺在床上。

"我想知道你是不是来了？"

"来了？"卡拉问："来哪儿呢？"

朱里尼笑得前仰后合："我就知道你不懂，"她既开心又鄙夷地看了卡拉一眼，"就是说性高潮。你和迈克尔一起时有高潮吗？"

卡拉窘得满脸通红，回过神时，她望着小自己两岁的小姑，似乎看着一个淘气的小孩。

"我想你不应该过问吧？"

"你还不明白，"朱里尼微笑着，打量着她，"你可能还不懂我说什么。"

卡拉反驳道："我知道你在说什么，我懒得和你说这些。"

朱里尼一直笑个不停，卡拉不想再扯下去，保持着沉默，直到最后忍不住问：

"有什么好笑呢？干吗老是笑？"

朱里尼好不容易回过气，回答道："太滑稽了，你嫁给了每个女人渴望得到的男人，却不懂得欣赏，真是好笑。"

"够了，"卡拉伤心地说："你真忍心拿我和迈克尔开玩笑。朱里尼，我不会原谅你的。"

朱里尼清醒了一些，意识到自己太过分了。"对不起，卡拉。真的，我是无心的。"

卡拉心里知道她并非无心，尽管事情再也没有提及，但却给两人的关系留下了阴影。如今两人又站在一起，等着同一艘船。

卡拉瞄了一眼朱里尼，脸上长着雀斑，鼻子微微上翘，她看起来像个天真无邪的小姑娘。卡拉猜想着朱里尼对凯瑟琳的到来会有什么反应。她认为朱里尼或许会很高兴，当她告诉朱里尼阿玛德的请求时，她并没有反对。凯瑟琳是朱里尼的同学和室友，她肯定会欢迎她，尽管凯瑟琳是她哥哥的情人，为斯坦福家族带来了丑闻。

但抛开丑闻不谈，如今是战争时期，事情已经不重要了。船靠了岸，阿玛德走了出来，怀里抱着一个金发的小男孩，灰色的眼眸认真地盯着面前两位女性。卡拉的敌意融化了，眼里含着泪水，孩子一眼就能认出是谁的。她向阿玛德身后苗条的黑发女郎问好，两人之间只剩下对同一个男人深深的爱联系着她们。卡拉一向大方宽容，她的气度战胜了好强与嫉妒。

朱里尼开了口："欢迎你，凯瑟琳。也欢迎迈克尔的小崽子，我们斯坦福家族总是出这种事。"她好奇地打量着孩子。

"奇怪了，"她说道："斯坦福家族的野种看起来都一个样。"她转过身，没再说什么，轻松地朝马厩走去，她的好奇心和任务已经完成了。

卡拉由于朱里尼的无礼而脸上一红。凯瑟琳微笑着说："别担心，卡拉。我和朱里尼闹惯了，没什么要紧，真的。"

卡罗琳娜和蕾切尔听到船只的声音，连蹦带跳地赶过来，想抱抱阿玛德叔叔，却发现他正抱着另一个小孩。卡罗琳娜站在阿玛德面前，睁大了眼睛，打量着新的小客人。

"他是谁的孩子呢？"卡罗琳娜问。

"是我的。"凯瑟琳回答，"你好吗，卡罗琳娜？"

她看着面前可爱精致的小女孩，如同意大利文艺复兴时期作品里的小天使，却赤着脚，膝盖上满是泥。"你可能不记得我了，我是凯瑟琳。"

"谁是他的爸爸呢？"蕾切尔奶声奶气地问。

凯瑟琳犹豫了一下，"他爸爸是一名海军。"

"过来，孩子们。"阿玛德插话道。卡罗琳娜似乎很满意凯瑟琳的回答，蹦蹦跳跳地跟在阿玛德身后。

蕾切尔还站在那儿，"我不喜欢这个孩子。"她大声宣布。

"或许等你认识他之后，你会改变想法的。"卡拉温和地说。

蕾切尔还是很困惑，跟着阿玛德和卡罗琳娜跑开了。

凯瑟琳松了口气，见面的紧张消除了大半，"我不知道该如何感谢你，卡拉。你让我们……"

卡拉打断了她，"我不想多说什么。"她的声音里透出少有的激动，"我也不想听你和迈克尔之间的事情。如果你是真心感谢我，那就答应我的请求。"她转过身，朝庄园走去。

凯瑟琳只能答一句："好的。"然后跟着卡拉。她很吃惊卡拉的情绪和反应，她本想和卡拉好好谈一谈，但卡拉似乎已计划好该怎么处理这件事。

一行人静静地走着，两人正默默地争夺着迈克尔的爱与忠诚，心里都以为是对方赢了。

次日清晨，阿玛德准备回马塔普拉，凯瑟琳陪他到河边。

"什么时候能再见到你呢？"她问道。

"或许得过一段时间。"他不想让她知道，他很快会离开马塔普拉，到山区里组织伊班部落和迪雅克人进行游击战。"如果可以，我会给你写信。"

两人聊到卡拉和朱里尼，卡拉已习惯于对战争视而不见，一如既往地管理着整个庄园，继续种植生产橡胶。阿玛德早前建议她将橡胶园毁掉，离开麦提亚，但她没有听从。

阿玛德今天穿得正式了点——紧身白色长裤，白色穆斯林上衣，赤着脚。尽管衣着朴素，仍流露出贵胄气概。

"你觉得这里会一直安全吗？"凯瑟琳问。想到他即将离开，她又很害怕。他的自信和勇气鼓舞了她，如果没有他……

"到夏天吧。日本人头几个月会留在油田那边进行上一次海战后的修理和维护。"他没有告诉她关于那些油田工人的事。日本人在他们面前奸污杀害了他们的妻子和女儿，最后再杀了他们。"他们还来不及占领地处内陆的橡胶园，得等到油田正常运作之后才会过来。但你们必须做好随时离开的准备。我可能来不及通知你们。"

"那到时呢?"

"到时我会在山区里开辟一个避难所,你、朱里尼、卡拉和孩子们可以躲在那里。"

他们走到了码头,在几天的旅途中,两人结下了友谊。凯瑟琳伸出手,但犹豫了一下。看到她的样子,阿玛德拉住她的手,把她搂进怀里。

"谢谢你。"凯瑟琳低声说道,面颊摩挲着他的上衣,双手搂着他的腰。"我不知道,让一个王子拥抱是否合乎皇室礼仪。"

他低声笑着,"我的血统中法兰西浪漫的一面一向是允许别人拥抱的。"他回答。

他们只是想着彼此慰藉,没有其他。当亲密的接触开始产生一种新的感觉,她不安地抬起头,松开双手。他仍站在那里,但她不敢看他,怕看到他眼里的热情或暴露自己的感情。他低下头亲吻她,温柔而舒缓,她的手抚摩着他的胸膛,似乎想把自己推开,却粘在一起,无法分开。最后,为了维持脆弱的友谊,两人站开了。彼此很尴尬,假装没有什么事发生,绝口不提刚才的事情——太真切,太可怕了。

他笑了笑,伸出手轻轻搭着她的胳膊,她也笑了。船只启动,他挥手告别,黑色的眼眸一直望着她,直到小船驶进丛林的阴影处,再也看不到对方。

他走了。

第 *39* 章

　　"上帝啊！世界末日到了吗？"萨玛特山上一个炮兵军官喊道。没有人听得见他的声音。猛烈的爆炸一波又一波地袭来，将精心修筑的盟军防线炸得粉碎，摧毁了电话线，切断了通讯。巴丹半岛漫长的拉锯战戏剧性地于 4 月 3 日黑色星期五早上结束，日军对美军和菲律宾联军发动了长达 5 个小时的炮轰和空袭。进攻是毁灭性的，山上的竹林都被焚烧殆尽，起初零星的火苗并没有引起注意，但很快火势就汇成火墙，跳动着，奔腾着，吞噬了一切，将士兵们包围在中间。面对危急的情形，士兵们只有四散逃窜。火星和炮灰如雨点般在战场洒落，到处硝烟弥漫，美军的炮兵部队根本无法瞄准开火。

　　在一片混乱中，日军开始了地面进攻，进行清场工作。美军和菲律宾联军只有 1/4 的兵力能坚持作战。没有蚊帐和奎宁，几乎人人都患上了疟疾，每日的食物只能供应 1,000 卡路里的热量，营养不良使得伤病很难痊愈，感染迅速蔓延，整个医院弥漫着坏疽的恶臭。

　　进攻开始后，迈克尔的海军陆战队从被马里维尔调到了前线支援第一师。由于"老人星号"上还有储备物资，队员们的身体状况比大部分部队要好一些。空袭炸飞了卡车，他们只得步行。到达前线时，奉命支援的部队已被杀被俘了。日军已经撤退，通讯设施陷入瘫痪，负责继续防守的军官连敌人的方位都不清楚。

　　接下来的几天对于巴丹的指挥官是绝望的几天。命令颁发后又被取消，因为根本无法执行；部队找不到驻军点，前线指挥官甚至不知道部队到底身处何方；道路上挤满了散兵游勇，援军不能顺利向前；整群整群的菲律宾士兵扔下武器，消失在丛林里。两天内，整支军队都散了。

迈克尔的心情在厌恶与恐惧间徘徊。他的部队很少遇上日军，一旦遇上了，支援部队一下子作鸟兽散，只剩下自己的部队孤军奋战，独自杀出一条血路。刚刚打完一仗，部队又被调到东边公路向费什将军报告。将军站在一辆吉普车前，身边是纷纷逃散的菲律宾士兵——他的士兵。

"你们这些该死的黄种人！"将军朝手下高喊："坚持作战，不要做逃兵！"

他掏出手枪，开始朝天射击，但对那些瘦弱憔悴、目光空洞的士兵一点效果都没有。将军盛怒之下，放低了手枪，朝人群射击。击毙了好几个人，但扭曲的尸体根本没人过问。将军只能将手枪塞回套子中，钻进吉普车里。没有地方掉头，他命令司机倒回路上，然后双手抱胸，闭上眼不去看车子旁边的逃兵。

目睹此情此景，迈克尔站在川流不息的人群边，转过身向手下说道："我们回马里维尔吧。"

这不是军令，但每个人都跟着他。4月9日，日军进攻一周后，战斗结束了。盟军还固守着部分防线，但东边防线全面溃散，东部公路门户大开，看到情势危殆，麦克阿瑟从澳大利亚发出进攻的命令，要求将士们拼死奋战，绝不投降，杀身成仁。当金将军——吕宋部队的司令官收到命令时，他难以置信地摇摇头。

"如果照这样下去，巴丹迟早会变成一个屠宰场。"他望着手下，有好几个已在哭泣。快午夜了，他沉默了好一会儿，转身说道："给科里吉达打电话，我有事跟怀恩·赖特将军说。"他停了停，"告诉他们，我准备投降。"

凯瑟琳在麦提亚的书房里流连，下午茶时间很快就到了。尽管面临战争威胁，物资紧缺，然而这户英国家庭仍保持着喝茶的习惯。自从一个月前到达麦提亚之后，她一直在农田和菜园里度过。卡拉不会骑马，朱里尼不感兴趣，所以凯瑟琳做了迈克尔以前做的工作，每天骑着马到处帮忙种植和收割庄稼。麦提亚和周围的村庄正在努力实现自给自足。在图书馆中的家庭肖像里，凯瑟琳端详着每一个斯坦福家族成员。在肖像里，有一种她在美国无法找到的历史感。她的爱尔兰家族总是竭力想摆脱移民的影子，但在麦提亚，过去无处不在，与现在自豪地维持着联系。回到麦提亚后，她的儿子也会成为历史的一部分。

马洛特家族在英国的领地，收藏了更多的肖像。波尼奥这里收集的是近期和显赫的成员。凯瑟琳出神地观察着一幅肖像，画中年轻貌美的女子长着碧绿的眼眸、棕色的长发和苍白的英国式皮肤。她穿着丝绸长袍，周围是一群当地妇女，绘画有着高更式风格，但绘画比这位画家要早了55年。

"那是一个先人画的。"

后面传来朱里尼的声音，凯瑟琳转过身。

"很漂亮，是吧？"朱里尼边说边走过来，站在凯瑟琳身旁。

"斯坦福家族因两件事而出名：漂亮妻子和漂亮杂种。我母亲是一个例外，她根本不漂亮，她的孩子也不漂亮，我父亲继承了家族的英俊潇洒，与他的本性相得益彰。"

朱里尼走到一个书架边，拿下一面小镜框，递给凯瑟琳。里面是一幅精致的英俊男子的肖像，五官分明，长着棕黑色头发。

"那是第一任拉杰，詹姆斯·斯坦福爵士。他是一个浪子，终生未婚。他兄弟威廉的两个儿子是他的继承人。哥哥理查德是一个废物加酒鬼，麦提亚的事务由弟弟约翰打理，那边有他的肖像。约翰是一个冷酷、自律、野心勃勃的人，对妻子和孩子很少过问。他有个美丽的妻子，伊丽莎白，就是你刚才看的那幅画上的人。伊丽莎白热爱波尼奥和她的人民，愿意和丈夫一起在这里生活。但约翰却让她留在英格兰，最终她不堪忍受，带着孩子回娘家。路上，孩子们患上霍乱死了。"

"詹姆斯爵士回到英格兰，满足于在马洛特的庄园嬉戏游乐，选了约翰为其继承人。有一天，一个年轻人跑到马洛特，声称是詹姆斯爵士的私生子，是他去印尼群岛前与一个情妇所生。他的名字叫斯蒂芬·巴顿，他母亲直到去世才公开其身世。"

"这里没有斯蒂芬·巴顿的肖像，但据说他也是金发灰眸，非常英俊。詹姆斯爵士承认了他，但整个家族都很怀疑，特别是他的兄弟们，把他当成继承人身份的威胁。詹姆斯爵士送斯蒂芬去了牛津大学读书。约翰强烈反对他到波尼奥参与家族经营。与此同时，斯蒂芬遇到了伊丽莎白，彼此相爱，两人坐船回印尼群岛。其间伊丽莎白怀了孕，她回到约翰身边。孩子出世后，约翰并不知情，立了孩子为继承人。真相大白后，孩子已长大成人，成为第三任巴列图的拉杰。"

朱里尼朝凯瑟琳笑了笑，"你要明白，迈克尔和他的儿子并非继承斯坦福家族家产的第一个私生子。"

"那斯蒂芬和伊丽莎白呢？"凯瑟琳问道："他们怎么样了？"

朱里尼大笑着，"你是想听到美满结局吗，凯瑟琳？我不会告诉你的，永远不告诉你。"她看着凯瑟琳。

"想想看，那时我们还是大学同学，未经世事。如今你竟然和哥哥有了关系，让我们蒙羞。"她尖笑道："亲爱的、完美的凯瑟琳，一个堕落的女人。在女生宿舍同住时谁会料到有今天呢？"

"你是个恶魔，朱里尼。"凯瑟琳淡淡地说，不理会她的挑衅。

"是啊，"朱里尼严肃地回答，"迈克尔全都告诉你了，那也好。我也不用再伪装下去。你知道，我很开心。"

凯瑟琳知道再这么让朱里尼疯狂下去对自己没好处，朱里尼开心地看着凯瑟琳。

"你比外表和蔼的卡拉有耐心多了，这里真是无聊透顶。"

朱里尼走到房门口，又转过身。

"我差点儿忘了说，达玛尔让我通知你茶点时间到了。"

她仍站在门口。

"我想或许你会对我刚刚听到的广播感兴趣：巴丹已经投降。我正赶着告诉卡拉，顺便也告诉你。"

看到凯瑟琳目瞪口呆的神情，朱里尼心满意足地走了。

卡拉不在房里，朱里尼站在门前，看着迈克尔离开后逐渐占据房间的女人的小玩意。迈克尔的书和论文都被搬走，卡拉一直不喜欢的具有大洋文化风格的木雕也不见了。朱里尼皱着眉头，她不喜欢改变。还是孩提时，父亲书房中一本书的位置没放好都会让她大发雷霆。那时候她的记忆力特别好，仆人们学会了把每件东西放到固定的位置。她去问达玛尔关于卡拉的行踪，在大厅找到了他。

"苏巴迪奥队长从巴塔维亚过来，"达玛尔激动地说："他带来了玛吉特小姐的消息。"

朱里尼赶到河边。队长的船系在码头上，他站在船边，穿着长长的"卡恩"，额头上绑着头巾，双手托着臀部，眼里带着从来没有过的忧虑。战争开始前，队长定期负责从巴塔维亚和别的地方为麦提亚运送物资。这一次，他运送的糖和大米在马辰被日本人没收了，但他还是设法保住了茶和咖啡。他不知道玛吉特的近况，上一次到巴塔维亚是两个月前，那时正准备撤离。

"我去了小姐那儿，央求她跟我回来，但她就是不肯走。"他伤心地摇摇头，"现在全部都被抓了。"他钻进船里，拿出一个小包裹，"她让我送这个过来。"他把包裹递给了朱里尼，包裹里看起来是一叠相册和纪念册，用一根带子松松垮垮地绑着。

朱里尼不悦地接过包裹，玛吉特太感性了，她至少得送些值钱的东西，像珠宝之类。船员们开始卸货，朱里尼跟着他们回庄园，不屑地看着手里的相片、出生证明和玛吉特视为珍宝的孩子们的绘画。在里面朱里尼找到一封给凯瑟琳的信，是玛吉特的笔迹。她心里一阵反感，为什么玛吉特给凯瑟琳写信，而不给她写？或许还有另外一封信是给她的，她开始搜寻那一叠东西。伯德·拉尔森的纸条在一幅她小外甥的相片下出现。她停住脚步，感觉身体一阵发冷。她把纸条塞进口袋里，匆匆赶回房间，把相片扔在床上，没再看一眼。她坐在书桌边，打开信件，手颤个不停。她知道是谁写的，玛吉特在信封的背面给凯瑟琳留了言，日期是3月2日。

　　凯瑟琳，这封信是你离开后收到的。阿玛德从提拉塔普打电话让我告诉你飞机已经着陆，他正准备找你，带你到麦提亚。祝你平安健康，爱你的玛吉特。

朱里尼打开信封，里面是一张信笺，用胶带粘着保持其私密性。

亲爱的凯瑟琳：

　　我仍盼望着很快能见到你。我得长话短说，没有时间为过去的事道歉或解释什么。嫁给我。去年我写了一沓的信向你求婚（那些更具文采），但全部都被退了回来。卡拉愿意离婚，但即使她不愿意，我们仍会一起快乐生活，不管是同居还是重婚。我爱你，需要你。如果你和我一样还记得我们之间的事，那么你就会知道我的心没有变。

迈克尔

　　朱里尼盯着信笺，迈克尔的笔迹很潦草，当时他肯定是怀着激动的心情写成的。他暂时不能再给凯瑟琳写信，得过很长时间，或许到那时，一切的爱都已不复存在。他会再次回到卡拉身边，回到从前。她的手不抖了，如果她能做到，她决不会让凯瑟琳拥有迈克尔。她平静地把信装回信封，连同伯德·拉尔森的纸条拿到厨房，扔进火堆里，看到它们完全化为灰烬后，她才离开。

　　等到怀恩·赖特将军否决金将军投降的命令到达时，已为时太晚。扛着白旗的信使已朝日军队伍去了。消息传开后，分散各处的吕宋部队开始向南边的马里维尔撤退，盼望着能逃回科里吉达。其中2,000名士兵做到了，搭着任何能浮的工具到达了那里。迈克尔和部队4月9日到达马里维尔时已是午夜。部队开始摧毁任何可能对日军有用的东西，一些指挥官甚至连交通工具都毁掉了。一个储物库猛烈地引爆，官兵连当时一阵半岛大地震都没有发觉。火箭筒、炮弹朝天空发射着，在海湾的夜色中绽放着辉煌的烟花。

　　瘦骨嶙峋的队员们把"老人星号"驶出海湾，弄沉了船只。一些人看着船沉下去，失声痛哭，迈克尔的喉咙也哽咽着。驳船在科里吉达与码头间来回穿梭运送部队，但仍有76,000名士兵被困。看着乱哄哄的人群，许多人眼神中怀着敌意。一所医院的护士在东部公路的交通堵塞中被困，错过了最后一班去科里吉达的驳船。一艘专门的驳船被派过来，她们成了最后一批撤离者。最后一艘驳船离开后，码头也成为摧毁的目标。巴丹沦陷了，科里吉达成了负隅顽抗的堡垒，海上、陆上都被日军重重包围。

巴丹半岛上的将士在风吹日晒中无所事事，等待着未知的命运。那一天，是岛上的士兵生命中最漫长的一天。他们平静地等着日本人，有人担心很多日军部队并不知道投降的消息，还会进攻毫无防备的士兵。在小小的飞机场，一些士兵用汞红药水在白色床单上涂了大大的红太阳。日军的飞机飞过，根本不加理会，一通扫射，打死了十几个人。由于担心会继续出现攻击，迈克尔带着部下沿东部公路向北前进，经过挤满了伤病号的两所医院，来到一处营地，别的部队正等在那里，在阴凉下歇息。日军到了下午开始陆续抵达。

起初，他们是一小队一小队地来，警惕地与列队的战俘保持距离。他们穿着脏兮兮的军服，背着轻便的战斗装备，头顶的棉制军帽上佩戴着日本皇军的金星标志，双腿上绑着厚厚的绑腿，似乎正赶往北极作战，不知道自己正身处亚热带。

没有人解开绑腿，每个士兵都扛着步枪，上面装着刺刀。士兵们脸上神情严肃，很明显，他们对投降者心存顾忌，同无助的战俘一样。

迈克尔仔细地观察着他们，道格拉斯站在他身边，看着废弃的仍冒着青烟的坦克，摇了摇头说：

"我不明白，迈克尔。还记得我们以前老拿他们那些绑腿、长靴和童子军般幼稚的军帽开玩笑吗？还有那些马。他们没有多少坦克，但却有那么多马。我是说，至少马可以吃，或许那正是军部的有意安排，如果仗打完了，武器也可以吃掉。"

"道格拉斯，如果他们真那么打算，那就该用奶牛而不是用马了。"

道格拉斯高声笑了出来，引起数百人的侧目。

"天啊，"道格拉斯兴奋地说道："难道你见过他们在周日——军装笔挺，军靴锃亮，戴着军帽骑奶牛吗？"

迈克尔轻声笑着说："我们得尊重一些，记住：调派给日本人马匹的指战部可与我们的指战部不一样，我们的指战部节约资源的办法是让军官在接电话时不说'你好'。"

"还有别忘了新型的 M – 3 坦克上面的警报声，"道格拉斯笑得太大声，都没力气了——"当听到警报声时，敌军就会躲在路边，等着伏击我们。"

迈克尔也笑了，心里庆幸自己还能笑得出来。

"噢，好啦。"道格拉斯拭去眼角的泪水最后说道，"以前我喜欢踢足球，海军老是赢陆军，妈的！"他喃喃自语，"我只希望是在海里，英勇战死，还能做个饱死鬼。"

笑声不见了，他们站在烈日下。日军的长官还没有抵达，但日本士兵开始把菲律宾士兵和美国士兵分开。

"嘿，看看那个。"道格拉斯朝一个日军军曹和一队日本大兵点点头。军曹正指导着他们，其中一个士兵反应慢了一些，军曹一拳打在他脸上。那个士兵摔倒在地，又马上挣扎着爬起来，站得笔直，等着挨第二下拳头。军曹又揍了 4 拳，走开了，剩下那个士兵躺在太阳底下。没有士兵去关心他，一等军曹走开，他们开始有说有笑，当他根本不存在一样。

道格拉斯难以置信地吹着口哨，"看看那边，揍那么一顿可以让你在军事法庭判 5 年刑。"

过了一会儿，日本士兵决定把拿抢夺战俘的东西当作消遣。他们喜欢手表、戒指、金笔、打火机，当东西所剩无几时，相片和用过的牙刷也能将就。不肯合作的战俘被饱加老拳，伤得不轻。迈克尔身旁的一个美国空军队员不肯交出毕业纪念戒指，比划着一根中指以示蔑视，那日本士兵二话不说，掏出军刀，一下剁掉他的手指，血淋淋地取下戒指，将残指扔还给他，将他推回队伍中。

在一个战俘的身上，日本人搜出了日元，是在马尼拉用美元兑换的。但日本人坚信那是他从战死的日本士兵身上搜刮来的，立刻将那个美国军官摁倒在地，抽出大刀，砍向他的脖子。头颅骨碌碌地像皮球般在美军战俘的脚下滚来滚去，他们战战兢兢，不敢去看一眼。军官的鲜血咕嘟咕嘟地从肩膀中间涌出。

还没有人搜迈克尔，他身上有一块手表和一枚父亲送给母亲的戒指，戴在小指头上。他麻木地看着军官的尸体，注意到混乱正朝自己逼近。他警觉地看到道格拉斯正和一个年轻的日本士兵争执，士兵要道格拉斯的毕业纪念戒指，道格拉斯给了，但态度很不好。现在士兵又要他的结婚纪念戒指，一直对这枚戒指满不在乎、从未在城里夜生活时戴过它的道格拉斯突然间表现出宁死不屈的气概。

"道格拉斯，看在上帝的份上，"迈克尔轻声劝道："给他吧。等这场该死的仗打完后，我给你买上两打，帮你定做式样，你就给他吧。"

"不行！"道格拉斯气愤地回答，根本不理会那个士兵，"不是戒指的问题，而是原则问题。他们根本没遵从军队的军规。"

"道格拉斯，只是一枚戒指，原则是重要，但要死也得为更有价值的东西而死。"迈克尔提高了声调，"我不想在这种鬼天气还得挖坑掩埋你，给他吧。"

那日本士兵已不再对戒指感兴趣，一把抢起步枪，枪托击中了道格拉斯的头。道格拉斯呆呆地站着，太阳穴上一直到后脑勺裂开了一道大口子，鲜血顺着伤口、眼睛、耳朵冒出来。他双眼一闭，颓然倒在地上，双膝蜷在身下，还没等他倒在地上，日本士兵已使出吃奶的力气对他拳打脚踢。

迈克尔拉开士兵，用日语与他交涉，要求同他的上级讲话。那士兵吃了一惊，停止了殴打，走开了。迈克尔扶起道格拉斯，很难说他的伤势如何：脑震荡——或者颅骨破裂。迈克尔回想起刚才木托击中头颅的声音，全身都战栗着。道格拉斯昏迷了过去，全身冰凉。

一个年轻的日本军官走上前来。

"中尉，"他用日语与迈克尔交谈，"你会说日语？"

迈克尔点点头，还在为刚才发生的事伤心。

军官伸出手，里面是道格拉斯的戒指，"我为刚才的事情道歉。我刚到，事情违反了我们的军规，是我们的耻辱。请将戒指归还给那位军官。"

"我接受道歉，谢谢你。"

军官看了道格拉斯一眼，"我想提供点医疗看护，但可惜做不到，连我们的士兵也看不到医生。"

"谢谢关心。"迈克尔竭力控制着自己的声音，但仍因愤怒而颤抖着。

"我是中阪中尉，你会在我的管制下一直到 15 英里外巴兰嘎的集结点。到了那儿你们可以吃一顿，然后去圣弗南多搭火车去奥德内尔集中营。那里有吃有喝，不用担心。"

他的声音很诚恳，迈克尔相信连中尉本人也相信那样的一番情景，但迈克尔知道在中尉之上另有一股力量，能让事情变得不那么美好。

军官掏出手枪，递给迈克尔，脸上带着同情，"你可以佩带这个。"

迈克尔的手下愣住了，迷惑不解。但迈克尔马上理解了军官的意思，他摇摇头，用日语回答："我知道对贵国士兵而言，成为战俘是本人和家族的莫大耻辱，但在鄙国，轻易了结生命才是更大的耻辱，我现在了结生命毫无意义。"

那一刻，两人互相盯着对方，彼此间横亘着一道可能是世界上最宽的文化鸿沟：一个代表着个人价值至上的国度，另一个则代表着集体价值至上的文化。迈克尔笑了，军官也微笑着收回手枪。

"阁下在哪儿学会日语的？"

"在旧金山，"迈克尔迟疑着，"从小跟一位女士学的。"

"是仆人吧？"军官的眼中流露出一丝敌意。

迈克尔没有回答。

"那是当然，很难想象你为她工作，或住在附近，又或者是家族的朋友。"

迈克尔想反驳说她是家里的一分子，但决定让事情就此打住。日本军官高视阔步地走开了，迈克尔听到一声呻吟，马上忘记了他，道格拉斯终于醒了过来。

第 *40* 章

"我再强调一次,上校。你的命令是杀掉全部战俘和投降的敌军。"

"本间将军决不会下这样的命令!我要先看到正式的命令文件后才执行!"

"命令是帝国军部下达的,"电话那头传来短促的回答声,"别的地方都已经执行了。"

"我怎么能做这种事情?没有本间将军的正式命令,我拒绝执行。"上校固执地回答,气冲冲地挂上了电话,转身看着手下的指挥官。

"他们让我做的事,有违武士道精神,你们赶快释放战俘,告诉他们尽快离开巴丹。"

指挥官们盯着他,谁也不敢动。

"听到我的话了吗?别光站着。"

他的手下立刻朝战俘走去,上校背着手,看着他们离开。没有一位日本将军会下那种命令,他相信是那样。那应该是辻政信上校的意图,那个从上海调来的军队的败类。在上海,他下令屠杀了 5,000 名中国平民,因为他们与英国人合作。辻政信憎恨白种人,认为本间将军对战俘太过宽容。他游说军部对战俘要毫不留情。由于攻占菲律宾耗时太长,本间将军已被军部上层屡加责难,辻政信乘机落井下石。今井不愿意屠杀战俘,他指挥部下在巴丹里梅山打了一场漂亮的胜仗,不想用不光彩的杀戮玷污了这场伟大的胜利。

第十飞行中队的队员坐在收割后的甘蔗田旁边休息,就在今井上校的指挥部附近。昨晚他们在马里维尔过夜，早上很早就出发去巴兰嘎。25 人的小队在酷热的天气下艰难前进，中阪中尉已两次下令给他们喂水，不是太多，每次半杯，但已经足够了，比起别的战俘喝的是从泥坑里舀出的污水要好得多。日军没有为战俘提供粮食，中尉让他们去甘蔗田里自行觅食。田里很难找到东西吃，但勉强能让他们活下去。

到达指挥部后，中阪中尉向指挥官今井武夫上校报到，回来时，心情非常不痛快。

"全体起立！"中尉朝一路由马里维尔带来的战俘喊话。

疲惫的身体慢慢地站起来，不知道接下来会发生什么事。

"你们自由了，走吧。"中尉用英语说道。

周围一片寂静，没人敢相信他。大家互相低声询问着中尉的意思。

"听清楚了，"中阪不耐烦地喊道："走吧，去山里、海边——哪儿都行。快走。"

战俘们很迟疑，害怕是一个陷阱，或许会借口他们想逃跑然后杀了他们。但中阪中尉已转身离开，手下的士兵也跟着他。部分战俘开始一小队一小队逃进丛林中，什么事也没有发生。别的战俘也鼓起勇气，很快，几乎所有的战俘都逃走了。

第十飞行中队的队员们犹豫着，道格拉斯只会减慢他们的速度，而且还得看护照顾他。头部受了重创，只挣扎着走了 15 里路，他已经头晕目眩。

"你们走吧，"迈克尔告诉队员，"我留下来陪斯图尔特。"

众人反对。

"这是命令，领班——"他对机修组的领班说道："从现在开始，由你指挥。赶快离开这里——赶快！"

队员们走上前，同迈克尔握手，互相道别，然后跟道格拉斯握手，道格拉斯勉强地微笑着。

"我指望你们能逃离这里。"道格拉斯虚弱地说道。

"我们会开飞机来接你们的，斯图尔特先生。"

"是啊，很快会回来，等着吧。"

"当然会的，"道格拉斯微笑着，"你们能做到的。到那时我的头痛会痊愈，等着迎接你们。"

谈话结束了，不能再拖延下去，决定已经作出，队员们得上路了。比尔斯基的眼里含着泪水。

"嘿，别婆婆妈妈了。"道格拉斯笑着说，"别浪费水分。"

大家都笑了，有点儿尴尬，"那我们走吧。"一个队员说道。

迈克尔坐在道格拉斯身边，目送队员们离开。他们没有回头望一眼，迈克尔很高兴。

"兄弟之情哪，"道格拉斯自言自语："过去 5 个月来，我被吓得屁滚尿流，但奇怪的是，我却挺想念战争的，是不是听起来很疯狂？"

迈克尔根本不觉得疯狂。在战争中，由于对共同的敌人的仇恨，将士们作出了英勇无私、自我牺牲的壮举；至于自己，迈克尔知道过去几个月里，有很多机会他能逃跑——驾着小船到棉兰老岛，然后绕道去波尼奥——但他一直没有那么做。可能现在已经来不及了。

"你应该跟他们一块儿走的。"道格拉斯轻声说，似乎看出了他的心思，"我很感激……"道格拉斯心里想，自己婚姻不幸，像个单身汉，被囚禁已经很惨，迈克尔心里肯定更不好受，他有幸福的家庭。道格拉斯不知道，如果他是迈克尔，他会怎么做。

"这几个月来，有没有想过摆脱这场战争，一走了之？"

"有啊。"迈克尔笑着点点头，"一直都在想，你呢？"

"那倒没有，但假如我也有老婆孩子在这里，我可能也会这么想。"

"她不是我的妻子，"迈克尔说道："是另一个女人。"他停住了，艰难地哽咽着，说不下去。

道格拉斯迷惑地看着他，"那是你的姐姐或妹妹了？"他知道迈克尔在爪哇有亲人。

"不是。"迈克尔停了一停，继续说："她叫凯瑟琳。我想现在她应该在波尼奥，和我的儿子在一起。他大概一岁了，我还没见过他。"他控制着自己的声音，"我要和她结婚，这样儿子能跟我的姓，她也不用像我母亲那样不光彩地生活。"他说不下去了，眯着眼望着空荡荡的公路，想看看有没有别的队伍经过。看到远方空无一人，心情放松了一些，他们的自由可以多维持一会儿。

道格拉斯听到迈克尔的讲述，心里很激动，因为迈克尔很少吐露心声，他也知道了迈克尔的难处。

"儿子和她的名节——那是你要娶她的理由吗？"

"我爱她甚于爱任何人，我想余生都和她一起度过。"

两人陷入了沉默，都意识到目前处境的艰难。

"你能回波尼奥的，迈克尔。如果有人能做到的话。"道格拉斯轻声说。突然，他想痛哭一场，为自己，为迈克尔，为凯瑟琳。他想着她的样子，想问迈克尔，但看到迈克尔的神情，欲言又止。一小队日本士兵正朝马里维尔赶去，扬起的烟尘慢慢地穿过田野，出现在视线中，让他们咳个不停。道格拉斯的胸口一阵剧痛，怀疑自己可能在昨天的殴打中断了一根肋骨。

日军小分队过去后，周围又一片寂静。

半小时过去了，中午时分，平安无事，连尘埃都格外安宁。

"来吧，道格拉斯，我们上路了。"迈克尔说道，拉着道格拉斯起来。他头上的绷带沾满了风干的鲜血，迈克尔撕下衬衫的一角，做了一条新的绷带。缠伤口时，迈克尔看到道格拉斯的伤口裂得很深，得缝针才能愈合，但手头根本没有器械。

在公路远处，一群菲律宾预备役部队坐在树阴下，他们隶属第一军团第91师，他们也没有医疗物资，但迈克尔和道格拉斯被阻止继续前进。他们看守的士兵被推进一条战壕里，与菲律宾军官，同普通的士兵分开。一辆轿车驶了过来，上面坐着奈良晃少将，第65旅的指挥官，正是他指挥攻克了巴丹这一带。他独自坐在后座，停下车子，与手下的军官开了个短会，开车扬长而去，没有看旁边数百名饥渴交迫的战俘一眼。

将军的到来刺激了日军的士气，没有军阶的菲律宾士兵被勒令在路中央集队，向巴兰嘎出发。400名军官则被分成以25人为一组的小队，双手用电话线反绑在身后。迈克尔和道格拉斯也被拉起来，双手反绑，但没和别的军官排在一起。几分钟后，他们像牲口一样被带上路。

他们跟跟跄跄来到一处溪谷，到处树木葱茏，尚未经炮火侵袭。日军从马尼拉征用的一名翻译开始用菲律宾的方言喋喋不休地讲着："在黑色星期五凌晨的冲锋中，你们的菲律宾部队发动了突袭，大日本皇军的第 65 旅团猝不及防，许多士兵在睡梦中被刺刀杀死。现在，皇军要让你们为那一卑劣行径付出代价。"他宣布了刑罚。

迈克尔觉得很滑稽，是菲律宾第 41 师团而不是第 91 师团发动了突袭，这里的战俘是无辜的。一个菲律宾军官哀求日本军官赐他速死，用机关枪正面扫射，但哀求被无情地拒绝了。迈克尔为他们争辩，强调他们是无辜的，并重申了《日内瓦公约》，还说杀害战俘是武士道的耻辱。结果他被打倒在地，饱受拳打脚踢，动弹不得。

溪谷里的军官开始求饶，几名日军士兵给他们烟抽，有一个甚至拿出十字架给犯人亲吻。指挥的军官命令战俘跪好，准备行刑。枪声一响，大刀从刀鞘中抽出。第二声信号响起，屠杀开始从两边进行。日本人的杀戮技术并不高明，往往得用几刀才能把人杀死，到了后来更是得砍上好几刀才断气。

一连两个小时，日本士兵一路挥舞着大刀，杀将过去，脚下踏过一具具肝裂肠断的尸体。最后 400 具尸体静悄悄地躺在血泊中，只有迈克尔和道格拉斯还活着，指挥官朝正坐在半山坡的迈克尔他们走去。

他命令手下把两人摁着跪下，头碰着地，然后将武士刀举过头顶，刷刷两刀，切断两人手上的绳结，连一丝划痕也没留下。揉搓着麻木的手腕，两人慢慢地站起来，又惊又怕又饿，身体抖个不停。日本军官站在他们面前，冷笑着倚着自己的武士刀，命令部下给迈克尔和道格拉斯喝水压惊。等到水喝完之后，军官下令撤回指挥部，剩下迈克尔和道格拉斯独自留在溪谷里，周围是一片尸体。

他们挣扎着爬上山坡，阳光明媚地照耀着树林。道格拉斯不安地四周张望了一下，身体摇晃着，迈克尔扶稳了他。

"怎么了，道格拉斯?"

"我觉得很不舒服。"他结结巴巴地说着。

"我们回去吧。"

"我们还是留在这里比较安全。"

"不行，道格拉斯。你得找个医生，在巴兰嘎应该有救护站。"

道格拉斯的身体继续摇晃着，迈克尔的心更加不安。他扶着道格拉斯回到路上，一队衣衫褴褛的美国士兵在日本士兵的看押下，缓缓走在路上。很多人在炽热的太阳下没有戴帽子，被日本人拿走了。

"队伍里有医生或医护兵吗?"迈克尔问道。

"有是有，"从队伍里传来一丝微弱的声音，"但我们可不能停下来，你和我们一起到巴兰嘎再说吧。"

一句日本话硬生生打断了对话，日本士兵走上前，将迈克尔和道格拉斯推进了队伍中。

"加油，伙计。"有人说道:"我们快到了。"

巴丹半岛北部的巴兰嘎是日军押送战俘的第一个中转站，但事情出了点儿麻烦。战俘的数目比日本人预计的多了一倍，也没想到战俘的身体状况那么糟糕，很多人几天前已经断粮。走了 17 英里路到巴兰嘎，战俘们只分到一个酸饭团和一片石盐作为食物。

巴兰嘎集中营是临时凑合搭建的设施，只用铁丝网围着一片空地，地方小到犯人得坐着睡觉。迈克尔到达营牢后，队伍里的医护兵检查了道格拉斯的伤情。他头部的伤正迅速感染，内脏可能也受了损伤，肋骨断了一根。巴兰嘎缺医少药，医护兵也无能为力。道格拉斯的脚上长了水疱，严重磨伤，他再也走不动了，而且水疱又是一个感染的威胁。

"他得留下来，休息几天。"医护兵检查后告诉迈克尔。

"是吗? 那好，我争取与日本人进行交涉。"迈克尔说道。

医护兵耸了耸肩，走开了。

"嘿，谢谢你。"迈克尔在身后说道。

"不用客气。"医护兵回答。

第二天，迈克尔简单地安排了逗留事宜:当前一天的战俘走出营房，新的一批战俘进去时，迈克尔和道格拉斯在两队交错经过时，插进新的队伍中，又走回了营房。

"太棒了!"道格拉斯叹息着,找到一处地方坐下来休息,"又一个夜晚在酒店里度过了。"

"你以为下一站的营房会是什么? 度假村吗?"

日本人送来了当天的饭,又一个饭团。

"你认为他们会改变一下食谱吗?"道格拉斯看着饭团问道。

"我怀疑他们不会。"迈克尔回答,但他还是设法从河边摘了几棵能吃的野菜补充伙食。日本人不许生火,两名菲律宾士兵由于违抗军令被扔进土坑里活埋。迈克尔和道格拉斯只能生吃下去。

用同样的方式,他们在巴兰嘎呆了几天,道格拉斯的身体恢复了一些。营地变成了大粪坑,那里只有一条土壕作为公共的卫生间,许多战俘病得无力去那里解决问题,只能就地便溺。排泄物、血液、黏液交杂在一起,疾病开始交叉传染,没有几个人能健康地走进巴兰嘎,又能平安地离开。如果前方的集中营快和巴兰嘎一样变得污秽不堪,迈克尔和道格拉斯不能再等下去。第六天早上,他们离开了巴兰嘎。

到达巴兰嘎的队伍松松垮垮,但离开时,日本士兵将他们排列得整整齐齐。两旁的公路上尸横遍野,那是美国人往南边撤退时被日本飞机从空中扫射死的。但如今,在巴兰嘎,饥饿、缺水、疾病成了几大杀手。

战俘们向北边进发时,一辆辆满载日本士兵的军车往南开去,准备攻打科里吉达。许多士兵已习惯在经过战俘时用枪托狠狠揍美国战俘几下。有些挨了打的没能再站起来,日本士兵会再用刺刀捅上几下,确认他们是真的死了。

一路上,机井的水龙头涓涓地流着水,但日本人根本不肯停下来。迈克尔开始神志不清,产生幻觉。很多人已精疲力竭,但仍拖着脚步向前,因为掉队意味着死亡。别的战俘为他们加油,又是鼓励又是威胁,连拉带扯,但还是有人走不动,挣扎着爬不起来。日本士兵,被训练成只知服从命令,无法自我思考的战争机器,被落伍者搅得歇斯底里,军部命令他们准时到达,不让一个战俘逃走,他们根本不去想办法解决问题,有人起不来就殴打他们,再不起来就一刺刀捅死了事。

最后，迈克尔实在是渴得受不了了，在一处机井旁边，他走出队伍，把竹子做的水壶塞在水龙头下，想接点儿水喝。身旁的日本士兵开始叫嚷，战俘们停住脚步，不知道出了什么事。迈克尔和一个士兵发生了争执，他坚持让迈克尔回到队伍里，迈克尔顽固地不肯离开。士兵暴怒地一刺刀抢过去，迈克尔本能地闪开了，但身后的一名战俘被刺刀砍中，头几乎被切下。迈克尔惊恐地看着他倒在地上。

"八格牙路！"士兵吼叫着，"混蛋！"

迈克尔不知道这句话是在骂他还是骂那具尸体。他只感到头晕恶心，转过身，回到队伍中。那士兵发泄了情绪，也不再追究下去，走开了。迈克尔看看冒着生命危险，牺牲了宝贵生命得来的水，喝不下去，递给了道格拉斯。道格拉斯喝了一口，递给了身边的其他人，一直传了下去。那是他们那天到达俄拉尼喝的仅有的一口水。

运气很糟糕，当天连饭团都没有供应。迈克尔用道格拉斯的戒指换了几个水果和一勺水。为什么那个士兵明明可以抢夺却愿意交换？迈克尔实在不理解。他只能解释为交换也是人类的本能之一。

地面脏得根本不能躺，但很多人照睡不误。几个人身上带了毛毯，充当了床垫。迈克尔找到一片生锈的罐头盖，爬上一棵棕榈树，割下两片树叶。他让道格拉斯垫在身下，自己蹲坐着睡觉，像伊班战士那样。

天亮时，许多战俘已病死，饿死。迈克尔醒来，浑身酸痛，道格拉斯发着高烧，一群人没吃没喝就被赶出营房。菲律宾平民充塞着道路，热切地望着经过的战俘，许多人贩卖食物和水，私自买卖东西的人会被枪毙，但仍有很多人甘冒风险，干着买卖勾当。不少人比划着 V 字手势，表示胜利。他们的同情、慷慨和勇气鼓舞了战俘的士气，比食物和水更有效。

当走完到卢保的 15 英里路程时，队伍里三分之一的人死于烈日和刺刀之下。卢保的情况堪称地狱，早些到达的人往房里硬挤，为新来的战俘腾出点儿地方。里面只有几扇小小的窗户换气，空气闷热，气味腥臭，催人欲吐。战俘们在里面没水没粮，到了早上，又有数十人死去。

迈克尔和道格拉斯很幸运地不用被塞进那非人的所在，他们在一棵大树的阴凉处找到了地方，那里同样挤满了战俘，不在乎再多挤两个。道格拉斯靠在树上，望着枝叶繁茂的树冠。他的呼吸很沉重，衣服都被汗水浸湿了，却冷得发抖。

"好绿啊，像乔治亚的夏天一样。那是我出生的地方，我告诉过你吗？"道格拉斯的声音几乎听不见。迈克尔很担心他会出事。

"你是在哪里出生的？爪哇吗？"

"不。"迈克尔看到一只苍鹰在树顶上懒洋洋地盘旋。他很羡慕它的自由和优雅，苍鹰飞走了，天空只剩下盘旋的兀鹰。"我是在香港出生的。"

"香港？没去过。听说是很有趣的地方。"

"很小的时候我就离开了。"迈克尔回答，神情悲伤，"然后再也没有回去过。"他站起身，"我去看看能否找些吃的。"

到了第二天早上，道格拉斯再也走不动了。再走下去根本没有意义，在奥德内尔集中营也没有医药。只能逃跑，但成功的希望非常渺茫，岛上遍布着日军。迈克尔估计如果自己一个人或许能行，但道格拉斯的身体太虚弱了。只有碰运气，找到一户人家，肯收容他们，直到道格拉斯的身体恢复。

"让我留下吧。"道格拉斯哀求道："我跑不了的，我会连累你。"

迈克尔不理会道格拉斯的哀求，他脱下道格拉斯的靴子，水疱又长满了脓液。他撕下裤腿的布，包扎好道格拉斯的双脚，然后用柔软的干草塞进缝隙中。道格拉斯应该可以不用搀扶走一段路了。

灼热的太阳晒着迈克尔的头颅，他闭上眼睛，迈着沉重的步伐。突然，他睁开眼睛，道格拉斯不在身边。他听到队伍后边日本士兵的吼叫，他走出队列，身边的日本兵用枪托捅他的肋骨，但他不理不睬，径直跑到道格拉斯身边，把他扶起来，后面的士兵正朝他拳打脚踢。迈克尔责怪自己没能照顾好朋友，但他看到道格拉斯的神情，意识到道格拉斯是有意这么做的。

"该死的！道格拉斯，为什么你要这么做？下一站我们就能逃出去！"

机会提前出现了，日本人停住队伍，两名战俘奉命埋一具尸体。然而，当尘土盖上死尸的脸时，他竟又坐了起来，战俘一片哗然，迈克尔和道格拉斯乘乱猫着腰爬进甘蔗田草丛里。道格拉斯气喘吁吁，爬不到田地的一半，翻过身子，躺在地上休息。他眼睛紧闭着，一道血从刚才被殴打的脸上流下来。迈克尔躺在他身边，把脸埋在温暖芬芳的草堆里。但此刻并不是享受的时候，他紧闭双眼，耳朵倾听着周围的动静，等待着。他们的潜逃被发现了，日本士兵们开始搜索农田。但过了一会儿，队伍继续向前。迈克尔静静地躺了一阵，等着心里的恐慌消失，然后坐了起来。

道格拉斯睁开眼睛，斜视着灼热的太阳。

"我是不行了，迈克尔。我放弃了。"

他又合上眼睛，迈克尔盯着地面，不再掩饰痛苦的表情和心里沉重的感觉。

"如果可能的话，给我老婆捎个信。"道格拉斯最后轻声说："你知道该怎么对她讲。"

他停了停，"我们在中学相遇，感情很稳定。可能是我不知道怎么摆脱出来，可能是罪恶感阻止了我。"他说不下去了，但仍坚持着，或许他是在寻求最后的理解或原谅。

"我们经常在老爸车子的后座里亲热，不过没有做到底，还保有她的童贞。那样似乎能让她保持乖女孩的形象，一个让父亲骄傲的好女儿的形象。她对性并不是很感兴趣——结婚后也是一样。那样也好，我从没爱过她，但直到无法回头才体会到这一点。"

他睁开眼睛，望着迈克尔："那是我们共同的悲哀，是吧，迈克尔？和我们不爱的女人结了婚。"

没等迈克尔回答他又合上眼睛，昏昏沉沉地睡去。迈克尔脱下衬衣，盖在道格拉斯脸上，免受烈日曝晒。那是他唯一能做到的，让道格拉斯凉快舒服一些。道格拉斯正慢慢虚弱下去，气若游丝。眼睛偶尔睁开时，只有痛苦，没有察觉到迈克尔的存在。

午后的太阳继续肆虐着，吸走了每一个事物的水分。两个逃犯过了很久才被发现，一个掉队的日本士兵无意中看到了他们。他走了过来，手里端着刺刀。还有 30 英尺远时，他朝迈克尔大叫，让他站起来，回到公路上。迈克尔用日语回答，他不能丢下道格拉斯。

　　日本兵走上前查看情况，望了望不省人事的道格拉斯，又下达了命令，迈克尔不理会他。日本兵心虚地向周围望了望，战俘和别的士兵已经走远了，只剩下他一个人在田中。他决定等到援兵到来再作打算。

　　时间一分一秒地过去，士兵不安地走动着。道格拉斯仍那么躺在那儿，流汗和打摆子都停止了，但胸部开始猛烈地喘息，每呼吸一下都很艰难。

　　后来，道格拉斯恢复了清醒，"迈克尔！"他睁开眼睛，恐惧地看着迈克尔，手想用力握着他，但根本没有力气。

　　"没事的，道格拉斯。"迈克尔轻声说，语气格外地平静。"你会没事的。"

　　道格拉斯的神情放松了一些，眼神渐渐空洞，失去了光彩，望着再也看不见的天空。迈克尔轻轻合上他的双眼，继续坐在道格拉斯身边，拉着他的手。良久，他慢慢站起身，看着战友。日本兵走上前，用枪托推他。迈克尔本来已经忘了他，猛然转过身，愤怒的目光吓得他连退了几步。

　　他回过身，一刺刀朝迈克尔的肚子刺去。迈克尔躲开刺刀，但没有还击。日本兵犹豫了一下，扣着扳机，看着那双燃烧着怒火的灰色眼眸，掉头朝公路跑去。迈克尔一个人站在田里，现在他自由了。

　　没有迟疑，他朝公路的相反方向奔跑。起初很慢，但渐渐地，他越跑越快，朝着海岸方向奔去。

第 41 章

波 尼 奥

三个女人孤独地坐在长长的饭桌旁，在屋里巨大的木雕家具映衬下，显得苍白而脆弱。卡拉一直坚持三人得一道用餐，和一家人一样。穿着白衣的仆人还是和以往一样高效地服侍着三人。卡拉穿着印花绿色长裙坐在上首，神情冷漠，无动于衷；凯瑟琳坐在她右手边，穿着跟朱里尼借来的马裤和马靴，衬衫的袖子卷到了手肘处。她刚刚从橡胶园里工作回来，午饭的正式气氛让她很不自在。

朱里尼坐在凯瑟琳对面，卡拉的左手边。她根本没兴趣听关于橡胶和椰干收获的事情。凯瑟琳认为得尽快毁掉它们，免得落入日本人手中。卡拉担心如果摧毁了橡胶林和椰干，会引起村民恐慌，四散逃窜。

"由他们去吧，"凯瑟琳说道："他们干吗非得呆在这儿？等着当日本人的奴隶？"

"我们守一天是一天。"卡拉说道，将事物尽量保持原状是她应对危机的唯一方法。

朱里尼眼睛发亮，双唇微张，不理会身边的任何事物。和往常一样，她又回忆起遥远的从前。在记忆中，她走进了迈克尔的房间，里面空无一人，但她能听见浴室里的水声，她伸展开四肢，躺在他床上，等着他。她经常去那儿，但每次他看见她，仍会很吃惊，然后脸上的惊讶会被罪恶感代替，顺从朱里尼的诱惑。她会解开他腰上的毛巾，让它从身体上滑落，抚摩着他，把玩着他，亲吻着他，引导着他的手。他总是起初很抗拒，后来又很顺从。当她挑逗起他的情欲之后，他会和她一样疯狂。两人试遍了任何方式，任何地方。和父亲坐在一起时，迈克尔很内向温顺，眼睛回避着父亲；而朱里尼则会满脸通红，笑个不停，引得父亲迷惑地看着她，然后她傲慢地看着父亲，"我和哥哥相爱了"，她眨动着眼睛如是说，然后又开怀大笑。

朱里尼的幻想被达玛尔打断，他出现在门口，走向凯瑟琳。

"打扰了，小姐。有一位中国船长想见你，他说有急事。"

凯瑟琳迷惑地告退，跟着达玛尔走到大厅入口处。一个中国籍船长赤着脚，只穿着宽松的衬衣、短裤，带着自信的神情，耳朵上穿着几个金耳环，衬衣下的脖子上吊着一条硕大的金链子。那些可不是一般的装饰，在战乱时期，它们是可以随身携带的家当。他的腰间别着一把爪哇弯刀，凯瑟琳还看到他的衣服下有一把手枪。

"我叫杜清。谭老板让我帮阿玛德王子带个信。日军准备占领巴列图河流域的全部橡胶园，留在这里很危险。你们可以乘我的船离开，船上有装走私物品的夹层。"

朱里尼和卡拉也走了出来，凯瑟琳没有犹豫，决定立刻行动。

"我们得马上收拾好。"她转身征求两人意见。

"去哪儿?"朱里尼问道。

"横渡马卡萨海峡，溯河而上，从巴厘巴板一直到那里的传教点，到了那儿，王子的手下会带你们步行到伊班部落的领地。"

"走路?"卡拉难以置信地问道。

"是的。"船长回答。

"但丛林是不可能穿越的。"她反对道。

"只是对日本人而言，对熟悉丛林的人而言到处都是路。"

卡拉战栗着，"我会死的，孩子们也一样。"

朱里尼轻蔑地看着她，"你早该跟迈克尔去探险的，坚强一点。"

"我宁愿和日本人在一起，也不愿活得像只狗一样。"看到朱里尼眼里胜利的光芒，卡拉发脾气了。

凯瑟琳插进来当和事佬，她对杜清说："我们需要时间，在走之前得把橡胶林毁掉，能等到明天吗？"

"最迟不超过明天早上——清晨。"

"好的，明天早上我们会准备就绪。"

船长点点头，转身离开，眼神里没有流露出任何对这三个女人的评价，捉摸不出他在想什么。

船长走后，凯瑟琳对达玛尔说："命令工人马上毁树，能毁多少是多少，准备把仓库也烧了。"

"如果日本人准备占用麦提亚作指挥部，是不是把麦提亚也烧了？"朱里尼插话道。

三人面面相觑，沉默无语。

"不用了。"凯瑟琳最后说道："我们把房子留下。"

卡拉对达玛尔说："派人带桑德斯一家人和波顿一家人来。"附近庄园只剩下女人和小孩，男人都参军作战去了，不是阵亡就是沦为日军的战俘。

"船太小了，坐不下那么多人。"朱里尼抗议道。

"没关系。"卡拉高声说："我不走，他们可以坐我的位置。"

凯瑟琳和朱里尼吃惊地盯着她。

"别傻了。"朱里尼说道："为了孩子们，你必须走。"不管朱里尼对卡拉怎么想，她很喜欢两个侄女。

"孩子们和我在一起，为了她们，也为了我，我不会进那片充斥着疾病和瘟疫的丛林。而且，日军或许会放过我们，他们需要人手采橡胶，达玛尔，别毁了。"

"你真是死脑筋，"朱里尼反驳道："他们不会放过你们的。我决不同意麦提亚被用来通敌卖国，就因为你贪生怕死，胆小如鼠。"

"朱里尼……"凯瑟琳打断了她。

"你少掺和，凯瑟琳，她们也是迈克尔的亲生女儿。卡拉，她们是我的侄女，迈克尔想让她们去阿玛德身边，我也想。"

"不行！"卡拉回答道。第一次，她气得满脸通红，泪光莹莹。"迈克尔自己放弃了对我和孩子们的责任！"

"或许只是你，并不包括他的孩子。"朱里尼说道。

卡拉恢复了镇定，平静地回答："我和孩子们留下来，我已经决定了。你和凯瑟琳去哪儿随你们便。"她转身走出大厅，现在不能毁橡胶林了，否则日本人会报复卡拉她们的。

到了晚上，桑德斯和波顿一家人过来——两个惊恐的妇人带着6个孩子，最大的才9岁。和卡拉一样，两个女人对波尼奥的丛林怀着莫大的恐惧，最后还是决定留下来。她们声称自己并非人类学家，无法适应丛林生活。凯瑟琳怎么也无法说服她们，她们还天真地幻想着日本人会放过她们，因为她们手无寸铁，毫无威胁。凯瑟琳知道那只是一厢情愿，但说什么也没有用。

凯瑟琳只收拾了几件东西，穿着短衣短裤，抱着小迈克尔与朱里尼在码头等候。足足等了一小时，还不见杜清的踪影。肯定是出什么事了，已经过了清晨，按说他一早就该到的。凯瑟琳坐在码头边上，怀里的小迈克尔因为无聊，睡着了。凯瑟琳焦躁地看着河流，在昆虫的嗡嗡声中侧耳倾听着船只的声音。突然，她听到一小声嗡嗡声，她的心不安起来。声音并不寻常，她不太肯定是怎么一回事，警觉地对朱里尼说："我想最好得躲一躲。"

朱里尼也察觉出异样，站起身向丛林走去。凯瑟琳犹豫了一下，分辨着逐渐响起的声音。声音很协调，不是一个引擎，而是许多引擎的声音。她把小迈克尔塞进朱里尼怀里，跑向庄园那边。

"日本人来了。"她踉跄着跑进大厅，留在里面的女人靠了过来，她们脸上没有一丝血色。麦提亚庄园里只剩下仆人，朱里尼遣散了别的工人，他们各自消失在丛林中。

"求求你们了，跟我们到丛林里去吧。"凯瑟琳哀求道。尽管内心开始动摇，卡拉她们还是拒绝了。凯瑟琳只能折回去，转身看最后一眼。卡拉和别的夫人，正在仆人的帮助下，把8个孩子抱上房子门口巨大的榕树上。大一些的孩子拉着小一些的孩子，慢慢地，爬上了最高的树枝。树上的猴子起初朝入侵者叫嚷着、抗议着，最后慢慢平静下来。

凯瑟琳刚刚躲进丛林，日本人就出现了。他们松松散散地呈队列前进，长枪上的刺刀锃光发亮。队伍大约有 30 人，由一个年轻中尉带队。日本兵在天坛整齐地列队站立，几个女人守在房子的入口处。中尉开始宣读受降宣言，用一种傲慢自大的神态掩饰自己的浅薄经验。宣言是用蹩脚的荷兰文写成的，其中提到，麦提亚已是日军的充公财产。中尉卷起宣言，用纯熟的英语命令卡拉和别的人到集中营等候发落。那里关押着别的"欧洲帝国主义者"。

几个士兵闯进房子里，中尉没有阻止他们。一行人开始了抢夺和破坏，用步枪朝家具射击。仆人们纷纷逃出屋子，一个士兵朝他们头顶开枪，别的士兵哄堂大笑。士兵们又对卡拉她们身上的首饰产生了兴趣，卡拉交出了手表，但怎么也不肯交出结婚戒指，和士兵推搡着。她向中尉抗议，但中尉转过身，默许了士兵的行为。

那士兵一把抓住卡拉的金发往墙上撞去，摘下了她的戒指。别的士兵走了过来，一个士兵猛然把卡拉的裙子撕开到腰际，卡拉惊叫着，别的女人靠着墙壁，不敢动弹。隐约听到卡拉的尖叫，凯瑟琳站起身，忘了把自己躲起来。但手无寸铁的她什么也做不了，树上的一个孩子被吓到了，开始哭叫。

士兵们朝树上张望，中尉顺着他们的手指望上去。他没有下命令，但手下一个士兵举起了枪，瞄准，射击。孩子们惊叫着，引来了更多射击。他们惊恐地抓住树枝，但无济于事，一个个如同折翼的小鸟掉到了地上，有几个还活着。

凯瑟琳站直了身子，但没人注意到她。她看到卡拉苍白赤裸的身体被放倒在地上，一群如狼似虎的士兵压在上面，裤子褪到了脚踝上，露出屁股。他们等着轮换，互相开着玩笑。另外两个女人也被拖了出来，解决他们的饥渴。中尉没有加入，但也没有阻止。他慢悠悠地朝凯瑟琳的藏身这处走来，从口袋里摸出一包香烟。

凯瑟琳立即躲到草丛里，仍为刚才目睹的情形感到难过和恐惧。透过树叶，她看到一双锃亮的皮鞋从面前经过，然后中尉停下来，抽出一根香烟，塞进口中，打着打火机。他那么近，凯瑟琳能看得见打火机上雕刻的花纹。

　　她像孩子一样紧闭着双眼，似乎这样能让自己消失。但她又强迫自己睁开眼睛，盯着中尉，每一寸肌肉都绷得紧紧的。看着中尉吞云吐雾，她真想杀了他，但她一筹莫展，只能蹲在那里，想象着自己的手指掐住他的脖子，慢慢收紧，直到他的喉咙格格作响，眼珠突出。此刻，她如果不为自己的愤怒做点儿什么，她会疯掉的。

　　中尉转过身，朝屋里走去。凯瑟琳想到自己可以做些什么了，她可以去毁掉存放橡胶和椰干的仓库，她要复仇发泄，毁掉日本人的目标。

　　到仓库那里挺远，凯瑟琳溜到马厩，给"上将"套上缰绳，没放上马鞍就翻上马背，飞驰到仓库时，看见达玛尔和别的工人已完成了放火的准备工作。干柴和干草高高地堆在仓库的墙边，汽油桶每隔几尺就摆放一个，包围着建筑。她迅速倒空一桶汽油，点燃带在身上的火柴。火舌吞噬了两间仓库，很快椰干的甜香也掩盖不住橡胶的恶臭，接着她又点燃了装大米的仓库和旁边的工具箱。

　　她骑着"上将"回去，下了马，摘下缰绳，一巴掌拍在马臀上，让它自由奔去，自己则穿过森林准备去码头。她得先经过房子，赶到时看到日本兵正朝地上的8具小尸体扎刺刀，卡罗琳娜的金色鬈发在其中依稀可辨。三具女人的尸体倒在血泊中，几个士兵还没来得及穿上裤子，在庭院里踱着步，喝着威士忌，互相开着暧昧的玩笑。

　　凯瑟琳一阵恶心，弯腰大口大口地呕吐。声音引起了旁边一个士兵的注意，他走近草丛进行搜索。凯瑟琳双手双脚趴在地上，竭力屏住呼吸。那士兵用刺刀捅着草丛，越来越近。除非冒险溜进丛林的深处，否则他肯定会找到她。透过草叶，她能看到日本兵脸上的狞笑，坚信自己又找到了一个殉难者。刺刀离她的脸庞只有几寸远了，日本兵抽出一只手赶开一只叮在他脖子后面的虫子。突然，他脸上的微笑消失了，砰的一声倒在地上。

　　凯瑟琳惊奇地盯着他，无法理解他怎么倒下了，或许是心脏病发作？她悄悄起身想走进丛林，回到码头那边。另一个日本兵注意到同伴的异样，正走过来。突然，他跪在地上，抓住自己的背，慢慢向前倒去，脸上带着呆滞的表情。

别的士兵也接连倒在地上。或许酒里下了毒，凯瑟琳心想，决定利用这个机会去拣一件武器。她爬到第一个士兵身旁，小心地绕过仍指向草丛的刺刀。她惊叫一声，看到倒卧的士兵还在抽搐，身体慢慢僵硬，脖子上赫然插着一根飞镖。

仓库焚烧的浓烟惊动了日本人，他们意识到自己遭到了不明的进攻，纷纷开枪射击。子弹在凯瑟琳周围乱飞，她吓得躺在地上，动也不敢动，机关枪横架在天坛里轰鸣着，横扫整片丛林。

"上帝啊。"凯瑟琳喃喃叫道，身体抖个不停。但现在她有了枪，而且她知道怎么射击，匍匐着爬到第二个日本兵的尸体处，用他作掩体。他的颈背上也插着一根飞镖。凯瑟琳把枪架在尸体上，朝日本兵瞄准。日本兵的火力现在集中向河边射击，认为攻击来自那边。凯瑟琳瞄准开机关枪的士兵，朝他开了火。第一枪射失了，打中了天坛的石墙，但第二枪打中了，士兵应声倒下。凯瑟琳又瞄准了一名士兵，结果了他。但她无法真切地看到他是不是死了，火力太密集了。

丛林的落叶中，出现了几根羽毛，几个身影如鬼魅般迅速前进，逼近房子；肌肉强健的伊班战士从丛林中杀出来，他们穿着豹皮背心和树皮外衣，用骨头、贝壳做点缀，头上戴着羽毛头饰。战士们口中喊着战斗的口号，向前冲锋，扔下手中的吹箭，抽出小刀和鹿角刺矛，跑到倒下的敌人身边。他们弯下腰，割下敌人的头颅。日本士兵用刺刀与伊班战士展开了肉搏战，海岸地区的马来战士也跟着杀了过来，穿着短裙，端着长枪长矛。她看到阿玛德带领着他们，挥舞着弯刀，手、脚、身体都变成了犀利的杀敌武器。

阿玛德跳上天坛的石墙时，中尉端着刺刀朝阿玛德杀来。他轻巧地闪开，一肘击中中尉的侧腰，让他失去了平衡。阿玛德的动作轻盈如灵猫，绕到中尉身边，冷不防飞起一脚，踢中中尉的后脑勺。中尉一下趴在地上，还没等他的膝盖着地，阿玛德压在他背上，手臂紧紧抱着中尉，一会儿后松开了他。中尉倒在地上，鲜血从弯刀割开的腹部伤口处汩汩地冒出来，战斗结束了。日本士兵的尸体四散在地上，和早先的受难者躺在一起。

凯瑟琳挣扎着站起身，望着周围血腥的一幕，伊班战士还在割着敌人的头颅。她被自己的行为吓呆了，两个或三个日本士兵被她亲手杀死。她手里还握着长枪，拖着它，穿行过尸体和天台，走到卡拉身边。她看到卡拉苍白的身体上青一块，紫一块，触目惊心，眼泪不禁夺眶而出，转过头去。阿玛德走近她身边，手中的弯刀仍沾满鲜血。

"我很抱歉，凯瑟琳。"他轻声说："我本该早点到这儿来的。"

凯瑟琳呆呆地看着周围，想说些什么，又什么也说不出来。"那个日本军官……"她看着天台，"他干的好事！"

"我知道，我已经杀死他了。"他转身命令一名手下。

"我们时间不多，赶快弄一个木架。"

他的手下立刻四处寻找木头。

凯瑟琳很吃惊。阿玛德说道："我们把他们一起烧了——欧洲人、马来人、伊班人，连同日本人。"

"朱里尼和小迈克尔——她们还在码头那边呢！"凯瑟琳焦急地说。

"他们没事，我们把他们藏到了安全的地方，小迈克尔睡得很香。"阿玛德望着仓库的浓烟，"你干的吗？"

"日本人来后，我去放的火。"

阿玛德点点头，微笑道："你真勇敢。"

凯瑟琳的眼睛望着房子，"卡拉不肯跟我们走。"她低声说道："朱里尼和我怎么劝，她都不肯走。我们浪费了一天。"

"我知道。"他轻声说。

"你怎么会到这里呢？"她问道。

"杜清告诉我你们当中有人不肯走，拖累了别人。我想应该是卡拉，所以我最好来一趟，看看我能帮点什么忙。"

"杜清没来，他怎么了？"

"他现在在码头，日本人早前扣留了他，但我们解决了他们。"

尸体被抬到了木堆上，淋上汽油。阿玛德下令放火，火焰熊熊升起，凯瑟琳心里想要阻止，她还来不及弄明白发生了什么事，但已经太迟了。火焰吞没了尸体，热力逼开了观望者，血肉的焚烧气味取代了橡胶的恶臭。凯瑟琳想到图库姆的葬礼，这里没有仪式，没有送行，眼睛因为烟熏和泪水而一阵刺痛。

"迈克尔的女儿在里面。"她轻声对阿玛德说。

"我知道。"阿玛德悲伤地回答，拉着她的手，离开了这里，顺着小路朝码头走去。

"朱里尼和小迈克尔已经上了船，是和他们会合的时候了。"

"那你呢？"

"我开麦提亚的两栖飞机到传教点。"

"我们跟着你可以吗？"

"太危险了。汽油太少，所以半路可能就得被迫降落；而且我得在丛林上空低飞，不让日本人的飞机侦察到。还有，"走到码头时，他停了停，转身看着凯瑟琳，"你可能有机会回家。"

她吃惊地看着他："回家？去哪儿？"

他脸上掠过一丝诧异，"当然是回美国。"他望着她的眼眸，"你应该很想回家的。"

"是啊。"她应声答道："当然想。我只是……很吃惊，我没想到还能回家。"

他微笑道："我本不想给你太多憧憬，所以不让杜清告诉你。上周我通过无线电和一艘美军的潜艇取得了联系。他们准备三天后在马卡萨海峡和你的船会合。"

杜清站在甲板上，等着接应凯瑟琳。朱里尼抱着小迈克尔站在他身旁，眼里和脸上都没有表情。

"那或许我再也见不到你了。"

"或许不会。"

她伸出手，向他道别。他双手捧起她的手，她注意到他的掌心长满了硬茧。

"谢谢你所做的一切。"

他微笑着，什么都没说，轻轻握了握她的手，放开了她。

　　在甲板上，朱里尼靠坐在船首处，想到卡拉的死，想到如今除了战争，只剩下自己能阻止迈克尔和凯瑟琳结合。迈克尔夺走了朱里尼最爱的两样东西：父亲与麦提亚。现在，他即将得到他心爱的一切。她朝正在玩耍的小迈克尔瞄去，看到朱里尼正看着自己，孩子开心地朝她爬来。朱里尼心中涌起把孩子扔进河里的冲动，毁了凯瑟琳和他的儿子，报复迈克尔。她伸出手，用力把孩子拉到身边，把他抱过船的栏杆，只有她的手，抱着孩子身体的两边，下面就是奔腾的河流。

　　正要松手时，她的肩膀被什么紧紧抓住。她转过头，看到阿玛德站在身后，小迈克尔开始啼哭，阿玛德轻轻接过他，递给了凯瑟琳。她还对这里的情况一无所知，正走上船梯，准备到甲板下层。船即将出发，凯瑟琳走后，阿玛德伸出手，托着朱里尼的下巴，两人久久地凝视着对方。对阿玛德而言朱里尼没有秘密，他太了解她了，孩提时代的儿童不会掩饰心中的邪恶，尽管没人告诉他，阿玛德从一开始就知道她与迈克尔的真正关系。而且他一直怀疑她与爱德华的死有关。

　　慢慢地，同爱抚一样，阿玛德的手指顺着她的下巴滑到喉咙处，"我知道你在想什么，"他温柔地说："如果凯瑟琳和迈克尔的儿子出了什么事，我会杀了你。"

　　朱里尼没有说话，但阿玛德的手指能感受到她喉咙肌肉的收缩。她知道他是认真的，阿玛德是世上她唯一害怕的人，自出生以来，他一直坚信：身为王子，可以用任何方式实现正义，包括杀戮。阿玛德收回了手，朱里尼呆坐无语，望着他的身后，当他并不存在似的。但他心里明白她理解了他的意思。

　　阿玛德下了船，仓库的浓烟飘到了河边，麦提亚隐在浓烟中，朱里尼绝望地想看最后一眼。她是斯坦福家族的孩子中对麦提亚感情最深的一个。自从逃出阿斯玛特大屠杀之后，她一直找借口不肯离开庄园，连父亲劝她回学校完成毕业论文也无济于事。她认同建立起麦提亚的那一套残酷无情的殖民法则：为达目的，可以不择手段。她欣赏麦提亚古老的伊班时代的黑暗仪式与暴力。而今，迈克尔、凯瑟琳、日本人正使她永远失去它。她的身子战栗着，童年时代的恐惧又回来了：离开了麦提亚，她也会随之消失。

第二天晚上，他们驶出了巴列图河，到了早上，经过马塔普拉，向北进入马卡萨海峡，准备到卢亚岛附近与一艘潜艇会合。海峡上游弋着日本海军的船只，但杜清的船打的是印尼群岛商船的旗号。如果日本人拦截船只，清查有无走私嫌疑，那朱里尼和凯瑟琳母子随时可能被发现。日本人以道德优越的救世主面目自居，想清除其亚洲同伴的罪恶与腐败，为它们带来日本式的纪律和秩序。

和当地的船只一样，杜清的船设置了几个隐蔽的走私密舱，里面装着大米、枪支与弹药，准备运送给阿玛德的游击队。剩下的一点空间住着船员，一经出海，女人就跑到甲板吃睡。尽管住宿条件恶劣，食物却很丰盛，新鲜的鳗鱼、章鱼享之不尽。

第三天的海上航行，他们放慢了速度，不想太早到达，在同一片海域逗留太久，会引起怀疑。午夜前，他们到达会合点，等着潜艇浮出水面。等候是徒劳的，到了黎明，潜艇还是没有出现，他们只能离开那一带，准备晚上再回来。

一整天，杜清越发沉默。朱里尼自离开麦提亚后一天说不了几句话，根本不理会凯瑟琳逗她开心的好意，只是呆呆地望着海平线。最后一次离开麦提亚，她似乎也告别了现实。凯瑟琳盼望着潜艇能出现，朱里尼的状态实在令她担心是否能承受丛林的艰苦跋涉。

凯瑟琳打着盹，船懒洋洋地划了个大圈，太阳下山时，又回到通往会合点的航道上。当晚乌云密布，无星无月，波涛汹涌。远处海水的表面泛着微微的磷光，到达目的地时，那些光又消失了。凯瑟琳朝黑暗中望去，迫切地找寻信号灯的光亮，船员抛下船锚。看不到能保持方向感的海平线，凯瑟琳开始晕船。又是一晚，潜艇没有出现，一行人只得离开。

真正的危险出现了，连续两天，他们在同一地方出现，这一情况被一个日本人雇佣的渔民探子注意到，报告了日本人。杜清和船员商量一番后，决定当晚最后冒一次险再去会合点一趟。然而，在途中，两艘日本鱼雷艇拦住了去路，要求上甲板检查。

凯瑟琳和朱里尼被领到船首处船身与舱壁之间的密室，两人爬进去，凯瑟琳紧紧抱着小迈克尔。当鱼雷艇快靠近时，凯瑟琳给小迈克尔喂下杜清准备的安眠药，小迈克尔刚才进入秘室时，里面漆黑的情景让他很不安，老是乱扭乱动，最后药力发作睡着了。凯瑟琳心里挺羡慕小迈克尔，在狭小的空间里，她觉得很局促，抱着孩子的手又酸又累，一点点动静都让她的心怦怦乱跳。

她隐约听见沉闷不清的说话声，时不时，藏身处附近的货舱传来金属的敲击声。她的呼吸急促起来，肺部急切地透支着密舱里宝贵的氧气。突然，船身的震动变得剧烈起来，她听见船尾发动机的低鸣，他们又上路了。过了一会儿，密室的门被打开。清新的海洋气息迎面扑来，她眨着眼睛，不适应太阳的明亮，蹒跚着走向门外，有一双手等着拉她上去，再迟几分钟，她就会不省人事。

"日本人走了，什么也没找到。"惜语如金的杜清转身离开，让朱里尼和凯瑟琳休息。凯瑟琳还来不及庆幸，绝望便接踵而至：现在不能和潜艇联系了，接头太危险。

走投无路之下，船只开过日军守备森严的巴厘巴板要塞，向三马林达的马哈坎河开去。那里的船只比较多，相对安全一些。过了三马林达，河流里的船只就很少了，只有小货船固定每周从河口航行到 100 英里外的天主教传教点，供应物资与接应神职人员。日本人入侵以后，航运中断了，传教点被孤立起来，只有当地人的独木舟在通行。牧师与三位修女如今只能自己找食物，或靠周围村落的救济。和别的传教士一样，他们没有撤走，天真地希望日本人会允许他们继续传教工作。他们安慰自己，如果事情不如意，那也是上帝的安排。

在河里航行了 4 天后，他们来到了传教点附近。凯瑟琳一个人站在船头，抱着小迈克尔，焦急地寻找着从麦提亚飞来的那艘两栖飞机。船关掉了引擎，慢慢地漂向小小的码头。传教士们出来迎接他们，后面跟着几个荷枪实弹的马来土人。凯瑟琳知道他们是阿玛德的手下，等着接应枪支和物资，把它们运进丛林。凯瑟琳看不到阿玛德，突然心里很害怕，他是不是死了？又有几个马来土人从丛林中走出来，凯瑟琳望见阿玛德也在里面，心中的大石终于落地。阿玛德一身短打装扮，看到凯瑟琳站在船头，英俊的脸庞露出一丝微笑，穿过河岸边的村民，向她招手示意。

小迈克尔认出阿玛德，开心地笑起来，伸出双手。阿玛德一手拎起他，另一只手牵着凯瑟琳，眼睛热切地望着她的笑脸，拉着她的手走下码头。

"飞机呢?"她问道："刚才没看见你，把我吓了一大跳，还以为你出事了。"

他朝河里点点头，"我们把它毁了，潜艇出事了吗?"

"没接上头。日本人曾上过船，但没找到什么，于是放我们走了。我们再也无法与潜艇会合。"

他点点头，脸上的微笑不见了，现在凯瑟琳等人只能躲进丛林里。

"路程会很艰难，生活也会很艰苦。"他低沉着声音，"我原本希望你不用受那种苦。"

她轻轻碰了碰他的手，"没关系，能活着已经很幸运。但我担心朱里尼，她的情绪一直很消沉。"她回头望了一眼，看到朱里尼被两名修女搀扶着进了房间，说道："或许你能帮帮她。"

"我会开解她的。"

阿玛德的手下和杜清的船员正装卸着船上的货物，把它们装到码头的小木船上。

"我以为我们得走路去呢。"

"我们是走路去。一部分人跟船运货，但对我们太危险了，一路上会经过很多村子，有些村民可能会报告日本人。两周前，日本巡逻队在一处废弃的军事哨点找到了一户藏在那儿的荷兰家庭，应该是有人通风报信。"

"那我们去哪儿?"

"到一个叫鲁玛·帕寇的伊班部落。"阿玛德一手抱着小迈克尔，拣起一根树枝，在地上画了个 Y 字形，"在马哈卡姆河和往东流到油田与塔拉坎岛海军哨点那儿的卡扬河的交汇处，是一个理想的根据地。"

"鲁玛·帕寇，听起来怎么那么熟悉?"凯瑟琳说道，突然间，她想了起来，"那不就是迈克尔曾被绑架的村子吗?"

"是的。但你不用担心。老柯，那里的头人，与斯坦福家族已相安无事。
他与我父亲的关系很好，他是一个英勇的战士，他的手下个个都是好汉。"

"那户荷兰人后来怎么样了?"

"日本人把他们都杀了。"

第 *42* 章

　　凯瑟琳一行人走了三个星期，一路上阴雨连绵，道路泥泞难行。终于到了鲁玛·帕寇，这个村落，坐落在山区的丛林深处，在一座长形的 1000 英尺长的房子里住着约 200 个村民，分成了 50 户人家。长长的走廊和开放的房间已不如旧时那么风光。6 尺高的柱子变得不大稳当，外皮剥落，露出里面的木芯，但乐观的伊班人并不把它当回事；屋顶倾斜不平，一漏雨就滴水；地板则破得坑坑洼洼，行人一不小心就会掉到下面抗议的猪群中，把别的伊班人逗乐，幸灾乐祸地开着玩笑。再过几年，等到整栋房子实在撑不住了，伊班人会搬到新的地方，再建一处房子。

　　凯瑟琳和朱里尼在走廊的尽头各住一间房。凯瑟琳的房里堆放着渔网、篮子、吹箭、砍刀和野猪獠牙，墙上还挂着一顶宽边草帽，在一个角落里有一个小土丘，用来生火取暖，一盏原始的油灯摆放在土丘旁。尽管很注重个人卫生，一个月在河里洗几次澡，还用柠檬汁作香皂，但伊班人对家务活却很不在乎。食物的残渣顺着地板的缝隙一扫就成了猪的吃食。伊班人经常不走楼梯就这么滚下去或爬窗出去。肉类，不管生的熟的，一律放在锅里和着煮。苍蝇叮在捞出来的肉上，直到最后被打死为止。除了凯瑟琳，似乎没有人在意那股腐臭的味道。

　　论外表，伊班人算得上迷人。他们皮肤黝黑，身材稍矮但肌肉结实精壮，五官长得很精致。女人穿着叫做"西拉"的短裙，是用土布自织自染的。在特别的时刻，女人们会在腰间穿上许多铜环，像一件盔甲，还会在脖子上戴鲜花花环。男人们则系着护裆布，把头发剪成反转的碗形。男人女人身上都有文身，女人一般是在手臂上文花边，而男人则浑身上下都文了图案，不仅有村子的标志，还文上了个人的荣耀事迹。

他们的头人，老柯，是波尼奥的传奇人物，据说已猎了两百个人头。在原始的村落里，他不单单因赫赫战绩受到尊重，而且奇迹般地活到了八十多岁依然健在。在猎取的人头中，有不少是麦提亚和其他英国庄园的人，但他的进攻大多只限于猎取牲畜、焚烧英国人的房子。如今，他好像房子一样衰老破败，但尽管年老体迈，但老柯仍然用权谋和铁腕统治着部落，与惯常的伊班文化中的民主背道而驰。

凯瑟琳万万没有想到，她会与老柯以及他的家人扯上关系。她参加了又一场漫长的伊班盛宴，自从一周前到达后已经是第三次了。天色已晚，但古旧的房子仍被鼓声和还没喝到不省人事的庆祝者兴奋的舞步声摇晃着。凯瑟琳对庆祝意兴阑珊，觉得很孤独，想起了家乡。她的注意力被一个以前没见过的年轻女子吸引住，她大概和凯瑟琳同龄，长得很美。在她身后的门口，一个黝黑的伊班男孩没有跟她进来，而是在门影中徘徊。在半明半暗中，男孩身上带有的特征看得很真切，凯瑟琳惊讶地张大了口。坐在她身边的阿玛德看到她的表情，顺着她的目光看过去，杯子举到嘴边，也停住了。

"他们是谁？"阿玛德问老柯。

"我女儿明娥和她的儿子。她的丈夫刚刚死了，母子俩搬回来住。"老柯的眼睛眯了起来，闪烁着怒火。

凯瑟琳几乎没听进阿玛德的翻译，她的脑海里翻腾着日期。15 年前迈克尔被伊班人绑架时 17 岁——正好和 13 岁的少女结合，生下现在 15 岁的孩子。迈克尔在逃走前肯定不知道明娥怀了他的骨肉。

真相令凯瑟琳很难过，她不清楚自己在迈克尔生命中的位置。与迈克尔的过去不期而遇，即使事隔多年，仍令她很不快活。不管他的婚姻是否出于强迫，他最终还是生了个儿子。男孩的名字叫佩特利。接下来的几天里，凯瑟琳仔细观察着他，她注意到他的神态和举止很高傲，还带着一丝残忍的气息，不愧是老柯的外孙。

到了鲁玛·帕寇之后，有好几次，阿玛德把她惹火了。他有时连着好几天不理她，只是偶尔到她房间，逗小迈克尔玩。尽管两人的关系有点儿紧张，但阿玛德还是在鲁玛·帕寇逗留了几周，帮助凯瑟琳安顿下来，开荒垦地，开辟了一个小菜园。不久之后他就得离开，回到海岸地区，准备进攻日本人的油田。凯瑟琳一方面希望阿玛德的陪伴，一方面又觉得他走后，她的心里会很轻松。

与伊班人的关系融洽后，她开始接近佩特利。他挺喜欢她，老柯则很反感两人的接触。他认为白种人拥有邪恶的魔力，会把外孙掳走，不准佩特利去见凯瑟琳。但佩特利不理会老柯的威胁和警告，一有机会就和凯瑟琳去河里抓鱼，还带着小迈克尔每天早上去河里游泳。有时，她在菜园里劳作，佩特利会过来看。因为男性的手耕地会亵渎神明，毁坏作物，他就在旁边做着用吹箭射击树叶的练习。

一天下午，凯瑟琳独自在园子里耕种，希望能在小迈克尔午睡醒来之前把活儿干完。她习惯了佩特利的不期而至，因此当他步履蹒跚，一路从山上下来，石头在脚下磕磕绊绊的时候，她根本没注意到。一颗石头滚到跟前，她抬起头，生气地看着他。他喊着她的名字，她看到他的神情很慌张，于是抛下手中的锄头和篮子，跑到他面前，石头割伤了她的赤脚。

"怎么了，佩特利？"她喊道，心里害怕起来。

他停住脚步，气喘吁吁，神情很激动，几乎说不出话："快来……马塔普拉的人……见王子……大事不好了……我也说不清楚……"

她没等他说完，就顺着山道快步朝河边跑去，留下佩特利一个人还在原地喘气。

"告诉我出什么事了！"阿玛德命令站在他面前的人群，他的声音依然冷静，但听得出，他在竭力控制着自己。那些人都不是伊班部落的村民，而是皇宫里的侍卫，阿拉拉曼苏丹的亲兵。从褴褛的衣衫可以看得出，他们一路上吃了不少苦才赶过来。头上的金色锥形帽子已经不见，但有些人身上仍穿着丝绸长裤，在膝盖下打了个结；有几个还穿着长长的印花长裙，划开了一边，里面套着裤子。伊班人聚集过来，看着这群同族人里最文明的同伴，他们从来没到过皇宫。

没有人回答阿玛德的问题，他气愤地说道："告诉我！"

他的眼睛扫视着这群难民，想找一个勇敢点儿的人。突然他看到希娅，大吃一惊。她瘦小的身影躲在人群里，阿玛德让她走上前来。她跪在地上，双手放在身前，磕了个头。一个士兵不知道阿玛德与希娅认识，插话道：

"王子殿下恕罪。她是皇宫里的女人，苏丹陛下最心爱的妃子。她逃了出来，藏在我们船上。她说她怀着陛下的骨肉，所以我们把她带了过来。"他弯下腰，拉着希娅的手臂，准备拉她退下，阿玛德阻止了他。

"随她吧。"希娅的新身份让他很诧异，但他没有表露出来。他的神情非常严肃，但声音还是很温柔："告诉我发生了什么事，希娅。"

她站起身，仍低着头，声音中带着恐惧。

"日本人把陛下拉到皇宫的庭院里，让他在众人面前宣布你是一个罪人，罪名是组织游击队抵抗大日本帝国。陛下拒绝这样做并痛斥了日本人，他们强迫陛下跪下，戴上皇冠，在上面淋上滚烫的热油，最后才把陛下斩首。皇后守着陛下的尸首，要日本人也杀了她。日本人如法炮制，把两人的头悬挂在宫墙的柱子上。"

听众不禁浑身战栗，那些听不懂马来语的人听完翻译，也毛骨悚然，屋子里的人纷纷议论着。

"安静！"阿玛德喊道，眼睛愤怒地盯着希娅的头，"继续说，希娅。"

"我不敢说。"她低声回答。

"继续说！"他威严地命令她。

"日本人奸污了宫里的女人，连老人和小孩也不放过。他们强迫男人观看，很多女人苦苦哀求，但仍无济于事。"她颤抖的声音几乎听不清楚，停了一停，继续说道："他们逮捕并处决了全部皇族成员，王子、亲王，包括您的侄子，把他们的头颅挂在宫殿的门前。拥护皇族的人一律被杀，连女人肚子里的孩子也被扯了出来，用刺刀刺死。"

她再也说不下去，被记忆中的恐惧压垮了。人群沉默着，慢慢地，希娅抬起头，望着阿玛德的脸。

阿玛德久久地盯着她，"你怀孕了吗?"他最后轻声问。

"没有。"她老实地回答。她是怕侍卫不肯带她离开才撒的谎。

"阿拉拉曼皇族的龙种就只有您一个人了。"她的手轻轻碰了碰他的下体。

他拨开她的手，很生气她如此放肆，在这种时候，在这么多人面前。但大家却很钦佩她的勇气，希娅一向是个野丫头。

阿玛德并没有深责希娅，只是让她退下。希娅鞠了一躬，举起手挡在面前，准备告退。

"陛下万岁。"她轻声说道，退在一旁。阿玛德似乎现在才意识到自己已是马塔普拉的苏丹，不管自己愿不愿意。

帕克·阿纳克，阿拉拉曼的宫廷武师，走上前跪呈给阿玛德一个包裹。在里面，阿玛德抽出马塔普拉最神圣的物品，象征着皇权的弯刀，那是历代苏丹的信物。与别的皇宫宝刀镶金嵌石不同，这把刀的刀把是用鹿角雕成的，刻着迪雅克式的花纹，刀鞘也只是用木头做成的，但印尼人相信它拥有莫大的魔力。阿玛德合上眼睛，将刀把放到额头上，紧紧贴着，似乎刀能减轻他此刻的痛苦。最后，他放下刀，痛苦地嗥叫着，跳过栏杆，吓坏了下面的猪群。凯瑟琳正好赶到那里，他不去理会她，径直朝丛林里奔去。看到他脸上的表情，她不敢阻拦他。

凯瑟琳爬上梯子，走到门廊，找了一个人告诉她事情的始末。希娅从屋里走出来，看阿玛德的去向。两个女人吃惊地看着对方，希娅先回过神来，用一种胜利和警告的口吻同凯瑟琳说话。凯瑟琳听不懂她的话，但能明白她的意思:"他是我的人。"

"你大可跟他在一起。"希娅走过身边推了她一下时，凯瑟琳自言自语着，但她感到一阵莫名的刺痛，好像是妒忌，她厌烦地将这一思绪用力挥去。

阿玛德离群索居了一个星期，只喝水，不吃东西。当他结束服丧后，他带着手下和村民扛着食物到河边祭奠死去的亲人。他们把食物摆在用棕榈树叶做的小船上，让它们顺着河流漂到海洋里。阿玛德的自我放逐结束了，但神情一直很落寞，只有和小迈克尔在一起时才略微开心些。

　　他没去找希娅，不知是否出于悲伤或别的理由，他一直在躲避她，大部分时间都和他的手下及帕克·阿纳克在一起。他的冷漠让希娅郁郁寡欢，她想掩饰，但又很害怕。名义上，她已经属于阿玛德，但她知道她仍无法得到他。或许他不愿意染指父亲的妻妾。凯瑟琳也很痛苦，朱里尼依然意志消沉，不言不语。凯瑟琳发现自己很想念阿玛德的陪伴。

　　伊班人即使在悲悲切切中也不忘庆典。一个月色皎洁的晚上，很久未尝酒味的老柯想出个理由组织了一场庆典：星星在召唤他，老柯如是说。伊班人也乐得相信，因为都吃过饭了，美味佳肴就免了，但最精彩的部分不能错过：载歌载舞，畅饮狂欢。年轻的伊班战士们手持利刃，开始激烈忘情地旋转。当他们精疲力竭时，希娅从人群中走出来，面带挑衅的微笑，从一名战士头上拿起羽毛头饰，戴到自己头上。她散开头发，直垂到腰际。慢慢地，她解开肩上天蓝色的围裙带子，让它飘落到地上。在火把的光亮中，她赤身裸体，围观的男子响起一阵惊叹。然后她在腰间围上伊班族的裙子，微笑着拿起两把犀鸟羽毛扇子。笑容神秘地冻结在她脸上，她坚定地抬起头，身体慢慢地下沉，腰以上部分开始优雅地旋转。她的手放在腰间，如同鸟儿挥舞着翅膀一般舞动着扇子。那一瞬间，观众只觉得她并非凡间的俗人。乐师用磬鼓、笛子舒缓地伴奏着。周围的人哼着歌，赞美这只神圣的犀鸟前来为他们翩翩起舞。所有的人都被希娅的魔力迷住了，只有凯瑟琳从自己房间的门口观望着，知道希娅只想媚惑一个人。

　　当晚深夜，村民还在跳舞喝酒时，阿玛德早早离开，走到希娅的房间。独自站在她的房间里，倾听着外面狂欢的声音。希娅没有听见他走进房间，正悄悄地望着她。她回过头，看到他，心头一阵狂喜。这几周，她一直虔诚地向丛林的精灵祈祷，敬献食物。现在他终于来了，就在她面前，似乎在做梦一样。她站起身，一头栽进他怀里，那么高兴，那么用力。他忍不住哈哈大笑，一把搂住她。

　　从那一刻开始希娅占有了阿玛德夜里和午饭后的时间。当他在席子上伸展开身体时，她就会脱下他的短裙，躺在他身边，手指抚摩着他强健的身体，用身体揉他，用双腿夹他，搂着他，亲吻他，用每一个她知道的亲

341

密动作向他施虐。希娅每天都那么快乐，陶醉在幸福之中。她天生早熟，从孩提时起，她只怀着一个愿望，如今终于成真。

一周后，阿玛德走了，带着一半部下和 3 名妇女帮忙扎营。希娅也在其中。阿玛德离开后不久，奥马利神父，传教点的牧师，过来探望凯瑟琳。在战前，他已经认识斯坦福家族。他 60 岁开外，和蔼可亲，满肚子幽默笑话却孤独寂寞，上帝也爱莫能助。他和凯瑟琳都需要彼此的开解。5 月底，日军侵占了传教点。修女们不肯跟奥马利神父躲进丛林，坚信上帝会保护她们。她们顺从地接受了逮捕，被带上一艘满载士兵的兵船。尽管奥马利神父身为信奉独身主义的牧师，但她们一直是他身边重要的女人，相依为命的同伴：既是修女、姐妹，又是圣女、管家。日本人抓走修女后，神父无依无靠，于是搬进了教堂女厨和她儿子的家里。在那里，他继续尽心尽力地呵护着他的教徒。一有空，他和厨子的儿子就会去鲁玛·帕寇看望凯瑟琳。她很喜欢这个爱尔兰老人家，或许是因为她身上也有同样的血脉，却一直忽略了。路程对于一个长期心脏不好的老人来说，实在很辛苦。每次离开凯瑟琳，他都不知道自己能否再回来。

第 43 章

阿德米勒尔提群岛，1942 年 7 月 4 日

迈克尔第一次看清身处的房间的情形。他看见头顶屋梁上的棕榈树叶和一个肤色黝黑、留着络腮胡子，坐在床边的男人。他嘴里叼着烟斗，烟雾不断从里面喷出，整个房间弥漫着烟草的甜香。迈克尔渐渐恢复了神智，发现自己根本不知道身处何地，只是呆呆地出神。

自从逃出巴丹半岛后，他六周来在吕宋岛的南端跋涉，用当地的独木舟从一个岛屿划到另一个岛屿，慢慢朝棉兰老岛而去，那里还有零星的美军和菲律宾军队在抵抗。一路上，善良的菲律宾村民收留他，给他饭吃。有好几次，他几乎被日本人抓住。5 月 6 日，科里吉达沦陷，当迈克尔在一个小村子里听到怀恩赖特将军的投降宣言广播时，他想起跑到科里吉达避难的"老人星号"的队友，心里感到深深的难过。

到 6 月底，他跑到棉兰老岛北边的苏里高，设法偷了一艘小船，准备去波尼奥。但他染上了疟疾，那是自巴丹半岛逃出后的事情了。第一天出海他就失去了知觉，海面上起了风，刮断了桅杆。船并没有向西漂进苏拉海，而是向棉兰老岛的东南边漂去，漂过了菲律宾海沟，朝松索罗尔群岛而去。后来他才知道风暴让他躲过了守卫森严的苏拉海的巡逻队。一艘从马尼拉逃出来的载着中国家庭的民船救起了奄奄一息的迈克尔。船上没有奎宁，因此他

们没办法为他进行治疗。出了菲律宾水域，他们把迈克尔交给了几位密克罗尼西亚渔民。刚把迈克尔送过去，一架日本巡逻飞机就发现了民船，民船被击沉，但渔民们逃了出来。那是迈克尔最后记得的情形。

络腮胡子男人看到迈克尔恢复清醒，很是高兴，举起一瓶啤酒，庆贺道："干杯，美国佬。7 月 4 日快乐。现在你醒了，我们可以庆祝你们的独立日了。看你的样子，肯定是从那儿逃出来的——我想是菲律宾吧？"

他摘下烟斗，喝了口啤酒，"不管怎样，你是我 8 个月来见到的唯一的白人，你能醒来我真他妈高兴。不过你好像不怎么喜欢说话，你一直昏迷了 4 天 4 夜，1 小时前才稍稍清醒了一些。我想药还是有点儿用，你很快就会好的。"

他看到迈克尔迷惑的表情，笑着说："我叫特纳。你现在在阿德米勒尔提群岛最荒凉的岛上，新几内亚的东海岸附近。"

"阿德米勒尔提群岛我很熟悉，"迈克尔虚弱地回答："我想地理课就免了。"

他的头还是疼得要命，连眨眼睛都疼。烧是退了，但身体仍很虚弱。他伸出手，摸了摸自己的额头，被自己的胡须扎了一下。

"等你能起床后，我帮你刮胡子。"特纳说道："或许你可以留着，在这里长相没那么讲究。"他朝迈克尔挥手致意。

迈克尔环顾四周，这是一间简陋的小屋。角落的一张桌子上摆着一台远程无线电报机、转盘、麦克风和键盘。特纳顺着他的目光，抽出一瓶啤酒，塞进迈克尔手里。

"我是海岸哨兵。"特纳回答了迈克尔想问而没问的问题。

"这里的岛屿上有 100 多个哨兵，一直到南边的新赫布里底群岛。"他朝电报机旁边墙上挂着的地图指了指，"但战争忽略了我，至少日本人忽略了我。他们在 1 月份呼啸而至，占领了岛屿，又很快向南开去，攻占了所罗门群岛，切断了美军到澳大利亚的补给线。"他把烟斗塞回口中，用力叼紧，"这就是我们的位置，身处敌人的后方。"

迈克尔的眼睛又回到电报机上，很好奇，"那你在这里都干些什么？"

344

"我的任务是向莫尔兹比港报告日军的军事调动情况。以前我在马努斯岛上经营椰子庄园，直到战争爆发。我自愿到海岸当哨兵，他们派遣我到这里来。1 月份，日军的一支舰队经过这里，到腊包尔去。上帝啊，多么壮观的景象，我一生只见过一次。这里偶尔会有巡逻，绕岛屿一周，然后离开。他们一来我就进山，那里是我的藏身之处，也是存放物资的仓库。"他朝窗口点了点头，窗外树林深处，隐约可见一座火山。

"为什么你会留下来？"迈克尔问道。

"我也不清楚。"他惨笑着说："可能是因为军方供应了我享之不尽的威士忌和啤酒。当然，到了敌人后方，我也走不成。"他伸了个懒腰，放下烟斗，"我想我不是那种正式的澳军士兵，等候军官的命令，和 50 个伙伴同吃同住。15 年前，我才 14 岁，我离开了布里斯本的家，独自一人住在荒岛上。我喜欢这里，干什么都行，没人过问和干涉。"

"3 月份，他们说准备让我撤到所罗门群岛的维拉拉维拉岛，但两次，准备接应我的潜艇都没有出现。"

"出什么事了？"

特纳耸了耸肩，"我发出信号，等了整整一个晚上，但潜艇就是没来。"他沉默了一会儿，继续说道："日本人都在南边，在新不列颠的腊包尔，有一个空军和海军基地。飞机都往南边去了，这里难得见到一架战斗机，偶尔才有一架巡逻机经过。"他把椅子往后倾斜，只用两条椅腿保持平衡，"听说过中途岛吗？"

迈克尔摇摇头。

"美国人炸沉了日军的 4 艘航空母舰，日本人倾巢而出，准备攻下中途岛，老美把他们打得屁滚尿流。"

"运气真好。"迈克尔冷淡地评价着。

"管它是怎么一回事，总算值得干一杯。"他举起酒瓶，喝了好大一口。

"那是什么时候的事？"

"6 月 4 日。"

"之后呢？"

"没有下文了。那是日本人第一次打败仗，在那之前，他们一直节节取胜，势如破竹。但如今形势变了。"

"我想美国高层会说欧洲更重要，得先解决欧洲问题。"

"只是其中的一些人，"特纳把椅子放平了，"美国佬准备攻打瓜达尔卡纳尔岛，因此，我也准备到南边去，帮助他们侦察日本人在腊包尔到瓜岛的情报。我们称那里为东京干道。"

"你刚刚说军方忘了你的。"

特纳咧嘴一笑："如今我有了一位尊贵的客人，他们很快会来的。"他伸出手，掏出迈克尔胸口的铭牌，握在手中，"我给军方发了电报，报告说找到一位美军海军军官。10分钟后，将军亲自给我回了电，那可是违反常规的事情，还是在不被允许的时间。那是查尔斯·斯坦福将军本人，他兴奋得不得了。我可没想到你会和他扯上关系，我是说，你是一个美国兵。"特纳很好奇，但没有提问。

"你还昏迷时，军令就下来了。"特纳继续说道："他们马上给你安排了一份安全的美差，你被洛克维尔将军调到澳大利亚，担任麦克阿瑟将军的参谋。似乎将军听到你的消息，亲自点名要你。他应该是要你帮他为夺取所罗门群岛和新几内亚出谋献策。就任这个职务的需要通晓当地语言，了解那里的风土人情，很多澳大利亚人能胜任，但似乎将军希望是自己人。"

迈克尔暗暗发誓，他不会去澳大利亚，但还没必要告诉特纳。

"他们会派一艘潜艇过来，"特纳笑着说："但这附近暂时没有船。我可是准备好好保护你，因为你是我出去的船票。我——他们就放着发霉，而你——他们却视若至宝。"特纳笑了一笑，"别担心，老伙计，我没有针对你的意思。"

迈克尔合上眼睛，他很累。他承认，自己也想逃避特纳没有提出的问题。他不知如何面对这位救命恩人，但看起来两人得暂时相依为命一段时间。

"你父亲明天会发电报来，询问你的情况。你到时候可以跟他说几句话——感觉会好点儿。"

第二天，什么也没发生。

"抱歉,"特纳耸耸肩,"总会这样子的。我们在无线电报400英里范围的边缘,一场小小的风暴都会有很大的干扰。"

迈克尔本以为特纳独自生活,日子会很艰难,但他错了。屋子里有的是威士忌、啤酒、食物,甚至有一台用煤油的冰箱,能弄出冰块。10名当地的侦察兵除了协助观察海岸的动静外,还帮忙照料日常的起居饮食。每天都有新鲜面包,两个人就着白色餐桌,用精致的银器进餐。

"我从马努斯岛上经营的那个椰子庄园拿来的。"特纳得意地解释。

迈克尔没想到,居然还有黄油。自从上了"老人星号",他再也没有好好吃过一顿饭,特纳这里简直是天堂。很快他恢复了气力。

接下来两天,广播里只能听到沙沙声。

特纳放下耳机,双臂交叉在胸前,"难道我们在这鬼东西正常之前就不能获救吗?"

"或许是日本人干扰了我们的信号?"

"难说。"

第三天,日本人回到岛上,这一次似乎是想驻扎下来。整支部队:补给船只、两栖巡逻机、巡逻快艇都来了。他们迅速搭起码头,建了一个基地,征用当地人进行劳动,却分文不给,只是含糊地许下"岛屿合法公民"的诺言。一句话,如果不参加劳动,那就是不受欢迎的人。

日本人到达后,特纳和哨兵带着迈克尔躲进了山里。到了藏身处后,迈克尔惊叹道:"上帝啊!特纳。你是打算不走了,是吧?"在小屋里是另一台冰箱,装满了食物。

特纳开始与部下玩板球。

"想一起玩几手吗?"

迈克尔摇了摇头。

"我可以教他们打棒球,"特纳建议,"如果你喜欢那个的话。"

"不了,棒球可能是世界上比板球还无聊的游戏。"

"或许是因为你不喜欢集体运动,伙计。"特纳的语气很冷淡,迈克尔怀疑是否自己在梦中透露了他准备逃离这场战争的打算。

特纳派了两名手下去探听情况，他们在日本人那里找到了工作，帮日本人装卸货物，把情况都一一记录下来，特纳则准备把情报向莫尔兹比港汇报。当日本人在岛的一边安营扎寨完毕之后，特纳、迈克尔和哨兵回到岛屿另一边的基地里。日本人还没有发现那间小屋和无线电报机，但一场风暴掀走了屋顶，无线电报机被弄湿了，电池无法再充电。又一次，他们无法与外界取得联系。

迈克尔开始思考如何逃离特纳和随时会来的援救行动。他得渡过一大片日本人牢牢把守的水域，但从阿德米勒尔提群岛到波尼奥的众多岛屿上，他应该能找到食物、水和栖身地。

特纳摆弄了一下破旧的无线电报机，最后只能放弃，耸耸肩，"我们只能等它干了再说，玩扑克吗？金拉米？"

迈克尔很心烦，特纳感觉寂寞，但他正一心想着事情，而特纳根本不给他思考的清闲。"我不玩扑克。"

特纳猛地站起身，离开小屋。5分钟后，枪声打破了周围的宁静，迈克尔跑到外面的泻湖看情况，结果发现特纳正举着手枪，朝沙滩上的鳄鱼射击。

特纳抬头看着他，开心地笑了笑，"我在练习射靶哪，让枪法不至于退步。"

"该死的！你会把日本人都招来的！"

特纳笑得更欢，"现在想玩金拉米了吗？"

迈克尔难以置信地盯着他。

特纳看到他的表情，吃吃地笑着，"别担心，伙计。我还没疯，我只是习惯了胡来。"

迈克尔没听他讲话，眼睛转向特纳的右边，望着泻湖的对面，他眯着眼睛，不敢相信自己所看到的情景，但确实没错，在棕榈树下，藏着一架小型海陆两用飞机。

特纳看到迈克尔的反应，说道："我乘坐它来的，但着陆时损坏了，没有零部件修理。就算修好了，没有汽油也飞不出日本人的势力范围。"他平静地看着迈克尔，"我说过了，潜艇是我们唯一的出路。"

　　一个哨兵激动地跑到泻湖边，"是广播！机器正常工作了，从莫尔兹比港有消息来。"

　　特纳气喘吁吁地跑回小屋，一屁股坐在无线电报机旁，还是没有声音信号，但电报信号可以传过来。特纳记下信息，迈克尔站在门口，焦急地望着他。

　　特纳完成记录后，脸上泛起奇怪的表情，递给迈克尔那张纸，"拿着，给你的。"

　　是查尔斯爵士的来信。

　　　　迈克尔——很抱歉地告诉你，卡拉和孩子们在麦提亚被日本人杀害了。凯瑟琳、朱里尼和小迈克尔躲进了山里，现在很安全。玛吉特和伯纳德被捕了，孩子们乘船离开爪哇时，遭到日军攻击，沉船身亡。我本来想私下告诉你，但你已被调至澳大利亚担任麦克阿瑟的参谋。今晚潜艇会抵达，接应你和特纳，准备好接头。祝你好运。

　　　　　　　　　　　　　　　　　　　　　　　　　爱你的父亲

　　"卡拉是你的妻子吗？"特纳问道。

　　迈克尔还没听清楚问题就点点头。

　　"抱歉，老伙计，真的。"

　　迈克尔的心沉了下去，他已经担心了很多次，想象着战争的情景。他还没做好心理准备，身边的亲人会在战争中死去。他不敢去想象卡拉和孩子们在死前遭受的痛苦，但一幕幕惨烈的情景涌入脑海。是他的错，他应该更早逃出来。他控制着自己的情绪，直到剩下自己一个人才大哭一场。现在，除了自己的儿子，整个斯坦福家族的下一代都死了。

　　迈克尔离开了小屋，特纳仍守在无线电报机旁边，回电报通知已收到消息。一整天，他没去打扰迈克尔，让他独自悲伤。特纳准备着当晚乘潜艇离开，开始自哼自唱，焚毁密码和文件。

　　夜色漆黑，无星无月。特纳在海岸边燃起火焰，等着潜艇。只有在晚上，潜艇才能安全浮出水面。信号火明亮地燃烧着，但潜艇没有来。特纳把火生到了天明，才让它慢慢熄灭。迈克尔走到特纳身边，余烟在灰色的天空中已几乎看不清，迈克尔能体会到特纳极度失望的心情。

"别担心，他们今晚会来的。"

"最好是这样，日本人正准备朝这边来。我去巡逻，杀他一两个日本兵。"他看着迈克尔，一丝嘲讽代替了刚才的难过，"知道吗？直到你来之前，我一直很平安。"

迈克尔很迷惑，特纳话中有话。

"13 岁时算命先生曾经告诉我，我会和另一个白种人一起死，周围是许多土著人。"他带着玩世不恭的微笑，"我一直希望那至少是一个女人。"

第 *11* 章

天黑了，村民们回到屋子里，做饭用餐。凯瑟琳刚把睡熟的小迈克尔抱上屋里一角的毛毯，烧上热水，准备泡茶。她盯着火焰，影子长长地挂在墙上，茶叶在土杯里打着旋儿。经过一天的劳作，她浑身的肌肉都在酸痛，但感觉很满足。她穿着伊班的短裙，腰以上是赤裸的。最近几周，她克服了西方人的害羞心理，开始每天穿着它。这样子让她在村民中不至于显得太突出，她的皮肤晒得黝黑，加强了她的伪装。

她想事情想得出了神，没听见他走进房间，坐在光亮的边上。她感觉到他的存在，回过头，惊奇地看到他在那里，静静地看着她。尽管身边没有其他村民，她的脸还是红了。

"我没想到是你，阿玛德。你来也不跟我说一声。"阿玛德离开村子已将近有一个月了。

他什么也没说，继续看她。她转过身，背对着他。平常她看到他很高兴，但他现在的举动令她很不安。

"喝茶吗？"她问道。

他点点头，她倒了两杯茶。当她转过身时，双臂抱在胸前，肘支撑在膝盖上。有了遮拦，她可以和他对视了。他穿着短裙，圣刀系在腰间，额头上缠着一小块纱布。头发被晒得卷曲而棕红，比离开时长了一些。他赤着脚，根本不需要穿鞋保护。她不知道他杀了多少敌人，悄悄地接近他们，割开他们的喉咙。他的眼睛长得不像温和的马来人的眼睛，更小一些，更深黑浓烈。他已经从一个饱受教育的穆斯林王子转变为凶残的波尼奥战士，她几乎认不出他，如同变了一个人。她能感受到他身上潜伏的暴力，随时可能爆发。

"你和我一样黑了。"最后他打破沉默，"日本人可能明天就到，不过他们不会知道我们中间还有一个美国人。"

凯瑟琳淡淡地笑了一笑，庆幸他观察那么久后说出这么一句温和的话，她不知道希望他说什么好。阿玛德盯着油灯的火光，"我觉得我能忍受任何可怕的事情了，凯瑟琳。"他轻声说道，眼睛仍注视着光亮。

她不想听关于战争的事情，不想再听了。自从麦提亚那场杀戮之后，她在内心开始逃避，把自己当成是正进行人类学研究的学者，每天逼迫自己劳动，收集资料。但他今晚并不打算让她继续逃避下去。

"你知道吗？我们不能留下同伴不管，他们会被日本人虐待、杀害。上一次我们袭击的目标是巴厘巴板的弹药库，结果我们中了埋伏。他们布下重兵和机关，等着我们上钩。大门一下炸开，许多部下当场被炸死，还有许多人受了伤。很明显，他们听到了风声，知道我们会来。第一次，他们跟踪我们，一直追得很紧，我们只能一路不停地逃命。他们出动了专家和军犬，跑了两天我们才摆脱了他们，但已精疲力竭。我们没办法照顾伤员，为了不让日本人抓住他们，我决定帮他们了断。"他停了停，望着她，似乎在观察她的反应，她什么也没说。"一个伤员是个男孩，只有 16 岁。他哭着哀求我别杀他，但我还是开了枪。另一个年龄大一些，平静地接受了死亡。他把脸转过去，我的枪靠着他的头，扣下了扳机。"

凯瑟琳望着阿玛德，他的眼神很空洞，表情悲切。

"后来我得知我们是被一个巴厘巴板的女人出卖了。是一个男孩告诉了她，或许只是炫耀他和我的关系，不知道她是一个叛徒。我潜回巴厘巴板找她复仇，她才十七八岁，很漂亮，是个寡妇，与母亲一起住。日本人给了她一间房子，因为她跟日本人来往，村民都鄙弃她。她和日本人睡觉，帮日本人干活。日本人则给她钱和食物，她有了自己的猪群和鸡群，算得上富裕了。一天下午我潜进她的房间，村民们都在午睡。她和一个日本军官睡在一起，我把他干掉，然后强奸了她。尽管她拼命挣扎，朝我吐口水，我们的身体都很愉悦。完事后，我们更加痛恨对方。"

他的声音已接近崩溃，身上大汗淋漓，紧咬牙关，控制着自己的情绪，"她还躺在我身下，我割开了她的喉咙，她没有求饶。她看上去那么年轻和温柔，脖子上鲜红的血有如项链，不断涌出来，流到了地上。我没问她为什么要出卖自己的同胞，或许我害怕知道原因，下不了手。我站起身，走到窗边呕吐，恨自己、恨日本人、恨战争，但我只能一直战斗下去。离开之前，我用同一把刀阉了那个日本军官，用他的刀砍下那女人的头，乘日本士兵午后打盹的空儿，把头挂在了日本人指挥部前面。"

凯瑟琳不知道为什么他要告诉她这些，或许，他在寻求慰藉，但她不知如何是好。油灯闪了一下，熄灭了。房间里一片漆黑，凯瑟琳急忙找出灯芯，吹去余烬，房间里又亮起光时，阿玛德扑向前，把她的手从胸部拽开。她尝试着挣扎，但他抓得那么紧，手指陷进了她的肌肤里。

"住手——你弄疼我了。"她生气地喊道。

"没有！"他大声回答，声音又变得温柔，"不，我没有。"

他的眼睛上上下下地看着她赤裸的肌肤，不顾她的隐私，直到她再也忍受不了这种窥视，因为羞愤，流出了眼泪。更糟的是，在他的注视下，尽管自己很害臊，她的体内却产生了一种渴望，这种渴望比他的行为更令她害怕。

他望着她，"你的身体很美，凯瑟琳。你应该感到骄傲，而不是羞耻。"

他转头望着渐渐熄灭的火光，似乎对刚才的事已失去了兴趣。她又一次感到羞辱，这一次是由于他的冷漠。她遮住自己的身体。

"不行！"他大声地说道："你要克服自己的羞耻心，即使在我身边。是你的羞耻心而不是身体会引起敌人的注意，这对你很危险。"他的眼睛没有离开火光，又想着别的事情。"我是来召集剩余的部下，明天一早就走。至少得5个月才能回来，或者更久。"

"那么久吗！"她抗议道，感觉整个人都崩溃了。

他的眼睛离开了火光，凯瑟琳凝视着他的身体，内心再次翻腾，她意识到自己需要他，渴望他。

"已经好久好久了，阿玛德，自从上一次我被男人的臂弯搂住。"她的声音颤抖着，但她强迫自己说下去。

"我一直做着噩梦，折磨着我。我梦见迈克尔抱着我，我那么需要他，无法抑制。每次醒来，我都会很痛苦，他根本不存在。我恨迈克尔，为什么他要离开我。"

阿玛德拿起一根木柴，生气地拨弄着火焰，突然站起身，"我得说晚安了，明天早上再过来看小迈克尔。"

她也站起身，但没挪步，他迟疑着，脑海里一片混乱。她望着他的嘴，他的嘴总是比他的眼睛显得更温和与宽容。她的眼神温柔如亲吻，如果她刚才走上前，他会一把推开她，但她一直静静地站在他身边。他的身体开始颤抖，他想控制自己，却看到她的嘴里虽然没发出声，却在念叨着他的名字。他再也无法控制自己，伸出手，把她拉进怀中，搂着她的腰。两人肌肤紧贴，但她没有反抗。

"你想我怎么样，凯瑟琳?"他追问道："充当迈克尔的替代品吗？减轻你的痛苦?"他的语气很轻蔑，"不行！我要你需要我!"他的声音尽管轻柔，却非常坚定。然后他合上眼睛，紧紧抱着她，吻着她的双唇，又仰起头，望着她的脸。她闭着眼睛，他的嘴唇抚弄着她的眼睑，低声道："告诉我，凯瑟琳。当你的身体感受到我时，你心里想着谁?"

她睁开眼睛，凝视着他骄傲聪慧的眼眸，吃惊地回答："是你，阿玛德。"她诚恳地回答："我只想着你。"她轻声说道。

他又吻着她，这一次热烈而急迫。他的手向下摸，解开两人的短裙，一把扯开。两人赤裸地站在一起，她哼了一声，紧紧抱住他。但他的内心立刻开始为自己的行为而悔恨，因为她的空虚，现在他可以为所欲为。这一想法几乎击溃了他，他太骄傲了，不愿意在这种情形下占便宜，即使他内心强烈地想和她亲热做爱。他的拳头拽着她的长发，紧紧握着，轻声在她耳边说：

"我痛恨我对你的感觉。"每一个字都如同一把冰冷的利刃，切入两人间的热情。当他感觉到她的身体在发紧，他知道他成功了。他的声音充满了苦涩，"而我已经恨透了自己。"他的手松开了她的头发，她扭过头，似乎想离开他。他注视着她的脸，又察觉到一件可怕的事情。

"我像兄弟一般爱着迈克尔·斯坦福。"他低声说，用力抓着她的手臂，"但此刻，我却希望他死去。"她难以置信地看着他。

"是真的。"他回答了她的疑惑，"我恨我自已那么想！"说出心中不可饶恕的念头后，他脸上的紧张开始松弛。他抱着她，把脸埋进她的发间，获得了解脱。她没有反抗，而是同样抱紧他，痛苦的诚实坦白把激情转化成了彼此间理解对方内心脆弱的温情。久久地，两人紧紧相拥，直到两人间的热情只剩下月色如水。

他不情愿地松开她，弯腰拾起她的短裙，递给了她。她拘谨地接过去，他最后瞥了她的身体一眼。穿上衣服后，凯瑟琳才好整以暇地注意到他的身体那么分健壮，肌肉结实紧绷。他穿上短裙，她的欲望似乎又回到身上。看到他的眼中充满悔恨，突然间，她意识到，他准备比计划的时间还要久才会回来。

"晚安。"他轻轻亲了她的额头一下。

屋里又空荡荡的，他悄无声息地离开，她开始怀疑他是否来过。或许，是自己太孤单太寂寞而胡思乱想。她把短裙扯到胸前，坐到炉火边，呜咽着，抽泣着，用力地捶打着地板，"该死的，迈克尔！"她哭喊道："为什么你要离开我！"

第二天早上，凯瑟琳醒来，听到外面男人们正准备离开。大约有 100 人会走，剩下一村子的女人、小孩和老人。因为得徒步穿越丛林，他们用篮子、簸箕装着弹药和物资。河流已经太危险，无法通行。

凯瑟琳点燃炉火，抵御清晨的寒冷。她穿上长裙，把布拉到肩上。他要走就走吧，她烦恼地想着。昨晚的回忆令她很不安，望着铁灰色的晨曦，她几乎不敢相信那是事实。

她站起身，望着窗外，村民们和牲口们好奇地围着即将离开的战士。到处一片混乱，凯瑟琳决定过一会儿再去河里沐浴。她看到希娅也在里面，她会随战士们离开。她赤裸的肩膀上缠着一根子弹带，熟练地扛上步枪，表明她是一个枪法很好的射手。她高傲、自负而美丽，骄傲来自于阿玛德只和她睡觉，从不宠幸别的女人，这给了她与众不同的地位。望着她，凯瑟琳觉得很羡慕，希娅可以与她心爱的男人在一起。那种感觉又不单单是羡慕，她因为希娅与阿玛德在一起而嫉妒她。

嫉妒让凯瑟琳的面颊发热，她转身回到房里，煮上一锅开水，准备喂小迈克尔吃早饭。她心不在焉地望着他在地上玩耍，抬头看见阿玛德正站在门口。

"我能进来吗?" 问候很冷漠疏远，根本不像昨晚。其实他完全没必要问，可以自由进出。他弯腰走进来，身上穿着白色长裤和一件宽松的无领棉布衬衫。

小迈克尔惊喜地叫了一声，跑向阿玛德。他一把抱起孩子，亲吻着他。凯瑟琳注意到阿玛德神情格外放松，她猜想那是因为昨晚的欲望在希娅身上得到了满足。她又一次感到嫉妒的刺痛。

"小迈克尔，你一天天长得和你父亲一样英俊了。但我们得想办法把你的金发弄掉，别给村子和你们惹上麻烦。" 他望着凯瑟琳，"染了它。" 他命令道:"村里的女人会教你。日本人的巡逻队每天都在扩大范围，向这边逼近。"

她没说什么，他习惯了发号施令，由部下毫无疑问地执行。他把她的沉默当成了顺从，但并非如此。她根本没打算把小迈克尔的头发染黑，或涂黑他的肌肤。

阿玛德不悦地看着她身上的长裙，但什么也没说。她感到一场小小胜利后的喜悦，两人不知不觉间在进行着斗争。

"喝茶吗?"

他点点头，接过茶杯，跪坐在脚跟上，手里仍抱着小迈克尔。小迈克尔的头靠着阿玛德的胸膛，满足地吮着大拇指。凯瑟琳注意到小迈克尔挑衅地盯着她，紧紧抱着阿玛德，似乎不准凯瑟琳将这个他喜欢的人赶走。凯瑟琳意识到小迈克尔将阿玛德的经常外出归咎于她，他认为母亲得为自己生命中发生的一切事情负责。

她望着他们俩，小迈克尔嘀咕着几个字，阿玛德开心地模仿着他，用只有两人才能明白的语言对话。阿玛德一回来就教小迈克尔伊班语，而凯瑟琳则只和他说英语。这场该死的战争早晚会结束，凯瑟琳告诉自己。

"你对小迈克尔太好了，阿玛德。"她说道："每次离开，他都会很想念你，我很感激。"

阿玛德望着她，脸上的微笑消失了，"不用感激我，"他打断了她，"我视小迈克尔如同己出，"他顿了顿，继续说道："或许我们太爱这小家伙了。"

感觉到他话里的意思，她皱了皱眉，倒了些茶，"关于昨晚……我想最好彼此都忘了。"

"如果你想忘记，那为什么还要提起？"他笑着，神情又迅速回归严肃，"如果它令你不安，凯瑟琳，为什么不谈一谈？"

他放下小迈克尔，让他自己去玩，专心地望着她。现在她不知该怎么做，她憎恨他看上去若无其事的样子。

"没什么。"她尴尬地回答："真的没什么。"

阿玛德并不打算就此罢休，"我不明白我们怎么能当它没发生，这并非一个偶然或意外，它迟早会发生。即使你和迈克尔在一起，过着正常的生活，它还是会发生。"

她的脸刷地变得通红，在内心一再否定他的话。

"为什么是现在发生并不重要。"他继续说道，"我们爱上别人有好的，有坏的理由，但无论是什么理由，都不能改变爱的感觉。分析这些理由，否定这些理由都于事无补。欲望折磨着我们，我拼命努力接受爱情，而你却拼命努力毁灭爱情。这就是我们之间的不同。"他放下手里的茶杯，起身准备离开。

她被他的话刺伤，两人之间的事情结束了。她爱迈克尔，她毫不怀疑地爱着他。而如果她爱着迈克尔，她又怎能爱上阿玛德？

似乎看穿了她的心思，他说道："我们可以在同一时间爱上不同的人，只有你们西方人才不愿意承认这一点，自寻烦恼。"他微笑道："我们东方人已奉行多配偶制千百年了。"

他走过去，拍了拍小迈克尔的头，手指抚弄着他的金发。

"再见，小家伙。"他轻声说，转过身面向凯瑟琳，神情忧伤。

"我从不与迈克尔·斯坦福争，我们各自有自己的生活，自己的成功。我们追求的目标不同，直到你的出现。"他的声音透出无限的遗憾，"但第一天在麦提亚的晚会上，我看到你看着迈克尔的眼神，就知道这场比赛还没开始我已经输了。我知道你还很爱他。"

两人沉默地看着对方，没什么可说的了。

"再见。凯瑟琳。"他最后说道。

她根本不知该说什么，只能继续无言。

外面，战士们扛上物资，走出村子，进入丛林。希娅肩上扛着枪，跟在阿玛德身后。她回头望了凯瑟琳一眼，脸上露出胜利的微笑，同大部队消失在丛林中。

第 *45* 章

阿德米勒尔提群岛

在昏暗的星光下，岛屿的轮廓在礁石丛中若隐若现。"剑鱼号"的舰长搜寻着信号火焰，两个准备乘救生筏登岸的船员在指挥塔下待命，拉着救生筏的绳子，随时准备出发。凌晨两点钟，比会合时间迟了 26 小时，他们在腊包尔遭遇了一艘日军潜艇与两艘驱逐舰，耽误了一些时间。

"没看到信号，长官。"水手报告。

站在舰长身边的执行军官放下望远镜，"或许他们不知道我们路上耽搁了，达尔文那边没有说信号是否收到。"

舰长走下楼梯，来到甲板上救生筏边。潜艇的甲板比一辆巴士宽不了多少，表面还是湿漉漉的，闪着光芒。他对两个船员中军阶较高者说道：

"里奇蒙德，我不用提醒你，军令是没有信号，不能上去救人。但我不能放过救人的机会，我们的时间不多，日本人在岛上建了一个鱼雷艇基地，他们的船随时可能会来。你们回来之前，给个信号，然后等候我们的信号。如果我们得下潜，那只能明晚再来接你们。"

一个巨浪涌到了甲板上。

"从天气和海面的情况看，可能会有风暴，出发吧。日本人不找我们晦气，风暴可会。"

"是的，长官。"里奇蒙德回答，同另一个船员跳进救生筏，慢慢地撑船远去。一阵风浪刮过，小船消失在浪中，又冒出头来，最后消失在视线之外。

舰长回到指挥塔上，站在执行军官身边，"上帝啊，可怕的夜晚。"他叹了口气，"如果浪再大一些，船可就翻了。"

"舰长，"军官回答，"如果是我在岛上，我宁可淹死也不愿被日本人抓住。"

20分钟后，他们隐约看到岸边救生筏的轮廓，但没人能肯定。在南边积聚的雨云现在布满了整片天空，只有电闪雷鸣时才看得清四周。在岛上，一小块沙地隔开丛林与海洋，从海上看，即使天气晴朗也无法看清丛林中的情况，确实是进行海岸观察的好地方。

半小时后，里奇蒙德的信号亮了，潜艇收到了信号。由于视野不佳，舰长命令每隔一段时间打亮信号，引导救生筏上船。船上的人焦急地等待着救生筏回来。舰长站在甲板上，他是个急性子，很不习惯把事情交给别人去办。在刚才等候的半小时里，他一直希望是他亲自上海岸救人，那比在艇上枯等好得多。

视线那么差，直到救生筏划到潜水艇边，瞭望员才通报看见了他们。小筏挂上了绳索，只有两个人上船。舰长抓住里奇蒙德的手，把他拉上甲板。

"都死了，长官。"里奇蒙德气喘吁吁地报告："从现场情况看，日本人在五六个小时之前发动了突然袭击。小屋外有5个当地人的尸体，旁边的盘子里还有食物，他们应该刚刚坐下来吃饭。没有日本人的尸体，当地人应该没收到警报，因为我们发现岗哨的喉咙被人割开。屋子里有烧过的痕迹，无线电报机也毁了。里面有两具尸体，其中一具戴着这个。"

他递给舰长迈克尔的铭牌，舰长打亮手电筒，匆匆看了一眼，塞进口袋里。

"日军鱼雷艇两艘，正朝我方驶来。"瞭望兵喊道。

鱼雷艇的引擎声在海浪的拍打声中都听得见，在昏暗中迅速逼近"剑鱼号"。幸运的是由于视野恶劣，可能还没看见他们。

"赶快撤退，准备下潜。"

　　命令传达到每个船员，甲板上的人迅速回到自己的位置。没时间把救生筏拉上甲板了，舰长把气门拧开，泄掉里面的空气，不能让日本人发现，暴露行踪。他倾斜身子时，铭牌从口袋里滑落，掉到救生筏上。他没去捡它，刚才已经看清楚了。

　　很快，海水漫上潜艇的甲板，"剑鱼号"消失得无影无踪。救生筏带着无法接受、破碎的希望，慢慢地沉了下去。

第 *46* 章

朱里尼坐在脚跟上，双手紧抱着膝盖，望着屋里的墙壁，和过去几个月一样。她的脚跟已是肿胀不堪，青一块紫一块。伊班人头脑简单而狂热，相信她拥有某种超自然的力量，都很敬畏她。他们每天围在她房间的门口，好奇地窥视着她。从她空洞的眼神和沉默的神情中，他们断定她并没有关注身边的人群，但事实却是，和盲人一样，她的耳朵与世界保持着联系。

肌肉压迫的酸痛并没有让她在意，对于一个不愿来到这个世界上的人来说，这已经是很舒服的姿势。当初，她挣扎了 21 个小时，才被医生接生出来。她抗议地哭闹着，呱呱大喊着滑出娘胎。尽管出生时很暴烈，朱里尼小时候却出奇地安静温顺，无所要求。直到 4 岁她才开始说话，那时很多人都以为她的身体有毛病，送到专家那里检查身体时，医生还误诊她又聋又哑，智力残缺。真相是她不相信这个世界，尽管语言能力非常出色，却不愿意和人交谈。她在观察着，等待着。母亲因为她的沉默而疏忽了她，哥哥爱德华比她大 7 岁，一肚子坏水，才进入青春期就无耻地毁了她的清白。而表面上，他却每天枕着《圣经》睡觉，床头摆放着祈祷文，俨然是母亲的乖宝宝，一个非常正经的好孩子。朱里尼一直认为他是一个怪物、魔鬼，比自己更坏。

在沉默的观察中，朱里尼意识到自己同别的孩子不同。刚开始时，她很不安。她发现自己对别的孩子害怕的东西很着迷，譬如鲜血、暴力、死亡；而她害怕的东西别的孩子却习以为常，像拥抱、亲吻，她总害怕自己会被吞噬。但经过仔细的观察，朱里尼巧妙地学会了掩饰自己。她内心的想法和感受与别的孩子截然不同，但举止行为却毫无二致。通常她自由自在地思考，在梦想和幻想中神游，伪装只在极少数情况下暴露。其中一次就是迈克尔和凯瑟琳在新几内亚生还的消息传到她那里，当时她那么嫉妒，可怕的嫉妒几乎毁灭了她。她撕毁了自己保存的他的画像、他的照片，连家里其他的他的相片也想毁掉。达玛尔阻止了她，紧紧拉着她。她又哭又闹，捶打着老管家。这是很长时间以来她第一次在别人面前暴露本性。

自从出世后，她一直被嫉妒煎熬着，对玛吉特、爱德华——甚至母亲，嫉妒和仇恨是她唯一的感情。她最嫉妒的是迈克尔和凯瑟琳，直到现在她还没放弃报复迈克尔的念头。但由于阿玛德在身边，她不敢伤害凯瑟琳。她怕他，而且需要他才能活着离开这里。她只能静静地坐着，等待机会。她已经疯狂，但她心里知道她疯了。这一清醒的意识，她猜想，让她更加疯狂偏执。

天快黑了，伊班人从她房间的门口离开，但凯瑟琳还没有过来帮她点灯。朱里尼倾听着房子的声音，突然她合上眼睛，牙关紧闭，紧紧抱着身子。有什么东西正在逼近，越来越近，或许就在长屋外等候着、倾听着她的思绪，考验着她是否做好挑战它的准备，看她是否恐惧害怕。她从骨头里都透出寒意，不知道凯瑟琳是否也感觉到了。

在离朱里尼房间不远的小屋里，凯瑟琳早早吃过饭，把小迈克尔抱上床，她太累了，实在无力回应他孩子气的要求。朱里尼神志不清，现在只有佩特利陪着她。炉火照亮了房间，她刚刚打了个盹，又猛然醒来，听到有人念叨着她的名字。傍晚的天空是铁灰色的，地平线上一道闪电劈亮了四周。在潮湿凝重的空气中，暴风雨正在逼近。炉火燥热难当，一个人影出现在门口，她惊讶地坐起身。

“阿玛德?”认出是他，她的脸上露出一丝微笑。

他走进房间，疲倦地靠着墙，闭上眼睛。

“怎么了?”她问道，微笑不见了，“出什么事了?”

在沉默中，雨滴开始敲打着草屋顶，汇成水流落到地上。那一刻，前所未有的恐惧揪住了她。

"是迈克尔，是吗?"

他的眼睛一下睁开，眼里的痛苦回答了她的恐惧。

"他死了，是吗?"

他点点头。两人只听见雨滴的声音，她感觉自己正消失在寂静里，骨与肉渐渐地消融。

阿玛德望着她的眼睛，庆幸她还挺得住。他接着告诉她，他收到查尔斯爵士的电报，获悉迈克尔的死讯。她呆呆地坐着，无法接受这一噩耗，悲切地痛哭着。阿玛德走过来，搂住她。

"你不悲伤吗?"她靠着他的肩膀，轻声问他，想安慰他的伤痛。

"我的悲伤已经枯竭。"他轻声回答，嘴唇贴着她的头发，但脸上仍流下泪水，手微微颤抖着。

她一直哭，直到精疲力竭。他抱着她，把她抱到床上的毯子上，打了个响指。一个伊班女人出现了，递给阿玛德一杯东西。凯瑟琳没理会她，只是看着屋顶。她想死，如果不是因为孩子，她真的不想活下去。除了孩子，她爱的一切都离开了她的身边。她本来还怀着能克服一切阻碍，与迈克尔重聚的希望，但如今两人被死亡永远分开。

"喝了它。"阿玛德命令道，抬起她的头。

药水让她沉沉睡去，第二天醒来时，他仍在身边，头枕着胳膊。但昨晚的亲密不见了，迈克尔在死后仍隔开了两人。吃完早饭，阿玛德准备告别。

"你没事了吗?"

她点点头，他迟疑了片刻，走到门口。

"再见，凯瑟琳。"

她只能点点头，没有看他，望着他肩膀后方灰色的天空。他吩咐一个女人照顾凯瑟琳，然后离开，消失在丛林中。

一会儿后，凯瑟琳来到朱里尼的房间。她正蜷身坐在炉火旁。

"朱里尼……朱里尼，答应我一下。"凯瑟琳哀求道。

她眼睛眨也不眨地盯着她。

"迈克尔死了。"

朱里尼的眼睛没什么反应，但突然间黯淡了下去。

"你明白我说的话吗?"

"不，他没有!""整个屋子在朱里尼周围吼叫，她听不见任何东西。

"朱里尼!"凯瑟琳喊道，"你能听我说吗? 我想告诉你，迈克尔死了!"

房子终于停止了吼叫，朱里尼心满意足地开始吃面前的食物，几周来第一次自己吃东西。

"帮帮我，朱里尼。"凯瑟琳绝望地说道。

朱里尼的眼神掠过她，望着远方。她爱他，又恨他。爱着他的那个自我已经在吼叫中死去，只有仇恨还活着。

凯瑟琳无助地望着朱里尼，痛哭流涕。朱里尼继续吃着东西，似乎凯瑟琳不在那里。但事情已经改变，凯瑟琳走后，朱里尼摇摇晃晃地站起身，走到凯瑟琳的房间。

"朱里尼!"凯瑟琳难以置信地看见她站在门口。

"别指望我同情你，凯瑟琳。"她平静地说道:"我很高兴他死了。"

凯瑟琳听到她的话，心里一震。

"阿玛德走了吗?"朱里尼问道，扫视着房间。

"是的。"凯瑟琳不安地回答。

阿玛德是否走了已无关紧要，朱里尼心想。迈克尔死了，她除掉凯瑟琳的愿望也跟着消失。她的眼睛落到正在玩耍的孩子身上，朝他笑了笑，现在他已不再是威胁，迈克尔死了，她的这个英国侄子将继承世袭的头衔和英国的土地。她和玛吉特将继承最重要的麦提亚庄园，玛吉特不会跟她争，朱里尼可以独享庄园。

"这是天意。"她对凯瑟琳说道。

两个女人沉默了许久。

"你曾经爱过他。"凯瑟琳最后说道，尝试着打动她。

朱里尼摇摇头，"我一直想占有他，不是爱他，不是吗?"她不等凯瑟琳回答，又接着说:"事实上，我恨他。"

凯瑟琳想起阿玛德第一次离开村子时的叮嘱，心里不寒而栗。阿玛德告诉过她朱里尼是个危险人物，当时朱里尼神智不清，她没把警告放在心上。现在朱里尼已清醒过来，阿玛德却不在身边。

"离我远点儿。"凯瑟琳警告朱里尼，"不要靠近我。"

"我可没那么想过。"朱里尼平静地回答。

自阿玛德回来通知凯瑟琳迈克尔的死讯已 11 个月了，她再也没见过他。1942 年的圣诞节已过去了数月，她几乎没想到节日。男人们都走了，战争的消息偶尔会由信使传到村里，大部分是传闻，但偶尔也会有一两则通过秘密收音机收到的事实。日本人严禁当地人收听西方广播，被查出私自窃听海外电台的人会被严刑拷打致死。

印尼人对日本人的幻想，一如阿玛德的预料，随着占领后日军对政党、新闻、公共集会的镇压，化为乌有。印尼人本以为日本人是结束他们被荷兰人殖民统治的救世主，却发现他们比荷兰人更加残暴。如今印尼人得带着良民证和通行证才能出城进城，上山下乡。有些人戴上肩章，显示他们多么受日本人信任重用。挣钱的生意、行业统统被日本人接管，为大日本帝国服务，就如同以前是为荷兰政府服务一样。失业很严重，工资比旧殖民时期还要低，而通货膨胀却在迅猛发展。印尼人在日本人的刺刀威胁下，背井离乡到集中营劳动。那里条件极其恶劣，许多人死在里面。在城市里，食物、日用品非常紧缺。饥饿的巴塔维亚人哄抢了一间为日军贮藏军粮的仓库，结果满城的人被命令观看惩戒闹事者的砍头仪式。拔指甲已是一种常见的刑罚，以致"需要修指甲吗?"成为印尼人彼此开玩笑的用语。和荷兰人一样，日本人拒绝谈论印尼独立的话题。

毫无疑问，战争会很漫长。到了 1943 年，盟军在太平洋的局势仍没有好转，但也不至于恶化。直到一个月前，鲁玛·帕寇还没被战火波及，日本人似乎没有意识到它的存在。然而，一天下午，一架日本飞机在长屋上空掠过，惊散了牲口和孩子们，大家急忙找地方躲藏。幸运的是，飞行员没料到这里有村落，第一次飞过去时来不及开火。等到他决定再飞回来拿村民练习射击时，村民已躲进丛林中，只有一位老人，腿上带着以前被熊咬过的旧伤，没能及时躲进林子里。子弹射入长屋中，钻进泥地里，嵌入周围树木的树干中。

幸运的是，他的腿只被子弹擦伤。几只长屋下养的猪不幸毙命，村民们有了借口举行庆典，大快朵颐。他们载歌载舞直到天明，还好飞机没有再回来，否则，没几个人能清醒地逃命。

一天，朱里尼正朝河边走去，在泥沼中高一脚低一脚地跋涉，准备抓几只螃蟹当晚餐。几个伊班男孩昨天刚在这儿筑了道小土坝，往里面撒了些麻药，把里面的鱼暂时麻翻。鱼儿会肚皮朝天，浮上水面，足够村民吃上几天。土坝是用树枝、土块匆匆筑成的，经不起河水冲刷太久。走近河边时，她看到河堤下有一只小船正浮在河水中间，船头被树枝缠住了，河水正漫入船内，几乎快淹没了它。起初她以为是村里的小船，被主人废弃在那里。但当她爬上土坝，看得更真切时，她望见两个人影躺在里面，是一个伊班男孩和一个从传教点来的白袍老牧师。她以为他们死了，直到老人呻吟了一声，举起手，又垂到胸前。

朱里尼跳进水中，刚有齐腰那么深。她解开船头的树枝，把小船推上岸，稳固住船身，再把牧师拉出来。男孩死了，胸口中了两枪，苍蝇聚集在伤口处，她把他留在船中。一颗子弹擦伤了牧师的头，他已疲惫不堪，病恹恹的，比伤势还要严重。朱里尼蹲在老人身边，不知如何是好。最后，老人睁开了眼睛，迷迷糊糊地望着她。

"或许你以为是看到圣彼得了吧，神父？"她没好气地说。现在她抓不了螃蟹，得回去找人帮忙。

突然老人认出了她，"斯坦福小姐，"他叫道，伸出手抓住她的胳膊，急促地说："日本人的巡逻队已布满了河口，他们随时可能会到这儿来。"他用力地抓住她，"你们必须赶紧离开。"

他倒了下去，上气不接下气，"他正赶来救你们。"他轻声说道，神情悲伤。

"谁正赶来？"朱里尼追问，猜想可能牧师说的是上帝。她准备离开这个糟老头，任其自行死去。

他没有回答她，沉浸在悲痛中。"孩子死了。"他伤心地说道，拉着伊班小孩的手，"日本人开枪打中了他，他正在船尾。然后他们又射中了前来带你们离开的中尉，他掉进河里，我来不及拉住他就已经被河水冲走了。后来日本人的巡逻船被河里一根木头击中，沉进河底，但已经太晚了。"他沉默着，想到那么多人牺牲而自己却活着，罪孽多么深重。他闭上眼睛，呜呜地哭起来。

"什么中尉？"朱里尼问道，用力摇晃着牧师的身体。

他的思绪又回到现实中，"是你父亲派来的——带你和摩根博士与潜艇会合。他是澳大利亚人，还没找到你们，就被日本人发现并击伤了。巴厘巴板的村民一路护送他到我那里，想着我能帮助他。但日本人拿走了我的医药物资，我连治疗疟疾的奎宁都没有。但他年轻力健，最后还是痊愈了。

朱里尼气馁地哼了一声，松开了牧师的长袍，她还指望着能逃出这悲惨的地方。"你能肯定他已经死了？"她问道。

"是的，是的。可怜而勇敢的小伙子，他跟随你父亲，自愿承担这个任务，他说他认识你。"牧师迷糊了好一阵，"奇怪，但我记不起他的名字，从布里斯本来的。他的父亲是一位教授，查尔斯爵士的朋友。"

唐纳德·奥利弗，朱里尼想起来了，他比她小了 8 岁。上一次见面他还是一个瘦骨伶仃的孩子，穿着不合体的橄榄球服。

看到朱里尼很沮丧，牧师试着开解她，"我相信你父亲很快会再派人过来的。现在你哥哥和你父亲的子侄都英勇战死，他只有那个小家伙可以继承香火。"老牧师摇摇头，"太多的人牺牲了。"他喃喃自语着。

朱里尼追问道："我的堂兄弟都死了？"

牧师很奇怪朱里尼这么问，她应该知道自己堂兄弟的事。战事一早就波及英格兰，比这里的战争还早一些。但他也对日期迷糊了，"是吧。根据中尉所说，一个死于北非战役，另一个死于英国对科隆的轰炸。"那是在珍珠港事件之前或之后？他不记得了。

朱里尼猛地站起来，脸上带着震惊和愤恨的表情。牧师很不安，他并不想用这么多坏消息打击她，只能尽量安慰她，说道：

"并非没希望了，"他从神袍里掏出《圣经》，里面夹着一张纸条，"中尉让我交给你的，万一有事的话，里面记录着潜艇的方位、出水的日期和时间。

记在心里后请毁掉纸条，你和摩根博士可能还赶得上。"他说道："无论如何，你们不能再呆在这里。"

朱里尼接过纸条，塞进口袋里，但并没有听他说话。"他只是个畜生！杂种！"她朝牧师喊道，握紧了拳头，"他别指望继承斯坦福家族的任何东西！"但他会的，如果凯瑟琳愿意的话，父亲会把一切传给他——正如他传给了迈克尔。

牧师看着她，恐惧地看到她的转变，他第一次意识到她可能会抛下他不管。

"求求你，"他挣扎着爬起来，"扶我到村子里。"

但她一步步退开，脸上冷漠无情。

"看在人道的名义上，你不能抛下我啊。"

她可不喜欢别人说她不人道，脚步停了一停，牧师乘机爬到她身边。她转过身，朝河边走去。刚走了一步，牧师抓住她的脚踝，她狠狠地踹了他一脚，但他没有松手。

"放开我！"她喊道。但牧师的双手紧紧抓住她的脚，朱里尼仆倒在地，两人在泥沼中挣扎。最后她踢开牧师，站起身，牧师跪起来，朝村里爬去。她想着，或许那老家伙真的能挨到村子里。

她四下找寻棍子，但一根都没有，周围全部的树枝都用去筑坝了。她看到男孩的尸体旁有一支船桨，她操起船桨，三两步追上气喘吁吁的牧师。或许他的心脏病发作了，但她还是瞄准他的后脑，闭上眼睛，用力挥去。一股液体喷上她的脸，但她没有停手，用力一直劈，直到双手无力才停了下来，然后睁开眼睛，四肢瘫软。牧师倒在地上，白袍上满是鲜血。她的脸上、衣服上也染满了鲜血。苍蝇闻着气味而来，河水仍静静地流淌着。朱里尼回过神后，起身把尸体翻转过来，拖到土坝上，踢进河里。长袍因空气鼓胀起来，好似一朵云彩飘在河面上。朱里尼想起了爱德华……接着尸体沉了下去。她跳进河里，洗干净头脸，衣服上的血渍暗淡了一些。她走出河水，把船桨扔进船中，推着船滑入河流里。刚走了几步，她想起把篮子忘了，于是回到原地，找到了篮子，再检查了一遍周围的情况。除了泥地上的黑印，一切看起来很正常。如果牧师的话是真的，日本人即将进攻村子，凯瑟琳与小迈克尔将和村民一同殉难。但朱里尼不想让她们有逃生的机会，决定亲自动手才放心。必须掩饰得像一场事故，万一有村民逃出来，让阿玛德知道可不得了。

她准备单独去与潜艇会合。整个下午，她一直焦虑地思考着如何逃出去。尽管她一再专心想着这件事，不安情绪却仍弥漫在整个脑海里，侵蚀她的精神精力。她跑到河边洗了三次澡，每次都似乎看到身边有血迹泛起，一次比一次更浓更红。她的衣服与头发似乎沾满了鲜血，到了晚上，鲜血的腥味渗透了整个房间。她脱下衣服，用火全部焚毁，在腰间缠上短裙，告诉自己这样子逃跑会容易些。为了化装得更容易掩人耳目，她用伊班人的黑灰在脸上和身上涂满文身和图案，用一面从远处海岸的村庄交换得来的铜盘做镜子引导她的手。一根藤蔓由脚踝盘旋而上，绕上大腿和小腹，在裸露的胸部打了个旋儿，盘上脖子和脸庞。她用另一根藤蔓同样绕住自己，直到伪装完成，与森林融为一体。她一直躺到村民都睡着了，有生以来，她第一次害怕黑夜，害怕丛林，害怕精灵。她站起身，潜进老柯与战士们悬挂人头的地方。最近他们袭了日本军队，其中一个头颅还戴着军帽和眼镜。她拿了一个人头，系在腰上，回到房里蜷着身体围住人头，让这一神秘的仪式保佑自己不被敌人攻击。离开时，她会带上人头。

她睡得并不安稳。在梦里，她看到爱德华与奥马利牧师的尸体相拥着在河面上漂浮。但当她再走近时，发现原来并不是奥马利牧师的尸体，而是自己的身体纠缠着爱德华，一同慢慢向河里的泥塘沉下去。快沉底时，她惊醒了，汗流浃背，好不容易喘过气来。她倾听着屋里的动静，一听到任何表明还有人醒着的声音就紧张万分，直到听不到任何声音，她才坐起身。

在外面，森林等待着、观察着她。当她静静地坐在黑暗中时，她能感觉到它的潮湿、它的呼吸、它的心情。白天，森林沉沉睡去，但到了晚上，它从睡梦中醒来。伊班人夜里从不踏足森林，朱里尼知道森林绝不仁慈，和自己一样残酷。不单是猎食的豹子或潜伏的蟒蛇在夜色中穿行，森林本身在躁动，森林本身就是邪恶，她感觉到它正注视着自己。

快乐的泪水突然涌上眼眶，她做了决定，心里充满了力量。她不会去与潜艇会合，她要回麦提亚。即使日本人正占据着庄园，她会守在林中直至战争结束。

"这才是你真实的愿望。"她自言自语道，森林长长叹了口气。

她在头上缠了一块伊班棉布，往头发间插了两根翎毛，将纸条扔进火堆中，弯下腰，将快熄灭的火苗吹燃，把纸条烧掉。然后她握起一支长矛，走到凯瑟琳的房间。她望了望熟睡中的小迈克尔，亲了亲他的额头。森林的身影更接近了，朱里尼奇怪为什么村民们还未惊醒。或许森林只眷顾她，命令她抓紧时间。森林抓住她的手，要带着她离开小迈克尔和长屋。凯瑟琳，她几乎忘了凯瑟琳。或许在走之前，她得说声再见，给她一个吻。不，她为他们俩准备了礼物，那足够了。她把小篮子放在小迈克尔身边，当他醒来时，他就会知道是什么。她放下篮子时，她能感觉到里面的金环蛇伸展开盘绕的身体，因被打扰而受惊和愤怒。

她站到凯瑟琳身旁，望着她在梦中躁动，似乎感觉到别人正盯着她。朱里尼转身走到水壶边，悄无声息地倒入一些身上带着的无色无味的粉末。

她感觉到森林对她的流连开始不满，似乎担心她会改变主意。她笑着森林的婆婆妈妈，潜入了夜色中。刚踏进林子时，一条眼镜蛇滑开了，没有伤害她。她又笑了，这么多年来，第一次如此轻松愉快。

凯瑟琳在长屋中熟睡。突然醒来，似乎预感到什么。她起身跑到小迈克尔身边，他正安稳地睡着。她安心回到床上，躺了下来。合上眼睛前，她聆听着屋里的动静，一切正常，于是又睡着了。

朱里尼沿着伊班猎人开辟的小径在森林中奔跑。由于经常有人走，小径光秃秃的，没长野草或灌木。惨淡的月光照亮了小径，朱里尼迅速地移动着，钻进了森林的身体。它的呼吸包围着她，声音震耳欲聋。森林的呼吸变得沉重，怎么了？害怕？疲惫？渴望？她停住脚步，单脚跪在地上，下颌垂在胸前。她自己沉重的呼吸回应着盘旋的森林，一个熟悉的声音在头顶响起，小径传来脚步声，朱里尼听出了是谁的声音。

"妈妈？"她轻声说："妈妈？"

她站起身，继续向前跑。在耳边，声音越来越响。

"迈克尔?"她喊道。

在周围的声音中，她听到自己的声音，尖叫着，窃笑着。那是对某个人喃喃地猥亵和挑逗，喃喃声逐渐响亮，朱里尼心中十分恐惧，朝河边跑去，离开了森林。

胡打乱撞，她闯进了日本士兵驻扎的营地。那是一支巡逻队，在早上刚刚被伊班猎头者袭击了一回。一群人又累、又饿、又怕，充满了危险的攻击性。

朱里尼刚跑出丛林，踏上沙滩的时候，被地上一个日本士兵绊了一下，摔在他身上。还没等她站起身，日本士兵们已把她紧紧压住，一支刺刀架在她的脖子上。其中一名士兵点燃熄灭的营火，火光中他们看清了底下挣扎的事物，发出一声惊叹。

他们一个个扑到她身上，在敌人这里，他们要报复先前的屈辱和失败。在把朱里尼大卸八块之前，他们把她的身体摁在地上，一个接一个发泄着兽欲。只经历过迈克尔温柔爱抚的朱里尼默默承受着，双腿间、嘴角边淌着鲜血。森林在她身边毛骨悚然地呜咽。

刚刚下过雨，黎明到来了。树上的雨珠仍敲打着长屋的草顶。凯瑟琳睡得不好，挣扎着不想起床。她记不清做过的噩梦，别的村民都到河边沐浴，屋里格外的安静。只有猪群饥饿的哼哼声，焦急地等待着它们的早餐。

小迈克尔醒来了，坐在床上，好奇地望着身边的小篮子。凯瑟琳刚才没注意到，以为是一个村民早上送来的。小迈克尔还没学会怎么打开篮子，把篮子翻过来，翻过去，用胖胖的手指探究着篮盖。他懊恼地把篮子扔在一边，又捡了回来，继续试着打开。凯瑟琳躺在床上，望着儿子，很开心地看着宝宝饶有兴味地尝试着。她不想离开被窝，早上特别冷，想到要在寒风中洗冷水澡，她实在兴味索然。但沐浴已经成为她与村民生活的仪式和习惯。她催促自己起床，从小迈克尔手里接过篮子，搁在一边。她注意到篮子里有东西在动，但她决定先整理好小迈克尔的床铺，回来再看篮子里的东西。她抱起小迈克尔，快步走出屋子，朝河边走去。在篮子里，狂怒的金环蛇并不因篮子不再颠簸而平静下来，它盘起身体，等待着篮盖打开时的第一个目标。

　　和往常一样，佩特利在路上等着凯瑟琳，但他实在是等得不耐烦了，几乎想一走了之。终于，凯瑟琳出现了。

　　"今天你真懒。"他抱怨着责备她，接过小迈克尔，扛在自己肩上。

　　"是啊，我昨晚睡得不好。"她承认道。

　　洗完澡后，她准备给佩特利上课，再让他去和别的孩子玩。她教他读写英语，而且她根据伊班语言的发音，创造了一套语音拼写系统，教他写自己的语言。他是一个聪明的孩子，学得很快。她准备开始教他简单的数学和科学知识。老柯已同意让佩特利和凯瑟琳及小迈克尔在一起，但凯瑟琳猜想，再过一段时间，多疑猜忌的老人不会让佩特利继续上课。

　　刚走没几步，佩特利抓住她的手，示意她安静，指着树顶一只云豹，那家伙正悠闲地享用一只麋鹿的残肢。云豹轻蔑地瞥了他们一眼，继续自己的饕餮大餐。

　　"我刚才没看见它。"走过云豹时凯瑟琳低声说。

　　"但它看见你了。它能看见一切。爷爷说它晚上巡游整个森林，能看到你的梦境。它刚才看穿了我们的心思，知道我们不会伤害它。"

　　现在他们能听到河里传来的笑声。公共沐浴是一场集体聚会，凯瑟琳盼望的仪式，成年人与孩子们嬉戏的时间。她与佩特利快走到时，一阵不寻常的声音引起了她的注意。沐浴的村民也听到了，他们停止了说笑，取而代之的是机器的嗡嗡声。凯瑟琳放慢了脚步，谨慎地走近河流。村民的注意力都转向下游，几个村民走向河岸，但没有人惊慌。凯瑟琳抱着小迈克尔，领着佩特利离开小路。三人躲在树丛里，观察着动静。

　　5艘满载着日本士兵的乌篷小船慢腾腾地开到河曲处，朝村民们驶来。没有人惊慌，没有人逃跑，村民们只是走出河流，身上还滴着水珠，静静地站着，脸上带着友善的微笑。快跑！凯瑟琳想朝他们呐喊，但喊不出来。或许士兵只是想要点食物，然后就离开。

　　5艘船停泊在河岸，她看到士兵们很踌躇，或许他们只是逃兵败将。他们鱼贯而出，不安地装出昂首阔步的样子。指挥的军官走上前，凯瑟琳倒吸一口凉气，他军服的腰带上赫然吊着一个人头，在他的臀部摇晃。蚊蝇围着人头嗡嗡作响，朱里尼，这个人头竟是朱里尼的！凯瑟琳跪了下去，紧紧抱着小迈克尔，呜呜地哭了出来。

老柯和军官语言不通，军官比手划脚，但老柯怎么也不明白。军官渐渐失去耐心，伊班人开始慢慢后退，去拿自己的武器，但距离太远了，只有几个人带着木棍下了河。军官示意那几个人放下东西，但没人理会他。几声枪响过后，不肯配合的战士倒在血泊中。村民只能束手就范，被日本人押送着回到长屋那里。

日本人强令村民为他们准备食物，狂饮村里的米酒，麻醉心里的恐惧。他们发现了长屋里悬挂着的日本士兵的头颅，军帽、眼镜仍整齐在位，恐惧一下子引发了屠戮的本能。他们在伊班男人面前奸污他们的妻儿，又将他们屠杀殆尽。凯瑟琳趴在地上，望着这一幕残酷的情景。她没看见长屋里发生了什么，但能听到里面传出的悲鸣，一辈子都无法忘记。她带着佩特利、小迈克尔没命地逃进丛林。

在长屋里，金环蛇又感到自己的安眠被粗暴地惊扰了。整个篮子翻天覆地，突然，篮子被扔到空中，它无助地在牢笼里颠簸着。听到外面人类的笑声叫声，它吐出窄长的舌信，迅速地抖动着。金环蛇刚回过神，一张死灰恐怖的人脸出现在篮子上空。它狠狠地咬住握着篮子的手腕，接着发现自己被重重地摔到地上，下坠时它看到持篮子的人腰间悬挂的人头，刚好盘在光可鉴人的黑靴子上。篮子滚到屋子的一角，一双膝盖重重地朝小蛇压下。它没等别的折磨者跟上来，一瞬间，它滑过地板的空隙，掉落在乱碰乱撞的猪群中，回到自由而安宁的森林。凯瑟琳和佩特利跑到河边，乘上独木舟，朝下游而去，希望能找到阿玛德和别的村民。

第 三 部

为神圣的土地而哭泣

横跨大海，海面留下尸体；

越过高山，战场留下尸体；

我只为天皇而死，

我绝不忍辱偷生。

——日本军歌《海军进行曲》

第 47 章

传教点码头慢慢进入视野，行将腐朽的灰色木头仍承受着湍急的河流不断的冲刷。凯瑟琳庆幸还好码头没有塌下，她实在是累得再也划不动桨，只能让河水带着小船漂到码头附近。

她望着头顶的树枝，它们几乎遮住了整片天空。微风吹拂着睡在船尾的小迈克尔和佩特利的头发。凯瑟琳按摩着脖子，过去三天里，她的头因为紧张一直疼得厉害。三人从伊班村子里逃出来后，只敢在夜里赶路，怕遇见日本巡逻队。今天她没有停下来休息，而是一直向下游驶去，她害怕自己睡着。如果奥马利牧师还在传教点，那她准备和他会合，等待阿玛德。昨天她没看见日本人的踪迹，牧师应该还健在。如果不行，那只能离开河流，到内地找栖身之处。

码头周围死一般的寂静，没有当地儿童在玩耍。凯瑟琳意识到牧师不在，或许被关押起来了。没有了传教士赠食赠药，布道传教，当地人渐渐离开。码头处没有一艘船，几乎快荒废了，摇摇欲坠。凯瑟琳仔细检查完每根木头后，才跳上码头。那架阿玛德摧毁的海陆两用飞机的残骸已经被丛林完全淹没。还好，她心想，万一下雨，能有地方躲一躲。她已麻木得不知道失望为何物。

绑好独木舟后，她抱上小迈克尔，叫醒佩特利，向空荡荡的屋子那边走去。她选择了诊疗室，是房间里条件最好的。房门裂了几个大洞，推开时吱吱作响，弹簧已磨损得很厉害，但还能使用，砰地一声在身后关上，引起周围树上猴子的一阵尖叫。她穿过前面的房间来到小小的后室，地板上还铺着满是灰尘的席子，实在是太疲劳了，她和孩子们一头栽在上面，立刻睡着了。

砰砰的敲门声把她惊醒。她起身小心翼翼地走进前面的房间，里面没有人。她心想可能是风吹动了房门。刚回来躺下去，合上眼睛，耳边传来另一种声音，是轻轻的摩擦声，似乎是鞋子拖在地板上的声音。她警觉地翻过身，盯着通向前屋的门。折叠门在风中摇摆着，撞击着，暴风雨快来了。乌黑的雨云在麇集，太阳完全隐入其中，似乎白天已提前结束。她怀疑声音只是风引起的，整个小屋开始呻吟。

她爬起身，跑到前屋里，带上折叠门的钩子，门不再乱响了。她往外面张望了一眼，地上棕榈树的落叶被大风吹飞，猴子们安静了下来，但到了晚上会再次喧闹。她安慰自己小船已经绑好，回到了房间。

三个人影站在房间的阴影里，平静地观察着她。她大吃一惊，恐惧迅速代替了惊讶。她从未这么近地看过他们，军服邋遢肮脏，军帽、绑腿胡乱戴在头上、绑在腿上。他们的步枪顶端插着刺刀，锃光瓦亮。他们显然料到她会在房间里出现，脸上露出了恐怖的狞笑。

其中一个士兵把凯瑟琳逼到角落，另一个士兵走进后面的房间，扛着拼命挣扎的小迈克尔出来，兴奋地指着他的金发哇哇乱叫，睡眼惺忪的佩特利跟在身后。日本人本来以为他们是伊班人或马来人，但发现了小迈克尔，他们一时迷糊了。她可能被误认为是一个当地的仆人。如果士兵当她是土著人，她可能会被奸污，但还能活命。如果他们知道她是西方人，那结果只会是先奸后杀。她用马来语与他们交谈，结果士兵里没人懂马来语，她不敢用伊班语，因为伊班人被日本人视为敌人。

形势陷入了僵局，直到指挥的军官和其他人从码头的方向抵达。他们在很远处关闭了引擎，悄无声息地接近。凯瑟琳心想，他们应该是看到了独木舟，过来调查的。她埋怨自己如此粗心大意，没把船藏好。

领队的中尉让凯瑟琳站在灯光下，打量着她。她几次想用马来语说话，但军官命令她闭嘴，发现她的牙齿白得不像当地人。

"她是欧洲人或美国人。"中尉胜利地宣布，倒吸一口气，粗暴地扇了她几记耳光。

"别想蒙我，"他用口音浓重的英语说道："逃避投降是很大的罪名，所有的外国人都必须在一年前向大日本皇军投降。"

"我一直是一个人，我根本不知道。"她撒了个谎。他们也知道她在撒谎，但承认事实只会是死路一条。

"美国人？"他问道。

凯瑟琳点点头。

"美国人，跟我们走。"

他们用了一周时间，来到海岸边的地区，一路上并没有虐待她，其中一个士兵甚至塞给凯瑟琳一些钱。

"拿着，"他说："我无妻无儿，你用来买东西给孩子吃。"

到了岸边，他们把凯瑟琳移交给海军。中尉最后对她说道："你现在转渡去特兰岛的集中营。"那是她被捕那天后他第一次和她说话。押送的经历让她对今后在特兰岛的遭遇的担忧有所减轻，但她错了。

在海上漂了三天后，凯瑟琳被押到乔治角，北波尼奥战前英国殖民点。这里住着 80 来个欧洲人，大部分是英国殖民者的仆人、管家，还混杂着马来人和迪雅克人。日军大部队从棉兰老岛登陆，于 1942 年 1 月 19 日占领了乔治角。在占领后的前 4 个月，他们还让欧洲人继续生活，但免不了凌辱和打骂。到了 1942 年 5 月，欧洲人被押送到几英里外的特兰岛。男人和女人分别关押，不准异性接触来往，连眉目传情也会引来重罚。

凯瑟琳、小迈克尔和佩特利被关在一艘运输船的仓库里锁了一夜，第二天出发去特兰岛。到了凌晨，恐惧战胜了她，她一点胃口也没有，把自己的饭团让给了孩子们。看到他们胃口不错，凯瑟琳的心总算有一丝安慰。她在内心不断鼓励自己，鼓起勇气，现在只能靠自己，得好好面对一切。

在运输船上还堆着其他物资，载着 8 个到岛上哨所轮值的士兵。高桥中尉，特兰岛集中营的指挥官，也在船上。每周只有轮值交班时，中尉才会露面。他喜欢乔治角上面的慰安妇营，日军军规严禁士兵调戏女性囚犯，与她们发生性行为。军规是出于现实的考虑，重要的战争资源不能浪费在女囚犯身上。军规并不能限制高桥，但他不喜欢西方女人，她们太高太壮，不合他的口胃。

今天的新犯人，却让他动了心。她身材苗条，五官精致，高是高了点儿，但……他打量着她的脸庞，思考着值不值得冒险。她乌黑的长发在海风中飘扬，沾上了浪花溅起的水珠。突然一个浪头打来，船猛烈地颠簸了一下。中尉的思绪离开了凯瑟琳，他憎恨大海，船身太小，不适合在海上航行，而他又不会游泳，海水令他恐惧。他紧紧抓住栏杆，控制住内心的紧张和胃部的翻腾。波浪越来越汹涌，被遥远的看不见的风暴所牵引。一到岸上，他会想办法出这口恶气。特兰岛上的囚犯已经学会了从海面的情况预测高桥的心情。中尉找士兵出气，士兵又会把怒火发泄在囚犯身上，囚犯最后彼此拿同伴开涮。在天气不好时，高桥中尉的脾气可是无人不知。

在起伏的海平线上，特兰岛进入了视野。在凯瑟琳眼里，岛屿一直在令人头晕地晃悠。在摇摆中，她望见了码头、沙滩、棕榈树，没看到建筑、铁丝网。从海面上看，岛屿美不胜收。当凯瑟琳踏上特兰岛的码头时，脚步摇摇晃晃，似乎还在海上。

第 *48* 章

　　高桥中尉被旅程吓得够呛，他还以为一定会翻船。到达码头，安全上岸后，他把舵手铐了起来，但仍没有平息心中的怒火。集中营传出的恶臭扑面而来，直到最近他才允许囚犯到半里外的海边倒马桶。他憎恨集中营，如同痛恨大海一样。营里不光很臭，而且尽是老鼠、虱子和臭虫，还有囚犯背地里的不满。最痛苦的是，这个职位一点儿也不光荣、崇高。

　　同许多穷苦人家的孩子一样，高桥中尉选择了参军作为人生的出路。在一个非常讲究出身门第的社会中，军队是少数能改变地位的职业道路。在军队等级森严的秩序里，高桥中尉野心勃勃，一心追求功名荣禄。军队成了日本政坛狂热分子的工具，希望借之除去日本社会的种种腐朽，重新确立日本在亚洲秩序中的地位。高桥狂热地相信所谓的"大东亚共荣圈"、"亚洲新秩序"那一套谬论。年轻时候，他曾接受了正规的军事学院教育，忍受了特权阶层对平民阶层的蔑视侮辱。军队里到处是欺压，高桥把遭受的痛苦释放到在他下面的人们身上。这些经历与童年的不幸，使他变得残暴易怒，随时可能兽性大发。

　　1937 年，高桥中尉军校毕业时，他被派到中国参加侵华战争。日军妄图三个月灭亡中国，结果却陷入泥潭，耗费了大量军力、人力和财力。战争进程的受挫使日军士气低迷，无辜的中国平民惨遭屠戮，这一耻辱随着偷袭珍珠港的得手以及日军在东南亚战场的节节胜利而被遗忘。高桥中尉从中国转到菲律宾，在攻克巴丹一役中战功卓著。但出人意料的是，他只获得特兰岛集中营指挥官的职位，未能如愿到新几内亚的军事点——因为他曾在英国桑赫斯特皇家军事学院受训一年，能讲一口说得过去的英文。

今天，凯瑟琳成了高桥中尉的目标。一到营地，他命令她们到办公室立正站好，朝她们训话，似乎把她们当成一支列好队的士兵。看到他吼得声嘶力竭，凯瑟琳的心里既害怕又尴尬。她怀里抱着小迈克尔，佩特利站在身边，他只觉得无聊，连连打着呵欠。

"如今你已是大日本帝国的阶下囚，美国是一个四流的国家，你就是四流国家的公民，你的地位比苦力高不了多少。大日本帝国是仁慈的国家，能成为如此伟大的国家的囚犯是你的运气，你必须改掉你的傲慢，否则我会收拾你，杀了你。日本一级棒！美国一级烂！"

中尉挥舞着手臂，精神亢奋。凯瑟琳目瞪口呆地看着他口沫飞溅，根本没听见他在说些什么。太阳无情地照耀着她与小迈克尔，怀里的孩子越来越重，最后根本忘记了他的存在。她的思想飘到了高山、河流、阿玛德那里，她不知道他们是否还能再见面。

一小时后，她仍安静地站着，手又酸又痛，但她庆幸小迈克尔睡着了。佩特利躺在地上，也睡着了。高桥中尉目光呆滞，正进入长篇大论的结尾。在他眼中，凯瑟琳的身形姿态根本看不出闷热或疲惫的迹象，但他清楚她一定很辛苦。她的眼睛直勾勾地盯着中尉，他想着，真是骄傲的眼神。在眼神中没有胆怯，但也没有得意或傲慢，对他挺尊敬。她与别人不同，中尉一时不知道该怎么处置她，望了她好一会儿，他挥挥手让凯瑟琳她们离开。

凯瑟琳领了一块毛毯、一个水杯、一只碗和一顶蚊帐，被押送到女营房。里面是废弃的兵营，围着木墙，盖着棕榈叶屋顶，前后拉着铁丝网，散发着难闻的恶臭。特兰岛本属于荷兰人，曾经是关押印尼政治犯的集中营。对凯瑟琳而言，如今关押白人殖民者真是富有戏剧性的一幕，也算是自食其果。无论那时或现在，它都不是人住的地方。女营房中关押了 24 个女人和 11 个孩子。每人只有 4 尺宽 6 尺长的地方可以躺下。尽管凯瑟琳强烈抗议，佩特利还是因为年龄不够小，被送进了男营房。

乔治角的夫人、小姐们，凯瑟琳心里这么称呼囚犯，脸色阴沉地围坐在地上，正啃着饭团。没有人搭理她，凯瑟琳知道在她们心中自己是来争夺本已稀少的食物和拥挤的空间的不受欢迎的人。她同情她们对她的排斥，这是她对乔治角的女士们终生难忘的第一印象。

她介绍自己：凯瑟琳·摩根·斯坦福，迈克尔·斯坦福的妻子，人类学家。她同样向日本人这么介绍自己。对她来说，这是一次冒险。斯坦福家族是英国的名门望族，她们是英国人，应该略有所闻，但她猜想里面没有人真的认识斯坦福家族的成员。她决定这么做，保护小迈克尔和自己。她希望儿子继承迈克尔的姓氏，她知道如果迈克尔还活着，也希望她这么做。而且如果日本人知道她有私生子，会视她为不检点的女人，难免更容易成为目标，甚至会被打发到乔治角的慰安所。因此，她把自己的身份打扮得高贵一些——显赫而可敬的迈克尔·斯坦福的遗孀。如果有人知道迈克尔·斯坦福夫人是荷兰人，她不在乎承认。

凯瑟琳很快察觉到乔治角的夫人、小姐们还没做好当囚犯的准备。殖民地的生活太优裕了，许多人没做过一顿饭、洗过一件衣服、换过一片尿布、种过一盆花，除了弄干净自己，没清洁过一件东西。她们的身前身后总是簇拥着仆人帮着照料家务、花园和孩子。她们的社会地位由丈夫的身份地位而不是由自己的能力决定，在集中营里，她们本能地维持着战争前的社会秩序，维持自己的体面。格雷斯·温菲尔德·福尔摩斯，驻岛居民代表的妻子，在主持茶会、花园舞会、晚宴时仪态万方，但这些到了集中营却毫无用处。在从前，她是社交场合的领袖，如今她根本无法适应这里的环境。

出于惰性或恐惧，没有人站出来充当领袖，女人们为了食物、空间、劳动轻重而勾心斗角。社会秩序崩溃后无序和混乱的结果是一片沮丧和失望。自从离开家里后，凯瑟琳很少接触这类夫人和小姐们——一辈子围着丈夫和孩子转的女人。她们令她感到震惊，在长达一年的囚禁中，乔治角的夫人、小姐们的生活环境没有任何改善，反而大大恶化了。男营房的情况则不同，他们修葺了屋顶使它不再漏水；每次外出劳动都会偷偷带回点儿有用的小东西；他们安装了一个用竹管做成的淋浴器，用棕榈树叶芯做拖把，用椰子外壳的纤维做牙刷，用棕榈油做肥皂，用人尿混合橡胶树汁制成乳胶，可以做新鞋和修理旧鞋；他们开辟了小菜园，用尿粪施肥；他们还举办学习班，学习内容无所不包，从波尼奥花卉知识到中世纪历史。最令人兴奋的成就是他们自制了一台收音机，精心地藏了起来。它能收到澳大利亚佩斯的新闻，有时还能收到三藩市的报道。男人们一有机会就把好东西与太太分享，但见面的机会实在太少。

在集中营的第一个晚上，凯瑟琳发现屋顶漏得很厉害，与其叫同伴让出一块地盘，不如抱着小迈克尔躲到一处角落站了整晚。第二天早上，她决定自己修葺屋顶，用营房周围捡来的棕榈树叶和一张梯子，那是她用零星木块、树枝和藤蔓拼接而成的。她与同伴的不同之处在于，她们宁愿躲躲藏藏，也不愿面对问题。

凯瑟琳很快适应了集中营的生活，和军队一样，监狱里的生活是高度组织化的生活，只是更加严酷。没有多少休息时间，每天早上七点钟她们便被叫起来到营房前集合，点到名字的时候，必须深鞠躬，再立正等候命令和恭听关于近期日军捷报的广播。

他们的伙食和营中生活一样单调乏味：米饭、青菜，餐餐如此。茶水中时不时有蟑螂、臭虫混在茶叶中；青菜也好不了多少，凯瑟琳安慰自己说虫子是蛋白质的化身，让自己勉强下咽。米饭是用仓库里好米运走后地板上剩下的米煮成的，和精米一样，里面缺乏维生素，日本人偶尔在里面加上腌虾和野菜，不时还会吃到橡胶内胎或铁钉。

《日内瓦公约》中关于对待战俘的条款规定严禁强迫性劳动，但日本人轻松地通过了限制。他们将拒绝劳动的人的伙食供给减半，理由是不劳动无须吃太多。手段是有效的，能劳动的囚犯都选择了劳动。女性在监狱外面的劳动包括清洁码头、沙滩，除去营房周围的杂草，最痛苦的事莫过于清洁士兵的宿舍，总会有人乘机占点儿便宜，做出种种淫秽的动作，那么明显露骨，绝不会让人误解。

凯瑟琳不明白为什么女人们能在这里生活这么久，体重并没有明显下降，维他命也不致失衡。后来她找到了答案。早上劳动结束后，是午饭时间，接着直到 3 点钟可以休息，中午的日头可不是开玩笑的。凯瑟琳哄小迈克尔睡着后，跑到水房冲了个澡，回到营房时发现里面出现了几个日本兵。如果高桥中尉不在场，她后来了解到，天天如是。每天午饭后，日本兵们会在营房里流连，穿着丁字裤衩，有时甚至是一丝不挂就在女人面前晃悠，表演体操、空手道或柔道，但结尾总是他们要求女人们陪睡。女人们不得不逆来顺受，如果不答应，自己和孩子就会挨饿；奖赏则是士兵们的伙食：香蕉、黄瓜、蔬菜、鱼，人人有份。这是为了奖励她们提供性服务，或是为了堵住她们的嘴。

这不是强奸，也不是爱情，只有汗流浃背和哼哼唧唧的躯体，如同粗俗的淫秽图片一样，连一点儿美感也没有。如果有女人起来反抗，不愿忍受侮辱，别的女人会不理不睬，转身睡觉，庆幸那一天不是自己遭殃。上帝啊！凯瑟琳嘟囔着，这就是乔治角的慰安所。

小迈克尔在蚊帐中安稳地睡着，凯瑟琳决定留他一个人在里面，不敢走进房内。刚要转身离开时，一个日本兵走了过来，抓住她的手臂，示意给他来个正面按摩。她用力推开他，士兵踉跄了几步，凯瑟琳快步离开房间，身后几个日本兵哄堂大笑。

显然，她也得为改善大家的伙食出力，于是决定利用休息时间到菜园里种地。在出去倒马桶的时候，她在男营房门外向里面的囚犯要番薯藤，结果被士兵用枪托狠狠砸了几下肩胛骨。她安慰自己比起别的女人，代价已算很轻。当拎着空马桶回去时，番薯藤正放在男营房门口前，用湿报纸包裹着。

"祝你好运。"她捡起东西，快步走开时，身后有人祝福着。

每天午饭后，凯瑟琳都会冒着烈日到菜园里耕种。小迈克尔则在树阴下午睡，或摘橡胶树的嫩叶吹粉红的叶蕾，像大一点儿的伊班孩子那样吹出气球。高桥中尉每周到岛上视察时见到菜园，点点头默许了。几天后，嫩绿的幼苗破土而出。

到了第二周结束时，她回到菜园，却发现园子里一片狼藉。她心中充满了愤怒，不是那些女囚犯就是卫兵干的。她放下小迈克尔，地动山摇地跑回营房，房里躺着几个卫兵，她找出值班的卫兵日下，要求知道到底菜园里发生了什么事。

日下耸耸肩，笑着说："或许是大象踩坏的。"旁边的人笑了起来。

"是你的责任。"她坚持道。

"这里不许种菜！"他的笑容消失了，眼神变得锐利而阴险，凯瑟琳意识到自己来这里理论是多么幼稚愚蠢。她根本无力改变什么。

"高桥中尉同意让我种的，你没权利毁坏它。"

日下站起身，走到凯瑟琳面前，赤裸的身体在阳光下闪闪发亮。

"你不能再弄你的菜园，你必须和别人呆在一起。大日本军队是仁慈的，但如果你不乖乖听话，我们可不会客气。"

另一个卫兵从后面抱住她，把她的手反扭在身后。卫兵学过武术，根本无法挣脱。房间里一片死寂，女人们没有和平时一样转过身，而是都放下自己手头做的事，看着这边。凯瑟琳心酸地想着，她们会很高兴看到她的报应。

日下继续盯着她，伸出手慢慢潜进她裙下的大腿，一直向上摸，他身上的某个部位开始膨胀，嘴角露出了微笑。

她抑制住内心惊恐的颤抖，第一次用生硬的日语同日本兵说话，那是在瓦里达尼与迈克尔生活时学到的。

"把你的手拿开，别想再碰我一下。"

日本兵们大吃一惊，根本没想到一个欧美人会说日语。日下放下手，她乘他们犹豫的时候走到小迈克尔身边，抱起他，退到门口的铁丝网处。没有人出来追她，她跪在地上，身体抖个不停。她想起另一次自己不幸的遭遇，弯下身子呕吐起来，小迈克尔靠着她不停地哭泣。

高桥中尉第二天到了岛上，囚犯被勒令集中接受视察。中尉走过凯瑟琳面前时，她鞠了一躬，抬头望着他的眼睛，"我要投诉。"

他惊讶地望着她。

"是吗？"他注视着她，似乎她刚刚宣称她得了传染病。事实上，投诉会成为瘟疫，如果他不赶快采取行动，消除投诉或消除投诉者的话。

"昨天有一个士兵想强暴我。"

高桥中尉挺纳闷，不是对于事情本身，而是她竟有勇气投诉。

"那可是严重的罪名,那个人是谁?"他追问道。

"那并不重要,我无须指明是谁。他只是每天凌辱女囚的众多士兵中的一员,其余的人同样有罪。"

高桥中尉动怒了,又有点儿胆怯。他开始明白无助的囚犯终究会给他带来麻烦。如果投诉引起上峰注意,那么他玩忽职守的事情就会败露,这可是会毁了他的军旅前途的。

"有证人能证实你的指控吗?"

她点点头,"别的女囚,她们不单是证人,还是受害者。"

中尉走了过去。

"那好,谁愿意作证?"

没有人开口,他望着沉默的女囚们,心里轻松了许多。他可以拿她们的沉默做借口。

"看到了吗?"他胜利地宣布:"你在撒谎。侮辱大日本帝国的士兵可是很严重的罪名,但你可以撤回你的投诉。只要你道歉,我可以不予追究。"

"我没有撒谎,我也不会撤回投诉。"

胜利的表情从中尉脸上消失了,取而代之的是不安。他知道她并非说笑,他望着凯瑟琳,转身踱开,忘了解散囚犯。囚犯们不安地面面相觑,三三两两回到营房。

"你干吗不安静地闭嘴呢?"一个囚犯气愤地说。

"你只能给我们带来麻烦。"另一个囚犯责备道。

"这下子我们和孩子们别指望吃上好东西了,你满意了吧?"

当天下午,凯瑟琳被传召到指挥部,高桥中尉坐在办公台上,面前是一份文件,他让她站在办公桌前。

"我希望你能再考虑一下,斯坦福夫人。我已起草了一份声明,证明你的投诉是不实的。在上面签字,除了小小的惩戒你将免遭重罚。"

凯瑟琳接过文件,读了一遍,里面写明她因情绪失控,提出不实投诉,被罚清洁士兵的宿舍。

"这不是事实,我拒绝签字!所有女囚,包括我在内,遭受了性侵犯,这违反了《日内瓦公约》!"

"日内瓦可是隔了十万八千里,斯坦福夫人。"

"我不会在这份坦白书上签字的。"

高桥中尉生气了,"如果你的指控是真的,为什么此前我从未听说过呢?"

"我不知道,或许她们不敢投诉。"

"不敢?我们可是仁慈宽容的,害怕什么?你把那个士兵的名字告诉我。"

"不,我不想让他单独受罚,我只要求今后停止性侵犯。我知道你是个好人。"或许奉承可以让他接受,她沮丧地想着。

"没有士兵犯错,根本没有投诉,因为根本没有性侵犯!"中尉近乎咆哮地吼道,"你在撒谎,你必须坦白!"

她平静地摇摇头,但内心开始有所警觉。

"你再考虑一下。"他站起身,卷起文件,离开房间。一个凯瑟琳没见过的下士走进屋里,命令她立正站好,示意押送凯瑟琳的士兵退下,然后下士走上前,重重扇了她一记耳光,紧跟着用枪托扫击她的大腿。她跪倒在地上,下士用力踢她,她为自己的软弱而羞愧,但实在是痛得不行,哭了出来。她蜷成一团,手护着头保护自己,嘴里尝到鲜血温暖的腥味。最后,下士停止了殴打,走出了房间。她躺了好几分钟,慢慢挣扎着站起身,颤抖地坐到椅子上。她决心不让他们看到自己在地上挣扎无助的样子,一定要坚强起来,至少表面上如此。她梳理好头发,整理好裙褶,肋骨火辣辣地疼。

高桥中尉又出现了,手里握着坦白书,轻轻敲打着手心。

"指控大日本帝国士兵可是很严重的事件,再好好考虑一下,我希望你能撤回投诉。"

她低头看着地板,平静地说:"我不会撤诉,我说的是真相,我不会签字的。"

"很好,你现在回营房,不许告诉别人刚才发生的事情。你的投诉我可以受理,但别指望调查时会有证据支持你。所以请明白,这是毫无意义的投诉,斯坦福夫人。真是遗憾。"他掏出香烟,递给她一根,她摇摇头。中尉点着烟,站到她跟前。

他的脸色阴沉而愠怒，她知道他的内心在害怕。他伸出手，抚摸着她的肩膀，很轻柔，有如在爱抚情人。他摸到她系在肩上的裙结，解开它，裙子滑到腰际。他的目光顺着她的胸脯打了个转，又望着她的眼睛，狰狞地微笑着，从嘴里取下香烟，握着橘黄色的烟头。

"你可不能告诉别人这里发生的事情，否则这可会一再重演。"他把香烟点燃的一头轻轻掠过她的乳头，她倒吸了一口气，但没喊出声。他把烟头又掠过另一边的胸脯，她终于惨叫出来。等她的声音平息后，中尉才慢慢说道："可爱的胸脯，我不想毁了它们。但如果你敢说出去，我决不怜香惜玉！"说完他用力把烟头摁上她的胸脯，这一次非常用力，直到烟头熄灭为止。她抽泣着，惨叫着，中尉转身离开，命令士兵押她回营房。

她从士兵手里接过小迈克尔，回到自己的床铺上。接下来几天她无法参加劳动，只能推说自己不小心跌了一跤，摔伤了。士兵和女囚都对她不理不睬。她的肋骨断了，但她不敢要求治疗。在乔治角，欧洲的医生和修女留在了医院里，如果他们向军方高层抗议她的伤，高桥中尉不知会进行怎样的报复。

但事情并非完全失败，高桥中尉狠狠揍了士兵们一顿。他们又把气撒到囚犯身上，耳光、殴打、踢踏比平时多了许多，但士兵们不再出现在女囚营房中。凯瑟琳一能下床，便又发现了蔬菜与水果的来源。岛上和乔治角的当地人给日军运粮食时总会乘士兵不注意跑到围墙边与囚犯进行交易。凯瑟琳用先前日本士兵赠予的钱买了点儿东西，别的女人则用带进来的私人物品：衣服、化妆品、首饰等进行交易。身体恢复后，凯瑟琳决心再耕种一块菜园。

到高桥中尉的指挥部这件事过去一周之后，小迈克尔一天醒来后高烧不止，患了恶性间日疟，可能会导致脑型疟疾，引发精神错乱并最终丧命。岛上没有奎宁，凯瑟琳只能用冷水给小迈克尔降温。但几小时后，她也开始发烧。很显然，疟疾是由肆虐的蚊子引起的。小迈克尔一直呕吐不止，士兵们被召集起来，凯瑟琳在模模糊糊中意识到自己和孩子被抬上一艘船，来到乔治角的医院里。

到达医院后，凯瑟琳的神志恢复了，能意识到周围的事物。她坚持把自己的奎宁给小迈克尔用。由于奎宁非常紧缺，照顾病人的荷兰与英国修女勉强同意这么做。在他们的精心看护下，她的情况开始好转。她也体会到一些日军士兵的好心，他们扛着小迈克尔散步，给他日本的明信片，哄他吃饭。终于，她的身体恢复了健康，对医院里的传闻产生了兴趣。她听说高桥中尉最近被诊断查出患了花柳病，真是报应，她心里解恨地想着。

一天夜里，她被比蒂丝修女叫醒。她手持一根蜡烛，拉上床边的帘子。凯瑟琳刚要问话，她示意不要做声，把蜡烛放在床边的桌子上，掀开蚊帐，俯下身轻声对凯瑟琳说："有人来看你。"她的脸上带着微笑。

她让凯瑟琳保持安静，离开了一会儿。再回来时，阿玛德拉开床帘，走到床边。他穿着白裤子和乔治角码头的工人们穿的开领白上衣。

他握住凯瑟琳的手，亲吻她，嘴唇冰冷而柔软，温柔地唤醒她沉睡的情感。她紧紧搂着他，用尽力气把他拉到身边。

"阿玛德，"她在他耳边说道："我好想你，我担心你不会来了。"她说着眼泪刷刷地滑落下来。

他温柔地抱着她，但即使是那么轻的动作也让她疼得叫了一声。他把她平放在床上，手扶着她身体两侧，看到她眼里痛苦的表情。

"怎么了？"他关切地问道。

"我摔了一跤，伤到了肋骨。"她撒了个谎。

他并不上当，解开她身上的绷带，露出肋骨处，看到一大片青紫和胸脯上正在愈合的烫伤，他的眼睛里闪烁着愤怒的光芒。

"是谁干的？"

这一次她没有隐瞒真相，她知道瞒不过他，但她也强调了事情过后士兵行为的改善。阿玛德一言不发，他给她缠上绷带，在脖子上打了个结。

"我会让比蒂丝修女用木板固定肋骨，帮助止痛。她信得过，不会乱说话。她以前在马辰传教，我们认识。"在烛光下他端详着她的脸，似乎要把她的印象一并带走，然后他吻了吻她的额头和鼻子。

两人静静地凝视着对方，阿玛德开口说："我得走了。"他的眼睛不可捉摸，"等你好些后，我再回来看你。我会带你离开，士兵不多，不会太难的。"

他离开了房间。

比蒂丝修女回到房间，给凯瑟琳注射阿玛德带来的奎宁，再用一块木板对凯瑟琳的肋骨进行了固定。

"好了，应该有点儿用。"然后修女同情地说道："你应该早一点儿告诉我的，可怜的孩子。"

她站起身拉上床帘，拿着蜡烛四下检查了一遍，确信没有留下痕迹，然后带走多余的奎宁留待以后使用。

"那好，"她满意地说："好好休息。"离开时她眼里闪烁着光芒。

"他是个了不起的男人。"她脸上微微一红。

"是的，他确实了不起。"凯瑟琳回答。比蒂丝修女吹熄了蜡烛，两人陷入了各自的沉思中。

第二天中午，医院里到处是热烈的耳语。

"高桥中尉死了！"一个马来人看护妇向病房宣布："他昨晚被谋杀了。"她用手比划着自己的脖子，"他的寓所有好多士兵把守着，房子在山上的欧洲人住所那里，依山傍海，但还是有人潜入里面，趁他做梦时杀了他。有传言说是士兵里的人杀的——报复他对他们的羞辱。"

"又或者是他的枕边人干的。"一个中国妇女说道。

"她可已经报了仇哦。"一个年轻的看护妇笑道，指的是中尉最近的暗疾。

凯瑟琳一直没说话，冒着冷汗。很多人对中尉不满，但能杀他的人只会是阿玛德，除了他，没有别人。

两天后，加藤上尉，新的特兰岛集中营指挥官到任。和高桥中尉一样，他是一个军事狂热分子，曾参加过占领新加坡的战役。在调到乔治角之前，他一直在臭名昭著的新加坡樟宜集中营任职。刚一到乔治角他就到医院转了一圈，把战俘都清理了出来，也不管他们身体痊愈与否。新官上任三把火，他要让囚犯明白他作风强硬，绝不容许偷懒或装病。他带着一个中士与下士，走到凯瑟琳的病床旁时，他询问她的姓名。

"凯瑟琳·斯坦福。"她回答道。

"迈克尔·斯坦福的夫人？"

"是的。"

他仔细端详着她，似乎很感兴趣。

"迈克尔·斯坦福，人类学家，查尔斯·斯坦福爵士的儿子？"

"是的。"她不知道为什么他会对此感兴趣，或许他对斯坦福家族有所耳闻。

"你的身体怎么了？"

"疟疾。"

"孩子呢？"

"也是疟疾。"

他点点头，用日语向手下吩咐了几句。他们三人离开了病床，她松了口气，她被准许留在医院里。

同一天，毫无通告，一个欧亚混血的护士走进房间，带走了小迈克尔，说是特别看护。凯瑟琳激烈抗议，都过了这么久，还有必要特别照顾吗？

"是加藤上尉的命令。孩子不在你能更好地休息，身体会好得快些，到时候再和孩子团聚。"

确实，由于人手短缺，有时她照顾小迈克尔很辛苦，但她并不相信这番说辞。

"我要见加藤上尉。"

"加藤上尉已明确命令必须这么做，抗议是无效的。"她同情地说："我会照顾好你的孩子，斯坦福夫人。不用担心，等你身体好了，再和孩子回去。"

护士的助手用糖果引诱小迈克尔，还没等他明白发生了什么事就把他抱走了。

凯瑟琳心里十分害怕，她让人告诉比蒂丝修女，修女答应打听小迈克尔的情况。几小时后，她只知道小迈克尔被带出了医院。当天晚上，凯瑟琳在黑暗的病房里彻夜未眠，实在撑不住快睡着时，比蒂丝修女手持一根蜡烛走了进来。她的手护着烛光，在脸上罩上一层阴影。她坐到床边，将凯瑟琳摇醒。

"他来了。"她只这么说了一句，就拉上床帘，离开了房间。阿玛德走了进来，温柔地握住她的手，注视着她。

"你今天气色好一些了。"

"他们带走了小迈克尔。"

他点点头，"我知道。"

"为什么?"

"有几点理由，最主要的是他们知道，孩子不在身边你不会逃跑。这里只有几个士兵把守，他们知道游击队的领袖与迈克尔·斯坦福是好朋友。"他勉强笑了笑，"我想他们是以防万一，明智的做法。现在他们会看守住小迈克尔，直到你们回营房为止。"

他用力握紧她的手，"如果他们知道我们的动向的话，他们可能拿小迈克尔当人质。"

"上帝啊，我们该怎么办?"

"他们还不知道你和小迈克尔对我有多么重要，希望他们不会察觉。"

他亲了亲凯瑟琳的额头。

"先回特兰岛，他们会把小迈克尔还给你，我们到时候再见面。"还没等她问是不是他杀了高桥中尉，阿玛德已经消失了。

4 天后，她的身体恢复了健康，回到营房。但小迈克尔并没有回到她身边，她要求见加藤上尉。

"咱们说好了回到营房时，把儿子还给我的。"

"斯坦福夫人，你的儿子生活得很好。不用担心，很快他就会回到你身边。"

她追问具体要多久，却只得到含糊的回答。两周过去了，还是没有确切的消息。阿玛德潜入岛上几次，带来食物，但他也不清楚小迈克尔的情况。她开始为阿玛德的安危担心，日本人还没抓到谋杀高桥中尉的凶手，囚犯里谣言四起，有传闻说军方怀疑这是一起政治谋杀。

她央求阿玛德回到山区去。

"你的人民需要你，你必须走。而且，如果你出了事，我怎么活下去?"

他轻轻隔着铁丝网，拉着她的手，用马来语温柔地说：

"我不能离开你，凯瑟琳。"又接着用英语说："如果是我身陷囹圄，你会离开我吗?"

她无法回答。她仍爱着迈克尔，他的去世有如一道无法治愈的疤痕，她不敢面对，苟且活了下来。但从爪哇到这里，她的心里有了阿玛德。她问他："如果那时在麦提亚我第一个见到的是你，不知道事情又会怎样?"

他遗憾地微笑道："我们东方人笃信命运，以求心安。我们告诉自己命运主宰一切，因为命中已注定，所以不会再因事不遂心而生气懊恼。"他塞给她一些鸡蛋、水果和蔬菜。

"拿着，先给自己吃，再分给别人。我可不想冒着生命危险养肥那些乔治角的夫人小姐。"她知道他并非在开玩笑。

"我会先分给孩子们。"

"很好。"

"多加小心。"尴尬的道别，每一次都很尴尬，每一次分别时她都后悔自己没有说出心里话。

阿玛德一周没有出现，小迈克尔也没有回来。她担心阿玛德的安危，又挂念着小迈克尔。她意识到只有与阿玛德在铁丝网边的短暂相会，生命的活力才能重新焕发。第八天，阿玛德派人传话，夕阳落山时他会过来见她。她在铁丝网边等了一会儿，阿玛德出现了。这一次，他带来了小迈克尔的消息。他由两个住在乔治角的日本女人照顾，周围受到严密看守。阿玛德没办法见到他，但他得到消息，孩子一切安好。凯瑟琳的心安定了一些，但两人不知道说什么好。太阳很快下山，或许是夕阳感染了他们，此刻令人感伤，她察觉到他难过的心情。他谈到欧洲的战况，墨索里尼的政权已经垮台，1943 年9 月8 日，意大利向盟军投降，但德军仍在意大利境内顽抗。她没注意他说的话，眼里只有他的存在。还没回过神，他将食物递给她，跟她道别。她猜想或许是因为希娅也到了乔治角，两人疏远了一些。

"我会暂时离开。"他不想告诉她去向，免得她担心，"我会让人带食物来，你还需要别的什么吗?"

她用力抓紧铁丝网，心里一万个不愿意让他离开，但她更不想他遇到危险。

阿玛德英俊的脸庞阴沉下来，她看到他眼中的迷乱，他只想告诉她一件事，却开不了口，最后他说道："我不想走，我爱你。"

他的手牵着她，亲吻着她的脸，不顾铁丝网的阻隔。两人的身体紧紧贴在一起，直到铁丝网刺疼两人的肌肤。阿玛德颤抖着挣脱开身子，闭上眼睛，额头靠在折磨着两人的铁丝网上。

凯瑟琳跪倒在地上。

"你得赶紧离开，如果你留在乔治角，他们会抓到你的。"

他睁开眼睛，"我不能离开你。"

她不想再争辩，把脸靠在铁丝网上，望着环绕着集中营的公路，她感到精疲力竭，如果再这样下去，他迟早会被发现的。

"如果我一直可以见到你，我什么也做不到，我不想这样子。我正变得和营中别的女人一样，只会盼望着无法拥有的男人。"她的声音很平静，"这样子我会好受些，阿玛德，你走吧。"她抬起头，望着他，"能知道你平安无事就可以了——离开这里，直到战争结束。"她还没说完，眼泪就刷刷地流下来。

阿玛德单脚跪在地上，抚摩着她的脸，拭去她的泪水。

"好的。"他嘶哑地说道，"我去同潜艇会合，但我还会回来，带上人手，解救你和小迈克尔。我走了，士兵很快就会到这里巡逻。"

他吻了吻她的脸，天空变成了紫红色，周围暗了下来。她几乎看不清他的身影，望着他躲进丛林中，一直坐到天黑才回到营房。

她躺在毯子上，无法入睡。为什么，她到最后还是没能告诉阿玛德她爱他。

第 *49* 章

阿玛德离开了两个星期，他派人定期送食物给凯瑟琳。一天，凯瑟琳被传唤到指挥部，小迈克尔也在那里。

"你现在明白了，斯坦福夫人，"加藤上尉说道，"孩子被照顾得很好。"

凯瑟琳心安了许多，但仍生气地质问："孩子没事我很感激，但你并没有回答为什么这么迟才把孩子还给我。"

"我们无须向你解释。"加藤大声喝道："反而是你，得待在大日本皇军的管辖内很长一段时间。扣留你儿子的命令是东京下达的，因为军方对斯坦福家族的人出现在集中营里这件事很感兴趣。"

他端详着她，"难道你没有更像样的衣服吗？"

"怎么像样？"凯瑟琳恼怒地问道。

"能上得了相片的衣服。"

加藤陪她回到军营，让女囚们把最好的衣服交上来。他选了一套白色套装，让凯瑟琳穿上。尽管大了点儿，但也顾不得那么多了。她穿着白套装，手里抱着小迈克尔，端着茶杯，在东京来的一位记者的指导下，拍了一组强颜欢笑的照片。她不知道标题会怎么写，或许会是："日本皇军仁政下快乐、美满的囚徒生活。"她只希望不会有斯坦福家族的人看到相片，发现一个冒名顶替者。

小迈克尔一连几天紧紧缠着她，一步也不肯离开。他一直在哭泣，脾气很差，凯瑟琳知道他在生气母亲竟然忍心抛下自己这么久。过了几天，他又开心地玩耍，忘记了不快，但并没有真正原谅她。

营中的生活一如既往，闷热的季风席卷整个岛屿，温度急剧上升。早晨的集合几乎被省略了，连士兵也似乎对礼节不像以往那么上心了，没有人因为鞠躬时腰弯得不够低而被拳打脚踢。列队时士兵们大略清点一下人数后就解散队伍，自己跑到树阴下乘凉。一天早上，轮到凯瑟琳倒马桶，小迈克尔开心地在她身边乱跑。对他来说，倒马桶意味着可以到海边玩水、捡贝壳。当然，这还得看押送他们的士兵的心情。他们走出营房大门，身后懒洋洋地跟着一个士兵，保持着一段距离，他和她都实在不想陪着对方。

经过男囚营房时，她瞥了那里一眼，一大群男人正趴在铁丝网上望着她。她有点儿尴尬，还是在人群中找寻佩特利的身影，但没能找到他。男人们炯炯的目光盯得她很不自在。

走到通往海边的道路上时，她遇到一队执行任务回来的日军，他们兴奋地叫嚷着，加藤中尉走出来到门廊处观望。他们推搡着一个穿着短裙的马来人，强迫他跪下，额头碰到地面。上尉走下台阶，站到趴在地上的囚犯面前。

周围一下子安静下来，只有蚊蝇仍不知好歹地嗡嗡乱飞。凯瑟琳呆呆地站在那儿，害怕她的走动会引起注意或怒气。看守她的士兵也停了下来，看看有什么动静。上尉静静地站在囚犯身前，然后用日语高声朝士兵下达命令，囚犯的肋骨重重地挨了一枪托，又被士兵拉了起来。

凯瑟琳惊叫一声，手里的马桶掉了下来，里面的秽物溅了满满一地。她连忙慌慌张张地赶在被注意到前收拾干净，刚动手时，她惊恐地发觉小迈克尔终于注意到身边的事情，开心地笑起来，伸出双手。

"看到了吗?"他稚声稚气地叫喊着，朝囚犯跑去。

凯瑟琳赶紧笨拙地抱起他，沿着小路跑开。小迈克尔在她怀里悲切地哭喊，两个马桶在手里摇晃着。她迅速跑开，临走前瞥到阿玛德头上赫然有一个可怕的伤口，鲜血流到了脸上和脖子上。加藤上尉注意到她认出阿玛德时惊讶的表情。

跑到海边时，她的脸上没有一丝血色，手一直在抖，根本倒不了马桶。

看守她的士兵没有意识到有什么不对劲儿，徐徐走到海边，跪坐在脚跟上，眺望着海面的东北方，那是他的祖国的方向。凯瑟琳心里害怕极了，而小迈克尔又开始无忧无虑地玩耍，眼中只看到一枚美丽的贝壳。有了新的财富，他早把刚才的悲伤忘记了。凯瑟琳做不到，她为阿玛德提心吊胆，担心他会遭到不测。

回到营房里的时候，她的心情平静了一些。操场上除了蚊蝇，已是空荡荡的，一切很正常。但她知道加藤上尉起了疑心，在心里排练着加藤质问时她的托词。

她不清楚为什么阿玛德会被捕，但他受到虐待，伤势很严重。她不知道阿玛德在操场上是否看到他们母子俩或听到他们的声音，他的眼神很迷糊，看上去神志不清。加藤上尉应该没听到小迈克尔的哭喊，她最担心的是一旦加藤上尉威胁要对她严刑逼供，阿玛德为了保护她，会承认自己的身份。

午饭后，一个士兵传唤她到指挥部，她的心一下子提到嗓子眼里。传令兵朝整个营房高喊："斯坦福夫人，请跟我到指挥部走一趟。"

另一个女人有点儿好奇地看着凯瑟琳抱起小迈克尔，她心里慌乱地想着，带上孩子或许会好一些，似乎他在场能保护她。她想，或许妇孺能引起日本人的同情心，高桥中尉曾经这么说过。

加藤上尉坐在办公桌后，带着严肃而不祥的表情。她鞠了一躬，在这个时候可不能冒犯他。"斯坦福夫人，"上尉的食指和拇指搭在一起，在组成的三角形中窥视着凯瑟琳。沉默了几秒钟后，他站起身，走上前，一只脚架在桌子上。她注意到他的靴子擦得很亮，和别的日本士兵很不同。他身材瘦小，挑剔易怒，身上散发着香皂的清新气息。"斯坦福夫人，"他又说道："早上你看到那个马来人时有点儿反应，表明你认识那个人，是吧？"

凯瑟琳的心沉了下去，她尽量使自己的声音显得平静。

"起初我把他当成是斯坦福庄园的下人，长得有点儿像，但我认错了。"她又补充了一句，"他遭受了不人道的虐待——那些鲜血——我看不清他的脸，所以认错了。"

"是这样啊，"中尉眼里闪烁的光芒表明他并不相信凯瑟琳的说辞，"你见到的那个男人被指控很严重的罪名：谋杀大日本帝国的军官。"

"哦？你们有证据吗？"凯瑟琳轻描淡写地问道。

"他身上携带着数额巨大的日币，可不是一个寻常农民能拥有的。我们怀疑他是胆小的中国人雇佣杀害高桥中尉的杀手。"

凯瑟琳心里轻松了一些，证据并不确凿，之前日本人也抓了好几个人。高桥中尉的死成了日本人滥捕滥抓的绝佳借口，看来日本人宁可错杀一千也不放过真正的凶手。

"如果你对他有任何了解，最好完完整整地告诉我们，一旦我们查出你包庇罪犯，你的下场会和他一样，严刑伺候，无情处决。"

他绕着桌子慢慢地踱着方步，脚跟敲打着地板，训鞭轻敲着手心。

"对高桥中尉的遇害，我有自己的想法。"上尉握住训鞭，观察着凯瑟琳："我认为是游击队所为。他们信奉恐怖主义，行事不择手段。当然，到目前为止，这一带还没有他们活动的迹象。"

他停了停，"现在，我再问你一次：早上你见到的犯人你到底认不认识？"

她目光坚定地看着他，但又不能太坚定让他看出破绽。

"我已实话实说，他很像一个仆人，我很吃惊，因为我没想到能再见到他，马辰离这儿可不近呢。"

怀里的小迈克尔开始不安分，加藤上尉伸出手指逗弄着小迈克尔的小手。小迈克尔害羞地抱住母亲，朝上尉微笑着。

"你在撒谎，斯坦福夫人。"加藤上尉提高了嗓门，"你儿子认出了那个男人，他想跑过去，而你阻止了他。"

"我儿子年纪那么小，他总是把每个马来人当成庄园里一直精心伺候他的仆人，他想念他们，特别是男仆……"她的声音不再平静，恐惧使她的声音因为发紧而有些尖，但并不要紧，加藤并不能据此判断她是否在撒谎。

"或许，我们应该让你的儿子再见一次那个男的，看看他的反应。"

"如果你觉得有必要，悉听尊便，只是大日本皇军想必有比两岁大的孩子的证词更有力的证据找出凶手。在美国法庭，这种证词是不会被采纳的。"她只希望日军的战俘记录出现紊乱，而加藤上尉上任不久，不知道在她被捕时还有一个同伴佩特利。如果他被日军逼供，可能会把阿玛德招认出来。

"呵呵。"上尉不置可否地嘟囔着，即使她不能使他信服，至少她没有暴露阿玛德的身份，她的心里略感宽慰。

"在西南边的山区里，特拉坎的附近，开始有游击队活动，离你被捕的地方并不远，我想不会是巧合。游击队据说是由马塔普拉的苏丹，你丈夫的一个好友带领的。你清楚他们的行踪吗？"

"我一直住在我丈夫曾经研究过的村落附近的传教点那儿，没听到任何游击队的消息，我不知道他们的领袖是谁。"

"很好，我们并不需要你或孩子的证言。一周后，井之助将军会搭运输船过来。"凯瑟琳在脑海中搜寻着这个名字，很熟悉的名字，她记起来了，在麦提亚庄园的宴会上见过的日本贸易团团长。

加藤上尉继续说道："当我通告波尼奥高层这里的情况和我的猜测后，高层表示井之助将军会亲自前来，因为他见过阿玛德王子，我想也见过你。"

凯瑟琳的心猛地一震，不单单井之助会认出阿玛德，而且也会认出她是冒名顶替者，她作为迈克尔妻子受到的仅有的一点尊敬和礼遇也会被剥夺殆尽。

"你丈夫在亚洲人中享有一定的美誉，斯坦福夫人。他是一个无种族偏见的欧洲人，能真正理解亚洲文化的少数欧洲人之一。我收到佐芝恒治，前近卫首相的秘书的来信，当他听说你被俘时写给军方的。他想让我告诉你，在他与你丈夫同在哈佛大学读书时已彼此认识，他把你丈夫当成日本人的朋友，亚洲人的朋友。他希望你在营里受到尽可能体面的待遇，对你丈夫的不幸他感到深深的遗憾。"

加藤上尉放下信件，凯瑟琳的眼里噙满泪水，但她不能在这时崩溃，不愿意在加藤面前表现出软弱。

她轻声说："感谢佐芝恒治大人的好意。"

加藤折好信件，放回桌上。

"在东京你有朋友，斯坦福夫人，但如果你的言行得罪了大日本皇军，他们并没有能力帮助你。近卫大人不再是首相，东条将军才是！"他站得笔挺。

"我知道你并没有老实交代，违抗军方的命令，你还把大日本皇军放在眼里吗？你现在是俘虏，必须老实交代问题！"上尉再次乱吼乱叫，她觉得可能是由于信件的缘故，无论他再怎么不把信件放在眼里，他还是有所顾忌，无法为所欲为。

"把她拉到操场上去，站个一整天。"

凯瑟琳抱着小迈克尔，被带到操场上，营房的士兵在岗哨或阴凉处闲逛。她笔直地站在烈日下，热力实在叫人吃不消。怀里的小迈克尔越来越重，最后再也抱不动了。她把他放了下来，跟自己并排站着。小迈克尔不知就里，被晒得头昏眼花，扯着她的大腿开始大哭大闹，他的不满比日头更难忍受。她气恼地咬紧牙关，因为自己不能帮助他，每一声哭泣都令她很内疚。最后她实在受不了孩子与施虐者，一把抱起他，不顾附近日本兵的叫喊，走到阴凉处。她让小迈克尔坐在树阴下，请求日本兵给孩子弄点儿水喝，然后转身回到操场。日本兵挥舞着刺刀跟在她后面，看到她又站在操场中央晒日头，于是转身回到阴凉处，同小迈克尔玩耍，还给他弄了些水和饼干。最后，小迈克尔在一个日本兵怀里睡着了。

凯瑟琳的嘴唇开始发干开裂，太阳开始西沉，晒着她的正面，她的眼睛根本无法睁开。有人嫌这样的刑罚不够狠，让她在头顶上举一块大石头，这是营里最时兴的惩罚。真是多亏了东京的朋友，她内心不无讽刺地想着。手上举着石头，又不能睁开眼睛，她保持不了平衡，身体摇摆不定，在清醒与不省人事间徘徊。她瞄了瞄男囚营房，他们正围着隔离网望着她。她的眼睛很模糊，看不清阿玛德是否也在里面。她只希望阿玛德不要干试图解救自己的傻事，他应该清楚那样会毁了他们俩。

操场上的蚊虫叮咬着她，但她不能动手赶跑它们。她试图踢腿驱赶，但一个日本兵立刻走过来，用刺刀顶着她的肋骨。

"站好！"他用日本话朝她吼道。

锋利的刺刀可比蚊虫叮咬更痛苦，她乖乖地站好，直到两个膝盖发软，她慢慢地蹲下去，手里的石头掉了下来。日本兵又冲过来，叫嚷着，用枪托捅她，但她昏迷了过去，日本兵们朝她拳打脚踢，看到她仍不省人事，悻悻地回到阴凉处，任凭她躺在那儿。太阳迟迟才下山，她恢复了神志，阴影代替了阳光披在她身上。她的头在悸动，身体到处都疼，她勉强站起来，小迈克尔与日本兵都不见了。今天的酷刑总算告一段落。

营房大门处的日本兵开了门，凯瑟琳拖着步子走进去。晚饭结束了，小迈克尔在里面正和别的孩子们玩得很开心。她铺下毛毯，放下蚊帐，感激地接受了一杯从底下塞进来的凉水，那是乔治角的夫人小姐们第一次善意的举动。她慢慢呷完水，疲惫地睡着了。半夜里醒来时，小迈克尔在身边睡得正香。她很感激帮她照看孩子的好心人，至少她并非全然孤独。

第二天，她发现阿玛德被单独关在铁匣子里。那是荷兰人在战前为关押政治犯特别制作的刑具，关在里面的犯人很少有能活过一星期的。里面不能坐不能躺，只能蜷曲身子蹲着，像熔炉一样，把犯人的生命力慢慢榨干。活下来的人也都神经错乱，胡言乱语或精神分裂，没有几个能恢复正常。

一周差不多过去了，乔治角并没有传来犬养将军的消息。凯瑟琳认为那只不过是恐吓她指认阿玛德的伎俩，然后一天清晨，她被拽出了床铺，天刚微微亮。

"你！到指挥部！穿上最好的衣服，打扮得好看点儿，带上你儿子！"

日本兵站在营房外等候凯瑟琳，她满怀忧虑，穿衣服、梳头发时手一直抖个不停。除了蜡染短裙，她再没有别的衣服，那是阿玛德早前连同食物偷偷送进来的。她给小迈克尔也换上短裙。太早起床，她还是头晕脑涨，营里四处都静悄悄的。

走进办公室时，她发现加藤上尉正怒气冲冲地等着她。

"犬养将军今天早上将抵达这里视察，那个犯人是我抓的，我可不想他认出犯人，而我却一无所知。"

凯瑟琳意识到加藤上尉的严刑逼供一点儿成效也没有，阿玛德并没有招供，铁牢笼也不能使他屈服，而且他还活着。

"我给你最后的机会老实交代，指认犯人。否则，等到将军来了，你们俩一块儿上路。"

凯瑟琳平静地回答：

"我告诉过你，我不认识他。"

"把犯人带进来。"

在等待中凯瑟琳的心剧烈地跳动着，她无法想象小迈克尔见到阿玛德之后的反应。在离开营房前，她跟一个女人要了些镇静剂，她只希望小迈克尔吃了药后会睡着，认不出阿玛德。孩子正把头靠在她的肩上，吮着大拇指。

楼梯上传来了脚步声，一位身材高大的士官，手里端着步枪，出现在门口。他用日语报告后站在一边。阿玛德，双手绑在背后，被两名日本兵推搡着进了房间。他望了望凯瑟琳，脸上无一丝表情。看到他身上似乎没什么大的伤痕，凯瑟琳松了口气。他头上的伤口已经看不见，背上的伤疤也正在愈合，凭借着天生强健的体魄，他逃过了关铁牢笼这样非人的虐待。他身上穿着卡其布长裤，日本人在让他见犬养将军之前给他冲了个澡。即便在这般危险紧张的情形下，看到他英俊的脸庞，凯瑟琳仍禁不住怦然心跳。

两名日本兵解开绳子，一人一边架住阿玛德的胳膊。一直安静地躺在凯瑟琳肩膀上的小迈克尔醒了过来，大拇指仍塞在嘴里，凯瑟琳的心快要蹦出胸膛。小迈克尔抬起头，眼眼在房间里四处张望。他咯咯地笑着，朝阿玛德伸出小手，但他并没有喊出阿玛德的名字，然后他转过头看着凯瑟琳，指着阿玛德。

"看到了吗?"他吮着拇指含糊地说着。

"是啊，看到了。"凯瑟琳轻声回答。

小迈克尔挣扎着要下去，但凯瑟琳紧紧抱着他，很快药力发挥了作用，小迈克尔开始昏昏欲睡，不再固执着想见阿玛德。凯瑟琳松了口气，小迈克尔并没有明显地认出阿玛德或暴露他的名字，在这种情形下已是最好的结果。

加藤上尉看着小迈克尔的反应，更加恼火。他确信自己找到了游击队的首领，但现在却将由海军，而不是陆军，说出这个真相。

"你还有最后一次机会，斯坦福夫人，解救你和孩子的性命！"他恶狠狠地等待着，让威胁渗入她的脑海。"你必须在别人指认出他之前坦白交代！"

他踱着步子，走上前，手指戳着她的脸。

"如果违抗我的命令，你们会陪着这头猪被处死！这是你最后的机会！"他直愣愣地望着凯瑟琳的眼睛。

"我已经说了，我不认识他。"

上尉紧闭嘴唇，狠狠捆了凯瑟琳一记耳光，小迈克尔惊醒过来，迷糊地哭闹着。凯瑟琳看到阿玛德脸色铁青，眼泪涌上眼眶。

加藤上尉又捆了她另一边脸一记耳光，她听到阿玛德吼了一声。这一次，她的嘴角裂了道伤口，鲜血流了下来。一滴血溅到加藤上尉干净无瑕的衬衣上。她希望他能再捆上几巴掌，让鲜血沾满他的衣服，但他却猛然转向阿玛德。

"你不喜欢看我打女人，她是什么人？她是你和我们的敌人！"他用英语说道。

阿玛德用马来语回答："我不会说日语，不会说英语。我听不懂你刚才说什么，如果上尉是问我先前的反应，我会告诉你，在我的国家，打女人是没有尊严的事情，除非她是你的妻子或女儿。"

那是一句平常会让她恼怒的话，凯瑟琳知道他是故意那么说的。她注意到他的眼里闪过一丝快乐的光芒，对她示意，给了她勇气。

阿玛德的回答让加藤上尉怒不可遏，"犯人不需要尊严，他们没有荣誉可言。而且，你们俩在撒谎！"

突然他接过军士手中的步枪，挥舞着刺刀，狞笑着，精神亢奋，慢慢走到阿玛德跟前，刺刀缓缓地在他面前打着旋儿，离眼睛非常近，然后他把刺刀架在阿玛德的鼻梁上，得意地笑着说：

"你的鼻子挺直，不像马来人或日本人的鼻子又扁又平，那是西方人的鼻子。希望我帮你整一个马来人的鼻子吗？"他兴奋地狂笑着，"我会在这里和这里切下去，"——他朝两边的鼻翼挪了挪——"那你的鼻子就像马来人了。"

还没兑现他的威胁，他又把刺刀移到阿玛德的耳朵上。

"或许割掉一只耳朵会好一些，"他端着刺刀，紧贴着阿玛德的耳根，慢慢收回来，在阿玛德颈上划出一道细细的血痕。刺刀移到阿玛德的锁骨处，慢慢向下划，自脖子到肚脐，一道伤口赫然呈现。尽管伤口很浅，但凯瑟琳已吓得魂飞魄散。

加藤上尉很怡然自得，如果不能从两人口中掏出真相，那么至少要发泄一下心中的怒火。他转过头望着凯瑟琳，"他长得还蛮英俊的。告诉我，你想和这么一个男人亲热吗？"

凯瑟琳猜疑或许加藤上尉或其他人看见过她与阿玛德那天晚上在铁丝网边的相拥，她镇定情绪，尽量用轻蔑的语气说道：

"白种人可不和棕色人种亲热，他们一点儿都不好看。"她耸了耸肩以示厌恶，说了一句偏激的话，她的身份应该说的话。

上尉用日语朝手下发出命令，凯瑟琳听不懂，但阿玛德听懂了，她看到他眼中的惊恐。架着他的两名日本士兵解开他的裤子。

"既然你对棕色人种不感兴趣，斯坦福夫人，那我将不会让这个男人碰别的女人，相信你不会介意，对吧？"

他把刺刀架在阿玛德的大腿间，慢慢朝上举，直到刺刀的锋刃轻轻搁在阿玛德的睾丸处。上尉狂笑着，注视着阿玛德的表情。阿玛德的额头上沁出密密的汗珠，眼中流露出恐惧，但仍一言不发。

"坦白交代吧，当死人好过不是男人。"上尉朝阿玛德说道。

阿玛德咬紧下巴，那是他表示理解的唯一迹象，他一句话也没说，知道自己的任何一句话都可能让上尉丧失理智。

凯瑟琳愣愣地盯着蓄势待发的刺刀，绝望地想着怎么在将军到达之前拖延时间。她那么紧张，根本没听到岛上唯一的敞篷老轿车，专门用来迎接贵宾的，正耀武扬威地笨重地吼叫着驶进营房广场，激起一阵烟尘。外边，士兵们匆忙排成队列迎接。

上尉收回刺刀，交给军士。士兵拉起阿玛德的裤子，他一直紧绷的脸松弛了下来。第一次，他望着凯瑟琳的眼睛，黑色的眼眸鼓舞着她，给予她勇气。

她正需要勇气，从门缝中她看到将军从车里走出来，朝匆匆忙忙赶出来迎接他的上尉回了个军礼。乔治角的总督陪在将军身边，开始视察士兵。

望着外面，凯瑟琳整暇打量着将军，理一理思绪。她意识到应付这一场面得看将军的记忆力如何。她认出犬养将军确实是那一次在宴会上见到的贸易团成员，她很会记住别人的长相，但她不知道如果在人群中看到将军，能不能认出他来。她记起，将军遇到真正的斯坦福夫人时也遇到了自己，凯瑟琳·摩根。她知道自己该怎么应付了，她终于鼓起勇气。

一行人走进指挥部，凯瑟琳迎上前，微笑着，深深鞠了一躬。她宁可冒险，也不愿等着被认出来，她得试一试。

"犬养将军阁下。"她抬起头。

将军似乎认出了她，微微迷惑着。

"这位是斯坦福夫人，"上尉对将军介绍道："我想你们彼此见过面。"他仔细观察着两人。

带着愉快但仍很疑惑的微笑，将军回了一躬。她并非他的犯人，回礼不算丢脸。凯瑟琳松了口气，将军认出了她，但一时间对不上号。

"是的。我与嫂嫂4年前在麦提亚接待过将军。您还记得我的嫂嫂卡拉吗？我丈夫亡兄爱德华的妻子，她总是与查尔斯爵士主持宴席，坐在上首。"

将军脸上的疑惑不见了，他还记得凯瑟琳，但没把她与迈克尔的妻子联系在一起。囚禁生涯并没能摧残凯瑟琳的美貌，4年前模糊的记忆似乎一下子清晰起来。

"哦，是的。当然记得，卡拉夫人也在这里吗？"

"不，她早前亡故了，在麦提亚沦陷时不幸去世的。"她没有再说下去，将军也没再问，似乎为发生的事情感到尴尬，毕竟他们对曾热心款待过自己的东道主发动了不义的战争。在他心中欠下了一份人情债，在这种情形下，再也无法偿还，将军心里很不痛快。

"战争为我们都带来了不幸，听到您亲人的噩耗我感到很难过。我也不愿看到您如今沦为阶下囚，但战争就是战争，我爱莫能助。尊夫与查尔斯爵士可好？"

她头脑一阵眩晕，眼前正在玩两个哑谜：她化装成斯坦福夫人，还有征服者与被征服者之间滑稽的礼貌的对话。

"我丈夫战死了，查尔斯爵士在澳大利亚。只有他是家族里幸存者。"

"不是还有个妹妹吗？"

凯瑟琳点点头，"朱里尼，她也死了。"她移开身子，希望结束这场对话。

"别的家人呢?"将军问道。

"您没见过玛吉特,迈克尔的姐姐。她与丈夫在巴塔维亚沦为战俘;卡拉和两个女儿在麦提亚惨遭杀害。"她的声音哽咽着,再也说不下去。

将军难过地摇摇头,"这么多人死了。"

上尉很不耐烦,示意手下把阿玛德带上来。将军的注意力第一次转到阿玛德身上,他并没有马上认出他。

"哦,哦,"将军略显唐突地嘟囔着,走上前仔细地端详阿玛德。

"他很高大,王子也很高大,但我记得好像没他这么高大。"事实上,将军的记忆非常模糊,毕竟只是 4 年前在宴会上见过一面。但如果将军表示记不得,那可要大大丢面子,毕竟,所有人都等着他指认王子。

"不是!"他最后斩钉截铁地说:"这个人不是阿玛德·阿拉拉曼!"

凯瑟琳隐藏住内心的狂喜,上尉一脸沮丧,总督尽管失望,但似乎已准备好这一结果。他命令上尉继续审问这个马来人,尽管他不是游击队领袖,但仍有谋杀高桥中尉的嫌疑。凯瑟琳知道这不过是挽回面子的一种姿态,日本人已对阿玛德失去了兴趣。上尉朝军士喝道:"把犯人带到操场上去。"

还好,凯瑟琳心想,阿玛德不用回到铁牢笼里。

"我真心祝愿我们两国能再次和平共处。"将军朝凯瑟琳微微鞠了一躬,她深深地回了礼。将军与司令官走出指挥部,上尉陪着走出去,剩下她与刚才押送她到这儿来的士兵。过了一会儿,军士回到指挥部,命令凯瑟琳回营房去。刚刚走到门口,军士一把拉住她的手。

"孩子留下,他得跟我走,很快还给你。"

凯瑟琳心里焦急地想见阿玛德,他不会在男营房里关押太久。如今他是一个普通的当地嫌疑犯,很快会被转押到乔治角的其他监狱。她用焦炭在精心收藏的一份日本旧报纸上写了几个字,当他出外劳动时,她把折叠好的纸条放在男营房门前的路上。纸条里写着让阿玛德在晚上查床后到外面的海滩与她见面,她找到了一条逃出女营的通道,在地上与隔离墙间有一道空隙,她希望他也发现了。

她没看到阿玛德是否在男营房外集合的囚犯里面,还没来得及在人群中找到他就被卫兵铐走了。她偷偷留下纸条，但立刻绝望地想到，即使他在场也不一定能看到纸条。别的囚犯、别的士兵都可能捡到纸条，知道约会地点。她知道自己在冒一次极大的危险。

当晚，她钻出了牢笼，奔向自由。窄窄的沙滩边长满了棕榈树，浪花拍打着海岸，被击碎成无数白色泡沫。潮水很高很满，太阳触到了海平线，似乎融入了水中，铺开明红、金黄、粉红的缎带，荡漾在海洋表面。无边无际、翻腾不休的波浪前赴后继，冲刷着海滩。

那些颜色似乎被施了魔法，在完全融化消失在海里之前触手可及，连夕阳也似乎被海浪冲刷上岸，能跑到沙滩边拾起一块碎片带回家。

太阳完全下山了，她从海面上转过身，阿玛德静静地站在身后。他的表情很严肃，但嘴角、眼角流露出一丝温柔，很多天来，她没能看到的温情。她走到他身边，他紧紧搂住她，默默相拥着。两年来，他们一直保持友谊关系，如今，正要成为恋人。这一情感的新变化让两人心中都很踌躇，最后体味着友谊的滋味，心中纵有千言万语，也只能留待来日倾诉。他搂着她的肩，在沙滩边漫步。她拥着他的腰，小鸟依人般靠着他的肩膀，两人如闲适的恋人般走着，心里都知道其实已时日无多。

他挑了棵棕榈树，引着她走过去，和她一道坐在树下。分别的苦痛是不堪忍受的，她心疼地爱抚着他从喉咙到腰间的伤痕。

"为什么你今晚这么沉默?"她轻声问。

隔了好久，他才开口道:"我得到波尼奥作战，我不能再留在这儿。战争还要很久才能结束，我们可能无法再见面。或许我们还是做朋友吧，多少苦难我们都熬过来了。"

她想到了希娅，她对他的爱情深感疑惑，"是因为别的女人的缘故吗?"

"不是。"他回答道。

"那样的话，我要得到你才能让你走。"

她靠上身子，如饥似渴地亲吻着阿玛德，抬头望着他时，他的眼里只有痛苦、哀愁。

"这只会使分手更痛苦，"他喃喃地说道，但已没有时间犹豫。他把她拉到身边，热烈地拥吻着。

她坐起身，呼吸急促，抚摸着他的胸膛，亲吻他坚实的小腹，一直吻到他的脖子，直到两人的身体开始因激情而战栗着。

她凝视着他的脸，手仍按着他的胸膛，感受他呼吸的起伏和节奏。他的手搭上她的肩，徘徊了一会儿，缓缓解开短裙的绳结，垂到她的腰际。他拿开短裙，目光一寸寸地欣赏着她的身体。

他轻轻抬起她，解开自己的衣服。她再次坐下去时，能真切地感受他情欲的存在，温暖而充实。他没有进入她，手抱着她的臀部，轻轻抬起身体摇晃着撞击着她，在每个动作间会放松一下。她屏住呼吸，渴望着打开身体，把他全部包容进去，带着他到她想去的地方。他沉重的呼吸表明他已经无法再忍受了，猛地一翻身到了她身下，让她骑在上面，躺在他双手的环抱里。接着，他用手肘支撑着弓起身子，进入了她体内。尽管已准备好接受他，她似乎仍感觉到一团烈火突然刺穿了她，她欢愉而渴求地哭泣着。他的身体无法停止，开始在体内抽动。他几乎没有亲吻她，而是在她嘴边、眼边和脸上声音颤抖地说着表达爱意的马来语。他的每一次穿刺都那么深入，刺入她的心窝，带来最温柔的私语，最关切的亲吻。最后他筋疲力尽，发出一声解脱似的吼叫，身体停了下来。再也没有东西给她，他也哭了。

她亲吻着他的眼睛、嘴唇和喉咙，惊奇地尝到泪水的味道。如果一旦被发现，他们将被处以死刑，但此刻躺在他的怀抱里，她感到十分的安全。

他看着她的脸，看到她眼睛里的爱意，她的双唇颤抖着，渴望着告诉他，但她说不出口，她的一部分仍属于迈克尔。他心里一凉，想到或许这已无法改变。

对两人而言，这一爱的举动并不只是长期压抑的激情的释放，他们心里能深切地感受到，他们的灵魂由此而融为一体。凯瑟琳知道阿玛德全心全意爱着她，而她只是说不出那些话，她的感情如今属于他，完全属于他。

当她最后睁开眼睛，望着天空时，天上已是繁星点点，夜空有如黑色的天鹅绒，包围着、保护着他们。宇宙与阿玛德的臂弯拥着她，没有边际，没有界限，她感觉与他的身体、这个世界、天上的星星永远融为一体。在此刻，她一无所惧，她知道自己爱上了他，她已接受了穆斯林的世界，女人没有自由、地位的世界。她唯一在马塔普拉拥有的权力是他的爱情，但只要她拥有他的爱，她就有了无尽的权力。

两人手牵着手，走进温暖的海水里，开始一起畅泳。她稳定而有力的泳姿与阿玛德的动作很协调，他微笑着，很高兴她能跟得上他。回到岸上，清浅的海水在腰间打着旋，他又紧紧地抱着她，忘情地拥吻。手臂绕着他的脖子，凯瑟琳把腿盘在他的腰上，让他深深地进入她温柔的开口。在浪花的拍打中，两人销魂缠绵，难舍难分。

阿玛德把她抱上岸，一起躺在沙里，面颊贴着她的长发，开始和她聊天。

"我会给你留一些日币和金子，如果平安无事，把金子留着，"他说道："到战争结束时，日元会毫无价值，但黄金不会贬值。"

"你认为日本人会战败吗?"没有外界的报道，她已深信日本人的战事宣传，战争将持续十年，并以日本人的胜利告终。

"我确信日本人会失败，不出两年。"

她突然无法忍受，"我怎么能再熬两年呢?"她哭泣道。

他紧紧按着她的肩膀，"你可以做到的。"他坚定地说："答应我，永不放弃，无论发生什么事都要好好活着。"

"我答应你。"她回答，爱情给予了她力量和勇气。

两人不再谈论战争，整晚都在做爱，谈论风花雪月。当东方一抹微白出现时，两人最后一次做爱，在波浪中翻腾，夹杂着狂喜与悲伤。必须离开了，他带着她回到墙边，眼里含着泪水。她抽泣着，不情愿地分手离开。他跪在墙边，目送她远去。她猛然转过身，哭喊着："阿玛德，阿玛德，我爱你!"

说完她又转身离去，阿玛德慢慢站起身，望着凯瑟琳的身影消失。灰色的天际，一块巨大的乌云笼罩着四野。

第二天早上，凯瑟琳和另外几个女囚被押到一幢无人的小楼做清洁，新到的日本士兵将搬进去。特兰岛将再接收 2,000 名英国和澳大利亚战俘，他们此前一直在北波尼奥和印度支那修筑公路。走过男营时，一个男声朝女囚喊话，扔出一件小东西，落在队伍中的地上。东西马上被捡了起来，带队的士兵刚好回过头准备让女人们的眼睛好好望着前方，察觉到异样，于是让队伍停下来，开始进行搜查。

凯瑟琳乘机瞄着男营，寻找阿玛德和佩特利，但并没有看见他们。

"那个马来人和伊班男孩怎么样了?"她朝铁丝网后一个年轻的英国人问道。

"他们逃走了，"他回答，"早上刚走的，害得我们被士兵狠狠揍了一顿，真不敢想象他们怎么跑掉的，除非有船接应。我也想这么做，但我可无法那么好地隐藏自己。"他咧嘴笑着说。

凯瑟琳的心里充满欣喜，他们自由了。"谢谢。"她微笑着。他冒着被殴打的危险回答她，她很感激。

士兵搜到了那件东西，一艘木刻的小船，送给儿子的生日礼物。凯瑟琳很惊讶那个士兵允许那个女人保留小船，但还是给了她几记耳光，并铐上手铐以示惩戒。

战俘到达后，特兰岛上的气氛改变了。士兵战俘们遭受了残忍的虐待，平民战俘们战战兢兢，意识到自身的处境还可能变坏。乔治角附近女修道院的 26 名修女被带到特兰岛后，女囚营房里的气氛大大改善。修女们已习惯了贫穷与奉献，对艰苦的监狱生活毫无怨言，她们乐观大度的精神鼓舞了大家。但最大的改变是安全措施的加强，布设了新的铁丝网与陷阱，昼夜不停的巡逻使得监狱插翅难飞。而且，即使逃出去，当地人也会向日本人告发他们的行踪。

日本人总算信守承诺，到 1943 年的圣诞节，阿玛德离开的几个月后，小迈克尔回到了凯瑟琳身边，毫发无损。

第四部

地风狂岚

在东印度群岛，一则15世纪的传说广为流传，预示东边的列岛将先由白水牛统治，接着黄皮肤的猴子掌握了权力，然后，一位拉图·阿蒂尔，正义的王子，将化身为云豹，在地底生长，最后从印尼群岛最高的火山口处，伴随着滚滚的火山硫烟——地风，降临人间，为印尼人民赢得永恒的自由。

第 50 章

一开始，没有人会想到 1945 年 8 月 20 日会是特兰岛集中营特殊的一天，大家对即将发生的事情一无所知。天气还是热带那种令人窒息的酷热，中午，女囚们刚锄完杂草，累倒在屋外的阴凉下；士兵和营房指挥官吞云吐雾地抽着大烟。食物与鸦片随着战事的进展，供应越来越不稳定，日本人的脾气也日益暴躁。

凯瑟琳还是利用中午休息的时间，避开众人照料自己的小菜园。阿玛德给她的钱早用光了，别的女人在战前都带了一箱贵重物品，可以与士兵和平民进行交易，她可没有这么幸运，只能拼命在菜园里劳作。

小迈克尔跟着她，和往常一样喋喋不休。凯瑟琳望着 4 岁大的儿子，心里很不是滋味。孩子正在捕捉野外的昆虫，准备喂园里的一只老母鸡。如今老母鸡下的蛋是母子俩唯一的营养品，它是凯瑟琳用最后的钱买的。小迈克尔赤着脚，身上披着短裙，那是用凯瑟琳的衣服的一部分缝制的。她很担心孩子的成长，把几乎所有的食物都留给了他。尽管瘦小，他的身体很结实，精力充沛。事实上，他的精力太充沛了，环境恶劣的监狱也没能抑制他的好奇心。英国天主教的修女们在监狱里开设了一间教室，给孩子们上课。尽管年纪还太小，但小迈克尔执意要上学，修女们接纳了他。他天资聪颖，却不能遵守学校的规章制度。每当他去上课，修女们会亲切地把他搂在缝缝补补，好像彩色棉被的法袍里，"噢，小迈克尔，你能看我们真是太好了。"他接受了她们的拥抱，睁着大大的灰色眼眸望着她们，但从没有微笑过。

凯瑟琳在菜园里摘了些土豆叶子准备回去煮，小迈克尔停住脚步，倾听着森林里的声音。一群小鸟从草丛中扑棱棱地飞起，他目送着鸟儿飞出视野外。出于本能的恐惧，鸟儿从不向着饥饿的集中营这边飞。

"那些小鸟在发出什么声音啊，妈妈?"他问道。

"唱歌。"她嘟囔着，很庆幸只要用一个词回答。

小迈克尔安静地听着鸟鸣，凯瑟琳气恼地看着刚掘出来的两个小土豆，太早把它们挖出来了，但饥饿总是让她做傻事。

"唱首歌给我听，妈妈。"

"不行，现在不行。"

"我要听，现在。"他央求道。

她不理睬他，于是小迈克尔开始自己哼歌，一连串口哨与尖叫构成了自己独特的乐章。他的创造力总是让她惊奇。他不停地探索着，展示着他的想象力。他用泥巴、树枝、叶子和其他能找到的东西凭着想象建造从没见过或已经记不清的事物：轮船、飞机、火车、城市、建筑物、农场。别的孩子会嘲笑他的作品，但他并不在意。尽管她很担心监狱生活对他性格的影响，凯瑟琳意识到在集中营里，小迈克尔是最不受铁网高墙束缚的人。她反倒担心如果他们获得自由，现实世界无法满足他丰富的想象力，会令他失望。

刚到特兰岛的时候，凯瑟琳经常在小迈克尔睡前给他讲故事，或教他印尼语和达尼语。这既可以教育孩子，自己也不至于荒废这些语言能力。但随着食物日益减少，劳动日益增多，她的精力只能用在照料菜园上，顾不上其他的事情。

她挥舞着锄头，又刨出一个还没成熟的土豆。小迈克尔的歌声响彻云霄，和德格沃泰一样，他自吟自唱，用幻想编织歌曲。突然，他停住了歌声，凯瑟琳起初只听见蚊虫飞舞的嗡嗡声，渐渐的，声音越来越响。她蹲在地上，望着天空，什么也看不见，于是她又站起身继续干活。小迈克尔还在观望着，声音已经很近，凯瑟琳再也无心锄地。她本已彻底放弃了希望，但心却怦怦乱跳着。她用手护着眼，在刺目的阳光中，数千张传单随着飞机呼啸而过，从天上飘落下来。她跃起身，抢了一张，日本人很快会出来把传单统统收走。传单如雪花般散落，小迈克尔目瞪口呆，希罕地看着。

听到飞机的轰鸣声，别的囚犯纷纷从午休中醒来，走出小屋看热闹。凯瑟琳阅读着传单：

> 1945 年 8 月 18 日　致同盟国战俘：
>
> 日本已宣布无条件投降，由于地处偏僻，盟军无法即刻解救诸位难友，但请怀着希望，我们将尽快安排受降。很快诸位将重获自由。
>
> 琼斯少将
> 澳大利亚第九师团　指挥官

凯瑟琳惊喜地叫嚷着，周围其他囚犯欣喜地读着传单，庆祝胜利。日本士兵匆匆忙忙跑出营房，没收了传单，但他们已来不及驱散传单带来的喜悦与希望。当天下午，集中营指挥官，加藤上尉，将所有犯人集中到广场上，逐一彻底搜身。他的心情极度恶劣，想找出任何理由惩罚他们。搜完之后，他走上训话台，开始宣读日军东南亚司令部陆军元帅寺内寿一颁布的通知。通知命令囚犯收拾行李，他们将很快被转移到中央收容所。

"行动是为了保障大家的安全。"指挥官喊道："盟军将大规模进攻波尼奥，他们可不顾你们的安危。"

没有一个囚犯相信这番话，恐惧又笼罩着心头。盟军胜利的消息刚刚鼓舞了他们的信心和希望，但现在又被无情打碎。转移新营地，那些体弱多病的犯人根本受不了劳顿奔波；而更恐怖的是，日军肯定会进行最后的报复，以杀戮洗刷大日本帝国的耻辱。寺内寿一心狠手辣，在山打根、兰佬、文莱的集中营，日本人开始将囚犯以 60 人为一队，命令他们挖坑，再残忍地枪杀了他们。对于特兰岛的犯人而言，战争结束了，但死亡却更迫近了。

凯瑟琳望着女营里的棕榈叶屋顶，无星无月，营中一片漆黑。但她还是努力睁开眼睛，那样能更真切地感受到自己还活着。她有点心烦，睡不着，一直醒着，听着老鼠四处奔走。阿玛德的名字映入了脑海中，痛苦地翻腾着。

她不清楚他是否还在人世，当地人传闻他在坤甸的战斗中牺牲。但即使他还活着，经过这么多日子，两人已不再是那晚在海滩边缠绵的恋人。

她睡得不安宁，一直被噩梦惊醒。黎明来临了，士兵并没有进来把犯人叫醒。凯瑟琳疑惑地坐起身，看着周围。小迈克尔也醒了，正在做白日梦。她走到门口，别的女人在她身后嘟囔着，还在睡梦中。凯瑟琳扶住大门。

"上帝啊！"她望着外面阳光明媚的营地，惊叫了一声。

"怎么了？"身后一个女声问道。一个女囚也爬起身望着门外。

"我不知道。"凯瑟琳回答。

整个集中营的门敞开着，没有通告，没有广播，日本人都不见了。他们犹豫着，不敢离开自己早已熟悉的人间地狱，到早已陌生的外面的世界。

孩子们是第一批走出大门的，这些勇敢、独立、机灵的小家伙们在营地里比他们的母亲更加自在。很快，孩子们跑回来告诉大人，澳大利亚军队和美国军队正在登陆。

犹豫一扫而光，囚犯们纷纷冲出营房，来到营中的操场。抵达的盟军士兵看到这群衣衫褴褛、面黄肌瘦的可怜人时，泣不成声，说不出话来。凯瑟琳寻找着小迈克尔，他没有和别的孩子们回来。她发着低烧，但她不愿错过这个她苦盼了两年的时刻。澳大利亚士兵和美国水手们正与犯人们交谈，给他们递上食物和医药。士兵们看上去那么年轻，那么健康，他们是营团里最精锐的部队，刚结束了解放波尼奥和西里伯斯的战役。他们没能解救那儿的囚犯，日军继续负隅顽抗，与战俘一同玉石俱焚。解放者与被解放者之间立刻结下深厚的友谊，在印尼与马来亚的数万名战俘中，三分之二死于营中，活下来的也疾病缠身，不成人形。

凯瑟琳挤进操场中，日军官兵，从前的施虐者正沮丧地列队站着，准备呈递军刀投降。一个美国海军上尉站上讲话台，朝人群清了清嗓子，说道：

"诸位，我只想告诉你们，盟军一直为这一刻浴血奋战，我们终于完成了我们的使命！"上尉再也说不下去，走下讲话台。周围一片寂静，突然爆发出一阵热烈的掌声。

在讲话台旁边的指挥室，发生了一阵骚乱。凯瑟琳看见一群迪雅克人和伊班人正与一位荷兰上校争执，上校与手下的军官竭力阻拦当地的战士升起象征印尼独立的红白旗。凯瑟琳走上前，看到战士们身上都挂着子弹带，扛着步枪。

"他们是什么人？"她问身边一位年轻的美国军官。

"波尼奥的游击队，"他回答，"似乎有人把他们惹火了，准备干一架。"

"为什么呢？"

"可能是因为我们刚才接到的消息，英国于9月8日派出军队到巴塔维亚帮荷兰人夺回印度群岛。谁传播这个消息都会遭军法处置。"

凯瑟琳的心沉了下去，看到她的忧虑，军官安慰她，"这不要紧，在麻烦事发生前，我们很快会把你们转移。我们会让英国人处理善后事宜，这已不关我们的事。"

凯瑟琳的心一直往下沉，直到她望见一个高大健壮的身影推开人群，站到上校面前。他手里端着一支步枪，接过正升到一半的旗帜的牵绳。

"波尼奥已摆脱了日本人的统治，现在也脱离了英国、荷兰的殖民统治，只有印尼的国旗，才应该升起。"

荷兰中校十分愤慨，"特兰岛是荷兰的土地。"他反驳道。

"曾经是。"阿玛德反唇相讥。

他的手下欢呼着，举起枪表示抗议。澳大利亚和美国的军官迟疑不动，不知道怎么调解这场纠纷。荷兰军官要求立刻逮捕阿玛德，驱散他的部下。

凯瑟琳朝美国军官轻声说道："最好不要逮捕他，那可会是一场政治丑闻：马塔普拉的苏丹带领游击队英勇奋战三年，最后却被盟军逮捕了。"

"我懂你的意思。"美国军官微笑着回答。他朝在场的澳大利亚指挥官传了句话，凯瑟琳看到澳大利亚军官走过来，与美国军官耳语了几句，留下两个老对手，荷兰人与印尼革命者警惕地打量着对方。凯瑟琳悲伤地想到，阿玛德的战斗并没有结束，只是敌人变了。她渴望走上前看他一眼，她的心都快跳出胸膛了。阿玛德赤着脚，身着白衣白裤，一边的肩上吊着弹药带。他自信而高傲，王者之气表露无遗。

火药味更浓了，阿玛德的手下怒气冲冲，印尼人已不再愿意接受荷兰人或英国人的殖民统治。澳大利亚士兵不耐烦地来回走动着，他们的战斗结束了，只想早点儿解救囚犯。纽利将军与上校交谈完毕，望着荷枪实弹的印尼人，举起手示意大家安静。他走上前对阿玛德说道：

"陛下，我们很抱歉没能认出您。盟军钦佩您带领部下坚持抗战的勇气与事迹，您的作战大大帮助了盟军的作战进程。我们很荣幸在这个解放的日子您能在场，也理解您为贵国争取独立的心情，但这些问题并不能在这里解决，那必须在联合国协调下通过政治途径解决。我建议先解放这里的难友，让事情告一段落。"

犯人与士兵欢呼着，阿玛德高声盖过声浪，周围安静下来。

"这里有很多人遭受了苦难，我同意他们必须得到照顾。我们会通过联合国与政治途径争取独立，但如果我们的国家不能取得独立，我们将靠自己争取自由。"他高举步枪，他的手下欢呼着。

荷兰军官紧闭着嘴，离开了操场。凯瑟琳鼓起勇气，穿过人群，走到阿玛德身边。多少回在梦中，她盼望着这一团聚的时刻。如今站在他面前，她的心里却惊慌失措。她已憔悴不堪，衣不蔽体，面目可憎，她只想远远跑开，但已经太迟了。

阿玛德看到了她，脸上的表情不知是震惊还是哀愁。他停止了交谈，微笑从嘴角消失。他把枪塞给一名手下，穿过人群，向她走来，站在她面前。两人一言不发，他双手托着她的脸庞，出神地注视着。或许，他在寻找过去的回忆，她心想，那个旧日的凯瑟琳。眼泪涌入她的眼睛，但她不知该说些什么。她看到阿玛德的眼里也闪着泪光，俯下头，温柔地亲吻她。

"凯瑟琳。"他呼唤着她的名字，却泣不成声，只能紧紧地搂着她。他发觉她的身体瘦骨嶙峋，又是气愤又是悲哀。他在内心为自己强壮的身体而内疚，过去两年的风霜雪雨并没有摧残他的健康，而是使他更加坚强。

"小迈克尔呢?"他在她耳边低声问。

"他很好。"

阿玛德闭上眼睛，暗自庆幸着。

"佩特利呢?"她问道。

"他现在应该到马塔普拉了，马辰解放后我让他与一部分手下回去。"

阿玛德的第一个想法是马上带凯瑟琳和小迈克尔回马辰。他清楚印尼尚未独立，荷兰人和英国人还会回来，他得开始组织反抗运动。但他担心凯瑟琳的身体吃不消。

她抬起头望着他，看到他的神情，"我没事，阿玛德。真的。"说着说着，她的眼前一黑，晕了过去。

第 *51* 章

苏拉巴亚的港口，医疗船在海浪中摇摆。几周来，凯瑟琳的身体恢复得很快，再过两个星期，她就可以出院。然后呢？她不知道。

6 周前，查尔斯爵士到过苏拉巴亚，并带走了他的孙子。等凯瑟琳身体恢复后，他准备带两人回麦提亚。小迈克尔很乐意同这位慈祥的英国老将军在一起，他总是和小迈克尔聊天，带他去看木偶戏和表演。

熬过两年的监狱生活并不容易，起初，小迈克尔在酒店里总会偷盘子里的剩菜，藏到房间里。查尔斯爵士并不知情，直到有一天他无意中发现小迈克尔房里的残羹剩菜。

"小迈克尔，我知道，饿了那么久，是很痛苦的事。"他苦笑着，留下发馊的饭菜，没去动它。

几周后，小迈克尔贮藏食物的欲望逐渐消失，他开始相信饥荒已离他远去。他十分慷慨，看到周围的人挨饿时，会把自己的食物让给他们；与查尔斯爵士外出时，小迈克尔看到乞丐，总会央求爷爷施舍他们一些钱物。后来，小迈克尔也知道祖父的能力无法解救所有的受难者。

查尔斯爵士失去了许多，孙子成为他生命的支柱。他很开心小迈克尔有着旺盛的好奇心，聪慧敏捷，与他的父亲那么相像。查尔斯爵士认为这是上天赐予他的第二次机会，让他补偿当年无法照顾迈克尔的过失。他已安排了律师让小迈克尔成为他的继承人。而玛吉特，他唯一的孩子，则留了一大笔钱给她。玛吉特活着出了集中营，但由于罹患严重的肺结核，得呆在疗养院里。伯纳德和两个儿子都死了，玛吉特如今孑然一身。

当然，现在有了佩特利加入斯坦福家族。查尔斯爵士在战后听说了他的事，经过马塔普拉时与他见了面。佩特利 17 岁了，长得很高大，身上没有一丝斯坦福家族的金发特征，而是皮肤黝黑，英气勃勃。和外祖父老柯一样，见到查尔斯爵士，他的态度傲慢而满怀戒备。查尔斯爵士在他身上看到了迈克尔的影子，父子俩的耳、目、口、鼻都很相像。

尽管查尔斯爵士与佩特利合不来，但他终究是迈克尔的儿子，阿玛德也证实了这一点。因此，查尔斯爵士准备让佩特利到麦提亚生活学习，待学业有成，再送他到英国最好的学校读书。爵士可以为他提供教育和财富，却无法给予他慈爱——他的肤色让他想起了以前的敌人。对于佩特利来说，他无法想象这一个位高权重的白种人竟然和老柯一样是自己的爷爷，他也很难接受小迈克尔是自己的亲弟弟的事实。

查尔斯爵士每天会去探望凯瑟琳，他一直很喜欢她，当她是自己的女儿。在船上，两人收听了新闻，阿玛德被提名为印尼共和国的总理。阿玛德和部下还在波尼奥，几天后他会到巴塔维亚履职。

9 月底，战争结束 6 周后，英国军队登陆爪哇，准备接受日本人的投降，解放盟军战俘。他们发现印尼人已建立了独立的新政权。荷兰人决心重新恢复殖民统治，拒绝与印尼新政府进行关于独立问题的谈判，把它视为非法政权。荷兰人本以为印尼人会欢迎他们归来，至少不怀敌意，可以和平共处。但一切都变了，印尼人从日本人那里缴获了武器，拥有了武装力量。更重要的是，荷兰人不可战胜、优越先进的神话被打破了。而且印尼人的民族主义意识开始觉醒，他们上街游行，罢工，进行恐怖袭击以抗议荷兰人回来。

英国人发现自己两头难做人，印尼人、荷兰人都不相信他们。随着民间冲突的不断加剧，焦头烂额的英国人要求荷兰人与印尼政府进行谈判，否则就从印尼撤出军队，让兵力严重不足的荷兰军队单独解决问题。荷兰人清楚自身的窘境，决定与印尼政府谈判，拖延时间以充实力量。但他们不愿与总统苏加诺谈判，认为他不过是个投机分子，以前日本人的傀儡。印尼人重组了政府，苏加诺仍是总统，但把谈判的任务交给了总理。这一重任需要谈判人既受印尼人拥戴，又能让荷兰人佩服，马塔普拉的苏丹是最合适的人选。

凯瑟琳听到消息很震惊，她从来没想过政治方面的事情。自从那一天在特兰岛上见到阿玛德之后，就再也没与他联系。他答应过会和她在一起，或许，他不再在乎了。两年的分隔是很漫长的时间，如今他贵为总理，她不知道该如何面对他。

其实事情顺理成章，阿玛德是一个坚定的爱国主义者，曾率领游击队英勇抗战，获得了盟军的荣誉勋章，在国内和国际上，他是当之无愧的风云人物。

"哦，"查尔斯爵士评价道："他们再选不出更好的人选了，但他竟接受了任命，这可是一份苦差事。谈判意味着妥协，但两边似乎都不愿意让步。荷兰人已着手扩军，印尼人无法与之抗衡。现在荷兰人得仰仗英国人，再过几个月，他们的实力将强大到能自己处理局面，谈判后印尼人又得进行漫长而艰苦的游击战。"

凯瑟琳静静地躺着，查尔斯爵士细细地进行着政治思量。她只能想到自己，查尔斯并不知道她与阿玛德的关系，凯瑟琳并不想让他知道，因为她也不知该何去何从。

"我不知道苏加诺为什么会选一个对手担任总理，"查尔斯爵士沉思着，"但我想，如果民众对妥协不满的话，他可以把一切罪名推到总理身上。苏加诺不喜欢阿玛德，他们唯一的相似之处在于他们都是狂热的爱国主义者，都拥有无与伦比的人格魅力。他们是两个世界的人，苏加诺是一个乡村教师的儿子，阿玛德则是天生贵胄，从小锦衣玉食。在苏加诺的政权里，阿玛德很难找到同志。他并非出生于爪哇，在战争时期又长期在地下作战，印尼高层不会理解信任他。政客是善妒的，阿玛德现在这个位置未来的前景会让很多人感到威胁，此外，国内还有一部分伊斯兰信众鼓噪着要建立政教合一的伊斯兰国家。"

凯瑟琳没有回应他，查尔斯爵士叹了口气，作为久经风云的老政治家，他已在起草计划，准备呈交英国议会，然后再游说联合国，争取印尼独立。

两天后，凯瑟琳自报章获悉，印尼内阁辞职。阿玛德在马辰宣布，他将任命新的内阁，由各个政治派别共同组成，争取获得民众支持，与荷兰人谈判。他免去了日占时期前民兵将领穆罕默德·哈桑外交部长的职务，并把他彻底逐出内阁，引发了激烈争议。哈桑是虔诚的伊斯兰信徒，他的免职引起了伊斯兰保守主义信众的不满，开始示威抗议。

报纸上没有关于新总理的个人报道，只有一张相片，印得太黑，除了看得出阿玛德在微笑外，什么也看不清。该死的，她沮丧地想着。护士长波登拿着药站在她面前，波登一贯冷漠严厉，所有的病人都很怕她，包括凯瑟琳，尽管她外表装得并不害怕。波登护士长脸上带着一丝狡黠的微笑，拉开病床四周的布帘。

"有个重要人物要见你。"

还没等凯瑟琳开口，访客已站在波登护士长的身边。看到他的样子，凯瑟琳的心剧烈地跳动着，连呼吸也变得困难。为什么，她很困惑：男人越老越有魅力，而女人却刚好相反。或许是因为女人没有性格，只是男性的花瓶和宠物，她苦恼地想着。

波登护士长在和阿玛德谈话，凯瑟琳不敢相信自己的耳朵，平时不苟言笑的她现在竟然滔滔不绝。应该是阿玛德，以堂堂相貌与健壮体格迷住了她。

"如果她愿意，大人，你可以带她到甲板上呼吸新鲜空气。上边人比较多，但环境更加宜人。"

波登转身离开，手里仍托着放着小纸杯的盘子。

两人凝视着对方，阿玛德黑色的眼眸很冷静，不露声色。

"恭喜你当上总理，"凯瑟琳强笑道："我该怎么称呼你呢？阁下？陛下？还是总理大人？"她心里想着，为什么你连一封信都不写给我？那么绝情。

他没有笑，他的语言还是那么熟悉、温柔，略带法国口音，回答了凯瑟琳心里的问题：

"很抱歉这么久才来探望你，我本该早点儿来。但油田重新开采的工作需要我主持，破坏容易，建设却很难，我没时间写信。"

凯瑟琳心想，我总是排在第二位，那时是卡拉，如今是国家。

"你在生我的气，或许我伤害了你。"他停了停，她没有回答，他继续说道："我想，即使我说我心里很想来看你也于事无补。"

阿玛德坐在她身边，她还是那么漂亮，或者，更漂亮了。她的长发披散在枕头上，已恢复了昔日的光泽；体重也增加了。她穿着短裙，裸露着肩膀，比以前更加成熟，风韵动人。如今她的肤色不再是病态的黝黑或脸色苍白，肌肤滑如凝脂，两边的面颊绯红妩媚。他想，她从来没这么像爱尔兰人过，或许，是苦难让她回归本原。在他眼中，她灿烂地绽放着。天啊，他多么爱她，爱意从心里泉涌而出。

"为什么，凯瑟琳，"——他神情严肃，眼里却闪烁着灼热的光——"每一次我们相见总是在病房，你病了，而我只能辛苦地压抑自己。"

她脸上一红，阿玛德笑了起来。

"你害羞了？"

"你总是让我脸红，你忘了吗？"

"我没有忘，这两年来我一直想着你。"

他注视着她的双眸，认真地说道："那是我存在的意义。"

她伸出手，抚摩着他的前襟。他感觉到她的手在颤抖，抓住它，放到自己唇边，她流下幸福的眼泪。

"带我走。"她低声说，但她知道他此番前来是与自己诀别的。

他的决心在动摇，他的同僚决不能接受一个美国人。尽管只有几个人知道他与凯瑟琳的关系，但捕风捉影的传闻已开始散播。和她在一起，他的政治生涯随时可能断送。那并不要紧，他当总理只是因为没人比他更合适。他没有政治野心，但目前正是谈判前夕的敏感时刻，如果他与她的关系公诸于众，事情可能会变得不可收拾。他希望能通过谈判避免战争，那是最重要的使命。

"你不能去马辰，那里每天都有绑架和暗杀，白人根本没有安全保证。但即使不关安全问题，我现在也不能带你走，我们的关系会影响谈判。"

她的手滑了下来。

"那好。"她的声音变得特别正经，像她七年级时的老师约翰逊小姐，一个生活在梦想失落的痛苦中的老姑娘。

"会有转机的，我答应你。"他轻声说："我爱你，你要记住，我永远爱你。"

凯瑟琳合上眼睛。

阿玛德抱起她，在他有力的怀里，她似乎失去了重量。她身上盖着的被子滑落在地上，下面是一件宝蓝色的及踝长裙。

刚开始，她顾虑重重，但当他抱着她走到过道时，她不再挣扎，双手勾住他的脖子。

"我自己能走路。"她抗议道。

"我知道，"他微笑着，"但我就是要抱你。"

她的怒气消失了，把头靠在他的肩膀上，闭上了眼睛。走过空无一人的狭窄的过道时，她亲了亲他衬衫开口敞露的脖子，他为之窒息。这是她的魅力所在，她很得意自己仍拥有这一魔力。

"连荷兰人都没办法降伏你，而我却可以。"她说道。

波登护士长说过，甲板上可不是私人谈话的好地方，但比起拥挤的病房，环境好了很多。天空尽管阴沉沉的，但凉爽的海风驱散了恼人的酷热。阿玛德放下凯瑟琳，搂着她的腰，靠着自己的身体。他的腰顶在她身上，已充满了渴望。像干柴碰到了烈火，她的激情也被引发出来，欲火煎熬着两人，燃烧着两人的身体，连呼吸也变得困难。她望着阿玛德的眼睛，直穿透它们的表面，到达温暖的深处。如果不是他抱着，她连站都站不稳，会在他的眼神下融化。她渴望着他，分别了那么久，他们根本注意不到身边的其他人，只能感受到肌肤相亲时欲火的肆虐。

"我爱你。"她如泣如诉地低语着，缠着他的脖子，亲吻着他的脸。两人被热情冲昏了头脑，几乎跪在甲板上。

突然，阿玛德推开她，海风迎面拂来，有如冷水当头浇在烈火上。他紧紧抓着栏杆，"当心点，否则我在这里就与你交欢。新总理可不能在公共场合被捉到与女子偷欢。"他大声笑着，但笑声中没有一丝欢乐。

凯瑟琳斜倚在栏杆上，"特别是在一艘外国船上，与一个异邦女子在一起，是吗？"她揶揄地说道。

两人的心情改变了，一直困扰着两人关系的沮丧和痛苦仍阴魂不散。

"该死的船！"凯瑟琳哀怨地说道，伸出手拉着他的前襟，"该死的天杀的印尼政府！"她把头靠在他的胸膛上，紧紧闭上眼睛，不让泪水流出来。

他的手轻轻搭在她的肩上，不敢再把身体靠近。

她挣脱他，转头望着港湾。

"谈判会很危险吗？查尔斯爵士说过会很危险。"

"是的。"他回答，凯瑟琳话里的怒气令他暗暗吃惊。

"你已经为印尼做了很多，我们都受了太多苦，我需要你，我需要你和我在一起。我们去美国、英国、法国，哪儿都可以。"

他痛苦地望着她，"我做不到。"

她挑衅地看着他，"我们美国女人习惯于选择自己的生活，我要明确地告诉你，我反对你正在做的事情，或者任何把我们俩分开的事情，无论是你的抑或是我的工作。"

"你是在谈论普通人，谈论普通人过着的普通生活，但我们不是那种人。"

"是你说不是。"她反驳道。

他吃惊地望着她，身为王子，他一直接受着个人服从于责任的理念。他应该了解她并不这么想。他内心惨笑着，责怪自己太过迟钝，还没问她就匆匆做了决定。

"凯瑟琳，十分抱歉，我一直一意孤行。我答应你，再不会罔顾你的感受，原谅我。"他拉着她的手，她感觉到内心的激情又开始涌动。她爱阿玛德，但恐惧仍在心头盘旋，她不知道她到底在想什么：她是不想他涉足政治？或者她讨厌他的位高权重？她一直渴望平等的关系，但如果他成为国王或总理，又怎能平等？她只会是一个名人的附庸，那才是她最害怕的。

阿玛德站在她身旁，凝视着海面，似乎在绿色的浪花深处隐藏着问题的答案。他能感受到身边娇小玲珑的身躯，海风舞动着她的发梢，似乎被它的柔滑迷住了。

"等你的身体好点儿后，我希望你和小迈克尔尽早到马塔普拉去。"

"查尔斯爵士已经安排我们到麦提亚，至少住上一阵。"

阿玛德皱了皱眉，他不希望她回到与迈克尔有关联的麦提亚。她应该忘记过去，但他什么也没说，他还没有权利要求她做什么。

她继续说道："我打算回芝加哥探望父母，他们得见见外孙。查尔斯爵士也会跟着去，帮我解释。有他在场，我想父母会接受现实。"她的语气很轻松，似乎事情会一帆风顺，但她的父母还不知道小迈克尔的存在，她很担心他们不肯接受他。"哥伦比亚大学还给了我一份教职，冬天开学时开始授课。我那本关于达尼文化的书大获成功，我想我可以靠自己生活得很好。"

他退缩了一下，苦笑着，"你就不能不一再提醒我，你并不需要我吗？"

"不——我需要你。"她望着他，神情严肃。

"那么回到我身边吧，"他坚定地说道，一把搂住她，热烈地亲吻着，直到她喘不过气来。他抱起她，回到病房，门外人群的喧闹被这一方小天地隔绝。凯瑟琳紧紧搂着他，脸贴着他温暖的喉咙，抵抗着内心的冲动。

"希娅还在你身边吗？"她问道。

阿玛德望着她，坐到床边。

"我们东方男性并不习惯被人问这种问题，尤其是被女人问。这并不是你的权利。"他的眼睛里闪烁着愉悦的光芒。

她微笑着，知道他在开玩笑，"两年来我一想到她，就妒忌得要命。有时，我都快受不了了。"

他眼中的愉悦黯淡下去，"希娅死了。"

"对不起。"她轻声说。她设想过很多回答，但并没有想到会这样。

"她在你被捕后死于难产，孩子出生时我陪着她，直到她死去。"他的声音充满悲伤，但表情轻松了一些。

"是个可爱的女儿，两岁了。我给她起名卡蒂尼，那是独立运动中第一个女领袖的名字。卡蒂尼现在住在马塔普拉的皇宫里，但那只是暂时的，等我找到合适的看护人，我会带她回巴塔维亚。"

提到皇宫，她的心里一凉，"你还保留着那些妻妾妃嫔吗？"

"当然，她们是我的责任，是父亲的遗产，甚至是祖父的遗产。现在还有酋长想献上他们的女儿，作为进贡。规矩是很难改变的，那些礼物我只会在厌倦了你的时候才会享用。"他本想开个玩笑，却看到她并不认为有趣。

"我已经给了她们自由，还有一笔钱和一个英俊的男人作为补偿，很多人都走了。"他不想说还有很多人选择了留下，希望有一天能得宠。

"我爱你，凯瑟琳。没有别人，也不会再有别人。我知道诺言毫无意义，但我还是要说，我和别的女人睡觉，只是为了满足我的性欲，但这些女人绝没有你想象的那么多。"

她望着他的无纽衬衣，随着他身体的前倾，露出肌肉饱满结实的胸膛。她想到别的女人也抚摸过他的身体，心里充满嫉妒。她能禁欲两年，为什么他就不能呢？

猜到她的心思，他说道："如果你希望的话，我答应你，不会再有别的女人，好吗？"

"好的。"

他真挚诚恳地望着她，"在那两年中，当我以为再也见不到你，想一死了之的时候，我才会与她们发生关系。"

他俯下身子，迟疑着，嘴唇贴着她的嘴唇。她闭上眼睛，感受他温暖的气息，然后，他轻轻在她额头上亲了亲。

"很快回来见你。"他说道，离开了病房。

阿玛德去同船长打了招呼，跟着英国军方一个司机开车到机场，英国人准备了一架军用飞机送他到巴塔维亚。荷兰人不喜欢英国人为他们的对手提供这样的便利，但英国人希望荷兰、印尼双方尽快达成妥协，让他们能在太平洋群岛的泥潭中脱身。新总理是宝贵的政治资源，可不能出事。

阿玛德一直是自己开车，他从不把自己的安危置于他人之手。但这一次他对自己身边的司机很满意，和那个英军中士一路闲聊到了机场。两人没有谈到战争，中士提到了英格兰和回家的渴望。阿玛德则向他介绍苏拉巴亚的风土人情。

快到机场的时候，汽车在一辆翻转的马车边停了下来。车刚停稳，阿玛德猛然看到一个男人在路边，双手持枪，跑上前来准备射击。阿玛德朝司机叫了一声，趴下身子，顶开车门，车门朝刺客撞去。刺客的准星略微一偏，但还是扣下扳机，击中了司机的头部，司机当场死亡。阿玛德滚下汽车，一把搂住那男人的双腿，把他拽倒。手枪再次开火，子弹打在了人行道上。阿玛德迅速站起身，抓住刺客的手臂，扭到身后。手枪砰的一声掉在地上。

阿玛德松了口气，仍牢牢控制住刺客，把他摁倒在车上。警报声猛烈地响起，英国士兵冲了过来，围在他身边。阿玛德松开刺客，后退了一步，用巴哈沙语同刺客对话。士兵一拥而上，把刺客紧紧缚牢。

"如果就咱们俩在这儿，我会用手扭断你的脖子。告诉你的同伴，下次可不能失手，我会亲手把他们干掉的！"

士兵们把刺客带走了，留下阿玛德在车子旁边，因愤怒和后怕而浑身发抖。子弹孔与破碎的玻璃似乎在嘲弄着他。凯瑟琳，如果凯瑟琳和他在一起，她可能已经死了。他现在证实了只要他一直涉足政界，她和他在一起并不安全。他自己的生命遭受了莫大的威胁，但他已没有选择。凯瑟琳回美国时，他不会再阻拦她。如果她能找到别的男人，那可能是最好的结局。她应该得到自由与快乐，而他现在却不能给予她，他只能让她离开。

他下定决心后，心里意识到，刺客的子弹并没有完全射偏，在血迹斑斑的皮椅上，他的一部分生命已经死去。

第 *52* 章

10 月，战争在苏拉巴亚打响了。英军散布传单，要求印尼人交出武器。印尼人不堪英国人与荷兰人的压迫，正式发动起义。印尼青年运动的军事力量朝分散在苏拉巴亚城内的英军小分队展开进攻。士兵和平民一概惨遭杀戮，甚至被五马分尸。而当英军的援军赶到，很快轮到印尼人被大肆屠杀。英军高层与印尼共和政府已无力号召双方停火，只能任凭暴力在这片土地上肆虐。

荷兰人的反应同样激烈，"我们已在印尼群岛殖民统治了 350 年，"一个前总督如是说："再过个 350 年才开始谈论印尼独立的问题吧。"

为了让父母不至于太震惊，在回家前，凯瑟琳给他们写了一封信，告诉他们关于小迈克尔的事情。回到家里，她很庆幸查尔斯爵士能陪同她一起回去，他的幽默、热情感染了整个家庭，而父母则静静地听着。但当对话告一段落时，母亲看上去焦躁不安，在想着什么事情；父亲则礼貌而冷漠，平时掩饰他性情中阴沉苛刻一面的风趣机智根本无影无踪。他没对凯瑟琳说什么，她摧毁了他一直苦心经营的好女儿的形象，他不能原谅她。凯瑟琳难过地想，分隔了这么多年，父女重逢却是互相伤害。当母亲同她单独在厨房里时，母亲的态度暴露无遗。那天是星期天，仆人都走了。母亲并不习惯自己干活，紧紧闭着嘴，把茶倒进银茶具里，往一个茶壶中装上热茶，另一个倒上开水一会儿可以冲泡。她全神贯注地准备着茶点，把小蛋糕、三明治精致地摆放在银盘中，最后才同凯瑟琳说话："凯瑟琳，你怎么能这样子回来？我怎么告诉别人呢?"

"如果别人问,就实话实说。我不会宣扬自己未婚先孕的事,但也不认为值得羞耻。如果你愿意,请顺便说孩子的父亲英勇牺牲,我们彼此深深相爱。"

"你怎能这么不知羞耻? 你让我们丢尽了脸面!"母亲暴躁地叫嚷着,"现在你还有脸回来招摇!"她泪光盈盈,多年来,凯瑟琳第一次看到母亲哭泣。凯瑟琳想到小迈克尔,还天真无邪地在隔壁房间玩得不亦乐乎。这么漂亮、聪明的孩子,怎么会让别人蒙羞呢? 但在母亲的生命中,表象永远比本质重要,她让母亲失望了。

她平静地回答:"我这次回来,只是想让你们见见外孙,让他认识你们。"

"你这样子是惩罚我们,激怒我们。"

凯瑟琳一句话也不说,拿起托盘,回到客厅。查尔斯爵士正在讲一个有趣的故事,仿佛他才是东道主。她此行的目的是什么? 她不得而知。母亲倒茶宴客,有一搭没一搭地闲扯,似乎刚才在厨房里什么都没有发生。或许真的没有,一切都只是她的想象。

"加奶或加糖吗,亲爱的?"母亲递给她一杯茶,嘴角边挂着一丝冰冷的微笑。

"不用了。"凯瑟琳回答。

一切都结束了。

凯瑟琳回美国,不单是因为印尼国内的战争。她一直想重返校园,回到学术生涯。这一需要很热切,她不想再面对战争,面对牺牲。如果她可以拥有迈克尔(可已是天人相隔),她不会爱上阿玛德。阿玛德是革命,是危险,是另一个失去的威胁。

在纽约的火车站,凯瑟琳对前来接她的珍尼说:"我只是一只厌倦了战争的归鸟,想寻找平静安宁的生活。"

珍尼摇摇头,给了凯瑟琳和小迈克尔一个拥抱,"凯瑟琳,你应该是一个男人,或嫁给一个冒险家。我不相信你会安定下来。"

凯瑟琳心里很奇怪,她一直认为是她身边的世界,而不是她,在不安分地改变。

珍尼温柔地看着她，"你气色很好，凯瑟琳，我可没想到。"

凯瑟琳苦笑着，"只是多了些皱纹罢了。"

她自己没怎么关注相貌，尽管已年过三十，她仍不会照着镜子感叹逝去的年华。她的自尊并不由她的相貌决定。

"你从不轻言放弃，不是吗，凯瑟琳？"当两人安顿好小迈克尔，珍尼同凯瑟琳一道去吃晚饭。珍尼对凯瑟琳说："你很坚强，比我坚强得多。"

凯瑟琳察觉到珍尼话中有话，"我从不认为自己很坚强。"

"你活了下来。新几内亚，日军集中营，别人都死了，只有你活了下来。"

卡尔死了，汤姆死了，珍尼没说出来，但她确实在责难凯瑟琳。是凯瑟琳，而不是珍尼，分享了他们生命中最后的时光，而只有凯瑟琳活了下来。

"迈克尔也死了。"凯瑟琳轻声说。

"我知道，我很难过，凯瑟琳。有时我感觉很心酸，气卡尔为什么选择了这么一份危险的职业，气汤姆为什么选择了加入海军。他们本应当是安分的农民，在家里种田，过着平淡的生活。"

"你告诉过卡尔你的感受吗？"凯瑟琳问道。

"你能想象我不说吗？"

凯瑟琳微笑道："他从不逆着你的意思。"

珍尼笑了，"我知道，我们在很多事情上都背道而驰，我是一个实用主义者，而他是一个理想主义者。"她停了停，继续说道："或许这便是我们彼此相爱的原因。"

凯瑟琳点点头，但没说什么。珍尼几年前改嫁给了一个教师，根据她的描述，他是一个实在的人，和珍尼一样，从不冒险，但求平稳。他的冒险就是在不同的小镇间转换工作。凯瑟琳心里不无偏见地想着，他怎么比得上卡尔？

"你也应该安定下来，结婚成家了。"晚饭后喝咖啡时，珍尼对凯瑟琳说："为了小迈克尔的幸福。"

"哦？"凯瑟琳微笑道："可惜还没有男人排队求婚呢。"

"会有的，那个苏丹如何呢？"

凯瑟琳突然激动起来，"珍尼，我不需要男人才能幸福，真的。"

珍尼耸了耸肩，"或许吧，但有了男人会轻松点，特别是你，还带着个儿子。"她狐疑地看着凯瑟琳，"但我还不曾真正了解你，你的目标比我们这些女人要大得多，否则你不会取得博士学位。这对女人而言可是非常困难的。我想你应该很以自我为中心，很一意孤行。"

凯瑟琳吃惊地看着她，心里受到伤害，但珍尼继续说道："可怜的大卫，我认为你不应该和他订婚。卡尔一开始就知道这是一个错误，他说过大卫不可能包容你和你的成功，他是个被惯坏的孩子，但他应该有个好归宿。"

凯瑟琳完全呆住了，这不是小女孩妒忌的言语，这是珍尼的心声，珍尼一直是她的好朋友。

珍尼继续说道："我决不会那么做，凯瑟琳。迈克尔是一个已婚的男人，有两个小女儿，不管我有多么爱他，我决不会做第三者。"她不安地看着凯瑟琳，尴尬地耸了耸肩。

"为什么你现在告诉我这些？"凯瑟琳难过地问。

"我不知道，自从汤姆死后，我一直很生气。汤姆爱着你，凯瑟琳。我一直很害怕这会毁了他一生，你一直爱着迈克尔。"她顿了顿，又说道："我必须诚实，我一直怀疑卡尔也爱着你。我恨你，这是你我之间的事，我必须真实地告诉你。"

"你认为我是自作自受，是吧，珍尼？"凯瑟琳痛苦地问道。

"不，"珍尼叹了口气，"别难过，我不该说这些的。"

"如果能从头再来，我依然会那么做，"凯瑟琳倔强地说："即使知道今后的命运如何。我爱迈克尔，一直爱着他，正如你爱着卡尔一样。"

"不，"珍尼回答，"我爱过卡尔，但我不再爱他。你我之间的区别正在于你不会放弃，你太自行其是，一直不愿放弃应当放弃的东西。你无法接受迈克尔的死去，他是你的阿基里斯之踵，一直都是。"珍尼拍拍凯瑟琳的手，哀怨地说："忘了我说的话，你受的苦比别人多太多了。"

凯瑟琳望着窗外，开始下雪了。这么多年来，她见到的第一场雪，她想念着雪。那一刻，她觉得前所未有的孤独。

第 *53* 章

　　凯瑟琳想念着印尼群岛，纽约的腐败气息与印尼那边大相径庭，但却不遑多让。在这里，腐败是干枯冷漠，支离破碎，灰蒙蒙而不是绿油油的。战后经济复苏，纽约跟着身价暴涨，连找个栖身之地都很困难。靠着著作的版税，凯瑟琳只能找到一处只带楼梯，墙纸破烂，散发着恶心气味的公寓。但这儿离大学很近，保姆也住得不远，小迈克尔很快适应了这里。有时，人声鼎沸的纽约让人觉得新几内亚是那么不真实，但看到儿子，她知道那并非一个梦。

　　佩特利同查尔斯爵士去了伦敦，他是个好学生，查尔斯爵士准备送他进英国公立学校，再转入牛津大学。但佩特利已有了自己的主见，这些计划很难实现。他经常给凯瑟琳写信，她让他夏天到美国玩，小迈克尔很想念这个哥哥，而佩特利也可以暂时离开查尔斯爵士，他一直想把佩特利培养成英国绅士。

　　玛吉特离开疗养院后，一直留在英国，不愿再回麦提亚或印尼群岛。

　　"我不想看到那个伤心地，"她写信给凯瑟琳道："我在康维尔的老屋住，离群索居，自得其乐。我成了一个隐士，再过几年，我就会变成一个神秘的老巫婆，住在神秘的旧屋里。孩子们会朝屋子扔东西，然后又吓得没命地逃跑。"

　　凯瑟琳给她写了一封热情洋溢的回信，但除此之外，她不知道怎么帮助玛吉特。

凯瑟琳的授课时间推迟到 2 月份春季学期才开始。她很惊讶自己开设的文化人类学课程有那么多人选读，学生挤满了教室，连过道都站满了人，许多人没有登记听课卡。她接受了所有学生，安排他们考试，尽管这意味着得多干些活。大多数学生不愿意选修毫无用途的人类学课程，但凯瑟琳的著作却引起了学生对这门学科的极大兴趣。

授课对凯瑟琳而言实在不轻松，她很害怕成为众人瞩目的焦点。但她从不表现出来，她同学生开玩笑，表现得轻松自如。但授课并不是她想要做的事情，她更喜欢做学问，独自在书海中遨游或者进行田野研究是她最快乐的时光。她一直无法改变自己的害羞心理，每一次走进取暖器老得叮当响，木地板磨得百孔千疮的老教室，望着一张张渴求知识的面孔，她的心都会缩成一团。

老教授戈登，今年人类学系的轮值副主任，在大厅同凯瑟琳相遇。"早上好，宝贝。"他叼着烟斗，从牙缝里挤出一句问候，烟斗带着轻微的恶臭，和教授的气息一样。

凯瑟琳点头笑了笑，总是"宝贝"或"摩根小姐"，从不是"摩根博士"，似乎他不能接受这一头衔。这位乖张的老人家总是翻着泛黄的书页，漫不经心地讲课，热衷于戏谑年轻后辈，取笑学生。

经过教授身边时，凯瑟琳很奇怪为什么他能把领带打得歪歪斜斜，衬衫烫得皱皱巴巴，连裤子也松松垮垮地垂在鞋跟边。老教授既懒惰，又傲慢，从不按时工作，考试也是马虎应付，胡乱给分。尽管他对学生如此轻蔑，但系里却拿他毫无办法。作为一个资深教授，他是少数不可触犯的权威之一，他也清楚自己的地位。得给烟管点个火了——她嘟囔着——把嘴给堵上。钟楼的大钟庄严地鸣响报时，上课时间到了。

4 月份，在荷兰举行的荷兰和印尼的谈判刚一开始就宣告破裂。荷兰人出尔反尔，拒绝同印尼共和政府交涉，宣称共和政府根本就是非法的，因此无法进行谈判。一个星期天，凯瑟琳和珍尼去电影院，在影片开始前的记录片中看到阿玛德接受关于谈判破裂的采访。她几乎认不出他来，在欧洲早春料峭的寒风中，他穿着一件长大衣，看上去那么别扭，但见到他仍令她心跳加速。他离开了被迫中断的谈判，赶到伦敦参加在那里举行的联合国会议。他作了热情洋溢的演讲，呼吁世界各国支持印尼独立。他的发言感染了与会的各国代表，纷纷向荷兰施加压力。

看完电影，凯瑟琳在地铁站同珍尼分手，自己走路回家。下午的气温依然很冷，在一间小商店前她惊讶地看到一个长着红头发的头顶，发色是那么的熟悉，但那是一个陌生人。红头发下蓝色的眼眸发现她正望着他，好奇地回头看她，一下子来了兴趣。她低下头，匆匆走过去，她感觉到那双眼睛仍盯着她，直到她消失在人海中。哦！迈克尔！她祈求着，你已离开人世，现在请离开我，让我得到安宁。

暑假，佩特利来了。他变成了一个英俊非凡、文质彬彬的 18 岁的小伙子。小迈克尔很高兴他能来，佩特利也担负起照顾弟弟的责任。他最终接受了他的英国身世，但美国的无拘无束更吸引他，他很开心能再和凯瑟琳在一起。

英国政府宣布，他们准备从印尼完全撤军，留下荷兰人独立支撑。宣言再次成功地迫使荷兰人同意与印尼共和政府谈判。与此同时，印尼国内的局势依然紧张，不时有零星的暴力冲突。尽管麦提亚置身乱局之外，查尔斯爵士还是动身赶回波尼奥，并劝说凯瑟琳和小迈克尔同他一起回去。但凯瑟琳告诉他，她已决定留在大学里，再教一年书。

圣诞节时，查尔斯爵士来到纽约度假，心里非常不高兴。

"我亲爱的凯瑟琳，我不明白为什么你不肯回麦提亚，而要留在这里。你没必要让自己和孩子成为众人评头品足的对象。"

凯瑟琳回答说："除了身边几个亲人，没人知道小迈克尔的身世，而且这不干别人的事。"

"凯瑟琳，我想让小迈克尔成为我的继承人，很快整件事情就会登诸报端。"

"不行！"凯瑟琳抗议道："现在不能那么做，再过一段时间。"

"到什么时候呢，凯瑟琳？你不可能永远躲藏，真相总会大白。那时你和我的孙子会受到伤害的，跟我回麦提亚吧。"

谈话毫无结果，凯瑟琳一心要留在大学里。她即将被授予皮伯蒂基金人类学研究项目主持人的荣誉，项目主要赞助杰出的年轻学者，自从她的著作与两篇关于文化中侵略行为的论文广受好评后，她成为接受该项荣誉的不二人选。尽管女性身份对她略有不利，但似乎委员会的成员决心打破性别歧视，让她成为第一个接受此项殊荣的女学者。

她不愿跟查尔斯爵士回波尼奥的真正原因，是她害怕麦提亚。她不知道为什么，毫无理由地恐惧，但她实在不愿回去。

圣诞节假期结束的前一天，凯瑟琳回到办公室。她一直感觉没有学生的教室与礼堂很压抑。系里的办公人员休假没回来工作，邮递室里的信箱像圣诞节的袜子一样塞满了整整两个星期的信件和电报。她把成堆的信封推开，检视自己的信件，有一封来自皮伯蒂基金委员会，比她预料的早到。她拆开信封，把内容读了两遍，不能相信里面的内容：是别人获得了这项荣誉。她走到系主任的办公室，手里攥着信件。门是开着的，还没走进去她就能看到昏暗的大厅里白色的灯光。

"我一直在等你。"

凯瑟琳快步走进办公室，把信摆到办公桌上，"为什么？"

主任留着髭须，捋着袖口，领带打得不太端正。他叹了口气，端详着手中的铅笔，不去看她，"因为孩子，凯瑟琳，你的孩子。"声音掩饰不住他的恼怒，"未婚先孕的孩子。"他摇了摇头，"这件事传到了委员会那里，到现在，应该已是众人皆知：院系的全体教员，学生的家长，董事会成员，基金捐献者，毕业校友和社会公众，还有一直在控制预算的管理层。"他再次摇了摇头，"我不知道当初你决定保住孩子，自己独立抚养时是怎么想的。但令我不悦的并非你的道德观，而是你怎么那么糊涂。"主任用愤慨而怀疑的眼神望着她，"你以为你是谁？可以罔顾社会的价值观而自行其是？你，还有那些人！"

受伤的眼泪涌入凯瑟琳的眼眶，她想表现得坚强，却无助而彷徨，"当怀着孩子时，我怎么能放弃他？"

"你试过吗?"

"我一直没想过要放弃他。"

主任沉默了片刻,"当初没想过流产吗?"

"我不能那么做。"她怎能让他理解,她深深爱着孩子的父亲,小迈克尔是她唯一的纪念。她说不出口。

主任望着她,"你是个杰出的人类学家。如果不是事情牵涉太大,我决不会针对你,系里绝大多数人也不会针对你。大家都知道你的事,秘而不宣。但这件事迟早会让管理层和捐献人知道。学校不会辞退你,不合规矩,我也不会让你走。"

她感激地望着他。

"但是,"主任继续说道:"可能你将与荣誉无缘,系里也不会再聘请你。正如老话所说,水到渠成,瓜熟蒂落,"他把铅笔扔到桌上,"但你的问题在于没跟迈克尔·斯坦福先生结婚就搞大了肚子。"

看得出他很生气,凯瑟琳知道个中原因。是主任审阅了她的论文,聘请她到系里授课,他一心想要栽培她,而现在她却因为那件事辜负了他的一片苦心。"我很抱歉,"主任最后说道:"我无法评论事情的对与错,这就是现实。"

"这是终生审判吗?"凯瑟琳冷冷地问道:"我想连罪犯都可以有刑期。"

"学术圈很狭小,没有太多空间可以赎罪。"

"我该怎么办?"

"去研究机构吧,或博物馆,那里不会太显眼。"

几分钟后她走出旧砖楼,心里了解了地球上真正的野人居住在哪里。走出校园,加入街上拥挤的人流时,她的情绪慢慢滑入低落的谷底,"哦! 不行!"她对自己说道,路上的行人依然行色匆匆,"哦! 不行!"她加快了脚步,回到家时,又变得神采奕奕。

她关上门,走到窗户边。她痛恨纽约,只有富人才能体面地在这里生活,能痛恨一件事物的感觉真好。

"好了,大都市。你可以有机会的,但你已经错过,该离开了。"

放弃心中的学术理想并非那般轻松，她需要一个新的梦想，她准备回波尼奥，回麦提亚，回到迪雅克人和伊班人的村子里。但这一次回去的目的已经不同，不是研究他们，而是帮助他们抵御文明的侵袭。

"你不是想回森林当女人猿泰山吧？"珍尼听到消息后惊叫道："理智点，去博物馆工作吧。同骨头为伍，给古董掸掸灰尘没什么大不了的。工作并非生活的一切，在闲暇时找些事做不就行了？"

"哦，珍尼。"凯瑟琳笑着说："或许卡尔没告诉你，原始部落的猎人和采集者有更多的空闲。"

学期结束后，凯瑟琳参加了飞行学习班，觉得飞行很刺激。她一周内就能独立驾驶，两个月后拿到了驾照，但她的情绪仍有些失落。2月份，国家地理杂志社找上她，希望能写一篇关于马塔普拉的文章。杂志社负责她到波尼奥的差旅费，她一口答应了，但要求杂志社保守她作者身份的秘密，直到文章完成为止。杂志社安排妥当一切，通过爪哇的政治渠道，得到了苏丹的许可，亲笔回了一封信。从信中看，苏丹并不知道凯瑟琳就是文章的作者。到了波尼奥的马辰，凯瑟琳让小迈克尔同随行人员到麦提亚与查尔斯爵士会合，自己独自到了马塔普拉。

第 *54* 章

马塔普拉

国库里那一盏小油灯微弱的红光几乎很难照亮整个房间，凯瑟琳打开手电筒，锥形的光亮照耀着屋内。在她周围，黄金、珠宝静静地躺在防盗玻璃中，闪烁着奇异的光芒，渴望着世人的目光。许多精美的艺术品和珍贵的古董已经被日本人毁坏或劫掠一空，但国库里神圣的皇室财宝被藏匿得很隐蔽，安然无恙，静静地躺在这黑暗干燥的地穴里。

凯瑟琳给房间和宝物拍了几张照片，等冲洗完毕，她得拿给苏吉尔——阿玛德的秘书过目。他很熟悉皇族的历史，有了他的帮助，凯瑟琳得以在阿玛德不在场的情况下写出文章。离开房间前，她的目光重新落到一件宝物上，那是一尊太阳女神的雕像，身上插满了细细的长短不一的金条，每一根不过火柴棒粗细，镶满了珍珠与钻石。她无法抵御诱惑，顺手拿起一件头饰，堆起蓬松的长发，让整件头饰罩住她的脸。她在宝箱里搜寻，找到一面镶金嵌玉的手镜，拿起它迎着光。在闪烁的烛火中她的面容出现在金玉环绕的小镜面里，她惊奇地看着，似乎认出那个陌生的人影。

她戴着头饰，继续探索着宝箱，找出一面以金丝与微小宝石编织而成的网巾，又选了一件天蓝色的衣服，提到胸口处比划着。然后她脱下外衣，把那件衣服披在身上，像宫廷女人般裸着肩膀。她感觉自己似乎回到了另一个时代，变成了另一个人。她接着选了一件手镯和臂环戴在身上。

她背朝烛光，摆出一个以前经常在爪哇的舞台表演中见到的动作：双臂高举在头顶合十，稍微前倾，高昂着头，转到一边。她闭上眼睛，脑海中响起《甘美兰》悠扬的乐章。她修长的手指挥舞着，轻盈地扭动着腰肢，似乎足不沾地地在游动。她的肩以上纹丝不动，气息微若游丝，脸上无一丝表情，仿佛正在入定。突然，她踢开裙子的后摆，转身面对着烛光。光亮映着她的脸庞，她听到沉重的呼吸声，睁开眼睛，不安地盯着烛光外的黑暗。没有别的声音，她慢慢放下手臂，尽管看不到，她能感受到房间里另一个人的存在。

一个素装打扮的人影，从阴影中走出来，走到她身边。

"很抱歉打扰了你的曼妙舞姿，那么优雅，我甚至能感受到音乐的韵律。我希望没吓到你。"声音是那么的熟悉，略带法国口音，轻柔而富有磁性。

她吃惊地张大了嘴，脸一下子涨得通红，他一直在观察她。

"我放下公务休息几天，傍晚时飞回来的。下人说你今天会工作到很晚。"他轻松地聊着，让她有时间恢复平静。

"我白天得到外面拍摄外景。"

"很有效率。你应该很匆忙，赶着完成后离开。"他不等她回答，"查尔斯爵士和小迈克尔还好吗？"

"很好，他们在麦提亚。"

他环顾四周，"在写文章的过程中，一切都还顺利吧？"

这么客气的口吻，自己或许只是一名普通记者，仅此而已，她不悦地想着。

"是的，谢谢。我快写好了。"她朝相机点了点头，"这些是我最后需要的照片。"

"我给你拍一张古装照片吧？"

"不用了。"

她觉得很难为情，很傻气。刚才还显得很自然得体的服装现在只有滑稽的感觉。

他觉察到她的局促，安慰道："这顶皇冠很适合你。"

"我希望刚才戴上它不会冒犯到您——"她说不下去了。阿玛德走到一个宝箱旁，拿起一双金色拖鞋。

"再补充一下。"还没等她回答，他跪在地上，抬起她的一只脚。

"很好，"他说，"鞋很合适，这就是说你必须嫁给王子，否则结局就不完美了。"他给她的另一只脚套上拖鞋，站起身。

她的心狂跳不已，轻声说道："但王子已变成了国王。"

"那样的话，你可得抓紧时间了。"他开着玩笑。

他走到房间的另一头，掀开一幅布料，一面人身大小、镶着金边的镜子呈现在她面前。

"过来看一看，我的公主。"

她走到镜子跟前，里面的景象连她都为之晕眩。他站在她身后，双手轻轻搭着她的肩。

"这是古印度的头饰，"他解释道："16 世纪的珍品。在荷兰人来之前，在伊斯兰教来之前就一直存在。还有，裙子应该是这么穿的。"他解开她的裙子，垂到腰际。

烛光微微颤了一下，又稳住了。她在镜中看着自己赤裸的身体，这让她感觉很脆弱无助。她想躲起来，没有注意到他的手灵巧地解开了她腰间的裙子。

"现在一切完美了。"他后退了几步，她在镜中看不到他的脸。她不假思索，双手护胸，转过身子。

"你在我面前还害羞吗，凯瑟琳？"

"我与你不再熟悉了。"

"不是的！我没有改变，是你把陌生感带到你我之间，不是我！"他大声说道。

她的怒气一下子冒出来，"在新闻照片上你和别的什么女人一同出现？那个在雅加达的金发女演员。为什么她在那里很安全，而我去就会很危险？还有那个陪你去联合国的红头发女人呢？"

"那个红头发女人是朋友的妻子，金发女演员是一个英国将军的情妇，她去香港和他见面。"

"却愿意在雅加达逗留?"

"是的,如果我对她有意思的话。"

"你和她上床了吗?"

他伤心地看着她,"你的口吻好像一个怨妇,丈夫在外面到处拈花惹草,自己却独守空房。你是一个独立的职业女性,但当我告诉你,我能理解你,并接受你时,你却跑回美国,没告诉我什么时候回来,或者到底回不回来。你坚持自己的自由,却不理会我的感受。"

"你和她上床了吗?"她追问道。

"是的。但她和我都不当一回事,只是一种挑衅。很多女人同她一样,渴望权力、又一无所有,只能通过征服男人得到满足。我喜欢渴望权力、靠自己的努力去争取的女人,只要她愿意承担权力的责任。"

她没有回答,转过身,系上裙子,遮住自己的上身,再转过身看着他时,他的神情冷漠而阴郁。

他目光炯炯地望着她的眼睛,"你可以把她当成借口,但我们之间的问题并不是这个女演员。有的女人渴望权力,努力追求;有的女人害怕权力,躲避抗拒。为什么你害怕权力,凯瑟琳?对我的权力?"他紧紧握住她的胳膊,"为什么?"

她还是没有回答,他无能为力。身为国王却无能为力,实在不是滋味。但这就是现实,她才是关键,而不是他。他知道他的统治欲望吓跑了她,他的自信经常流于傲慢。她害怕他的权力,只有她才能决定如何面对。但他一再看到,她无力坦然面对,与他平等相待。又或者她尝试过,但退却了,只剩下他独自享受不愿品尝的胜利和优越感。

"凯瑟琳,"他轻声呼唤着,仍牢牢抓住她的手臂,"不要害怕,面对我!"他哀求道:"挑战我,我会高兴地服从你。不要向我的男权屈服,但也不要抗拒。我们可以彼此独立,平等相待。"

她眼里噙着泪水,知道他说的是真心话。他凝视着她的双眸,他的眼睛充斥着强力,但在深处的温情的缓和下,不温不火,掩饰了暴烈。

"告诉我，"他轻声说："你不再爱我了，那我会永远离开你，往事不再重提。"

他的眼眸吸引着她，耳朵里能听到脉搏跳动的声音，呼吸开始变得急促，只看到他的眼睛和温柔的嘴唇，近得无法抗拒。她微张双唇，颤抖着，闭上眼睛，喉咙里呻吟出一声投降的叹息。他松开她的手臂，举起她头上的皇冠，头发披散在她的肩上。他把她拉到身旁，慢慢俯下身子，温柔而缠绵地亲吻她，那么舒缓，恰与两人紧紧贴在一起的热烈的身体形成了鲜明的对比。她再也无法抵御情欲的诱惑，仰着头，他的双唇游至她的脖颈，烛光闪烁着，她的双手缠绕着他的脖子，把脸凑上去，品味他身上清新自然的气息。

两人来到一处花园，里面没有下人，谁也不知道国王已经在国库里找到自己的珍宝，正温柔地抱在怀里。

在爱的花园里，有一座由精工雕琢的柱子支撑的阁楼，数百支蜡烛点亮了通道与金字塔形屋顶，点缀着金色的叶子。雕刻是 11 世纪的印度风格，英俊的男人与艳丽的女人以最亲密最不可思议的方式交欢。在闪烁金光的横梁上，阁楼的天花板上也画着同样内容的壁画，裸体的男女身体交缠，互相爱抚。只有靠着庭院的一面是一堵墙，其余三面由柱子或山石支撑，被丛林和海洋包围。在阁楼的一端，是一张圆床，一顶精心编织的几近透明的蚊帐将外界隔开，床上铺着丝绸被褥，白色的大理石地板闪烁着纯洁的光芒，如同处子一般无瑕。

阿玛德放下凯瑟琳，亲吻着她的前额，芬芳的茉莉气息令她十分陶醉。他解开她的裙子，裙子飘落到地上。看到她苗条精致的身体，他不禁为之惊叹。她的身体，他的回忆都没有背叛他，她还是那么美。

他伸出手，用手背轻轻抚摩着她的小腹，她愉悦地战栗着。他的手继续向下滑落，手指在黑色的三角区流连，眼睛在她的躯体游览，然后又回到她的脸上，凝视着她的眼睛。她颤抖着，解开他束着衬衫的腰带，腰带应声落到地上。衬衣敞开了，她的手探入他的衬衣中，摩挲着他结实的胸肌，再一直向下，穿过棉布长裤，感受到他热烈的坚强，缓缓解开他的长裤。

她犹豫而害羞地欣赏着他强健的身躯，抚弄着他身上旗杆的底基，逗弄着细长的卷毛，捧着他血管贲张的小囊，轻轻托在手中，似乎要给它称重，看看里面装满了多少欢愉。然后，她一只手滑到他的双腿间，停在光滑结实的大腿肌肉上。他的手探索着她温暖的凹陷，用手指轻轻敲打着，直到溪谷的开口微微张开，潮湿地渴望着。她长期压抑的欲望终于爆发，无可遏止。

"阿玛德……"她轻声呼唤着。

他紧紧挤压在她身上的拥抱是那么甜美，他的嘴封住她的嘴，热烈而冲动。她接受了他探索的舌头，饥渴地回应着他，手扶在他的臀部上，让他慢慢地扭动，摩擦着她的小腹，在肌肤上留下一条黏稠温暖的痕迹。亲吻持续了好久，他抬起头在烛光中望着她，她是那么娇柔无力。

"我爱你。"他在她耳边沙哑地耳语着，她本来半闭的眼睛睁得老大，回以微笑。

"我也爱你。"她喃喃地回答他。他抱起她，走到阁楼的另一头，床正摆在月光与星光下。阁楼里很凉爽，两人的身体却非常燥热。在夜色中，柔软的床似乎在海风的吹拂下，自由地漂浮着，只有那顶薄薄的蚊帐把他们同宇宙隔开。他温柔地把凯瑟琳放在床上，躺在她身边，手肘支撑着身体，细细地观察她。

"好了……"她催促着，没有必要再等待下去。

"这一次，我们不用着急。"他回答，"容忍我的东方灵魂，耐心一点。"

他看着她，她乌黑的秀发披散在软垫上，在苍白的月色下，杏色的眼眸洋溢着激情。他躺在她身边，一直不去碰她，直到欲望煎熬着两人的身体不停地颤抖。他翻到她身上，眼睛黑得出奇，沉重的气息吐落在她的双唇间。她听到他在耳边不停地呼喊着她的名字，太阳从天空坠落，进入了她的身体，她却感觉全身冰冷，似乎太阳的爆炸突然打开了最深邃的密室，凝结了夜空。明亮的火焰温柔地温暖着她的深处，她仿佛听到希娅自遥远的迪雅克河畔轻声说着："烈火之神。"他正是火的象征。

他停住了一小会儿，热烈地亲吻着她的脖子、面颊和秀发。她勾住他的脖子，找到他的嘴，突然一声叹息，牢牢抱紧他。感觉到她的身体得到解脱，他伸出手，穿入她的长发中轻轻地拽住，似乎想把她拉住，不让她从自己身边离开。

在头顶，画像中的人似乎也停止了交欢，看着下面丝绸床单上热烈的情形，两人需要竭力挣扎才能得到长久以来未能体验的释放。然后，一切结束了。他的种子爆发出来，他吼叫着，似乎正要死去。她得到了解脱，呢喃着，呻吟着，紧紧抱着他，直到激情逝去。两人同时崩溃，身体颤抖着，大汗淋漓，呼吸困难。他吻着她的脸，然后从她身上滚落下来，拉着她在身边。她的头靠在他的肩上，一只手按着他的胸膛。在那一刻，她不单想抓住他的身体，还有他全部爱的感觉。她感到不可思议，她占有了他，这一个充满力量、热情与温柔的战士和爱人。她同样感到不可思议的是，她那么爱着他。他今晚带给她的最大的礼物，正是使她重新获得了爱的能力，可以自由地、完全地去爱。

他枕在胳膊上，望着繁复纷杂的金雕花瓣和藤蔓，沉默了好一会儿，才说道："今晚是我第一次用这个阁楼，我是说，让它发挥它的功用。我不会再让第二个人来，旧的生活正在死去，也应该死去。"

他似乎是在与阁楼和里面的幽魂倾诉，悲伤地说道："我是马塔普拉的末代苏丹。"

一阵海风吹来，烛光剧烈地摇曳着，更加明亮，窗帘摆动着，朝海面不停地翻腾。

4天后，阿玛德被紧急召回爪哇，印荷的停火协议被撕毁了。分别的时候来临，凯瑟琳感到喉咙哽咽，说不出话。阿玛德拉着她的手，望着她，情意都在不言中。他揽她入怀，她悲伤地哭泣着。她只能接受他必须离开的事实，她不能陪他回去，但想到要分离，眼泪止不住刷刷地流下来，他只能紧紧抱着她。

"再见，我的爱人。"他的脸贴着她的秀发，她勾住他的脖子，最后一次，两人热烈地拥吻。

回到自己的阁楼，她看到一个金色托盘，摆放着一个雕花柚木盒子和象征婚礼的一碗米。她端详着金盘，惊叫了一声，在米的上方，是两颗一模一样的翡翠，在盒子里则是一条和她的身高一样长的金链——迪雅克人的传统聘礼，只是这条链子上多了许多珍贵的宝石。

里面有一张纸条：

> 不要回麦提亚，我会让人去接小迈克尔，留在马塔普拉等我回来。
> 我们成亲后再一起回去。

白天快结束了，她溜达到阁楼旁边的私人花园，里面的景色根本无法让人联想到这里曾经有千余人被日本人屠杀。阳光照射在园子角落一尊青铜佛像上，佛像似乎正沉浸在自己的世界中。在附近，她能听到水声潺潺，溪谷里满是巨石与鲜花，顺着宫墙一直蔓延至海边。

宫殿庄严而迷人地矗立着，金色的柱子在最后一丝夕阳中闪耀着光芒。神圣的群山，神圣的宫殿，还能有什么地方比在神的肩膀上更适合成为一个国王的家？她能从墙壁中感受到，她无法改变这里。到处都提醒她，这是一个比美国文化更古老更复杂的文化，它对传统的坚持，它的年岁让她充满敬畏。

风改变了方向，海那边的乌云席卷了山区这边的天空，遮天蔽日。浓烟与硝硫的刺鼻气味从附近的火山传来。黄昏快要过去，到了夜晚，宫殿会有数千盏宫灯、火把和蜡烛照明，极尽辉煌。

阿玛德的女儿，卡蒂尼，走进了花园。她穿着一条印花蜡染裙子，披着一件黑外套。凯瑟琳总是惊叹她的美丽：棕色的肌肤，乌黑的秀发，海一般湛蓝的眼睛，在流盼的眼波深处闪烁着神秘的光芒。卡蒂尼是个聪慧的孩子，比实际年龄早熟了许多，在写文章的过程中，凯瑟琳喜欢上了她。

每天晚饭后，卡蒂尼会在宫廷乐队伴奏下练习舞蹈。尽管印尼皇族传统上会接受舞蹈训练，阿玛德却一直不大喜欢她这么做，但又无法阻止爱女练舞。她似乎不用刻意学习，就能从森林、海洋、大地无师自通地创造出独特的舞步。当她翩翩起舞时，她有如水之世界的小精灵，精神恍惚，似乎被魔法附身，摄人心魄。凯瑟琳看得出阿玛德很烦恼，她总会一脸苦笑，摊开手，"我能怎么办？"她无助地问道。"终究，她是希娅的女儿，像她妈妈而不是像我。"

"你今天看上去不大高兴哦。"凯瑟琳朝走进花园的卡蒂尼说道。

"保姆说我的行为必须再合乎些规矩，因为我是个公主。"

"哦？"凯瑟琳好奇地问："那你父亲怎么说？"

"他说和他一样，我只是民众中的一员。但我想父亲并没有告诉我真话。"

"那真话应该是什么呢？"

"我是海的女儿。"她转过身朝着大海，望着海滩上的潮起潮落，脸上浮现出宁静的喜悦，"有时海之女神会和我说话。"她出神地盯着海面，"我能听见她在那里——在潮汐的呼唤里。"

"似乎你有种特别的感觉，卡蒂尼。"凯瑟琳谨慎地说。

"哦，是的。保姆带我去村子里帮助那些病人，她说只有我能让他们痊愈——运用我的天赋。今天，我治好了一个男人，他患了阑尾炎，已奄奄一息。我摸了摸他的身体，他的身体在我的手指下开始变凉。"

凯瑟琳问道："你父亲知道你做这些吗？"

"不知道，"她转身朝着凯瑟琳，"他不会答应的。现在你知道了，你肯定会告诉他，我下次不能去了。"

凯瑟琳问："你明明知道如果告诉了我，我会告诉你父亲，他会阻止你，那为什么你不直接告诉他呢？"

"那是一种力量———一份恩赐——海之女神的礼物。如果我告诉父亲，她会不开心的，她会认为我不虔诚。"

"我明白了，所以你是想让我告诉你父亲吗？"

"不是的……或许吧。有时我很害怕这一天赋，早上，我摸了摸一只在海滩上垂死的海豚。我能感受到它的痛苦与想法，让我好伤心好害怕。我想，有时我能看到未来，但我并不想看到。"

卡蒂尼搂着凯瑟琳的腰："我不想让爸爸走。"

"我知道。"凯瑟琳温和地说，紧紧抱着卡蒂尼瘦小的身体。

一阵剧风吹散了乌云，宫殿沐浴在最后灿烂的阳光中，凯瑟琳察觉卡蒂尼的身体在颤抖。宫殿下面，卡蒂尼的法国辅导教师正匆匆跑上台阶，上气不接下气，脸色苍白。

"噢，小姐！"她朝凯瑟琳喊道："荷兰人已向印尼政府发动了海陆空进攻，占领了马辰，并向皇宫发出通牒，要我们放弃抵抗，立刻投降。听说在爪哇和苏门答腊，荷兰军队正与共和军展开激战。"

"陛下呢？"凯瑟琳急切地问，卡蒂尼的小手用力握紧她，"知道陛下怎么样了吗？"

"只知道全体政府领导人在日惹，荷兰军队包围了咱们这座城市，随时可能进城。"

凯瑟琳感到从前的恐惧又回到自己身上。快乐的时光总是如此短暂，荷兰人的目标是卡蒂尼，以"保护"为名将其扣押作为人质，利用她迫使阿玛德就范。

"告诉仆人们对外面说公主不在这里，"凯瑟琳命令阿玛德的秘书，"就说公主同苏丹早上一起回爪哇了。"

荷兰人为了避免与驻守宫殿的老弱妇孺交战的尴尬，只是在宫门外派人戒备，准备第二天早上再进城。当天晚上，凯瑟琳带着卡蒂尼顺着宫里的秘道来到一处海边的洞穴，那里有一艘小船会把卡蒂尼送到她的外祖父那里，再由他秘密护送她到麦提亚。

凯瑟琳回到宫殿，第二天早晨，驾驶阿玛德的私人飞机离开马塔普拉。荷兰人没有阻止她，以为她只是美国某杂志的一名记者。

雷雨来临前凯瑟琳飞抵麦提亚，她沿着跑道让飞机降落。西面的天空乌云密布，雨站正要席卷一切。这趟飞行很辛苦，自从在美国学会开飞机以来，她还不曾经历过这么恶劣的天气。下午有好几次，她遇上狂乱的气流，还后悔不该贸然开飞机离开。她沮丧地想着，或许下面蜿蜒的河流会是更好的逃难方式。麦提亚的机场还在整修，让飞机着陆如同驾驶飞机飞行一样艰难。

她把粗呢背包扔在地上，抓住机翼支柱下了飞机。空气似乎静止了，没有鸟鸣，没有猿啼，丛林静静地包围着机场。她看不见庄园，但她能感受到在丛林后它的存在。她感觉有点冷，麦提亚，它的过去和关于迈克尔的回忆一直等候着她。她拾起背包，听着自己的皮靴轻轻敲打着过道。远处天空闪起几道亮光，乌云迅速飘至头顶，暴雨一路追赶着她。还没走出机场，空气开始搅动，巨风压弯了粗壮的树枝，吹落了满树的树叶。闪电如巨大的叉子从天空刺向大地，轰隆隆的雷声紧跟着响起。

达玛尔管家从通往庄园的路那边走来，在强风中佝偻着身子，他刚刚看到飞机飞来，准备出来帮忙。他瘸着腿，那是在日本人占领麦提亚庄园时留下的旧伤。

"凯瑟琳小姐！"达玛尔喊道。风吹散了他的声音，但她看得见他的嘴形和脸上的微笑。开始下雨了，他撑开雨伞，等她走到他身边时，全身都湿透了，他接过她的包。

"查尔斯爵士和迈克尔小少爷在河的上游那边，去探望桑德庄园的丹斯顿夫人，他们没想到您会来。"

"我也说不准什么时候到，所以就没告诉他们。"凯瑟琳得用力喊才能让他听见。

瓢泼大雨一直不停地下着，走到马路拐角处，她几乎看不清房子巨大的轮廓。在战时房子被扫荡一空期间，森林重新占领了许多土地，但清理工作正在进行。房子本身的改变不大，只是换了原先旧的屋顶。日本人劫掠走的家具，曾被用来装饰战后在马辰的日军总部，现在重新被找回；藏在丛林里和村子里的最珍贵的家族藏品和精美的艺术品也陆续被运回庄园，等候着主人的归来。当查尔斯爵士重新踏入麦提亚，看到家族成员的肖像仍完好地挂在四壁时，不禁老泪纵横。他独自一人从一个房间踱到另一个房间，惊走了战争几年间唯一的住户，一群大大小小的蜥蜴。当地人都跑了，不肯为日本人工作。

去房间换衣服的路上，凯瑟琳在书房门口停住脚步。旧书桌还在那里，只是添加了舒适的新椅子。迈克尔的肖像引领着她进了房间，刚粉刷过的墙上挂着他栩栩如生的笑容，那么充满生命力。她注视着肖像，又端详着刚刚镶框的奖章和证书，那些是迈克尔的荣誉：银星勋章、海军十字勋章、国会荣誉勋章，一一戴带着淡蓝色缎带，衬在深紫色的天鹅绒上。突然间，她想把它们统统从墙上扯下来，全部毁掉。它们让她想到，他是那么鲁莽，忘记了生命的责任。

泪水止不住刷刷地流下来，她咬紧牙关，但无济于事。她浑身颤抖着，哭泣着，双手掩着脸。最后，她抬起头，心里好受了些。达玛尔站在门口，他已换上干衣服，脸上也挂着泪水。

"欢迎回到麦提亚，凯瑟琳小姐。"他轻声说："你回家我们很高兴。"

"谢谢，达玛尔。能回来我很开心。"她说的是真心话，她对麦提亚的恐惧已经消失了。

达玛尔带她到房间，静静地走开。他已帮她打开了背包，把东西整理出来。她换下身上的湿衬衣，用毛巾擦干头发。雨几乎停了，打开百叶窗，她能闻到清新的雨后气息飘进房间。平台上满布着一个个小水坑，雨后的太阳映出一道彩虹，挂在森林上空。凯瑟琳梳理着头发，欣赏着美景。敲门声响起，她回到房间，猜想谁会进来。

是达玛尔，他微笑着，"我给小姐带来一个惊喜。"他穿过房间，"请跟我来。"

他领着她走到平台前部，草坡斜斜地一直伸向马路。一个马童朝他们走来，牵着一匹挂着鞍具的骏马，是"上将"，凯瑟琳惊喜地欢呼着。看到她那么高兴，达玛尔咧开了嘴。

"我希望小姐能开心。我们发现了它，躲在一个小村庄里，日本人没找到它。战争结束后，我们把它带了回来。只是现在没人能陪小姐骑马，朱里尼小姐、迈克尔少爷都不在了。"他伤心地说道。

凯瑟琳走到墙边，坐在石头地上。"上将"踱步过来，用鼻子蹭她，打了个响鼻，似乎认出了故人。她笑着搂住它的脖子，马儿在她的触摸下，开心地哼嗦着。她把脸凑在它光滑发亮的皮肤上，马儿16岁了，正是健壮激昂的好年华。

"或许小姐可以在晚饭前去遛遛马。"达玛尔建议道。

凯瑟琳犹豫了一下，她刚开完飞机，身体很疲惫，但她穿着马靴，于是耸了耸肩膀，"好啊。"

达玛尔微笑着看着凯瑟琳轻巧地跳上平台的矮墙，一条腿跨过马背，接过马童手里的缰绳和马鞭，然后调转马头。"上将"渴望奔跑，她满足了它的渴望，朝马路那边飞奔而去。马儿轻松地跃过一面四尺高的土墙，看它兴高采烈的模样显然还想再试一次。

"别乱来，"她朝马儿说道："我们可玩不起从前的把戏啦。"

但马儿一意孤行，朝长满了荆棘丛的另一面墙奔去。那墙有六尺许高，比她有把握的高度高了一些，她本可以勒住马儿，但她并没有这么做。虽然她知道，在墙的另一边或许会有更多的荆棘丛或陷阱在等候，但"上将"对自己很有信心，她能感受到它的肌肉都在绷紧，准备一跃而过。马儿腾空时，她踩着马镫身体前倾，弓在马脖上，全身僵成一团，等着墙那边的陷阱。但"上将"是正确的，那一边畅通无阻，或许马童曾在这儿训练过它。

它自信地落到地面，喷了一个响鼻，不用调整步伐就沿路向前冲去。她开始分享着马儿的勃勃生机，邋完一大片无人照料的林子与田野时，天空只剩下黯淡的黄光。在她身边，她见到人类在地球的踪迹是那么容易消失无痕。麦提亚的马路和围墙在遮天蔽日的森林面前戛然而止，无法再通行。凯瑟琳只得掉转马头，沿原路回去。查尔斯爵士很快会让庄园恢复原貌，但现在，麦提亚属于曾经的主人——原始丛林。

到达池塘时，四周拖着长长的影子。她本不想到这儿来，但不知是鬼使神差，还是"上将"一直引路，她还是来了。她的身体很疲惫，小路清幽无人，通往麦提亚的水源。走近池塘时，周围的景色似乎没有改变，她不由自主地盼望着他仍旧在岩石上晒太阳。起初，她在林边踌躇，不敢走过那通往池塘的最后几步。一只猴子在树上吼叫着，又安静下来。寂静打消了她的疑虑，她跳下马，扔下缰绳，让它自己吃草。

池中的石头上空空如也，周围池水深不见底。她深深吸了口气，不由得哭了出来，眼泪顺着面颊滑落。"我爱阿玛德！"她在内心反抗着。一切依然如故，石头上没有人，但一直在等着她的到来。

"迈克尔，"她呼喊着："迈克尔……"

她闭上眼睛，感觉一阵凉风拂过面颊，吹干眼泪，抚慰着她。但当她睁开眼睛时，树叶却纹丝不动，只是自己的想象。她站着动也不动，内心躁动不安，在迷惑与动摇。迈克尔已经去世五年了，但仍活在她心中。她知道刚才是内心那部分不甘于放弃迈克尔的自我，不愿意爱上别人的自我的觉醒。难道她必须永远忍受那无法满足的梦的折磨吗？她气愤地抹开这个念头，回到小路上，骑着"上将"，头也不回，离开了池塘，心里发誓永不再回那里。

回到屋子里时，她一脸阴沉，达玛尔问她骑马的感觉如何，她只是冷冰冰地回答了一声。当晚她独自一人用餐，穿着优雅的绿色薄纱长裙，抑制着脑海里对迈克尔的胡思乱想。

第二天，她走到迈克尔的房间门口，这个他与卡拉同眠共枕的地方。她干脆地打开门走了进去，惊讶地看到里面并没有多大改变。尽管家具换了，但摆设还是相同的，房间里充满了阳刚气息，同以往一样。她走过房间，站在迈克尔的母亲的肖像前，之前她还未曾仔细端详过她。她寻找着肖像同迈克尔的相似之处，却发现只有大胆的笔触和绘画的技巧似曾相识，她也是一个富有天分的艺术家。凯瑟琳突然想到她的儿子应该住进父亲的房间，她让达玛尔安排搬宝宝的东西进去，却听到自己在说："我会住进去，达玛尔，帮我搬东西。"

她惊讶地听到自己这么说，太阳穴青筋直跳，但并没有收回自己的话。达玛尔只是站在那儿，面无表情，似乎等着她回心转意，收回成命。

"那就这样了。"她打发了他，有点儿不痛快，似乎他的沉默是无声的责备，又意识到其实是自己在生闷气。她帮自己找了许多理由：房间的位置比较好，桌子更宽敞，适合写作，收藏品比较有趣，但都不是真正的原因。

查尔斯爵士回来了，即使他觉得凯瑟琳的行为不太合适，他却什么也没说。

第 *55* 章

　　阿玛德能察觉到凯瑟琳回麦提亚后的变化。几个月来，从她的信中，他体会到两人渐渐疏远，他却无能为力。如今，在荷兰人占领的土地上，他是个通缉犯。当荷兰人撕毁停火协议时，他毅然退出了谈判，并辞去总理一职，不愿意再交涉下去。因为荷兰人根本没有诚意接受印尼独立。他接掌了著名的游击队组织潘吉师团，正活跃在爪哇中部地区作为独立军队英勇作战，并在占领区从事恐怖活动。游击队奉行"焦土政策"，在爪哇中部地区焚烧欧洲人的土地，摧毁与荷兰人合作的叛徒的财产。结果，荷兰人重金悬赏阿玛德的人头，务求杀之而后快。

　　和平目前是没指望了，荷兰人控制了爪哇三分之二的土地，还有苏门答腊与别的岛屿，正忙着组建傀儡政府。由苏加诺总统签署的新的《宁菲利条约》①，承认了荷兰人在依靠武力夺取的土地上的统治权。阿玛德拒不承认《宁菲利条约》，发誓将奋战到底，直到把荷兰人逐出印尼为止。

　　印尼共和政府现在受困于爪哇中部的山区地带，周边被荷兰人所包围。荷兰军队全面封锁了共和军通往外面的道路，大规模的饥荒接踵而来，一百

---

　　① 《宁菲利条约》(Renville Treaty)：1948 年 1 月，印尼共和政府与荷兰政府达成的一项条约，主要内容为：1. 印尼民族独立；2. 印尼和荷兰政府互相合作；3. 建立一个以联邦制为基础的主权国家印尼；4. 印尼联邦和荷兰其他联邦加入一个以荷兰女皇为首的合众国。印尼在条约中沦丧了对许多土地的控制权。

万名难民逃出荷兰占领地，加重了共和政府的负担，大家都缺衣少食。

随着经济情况的恶化，共和政府内部的派系斗争也日趋激烈，伊斯兰原教旨主义者更加大胆地煽动成立政教合一的国家；共和党人正逐渐取得权力，传闻图克·马里克在流亡莫斯科 13 年后将重返印尼执掌政权。马里克对阿玛德怀恨在心，事情得追溯到阿玛德在巴黎的时候，一个法国女孩喜欢上了阿玛德，马里克正是她的未婚夫。除了伊斯兰组织与共和党，军队里一小撮对现实不满的军官随时可能发动军事政变。

阿玛德把指挥部设在山区的一个村子里，离波涛诡谲的共和政府首都日惹①有一段距离。他坐在村子边上的居室里破旧的木桌旁，在房子下面是耕种稻米梯田，在房子上方，是双峰矗立的默拉皮火山②，它喷出的火山灰肥沃了周围的土地。他正在阅读凯瑟琳的来信，昨天刚刚收到的，里面是关于麦提亚的新鲜事和一些趣闻，迈克尔的名字出现得更频繁。尽管只是谈及他生前的论文和著作，但阿玛德知道迈克尔正逐渐占据凯瑟琳的心。

他把信丢在桌上，午后的炎热如同火石压着他的胸口，太阳穴剧烈地跳动着。他怎么同一个死去的人竞争？他问自己。他一直反对凯瑟琳回麦提亚，担心的正是这个。

他站起身，走到窗前，外面太阳正升得很高，阳光直射在蓬乱的草坪上。热浪令人窒息，像头酣睡的没人敢打扰的猛虎蜷在屋子周围，连空气也似乎凝滞了。不久前，林中还有真正的老虎——那时爪哇还不至于人满为患。他怀念波尼奥未经开发的原始森林，那里人与自然的关系更加和谐。他久久地望着默拉皮滚烫的火山口喷出的硫磺浓烟，然后猛地转过身，下定了决心。他准备让凯瑟琳到这边来，举行婚礼。在这里两人会有生命危险，但他不想和她分开，不想失去她。

打定主意后，他的心情轻松了些。他坚信她会来，迈克尔无法阻止她。

---

① 日惹（Jogjakarta）：印尼著名古城，在爪哇岛中南部，印尼独立战争时的临时首都。

② 默拉皮火山（Gunung Merapi）：印度尼西亚的爪哇岛，是一座著名的活火山，旅游胜地。位于日惹东北32千米处。火山口直径600米，海拔2911米。近几十年内，平均每十年有一次规模较大的喷发。

只要她离开麦提亚，她就会忘记迈克尔。刚回到桌子旁边，突然地面晃动起来，他勉强保持平衡，不去多加理会。地震在印尼很平常，他视大地的狂暴与自己的狂野为再正常不过的事。迈克尔奔赴沙场，舍身取义，因为参战是光荣的。迈克尔一直是勇敢的人，做光荣的事。阿玛德为了同样的原因参加战斗，很快喜欢上了这一考验意志、力量和勇气的挑战。他喜欢战争实实在在的厮杀：生与死的赌注。他甚至喜欢痛苦与艰辛，把它们当成是自己忍耐力的试金石。他内心承认，如果和平降临他或许会感到遗憾，但他仍会竭尽全力争取和平。

大地的颤抖结束了，他坐了下来，动手写信。

哈利耶·丹斯顿由仆人搀扶着走下船，她从桑德庄园乘小船来到麦提亚，由于 11 月是雨季，河水很湍急。上次到麦提亚是一个月前的事了，这一次来她没有告诉别人。她去了马辰一趟，同新上任的荷兰官员吵了一架，因为她的一些从英国运来的东西被扣留了。今天看不到日头，但天气很热。哈利耶慢悠悠地走着，穿过草坪，扇着洋扇，看到麦提亚正逐渐恢复原来的面貌。这里根本不像桑德庄园，日本投降两年了，战争留下的残骸、废墟仍历历在目。

她在房子旁边巨大的榕树跟前站了一会儿，每次来到这里她都会逗留片刻。在这棵树下曾经躺着她小姑和侄女的尸体。蒙战争所赐，哈利耶成了桑德家族在印尼 150 年历史的终结者。她的弟弟，菲利浦，在新加坡保卫战中被捕，后来死于印度支那铁路的修建中；她的丈夫约翰，战争爆发时在东京被捕入狱，受尽折磨。尽管后来英国与日本交换俘虏，他得以回到家乡，但已伤病缠身，于 1943 年死于伦敦。

哈利耶注意到查尔斯爵士在树下立了一块小小的大理石纪念碑，白色的基座与地面齐平，上面镌刻着日本人入侵的日期，在战争期间不幸丧生的亲人、友人以及仆人的姓名。她往上望，看见佩特利正站在 20 码开外的阳台上，打量着她。自从他从英国的桑赫斯特军事学校退学，加入印尼国民军后，她一直没见过他。这个举动令查尔斯爵士十分震怒，他认为即使佩特利想选择军事生涯，也应该先完成学业。但佩特利很固执，不顾祖父的意见，他习惯了与老头子作对。查尔斯爵士一直试图将自己的意志强加于这个独立叛逆的小伙子身上，但他失败了。这对查尔斯爵士来说可是罕有，除了迈克尔，家人从不敢反对他。最后，爷孙俩好不容易平息下来，查尔斯爵士作出让步，任由佩特利决定自己的人生。他们更像是相识的陌生人，而不是亲密的一家人。查尔斯爵士实在没想到，佩特利一有空仍回庄园探望他。当前，由于《宁菲利条约》的签定，局势暂时平稳。尽管波尼奥在荷兰人的掌握中，佩特利还能回家。

哈利耶走上前，端详着佩特利。令她惊愕的不只是她没想到能看见他，佩特利已长得高高大大，不再是那个野性的美少年，而是一个 20 岁的相貌堂堂的男子汉。眼睛里透出沉思的光芒，举止成熟大方。考虑到他的出身和直到 3 年前他才接触文明社会，实在是一个难以置信的改变。佩特利天资聪颖，能迅速掌握导师传授的知识。但令查尔斯爵士失望的是，18 岁时，他不肯进牛津大学读书。尽管他接受了西方文明的教育，他身上流淌的仍是伊班人的血，在现代社会中，军队才是他感兴趣的目标。

佩特利还有另一个爱好：女人。还是在孩童时，他已学会了讨女人欢心。哈利耶心里暗暗笑着，想起以前在表演中，他穿得像个战士，展现出阳刚的男子气概和自己观看时的反应。当时她不仅被逗乐，而且被深深地吸引。走到阳台时，佩特利迎上前，在她面颊上亲了一下。她更体会到他已长大成人，不由自主地感到十分尴尬，赶忙掩饰起来，提醒自己在年纪上足够当他的母亲。

"哈利耶阿姨。"他微笑着松开她的手。

"佩特利，亲爱的。"她回答道，"多么令人惊喜啊。没人告诉我你回来了，其实我也没告诉他们我要过来。人都去哪儿了？"

"爷爷走了，凯瑟琳去遛马了，还没回来。"

"乖乖，去找达玛尔，让他给我调杯杜松子酒，河那边太热了。"佩特利去了一会儿后回到阳台，手里端着一杯冷饮，坐了下来。

"我听说你刚升了军衔，真的吗，佩特利？这么年轻就当上中校了。"

"那是当然。"佩特利亲切地微笑着。

"我想你应该觉得这件事很滑稽，即使提拔你的人不这么认为。"

"我见过许多滑稽的事情，阿姨。这件事并不为过，军队里缺少受过正规训练的军官，我在桑赫斯特接受过训练，尽管短暂，但受益匪浅。"

"那如果战争结束，印尼独立，你又将有何打算？"

"和平不会那么快到来，如果荷兰人不肯放弃新几内亚，苏加诺政府迟早还是会与其兵戎相见。"

"我一直不明白为什么荷兰人不肯撤军，那里只有丛林、食人族，又或者，为什么印尼人也一直坚持要那块土地？"

"它是东印度群岛的一部分，我们对它有深厚的感情。"

"胡说八道，你们就想着把荷兰人逐出亚洲，你们心中只有仇恨。"

"也不完全是，爪哇已人满为患，新几内亚人烟稀少，是移民的新区域。"

"我明白了，"哈利耶挪揄地说："似乎你们将有一个光明的前景。"

佩特利大笑起来，他喜欢哈利耶的直截。

"为了和平，干杯。"哈利耶举起空杯，"同时也为了我们前程无量的总督，干杯。"她补充道，轻轻跟他开了个玩笑。

"那正是我渴望的政治前景，而最方便的方式就是参军。"

哈利耶愣了一愣，意识到佩特利的野心不单单是军旅生涯，他渴望得到更多。"我懂了，如果你不能当选，那你将会发动军事政变，20 岁是中校，30 岁当上总督，35 岁就任总统。"

"难道不行吗？"佩特利耸耸肩。她看得出他是认真的。

"我并不想说什么，佩特利，但你同那可怕的苏加诺往来甚密，让我很担心。你也知道有很多人比他更适合领导印尼，阿玛德才是最佳人选。"

"阿玛德会是印尼最英明的领袖，但他却无心权位，不肯培植自己的势力；而且他一直对旧贵族参加新民主怀有疑虑；况且，他可能会与凯瑟琳结婚，那时他会放弃一切名位。"

"我希望至少你是对的。"哈利耶喃喃自语。达玛尔出现在阳台上，她让他又倒了一杯杜松子酒。

"你得知道，苏加诺是个老谋深算的政客，"佩特利继续说道："你应该看看他每天早上怎么在雅加达争取民心：与新闻记者谈笑风生，怀孕的女人让他帮自己的孩子取名，他还自诩为妇女运动的领袖。"

哈利耶笑着说:"他唯一领导过的妇女运动是在床上吧?政客应该亲吻孩子,而不是母亲。他可是出了名的花花公子,尤其与年轻女人纠缠不清。"

"老女人在这个问题上总是比较敏感。"佩特利同情地回答。

"我承认,"哈利耶答道:"你的苏加诺说过,女人有如橡胶树,过了三十就一无是处。"

"我可不是苏加诺。我觉得年纪大点儿的女人更有魅力。"

哈利耶察觉到佩特利话中有话,正要换个话题。

凑巧,凯瑟琳骑着"上将"出现了,一个马童上前接过缰绳。哈利耶看着凯瑟琳下了马,问佩特利:"她近来可好?"

佩特利把靠在椅子扶手上的脚放下来,"她太孤单了。"

他朝凯瑟琳招招手,上前问候她。哈利耶看到他同凯瑟琳说了几句话,然后接过缰绳,骑着"上将"朝马房而去。凯瑟琳走到阳台,微笑着抹去额头上的汗水,她穿着短裤和马装,没有戴头饰,长发披在肩上。

"哈利耶,见到你真开心,你得告诉我们你要来。"

"我不希望你们为我瞎操心。"

"请给我一杯冰红茶,达玛尔。"凯瑟琳坐了下来。

"告诉我,凯瑟琳,你怎么保持得这么好的?你一直都是老样子。"

凯瑟琳微笑着说:"有一个秘密,早上我从不喝杜松子酒。"

"英国人怎么能不喝杜松子酒?"

凯瑟琳笑着说:"你想留在波尼奥吗?"

"也许吧,直到印尼人把我们赶走的那一天。我没什么地方可去,伦敦很沉闷,我喜欢看着庄园重建,我竟然对这里有了深厚的感情,真是不可思议。"她合上眼睛,"该死的荷兰人,如果他们肯有风度地出让政治权利,接受在印尼的经济特权,事情还不至于如此糟糕。现在,仇恨将把欧洲人通通毁灭,连那些支持印尼独立的人也不例外。"她睁开眼睛,看到卡蒂尼牵着一头小马朝马厩走去。"查尔斯的所为,肯定是。"她慵懒地笑着。卡蒂尼穿着合体的骑装,戴着马帽、手套,一应俱全。

"是的,他很宠爱她,我担心宠坏了。"凯瑟琳说道:"但别让外表迷惑了，卡蒂尼和小迈克尔比英国的孩子更适应丛林生活。"

"她是个神秘的孩子。"哈利耶评价着卡蒂尼。

"我也说不准，"凯瑟琳说道："这里的当地人都相信她拥有超自然的能力。"

"哦?"哈利耶扬着眉毛问道："什么事情让他们这么想的?"

"他们说看见猎豹同她说话，响尾蛇在她脚边盘旋，不去伤害她。"凯瑟琳没有说卡蒂尼自己对这些说法深信不疑，"我担心她在迷信的当地人中生活得太久了，试着灌输一些科学知识，但可能无济于事。"凯瑟琳微笑着说："她反而让小迈克尔相信精灵、妖怪真的存在。"

"我的宝贝呢?"哈利耶问起小迈克尔。

"明天是卡蒂尼的生日，他去了村子里想抓一头小猩猩给她作生日礼物。"

达玛尔回来了，似乎不想让哈利耶喝第三杯，他宣布午饭已准备好，将送到阳台这边来。

"阿玛德有什么消息吗?"哈利耶问。

凯瑟琳专心地看着盘里的食物，"他让我去爪哇，同他结婚——马上成行。"

哈利耶吃了一惊，叉子停在嘴边，"然后呢?"

"我答应了。"凯瑟琳的脸颊绯红。

哈利耶放下叉子，神情放松，"感谢上帝!"她用纸巾抹了抹嘴，"那查尔斯怎么想?"

"他还不知道，他离开有一个星期了，去腊包尔和荷兰迪亚。我想明天卡蒂尼生日他应该能回来。"

"我想他会和我一样开心的。"哈利耶说道："他明白你不能一直与世隔绝，而且他向来很赏识阿玛德。"

"奇怪的是，查尔斯近来判若两人。"凯瑟琳说道："他一直闷闷不乐，神情恍惚。我希望你能留下来，呆到明天，他一直很想见你。"

"不行啊，我得去马辰，安排点儿事情。"

凯瑟琳望着森林，栀子花的气味突然浓烈起来，"以前，每当我决心离开麦提亚时，总有什么事情阻止我。'留下来吧，多呆一会儿。'森林这么对我说。"

"别这样，"哈利耶咬了口叉子上的食物，"我深爱着迈克尔，但从未后悔嫁给约翰。我们厮守了十年。"她望着凯瑟琳，"嫁给阿玛德，重新过上幸福的生活。"

当天晚上，卡蒂尼来到凯瑟琳的房间，站在床前。凯瑟琳放下手里的书，卡蒂尼赤着脚，只穿一件小裙子。这些日子，卡蒂尼一直与凯瑟琳用英语聊天，进步很快。

"我问爸爸能否把小迈克尔送给我作生日礼物，迪雅克酋长在爷爷过生日时也会把女儿送给他。"

"哦?"凯瑟琳问道，她知道卡蒂尼很喜欢小迈克尔，"那你爸爸怎么回答呢?"

卡蒂尼皱了皱眉头，"他说身为公主，应该赢得人民的心，而不是占有他们的身体或灵魂。"她的眉毛舒展开了，"凯瑟琳，能给我小迈克尔的心吗?我会好好呵护的。"

凯瑟琳笑着搂住卡蒂尼，"我知道你会的，宝贝。但小迈克尔的心只有他自己能给，那得等他长大之后。"

"那得是什么时候呢?"卡蒂尼焦急地问。

"那是当他觉得非给不可的时候，但不会太久的。"

"我会等他，"卡蒂尼自信地扬起下巴，看着房间周围，"我喜欢这里。"她满意地看着，伸手触摸角落里一根巨大的柱子，突然皱了皱眉头，"所有的地方，除了画室里查尔斯爵士最喜欢坐的椅子那里，有一个年轻的女孩埋在底下。"

从前朱里尼讲述过的关于长屋与人牲的故事掠过凯瑟琳的脑海，"你是怎么知道的?"她问道。

但卡蒂尼没有回答，她正穿过房间，在门口停住，回头冷冷地看着凯瑟琳。然后，带着一丝神秘的微笑，她不见了，好像最深的丛林中难以捉摸，稍纵即逝的阳光。

第 *56* 章

麦提亚，1948 年 12 月 1 日

几周后的一天下午，查尔斯爵士派人叫凯瑟琳到书房与他见面。这可不寻常，爵士在书房里阅读或工作时不喜欢被别人打扰，他正在着手写一本关于印尼独立的专著。今天，爵士坐在宽大的太师椅上，鼻梁挂着老花镜。达玛尔也在房间里，正收拾爵士刚吃完的午餐。

凯瑟琳敲了敲门，查尔斯爵士抬头望了望，两人如今的感情很深厚，玛吉特留在了英格兰，凯瑟琳成了爵士唯一的孩子。

"请进，坐这儿。"爵士朝他对面的椅子指了指。

自从出了趟门回来后，他看起来很累很恍惚。她察觉到他眼神中的异样，似乎隐瞒着什么。爵士摘下眼镜，尽管年届七旬，他仍非常自负，希望能给漂亮女人留下好感。事实上，他做到了，因为他依然英俊、结实、精力充沛，外表比他的年龄年轻很多。他等到达玛尔离开房间，开门见山地说：

"我一直不知道你和阿玛德的关系，凯瑟琳。与其说我很开心听到你和他要结婚的消息，不如说我更认为这是你和他之间的事。当然，我也很高兴，他是个好男人，你们俩都是我的好孩子。"爵士停了停，她看得出他是字斟句酌地说出这些话的。

"我一直视你为己出，我想你也知道。我认为你会是迈克尔最理想的妻

464

子，生活中、工作上的好搭档。我一直很后悔，没有早点儿意识到这一点，那样的话或许事情会与现在不同……"他举起手，似乎想赶走这些想法。他的手放回书本上，"正是这个错误使我一直犹豫着不敢找你谈，不想影响你的决定。"

凯瑟琳感觉身体一阵发紧。

"我希望你和阿玛德的婚礼暂时延迟。"他说道。

她呆住了，"我不明白，当我上周告诉你的时候，你还很高兴的……"她这时才意识到当时她把他的感觉和自己的感觉混淆了。事实上，再回想一下，她根本记不得当时他的反应。

"很抱歉让你难过，但我希望你再等几个月，现在我不能告诉你理由，但请相信我。"

"不，不行！我不答应，除非是可信的理由。"

查尔斯叹了口气，"我本不想告诉你，想等到事情更明朗、更肯定的时候再说。"

他沉默了好一会儿，眼神悲伤，然后小心地拿起身旁桌子上的一个雕花迪雅克式盒子，当他的眼睛望着她时，她知道他的故事即将开始。他的手放在盒子的上方，微微颤抖着。

"这个盒子是迈克尔的，战争结束后，一个和迈克尔同住的日本老渔夫的妻子归还到马尼拉美军总部的。当日本平民在珍珠港事件后被关押时，她带在了身上，不想被人抢走。战争开始后的第二天她最后一次见到迈克尔，他把盒子和别的一些东西托她保管。迈克尔曾试图保释她与她的丈夫出集中营，但他的请求被拒绝了，她再也没见过他。巴丹沦陷后，她去集中营找过迈克尔，但没能找到。她的丈夫死于1945年菲律宾解放时的轰炸。她把盒子呈交到美军总部，附带写了一封信解释整件事情的经过。一年后我从美国军部收到盒子，当时我没有告诉你，是因为不想你太想念亡人，所以一直没给你这件东西。"

爵士站了起来，把盒子递到凯瑟琳身边的桌子上。她望着盒子，既害怕又气愤，如果他不想把盒子给她，为什么现在还要告诉她？查尔斯爵士走到桌前，背对着她靠着桌子，深深吸了口气，声音颤抖着说：

"我相信迈克尔还活着，凯瑟琳。"

这席话让凯瑟琳目瞪口呆，整个世界都颠覆了。

查尔斯爵士停了一会儿，等她平静下来之后，继续说道：

"很抱歉吓到你了，凯瑟琳。但我不知道该怎么说，或许几个月前我就该告诉你迈克尔还活着的传闻，但那个时候我也不相信是真的，一直到现在才能肯定。"看到她脸色苍白，他收住了话头。

"你还好吗？我还说下去吗？或许应该让达玛尔给你拿杯饮料。"

"不，不用了。"她喃喃说道："我没事，继续说下去。"

他整理了一下思绪，回到故事中。

"大约一年前，一个名叫布林克勒的荷兰走私贩子找到我，告诉了我一件难以置信的事情，至少当时我无法相信。战争结束后，他驾着小船，到阿加特兹地区西部，那里传说埋藏有黄金宝藏。他一无所获，悻悻而归。但在一场河流泛滥中他的船被冲毁了，只能到一个村子里进行修理。他很不安，以为自己会是村民唯一见过的白人。但他的白皙皮肤似乎并没有引起人们的惊奇，他后来从村民那里得知另一个白种人居住在不远处群山里河水汇成的湖边。当地人形容他像一个神，从天而降，坐在一张可移动的王座上。荷兰人很好奇，再问下去，得知那个白种人穿着卡其布衬衫，头发是金色的。

"布林克勒无法劝说村民带他到湖边，那里是古老的禁地。但他相信故事是真的，认为那人可能是美军飞行员，在战争时坠落于新几内亚。他回到莫尔兹比港，向当局核实消息，但没有任何失踪的飞行员与他描述的特征相吻合。他听说过 1939 年迈克尔失踪的事，所以与我联系，并非出于善心，他想要钱，要一大笔钱，才肯带我去那里或手绘那个湖的地图，那里的湖泊星罗棋布。

"我当时只想把他扔出去——我认为他不过是众多想敲诈我的人中的一个，战争结束了，想在我身上捞点儿钱。"查尔斯爵士在房里踱着步，似乎说话并不能消除他的紧张。

"事实上，我这么想是有道理的。在布林克勒之后，另一个男人与我联系，声称在所罗门群岛的监狱里见过我儿子，还跟他交谈过。说迈克尔还托他给我捎话，当然，必须用金钱交换。还有莫尔兹比港一间小酒吧的主人声称迈克尔一天夜里曾走进他的小店，患了健忘症；一个疯子还说迈克尔在威赫米那山被雪崩活埋。我不想再讲下去，有更加离奇古怪的说法。比较可信的传闻我都亲自核实或向海军进行过调查，没有一种说法经得起推敲。然而，在种种故事中渐渐能过滤出一些比较一致的传闻，从南新几内亚的当地人交易古道传出来的。那里也是当初引导我们到大峡谷接你们的消息源头。在传闻中，一个白人男子被雪山脚下一个雪湖南边的村子里的人抓住，当成囚犯关押了起来。我已经失望了太多次，并不把这些传闻当真。如果真的被关起来，迈克尔自有办法逃出新几内亚。在日本人关押下，他都有办法逃脱，新几内亚的土著不可能长期关得住他，除非……"爵士停了停，"除非他受了重伤或得了重病，无力逃脱。我记得布林克勒的故事中提到王座，或许那是一张轮椅，给无力行走的人代步的工具。我开始相信可能真有一个白种男人，但不会是迈克尔。他死于阿德米勒尔提群岛，在新几内亚内陆的更北端。然后美国海军找到了我，说一架小型运输飞机载着医护人员，在新几内亚高原的巴列姆河附近坠落。幸存者在那里生活了一周，才由美军救出，消息曾上了杂志和报纸，还记得吗？"

凯瑟琳点点头。

"在事件报道中，被救的医护人员曾提到与土人交换食物，尽管语言不通，但通过动作和图画，他们得悉另一架飞机在雪山北坡坠落，一个金发男子被南边的村民抓住，一个当地人的脖子上吊着这个。"查尔斯爵士把手伸进抽屉拿出一对金质海军飞行员机翼勋章。

"护士们用所有的胸针和徽章换来的，那个男的不肯告诉她们勋章是怎么得来的，只说是在飞机上捡到的，却不肯透露飞机的具体方位。"

他走到她身边，把勋章交到她手心里。她注视着那枚小玩意，合上手掌，直到锋利的翼边割到她的手指。她的心怦怦在跳，这是证据，真实存在的证据，不是传闻，迈克尔还活着！

查尔斯爵士继续说道："医护人员获救后，写了一份报告。军方对此前的海军记录进行了详尽的核查，但没有找到任何该地区有飞行员失踪的线索。因此，事情就这么结束了。直到不久前，美国海军收到一份澳大利亚政府的来信，信中说到在马努斯岛上找到一个名叫托比的土著人，他声称澳大利亚军方欠他的军饷，他在战争时期一直从事海岸瞭望活动。他的岛屿于 1942 年被日军占领，军事点被毁。他逃出岛屿，在另一个岛上为日本人做了一阵苦工，他直到现在才提出要求是因为他害怕为日本人做过事会对他不利。"

"他关于岛上瞭望站的报告引起了军方的兴趣。"查尔斯爵士顿了顿，神情激动，"他声称，迈克尔在日本人发动进攻前乘飞机走了。托比与另一个侦察兵在前一天晚上帮他从日军仓库偷到汽油，迈克尔给了托比一块手表作为报答，另一个侦察兵要了迈克尔的铭牌，应该就是那个后来被烧死，被误认为是迈克尔的。托比那天下午外出巡逻，回来时刚好目睹日本人发动进攻。他一直躲到进攻结束后才逃出小岛，他没有看到迈克尔起飞，但飞机已经不在了。根据托比所说，迈克尔有足够的汽油飞到多布，新几内亚西岸的一个小岛。听说迈克尔准备与一名中国籍走私客接头，由他带路去波尼奥，但飞机并没有飞到多布。"

查尔斯爵士转动椅子旁边巨大的地球仪，颤颤巍巍地用手指在阿德米勒尔提群岛与多布岛间划了条线，"很可能，飞机就坠落在传闻中白人男子出现的雪山上。"他朝凯瑟琳的手点点头，"那枚勋章正是由此得来。"

查尔斯爵士皱了皱眉，"根据海军的调查，迈克尔可能当了逃兵，"他清了清嗓子，"他逃走的时候刚接到命令任命他为麦克阿瑟在澳大利亚的参谋。他熟悉新几内亚北岸的风土人情，正是麦克阿瑟策划进攻时急需的人才。事实上，在巴丹沦陷前，迈克尔已被调到澳大利亚，但任命书在混乱中丢失了。然而，军方坚持认为他离开所罗门群岛时已确切地知道这一调令，却故意在被援救前逃走。一旦迈克尔被找到，军方将对他展开盘问调查，甚至有可能上军事法庭。"

凯瑟琳脸色骤变，查尔斯爵士赶紧安慰她，"那只是一个形式，他会没事的，没有一个国家会为难战斗英雄。"

"你认为他真的当逃兵了吗？"凯瑟琳问道。

"发生了那么多事，我想他会不惜一切代价回到你和儿子身边。"爵士难过地轻声说："我想他应该谅解了我们之间可悲的争吵，开始了他自己的斗争。那样才真的像他的作为。"他骄傲地说出最后一句话："由于情形微妙，海军现在把整件事都交给了我，如果没有新闻或政治压力，他们答应将不会起诉迈克尔。我们的救援行动必须很谨慎与低调。"

"军方认为他还活着吗?"活着! 这个词令她心跳加速。

"他们认为他可能还活着，但同其他逃兵一样，他们认为迈克尔不敢回家，怕遭受指控。"

凯瑟琳露出怀疑的表情，"那真是可笑。"

查尔斯爵士第一次露出笑容，"我知道。但他们并不了解迈克尔，除非生病、受伤、被捕，否则他肯定会急着回到你身边。前期的空中搜索已经结束了，结果一无所获，这并不奇怪，当地地形很复杂。如果展开地面搜索，会引起复杂的政治纠纷。新几内亚的归属问题一直存在争议，荷兰人和印尼人都声称拥有统治权，当前的条约也没有解决争端。如果我们试图从两方中任何一方获得进入新几内亚的许可令，可能会引发关于谁才有权准予通行的公共争端——恰恰是我们想要避免的关注。因此，我们应该从澳大利亚方面着手，从莫尔兹比港出发，那里没人会盘问我们想要干什么。我年事已高，无法成行，旅程会很艰苦——甚至很危险。"爵士看到凯瑟琳的表情一片茫然，连忙停住话头，忧虑地坐下来，"很抱歉，凯瑟琳，这对你来说确实是一大震撼，我一直没给你机会让你说出你的感受。"

他忧虑地看着她，她看得出爵士没法说出让她担任搜索行动领队的请求。但他知道，她比任何人更熟悉那一带，如果想找到迈克尔，她是最佳的带队人选。凯瑟琳拿起盒子，抚摸着顶端雕刻精美的犀鸟。

"里面有一些信件，是写给你的。"查尔斯爵士说道。

她喃喃道："我想先回房间。"她站起身，拿着盒子和勋章，向门口走去。

"凯瑟琳……"查尔斯爵士叫住了她，"我确实出于私心，不想你和阿玛德结婚。如果迈克尔还活着，我坚信迈克尔还活着，那我希望你们一家三口能一起生活。我曾经阻挠过你们，我一直很后悔，希望能做些补偿。但除了这个自私的理由外，我仍然认为你不能和阿玛德结婚，印尼需要他领导独立运动。"

他的声音那么轻柔，充满同情，"我知道你爱着他们俩，只有你才能决定未来的幸福。"

凯瑟琳回到房间，望着膝头的盒子，外形又长又扁，像一个纸巾盒。她双手颤抖着打开盒盖，里面只有一些信件，寄到哥伦比亚大学，却被盖上"查无此人"的邮戳，退了回来。信都没有开封，查尔斯爵士认为里面的内容只与迈克尔和凯瑟琳相干，因此不加过问。

信件按照日期，由旧到新排列得很整齐。她猜到是谁整理的，想起那整洁的文件笔记和书桌上排列整齐的参考书，还有在新几内亚他收藏工具时从骨刀到砍刀井然有序的习惯。她断定应该是迈克尔亲手整理的。

在信里，迈克尔首先表达了他在两人分别后对她的思念之情，还写到他与卡拉离婚的决心；后面的信里充满了他无法与她取得联系的气馁和沮丧；最后，随着一封封信的被退回，他充满了愤慨，怪她有意避开他，同他断绝关系。

在最底下，她找到 1941 年 11 月她寄给迈克尔的信和小迈克尔的照片，在下面，她看到迈克尔的回信，写于 1941 年 12 月 8 日凌晨，在他得悉珍珠港事件之前。信不是装在信封里的，很显然，信根本没有机会寄出去。她的手抖得根本拿不住信，于是她在房间里踱了几圈，最后才鼓起勇气，重新拿起信件。7 年过去了，但并没有什么改变，她仍然很害怕读到他的来信。

亲爱的凯瑟琳：

上帝啊——你是如此憎恨我。起初我无法相信你爱我却隐瞒你怀孕的事情，任由我去菲律宾，任由我犯下当年父亲对母亲和我所犯下的罪行！即使我不知道自己在做什么，但你知道！上帝啊，你那么恨我，忍心让我犯错！

当我收到你的信时，我非常生气，我不想再见到你，我只想伤害你，一如你伤害我那样。但此刻，我明白是你先受到莫大的伤害，才会用最残酷的方式惩罚我——你让我的儿子跟我一样一出生就没有父亲。让我原谅你的唯一一件事是你能和我联系，我想你也不愿看到孩子孤零零地长大。

我很想念你，凯瑟琳。一年前分别后我心如死灰，有如行尸走肉……我选择了去冒不该冒的危险。你是对的，一部分的我已经死了。现在事情改变了，几个月前我向卡拉提出离婚，我希望你仍然爱我，愿意和我在一起。我不知道你对我抱什么态度，这一直折磨着我，或许那正是你所希望的。

或许是骄傲——或许是愤怒——使你不愿意告诉我你的感受。你是否担心我不能和你在一起？如今没有事情能阻止我，连你也不能。那天在机场——或许是你已发现自己怀孕的时候，我们本可以阻止事情的发生，或许当时你已经知道却不肯告诉我。我可以不惜一切，只为能和你在一起，那样也是为了我自己的快乐幸福，为了我自私的理由，真是罪孽深重。你知道我的心意，但你没有行动。我只能认为你害怕哀求我，你总是让我承担我俩关系的全部责任。离开麦提亚之后，你总是把一切推给我。我令你失望，而你也已经惩罚了我。

希望一切还来得及——为了我们的幸福，为了孩子的幸福，圣诞节前我会到巴塔维亚见你，希望你能收到我的信。

迈克尔

后面是第二天写的一张附笔，笔迹潦草。

12 月 9 日

战争爆发了，一切都改变了。我不知道能否把信寄出，但仍得试一试。请尽快回美国。阿玛德会帮你解决一些问题，无论发生什么事，请相信他。我爱你，永不变心。

我会尽快到你身边，没有事情能阻止我，这场战争也不能。

凯瑟琳呆呆地坐着，望着一页页信纸。她不知道自己本来期待着什么，但绝不是这封苦涩的信。他是那么郁郁寡欢，她意识到一直以来她都在责备他，把自己看成受害者。她现在才知道自己隐瞒怀孕的事情并非完全出于自我牺牲，而是出于愤恨与惩罚。他是对的，如果她能早点儿面对现实，她就能知道她的所作所为给他带来多大的伤害。

但他原谅了她，她细读着信里的字句，悲痛地意识到正是她的报复让他丧命，如果她早点儿告诉他怀孕的消息，他也许会在华盛顿从事文职工作。他懂日语，应该不难谋个差事。她报复了他，却把两人的幸福毁灭了。

"噢，迈克尔！噢，上帝！"她仰面瘫在床上，呜咽着。

已快到黄昏，她骑着"上将"到池塘那边，太阳躲在丛林后面，池塘上笼罩着浓浓的阴影。得知他可能还活着的消息，这里，和别的地方的景色使她觉得很舒心。两人在相遇后经历的不快都被抛到脑后，只记得这个地方是一切的开始。

她是幸存者，总想得到心中的渴望，不肯轻易放弃。这一信念让她活着走出特兰岛的集中营，很多比她强壮的同伴都死在了里面。当时他的死讯让她彻底绝望，但她仍爱着他，胜过爱世上的一切：她的工作、阿玛德甚至小迈克尔。

他最后一句话在脑海里回响："我会回到你身边。"如果他不能回来，她会去找他。

她合上眼睛，鸣蝉开始了夜晚的歌唱，在意识的深处，她能感受到迈克尔的音容笑貌，睁开眼睛，星辰已满布天空，在地平线，一丝黄色光亮微弱地闪动着，"上将"安静地等待着她。

"迈克尔，"她朝夜色轻声说："我爱你。"

他的爱回到她身边，强烈而清晰，在黑暗中包围着她。

凯瑟琳下定了决心，先到爪哇与阿玛德见面，但查尔斯爵士劝她不要去。荷兰人已占领了日惹，关押了苏加诺及其他政府成员，送到班库岛。印尼军队土崩瓦解，只有阿玛德与他的游击队仍为独立而战。荷兰人掌握了制空权，如果凯瑟琳被捕，连查尔斯爵士的影响力也帮不了她。

"你根本没必要去。"查尔斯爵士反对道："阿玛德已知道迈克尔的事情。

我已让佩特利转告他，作为迈克尔最好的朋友，我想他应该知道这件事。"

但凯瑟琳非常固执，她一定要见阿玛德，再去新几内亚。

飞机着陆时非常艰苦，机场不过是山边一片平坦的沙地，是由战前荷兰茶园主开辟使用的。荷兰飞机屡次想摧毁它，都以失败告终，但跑道表面布满了炮坑。每次颠簸时凯瑟琳想到机上满载的弹药都会心里发毛。密集的雨开始下了起来，拍打着飞机机身，凯瑟琳打开机腹的货舱门，跳到地上。

副驾驶员打开驾驶舱玻璃，朝她喊话，声音几乎被雨声淹没，"我们不能停留太久。"

她点点头，朝机场边上的房子跑去。在雨帘中，农民装扮的起义者迅速跑出丛林，从飞机上卸货。没有人阻止她，她起初以为阿玛德可能不会来，摇摇晃晃地跑到第一幢建筑的门廊下，在不远处是街道。凯瑟琳喘着气，站在门口，眼睛适应着房里的阴暗。她看见了阿玛德，心猛地一跳。他的装束与众人无异，但确实是他，帕克·阿纳克和他在一起。她浑身湿淋淋地站在门口，阿玛德一动不动，帕克递给她一块干布。

"时间不多了。"阿玛德看着她，神情冷漠。她歪着头，擦拭着头发。

"我知道。"她答道，被他冷漠的语气刺痛了一下，本来她还以为他会很生气很愤怒。

帕克站到外面，但两人仍无多少私人空间可言，外面是熙熙攘攘的人群。

"那只是疯狂的想法，凯瑟琳。迈克尔死了。"阿玛德突然说道。一道闪电照亮了房间，他的声音被隆隆的雷声掩盖。

"不是！"她大声叫道，"他还活着，我能感受得到。自从我回到麦提亚，我一直能感受到他。"她坚定地说道："迈克尔还活着。"

"只在你心中活着！"阿玛德反驳道："你一直放不下他。麦提亚束缚了你，但他已经死了，凯瑟琳！你必须面对现实，不要去冒无谓的风险。我了解迈克尔，如果他还活着，他早已回到你身边。"他的声音变得很温和，"留下来，嫁给我。我们已计划好的，今晚成亲。"

"我……我做不到，现在不行。"她望向别处，无法面对他灼热的眼神。

"你是说，如果迈克尔还活着，你会和他结婚。"房间里气氛紧张，和外面的空气一样随时会爆发。

她没有回答，紧闭着嘴。

"很好，那做你必须做的事。我不会阻止你。"

"他需要我。"

"你认为我不需要你吗？是这样吗？"他难过地摇摇头，"你还是不了解我。"

她望着痛苦而愤怒的他，眼睛滑向他的喉咙与胸膛壮实的肌肉。她的内心仍同以前一样渴望着他，尽管她选择了迈克尔，那种激情并没有改变。

"你错了，阿玛德，我爱你。"

他并不接受妥协，"那用行动证明，不要去新几内亚，留下来。"

"我做不到。你也爱他，你知道我不能丢下他。"她哭喊着。

"我知道他已经死了！"

"不！"凯瑟琳尖声回答，"你心里希望他死了，所以，你只相信他死了，这样你心里会好受些。如果他还活着呢？你怎么看待我们5年间发生的一切！你是他最好的朋友，他的兄弟！"

他的眼睛里闪烁着火光，"我仍想和你在一起，"他坚定地说道："胜于爱迈克尔，胜于一切。"

"我必须去寻找他——就此一次。"

"你不能一个人去，太危险了。带上帕克——和马塔普拉的两个脚夫。帕克认识他们，曾经跟迈克尔去过塞比克。"

"我不能带上帕克！他必须留下来——保护你。你比我更需要他。"

"我坚持那么做，凯瑟琳。否则，我不会让你去——不准你去新几内亚。"他大声说道。

一个飞行员走进来，报告物资已装卸完毕。

"走吧。"阿玛德说道："带上帕克。"

但她没有动，她不能就这么离开他，让两人这样冷冰冰地收场。阿玛德没有走过来，于是她走上前，把脸埋进他的胸膛，祈求他的原谅。阿玛德迟疑着，然后紧紧抱住她。熟悉的温暖与激情又回到两人身边。他吻着她，直到她感觉无法离开，然后他坚定地推开她。桌子旁边的椅子上有一件军雨衣，他拿起雨衣，温柔地披在她的肩上，拉上兜帽，"去吧，"他轻声说："他们在等你。"

"我爱你。"她低声说。

"我知道。"他哽咽着回答。

她快步跑回飞机，雨水夹杂着泪水洒在她脸上。

帕克·阿纳克目睹了刚才的一幕，走进房间，"让她走吗?"他问道。

"我不能阻止她。他是我的兄弟。如果他还活着? 如果他还活着!"他喃喃自语，第一次想到事情可能是真的。

帕克·阿纳克一直紧闭着嘴，好一会儿才回答："要是在以前，苏丹会杀了他。"

"不行，帕克!"阿玛德生气地回答："他是我的朋友。你陪她去，保护他们两人。否则，我会亲手杀了你。"

帕克·阿纳克眼睛眨也不眨，他已经说出他的想法，现在接受了命令，会一心遵从。

阿玛德伸出手拍了拍他的肩膀，"真主阿拉与你同在，老伙计。"

"真主阿拉与你同在，主人。"帕克·阿纳克回答，然后跪在地上，亲吻苏丹的脚。

走到飞机旁边时，雨还在下，引擎不耐烦地吼叫着。上机后帕克往后望了一眼，但没能看见苏丹，也看不到房子。一切都消失在歪歪斜斜的灰色雨墙中。

第 *57* 章

爪哇，1949 年 1 月

　　默拉皮火山在黑暗中醒来，炽热的气息被云朵反射，在周围的世界投射出诡异的光芒，它的长眠被打扰了。

　　"山神在生气。"一个爪哇老农告诉阿玛德，两人走在通往深山里的小路上。"山神很气愤荷兰人征服了印尼。"老人悲愤地说道。

　　天色已晚，过了荷兰人的宵禁时间。阿玛德抄小路走了好几个小时，轻易地躲过荷兰人的岗哨，正要去一个小山村，准备在与凯瑟琳见过一面的废弃小机场旁边的小屋呆一晚，到黎明时他会点上火把，引导安排好的飞机降落，接他到新几内亚，还有时间在凯瑟琳离开莫尔兹比港之前赶上她。他不能不陪她去，尽管有帕克·阿纳克保护，路上还是太危险了。

　　自从她离开后，悲伤与愤怒渐渐淡去，现在他只担心她的安危。印尼的革命可以不需要他，他已解救了几位先前被荷兰人逮捕的共和政府领导人，但他没能救出被囚禁在班库岛的苏加诺。在本人缺席的情况下，阿玛德托瑞典代表在联合国会议上作了发言，获得了极大的成功。通过演说，他赢得了世界的同情，各国纷纷支持印尼的独立行动，敦促荷兰全面撤军。阿玛德坚信自由很快会来临。从现在开始，奋斗主要将以外交形式进行，没了他也可以。尽管身边一直有人劝说他乘苏加诺被囚之机登上总统宝座，但他拒绝了这些建议。7 年了，他总算可以从印尼的事务中脱身，思考个人的事情。

走近那间小屋时，周围没有一丝光亮。12 月荷兰人占领日惹时，村子被摧毁了，许多村民加入了游击队组织。

默拉皮火山现在照亮了整片东边的天空，随着夜色渐晚，光亮越来越红，大地在它的脚下瑟瑟发抖。走到房子的走廊时，他一只脚踩上光滑的石头，习惯性地停下脚步，感受周围不寻常的动静。但房子里、村子里都很安静，只有蜥蜴与昆虫在游动。

在房子里，图克·马里克听到门口石头上轻微的脚步声，立刻屏住自己的呼吸，手掌紧紧握住冲锋枪的把手，手指紧扣扳机。似乎过去 20 年的生命如今就汇聚在这一命中注定的时刻，他的心里又惊又喜。

在黑暗中，他听到门的插销被打开，一丝光亮透过门缝，又暗了下来。周围一片寂静，然后似乎听到什么东西擦过桌子的声音。一声划火柴的声响打破了沉寂，图克·马里克静静地在阴影中等待着，看着火柴点燃油灯，照亮了房间的各个角落。他看到阿玛德脸上惊诧的表情，手里还拿着火柴，在心里品尝着这一时刻。

"很久不见，阿玛德，自从巴黎一别。"

阿玛德脸上的惊讶转为谨慎，开口时语气仍然镇定，但摇灭火柴扔到桌上时，手微微在颤抖，"你怎么知道我会到这儿来？"

"从日惹收到的电报。"

阿玛德的眼里闪过一丝诧异，图克·马里克开心地笑着，"没想到你的朋友会出卖你吧？"他得意扬扬，走到屋子中间，好更清楚地看到苏丹。

"那为什么你会到这儿来？"阿玛德明知故问，内心咒骂自己没带上武器，一路上可能有荷兰人盘查，如果搜到武器，会被逮捕。

"你是苏加诺的一大威胁。"

"那你呢？难道你没有野心？"

"我们希望苏加诺继续在位，直到我们夺权为止，再过几个月吧。我们可以控制他，可你是一个马克思主义者，我们无法控制你。"

阿玛德瞥了眼屋里，想找出武器。图克·马里克看到他的目光，畏惧苏丹的英名，开枪朝阿玛德射击。阿玛德在眼角看到图克的行动，飞起一脚朝冲锋枪踢去，但太迟了。冲锋枪吐出一串火舌，照亮了周围的黑暗，正面击中了阿玛德。他跪倒在地，捂着胸腹，慢慢地仆倒，鲜血汩汩地从伤口流出来。图克·马里克静静地站着，望着鲜血浸透阿玛德身上简朴的农装，流到地上。"王者的鲜血，与我们常人也没什么不同，"他朝寂静的房间说道："并不是那么高贵。"

他一直等到确信苏丹已经死去，才跪下来探他的脉搏，探到脉搏完全停止后才站起身，"我们的恩怨总算了结。"然后吹熄油灯，离开房间。

外面，在村子的路口，一个老人走近图克·马里克，他被枪声惊醒，但以为是默拉皮火山的爆发。天空此刻一片红彤彤，有如鲜血染红一般。

"晚上好，老人家。这么晚了还出来？"

"是不是火山要爆发了？"老人喊叫道："我刚刚听见它在响。"他畏惧地盯着火山，又望着图克·马里克，端详着这个陌生人。

"不会的，老人家。别担心，回去睡吧。我会在这里守夜，如果火山真的爆发，我会通知你的。村里还有其他人吗？"

老人摇摇头，"荷兰人来的时候都逃走了。我年事已高，跟不上他们。况且，荷兰人也不在乎我这把老骨头。"

"您不怕荷兰人，自然也不用怕那座山。回去睡觉吧。"

老人最后看了一眼火山，无奈地摇摇头，听从图克的话。刚刚没走几步，周围地动山摇，老人好不容易稳住身体，转身找那陌生人，但图克·马里克已经走了，只有空荡荡的小路，被山上的红光照亮。

图克·马里克在小路上走了一段，又绕回村子，潜入老人的房屋。他割开老人的喉咙，不想有人知道他在村里出现过。明天，荷兰人将经过村子巡逻，可以把苏丹的死嫁祸给他们。

在麦提亚，卡蒂尼从梦中惊醒。她梦见云豹的眼睛在燃烧，然后永远地失明了。她的保姆睡在隔壁房间，跑到她身边，尝试着安慰她，但卡蒂尼一直哭个不停。在马塔普拉，群山微微颤抖着，天花板的蜡烛无助地摇晃着火光，整个宫殿都被震醒。宫里的人还没起床，马塔普拉又是一阵剧烈的抖动，这一次把装着珍宝的宝箱震翻，吊灯与玻璃摔到地上。院子里裂开一道大口，宫墙上出现了无数裂缝。沉睡了一千多年的火山终于醒来，底基裂开无数裂缝，滚烫的硫烟从火山的伤口涌出，包围了世界。

　　宫里的侍卫与村民战战兢兢地度过一夜，到了早晨，地震结束了，裂缝里只冒出轻微的烟气，但人们的恐惧并没有散去。

第 *58* 章

新几内亚，1949 年 1 月

　　湖边河口的沼泽地上，一群火烈鸟整齐地飞上天空，把地盘让给一只聒噪的巨鸟，浮筒在水面上激起一股水雾，吹皱了波平如镜的湖面。

　　飞行员伊安·拉瓦利把飞机停在岸边，方便乘客下机与卸载物资。飞机自早上从莫尔兹比港起飞，载着凯瑟琳、帕克·阿纳克和两名迪雅克脚夫，来到荷属新几内亚的雪山中，那是一片完全未经开发探索的原始地带。到达时已快天黑，一行人决定在湖边扎营，然后再寻找住着白人天神的村落。

　　晚饭后，凯瑟琳坐在营火边，伊安·拉瓦利注视着她。35 岁了，她仍那么美丽动人。年轻时的风姿绰约如今沉淀成为高贵而不失温和的气质。他对她的生活略知一二，在莫尔兹比港曾听过她的传闻。他听说在战争中，许多苦难不及她深重的男男女女都死了，而她仍不屈不挠地活着。他很佩服凯瑟琳组织与领导此次搜索行动的手腕，强硬而自然。他自己本来不愿意飞到未知地区，但为了她，他甘冒风险。

　　他望着火光在她的身上闪动，在如棕色光滑的肌肤上投下阴影，猜想她在想什么。他知道不会是他，但他仍期盼着。她的头发在脖子后打成一个齐整的发髻，穿着卡其布衬衫，领口微微松开，套着卡其布长裤和一双长筒靴子。尽管一身职业装束，但仍无法掩饰她的魅力。

自从看到巍峨庄严的雪山，凯瑟琳的内心一直很不平静。在麦提亚，她能感受到迈克尔的存在，在雪山群中，这种感觉愈发强烈，幻想着他会走入营地。第二天清早，一行人向着在空中看到的村落的方向走去，拉瓦利一个人留下来看守飞机。

村子距离湖边有 3 英里远，里面是高脚竹楼长屋，还有一直引向岸边的竹通道，竹筏搭成的菜园围着长屋。村民已得知有陌生人来到，纷纷跑出来，好奇而紧张地等着他们。男人们提着好似渔叉的武器，他们当中没有白种人。

凯瑟琳与当地人语言不通，但通过比划，她找到了头人。她恭敬地呈上带来的羽毛、贝壳，乘这个机会，委婉地表达她想见见村里的白人的想法。

她不知道她的意图是否表述得清楚，但她的动作引起村民一阵骚动。头人断然做出否定的动作，凯瑟琳不知道到底是说这里没有白人，还是她的要求被拒绝了。

村子远处突然出现骚动，凯瑟琳刚想上前看个究竟，但头人命人挡住她的去路。她隐约望见在最后那间长屋，几个女人正在阻止某个人离开。最后，那个人挣脱女人的纠缠，一瘸一拐地沿着小路走来，女人们跟在他后面，拉扯着他，大声叫嚷着。

凯瑟琳的心提到了喉咙口，那是一个白人，衣衫褴褛，金发凌乱，胡须老长。他挂着一根拐杖，支撑着半边的身体，一只脚由于伤势严重又未能及时护理，无力地拖在身后。凯瑟琳用尽全身气力推开众人，跑向那蹒跚的人影。

到了距离约莫 10 码处，那个人尽管很像迈克尔，但不是他，凯瑟琳的心沉了下去。

"你是谁?"她结结巴巴地问道。

"我叫特纳，夫人。"声音清晰洪亮，带着澳大利亚口音，"杰弗里·特纳。"他看到凯瑟琳的沮丧，尴尬地补充道："阿德米勒尔提群岛一带的海岸哨兵，4 年前飞机在这里坠毁，我的腿受了伤，村民一直阻拦，没能回去。"他迟疑着，望着凯瑟琳的表情，"有什么不妥吗?"

"很抱歉，特纳。"凯瑟琳用手遮住眼睛，"我们得到消息，一个白人在这里出现，我本来以为你是战争期间在新几内亚坠机的另一个人。"

"战争期间？你是说战争结束了？"

凯瑟琳吃惊地看着他，才意识到他的处境，"战争结束 3 年多了，特纳。"她微笑着说："我们胜利了。"

"太好了！"特纳咧嘴笑道。村民围了上来，他把他们推开，大声朝他们嚷嚷。奇怪的是，村民居然很顺从，他转头朝凯瑟琳说："有时他们也听我的。"

"你不是囚犯吗？"

"算是吧。他们以为我是神，"他大笑道，突然神情严肃，"事情会变的，他们已见过你，知道我并非那么特别，并非独一无二。"

"那真是抱歉，但我们希望你能一起走。"当她与特纳交谈时，内心充满了失望。她得继续找寻迈克尔，但又不知从何找起。或许，飞机坠毁在海洋里。

"那你也回去吗？"特纳问她。

"不，我准备到别处进行搜寻。"

"你们在找谁？"

"一位美国海军军官，他应该也在这附近坠机，至少我们这么认为。他从菲律宾逃到阿德米勒尔提群岛，再飞到这里。"

特纳湛蓝的眼眸一阵收缩，"难道你们是在找斯坦福中尉？"

凯瑟琳失声叫道："是的，你怎么知道？"

"飞机坠落时，他和我在一起。"

对了！特纳正是那个救了迈克尔的海岸哨兵的名字，凯瑟琳刚才忘记了。她竭力控制住内心的恐慌，"他怎么样了？"

特纳叹了口气，"我不知道。"

村民看到两个人说个没完，开始聒噪不安。一些女人动手要把凯瑟琳拉开，特纳将她们喝退，拉着凯瑟琳的手臂坐在自己身旁。帕克·阿纳克朝天开了一枪，枪声震住了村民，他与另两名迪雅克人站在特纳与凯瑟琳身前保护他们。

特纳拉着凯瑟琳，继续说道：

"斯坦福本来准备飞到南新几内亚海岸，一个叫多布的岛上，再搭船到波尼奥。我到最后一刻才决定与他一起走，日本人随时可能扫荡整个岛屿。飞机起飞后，在新几内亚北边，一架日军战机发现了我们，一路追击。尽管最后我们利用云层躲过了它，但飞机已是伤痕累累，而且用尽了汽油，高度不断降低，无法再飞越雪山。斯坦福准备降落到山谷，但当时是我在驾驶飞机，我认为自己能行。斯坦福是个驾驶好手，如果当时是他驾驶，或许情况会不一样。飞行视野很差，一座山突然出现在我面前，我急忙绕开，在山间一块空地降落，但地方不够，飞机撞毁了机翼，我被撞成脑震荡，斯坦福则不省人事。我不知道他的伤势到底有多重，不敢贸然去扶他，决定先出去找水。但周围没有水源，我昏昏沉沉地走着走着，迷失了方向，找不到回去的路。我晃荡了好久，找到一条河流，一直沿着河走，直到看到一艘破船。我冒险乘着破船顺河而下，但在一处险滩触礁，整艘船都散了，我的腿也被撞废。"他看着自己的残腿，"我晕倒在河滩上，再醒来时，我到了这个村子里。等我伤好后，本来想再回去找飞机，但村民们不肯翻过山岭，他们相信那边有怪物出没。我的腿废了，根本走不远。"特纳的故事结束了，他用力抓住她的手臂，又松开。

"你认为他还活着吗？"

"我离开时他的脉搏还很有力，也许能活下来。"

特纳端详着她，"你应该就是凯瑟琳吧？"

"很抱歉，一直忘了介绍自己。我是凯瑟琳·摩根。你怎么认识我？"

"我不认识你。迈克尔很少谈到他自己，但他曾经说过他要回到凯瑟琳身边，他真正的战争是在波尼奥。"

凯瑟琳点点头，"是的，波尼奥是他的家。"

"本来有一艘美国潜艇会来接他。麦克·阿瑟想接他到澳大利亚，但迈克尔一心想去波尼奥，甘冒上军事法庭的危险。我没见过那么固执的人。他甚至不去达尔文港，请求允许他到波尼奥。他说他冒死逃出菲律宾不是为了给麦克·阿瑟当参谋，他要回家，即使美国海军也不能阻止他。"

眼泪涌入凯瑟琳的眼眶。

"他不是想回波尼奥，凯瑟琳。他是为了你。"

听到特纳这句话，凯瑟琳不禁掩面而泣。迈克尔爱着她，一直没有放弃，而她却放弃过他。知道了真相，却只能令她对他的死更感痛苦。

好久之后，她才问道："你能确定坠机的方位吗？"

她递给特纳一份纸笔，特纳勾勒出山脉的草图。

"那是在北坡大约 10,000 英尺处，附近有湖泊与山谷。"

看着特纳画出湖泊的椭圆形轮廓，凯瑟琳的喉咙哽咽着，那正是她与迈克尔最后的避难所。特纳在湖泊上方东边大致标明飞机撞山的地点。

"我知道那里。"凯瑟琳尽量用平静的语气说道。

她静静地考虑着情形，考虑是否要动用飞机。湖泊离坠机地点不近，但她知道附近陡峭的石灰岩山崖会使飞机飞行异常困难。她决定让拉瓦利留下照顾特纳，自己步行去山里。

特纳尝试着说服她不要去，但没有用。她非常固执，与斯坦福一样固执。最后，他只能接受了她留给他的手枪与飞机的方位图。到第二天早上，凯瑟琳一行人将出发翻过雪山的南坡。

当天晚上，拉瓦利努力不让自己睡着。他手里拿着枪，呆在飞机上，心里很不踏实，注意到当地人对他的出现并不觉得好奇。

到快天亮时，拉瓦利再也撑不下去，睡着了，没察觉到第一艘小船靠在浮筒上的撞击声。又有 5 艘小船跟上来，每艘船上载着 5 个男人。一团火星点亮了一支火把，火把再点燃了另外 9 支。一个入侵者偷偷摸到飞机舱门口，舱门锁住了，他用石斧砸开玻璃窗，把火把塞进去，飞机内部着火了。

拉瓦利咳嗽着惊醒，拼命想撞开舱门，但为时已晚。吸入了大量浓烟，他瘫倒在地上。火苗很快蔓延到油箱，飞机爆炸了，引发一团火球与一声巨响，远方的村子只听到是远方的惊雷在轰鸣，根本没有听到攻击者狂欢的叫嚷声。

第二天早上，凯瑟琳、帕克·阿纳克与迪雅克脚夫动身出发。特纳与凯瑟琳拥抱道别，两人都没有意识到回去的希望已经破灭了。

凯瑟琳一行人爬了两天，才到达山顶。最后一天是在云里走过的，树木开始稀疏，积雪覆盖着岩石与大地，甚至到后来，云层也被抛到脚下。

回到清澈蔚蓝的天空下时，眼前呈现出壮丽的景色，凯瑟琳认出这一幕，不禁热泪盈眶。在东边远处，威赫米那大山白雪皑皑，云层遮蔽着胸膛；在左方，卡斯腾兹峰冰川巍峨地若隐若现，似乎随时都会泻下万吨冰雪，把整座山淹没。

凯瑟琳一行人不想在这一禁地过夜，开始沿北坡朝雪山下进发。现在有了熟悉的卡斯腾兹峰指引，凯瑟琳能轻松辨认出方向和特纳勾勒的草图上飞机的方位。由于长满了树木、灌木和藤蔓，没有地图几乎不可能进行定位。到达飞机坠落的地点后，他们花了整整一天时间才找到飞机的残骸。原来飞机坠落在一小块草坪边上的树木间。尽管一只机翼伸出空地，但由于机身上长满了植物，任何空中搜索都不可能发现。

帕克·阿纳克第一个看见飞机，"小姐，看，在那边！"凯瑟琳顺着他指的方向望去，心脏几乎停止了跳动。她不敢想象在机舱里会发现什么，她不敢知道真相，但男人们已奔向飞机残骸。

他们站在残存的机翼上用砍刀清理长在门两边的野生植物，花了好几分钟才得以看到机身。窗户支离破碎，看不清里面的情形。凯瑟琳只得在下面等，开始下起小雨，但凯瑟琳没心情穿上雨衣。

"该死！"她嘟囔了一句，弯下腰把手伸进靴里，抓开里面的吸血水蛭。这些恶心的家伙无处不在，一有空闲就抓水蛭已是休息时的习惯。

砍伐停止了，她朝上望，看见男人们正回头看着自己。门打开了，脚夫们跳下飞机，让凯瑟琳第一个进去。她慢慢走向机舱，心情有如待审的犯人，头脑一片空白，只有脚仍在向前走。帕克·阿纳克伸手拉她上了机翼。

走进飞机，眼睛过了一会儿才适应了光线，里面空无一人，她环视着乘客座位、地板、座位后面，不太相信自己的眼睛。里面真的没有尸体，迈克尔或许还活着，轻松的泪水顺着面颊滑落。帕克·阿纳克跟在她后面，将消息传给下面的脚夫，众人一起爆发出欢笑。受希望鼓舞，他们忘记了疲累与恼人的细雨，准备出发去寻找。

　　凯瑟琳知道如果迈克尔还活着，他唯一的出路只能是进入山下的大峡谷。他们在原地花了一天仔细地搜寻迈克尔的行踪，但一无所获。即便迈克尔留下什么踪迹，时隔多年，已被丛林掩盖了。

　　达尼人的盐道离坠机地点大约有两天路程，先找到盐道就能到大峡谷。有了希望，她重新获得信心，找不到迈克尔她决不回去。

　　他们沿着层叠的石灰岩山壁往下走了两天，雨水、终年的潮湿让石头表面长出厚厚的青苔，脚下总是打滑；穿过长满苔藓、地衣，绿意不一的森林，林中生长着蕨类植物、青竹、棕榈树与高大的栗子树；涉过沼泽地，爬过乱石堆，最后终于进入山谷里青草如波涛般起伏的草原。

　　中午，他们在一条小溪边歇息、吃饭。日头正猛，絮状的白云仍在山间缭绕，像一件婴孩的褓褓，抚慰着顶峰。草原上空一片蔚蓝，万里无云。

　　凯瑟琳躺在高高的草丛里，享受着甜蜜的气息。白色的杜鹃与鲜红的桃金娘到处盛开，小小的知更鸟在小溪里沐浴嬉戏，昆虫四散着嗡嗡飞舞，一群鹦鹉聒噪着飞越头顶。

　　由于草丛的阻隔，起初他们没有察觉正在接近的达尼猎人。帕克·阿纳克最先警觉，俯下身子，溜到凯瑟琳身边，指着5个正在下山的达尼猎人的身影，从他们身上扛着的大大小小的鸟兽看，收获颇丰。

　　凯瑟琳注视着他们，心里并不害怕，而是充满了希望，或许里面有她认识的人。当那些黝黑健壮的身影走近到能看清他们的特征时，她惊喜地认出德格沃泰是其中的头儿，后面跟着伍里根和塞巴。她没认出另两名年轻的战士，他们或许是8年前她离开山谷时村里的小孩。

　　她高兴地叫起来，忧心忡忡的迪雅克人看到她那么开心，心里踏实了一些。她站起身，朝战士们挥手，为了不引起他们的敌意，她站在原地。战士们停住脚步，惊讶地观察着，窃窃私语。

　　凯瑟琳用达尼语向他们打招呼，朝他们跑去。战士们听到自己的名字被喊起，面面相觑，但当凯瑟琳跑到近前时，他们认出了她，也欣喜地喊着她的达尼名字。凯瑟琳的三名随从跟在她后面，她心里那么高兴，跑得格外轻松，风吹拂着她的面颊。他们是老朋友，而且可能知道迈克尔的下落。她看到一根白鹭羽毛飘荡着，被她经过时带起的风托上天空，她的心跟着它翱翔。

德格沃泰站在战士的前首，看到羽毛飞起，猛然想到自己必须做什么。他后撤一步，举起投矛，阳光在锋利的矛尖闪耀着夺目的光芒。凯瑟琳被吓到了，呆呆地站在原地，德格沃泰就在这时投出他赖以成名的既准且狠的长矛。投矛刺中了她的心脏下方，她跪在地上，脸上带着惊讶、悲愤、难以置信的表情。

帕克·阿纳克看到投矛举起，马上掏出步枪射击，但由于太匆忙，失了准头，只打中达尼战士身边的草丛。没等他再次开枪，一排弓箭射了过来，将他与另两名同伴当场射死。凯瑟琳搭着矛柄，用尽最后的力气，拔出投矛，仰面躺在草丛里。

一排排人影自脑海中掠过，从前的、现在的、一些根本认不出来的人影。

她的父母亲走了过来，站在她身前，神情严肃。阿玛德的身影取代了他们两人，他抱着小迈克尔，目光中充满关切和慈爱。

"我带了小迈克尔来看你。"

"我很高兴。"

"你疼吗？"

"一点点。"她撒了个谎。

"我能做点什么吗？"

她叹了口气，转过头，"不用了，留下来陪我，我不想一个人。"

他紧紧握住她的手，奇怪的事发生了，一道白光开始照亮黑暗，刺痛了她的眼睛。

阿玛德悲伤地看着她，松开她的手，"我得走了。"

"不要，"她喊道："不要离开我！"

他什么话也没说，但脸上愁云密布。在光亮中，阿玛德的身影渐渐模糊，她无力阻止这一切。

光亮变成了金黄色，像夕阳的余晖，草叶抚弄着她的脸，大地温暖地捂着她的身体。她合上眼睛，再睁开时，她看见他正缓步朝她走来，阳光在他金红色的发丛间闪耀。

"迈克尔!"她幸福地呼唤着,想挣扎起来,却动弹不得。

他微笑着跪在她身旁,灰色眼眸一如既往地温柔。

"他们告诉我你在这里,我一直在等你。"迈克尔轻声说道。

"但你一点儿都没事,"她难以置信地问:"为什么你不回家?"

他没有回答,看着她的伤势,脸绷了起来,回头看见她眼神中的恐惧,安慰道:"别害怕,你会没事的。"然后他把手伸到她身下,"我抱你。"

"嗯,去哪儿都行。"

他轻松地抱起她,她的疼痛感神奇般的消失了。迈克尔依然结实强健,一点儿都没变。

"迈克尔,我好想你。"

"我知道。"他低下头亲吻她。

她想开口告诉他发生的一切,但他阻止了她。

"不要说话,已经不重要了,有你在就可以了。"

整个世界又开始暗下来,或许太阳快下山了,她心想。但她的心里仍很不安,她想抱紧迈克尔,却发现他已经消失了,自己仍躺在地上。在最后一丝阳光中,她看见一只蓝色蝴蝶栖息在附近一片草叶上,庄严地扇动着翅膀,最后连这一幕也模糊和消失了。

黑暗在她身体内膨胀,直到她感觉自己与星空融为一体。在无形的暗潮中,她浮浮沉沉,不停地挣扎。

"一切会好的。"迈克尔的声音传来。她信任他,不再挣扎,感觉自己躺在天鹅绒般柔软的黑暗里,星星离开了身边。

"迈克尔……"她呼喊着。

他的回答从四面八方响起:"我在这里。"

第 *59* 章

爪哇，雅加达，1949 年 12 月 27 日

闪闪发亮的快艇朝北疾驰过马塔普拉的海面，驶向雅加达，印尼的新首都，以前的名字是巴塔维亚。船员穿着整齐划一的长裤，戴着穆斯林头巾，船上的三角旗绣着猎豹，在风中猎猎飘扬。船上的乘客，两个小孩和一个老人，准备参加印尼独立的建国庆典。

切洛离开甲板上的孩子，回到他的客舱，作最后的准备。他穿上白色束腰外衣，仔细地在头上缠上一条印花布条，那是迪雅克人的传统服饰，他不愿意戴上由苏加诺推行的黑毡帽。作为卡蒂尼的看护人，他将代表马塔普拉，在新的共和国中仅有的两个自治区之一。切洛很遗憾查尔斯爵士无法出席庆典，由于健康原因，爵士只能留在麦提亚庄园休养。小迈克尔跟了过来，因为卡蒂尼一定要他同去。查尔斯爵士与切洛无法拒绝卡蒂尼的要求，而且两人心里明白，孩子们在一起的日子不多了。很快，所有外国殖民地都将被政府收回，麦提亚也不例外。尽管查尔斯爵士长期支持印尼独立运动，也无法阻止民族运动席卷全国的改造热潮。

卡蒂尼身着符合身份的正统服饰，头上戴着一顶纯金皇冠，每次转头上面镶嵌的宝石都会闪烁光芒；身上穿着一条绣花金边丝裙，戴着金臂环、金手镯、金脚环，小脚丫上套着金色拖鞋。小迈克尔则穿着宽松的白棉布衬衫，

唯一的装饰是腰间的印花丝腰带，上面别着一把弯刀，是阿玛德几年前送给他的。

两个孩子本来在甲板上下棋，水手们突然兴奋地叫嚷着，把他们吸引到栏杆边。船驶近爪哇海岸时，速度降了下来，海面上现出一圈光芒，有如水底的探照灯，随着船的速度、方向变化而变化。富有经验的水手们从未遇过这种情况，心里都很害怕。

"看那边！"小迈克尔喊道，兴奋地跳上跳下。

"我见过它，"卡蒂尼平静地说："那是海的眼睛，当我在海里游泳或钓鱼时，总是会跟着我。"

小迈克尔狐疑地看着她，"你是个怪人，"他说道："你真是个怪人。"

卡蒂尼气愤地跺着脚，眨眨碧绿的眼眸，"我才不是怪人呢，我是公主，你是我的臣民，你不能用那种态度和我说话。"

小迈克尔不服气地说："我可不是你的臣民，我是英王的臣民。"他补充道："至少一半血统是，另一半是自由的，根本不用你管。"

他准备好和卡蒂尼一路怄气下去，但再看着卡蒂尼时，她正满不在乎地微笑着，眼眸不再是绿色，而变成了海蓝色，在水汪汪的秋波下荡漾着黄色与黑色的斑点，好像明媚的太阳与它的黑斑。他也笑了，尽管他才8岁，但他爱慕着她，无法生她的气。

两人肩并肩，又站在栏杆边眺望，但神秘的光圈不见了。

"不知道那是什么东西。"迈克尔大声说道。

"我告诉过你，"卡蒂尼回答，"那是大海的眼睛。"

这一次小迈克尔没有顶嘴。

两只海豚从海面冒出来，一边一只，跟着船一同前进，时不时动作一致地跃出水面。

"兰帕—兰帕！"卡蒂尼高兴地叫喊着。

"我猜你要说它们是你的侍卫了。"小迈克尔粗声粗气地说道。

"就是那样，"她喊道："是海之女神派它们来的。"

港口进入了视野，卡蒂尼的心兴奋得怦怦乱跳。他们乘车从码头到即将举行庆典的荷兰行政总部,一路上她都很不耐烦。广场上挤满了庆祝者,看到人山人海,卡蒂尼不禁心里有点发怵。荷兰军队与印尼军队分布在广场周围,维持秩序。被护送到观礼主看台时,她只看到讲坛后密密的人群中一个突出的身影。

"爸爸!"她挣脱切洛与侍卫,跑向那个身影,"爸爸!"

那个人扔掉手中的拐杖,弯下腰,一把搂住她,抱得那么紧,卡蒂尼几乎喘不过气来。她可不在意,她一直焦急地等着这一天,荷兰人宣布到独立日才释放马塔普拉的苏丹。

那天被马里克射伤后,荷兰军队发现了阿玛德,起初以为他死了,但军医仔细检查后,发现他还有极微弱的脉搏。

"他的血都快流干了,"医生不可思议地摇着头,"真不敢相信他还能活下来。"

为了不引起政治骚乱,荷兰人封锁消息达数月之久,直到阿玛德度过危险期才对外公布此事。阿玛德逃过了鬼门关,但需要很长时间才能恢复。子弹除了引发严重内伤外,还损害了他的脊椎。他动了几次手术,有希望将来能不用拐杖走路,但也留下了后遗症。他再也无法如以前一样行动敏捷,精力充沛。卡蒂尼是个聪慧的孩子,一眼就看出父亲伤得很重,她脸上挂着泪水,伸出小手臂紧紧抱着他。她能感受到父亲需要她,心里下了决心,她是希娅的女儿,不会令父亲失望。

在切洛与卡蒂尼搀扶下,阿玛德慢慢走向看台,每走一步都锥心地疼痛。人群察觉到他的痛苦与努力,安静下来,注视着他。当他走到看台前,举起手致意时,民众欣喜地欢呼着庆贺他与他们的胜利,广场上响起排山倒海的口号声:

"么德卡!么德卡!自由!自由!"卡蒂尼惊奇地望着极度兴奋的群众开始以震耳欲聋的声音吼着父亲的名字。

苏加诺没有参加庆典,他宣布将于次日在布滕佐格的前总督官邸向全国发表演讲。知情人明白他是不想与苏丹争夺民众的好感,怕自己会失败。图克·马里克倒是愿意站出来,但他在几个月前发动政变失败后就被国民军枪决了。

阿玛德几乎没听到双方政府官员作的演讲报告，但他没有错过荷兰国旗降下，红白印尼国旗升起的庄严时刻。他眼里噙着泪水，胜利的滋味既幸福又辛酸，或许他比在场的任何人都更清楚，维持印尼团结的希望很渺茫。苏加诺与其他爪哇国民领袖已下决心废除阿玛德竭力主张的邦联制，阿玛德知道在独立建国精神鼓舞的统一洪流下，爪哇岛外的各州各区会被劝说放弃独立，出于感情原因归顺中央共和政府的领导。这意味着在政治上被爪哇全面统治，从而埋下了将来冲突与叛乱的祸根。

上个月最后的外交谈判并没有解决新几内亚的问题。荷兰人仍保有新几内亚，但苏加诺绝不会允许这一情形一直存在。在阿玛德看来，两国争的只是虚荣与自负。在新几内亚勘探石油或矿产资源的行动至今仍一无所获，即使勘探成功，阿玛德也热诚地希望新几内亚由联合国托管，并由当地人自治，不受外部势力控制。

想起新几内亚，阿玛德不由得黯然神伤。这一片未开发的原始土地夺去了他两位最亲近的人，他们至今下落不明。他紧紧搂住卡蒂尼，她看到父亲伤心流泪，微笑着吻去他面颊上的泪水。

阿玛德看见了小迈克尔，他看起来那么凄凉孤单。他拉着小迈克尔，慈祥地抚着他的头，小迈克尔害羞地伸出手抱着阿玛德的腰，他还记得这个最亲近的男人。

"我要回马塔普拉，小迈克尔。下次到那儿探望我们，我教你打马球。"

卡蒂尼不无嫉妒地说："我也要学，爸爸。"

"当然好。"阿玛德笑道："也带上你。"他的眼神严肃起来，"卡蒂尼，你要学着明白，爱不是一罐水，太多人喝就会干涸；爱总是充盈的。我爱小迈克尔，但依然爱你那么深，你相信吗？"他亲了亲她的鼻子。

卡蒂尼害羞地点点头，心里半信半疑。阿玛德心里一痛，想到凯瑟琳也一直不能理解这一点。他望着面前欢呼雀跃的棕色面孔，心里突然感到强烈的热爱与解脱。一切总算值得，无论印尼的自由会走向何方，此刻的喜悦不枉他付出那么多牺牲。他爱印尼的自由胜于其他一切，而且此刻不再需要牺牲。就这样吧，他心里想着，一切都结束了，是急流勇退的时候了；就这样吧，尽管面前对他充满爱戴的印尼人还懵然不知，他与他们的恋爱结束了。他会低调地回到马塔普拉，过半隐居的生活。那些反对他的人现在可以抓住机会，按照他们的意志决定印尼的命运。在阿玛德内心，他衷心祝愿他们获得成功。

第 五 部

瓦罗：蛇之时代

我们不应停止探索，

在探索的终点

我们将重回起点，

第一次了解这块土地。

——T.S·艾略特 《四个四重奏》

第 60 章

雅加达，1966 年 8 月

一辆军用吉普车在雅加达新印地大酒店门前非停车区域停了下来，开车的将军朝门口的侍者笑了笑，走出车门，他的军阶是他在任何地方停车的许可证。将军漫不经心地朝一个在酒店旁边巡逻的军士回了个军礼，军士手里吊着冲锋枪。如今城市里、乡村里到处都是士兵，他们常在交通繁忙的高峰时刻执行军事行动，禁止一切车辆通行，全副武装保卫一些容易成为敌人袭击目标的重要建筑物。

将军在路上被一次这样的军事行动耽搁了一会儿，军方在进行重新夺回电信公司的军事演习。现在将军迟到了赴约，他快步走上酒店楼梯。大堂里到处是做生意的西方商人，正准备开始每天都得做的讨好新军事政权的工作，自从 10 个月前一场政变失败后，军人统治了印尼。将军走到前台，"我找迈克尔·斯坦福爵士。"将军告诉前台人员，又自我嘲弄地补充说："告诉他，他的保镖到了，在大堂等他。"

"是的，将军，马上就去。"

将军点上一根香烟，把火柴扔到大理石地板上，慢慢踱向酒店大门，等斯坦福下来。他戴着贝雷帽，穿着空军长靴，卡其布军装的袖口上绣着空军部队的徽章；肩上的勋章绶带表明他参与了印尼的最近两场战争：新几内亚的荷印战争与马来西亚的英印战争。将军在印尼人中算长得很高的——5 尺 11 英寸，外貌黝黑英俊，长得不像纯粹的东方人。

"你好，佩特利。"

将军转过身，一个年轻的金发灰眸的男子正跟他打招呼，口音略带英国腔调。

"迈克尔，"将军搭着年轻男子的肩膀，拉着他走出大门，朝吉普车走去。

"好了，弟弟，这么多年不见，什么风把你吹来了？我想政治动荡可不是你感兴趣的事情。"

"这次来有些事情要办，其中一件是关于你的遗产。"迈克尔回答。

佩特利吃惊地看着他，"你不是开玩笑吧？老头子不会留东西给我的，我们那么多年没说过话了。"

"爷爷给你留了一大笔钱。"

"当真？"佩特利笑着说："那么，或许我不必再堕落于罪恶与腐败，靠它们维持我从小习惯的生活了？我现在可以卖掉赌场和妓院了。告诉我，迈克尔，到底有多少钱？"

很难看得出他是否在开玩笑。

佩特利开车上路，迈克尔冷冷地打量着他，"我不知道如今雅加达一间妓院能赚多少钱，但我想至少能顶得上一家赌场吧？"

"你还是改不了这副冷淡的英国态度，迈克尔。"

"阿玛德叔叔知道爷爷去世了吗？"迈克尔转了个话题。

"知道，我一接到消息就派人通知了他。"

"阿玛德叔叔近来好吗？"

"我也没见到他，老和他在一起会影响我的前程，不是吗？"

"我不这么认为，"迈克尔温和地回答："看到他会让你内疚，所以你才不去见他。"

"我的良心是清白的，"佩特利冷冰冰地回答，用力扭转车头，避开一个路坑。"那时候我无能为力，"佩特利补充道："我并不是苏加诺的亲信，这是我与阿玛德的共同之处。"

阿玛德一年前被软禁于雅加达，查尔斯爵士得悉情况后引发中风，再也无法痊愈。共和党人煽动苏加诺政府将阿玛德从马塔普拉逮捕到雅加达，由于担心苏加诺即将被军队里的保守势力推翻，其后共和党人在苏加诺完全知情与支持下，决定先下手为强，策划准备发动政变，绑架、暗杀了 6 位军方高级将领。然而计划失败了，他们小看了一位默默无闻的年轻将军苏哈托。苏哈托在政变后集结了军队中的非共和党力量，发动了成功的反政变，逮捕了政变者，解散了革命委员会，宣布共和党为非法政党，剥夺了苏加诺的一切权力，仅保留总统虚位。情况依然很不稳定，但看来老谋深算的苏哈托最终将会逼苏加诺下台，自己接任总统。

"为什么阿玛德叔叔还被关押着？"迈克尔问道："明明那些逮捕他的人已经失去权力了。"

"他很快就会自由的。"佩特利安慰他，"你肯定还记得印尼人多么崇拜他，除非新政府肯定他愿意支持他们，至少保持中立，否则不会释放他。至今他还不肯表态，等新政府巩固了权力，有了安全感，自然会还他自由。"

"政客是不会有安全感的。"迈克尔反驳道。

吉普车驶进狭窄的街道，到处弥漫着烹制香料又甜又酸的气味。汽车在拥挤的单车、三轮车和摆满芒果与香蕉的货摊间左穿右闪。运河上到处是将就凑合的棚屋，用纸板、棕榈叶、瓦楞片搭成，为城里急速增加的人口提供栖身之所。

看着这一幕幕情景，佩特利说道："苏加诺上台或苏哈托上台都好，有什么不同？印尼人一年辛苦到头，却挣不到 300 美元，平均寿命不到 32 岁。"

"那你呢，佩特利？你是什么立场？"

"我只站在安全、有利可图的一边。我没有理想，只看重机会。我的许多同僚仍狂热地盼望革命，而那些老头……"他耸了耸肩，"还一直生活在过去的光荣里。我不在乎什么感情、理想、信念或伟人——他们最终总会被支持者所腐蚀。"看到弟弟脸上不以为然的表情，他吃吃地笑着，"我不是斯坦福家族的人，迈克尔。你知道，我没有家族的理想主义情结，在我看来，那总是带有伪善的色彩。我见过以理想主义为名所施行的罪恶与剥削，残忍程度不亚于荷兰人，只是荷兰人不懂得伪装罢了。"

两人沉默着，最后迈克尔转过头，打量着哥哥，思考着要跟他说什么。

"有一件事想请你帮忙，佩特利。"

佩特利好奇地看着他。

"我需要进新几内亚的许可令，你能帮我弄到。"

佩特利大吃一惊，"那不可能，超出了我的权限，而且那边的安全根本没有保障。"

"无论如何我都要去，我需要你帮我弄到通行证。"

"你真令我吃惊，你从未对原始文化产生过兴趣。"

迈克尔望着前方的道路，"我决定去寻找母亲和我们的父亲，找出当年事情的真相。"

佩特利的微笑消失了，"他是你的父亲，他从不是我的父亲。我不属于斯坦福家族，也不会是。"

"没有人拒绝过你，佩特利。"迈克尔平静地说，"事情并不是那么糟糕，只是你总是在逃避我们，爷爷的遗嘱里还把你当成家里的一员。"

"那只是他心存歉疚。"佩特利生气地说，"如此而已。"他掉转车头，离开公路进入一条小街。他面无表情，驶到一处宁静的住宅区，猛地踩下刹车。两个人默默地坐着，佩特利先开了口：

"我很难过他去世了，迈克尔，真的。"

"我知道。正如你所说，佩特利，我们总会死去。"迈克尔冷冷地说，不去看哥哥一眼。

佩特利靠着方向盘，"我会尽力帮你去新几内亚。"

"谢谢。"迈克尔跳下吉普车。

"你可能会回不来，你想过吗？"佩特利似乎挣扎着想说些具有温情的话。

迈克尔知道哥哥的个性，展颜笑道："我会小心的，谢谢你安排我见阿玛德叔叔。"然后转身向前走去。

"等一等。"佩特利叫住他。

第一次，佩特利显得有点儿尴尬，"我不会让任何人伤害他，他是我的好朋友。"

迈克尔知道佩特利的为人，点点头，望着山边，那里长满了大树与热带植物。

"看起来不像是监狱。"他观察着，只看见几个士兵，懒洋洋地在街上溜达，肩上扛着步枪。

"他在里面过得很舒服，生活条件很好。"

"他一直不喜欢雅加达。"迈克尔伤心地说："我不想看到他住在这里。"乡村，阿玛德一直这样告诉他，才是人与自然和谐共存的地方。他一直认为，那样人性阴暗的一面才能有所克制。

"其实他随时可以走出这里。"佩特利说道："印尼没有一个士兵敢对他不敬，更不用说敢伤害他一丝一毫。"他笑着说："苏加诺越想孤立他，他在人民心目中就越神秘伟大，苏加诺都快疯了。"

迈克尔也笑了，想起每次苏丹走出马塔普拉印尼人对他的狂热爱慕。一辆吉普车驶过，停在路边，佩特利朝司机点点头。

"那位中士会等你出来，带你回酒店。"

迈克尔说："在去新几内亚前，我要回麦提亚一趟。我到马辰跟你拿通行证。"

"你在波尼奥时，去看看卡蒂尼吗？"

迈克尔吃惊地看着佩特利，他没想过见卡蒂尼，那只是童年的回忆，"不去了，我得去吗？"

"没什么，只是怀念旧时光。"佩特利玩世不恭的微笑又浮现在脸上，"我向她求婚了。"

"哦？那她怎么说？"迈克尔笑着问。

"她还没答应，但她找不出比未来的军队总司令更好的求婚者。"

"你升军阶了？"

佩特利点点头，"那场政变尽管没有成功，但由于清洗行动，留下了很多位置，我们这些活下来的就有机会了。"

"恭喜你。"

"谢谢。"佩特利瞄着弟弟，"我们两兄弟总算混得不赖，是吧？你是第十任马洛特男爵，我是印尼的将军。你拥有爵位，我拥有军权。"他大笑着开动吉普车。

"再见，弟弟。"

阿玛德所在的监狱是一座建于半山腰的别墅，建造者是5世纪前一个做香料贸易的阿拉伯富商，他也为印尼带来了伊斯兰教义。尽管墙面刚油漆过，拱门与窗户上的精美装饰却已年久失修。旁边的花园长满了野草和灌木，树木没有人修剪，在街上根本看不见房子。上一任主人，一户荷兰人，在日军侵占时期被抓进集中营，再也没能回来。他们应该都死了，因为没有人来认领土地。最后，政府接管了这幢房子。蜿蜒盘上别墅的狭窄石阶经过一栋小房子，那里是看守的指挥部。

卫兵知道迈克尔会来，一位军士在指挥部外接迈克尔。他打开门，礼貌地招手让他进去，然后关上门。指挥官坐在一张大班桌后，那是屋里唯一的家具，上面摆放着橡皮图章、油墨盒和收音机。上尉正在看《花花公子》杂志，从一个海关官员那儿买来的，而那位海关官员则是从一个美国观光客身上没收得来的。迈克尔走进房间时上尉头也不抬，专心浏览着杂志，威风耍够后他才瞟了迈克尔一眼，不耐烦地朝迈克尔手里的证件招招手，似乎是迈克尔让他久等了。迈克尔递过证件，送到上尉眼皮底下，上尉的眼睛只是直勾勾地望着大班桌，一台收音机正大鸣大放着革命新形势的消息。

迈克尔不耐烦地听着刺耳的广播，心里猜想在任何革命后，人们总会有疑惑，到底整场运动是否如革命者宣传的那么理想动人。和生命中的其他事物一样，革命的结果总是并非如革命家设想的那么美妙。在印尼，失望情绪在此前一直都被苏加诺成功地引到殖民者和外国势力的身上，但这次政变失败后，印尼人民终于把怒气转移到国内，把矛头指向苏加诺政府，认为是它造成了一切的苦难。怒火燃烧的结果是成千上万的人被杀害，包括共产党人、当地华人、任何不是主流的少数团体。极端穆斯林信徒杀害了许多异教徒，任何心怀私怨的人都可以以爱国主义为名进行报复，连被明令禁止的传统波尼奥猎头行为也重新在华人尸体上死灰复燃。在几个月前，杀戮最疯狂的时期，爪哇北部的河流都染成红色，渔民们不敢捕鱼，因为鱼肚子里尽是手指、耳朵、肠子等残肢断体。迈克尔想象不出温和的印尼人民为何能干出这么残暴的事情。

上尉总算扫了一眼文件，皱了皱眉头，清了清嗓子。迈克尔这才醒悟过来，有钱的外国佬得与他们有福同享，有钱同使。尽管心里十分恼火，迈克尔并没有责怪上尉，身处贪污横行之地，能保持清廉倒是稀奇。通货膨胀率高达650%，中产阶层的官员只能靠贪污才能生活。在印尼，这才是正常的行为。

迈克尔从钱包里取出一沓印尼盾，放到桌上摊开，让上尉不用劳神计算。上尉看上去相当满意，打开抽屉把钱塞了进去，神情无辜而圣洁。他不喜欢英国人，两年前在马来西亚战争中负了伤，自此他觉得所有英国人都欠了他什么。上尉拿起图章，在迈克尔的文件上重重盖了个戳，厌烦地招招手，似乎在赶跑一只讨厌的苍蝇。盖完戳后，他粗暴地把文件推还给迈克尔，打了个响指召唤门外等候的军士。迈克尔跟着军士出去，他与上尉自始至终没说一句话。

一个赤脚仆人迎了上来，身上穿着宝蓝色的丝绸外套和白色棉裤，束着金色腰带。他带迈克尔走上楼梯，在一扇木门前停住，打开门，躬身请迈克尔入内。里面是一个小花园，由高墙大树包围着。

"陛下在里面，先生。"仆人朝园子的一角示意道："正等着您。"他又鞠了一躬，离开了房间。

迈克尔转头看着那个方向，夕阳正照在他脸上，眼睛一下子睁不开。他隐约看见一个人影的轮廓，正慢慢从一张凳子上站起来。阳光在人影上发出钻石般闪烁的光圈，他就是波尼奥的末代苏丹。迈克尔喉咙一阵哽咽，多年不见，这个男人仍令他敬畏有加。他本来以为长大成人后再见到阿玛德不会像孩童时那么敬畏他，但他错了。

"迈克尔，"熟悉的声音响起，"见到你真是高兴。"

迈克尔一句话也说不出来，走上前，两人紧紧拥抱着。他看到阿玛德挂着两根拐杖，但容颜依然英气逼人。他的脸庞很光滑，头发乌黑，根本看不出已是 57 岁的半百老人。但看得出旧伤正在侵蚀他的生命,迈克尔听说阿玛德已不良于行,剧痛时常发作。

迈克尔坐了下来,一个仆人递上一杯柠檬茶。

"得悉你爷爷的噩耗我很难过,"阿玛德说道:"我很遗憾不能见他最后一面。"

"他本想回来,死在麦提亚庄园里,但那已是不可能的事情。"

1952 年查尔斯爵士离开印尼时,苏加诺正与荷兰人为了新几内亚问题争得不可开交。查尔斯爵士清楚苏加诺最终会没收所有荷兰人的财产,作为对荷兰人不肯放弃新几内亚的报复,其他欧洲人的财产也将步其后尘。苏加诺一直对英国人在 1945 年的介入耿耿于怀,他一直疑心英国人在马来亚、波尼奥的活动别有企图。查尔斯爵士在政府没收土地前将麦提亚的土地分发给了为斯坦福家族耕作了一个半世纪的农户们。

柠檬茶是温的,迈克尔放下杯子,略感失望。他忘记了在印尼,人们习惯喝热饮。他回想着上一次见阿玛德的情形,在麦提亚庄园,回英国的前一天。迈克尔从未见过查尔斯爵士哭泣,但那天,他搂着阿玛德失声痛哭,像一个伤心的孩子。迈克尔不愿再想下去,转头望着花园里盛开的鲜花,脑海里浮现出另一幕情景:在特兰岛集中营里,母亲每晚教他读书写字,英国士兵遭受酷刑的惨叫声不绝于耳。日本士兵对小孩还算友善,到了白天有时给他糖和水果,他会接过东西,心里猜想他们是不是昨晚虐待囚犯的那伙人。他不像女人们那么憎恨士兵,每一次英国士兵惨叫,他都会心存愧疚,似乎他也是行刑的坏蛋,因为他接受了糖果,心里不怎么恨日本人。

"佩特利今天带我到这里来,爷爷去世的时候他不肯见他最后一面。"

"我知道。"阿玛德答道:"但别太苛责佩特利,迈克尔。他并不像表面表现出来的那么冷漠,他愤世嫉俗,只是希望我们比他心里想的要好一些,一个理想主义者如今很难在印尼政坛立足。"

"我一直远离政治,"迈克尔冷冷地回答:"三年来我一直在大漠度过,那里没有什么政治纠纷。"

阿玛德心里暗暗奇怪,斯坦福家族一直积极参与政治,参政已似乎成为一种家族特性。"你爷爷一直在告诉我你研究的最新进展，直到去年他中风为止。你是在卢克索进行勘探，是吧？古埃及考古学博士，恭喜你，你一直是你爷爷的骄傲。"

如果真是那样，迈克尔心想，那为什么自己总是心存歉疚？因为他违背了斯坦福家族的另一个传统，即醉心于研究古代而不是当代原始文化。阿玛德换了个话题：

"佩特利向卡蒂尼求婚了，他告诉你了吗？"

"是的。"迈克尔回答，并没有进一步表态。

阿玛德皱了皱眉，"我很喜欢佩特利，但我并不赞成这门亲事。或许，我只是一个爱管闲事的父亲，"他叹了口气，"但我不会太多干涉他们。卡蒂尼是一个非常独立有主见的孩子。"

他微笑着，"如果你回麦提亚，我希望你去看看她。她在马辰，与她姑母住在那里的行宫。你以前去过，还记得吗？"

迈克尔依稀还记得，那是一座巍峨的宫殿，有一条长长的石阶通往河流，他与卡蒂尼经常去那里划船。"我只在麦提亚稍作逗留，爷爷给那里的村民留了一些钱，让我带给他们。我会顺道去看看卡蒂尼。"他无法拒绝阿玛德，尽管他一心只想回麦提亚，是告诉阿玛德他此次回印尼的真正目的的时候了。

"我准备去新几内亚，找出当年母亲与父亲失踪的真相。"迈克尔心里在想，为什么说出这些话会如此艰难？母亲、父亲，他们在他的记忆中无法勾起挚爱的感觉与清晰的轮廓，他们是隐约而不真切的影子，但这些字眼仍在他心中洋溢着情感，就像在别人心中一样，或许更深。

历史又将再次重演。

"爷爷生前一直不让我去，"迈克尔说道："他强烈反对我去新几内亚。"

"佩特利会帮你安排行程——取得进入新几内亚的通行证吗？"阿玛德问道。

迈克尔点点头，事情不会那么容易，自从在 1962 年与荷兰人为了新几内亚控制权打了一仗后，印尼政府对西方人进入该地区的审查非常严格。

"佩特利是个好人，"阿玛德叹息道："他的政治前景非常光明。"

"他告诉过我了。"

"他们俩都死了，迈克尔。"阿玛德回到刚才的话题，"已经有太多的人为了寻找他们而丧生，为什么不能让过去成为过去？"

"不行！"迈克尔平视着阿玛德，他知道阿玛德不会赞成，但他并不需要阿玛德的同意。

"那你希望我怎么做？"阿玛德问道。

"答应我，无论出什么事你都不要自责。你一直为母亲的事埋怨自己。"

"很抱歉，迈克尔。"阿玛德伤心地说："我无法答应你。"

再不需要说什么了，两人沉默不语。阿玛德先开了口："告诉我，哈利耶与玛吉特她们还好吗？"两人开始闲聊，小心地避开不愿面对的过去。在迈克尔的生命里，阿玛德曾经像一个慈爱的父亲，两人又回到那时美妙的时光。探视的时间到了，阿玛德陪着迈克尔走到花园门口，迈克尔看到阿玛德消瘦了不少，面容疲倦。两人在门口停住。

"原谅他们吧，迈克尔。"阿玛德轻声劝道："如果此次前行能让你原谅他们，那冒险也值得。我知道你一直责怪他们忍心抛下你。"

"没什么需要原谅的。"迈克尔说道，他的言不由衷暴露了他是多么重视这次旅程。迈克尔身边有许多人，包括阿玛德，一直想为他弥补失去双亲的创伤，他们一直细心呵护他，但童年无父丧母的悲痛是无法补偿的。迈克尔希望能找出父母当年失踪的真相，让心里的遗憾永远平息。

两人凝视着对方，迈克尔是那么像他的父亲，阿玛德回忆起前尘往事：那已是 27 年前在麦提亚，他最后一次见到迈克尔的父亲。那次夜宴后阿玛德匆匆赶回马辰处理政治事务，迈克尔陪他到机场。"朱里尼的那个美国朋友，"阿玛德上飞机前问道："你认识她吗？"天色已暗，但阿玛德在火把的光亮中看到迈克尔的脸色微微一变，"不大认识。"迈克尔回答。但阿玛德已从他的脸上捕捉到未来将发生的事情的迹象，他了解迈克尔。那一晚显得如此平常，两人根本没想到会是最后一次相聚。难道这一次又会是与迈克尔的儿子最后的诀别？

"有什么事需要我转告卡蒂尼吗？"迈克尔问道。

"不，没什么。今晚我会给她写信，几天后她准备动身去看望她的外祖父。他把村子撤到了马辰北部，以避开不断迁入的爪哇移民。他很讨厌生人。"

"去新几内亚后，我会直接回英国。"

"好的。希望你能找到心中的答案。"

两人拥抱告别，阿玛德祝福道："愿森林之神明与你同在。"他微笑着举起手杖，慈爱地碰了碰迈克尔的手臂。

"你可以带上它，无论去到哪儿，它都挺有用的。"

大门因年久与潮湿而膨胀，在迈克尔身后刺耳地关闭，留下他独自站在石阶的顶端，下面的街上长满了乱糟糟的热带草木。泪水模糊了他的双眼，在泪光中他看到中士正在吉普车旁边等候。上尉听到上面关门的声音，走出办公室，抽出一根香烟塞进嘴里。

"今晚要女人吗？"迈克尔走下台阶经过他身边时，上尉问道。

"不要。"迈克尔头也不回，愤愤地回答。

"你们英国人吃太多肉了，"上尉回了一句，"才会那么暴躁。"

在花园里，阿玛德听到上尉最后想挣几个钱的努力泡汤了，他能猜想到，迈克尔进来看他肯定花了不少钱。在去年的相处中，阿玛德见识了上尉的厚颜大胆与旺盛精力，他只希望这些聪明才智能用在更有建设性的正途。他转身背对墙壁，远离了街道与这个世界。太阳现在离开了花园上空，在里面留下大树的阴凉。盆里的凤仙花在酷热中枯萎了，但园丁很快会给它们浇水。阿玛德决定在园子里再逗留一会儿，然后回办公室处理马塔普拉的事务。

此时他有点遗憾没有告诉迈克尔一件事情——他已不久于人世。当年医生诊断他的伤势时，预言他只能活两年。凭借着顽强的生命力他熬过了这么多年，终于快撑不住了。他一直没告诉卡蒂尼，怕她坚持要求到雅加达陪伴他。这里是政治的是非之地，不能让她陷入泥沼。整肃运动正如火如荼，目的是要将那些政治上持自由主义观点的人清洗掉，失去工作已算幸运，许多人被流放、囚禁、处死。苏丹的许多昔日好友与政治伙伴都未能幸免。

因为不想卡蒂尼知道，他刚才没告诉迈克尔他的情况。两人多年没见，他不愿迈克尔背上保守秘密的负担。

每走一步他的全身都会一阵剧痛，但他已经习惯了。死亡并不可怕，但他还不能死。为什么？他心里想。死亡会为他多年来忍受的无尽的痛苦带来解脱。他问过自己，答案是，他的任务尚未完成，但他又说不出理由。他已经目睹最大的梦想成真，促成了印尼独立建国，但那还远远不够。尽管从不信教，他开始皈依家族古老的印度教传统，心里生出模糊而非理性的渴望，想与宇宙合为一体，这一想法一直困扰着他。

他走到太师椅边，慢慢坐下，把拐杖吊在椅背上。椅子上方挂着一顶蚊帐，可以放下来，让他在园中小憩一会儿。头顶，天空不再明亮，随着傍晚将至，变成了半透明的乳白色，带着橘黄、粉红与蔚蓝的条纹。阿玛德放下绳子，蚊帐罩了下来。附近的清真寺传来召唤夜祷的钟声，他听见仆人悄悄地退下进行祷告，只有迪雅克仆人留了下来。他们一直忠心追随他，仍坚持着原始的丛林信仰，不信奉来自沙漠的先知。阿玛德羡慕他们的虔诚。

在头顶，乳白色的天空有如子宫般包围着他，蚊帐则像一个蚕茧。他想象着自己是一个新生婴儿，还有新的生命轮回在等着他，而前生并没有被遗忘。意识到这一想法的荒谬，他不耐烦地闭上眼睛，希望能安然入睡。

孩子，这一启示使他惊奇地睁开眼睛，不是印尼未来这个新生婴孩，是卡蒂尼与迈克尔的婴孩。一个孩子，将会弥补他丧失心爱之人的悲伤，凯瑟琳、迈克尔、希娅、父母、查尔斯。是的，那正是他多年等待的原因。但那似乎是不可能的，他知道这一梦想很荒唐，于是疲倦地合上了眼睛。

第 *61* 章

自从斯坦福家族离开波尼奥后，迈克尔已有 13 年没见过卡蒂尼。在他的记忆中，她是一个来自森林的精灵，总是与迪雅克孩子们一起在河里游泳嬉戏。当卡蒂尼在马辰的宫殿中与他见面时，他根本认不出她。她穿着一件蜡染长裙，戴着黑色穆斯林头巾，黑色长发披散在肩后，衬着几朵白色的小花。她出落成一个端庄自信的女性，站在迈克尔面前，伸出手请他入座。

她的眼睛，他忘记了她的眼睛，卡蒂尼是一个漂亮的女孩，现在还是那么美丽动人。她长得很像法国的外祖母，但皮肤继承了母亲的黝黑，身材高挑。她给人的印象是最像她父亲，不是出于外表，而是那高傲的举止与天生贵胄的气概。阿玛德被捕时，卡蒂尼在万隆，快修完医学学位，激烈的反政变行动接踵而来，她被迫离开爪哇，回到波尼奥，直到政局稳定后才重回学校读书。父亲曾告诫过她，不能父女俩同时被捕，否则只会让敌人得利。

"见到你真高兴，迈克尔。"卡蒂尼在迈克尔面前坐下，"对于查尔斯爵士的去世我很难过，他是一个好人。"

"他本想临终前再回来看看，但他的健康状况一直很不乐观，未能成行。"

"那样也好，看到麦提亚的样子他会伤心的。那里有我许多美好的回忆，但如今丛林重新占领了庄园，不让外来者进入。"

看到迈克尔默不做声，卡蒂尼开始纳闷为什么他会来。他人是来了，但看上去很不情愿到这里。他穿着牛仔裤、马靴与棉布衬衣，袖子挽得很高，与屋子里庄严的气氛有点格格不入。

"两天前我在雅加达见过你父亲，佩特利安排我们见的面。"

原来如此，她心里想着，只是一次礼节性的拜访，受父亲所托而来。她闷闷不乐，"父亲还好吗？"她问道。

"他气色很好。"迈克尔撒了个谎。

卡蒂尼打断了他，"马塔普拉的卜师都说他不久于人世。仆人与侍卫纷纷逃出皇宫，担心古老的预言会成真。据预言所说，当王朝结束时，马塔普拉会爆发，摧毁自己与整个半岛。"

"卜师以前也预言错了——在我印象中还错了许多次。"他反驳说，心里提醒自己如今这一代斯坦福家族与阿拉拉曼家族的人之间的文化鸿沟比以前更大了。自从印尼独立后，卡蒂尼一直留在国内，她不像阿玛德一样出过国，留过学，因此很难认同外国人的思维。她为祖国的革命与独立感到自豪，选择了接受印尼的思想价值观。

在卡蒂尼眼中，她同大部分印尼人一样以怀疑的眼光打量着迈克尔。他看上去那么英国味，那么陌生，灰色冰冷的眼眸中带着英国乡土的寒意和严肃而野性的魅力。他应该还是个单身男人，在她印象中他是一个12岁的英俊少年，单薄的身体如今已肌肉饱满，金色的头发比过去深了一些，脸上的雀斑不见了，取而代之的是埃及地区太阳晒成的古铜肤色。为什么他要不期然地重新出现，然后又匆匆离开？如果他不来，或许会更好些，她心里想着，憎恨着他与她自己。

"你准备去哪儿？查尔斯爵士去世后你有什么打算吗？"

"我打算回麦提亚一趟，料理祖父遗嘱里的一些事情。然后我会去新几内亚，看能否找出当年父母遇难的真相。"

"之后呢？"

"回英国。"

"哦，过名利双收的英国绅士生活。"

"不，我会去教书。"

"当然，牛津大学与英国少不了我们的考古学家。"她冷冷地微笑着。

他被话里的讥讽刺痛了一下，他不明白，为什么她会关心他的去向和计划。"这是我个人的决定。"他平静地说："并不关英国什么事，我说的是真心话。"

"绝大多数印尼的历史瑰宝与遗迹根本无人过问或尚未被发掘，任凭时间与丛林无情地将它们吞没，荷兰人从未对保存印尼的历史感兴趣过，"卡蒂尼谈到，"西方的考古学家总是对东方的历史嗤之以鼻。"她的眼睛挑衅地望着迈克尔。

"似乎近来是印尼拒绝了接受美国或欧洲的援助，考古学还有别的领域。"迈克尔温和地回答。

"你说对了，英国人在这里很受排斥，查尔斯爵士离开这里实属明智之举。"

"除了政治理由外，他还需要医护照料，所以才选择离开。"

"是的，我还记得。"卡蒂尼冷冷地回答。

他们莫名其妙地陷入了一个糟糕的开局，尽管他心里很遗憾，却无力改变这一情况。她似乎一直在针对他，他开始懊悔为什么会来拜访。他不想辜负她父亲的请求，原本以为她会是个更可亲的公主，而不是眼前这样一个骄傲、敏感、强硬的女人。

他建议到花园散步，希望离开庄严而局促的宫殿，让两人间的气氛缓和些。宫殿的凄凉破败在阳光下更加显眼，无用的喷泉池里堆满了碎石与雕刻，池塘里尽是黑水，水草淹没了荷花，阁楼的天花板与柱子、宫殿的大门与墙壁斑驳邋遢，颜料都掉了下来。这里本不应如此衰败，宫里养着上百个仆人，个个无所事事。

"你还记得这个花园吗？"卡蒂尼问他。在童年时他们经常到这里玩耍，一直玩到深夜，观看改编自古印度神话《罗摩衍那》与《摩诃婆罗多》的木偶戏、表演或舞蹈。

"我不记得了。"迈克尔回答。这是他决定回麦提亚的原因之一：在动身去新几内亚寻找双亲前重新体验过去的生活。

"那你母亲呢？"

"只有隐约的记忆。"

"很奇怪，我还记得很清楚。而那时我比你还小。"

"或许只是幻觉。"

"也许吧，但我珍惜幻觉。如果你已不记得她，为什么你还要去找她？"

"那是我必须做的事，我要找出真相。"

"你在害怕什么，迈克尔。他们已不在人世，或许他们还活着，却抛弃了你和这个世界。"

"他们已经死了。"

"如果你那么肯定，为什么你还要去呢？"

"我必须将事情做个了断。"

卡蒂尼伤心地看着他，"我为你难过，迈克尔。你失去了那么多，不只是世界夺去了你的双亲，还有你内心放弃的事情。"

两人走到通往河边的台阶，他得走了。船停在下面，河水涨了几个台阶，泛滥、潮汐会不断改变这里河水的高度。站在上面往下看，迈克尔看到从前的卡蒂尼一闪而过，在石阶上伴随着轻风吹拂丛林的节奏翩翩起舞。幻影消失了，迈克尔很难把它与身边的卡蒂尼联系起来。

"等局势稳定后你有什么打算？"迈克尔问道。

"完成学业，再回到这里。在波尼奥很缺医生，尤其是边远的迪雅克部落。我想在那里传播现代医学理念，如果是陌生的外来人，他们很难接受。"

两人没有说话，一起盯着棕色的河面，现在是旱季，但在麦提亚附近海拔高的地方仍会经常下阵雨。马辰有好几周没下过雨了，即使是沿河生长，丛林的叶子也已开始变黄。尽管没有降水，空气还是很潮湿，这是一年中气温最高的时节，闷热难当。

迈克尔走下台阶，"时间不早了，我得出发了。"

卡蒂尼点点头，麦提亚离宫殿有两天的航程。迈克尔登上小船，拉下马达的牵引绳，马达响了一下，又熄火了。一瞬间，卡蒂尼脸上冷淡的表情动了一下，嘴唇微微张开，似乎想说些什么。他抬头看了看，捕捉到她的眼里闪动着激动的光芒，又迅速被隐藏起来。他停了停，然后试着再次启动马达，但她的表情没有变化。马达启动了，他又望了她一眼，动手把小船推离台阶。卡蒂尼仍站在原处，与身后的古代宫殿融合在一起，他从未见过如此和谐美丽的情景。

小船开始溯流而上，卡蒂尼一动不动，心里很高兴自己保持了沉默。在最后那一刻，她差点儿就开口问他，为什么这些年来一直音信全无，对她不理不睬。随着一月月、一年年的毫无联系，她心里肯定地认为他到了马洛特之后，发现英国的白人女孩更吸引人。她看着小船驶出视野，一阵风吹过，预示着雨季的提早到来。她一直怨恨的男孩永远消失了。现在在她看来，还对那个已经变成陌生人的男孩怀恨在心真是幼稚可笑。

尽管卡蒂尼已告诉过他，当迈克尔亲眼看到荒凉废弃的麦提亚庄园，心里仍不由得悲从中来。所有的物品都搬回了英格兰，只剩下空荡荡的房子，屋顶被揭开，花园里长满杂草，丛林越过了围墙，占领了外围的建筑，再过不了多久将会吞噬整个庄园。只有麦提亚佛像仍静静地屹立在园子一角。没有人进行清理，但佛像上没有一根藤蔓缠绕，青铜的表面也没有锈蚀。它仍带着神秘的微笑，那是超越凡间的智慧。

达玛尔知道迈克尔会来，从村子里赶到庄园，希望能服侍小主人，但迈克尔婉言谢绝了。他向达玛尔与其他多年来忠心服侍斯坦福家族的村民宣布了查尔斯爵士去世的消息，告诉他们爵士在遗嘱里给他们留了一笔钱，聊表心意。

迈克尔让达玛尔给他准备一张睡席和一顶蚊帐，达玛尔不忍心让斯坦福家族的主人在这么恶劣的条件下居住，但迈克尔心意已决。他在庄园和村子里看了一天，重温孩提时熟悉的人与地。很多人恳求他回印尼，他清楚地解释这次来只是他到新几内亚之前一段短暂的假期，之后他就回英国。

每到一处，迈克尔都会倾听村民的心声，而问题总是那么多。他很震惊于村民的贫困，当斯坦福家族经营麦提亚庄园时，村民们的日子相对殷实些，可以分享到庄园的利润。而如今橡胶生意大不如前，油田、森林、矿产被收归国有，利润都流到腐败的官员们的口袋里。村民无法主宰自己的生活，军事控制与镇压无处不在。

迈克尔只能倾听，却无法表态，村民们也知道他不会再回来。他在河里捕鱼，露天生火做饭，在园子里采摘野果，早上和下午到池子里游泳沐浴，童年里美好的回忆似乎并没有随着时间的流逝而改变。

迈克尔在麦提亚呆了一个星期，再过两天，他将结束在麦提亚的逗留。村民们的贫穷困扰着他，但他无能为力。这一天特别热，午饭后他立刻去池塘里游泳。他脱去衣裤，一头扎进水里，再浮到水面时，吃惊地看到卡蒂尼正坐在池边望着自己。她穿着牛仔裤与马靴，同上一回见面判若两人。

他不自在地走出水面，身上光溜溜地，感到十分尴尬。

"抱歉，我以为不会有人来。"

"我这几天过来看望外公，村子离这里只有一个小时的路程。"看到迈克尔狼狈的样子，卡蒂尼狡黠地笑着说："你用不着道歉，以前又不是没见过你这个样子。"

迈克尔苦笑着，"那可与以前不一样了。"

"是吗?"她瞄着迈克尔，"是有点不同了，但还是老样子啊。"

她的眼睛从头到脚打量着他健壮的身体，看到她大胆而羡慕的眼神，他十分困窘，连忙弯下腰拾起衣服，再望着卡蒂尼时，她脸上恶作剧与顽皮的神情荡然无存。

"有些事情我必须告诉你，那时我在宫里说不出口。我一直深深爱着你，是从我刚刚长大的时候开始的，我一定要亲口告诉你。"

迈克尔一下子愣住了，不知怎么回答。卡蒂尼已转身离开，他匆忙穿好衣服，追了上去。但丛林里十分杂乱，他失去了她的踪迹。等赶到码头时，那里已空无一人，只有自己的小船在水面晃荡。他第一次注意到河里波光粼粼的温暖的棕色河水和她的肤色是那么相像，树上新吐的嫩绿新芽是她温柔的眼眸。

12 岁时，他离开了麦提亚，回到寒冷的英国，进入制度非常严格的英国学校。他经历了严峻的文化冲击，使他在心里永远关上过去的大门，当时他还痛恨一切有关麦提亚的回忆。如今他以成年人的眼光看待这一切，突然间明白了它们对他的意义。他心里涌起冲动，想追上卡蒂尼，问她是否仍与海里的海豚共舞，与林中的猎豹说话，又或者，和他一样失去了原来拥有的东西。刹那间，深深的悲哀几乎征服了他。

尽管佛像仍在天坛的阶梯角落微笑，但在这里，他与斯坦福家族不再拥有未来。

第 *62* 章

　　迈克尔将飞机降落在巴列姆河山谷南端的瓦米那机场上。瓦米那前哨于1956 年由荷兰人建造，自从 1949 年印尼独立后，荷兰与印尼一直为新几内亚的归属问题而争吵。根据海牙国际法庭的决议，新几内亚由荷兰接管，1961年矛盾升级为武装冲突，印尼人进入新几内亚地区。

　　1962 年 9 月，新几内亚问题得以解决，联合国接管了西新几内亚，准备于 1963 年 5 月将临时统治权交给印尼，并在其支持下不迟于 1969 年之前举行大选以决定岛屿的最后归属。荷兰人放弃了瓦米那前哨，只有一些传教士仍坚持留下，但被危险地予以孤立。达尼人现在毫无约束，开始抵制传教士的活动，恢复了一度被荷兰人禁止的习俗。但世界并不会让他们自由下去，印尼人很快会迁移人口到这里开荒，定居。

　　在母亲手绘地图的指引下，迈克尔沿着大峡谷向北走了三天，绕开村子以避免与村民接触。荷兰政府关于他母亲的失踪报告里提到，特纳声称他父亲的飞机坠落在山谷的北端。直到 1961 年荷兰一支巡逻队进入内地，特纳才得以获救。寻找飞机或搜索凯瑟琳的救援行动一直未能——或不愿意展开，因为那一带的土著人很不友善。迈克尔唯一的线索是特纳曾经说过，凯瑟琳认出他所描述的地点正是她曾住过的地方。迈克尔寄希望于瓦里达尼人能知道母亲的下落，自 1941 年母亲与父亲被救走后，瓦里达尼人再也没有与白人有过接触。1962 年有支探险队进入该地区考察，但再也没回来。

尽管当时年纪还小，迈克尔记得母亲失踪的消息引起了外界的关注。她是一个年轻貌美的学者、专家；斯坦福家族又是名门望族，故事勾起了世人浪漫的想象。但空中搜索一无所获，浪漫变成了悲剧，一支救援队被部落居民杀害，又过了几年，世界忘却了他们。

迈克尔走进了地图上标识的瓦里达尼地带，他在天空中寻找着炊烟，但晨雾依然很浓，遮掩了一切。他不敢肯定村子还在不在，村子总是随着联盟战事的转变而迁徙或被毁灭。他紧张的眼睛看不到任何村子存在的迹象，心里充满了绝望。在右边，茂密的热带雨林沿着艾克河支流生长，在左边是一块石灰岩峭壁，眼前则是一片草坡，向上延伸到岩石高地，延绵至白雪皑皑的群山；大草原被一片橡树与南洋杉丛林阻隔。

一只黑色知更鸟与一只黄鹂在树间鸣唱，但没有人声传入耳中。迈克尔停住脚步，仔细观察着远处的森林，直到最后在茂密的绿荫中看到一座瞭望塔的轮廓。信心重新回到迈克尔身上，他加快了脚步，半小时后，阳光驱散了最后一丝雾霭，在面前起伏的草地上，石英沙砾暴露在地表，闪烁着宛如雪花般的光芒，地面由于经常被践踏而寸草不生。

突然，在山脊上出现了一个战士的身影，单足跪地，将一支长矛插在地上以支撑身体，那是一个典型的达尼人的姿势。那人大约5尺半高，肌肉强健，慵懒而优雅地休息着，在他的下体围着一片"荷林"，上端装饰着一片袋鼠毛皮，戴着用蕨草编织的臂环。

迈克尔从母亲的日记里学了一些达尼语，但有些发音很难掌握。他不知道自己能不能听懂达尼话，或让自己说的话被达尼人理解。他举起双手，用达尼语打招呼：

"耶—喂—哟。"

没有回答，那身影一动不动。迈克尔决定再走近一些，走到近前时，他估计那人大约比自己年长十岁。战士好奇而疑惑地看着他，好像迈克尔给他一种似曾相识的感觉。迈克尔走到离战士十步远的地方，停住脚步，再次开口道：

"我没有敌意，我是来找人的。他们曾经在这里住过。"

"我是阿莫利。"那人说完，又补充了一句，"以前叫波卡特。"他端详着迈克尔的脸，似乎想寻找什么，又似乎没找到，于是恢复到无动于衷的状态。

"是这两个人，"迈克尔递过相片，手指颤抖着，"我在找这两个人。"

他看到阿莫利一下子睁大眼睛，心不禁怦怦直跳。

"你认识他们吗？你知道他们的下落吗？"

阿莫利还给他照片，严肃地看着迈克尔，似乎考虑着什么事情。

"跟我来。"他最后说道。迈克尔感到万分庆幸，他能与达尼人进行沟通，事情有了转机。

战士扛着长矛，一路跑回村子，没有回头看迈克尔能不能跟上。到了村子里，阿莫利走到一间茅屋前，示意迈克尔在外面等候。过了好久，阿莫利走出房间，身后跟着一个老人，已老得皮包骨头。

"这是我的纳米，母亲的兄弟，德格沃泰。他会告诉你你关于在找的人的事情。"

老人走近迈克尔，眯着眼睛证实刚才听说的事。看到眼前的一幕，他似乎感到惊讶与害怕。他是谁？一个故人。生命是如此神秘。他的皮肤剧烈地收缩，紧紧裹住他的头颅，露出牙齿。

"我带你去见他们。"德格沃泰说道，声音洪亮而有力。

"你是说，"迈克尔追问道："他们在这里？还活着？"

老人不知明不明白，他没有回答，只是拉着迈克尔的手，让他跟着自己。迈克尔的耳朵因为充血而嗡嗡作响，喉咙收得那么紧，几乎使他窒息。他设想过一切可能的情况，但他根本没有想到父母可能还在世上。他浑浑噩噩地跟着那两个人，离开山谷，朝雪山方向进发。

三人爬了两个小时山，看不到任何人的踪迹，但飞禽走兽开始增多。德格沃泰时不时地停下脚步休息，尽管已经年老力衰，但他看上去与迈克尔一样充满了动力。山上到处是昨晚下的积雪，太阳还没来得及温暖大地；针叶松与橡树为了争夺岩石中的一小块土壤而互不相让。在一处可以歇息的地方，山谷的景色展现在他们脚下，远处，40 英里之外的威赫米那大山隐约可见。

在他们前面矗立着两座巨大的石灰岩峭壁，有如看守人，又像两扇大门。

迈克尔不用去看地图已经知道这里是什么地方，他们正在向湖泊的方向前进。走进一片树林，湖泊隐约可见，迈克尔不由得兴奋起来。一个狭长、不规则的碧蓝的湖泊豁然出现在眼前，一面由草地、森林环绕着，另一面是险峻的石灰岩峭壁。

"在那里，"德格沃泰指着100码开外林子旁边的一间小屋，小屋隐藏在林荫下，就像母亲当年形容的一样。迈克尔的心都快蹦出胸膛，想说些什么，却怎么也说不出口。他仔细地端详着屋子，发现它实在是太小了，不可能是人居住的地方。希望又沉了下去，那是一间达尼人的祠堂。

德格沃泰开始用吟唱的方式讲述整个故事，像是在吟唱一部神话史诗。他手舞足蹈，不停地讲述着，迈克尔根本没机会打断他，向他问一些问题。德格沃泰把手举过头顶，扑扇着手臂表示许多年前一只大鸟飞入山谷里，之后有两个白人男女出现，莫卡德格与他的女人——伊肯。他们与达尼人一同居住，那真是一段幸福的时光。大战取得了胜利，敌人被打败，德格沃泰成为瓦里达尼伟大的"卡恩"。

后来，莫卡德格与伊肯搬到山里居住，就在这片湖边。又一次，巨鸟飞来了，发现了他们。德格沃泰再去到湖边时，那两个人已被接走，只剩下一间冷清的小屋。时光飞逝，恶兆开始出现。东边与北边的天空总是冒出红光，伴随着隆隆的怪响，一直持续了许多天。时不时，奇怪的巨鸟飞来飞去，但莫卡德格没有回来。莫卡德格告诉过他那些并不是鸟，而是一种能载人的叫"飞机"的东西。

有一天，德格沃泰进山里打猎，他看到一只巨鸟在山里坠落。他心里很害怕，但还是鼓起勇气，走了一天半路，来到飞机坠毁的地方。他找到了莫卡德格，他伤势很重，不省人事。德格沃泰抬着莫卡德格出了飞机，发现他头上和手臂上的伤口很深，血流不止。德格沃泰找来树叶想帮他止血，但血还是汩汩地流出来，止也止不住。莫卡德格的气息越来越微弱，德格沃泰比划着当时他如何在莫卡德格的腹部开了几道小口，想把坏血放出来，因为伤口已经开始溃烂发炎。他在莫卡德格身边守护了三天三夜，一直吟唱着"哈特·那哈咯·咯古鲁！（你不能死）！"他朝莫卡德格的耳朵里吹气，一遍又一遍，想让"伊带伊根"（歌唱的种子）留在他的身体里，但一切都是徒劳，在第四天早上，莫卡德格终于气息全无。

讲到这里，德格沃泰停止了吟唱，双手抱着头，悲痛地呜咽着。情绪释放后，德格沃泰继续讲述他的故事，他扛着莫卡德格的尸体回到湖边，他记得莫卡德格跟他讲过白人的风俗，于是把他埋在泥土下，又建了一间祠堂给他的灵魂居住。

从那时起，德格沃泰一连发生了许多不幸：他染上了疾病，第三个妻子也死了，战斗中总是打败仗，失去了在部落中的领袖地位，连猪群也被人偷走了。他坚信那是因为莫卡德格阴魂不散，给他带来厄运，因为他的死得不到复仇。然而，莫卡德格告诉过他，在白人的世界里，死亡是不需要复仇的。

有一天，德格沃泰与几个战士外出狩猎，发现伊肯，莫卡德格的女人，同三个异邦人从山那边走来。德格沃泰微笑着回忆起当时的情形，伊肯看到他高兴万分，飞奔过来。一根白鹭羽毛在她的头上飞舞，好像一枝利箭。德格沃泰一下子醒悟到为什么莫卡德格的灵魂会不高兴，给他带来厄运。莫卡德格需要女人，伊肯正是上天派来的。德格沃泰比划着举起长矛，用力投向伊肯。长矛刺中了伊肯的腹部，她倒了下去。一个异邦人举枪射击，但没有击中他。德格沃泰的同伴乱箭射死了他。另外两个异邦人想逃走，也被乱箭击毙。由于担心枪声会引来别人，德格沃泰一行人先离开了现场。

稍后，德格沃泰回去找到伊肯的尸体，带到湖边同莫卡德格合葬，让两人手拉着手躺在一起——德格沃泰总是看见他俩生前牵着手。他觉得这一动作很奇怪，但莫卡德格与伊肯似乎很开心，于是他决定让两人在墓中也牵着手。

德格沃泰的故事讲完了，吟唱声伴随着思绪飘到一边，他眺望着湖泊，沉浸在旧时的回忆里。

得知真相的迈克尔伤心欲绝，竭力控制着自己，不让眼泪流下来。愚昧、迷信断送了母亲甚至父亲的性命，如果那时有正确的急救医疗，或许父亲能保住性命，而德格沃泰却只会巫术与放血疗法。但他无法向这个风烛残年的不幸老人复仇，他谋杀了母亲，却自认为为父亲做了件好事。

迈克尔朝祠堂走去，回头看时，德格沃泰与阿莫利已走进林中，让他一个人与父母独处。他掏出砍刀，砍倒了木屋，清除掉地上的杂草与废墟，用手铲与手锄开始翻掘泥土。他的怒气引向了埋在下面的父亲，他的苦恼与内疚，某种程度上，使他的儿子成为私生子；而母亲，她的骄傲也促成了这一结局。他心里的辛酸悲痛在熊熊燃烧……埋怨他们两人。

他兴奋而仔细地挖着，刮去浅浅的坟墓上的泥土，直到父母的尸身呈现在面前，正如德格沃泰描述的那样。挖掘时的怒火已渐渐消去，他望着那脆弱的残骸，心中的愤恨一滴滴流干，强烈的失落感涌上心头。绝对不会弄错，在父亲的小指上佩带着一枚象牙戒指，母亲的脖子上佩带着一条金项链，镶着两颗珍珠。

当他们死去时，年龄比迈克尔现在大不了多少，在他的回忆中他们永远那么年轻：不是父母，更像是伙伴。

他呜呜地哭泣着，跪倒在地，额头仆倒在两人中间，眼泪顺着面颊滑落，净化了他心中的怨恨。

他仔细地把父亲的戒指取下来，风开始刮，一场风暴就要到来，他赶紧加快动作。刚站起身正要把泥土盖回去，有什么阻止了他。在他身边似乎响起低语声，尽管他知道那只是风中树叶与野草的沙沙声，但声音仍让他着迷出神。

婚礼的声音在耳边轻轻响起：

"你是否愿意赐予这位先生他的女人？"

他惊讶地听到自己回答："我愿意。"

风带走了答案，大地叹了口气，平静下来。沙沙声停止了，他跪下去，颤抖着手指，将象牙戒指套在母亲的左手上，那只牵着父亲的手。大地的低语再次在身边响起：

"你是否愿意，凯瑟琳？"

"我愿意……"

"你是否愿意，迈克尔？"

"我愿意……"

"直至死亡把你们分开……"

暴风雨即将来临，乌云有如铁幕般笼罩着整片雪山。空气不安地搅动着，他停止了沉思，拿起铲子，赶紧重新把泥土埋回去，第一铲泥土掉进坑里时他的心抽动了一下，最终他埋葬了过去。

在新埋好的墓穴上，迈克尔植上一棵白兰花，在泥土上铺上叶子。野草与鲜花很快会长得很茂盛，遮盖住墓穴，以后再也没有人能找到他们。

怀着最后的悲伤，他轻声对面前的大地说：

"永别了。"

泪水又夺眶而出，他紧握双拳，朝大地与天空挑衅地挥舞着。

"没有人再能将他们分开！"

雪山上电闪雷鸣，迈克尔转过身，朝林子里阿莫利与德格沃泰消失的方向走去，一路没有回头。

阿莫利正在林子里等着他，德格沃泰独自坐在一块石头上，望着心爱的山谷，陷入了老人的沉思，没注意到迈克尔。

迈克尔伸出手向阿莫利道别，阿莫利握着迈克尔的手，嘴角露出一丝轻松的微笑。无论这个"瓦罗"为什么而来，他的目的总算完成了。

"告诉你纳米，——"迈克尔朝德格沃泰点点头，"灵魂不会再骚扰他。"

阿莫利高兴地咧开嘴笑了。迈克尔转身离开，朝山下的草原走去，心情、脚步格外的轻松。棕色温暖的大地散发着潮湿而清香的气息，高高的野草优美地在面前起伏，他想起卡蒂尼，想回到麦提亚。他可以在马辰的一间大学教书，或者经营庄园，与村民共同劳动。政府不喜欢外国人出现，但无论如何他要留下来，佩特利会帮助他。住在麦提亚，他可以接近卡蒂尼，帮助她，爱她。

他心中感到澎湃的喜悦，新生的自由像面前的草原一直延伸到南边远方的山墙。他开始奔跑，脚步那么轻快。

在山上，德格沃泰看着他离开，想起以前也看到过那样轻快的奔跑。已是很久以前，那时自己比正在下面奔跑的年轻人大不了多少。他庆幸自己很聪明，没有用达尼人的方式火葬莫卡德格与伊肯，而是把两人埋葬在土里。

正如自己所期待的一样，迈克尔回来带走了灵魂，现在他的厄运结束了。

一群蜜蜂飞来，落在如今长满了山谷的蓝色鲜花上。德格沃泰听着它们嗡嗡起舞，达尼语里没有蜜蜂或蓝花的名字，它们不属于山谷，是跟着"瓦罗"来的。听说曾来到山谷远端的绝大多数"瓦罗"如今已经走了，或许是这样，但蜜蜂与蓝花留了下来。德格沃泰知道，就像蜜蜂留下来一样，"瓦罗"还会回来——他们会像蜜蜂，数目庞大，赶不尽，杀不绝，旧的生活将一去不复返。

但到那个时候他已作古，他已离死将近，但死亡并不可怕，他已活得够长久了。在剩下来的时光里生命会很美好，会有盛宴与庆典，会有复仇的袭击，从诺普的时代一直到现在都是这样。世界不会知道他的死去，正如它不知道他的存在。像诺普一样，死后他不会留下故事，宣扬他的事迹、武艺和历史。终究，死亡是生命的一部分。每一年，每一月，每一天，每阵风来了又走；每一滴鲜血都会归于宁静，只有灵魂永存。

他开始歌唱，尽管身体已虚弱无力，他的歌声依然嘹亮清晰，所以他让风带着歌声，伴随着退却的身影远去。

> 花园枯萎时我是否应当离去？
> 有没有东西会留下我的名字？
> 我没有什么留在大地！
> 除了我的种子，除了我的歌曲。

唱着唱着，天空开始下雨，有如悲伤的眼泪，洗净了空气，为蛰伏的种子带来生机，唤醒了大地。

作者附录

以下所列之书籍与期刊为各领域重要之历史材料与人类学资源：

I. 新几内亚大峡谷

理查德·亚奇伯德（Archbold, Richard）《未知的新几内亚》国家地理杂志，79. 3：315 – 44，1941

A. L. 兰德 与 L. J. 布拉斯（A. L. Rand and L. J. Brass.）《亚奇伯德考察之所得》1938 年 – 1939 年新几内亚考察总结 美国自然史博物馆公报 89. 3：197 – 288，1942.

罗伯特·加德纳（Gardner, Robert）与卡尔·G·海德（Karl G. Heider）《战争之园：新几内亚石器时代的生与死》，兰登书屋，1969

卡尔·G·海德（Karl G. Heider）《都甘达尼：西新几内亚高地的巴布亚文化》，艾尔丁出版社，1970

彼德·马希森（Matthiessen, Peter）《在山墙下》，维京出版社

菲利普·滕普（Temple, Philip）《纳瓦克！至新几内亚最高峰的新西兰考察》，J. M. 邓特与桑斯出版社，1962

II. 印尼文化与历史

J·休斯（Hughes, J）《印尼剧变》，麦克凯出版社，1967

贺尔·科索（Kosut, Hal）《印尼：苏加诺时代，文件中的事实》因特利姆历史系列丛书，1967

威尔弗雷德·内尔（Neill, Wilfred）《20 世纪之印尼》，哥伦比亚大学出版社，1973

苏坦·W·斯亚里（Sjahrir, Sutan W）《放逐归来》，约翰·戴出版社，1949

A·范登博世（Vandenbosch, A）《荷兰东印度公司：它的统治、问题与政治》，加州大学
　　出版社，1942

B·H·M·弗莱克（Vlekke, B. H. M.）《努桑塔拉：印尼的历史》，四方出版社，1960

马斯林·威廉姆斯（Williams, Masylyn）《雅加达之旅：深入苏加诺的印尼》，摩罗出版
　　社，1965

III. 二战太平洋战役历史

斯坦利·L·霍克斯（Falks, Stanley L）《巴丹：死亡之行军》，诺顿出版社，1962

阿格纳斯·基斯（Keith, Agnes）《归家三人行》，里特，布朗与康帕尼出版社

沃尔特·洛德（Lord, Walter）　《孤独的守夜人：所罗门群岛海岸哨兵》，维京出版
　　社，1977

萨默尔·艾略特·莫利森（Morison, Samuel Eliot）《美国海军二战行动历史》第三卷《太
　　平洋升起的太阳》，1948；第十六卷《太平洋的胜利》1960，里特，布朗与康帕尼出
　　版社

路易斯·默顿（Morton, Louis）《菲律宾的沦陷》，国防部，1973

卡洛斯·罗穆洛（Romulo, Carlos）《我见证了菲律宾的沦陷》达布戴出版社，1943

约翰·托兰（Toland, John）《太阳升起：日本帝国的衰败与毁灭，1936－1945》，兰登书
　　屋，1971

乔纳森·怀恩赖特（Wainwright, Jonathan）《怀恩赖特将军的故事》，达布戴出版社，1946